le nombril du monde

Ariel Zeitoun

le nombril du monde

roman

Éditions Ramsay
103, boulevard Murat
75016 Paris

ISBN : 2-908652-68.4

Juin 1989, région parisienne.

Les dernières heures du jour s'étiraient paresseusement.

Le poids du soleil avait cantonné les nombreux invités à l'intérieur de la maison, à l'abri de l'ombre apaisante. Hommes et femmes s'étaient séparés en petits groupes repus des agapes de cette longue journée.

Seuls, les enfants continuaient, dans le grand jardin clos, leurs jeux bruyants. Comme une nuée de frelons, ils s'époumonaient derrière le héros de la fête qui venait de franchir, par la grâce de sa bar-mitsva, le seuil de l'enfance. Il courait en portant fièrement, au bout de son bras, la petite caméra vidéo, cadeau privilégié parmi tous les autres dont il avait été honoré.

Il s'arrêta devant le gros chêne au pied duquel, assis sur une chaise en rotin, un vieil homme ventripotent somnolait à l'écart de tous, comme si depuis longtemps les plaisirs de la vie sociale l'avaient quitté.

Le jeune garçon fit un signe impératif à ses camarades... « Silence!... »

A pas de loup il s'approcha du vieil homme, l'œil rivé au viseur de sa caméra. Une pression du doigt sur la poignée... « REC. » s'inscrivit dans l'image grise où le corps de l'aïeul tremblotait au rythme de la marche du communiant. Soudain, il sursauta, dérangé par le silence qui l'entourait maintenant, découvrant son petit-fils abrité derrière le nez rond de l'objectif qui lui faisait face.

– Mais qu'est-ce que tu fais, toi?... du cinéma, ma parole! C'est ta mère qui t'a mis ces idées dans ta tête? Il nous manquait plus que ça dans la famille! Un futur clochard! Dis-moi qui tu connais d'chez nous qui fait le cinéma? Allez, dis-moi un peu...

L'enfant hésita à peine, un grand sourire aux lèvres.

– Lelouch, grand-père!

Mais la mauvaise foi du vieil homme n'avait pas de limites.

– Lelouch? Qui c'est celui-là? Il est d'chez nous? Et même! Un tu me trouves, en cherchant... mais ni deux ni trois! Et pourquoi?

Il avait maintenant son auditoire bien en main. Tous les enfants s'étaient rapprochés de lui en demi-cercle et buvaient ses paroles.

– Pourquoi, alors? Personne le sait?

Il attira son petit-fils et l'assit sur ses genoux.

– Ecoute pépé, il va t'expliquer... c'est simple, le cinéma c'est pas un bon métier, voilà... parce qu'un bon métier, c'est un métier qui donne à manger à la famille, à tout le monde... un bon métier, c'est un métier qui nourrit le ventre!... Qu'est-ce qu'il fait, le petit Taïeb, quand il a faim? Il va au cours des halles de son père et il mange! Et le petit Semama? Pareil! Il va à l'épicerie Semama et il mange tout ce qu'il veut!... Et toi, Zaccharie, qu'est-ce que tu fais quand tu as faim? Tu vas à la boulangerie de pépé, et tu manges! Tu manges! Dis-moi maintenant qu'est-ce que tu vas manger quand tu vas faire du cinéma? De la pellicule! Voilà ce que tu vas manger! Tu crois que ça nourrit le ventre, la pellicule, dis?

L'enfant hocha la tête, au grand dam du vieil homme. Décidément, les nouvelles générations sont bien têtues, pensa ce dernier.

Zaccharie avait repris sa caméra et filmait à nouveau son grand-père qui se tortillait sur son siège, cabot parfait, faussement irrité du manège de l'enfant.

– Eh ben alors, tu comprendras plus tard, trancha-t-il. Allez, arrête maintenant, laisse pépé tranquille et va jouer ailleurs!

– Non, non, non! raconte-moi d'abord une histoire, grand-père... pour ma caméra! Tu seras le premier dessus, et à l'an 2000, tu riras beaucoup en te revoyant, je t'assure... s'il te plaît, une histoire!

Le vieil homme haussa les épaules, parfait dans son rôle de bougon. Entêtées, les nouvelles générations étaient aussi cruelles, se dit-il. Où serait-il en l'an 2000, lui qui n'en revenait pas d'être encore là? Eh... en l'an 2000, finalement, il serait au moins – c'était sûr – dans la petite caméra de Zaccharie! Il se sentit à la fois mélancolique et plus léger alors que le soleil lentement s'inclinait derrière les hauts murs de la propriété et que Zaccharie filmait toujours en insistant.

– Une histoire, grand-père! Juste une! Pour moi! C'est mon cadeau!

– Ah, les enfants, les enfants! Quand vous avez quelque chose dans la tête, vous l'avez pas ailleurs, hein! Vous voulez toujours des histoires! Avec des sorciers et des loups-garous, des princesses et des trésors! D'où je connais ça, moi? Des histoires! Comme si la vie vous suffisait pas...

Il avait prononcé ces derniers mots presque pour lui-même. Il resta alors quelques secondes silencieux, insensible au silence déçu qui gagnait son petit-fils. Puis ses lèvres esquissèrent un tremblement, vite refréné. Mais de nouveau, un mouvement les gagna, cette fois irrépressible, comme si les mots qui venaient maintenant s'échappaient des interstices d'un tombeau qu'il avait cru scellé à jamais.

– Une histoire? Oui, j'en connais peut-être une, au fond, moi aussi... mais c'est une histoire extraordinaire, tu sais, Zaccharie... et incroyable! Tu vas pas me croire, j'en suis sûr!... parce que c'est l'histoire secrète du Bon Dieu, Zaccharie... du Bon Dieu et d'un enfant... Elle se passe dans un pays très lointain, inconnu de tous, oublié! De l'autre côté de la mer, loin, très loin... Là, il y a un petit village perché au sommet de la montagne la plus haute du monde, tellement haut que seuls les chèvres et les mulets connaissent le chemin... un peu comme l'Eldorado ou le paradis... Tout y était calme et paisible... la nature était belle et généreuse... Mais un jour, va savoir pourquoi, le Bon Dieu, il s'est mis en colère... peut-être que ça lui plaisait pas, des gens si proches de lui... alors lui, qui voyageait toujours sur un beau nuage blanc, un jour il a changé le nuage blanc contre un énorme nuage noir, énorme!... Il s'est arrêté juste au-dessus du village, il a ouvert les portes de son nuage, l'eau a jailli et il a plus bougé... et ça a duré, duré, duré... tellement le nuage était gros et noir, et le Bon Dieu en colère...

La silhouette du vieil homme sautillait dans le viseur. Zaccharie, l'enfant devenu homme en ce jour, retenait son souffle pendant que le vieil homme parlait, parlait, parlait, comme pour se libérer de secrets ancestraux.

1

Février 1922, Takrouna, Tunisie

Cette nuit-là encore, la pluie ne connaîtrait pas de répit. Depuis des jours, le ciel décidément noir laissait échapper une eau lourde et têtue qui transformait les chaussées de terre en cloaques.

Takrouna faisait le dos rond. Repliée sur elle-même, la petite bourgade, dégoulinante et frileuse, semblait rassembler ses forces pour mieux résister aux assauts de l'eau. Un peu plus bas, à la sortie du village, là où la route s'incurvait pour filer vers le grand sud, le ruissellement continu le long des rues et des façades formait depuis le matin un torrent grossissant de boues rouges. Chaque construction semblait sur le point de fondre, puis de s'anéantir à jamais dans la terre collante.

Sous le crescendo froid et insistant de l'orage, dans les maisons, autour des tables, même les voix familières résonnaient différemment. Insensible aux bruits extérieurs, son corps puissant appuyé sur ses avant-bras, Bajou, un adolescent bien en chair, se laissait envoûter par le rituel étrange d'un chant indéfinissable.

Son père comptait... Eclairée par la faible lueur de deux

chandelles, sa respectable moustache, seule partie en mouvement dans son visage robuste, paraissait danser. Comme à l'accoutumée, ses doigts secs parcouraient à toute vitesse d'incroyables colonnes de chiffres. Avec une précision stupéfiante, Youssef Benkahen déroulait d'interminables additions, en arabe, sans un soupçon d'hésitation, psalmodiant entre ses dents un chant quasi religieux où il nétait question que de chiffres. Youssef Benkahen comptait comme d'autres prient, en balançant son corps d'avant en arrière dans un mouvement régulier qu'il n'arrêtait que pour inscrire le chiffre final. Sa notoriété s'étendait bien au-delà du petit village, et dans toute la région environnante il n'était pas un commerçant qui ne venait lui apporter ses comptes. On allait le voir comme on consultait un sorcier, et quel que soit le chiffre qu'il inscrivait, positif ou négatif, il devenait parole biblique...

Dans la pièce battue par les vents, les feuillets s'enchaînaient devant l'enfant fasciné. Ses yeux noirs et vifs épiaient les moindres gestes, scrutaient les plus imperceptibles variations de ton. Chaque infime détail prenait place dans sa mémoire. Même son corps, d'habitude encombrant, se figeait en une immobile apesanteur, son souffle s'apaisait dans l'attente des pages qu'il vérifierait à son tour, d'une allure hésitante, en élève fidèle et appliqué.

Dans un coin de la pièce obscure, Oumi, la mère de Bajou, penchée sur une bassine d'eau, finissait silencieusement la vaisselle du dîner. Un coup de tonnerre encore plus violent et plus proche que les précédents la fit tressaillir. Une assiette, rattrapée au dernier moment, faillit en faire les frais. La secousse avait été si forte que même les lèvres du comptable divin suspendirent, un court instant, leur murmure. Il glissa un regard préoccupé vers l'extérieur. Bajou, lui, n'avait pas bougé, trop absorbé par ses calculs; sa mine concentrée et son air confiant ressemblaient à ses treize ans.

L'homme l'attira contre sa poitrine, lui ébouriffant les cheveux.

– Alors, mon fils, j'ai juste?

Bajou hocha la tête avec un sourire d'admiration. Bien sûr, son père avait juste! Son père avait toujours juste! Et il en irait ainsi jusqu'à la fin du monde!

– Dans la vie, reprit le père selon une antienne archiconnue et mille fois répétée, si tu sais compter, tu auras toujours à manger! Allez, il faut que tu dormes, maintenant.

Il serra le petit garçon très fort contre lui et regarda sa mère l'embrasser à son tour. Tous deux attendirent que le pas de Bajou s'efface en haut de l'escalier de terre où un recoin aménagé sous le toit lui servait de chambre. Enfin, doucement, sans pouvoir plus longtemps dissimuler sa crainte, elle s'approcha de l'homme.

– Baba, l'eau est dans la cave...

Il regarda avec une infinie douceur sa femme à la beauté sévère. Elle devait être bien inquiète pour laisser échapper une plainte, elle qui s'en était remise à lui en toutes choses depuis plus de vingt ans. Il la prit dans ses bras pour la rassurer, la bercer comme elle aimait.

– Ça fait six jours que la pluie tombe... Demain, Dieu se repose, aie confiance... Va dormir, Oumi, je te rejoins.

Il sentit son corps s'abandonner contre le sien et eut envie d'elle. Elle s'en rendit compte et un sourire timide éclaira son visage avant qu'elle ne disparaisse dans l'ombre de la chambre.

Resté seul, il écouta longtemps, l'oreille tendue, l'eau qui tombait du ciel. Il était loin d'être rassuré, mais pour rien au monde il ne l'aurait montré à sa femme. Méthodiquement, il se mit à ranger les feuilles couvertes de calculs dans une boîte de fer où l'on serrait aussi l'argent du ménage. Il la déposa dans le vieux meuble au bois craquelé, dont il referma les battants et éteignit les chandelles en étouffant les flammes entre ses doigts.

*
**

Au début, ce fut comme un appel lointain mais pressant. L'aube était sombre, électrique. La pluie, vengeresse, noyait le paysage. L'horreur déferla sans prévenir, à l'heure où le chant du coq hésite encore. Hors d'elle-même, la rivière envahit avec violence et frénésie les rues de Takrouna, des trombes de terre et d'eau mélangées engloutissaient le village et ses habitants.

Sous le coup du grondement sinistre, le couple s'était dressé dans le lit, hébété de surprise et de sommeil. De leur chambre, on entendait un bruissement incertain qui s'amplifia rapidement en un roulement terrifiant.

La porte d'entrée de la maison céda la première, arrachée par la furie des eaux.

Youssef Benkahen réagit immédiatement, entraînant sa femme vers la chambre du haut. Il souleva la trappe du toit, seule issue de secours, pendant qu'Oumi sortait Bajou du lit, bleu de terreur. Il les porta l'un et l'autre autant qu'il les poussa sur l'échelle qui menait à la terrasse. Au rez-de-chaussée, l'incroyable bouillonnement des tourbillons d'eau brunâtre déchirait tout sur son passage, transformant les objets les plus solides en fétus inconsistants, ravageant l'intérieur modeste livré à son aveuglement.

Dehors, dans sa folie, la crue déracinait les arbres, les métamorphosait en béliers incontrôlés, véritables instruments de ruine. Dieu n'avait pas écouté Youssef. Il ne s'était pas reposé, au contraire...

Le père, à son tour, grimpait les derniers barreaux quand il se ravisa. Pouvait-il sacrifier tout son maigre bien à la folie des eaux? Oumi perçut son hésitation. Allongée sur le toit battu par la pluie, sa main s'agrippait à son épaule. Non, il ne fallait surtout pas qu'il redescende! Mais la force de l'homme eut raison de son geste. Il l'apaisa d'un regard.

– Je reviens... ne crains rien, Oumi....

Et il lui sourit.

Oumi hurla son nom comme un cœur qu'on arrache. Bajou mêla sa voix et ses pleurs aux siens. Mais Youssef avait déjà disparu à leurs yeux, pataugeant dans l'eau qui lui arrivait à hauteur de poitrine. Il avançait obstinément, luttant contre le courant, insensible aux appels suppliants de sa famille. Un effort ultime l'amena jusqu'au meuble où quelques heures auparavant il avait entreposé la précieuse cassette. Le niveau dépassait maintenant sa poitrine. Il luttait comme un forcené pour ouvrir ce meuble que la pression de l'eau rendait inviolable. Il se battait sans un mot, entêté, désespéré. C'était son seul argent, sa vie! Il n'allait pas le laisser à l'inondation! C'était trop bête! Il surprit au milieu du vacarme l'appel animal d'Oumi. Allons, il fallait renoncer, retrouver les siens. Ruiné, mais en vie. Il se décida à faire demi-tour. Chaque mouvement devenait un enfer. L'eau jouait avec lui comme la musique avec les corps. Mais une fois gagné l'escalier, il serait sauvé.

C'est à cet instant que, face à lui, le mur de la maison explosa sous l'effet d'un choc assourdissant. L'espace d'une brève seconde qui lui parut interminable, Youssef Benkahen aperçut le corps noir et vorace du tronc d'arbre qui venait sur lui. A peine le temps d'un soupir, d'une brève aspiration, il sentit l'écorce fracasser son visage : l'homme, soudain dérisoire et léger, se laissa emporter.

Au-dessus de lui, anéantis, blottis l'un contre l'autre, pleurant de rage et de douleur, Oumi et Bajou l'appelaient dans une plainte inutile.

2

Sous le soleil déclinant, la vieille mule peinait en amorçant la côte. La route jusqu'alors plate et monotone s'était soudain contractée de manière inattendue. Le drôle de convoi bringuebalant traversait depuis des kilomètres une terre aride et caillouteuse. L'air sec desséchait la peau. Par moments, des nuages de poussière s'élevaient au-dessus du sol, entraînant avec eux quelques maigres broussailles. A deux reprises un cri d'oiseau bref et strident avait troué le silence, seul incident notable du parcours.

Oumi, épuisée, s'obstinait à garder le buste droit malgré les tressaillements de la carriole. A l'arrière, perché au sommet d'un entassement hétéroclite, Bajou, le regard perdu dans le vide, tournait le dos à la route.

L'homme qui guidait la charrette s'arrêta brusquement et désigna le paysage. L'uniformité de la plaine contrastait avec les ondulations du sol. Un gigantesque damier de couleurs éclatait devant eux. Vers l'Est, dans un vallonnement harmonieux, de magnifiques champs de blé mûr s'étalaient nonchalants, à peine caressés par la brise légère. L'espace semblait sans limite, paisible.

– Tout ça est à toi, oncle Elie? demanda Bajou.

– Dieu m'en préserve, hélas! répondit Elie en éclatant de rire. Les terres appartiennent à Monsieur Scali. C'est lui qui m'emploie. Moi, je ne suis que le métayer. Mais plus loin, tu vois la maison avec la cour? Eh bien c'est chez moi... C'est là que vous allez vivre désormais.

Ils avaient voyagé deux nuits et deux jours durant. Oncle Elie, le frère de son père, était venu les chercher. Bajou n'oublierait jamais que lorsqu'ils avaient quitté Takrouna en ruine, le soleil était à son zénith.

Le crépuscule bienfaisant s'installait quand ils dépassèrent le portail de la ferme, une bâtisse assez vieille mais bien entretenue.

Quelques minutes plus tard, il faisait nuit. Juste le temps pour que les étendues environnantes se recouvrent d'un léger filtre rose. Bajou, qui n'avait jamais vu le soleil se coucher ailleurs qu'au sommet de sa montagne dans un étirement infini, eut le cœur serré de le voir disparaître aussi rapidement. Quel nouveau tour préparait donc le Bon Dieu? N'en avait-il pas déjà fait assez?

Elie embrassa ses enfants accourus vers lui en les prenant tour à tour dans ses bras. Une petite fille au visage mutin resta accrochée à son cou, tandis qu'un garçon chétif s'agrippait à sa taille. C'étaient Marie et Marcel, ses deux cousins que Bajou voyait pour la première fois. Elie se tourna vers une femme qui appurut dans l'encadrement de la porte :

– Voici le fils de mon frère, que Dieu ait son âme! et Oumi sa pauvre femme. Nous serons pour eux une nouvelle famille! Bienvenue!

A la ferme, tout le monde travaillait aux champs, du moins au temps des moissons car le blé mûrit vite et les bras ne sont jamais assez nombreux pour avancer la récolte. Du lever au coucher du soleil, hommes, femmes et enfants fauchaient, ratissaient, chargeaient sans discontinuer. A la tombée de la nuit, Elie retrouvait souvent Marie, Marcel et Bajou affalés contre des meules en plein champ, épuisés. Il prenait alors les deux petits tout somnolents dans ses bras et les ramenait vers la ferme. Bajou suivait, sous les exhortations d'Elie.

Pendant les moissons, la maison d'Elie regorgeait de monde. Certains ouvriers arabes et leurs femmes, qui ne pouvaient se loger convenablement dans les étables, partageaient aussi bien le gîte que le couvert de la famille Benkahen. Ils ne se mettaient à table, néanmoins, qu'une fois achevée la traditionnelle prière du soir qu'Elie marmonnait entre ses dents plus qu'il ne la disait.

– Barou chata Adonaï...

Tandis qu'Elie priait, Marcel et Marie maintenant tout à fait réveillés plaisantaient à voix basse en retenant de petits gloussements moqueurs. Puis la prière expédiée, Elie coupait le pain et appelait les enfants un à un, pour se livrer avec eux à un cérémonial qu'il considérait au moins aussi nécessaire que la prière. Car si Elie était profondément croyant, il transigeait moins sur la propreté que sur la pratique religieuse.

– Les enfants... vos mains...

Marie se levait la première, toute gracieuse, minaudant comme une petite femme, et tendait fièrement ses paumes ouvertes, frottées avec le plus grand soin. Son père s'amusait avec elle, caressait ses cheveux, la couvait du regard et la renvoyait à sa place, satisfait, avec une petite claque sur les fesses. Puis venait le tour de Marcel, tête basse, qui s'approchait de mauvaise grâce. Il ne comprenait pas l'intérêt de ce protocole et il lui arrivait fréquemment d'avoir du mal à déplier ses doigts, tant ils étaient collés par la crasse. Elie ne pouvait se douter que Marcel, avant de passer à table, se maculait volontairement les mains de boue. Entre les remontrances de son père et sa paresse, Marcel avait depuis longtemps choisi. « Cette saleté, se disait-il, c'est bien la preuve de mon acharnement au labeur... » Alors, d'un air désapprobateur et sévère, Elie prenait immuablement les mains de son fils dans les siennes et les passait sous l'eau du broc avant de les essuyer longuement avec une serviette.

Chaque soir la scène était suivie avec des yeux envieux par Bajou, qui ne voyait que les mains larges et fortes d'Elie enveloppant celles de Marcel. Les mains d'un père qui lui rappelaient tellement le sien... Il en venait à regretter de montrer, systématiquement, quand venait son tour, des mains immaculées. Mais Oumi, avant chaque repas, y veillait avec tant de jalousie qu'il lui fallait se contenter du rapide acquiescement d'Elie et retourner à sa place, frustré d'avoir trop facilement passé son tour.

Il arrivait certaines nuits à Bajou – si grandes étaient sa peine et sa détresse – de se lever sans faire de bruit pour aller se planter devant la fenêtre. Dans la paix du matin naissant, l'air semblait chargé d'une intimité nouvelle. Un voile laiteux s'était déposé au ras du sol et le relief en paraissait changé. Bajou, étonné, regardait les terres prendre une teinte inconnue. Son œil filait le long du chemin étroit et sinueux qui un jour, il en était certain, le ramènerait vers la maison du bonheur disparu.

3

Les moissons étaient désormais presque terminées. Mais dans la cour de la ferme, l'activité restait intense. Tout le monde s'agitait autour de l'immense moissonneuse, l'unique de toute la région, qui faisait la fierté d'Elie comme s'il en était le propriétaire.

Des ouvriers peinaient comme des galériens, arc-boutés sur les manches en bois qui faisaient tourner les larges roues broyeuses de l'engin.

A sa tête, un autre groupe de forçats déversait dans la gueule vorace de la machine le contenu des charrettes gorgées d'épis de blé, lesquelles se succédaient sans discontinuer de l'aube au crépuscule.

L'insatiable dévoreuse recrachait au bout de sa queue la paille débarrassée des épis que les enfants et les femmes assemblaient aussitôt en bottes. Quant à eux, les hommes ensachaient le grain au fur et à mesure qu'il s'entassait dans le réservoir latéral de la bête. Une fois rempli, un sac de toile ne pesait pas moins de cinquante kilos. D'un coup de rein rageur, d'autres manœuvres les portaient jusqu'à la balance, à l'entrée de la grange.

Là, assis devant une table de fortune et la langue serrée entre ses dents à force d'application, Elie notait sur des feuillets jaunis par le soleil, avec une petite pointe noire écrasée entre ses gros doigts terriens, le poids exact de chaque sac que les ouvriers lui hurlait avant de le déposer à l'intérieur de la grange déjà pleine à craquer. Ballet incessant où les maigres capacités intellectuelles d'Elie étaient rapidement dépassées. Eh, c'est qu'il savait à peine parler le français, Elie, et écrire quelques chiffres... Encore allait-il falloir les additionner les uns aux autres, et comme d'habitude tout recommencer vingt fois avant d'être à peu près sûr du résultat. Le métayer suait sang et eau, angoissé à l'idée de la corvée qui l'attendait. Pour tout le monde la fin des moissons était un moment de fête. Sauf pour lui, qui devrait endurer jusqu'au plus tard de la nuit un calvaire insoupçonnable que sa condition l'obligeait à taire. Il en venait à les détester, ces ouvriers qui travaillaient si bien et si vite, et devant lesquels il devait donner l'illusion de l'assurance!

Même le regard que le petit Bajou posait sur lui avec insistance, depuis quelques instants, n'était pas fait pour le détendre. S'apercevait-il du désarroi d'Elie, son drôle de gros neveu qui parlait si peu mais dont les yeux semblaient sans cesse réclamer quelque chose! « Mais qu'est-ce qu'il veut? » explosa Elie en son for intérieur, pestant de plus en plus contre l'emprise de ce regard fixé sur lui. Et voilà, il ne savait même plus où il en était! Rageusement, il ratura sa feuille et recommenca toute l'opération, certain que son calvaire ne prendrait jamais fin. Il n'avait qu'à bien se tenir, le gros Bajou! Un jour, son oncle lui ferait payer son outrecuidance! Pour le punir, il l'obligerait à faire toutes ses additions tandis que lui l'observerait d'un air narquois, mollement allongé dans le foin.

Elie se frappa le front de désespoir. Que lui arrivait-il? Comment pouvait-il être aussi injuste envers cet enfant malheureux qui, tout au plus, fixait vaguement les feuillets, le regard certainement perdu dans quelque souvenir douloureux, épuisé par la fatigue d'une dure journée? L'oncle eut honte de ses pensées. Il se promit de bien dire la prière du soir, et même de la réciter deux fois pour se rattraper. Oui, mais à quelle heure? ne put-il s'empêcher de gémir aussitôt, pour lui-même.

Il haletait maintenant comme un âne. Il manqua même défaillir en apercevant la carriole légère pénétrer dans la cour de la ferme, s'arrêter devant la grange, et Monsieur Scali en descendre entouré de ses cinq vauriens de garçons (il prit le temps de les maudire) qui s'étaient bien gardés de se montrer durant le temps des moissons. Il « n'espérait » la visite de son maître que le lendemain...

A la vue de l'attelage, le petit Marcel qui s'était réfugié dans un coin de la grange à l'abri du labeur retrouva aussitôt une ardeur au travail inconnue chez lui. Ce soir, ses mains seraient sales pour de bon. Monsieur Scali, la stature imposante, et la cinquantaine bien sonnée, impressionnait tout le monde.

Autant l'attitude de Marcel fit sourire Bajou, autant la déférence avec laquelle Elie s'inclinait devant Monsieur Scali le mit mal à l'aise.

– Monsieur Scali, comment ça va?...

– Ça va, ça va, Elie... répondit le propriétaire d'un ton évasif.

En fait, la prévenance d'Elie l'énervait davantage qu'elle ne comblait son sens des valeurs. Enfin, c'était un métayer honnête, et il fallait faire avec.

– Et Madame Scali, elle va bien? C'est pour bientôt, non?

– C'est même imminent... Pourvu seulement que j'aie une fille, parce que les garçons, ça suffit, hein! Tous des fainéants! Cinq garçons et pas un pour racheter l'autre!

– Ils sont jeunes... avec le temps...

– Bon, Elie, je suis pressé maintenant... les comptes, tu les as?

S'il le laissait faire, ils parleraient de la pluie et du soleil toute la nuit. Elie piqua du nez vers ses feuilles, rouge de confusion.

– Voilà, Monsieur Scali, voilà... je termine...

Monsieur Scali manifesta son impatience d'une moue excédée. La main tremblante, Elie tendit à son patron les feuilles raturées. Après tout, se dit-il, Monsieur Scali ne calculait pas mieux que lui et il serait toujours temps, le soir venu, de refaire les comptes. La main du propriétaire allait saisir les feuilles quand l'index boudiné de Bajou s'appuya dessus.

– Tu t'es trompé... là...

Bajou s'était adressé précipitamment à son oncle. Il ne rencontra que son regard incrédule. Il insista alors, avec fermeté.

– Si, tu t'es trompé, là!

Son doigt pointait tout simplement le total. Scali piétinait sur place, ne voulant pas se mêler d'une affaire qu'Elie se devait de régler lui-même. Mais sans lui laisser le temps de réagir, Bajou avait déjà saisi les feuillets et, l'ongle glissant à toute vitesse sur les longues colonnes, le buste animé d'un étrange et régulier mouvement de balancier, il chantonnait la longue série de chiffres comme il l'avait vu faire tant de fois à son père, avant d'inscrire – définitif – une nouvelle somme.

Au début impatient, Monsieur Scali s'amusait maintenant du culot de l'enfant. Si sa culture lui avait permis de connaître Mozart, il l'aurait incontestablement comparé à Bajou. Mais pour l'heure il se contentait d'être impressionné, ce qui n'était déjà pas mal, tandis qu'une idée qui l'amusait beaucoup germait dans son cerveau.

– Alors, Elie... c'est juste, maintenant?

Vexé, le visage sévère, le métayer vérifia scrupuleusement l'addition et ne put que constater l'évidence.

– Au gramme près, Monsieur Scali...

Ce dernier éclata de rire, aux anges.

– Eh, bravo mon garçon! Mais d'où tu viens, toi? Tu sais compter avant d'écrire? Remercie Dieu!

Elie crut bon de surenchérir.

– Un vrai génie, ma parole! Le fils de mon pauvre frère, remarquez Monsieur Scali...

– Alors on va lui donner la place de comptable, à lui... ça restera dans la famille, comme ça!

Elie faillit avaler sa moustache. Ce gamin qu'il avait recueilli dans toute sa générosité lui volait une partie de ses prérogatives.

– Comptable? Mais c'est encore un enfant, Monsieur Scali...

– Sous ton autorité, Elie! Tu vérifieras ses comptes, bien sûr...

Monsieur Scali aimait décidément s'acharner, nota Bajou qui demeurait silencieux comme s'il n'était pas concerné. Oncle Elie semblait être en colère mais lui n'avait rien demandé. Pourquoi refuserait-il?

– Alors tu es content, mon garçon?

Si Monsieur Scali espérait des remerciements, il en fut pour ses frais. Avant que l'enfant n'ait pu émettre le moindre son, Oumi qui jusqu'à présent s'était respectueusement tenue à l'écart s'avança et osa :

– Mais il pourrait faire l'école, d'abord... et apprendre le français! Avec votre bénédiction, bien sûr...

Elle avait entouré les épaules de Bajou de ses bras, et l'enfant se laissa aller contre elle, confiant, convaincu sans le comprendre clairement qu'un moment important de sa vie se jouait là.

Monsieur Scali et Elie étaient restés interloqués. De quoi se mêlait cette femme, et devant tout le monde encore? Il convenait de la remettre à sa place.

– Le français, il l'apprendra en parlant! trancha sèchement Monsieur Scali. A quoi ça sert, l'école? Est-ce que je l'ai faite, moi? Non! Et alors? Je parle, ça suffit! Il vaut mieux qu'il travaille!

Elie vola au secours de la victoire. Après tout, il n'en était plus à une humiliation près.

– ... Comptable, c'est bien. Il a raison, Monsieur Scali...

Mais Oumi ne voulait pas reculer. Ces deux hommes parlaient de l'avenir de son fils unique pour lequel elle était prête à se battre becs et ongles. Avec tout le courage nécessaire à une femme dans une pareille situation, elle fit front :

– Après l'école, il pourra encore mieux vous servir, Monsieur Scali...

– Oh, mais doué comme il est déjà, il me suffit!... Bon, maintenant...

La colère le gagnait devant cette femme qui lui tenait tête. Même sa propre épouse n'aurait pas osé! Il sentait la situation lui échapper et le recours à la violence s'imposait comme seule issue. Sans doute les mots auraient-ils dépassé sa propre pensée, mais la voix affolée et essoufflée d'une servante s'éleva fort à propos pour couper court à la discussion.

– Monsieur Scali! vite! vite!... hurlait une jeune femme arabe, comme un appel au secours.

Monsieur Scali s'était précipité vers elle et l'avait saisie aux épaules, alarmé.

– Quoi? Qu'est-ce qu'il y a? Mais parle!

Les poumons en feu, la gorge sèche, la servante livra son message dans un beau sourire.

– C'est Madame... elle accouche!

***

La carriole, à l'arrière de laquelle avait pris place Elie, déboula à la vitesse d'un char romain devant la demeure de la famille Scali, au sommet de la colline qui dominait à la fois la ferme et le vallon. Une demeure imposante, aux murs d'un ocre chaud, mélange miraculeusement homogène des influences hispanique et française qui avaient traversé la Tunisie.

Au moment où monsieur Scali tirait énergiquement sur les rênes pour maîtriser son fier cheval, les hurlements forcenés d'un nourrisson éclataient derrière les persiennes closes du premier étage. Un instant, le propriétaire retint son souffle. Puis, soudain abattu, il descendit lourdement de son siège, sans même chercher à cacher son accablement.

– Ça, c'est un garçon... je reconnais. Elle est capable de me faire que des garçons, celle-là...

Le pas lourd, il gagna la maison sans un regard pour Elie. Fallait-il que le Ciel soit bien cruel pour ne pas lui donner cette fille qu'il désirait plus que tout au monde! Lui qui n'avait jamais, de sa vie, manqué le moindre shabbat... Pauvre Madame Scali... Aurait-elle encore la force de se remettre à l'ouvrage?

Il disparut derrière la lourde porte d'entrée à l'instant même où les enfants de la ferme, qui s'étaient élancés derrière la carriole, arrivaient, tout essoufflés. Bon dernier, Bajou avait par curiosité suivi le mouvement.

Les fils Scali, qui ne considéraient pas l'arrivée d'un nouveau-né comme un événement, s'amusaient autour de l'attelage.

Elie fit signe à ses enfants et à Bajou que mieux valait ne pas rester là. Ils s'en retournaient déjà lorsque la voix tonitruante de Scali retentit soudain derrière eux.

– Ecoutez-moi tous! Une fille! C'est une fille! Y'a Rabbi! Béni soit le Seigneur!

Sur le perron de la maison, dressé sur ses ergots tel un athlète victorieux, Scali brandissait un petit être rougeaud qui gigotait et s'époumonait.

– Regardez comme elle est belle! C'est ma fille! Ma fille, regardez! Elle s'appellera Habiba, la bien venue! Habiba! Vous entendez? Habiba!

Tout en parlant, il avançait avec mille précautions pour ménager son précieux fardeau.

– Les enfants! Venez voir votre petite sœur, bande de vauriens! Attention, ne lui faites pas mal, elle est toute petite! Embrassez-la, oui... C'est ça, sur le front, doucement, très doucement...

L'enfant s'égosillait de plus belle mais le père, transporté, n'y accordait aucune importance.

– N'aie pas peur, je ne te laisse pas, mon bébé! Quelle beauté, quelle beauté! Comment elle va faire souffrir les garçons, celle-là!

– Vous direz à Madame Scali combien on est content

pour elle... se prosterna Elie. On va vous laisser à votre joie...

Mais Scali le rattrapa d'une main ferme, jaillie de sous le nourrisson :

– Attends, Elie, attends. C'est un trop beau cadeau que le Bon Dieu m'a fait aujourd'hui! Je vais t'en faire un moi aussi. Enfin, pas moi... Habiba...

Le bonheur de la naissance de sa fille transfigurait le redoutable propriétaire en un enfant joueur. Scali se pencha sur le nourrisson avec un sourire béat et se mit à remuer délicatement la minuscule tête.

– Qu'est-ce qu'il en pense, mon petit trésor? Alors? Elle est d'accord pour que le neveu d'Elie il passe son certificat? Qu'est-ce que tu dis, mon amour?

Se tortillant dans ses langes, la petite fille hurlait tout son possible. Marcel eut alors l'intuition de sa vie.

– Oui! elle a dit oui! j'ai compris!

Le bonheur de Monsieur Scali atteignait le paradis. Tout lui était miel, et ce qu'il aurait pris pour insolence en temps normal lui apparaissait en cet instant parole divine. Il rendit sa sentence d'un air enjoué.

– Il a raison, Marcel! Elle a dit oui! Elle est d'accord pour l'école! Bajou, tu peux dire merci à Habiba! Mais en attendant, certificat ou pas, tu me fais les comptes! Et sans salaire, hein?

Une telle bonté sans contrepartie aurait été naturellement troublante. Bajou n'y trouva rien à redire. Il pensait simplement à Oumi et à la fierté qui serait la sienne.

Sur le chemin du retour, le débit saccadé et troublé d'Elie paraissait ne devoir jamais finir aux oreilles de Bajou :

– Mon frère, le pauvre, il aura pas vu ce bonheur... Le certificat d'études, tu l'emmèneras partout avec toi... Partout! On te demande tes papiers, tu le leur montres et tu leur dis : « Je vous montre le premier certificat d'un enfant de Takrouna! » Oui, le premier certificat! Tu te rends compte de cette époque qu'on vit, où toi, un enfant, tu vas savoir mille fois plus de choses que moi, un adulte?...

Absorbé par la langueur du soir, Elie finit par se calmer et ils cheminèrent tous côte à côte en silence, plongés dans leurs pensées. Devant eux, le disque rouge du soleil plongeait sa masse luisante vers l'horizon, embrassant la terre et le ciel d'éclats presque surnaturels.

Une belle journée, en vérité, que ce dernier jour des moissons. Scali avait sa fille tant espérée, Marcel pourrait prétendre toute sa vie être le principal responsable des études de Bajou... Marie trouvait finalement que son gros cousin n'était pas si dénué d'intérêt, comme elle l'avait pensé de prime abord... Certes, son obésité la gênait un peu. Mais qui sait, en grandissant... Pour sa part, Elie se disait que Monsieur Scali avait bien de la générosité. Et finalement, tant que ça restait dans la famille... il savourait déjà les longues heures de repos qu'il s'octroierait pendant que son neveu ferait les comptes.

Bajou, lui, s'interrogeait sur le monde des adultes. La métamorphose de Scali et les arrangements perpétuels d'Elie les rendaient méprisables à ses yeux. Il réalisait confusément, dans ses derniers pas vers la ferme, qu'écraser les faibles et jouer avec les puissants était le chemin qu'il lui faudrait suivre pour sortir de sa condition. Après tout, se dit-il, si ce chemin est le mien, c'est que Dieu l'aura tracé.

4

Une grande fête fut organisée pour célébrer la venue de Habiba. On profita du moment de son baptême, huit jours après sa naissance. Monsieur Scali invita tous les ouvriers, hommes, femmes et enfants de la ferme à participer à la cérémonie.

Il avait même obtenu que le Grand Rabbi de Nabeul soit présent, malgré les deux heures de trajet à dos de mule qui séparaient le domaine de la ville. Le Grand Rabbi devait être un saint homme, à n'en pas douter.

Dans la douce chaleur de l'été finissant, tout le monde était regroupé sous les hauts cyprès du parc qui dominait le vallon. Monsieur Scali n'avait pas lésiné sur les moyens : il avait lui-même fourni des taleths brodés et des calottes de soie à tous les hommes. Et chacun, juif ou arabe, en signe de reconnaissance, avait appris par cœur la prière du baptême afin que rien ne vienne troubler le bonheur de Monsieur Scali.

Madame Scali avait placé le nouveau-né dans les bras d'Oumi. Cela pour honorer, comme le veut la tradition, une proche frappée par un malheur récent.

Le Rabbi de Nabeul – un homme au corps taillé à la serpe, une longue barbe flottant à la brise – officiait, soutenu par le chœur des ouvriers dont on ne peut pas jurer qu'aucun ne fit de fautes. Enfin il bénit l'enfant, trempa ses lèvres dans le verre de vin doux qu'une servante lui avait apporté. A son tour il le transmit à Monsieur Scali, qui fit de même avec l'homme le plus proche de lui, et ainsi de suite. Sans doute n'y en eut-il pas pour tout le monde, tant ils étaient nombreux et les gosiers desséchés. On allait pouvoir passer à table.

Comme cela avait été entendu avec lui, le saint homme ne resterait pas pour les agapes. Madame Scali lui avait néanmoins préparé un volumineux paquet rempli de makroudes, yoyos et autres biscuits qu'elle avait passé des journées entières à confectionner, en plus des trois poulets déplumés qu'on lui avait déjà attachés sur la mule. Elle s'inclina avec déférence devant la main que le religieux lui tendait, prenant bien soin de ne pas la toucher. Le sourire figé dans sa bienveillance coutumière, il salua l'assemblée pour prendre congé.

Monsieur Scali, alerte comme un cabri, lui emboîta le pas.

– Ah, Monsieur le Rabbin, c'est moins de travail pour une fille que pour un garçon, non?

Il rit, ravi de lui-même, et comme pour se racheter sa grosse main plongea à l'intérieur de son gilet pour en ressortir une enveloppe pleine à craquer, qui sentait bon les vieilles coupures.

– Tenez, prenez, Monsieur le Rabbin...

Celui-ci se crut obligé à un cérémonial...

– Non... merci... vous avez déjà été amplement généreux...

... cérémonial dont Scali connaissait bien la règle. Aussi insista-t-il :

– Allons, Monsieur le Rabbin... C'est pour la Communauté! Je vous en prie!

L'argument, même s'il avait beaucoup servi, demeurait imparable. Après avoir enfourché sa petite mule, qui faillit crouler sous l'assaut du religieux, ce dernier prit l'enveloppe qu'il fit disparaître comme un magicien dans sa large kefta.

– Dieu vous le rendra...

Scali eut l'étonnant bon goût de ne rien répondre. La silhouette noire du Rabbin s'éloignait déjà, enveloppée dans un voile diffus de poussière que la terre exhalait sous les pas de la monture, tressautant au gré des humeurs du chemin. Embusqués, Bajou et Marcel n'avaient pas perdu une miette de la scène et se regardaient maintenant, complices désenchantés de la nature humaine.

Le saint homme, c'était certain, n'avait pas fait son chemin pour rien.

Le crépuscule s'était installé sans heurt sur la maison.

Autour d'une longue table, tous les invités attendaient dans des éclats de voix joyeux que les serviteurs achèvent de découper l'agneau imposant, dont des heures durant chacun avait humé l'odeur qui s'échappait de sa chair grillée par un feu savamment entretenu. Monsieur Scali, décidément bonhomme en cette journée, prit lui-même un plat rempli de côtelettes pour l'apporter jusqu'à la table, dans un rugissement de plaisir.

– Regardez, regardez ce qu'il vous apporte, Monsieur Scali... Ah, il s'est pas moqué de vous, hein?

Il posa le plat au milieu d'un concert d'exclamations admiratives, et il entreprit même de servir les convives alentour. Il piqua violemment une fourchette dans la chair de plusieurs côtelettes pour en remplir l'assiette de Bajou.

– Tiens, Bajou, tout ça c'est pour toi! T'en as plus besoin que les autres, toi! Mange, mange!

Bajou toucha à peine à la viande, sous les moqueries des cinq enfants Scali qui trouvaient décidément que leur père avait bien de l'humour.

Celui-ci s'agitait, incapable de rester en place. Habiba, dans les bras de sa mère, pleurait. Aussitôt il la saisit et la berça. Son enfant, sa fille adorée! Jamais il ne supporterait qu'elle pleure. Il lui désignait le vaste paysage qui étendait à leurs pieds l'infini tapis mordoré des champs.

– Regarde, ma fille, comme c'est beau! Je ne m'en lasserai jamais! Il y a deux siècles, quand ma famille est arrivée de Gênes, on n'avait que ce champ... et maintenant... Ah, y' a Rabbi...

Gênes. Le mot inconnu excita soudain l'imagination de Bajou. Il entr'aperçut la mer sauvage charriant des rouleaux déchaînés, les voiles des navires gonflées sous la tempête, et lui à la proue, tel Marco Polo dirigeant la manœuvre, à la recherche de ses ancêtres.

Il secoua la manche d'Oumi, assise à ses côtés.

– Et nous, d'où on vient? demanda-t-il...

Oumi haussa les épaules. Quelle importance?

– De Takrouna... Je te l'ai déjà dit cent fois...

– Non, mais avant, insista Bajou, on était où, il y a deux cents ans?

– Comment je peux savoir, moi?

– Monsieur Scali, il le sait bien, lui! martela l'enfant.

Excédée, Oumi trouva la parade.

– Monsieur Scali, il sait toujours tout, le pauvre! Mange plutôt, c'est froid!

Elle reporta son attention sur le service qu'elle assurait, garnissant chaque assiette de légumes mijotés dans l'huile.

Même si la réponse de sa mère le laissait insatisfait, Bajou ne pouvait que lui donner raison. Un homme qui sait tout n'a plus rien à découvrir, le pauvre...

Tout en berçant Habiba avec une douceur surprenante, Scali s'était assis à sa place, en bout de table, entre Elie et Madame Scali. Une nostalgie nouvelle glissait sur ses traits burinés.

– Ah, Elie, Elie...! Dire que tout ça est à moi...

– C'est le plus beau spectacle que je connaisse, Monsieur Scali!

– Beau, tu peux le dire! Mais ça suffit pas... La terre, quand tu la possèdes, il faut aussi la garder!

– Qui peut vous la prendre, Monsieur Scali... elle est à vous, cette terre, et elle vous rend riche!

– Justement... plus tu as, plus tu dois te méfier des autres! Les corbeaux ne sont jamais loin!

– Mais non! Personne vous la prendra... Parole d'Elie!

Jamais encore Monsieur Scali ne s'était laissé aller à de telles confidences. Elie se sentait gonflé d'importance et se faisait un devoir de rassurer son maître dans ce moment de faiblesse. Scali tourna son regard sur lui, une moue innocente sur les lèvres.

– Si tu le dis... Mais toi, tu aimerais bien en avoir un petit bout, de cette terre, hein Elie?

Ça, il l'avait souvent pensé; espéré, aussi. Espéré qu'en échange de ses bons et loyaux services, Monsieur Scali un jour lui ferait cadeau – oh, de pas grand-chose – juste un hectare tout au plus. Mais un hectare à lui, rien qu'à lui. Oui! S'il y avait une chose qui le comblerait, c'était bien un morceau de cette terre!

Et peut-être bien que la question de Monsieur Scali n'était pas si innocente, au fond? Peut-être bien qu'en ce jour de célébration, il était prêt à lui faire ce cadeau! Après tout, il avait bien offert l'école à Bajou qui n'avait jamais rien fait pour lui. Qui ne lui avait même pas dit merci! Alors qu'Elie, depuis trente ans déjà, son seul horizon était les frontières du domaine Scali, pour lequel il avait donné sa jeunesse et sa santé. Oui, maintenant, il en était certain : Monsieur Scali après avoir sacrifié à Dieu s'apprêtait à lui rendre justice à lui, Elie, son fidèle métayer.

Alors l'innocent homme, grisé autant par l'apparente confiance dont faisait montre Monsieur Scali que par le rosé de Sousse dont il s'était largement abreuvé depuis le début du baptême, l'innocent Elie ne vit pas le jeu de son patron, osa et plongea :

– Oui! répondit-il, souriant de toutes ses dents, en dodelinant de la tête comme pour atténuer l'invraisemblable propos. Cette terre, j'en voudrais bien un bout!

Mais Monsieur Scali ne l'entendait pas ainsi. Sa main

saisit au sol une poignée de terre et la déversa dans l'assiette encore pleine de méchoui d'Elie.

– Tiens, prends! Tu vois comme c'est facile!

Une lumière étrange dansait sur le visage de Scali. Son rire sonore lança des vibrations qu'amplifiait un écho. Celui du rire de ses enfants et des ouvriers qui se délectaient de la bonne plaisanterie du maître. Et l'écho grossit bientôt du rire d'Elie qui se joignait aux autres. Mortifié, humilié, riant de lui-même et de son espoir insensé. Et plus Scali riait, plus Elie riait. Pour un peu, pour aller au plus loin dans la mortification, il aurait avalé ses côtelettes saupoudrées de poussière.

Il ne voulait pas voir, blessés par l'outrage, Marie et Marcel qui pleuraient doucement. Oumi, elle, raclait nerveusement le fond de son assiette tandis que Bajou, muet et immobile, fixait les deux hommes. Si Scali venait d'éveiller la haine dans son cœur qui ne cherchait que des raisons de se révolter, la vision d'Elie renforçait son dégoût instinctif pour toute subordination. Il maudissait aussi fort l'un qu'il méprisait l'autre.

Bajou baissa soudain les yeux. Il avait trop peur que Scali ne se rende compte de ses sentiments. Cet homme méritait une leçon. Il se promit de la lui donner en temps et en heure. Seulement pour se venger. Surtout pas pour Elie, dont la lâcheté le privait définitivement de tout pardon.

5

Oumi s'affairait, illuminée d'un sourire intérieur que Bajou ne lui connaissait plus depuis la mort de son père. Son visage plein et allongé touchait presque la joue de son fils. Une respiration calme et régulière scandait ses gestes mesurés. Face au miroir, ses yeux emplis d'une tendresse attentive traquaient la moindre imperfection. Le cheveu lissé et aplati à l'eau, Bajou évitait de croiser son reflet : sa culotte et sa veste retaillées dans un vieux costume flottaient autour de ses membres, et les manches désespérément trop grandes pendaient de manière lamentable au bout de ses bras. D'un geste preste, sa mère les retourna :

– C'est pas grave, regarde comme tu es beau, mon fils... Il te va bien, le costume de ton père...

Bajou s'observait froidement. Il n'avait aucune indulgence pour lui-même parce qu'il se voyait comme il était. Il savait ses jambes trop courtes et épaisses, son torse flasque et son cou gras.

– Je veux qu'il soit beau, mon fils... qu'il ressemble pas à un chiffonnier!

– Oumi, ça y est, il est prêt?

Derrière la porte, raide et emprunté dans son costume

neuf, Elie pestait contre le retard de son neveu. Il y avait un long bout de chemin à faire sur la vieille carriole. Soudain Oumi serra l'enfant contre elle de toutes ses forces, comme si elle pressentait que c'était le premier degré de leur arrachement et que bientôt on le lui prendrait complètement :

– Allez, va, amour de ma vie!

Après avoir trotté pendant plus d'une heure et demie, la mule s'arrêta docilement devant l'imposante grille de fer de la petite mairie de Nabeul.

La tête en arrière, la bouche ouverte, Bajou regardait fasciné le drapeau bleu-blanc-rouge, planté au fronton d'un édifice aux inscriptions indéchiffrables, que le vent chaud caressait mollement.

Dans la petite cour de l'école communale qui jouxtait la mairie, des enfants jouaient bruyamment. Leurs rires redoublèrent au spectacle d'Elie fier comme un paon, le buste aussi droit que la justice, qui traversait la cour à grandes enjambées en tirant Bajou derrière lui. Sans la poigne de fer de son oncle, le jeune garçon aurait bien fait demi-tour pour fuir vers un autre chemin que celui qu'il s'était imaginé. Mais le cours de son destin filait sans qu'il puisse s'y opposer. La porte s'ouvrit sur une grande salle ombragée, jalonnée de pupitres vides qui sentaient bon le bois et des parfums de livres comme de craie inconnus aux sens de l'enfant. Dieu qu'elles étaient agréables, ces odeurs que Bajou découvrait! Une estrade, un tableau noir qui mangeait tout un mur et, assis devant, à un bureau de bois, la blouse grise constellée de taches de couleur, penché sur des copies, un homme d'une quarantaine d'années. Son visage s'éclaira d'un large sourire en apercevant Bajou, comme celui d'un curé accueillant ses ouailles. L'enseignement laïc et obligatoire gagnait un nouvel adepte.

L'enfant restait paralysé sur le pas de la porte. L'homme était si différent de tous ceux qu'il connaissait. Son teint et ses yeux clairs, et cet accent étrange qui ne faisait danser aucun mot sous sa langue... c'était bien ça : l'instituteur était donc un authentique Français de France, premier exemplaire aux yeux de Bajou de ce peuple tant admiré!

Par son intermédiaire, Bajou découvrit la langue de Molière et accepta avec autant de ravissement que de fierté d'être le descendant de Vercingétorix et Charlemagne, dont il ne mit jamais en doute qu'ils puissent être ses ancêtres naturels, tant il trouvait là une réponse à des questions restées lettre morte. S'il se méfia du chevalier Bayard, dont le courage sans peur et sans reproche lui paraissait chose bien vaine pour qui veut aller loin dans la vie, il nourrit un faible pour Louis XI dont la ruse lui paraissait mieux convenir à qui veut bâtir une œuvre durable dans un monde hostile.

Mais la plus grande illumination de ses courtes études fut, sans conteste, la découverte du mot « protectorat ». Donc sa terre natale, la Tunisie, était un protectorat, et la France, son protecteur, répondait du bien-être de tous ses protégés. Qu'il était doux et naturel de se laisser aller à la chaleur de son aile protectrice! Ainsi la France qui ne demandait rien et donnait tout, et que son instituteur avait le bon goût de dessiner sous les traits rassurants de Jules Ferry, remplaça à jamais dans le cœur de Bajou l'image d'un père trop tôt disparu.

Et quand, premier enfant de Takrouna à obtenir le certificat d'études, il quitta l'école deux ans plus tard, il savait lire les inscriptions qui l'avaient tant intrigué la première fois, sur le fronton de la mairie. Il les connaissait même par cœur : Liberté-Egalité-Fraternité. Ces mots lui paraissaient tellement plus propices à l'épanouissement de ses espoirs que, dans le jardin secret de son esprit, Bajou en avait fait ses commandements en lieu et place de ceux de la Bible.

Après tout, la Loi du Ciel ne l'avait-elle pas enfoncé dans la nuit de la douleur alors que celle de l'école française lui laissait entrevoir une lumière d'espoir si inattendue?

6

L'heure de la sieste laissait planer sur la maisonnée un voile de sereine quiétude. Derrière les volets clos, le crissement strident des insectes parvenait assourdi. A cette période de la journée, une chaleur accablante et brutale s'abattait invariablement sur la plaine et grillait la campagne qui exhalait jusqu'au soir des senteurs capiteuses.

Adossé à l'ombre du puits, Marcel, plongé dans son livre d'histoire, ânonnait des bribes de leçons, l'esprit ailleurs, avant tout occupé à préserver des mouches voraces son goûter à la confiture de coings.

Malgré l'atmosphère suffocante, Bajou, assis derrière une table placée dans la cour, se livrait à son exercice favori et dévorait les livres de comptes de Monsieur Scali. Son visage doré n'avait rien perdu des rondeurs de l'enfance, mais ses traits réguliers s'étaient affirmés et une ombre naissante couronnait ses lèvres charnues. Il allait vers ses quinze printemps, en charge désormais de la comptabilité de la ferme.

Calée sur les cuisses du garçon, la petite Habiba griffonnait, la mine studieuse. De longs cils protégeaient ses grands yeux noirs qui dévoraient un visage aux traits fins et délicats. Malgré ses trois ans, d'épais cheveux de jais tombaient en boucles sur ses épaules. Elle était tellement belle qu'elle paraissait un dessin de Dieu. Même si son jeu préféré était de courir après la volaille de la basse-cour, de plonger dans la terre mouillée et de se relever, maculée de boue, hurlant de rire et toute fière à l'idée de se livrer à des activités bien peu féminines qui faisaient le désespoir de son père, la petite Habiba laissait entrevoir la femme superbe qu'elle deviendrait.

– Oh, oh... c'est beau ça... c'est quoi?

– J' sais pas... un nuaze, peut-être...

– Un nuage, pas un nuaze! Allez, va faire la sieste maintenant, il fait trop chaud pour toi.

– Oui, Bazou!

Docile, la petite fille déposa deux baisers sonores sur les joues du comptable et fila à l'intérieur de la maison.

Bajou éprouvait pour elle une profonde tendresse. N'était-ce pas grâce à elle qu'il avait pu étudier? La petite fille l'avait choisi comme protecteur sans qu'il sache trop pourquoi. Dès qu'elle avait été en âge de marcher elle lui avait emboîté le pas, ce qui ne manquait pas, parfois, d'agacer fortement Monsieur Scali. Mais que pouvait faire Bajou si ses rondeurs rassuraient tant la petite Habiba? Il sourit au souvenir du zézaiement dont elle était affublée. Avec le temps, pensa-t-il, ça lui passera.

Il était sur le point de replonger dans son travail lorsqu'il aperçut Marie et les fils Scali sortir de la grange, l'air rieur, complotant à voix basse et évitant de le regarder. Bajou se renfrogna aussitôt. Il ne supportait pas le spectacle de sa cousine minaudant devant ce vaurien de Max, le fils aîné de la couvée. Un bon à rien qui était né dans un berceau doré et qui ne manquait jamais d'afficher un air de supériorité devant les autres enfants de la ferme. Et Marie qui était si fière de l'attention que Max voulait bien lui accorder! Ne voyait-elle pas qu'elle valait cent fois mieux que lui?

Bajou baissa les yeux et ne put empêcher le rouge de la honte de lui monter au front. Il savait bien, au fond de lui-même, qu'aucune de ces raisons n'était la bonne. Et que la seule qui pouvait expliquer son ressentiment était le sentiment qu'il éprouvait envers sa cousine, à peine âgée d'un an de moins que lui. Les formes adolescentes du corps de Marie le faisaient rêver et c'était à elles que, tous les soirs, avant de s'endormir, il consacrait le temps qu'il aurait dû sacrifier à la prière. Mais Bajou préférait imaginer l'étrange sensation de sa main glissant sur la poitrine en herbe de sa cousine... Il inventait le doux velouté de sa peau... Il rêvait même parfois au tendre consentement de la jeune fille... Quand le sommeil le fuyait trop longtemps, il avait découvert la réponse attendue par son corps qui réclamait de plus en plus fréquemment, à la seule pensée de la belle Marie, la caresse apaisante. Pour aussi peu glorifiants qu'il les ressentait dans la moiteur de la nuit, terrifié à l'idée que ses gestes n'échappaient à personne, il ne doutait pourtant pas qu'un jour sa désirée cousine lui serait reconnaissante de l'offrande qu'il lui faisait de ses premiers émois.

Mais quoi qu'il en soit pour le moment, son irritation devant le manège du petit groupe l'empêchait de se concentrer sur ses comptes.

La voix de Marcel, malgré la touffeur, lui parvenait nette et détachée.

– Charlemagne... empereur des Francs à la barbe qui sentait les fleurs...

Bajou, de plus en plus nerveux, saisit le prétexte au vol et se retourna soudain vers son cousin.

– Elle sentait rien, sa barbe, Marcel! C'est « Charlemagne, empereur des Francs, à la barbe fleurie! » Tu le fais exprès ou quoi?

– Oui monsieur, je le fais exprès! C'est pour m'en souvenir! Mais pourquoi elle sentirait rien, sa barbe, à

Charlemagne? Tout le monde a un parfum... Pourquoi pas sa barbe?

– Tu resteras un crétin toute ta vie, toi!

– C'est ça, Monsieur-je-sait-tout parce qu'il a le certificat d'études! N'oublie pas que, sans moi, tu serais resté un bim toute ta vie!

Bajou piétinait sur place, cherchant à l'égard de son cousin la réplique qui tue. Il en avait vraiment marre de toujours l'entendre se prévaloir de sa bonne fortune.

C'est à ce moment que la main de Marie attrapa la sienne au vol, en riant.

– Bajou, viens! On joue à chat, viens!

Sa première intuition fut de résister, mais Marie utilisait tout son charme pour parvenir à ses fins. Elle maintenait fermement dans les siennes la main de Bajou, et l'avait même plaquée contre son ventre plat qu'il sentit vibrer au rythme de sa respiration haletante.

– Allez, viens! Pour me faire plaisir!

Comment aurait-il pu se dérober à l'excitation de sa cousine qui l'entraînait maintenant derrière elle, en courant et en criant :

– C'est Max le chat! Le premier qu'il prend ira en enfer!

Tels des papillons affolés, les enfants s'éparpillèrent aux quatre coins de la ferme. Bajou suivit Marie jusqu'à la grange. Ils se glissèrent derrière les boxes où quelques vaches croupissaient de chaleur sur la paille odorante. Toujours guidé par la jeune fille, qui avait du mal à contenir un étrange énervement, il courut, dos au mur, jusqu'à un renfoncement près de la porte du fond. L'arrêt brutal de Marie suprit Bajou, qui se trouva plaqué à sa cousine. Elle étouffa un rire, se dégagea et s'appuya contre la paroi à côté de lui, épaule contre épaule, sa main tenant toujours la sienne.

Le visage tourné vers la lumière, elle faisait mine de jeter des coups d'œil vers l'extérieur.

– Chut... Max n'est pas loin...

Elle se retourna et Bajou encaissa de plein fouet son

regard clair, troublé par sa chaleur toute proche. Marie sourit, releva la main de son cousin et la colla sur son ventre rond et brûlant sous ses doigts. Elle murmura :

– Tu as déjà touché une femme?

Pétrifié, le garçon sentait le sang affluer dans ses joues.

– Tu ne veux pas me toucher?

Sans lui laisser le temps de répondre, elle dirigeait les doigts tremblants de son cousin vers son bas-ventre. Sous l'étoffe légère de la jupe, il devina l'élastique du slip. Mais Marie le guidait plus bas encore, jusqu'à l'extrémité de son vêtement. Bajou sentit comme une décharge au contact de la cuisse frémissante. Marie avait légèrement écarté ses jambes. La respiration haletante, Bajou ferma les yeux. Tout le bonheur du monde l'envahit progressivement. Ses rêves inavoués se concrétisaient. Marie baladait maintenant sa main dans de petits mouvements réguliers au-dessus de sa culotte, là où les doigts du jeune homme commençaient à deviner, sous le bombement légèrement velouté, la fente douce et souple du sexe adolescent. Il s'empêchait de respirer, convaincu qu'il valait mieux ne pas exister plutôt que de prendre le risque que ce moment sublime s'arrêtât. S'il avait ouvert les yeux, il aurait été malgré tout étonné de voir sa cousine le fixer avec un rien de pitié. Mais, pour l'heure, elle continuait à manœuvrer les doigts de Bajou sur l'étoffe de sa culotte, allant même – dans un soupir – jusqu'à glisser l'un d'entre eux sous l'élastique et le promener docilement au milieu de sa fine toison, sur les lèvres humides et chaudes de son sexe.

Le plaisir n'était plus pour Bajou tendu comme un arc qu'une question de secondes, quand la bande déchaînée et hurlante des frères Scali fit une irruption ravageuse dans la grange, bien certaine de les retrouver là en pareille situation. En tête du cortège, Max lança d'un ton railleur :

– C'est le gros Bajou qui a touché la figue de Marie!

Les enfants reprirent en chœur cette maxime, organisant autour de lui une danse pareille à celle du scalp. La main de Marie avait quitté celle de son cousin aussi vite qu'elle s'était enfuie dans un rire.

Soudain, Bajou se sentit empli d'une rage froide et sourde devant une humiliation aussi injuste. Toute honte bue, il se jeta sur Max. Il fallut l'intervention des quatre frères arc-boutés sur lui pour qu'il ne l'étrangle pas.

Mais Bajou n'en avait pas eu l'intention. Quand il jugea que l'empreinte de ses doigts marquait suffisamment le cou de son rival hurlant comme un goret, il relâcha la pression et cessa de résister aux assauts des autres frères. Tous s'écroulèrent comme un seul homme sur le corps de Max, qui reprit de plus belle ses hurlements. Jouant des bras et des coudes, animé d'une fureur d'autant plus inquiétante qu'elle était contrôlée, Bajou se redressa, distribua encore quelques coups de pied alentour et sortit de la grange.

Ce ne fut que lorsqu'il se trouva à l'abri du moindre regard que les larmes jaillirent de ses yeux.

7

Dès les premiers jours de son arrivée à la ferme, Bajou avait repéré l'endroit. Il aimait y venir seul et s'asseoir dans l'ombre bienveillante du vieux chêne. A flanc de colline, le sentier escarpé n'était pas d'un accès facile, mais une fois au sommet de la butte, le panorama s'offrait dans toute sa splendeur.

De son observatoire privilégié, l'enfant scrutait la plaine, contemplait la géométrie variable et colorée des cultures. D'ici, la vue sur le domaine Scali s'aiguisait. Bajou pouvait suivre la cadence des labours, l'harmonie des semailles ou le va-et-vient fébrile des moissons, mieux apprécier la fraîcheur du vent et voir s'amasser à l'ouest les nuages menaçants qui annonçaient la pluie.

Vers la droite, la perspective s'inclinait le long des vergers et reprenait de la force pour s'étendre à perte de vue sur des plantations fourragères. Même l'air qui emplissait les poumons était plus léger et plus parfumé qu'ailleurs. La douce odeur des citronniers se mélangeait subtilement à celle plus âcre des oliviers.

La place était devenue son refuge. Pour le moment,

accroupi au pied du chêne, il regardait les longues colonnes humaines dont la progression lente et malaisée faisait penser à une cohorte d'énormes lucioles. Elles avançaient dans le vallon, munies de torches, scandant son nom au vent de la nuit. Il n'éprouvait pour eux aucun sentiment et en voulait à la Terre entière, sans se réjouir toutefois de la vanité de leurs recherches.

Il n'avait pas eu le courage de rentrer à la ferme après l'épisode de la grange. Il n'imaginait pas comment supporter le regard évidemment narquois de Marie durant le dîner. Et s'il se doutait bien de l'angoisse qui devait étreindre le cœur d'Oumi, il se sentait incapable de céder à l'émotion. Il voulait simplement rester seul, se fondre dans la nuit, disparaître à jamais. Il fixait les étoiles qui étaient comme les reflets des torches tendues à bout de bras par ceux qui le cherchaient. Jusqu'où devrait-il supporter les humiliations que Dieu – car il ne doutait pas un instant que c'était bien lui le grand ordonnateur de tous ses malheurs – s'amusait à inventer jour après jour? De quelle infamie son physique était-elle la marque?

Soudain, il se raidit. Un bruit le fit tressaillir. Devant lui, les épis protecteurs s'affaissaient sous une autre poussée que celle du vent. Sur ses gardes, prêt à déguerpir, il se détendit quand il identifia la silhouette de Marcel qui avançait à quatre pattes au milieu des herbes. Bien sûr ce ne pouvait être que lui, obligatoire récipendiaire de tous les secrets de Bajou. Les paumes des mains et les genoux noirs de terre, Marcel poussa un long soupir de soulagement en l'apercevant :

– Bajou... mais qu'est-ce que tu fais là? Tu es fou? Ça fait des heures...

Il commençait à s'agiter dans tous les sens lorsqu'il distingua le visage de son cousin sali par les larmes. Alors il ravala ses récriminations et le saisit par l'épaule, le rassurant d'un clin d'œil.

– T'en fais pas... j'l'ai dit à personne, que j'savais où t'étais! Ouf, c'est haut, hein...

– J'voulais pas qu'ils me voient... J'ai bien fait?

Bajou se raidit d'autant plus fort qu'il s'était juré qu'aucune émotion ne le gagnerait désormais, et il enragea intérieurement en sentant, par la seule présence de Marcel, sa volonté faiblir.

Marcel, lui, ne se rendait compte de rien. Il était simplement désireux d'atténuer la tristesse de son cousin. Et pour cela, il ne connaissait qu'une méthode : parler, quitte à dire n'importe quoi.

– Tu sais, Marie... elle voulait pas... C'est Max qui l'a obligée... Monsieur Scali, il a beaucoup crié après lui...

Le couvercle qui empêchait la révolte de Bajou d'exploser s'envola d'un coup sec.

– Et après? Ça change quoi? Qu'il crève!

– Bajou! Si le Bon Dieu t'entend, il va te punir...

Mais Bajou ne pouvait plus être retenu.

– Ah bon? Et après? Il a déjà tué mon père et Il nous a tout pris! Qu'est-ce qu'Il peut faire de plus, alors?

Marcel, terrifié, jeta un coup d'œil vers les étoiles si brillantes au-dessus d'eux :

– Bajou, c'est péché de parler comme ça! Il est partout! Il voit tout! Tu es fou!

Bajou poursuivait son acte d'accusation entrecoupé de sanglots rauques et profonds :

– Le Bon Dieu, Marcel, Il est sourd et aveugle! Il ne sait même pas qu'on existe! Il s'occupe juste de ceux qui ont beaucoup pour leur donner encore plus!

– Ben tant mieux! murmura Marcel, sincèrement soulagé. Pendant qu'il s'occupe d'eux, au moins Il nous laisse tranquilles!

Bajou glissa d'abord un œil méfiant vers son cousin, puis il réalisa que Marcel avait parlé avec sa candeur habituelle, lui ouvrant des horizons insoupçonnés. Assez de se lamenter sur son sort et sur son état. Assez de regretter il ne savait pas trop quel paradis perdu. Bajou découvrait toute son erreur : une fois son œuvre du moment accomplie, le Bon Dieu disparaissait. A lui la liberté, alors! Comment n'avait-il pas compris plus tôt que la Terre était trop vaste pour que le Bon Dieu lui-même puisse tout contrôler? Que la crainte qu'Il inspirait était sa meilleure alliée? Les Benkahen, c'était certain, en avaient eu leur dose. Il suffisait de n'avoir plus peur et d'agir sans bruit pour ne pas éveiller la méfiance divine. A ces deux conditions, le monde entier lui appartenait s'il savait le prendre. Ce qu'il traduisit aussitôt dans un grand sourire à Marcel, heureux de le voir revenir à la raison :

– Alors, on peut tout faire?

Marcel s'effraya de la tempête qu'annonçaient ces propos :

– Oui, mais chut! Même sourd, Il peut t'entendre!

Ils rirent du bon mot en échangeant un regard complice. Puis ils se turent, scrutant paisiblement les vaines évolutions des adultes qui, plus loin, s'époumonaient à appeler Bajou.

Ce dernier ne se lassait pas de faire défiler dans son esprit les évidences nouvelles qui s'imposaient à lui : gros il était, gros il resterait. Et tant mieux! Adieu Marie la coquette, Elie le pitoyable, Scali le tyrannique. Ils n'existaient plus pour lui. Il n'éprouvait plus à leur égard ni peur, ni envie. Un jour, il en était certain, il les ferait sauter chacun dans ses mains, comme un jongleur avec ses quilles.

L'apprentissage de Bajou se terminait. Il se sentait heureux d'être comme il était et oubliait déjà combien de pleurs et d'humiliations l'avaient conduit là.

8

Le vrombissement des moteurs perçait les fenêtres du petit bureau de Bajou coincé dans une aile de la maison Scali, juste à côté de celui, grand et confortable, de son maître. Une porte close pour le moment les séparait.

Sept années avaient passé. Bajou allait désormais sur ses vingt-deux ans. Toujours aussi corpulent et plus petit que la moyenne, assis il semblait tassé sur lui-même, comme incapable de supporter son poids. Mais il suffisait qu'il bouge pour étonner par son incroyable souplesse, comme s'il traitait ce corps qui le marquait avec mépris et désinvolture. Et sur son visage rond, brillait une source de vie magique dans son regard noir et vif. Insensible aux bruits mécaniques, il inspectait à toute vitesse les livres de comptes pour la deuxième fois consécutive. Ce n'était pas dans ses habitudes de vérifier ainsi son travail, mais Monsieur Scali avait insisté : il fallait qu'il soit sûr.

Soudain, la porte s'ouvrit à la volée sur Habiba. Ses jambes fines griffées par les ronces de tous les champs, ses attitudes comme ses manières étaient plus que jamais celles d'un garçon manqué et détonnaient avec son physique plus que parfait. Elle était à l'aube de sa neuvième année et zozotait toujours.

– Bazou, Bazou! Regarde ce que z'ai trouvé!

Comme à son habitude, elle s'installa sur les genoux du comptable, puis joignit et leva ses mains à hauteur des yeux de Bajou. Enfin, avec un sourire malicieux, elle écarta et montra ses paumes.

– Eh ben, elles sont pas propres!

Il n'avait pas vu, sur la peau maculée de terre, les deux petites coccinelles. Mais Habiba n'eut pas le temps de les lui faire remarquer. La voix de Scali, de son bureau, retentit derrière la porte.

– Alors Bajou, ces comptes, ça vient, oui?

Il n'était pas dans les habitudes de Scali de lui parler ainsi. Au fil des années, il s'était imposé – par assiduité au travail – comme son bras droit. Scali le respectait maintenant, impressionné par son ardeur à la tâche et par son talent jamais démenti du calcul mental.

L'affaire devait être urgente pour qu'il s'exprimât ainsi. Bajou se leva prestement, chassa Habiba d'une petite claque sur les fesses, saisit ses livres de comptes et pénétra dans le bureau de Scali.

Sur le visage de l'homme, assis derrière une imposante table de bois mauresque, des rides nombreuses étaient apparues qui ne devaient rien au soleil. Bajou, debout face à lui, fut frappé par son air soucieux, alors qu'il faisait mine de passer les résultats en revue. Avant même d'en avoir fini, énervé, il referma les livres et demanda presque avec agressivité :

– Alors?

Un peu gêné, Bajou avoua :

– On passe... mais juste... tout juste...

Scali baissa la tête et serra les poings.

– Avec toutes ces machines, il faut remettre, remettre, remettre! Je peux plus!

Bajou n'osait rien dire. Scali semblait vraiment éprouvé.

Il releva soudain ses yeux vers lui, avec un sourire crispé. Comme s'il essayait de dédramatiser.

– Tu ne dis rien à personne, hein? Je te fais confiance... comme à mon fils.

Bajou le rassura d'un mouvement de tête. A qui en aurait-il parlé, de toute façon? Avant de quitter le bureau, Bajou voulut détendre son patron. Même si derrière sa question anodine quelque chose l'intriguait.

– Oh, mais vous vous êtes mis en dimanche, aujourd'hui...

Agacé, Scali haussa les épaules et marmonna, en détournant le visage vers les champs qui vibrionnaient de chaleur :

– J'attends des... amis. De Tunis... Laisse-moi, maintenant...

Bajou ne se le fit pas dire deux fois. Sa curiosité était désormais totalement en éveil.

***

Le bruit assourdissant des machines agricoles dominait désormais les cris et les chants. La mécanisation – le progrès – répandait dans tout le domaine les bienfaits de son avancée. Tracteurs, bétaillères, moissonneuses côtoyaient les antiques machines que peu à peu les ouvriers délaissaient, l'âme triste.

Avec des gestes amples et lents, les hommes chargeaient les balles de paille sur des remorques. De dos, leurs mouvements larges et cadencés donnaient l'impression d'un ballet improvisé.

Habiba assise à ses côtés, Bajou dirigeait la carriole tirée par une mule, en zigzaguant au milieu des travailleurs.

Installée à l'arrière, Marie hurlait à pleins poumons, invitant tout le monde à profiter de « l'heure de la pause ».

Elle était devenue une femme ravissante. Sous ses lourds et rêches habits de paysanne se cachait un corps de rêve. Son visage aux lèvres pleines et sensuelles, au regard d'un vert espiègle, damnait tous les hommes qu'elle croisait. Mais bien plus que dans son adolescence, Elie veillait sur elle avec un soin jaloux, devinant les démons qui habitaient sa fille.

Quiconque portait sur elle le moindre regard insistant se trouvait menacé de toutes les foudres, même s'il n'avait fait que répondre à une perfide supplique de la jeune fille.

Il n'avait pas d'autre souci que de lui trouver rapidement un mari. Mais quel mari pourrait-il trouver, lui qui passait son temps entouré d'ouvriers arabes ou miséreux?

Parfois, Elie se laissait aller au doux rêve du beau parti que Max Scali constituerait pour sa fille. Mais outre qu'il ne doutait pas de l'opposition de son patron à une telle union – une fille de métayer, c'est bon pour faire des bâtards, pas des enfants – il enrageait de voir Marie refuser le plus petit effort dans ce sens. Sans qu'Elie comprenne pourquoi, elle dédaignait le fils aîné des Scali.

Marie laissait ses mollets battre au rythme du pas de la mule. Elle avait préparé le repas des journaliers, tâche qui lui était dévolue. Elle s'en acquittait en rêvant à la vie qu'elle espérait. Même si, au fil des ans, l'impatience la gagnait, elle ne doutait pas qu'un jour elle quitterait enfin cette ferme où tout semblait ligué pour l'empêcher d'exister. Si elle savait qu'elle résisterait sans efforts aux pauvres tentatives d'Elie pour la marier, elle s'angoissait du temps qui passait et des plaisirs perdus. Elle ne croyait pas au prince charmant et savait que son salut viendrait d'elle, et d'elle seule. Mais pour y arriver la condition à remplir lui paraissait bien fatale, et rien dans son esprit – malgré tout affectueux – ne pouvait se satisfaire à l'idée de la mort de son père.

Marcel entendit avec un soulagement extrême la voix de Marie. Enfin la pause. Sans même se soucier de la botte piquée au bout de sa fourche, il tomba à terre, s'allongeant de tout son corps, les bras en croix. Il allait mourir, il en était sûr. La ferme, les moissons, les récoltes, il n'en pouvait plus. Mais qu'est-ce qu'il attendait pour fuir avant de sombrer d'épuisement? Il avait le corps frêle mais musclé d'un beau gosse de dix-huit ans, un visage aux traits réguliers et fins, toujours en mouvement. Un fin duvet, résultat d'années d'efforts laborieux, parcourait sa lèvre supérieure et ajoutait à son charme. Quand il souriait Marcel découvrait une dentition sans faille, et il usait jusqu'à l'abus de ce don de Dieu qui lui ouvrait tous les cœurs féminins.

Mais pour l'heure il agonisait sur la paille bruissante. Il crut vraiment sa dernière heure venir quand une cataracte d'eau fraîche gicla sur sa figure. Il suffoqua et, souple comme un cabri, se remit sur ses jambes en reprenant son souffle.

Max, le grand Max, avait déversé une gargoulette entière d'eau sur son visage. Ce grand crétin, hilare au-dessus de lui, le narguait de toute sa morgue.

– Espèce de bourricot! Tu as failli me noyer! éructa Marcel tout en ébrouant son visage.

Ah, s'il avait pu, s'il en avait eu la force, il aurait fait une chakchouka de ce benêt.

Marcel, dont la moindre qualité n'était pas le réalisme, savait bien que ses chances étaient nulles dans une bagarre avec Max. Mais trop de monde assistait à la scène. Il lui était difficile de se dérober. Il fit mine de se mettre en garde et fut sauvé par Bajou.

– Ça suffit, Max! Laisse-le tranquille!

Bajou s'était interposé et, sans attendre de réponse, avait saisi son cousin par l'épaule.

– Tiens, mets ça... le soleil tape fort!

Il tendit un mouchoir aux quatre extrémités nouées à Marcel qui, maintenant à l'abri de son cousin, narguait Max du poing.

– Allez... On reprend dans une demi-heure! Reposez-vous, suggéra Bajou en se laissant tomber contre une meule, près de Marcel et Habiba.

– C'est ça! Nous aux champs et toi au bureau! ricana Max en avalant une bouchée de fromage.

Bajou lui adressa un petit signe dédaigneux.

– Il vaut mieux faire envie que pitié, je te dis pas le contraire!

Furieux, Max se planta devant Bajou.

– Toi, quand je serai patron, c'est à l'étable que je te mettrai...

Le feulement feutré qui surgissait du nuage de poussière enveloppant la route, en contrebas de l'endroit où ils se trouvaient, empêcha Bajou de répondre.

De ce nuage qui se déplaçait en même temps qu'elle surgit une forme noire au museau effilé qui glissait sur la route comme une fusée, sous les regards impressionnés de toute l'assistance.

Ils n'avaient encore, les uns et les autres, jamais vu une voiture, si ce n'est dans les journaux.

Max n'était pas le moins épaté. D'admiration, il agitait son chapeau de paille.

– Bab, Bab, Bab! une Hotchkiss... quelle merveille, zek'ch! hurla-t-il.

La voiture, à bord de laquelle se devinaient les silhouettes de deux hommes, filait dans la direction de la maison Scali.

Habiba, effrayée, s'était blottie contre Bajou.

– C'est qui sont les messieurs, Bazou?

Bajou ne répondit rien. Depuis son apparition, il regardait avancer la voiture comme un sombre présage. Pris d'une impulsion soudaine, il se leva, hésita un court instant. Son regard rencontra celui de Max. Alors il lâcha ce qu'il avait sur le cœur. Le contentieux accumulé entre eux était trop ancien et l'occasion trop belle.

– Toi, dit-il à Max, quand tu seras patron, même pas la poussière il te restera.

Il le planta là, interloqué, et se précipita – Habiba sur ses talons – vers la maison devant laquelle la Hotchkiss venait de s'arrêter.

⁂

Bajou et Habiba pénétrèrent en trombe dans la maison. Avec précaution, ils traversèrent d'abord l'antichambre du bureau de Bajou, avant de gagner la porte derrière laquelle ils collèrent leur oreille. Habiba, amusée par ce jeu nouveau, se tortillait en pouffant de rire. Bajou, attentif, essayait de saisir les bribes de la conversation animée qui montait du bureau de Scali. Il devinait ce dernier mal à l'aise, l'entendait se débattre dans une partie dont il ne détenait vraisemblablement pas les cartes maîtresses...

Habiba s'assit à la table de Bajou et se mit à gribouiller, la mine sérieuse. Un mot assené plusieurs fois, réitéré et imposé, figea Bajou.

– Il faudra bien finir par vendre!... La seule solution pour vous, c'est vendre, et vendre vite!...

Bajou se raidit en entendant son patron refuser sur tous les tons. Un court silence s'installa et la porte s'ouvrit brusquement sur les deux inconnus précédés par Scali. Bajou eut juste le temps de faire un pas en arrière :

– Ah... tu étais là, dit le propriétaire d'un air las.

Gêné, il s'empressa d'ajouter :

– Monsieur Chatel et Monsieur Costa...

Il hésita avant de continuer :

– ... mes amis de Tunis...

Scali évita le regard interrogateur de Bajou et esquissa un sourire forcé en direction des deux hommes.

– Je vous raccompagne... Quant à toi, tu m'attends... J'ai deux mots à te dire!

Une fois les trois hommes sortis, Habiba se précipita vers Bajou et s'assit sur ses genoux.

– T'en fais pas, Bazou... Ze le dirai pas à papa que t'as tout z'entendu derrière la porte!

En signe de complicité, elle mit sa main devant son œil droit, meilleure façon pour elle de cligner de l'œil gauche.

*
**

– Alors, je te fais confiance... tu travailles ici comme si tu étais mon fils... et toi tu écoutes derrière les portes!

– Je n'écoutais pas, Monsieur Scali, je passais par là!

– Laisse tomber les finesses, je t'en prie. Qu'est-ce que tu as compris de la conversation? interrogea-t-il en s'installant lentement à son bureau. Sans se laisser impressionner et après avoir longuement réfléchi, Bajou répondit froidement :

– Que vous alliez vendre le domaine...

Un instant suffoqué, Scali éclata de rire pour cacher son malaise.

– Moi, vendre? Mais tu es fou! D'où tu sors cette idée?

L'heure n'était plus aux finesses, avait dit Scali. Alors Bajou poursuivit, glacial :

– Pardon Monsieur Scali, mais si ce n'étaient pas des corbeaux, ces gens-là, c'était quoi, alors?

– Des minotiers, figure-toi! Costa et Chatel, une belle paire de salauds, crois-moi... Mais c'est le métier qui veut ça! Eux ils achètent, et moi je vends... mon blé... seulement le blé...

Un silence épais comme le miel avait envahi la pièce. Assis sur une chaise devant le bureau, son éternel chapeau de paille aux bords ronds entre les mains, Bajou attendait patiemment. Il se sentait à l'aise. Etrangement à l'aise. Comme convaincu de l'imminence d'un événement heureux.

Scali suspendit sa phrase, puis reprit :

– Où tu crois qu'il va, mon blé? Chez les minotiers... Ils en font de la farine, du pain, des pâtes, tout ce qu'ils veulent! Alors c'est normal, on discute les prix! Parce que s'ils n'achètent pas mon blé au prix que je veux, moi, qu'est-ce que j'en fais, alors, de ce blé?

– Vous le vendez à un autre!

Scali hocha la tête, amer :

– Un autre... Ils sont pas nombreux et ils s'entendent

bien, crois-moi! Réponds, alors, qu'est-ce que j'en fais, de mon blé, s'ils ne veulent pas l'acheter?

Bajou haussa les épaules, feignant l'ignorance. Ce n'était pas à lui de parler à la place de son patron.

– Des conserves, bourricot, voilà ce que j'en ferais, tu comprends? Personne d'autre ne le prendra. Alors je suis obligé de négocier avec eux, voilà. Je n'ai pas d'autre choix, mon garçon... tu as compris, maintenant?

Bajou ouvrit des grands yeux ronds pour bien persuader Scali de son innocence.

– Oui, mais que vous leur vendiez le blé... c'est normal... c'est comme chaque année... Seulement cette fois, c'est le domaine qu'ils voulaient, non?

Scali regarda le jeune homme un court instant puis baissa les yeux. Il comprit que Bajou n'avait pas mordu à son histoire. Pour lui, l'entretien était terminé. Mais Bajou ne l'entendait pas ainsi. Mû par sa certitude inexplicable, il savait qu'il lui fallait aller au bout. C'était maintenant ou jamais, se disait-il, sans être pourtant capable de discerner où le conduirait son entêtement. C'était comme si chaque idée découvrait la suivante sans qu'il ait pu l'appréhender avant de l'exprimer. Il avait le sentiment d'avancer dans un labyrinthe dont chaque étape lui paraissait insondable puis, aussitôt franchie, lumineuse, évidente.

Il ne laissa pas le silence s'installer. Les mots sortirent de sa bouche sur le même ton neutre, comme s'il n'en mesurait pas la portée.

– Ah, mais je comprends... S'ils refusent de vous acheter votre blé, cette année justement où on a fait le triple du rendement – mais ça ils le savent pas, j'imagine... – alors vous êtes obligé de leur vendre le domaine... C'est ça leur raisonnement, non? Ils essaient de...

Il se tut et mima, par le geste de sa main serrant la gorge, la parole non dite. Et cachant mal sa délectation, il acheva Scali.

– Si c'est ça, vous avez raison... c'est une belle paire de salauds.

Les doigts épais du patron griffaient nerveusement le

rebord de son bureau. Il laissa tomber dans un souffle, vaincu :

– Qu'est-ce que ça change pour toi? Tu travailleras pour eux. C'est ta maison, ici...

L'aveu donna des ailes à Bajou qui se leva.

– Non, Monsieur. Ma maison, je laisserai personne la toucher.

Il se détourna et, sans se presser, gagna la porte. D'une voix blanche, Scali l'arrêta :

– Où tu vas?

Sur le pas de la porte, Bajou se retourna. Il n'avait jamais pensé aux paroles qu'il allait prononcer, et encore moins à leur gravité. Mais il savait qu'il les avait portées en lui depuis des années. Elles lui vinrent spontanément, surgissant du plus profond de lui avec une incroyable évidence :

– A Tunis, Monsieur Scali.

– A Tunis? Et qu'est-ce que tu vas faire à Tunis, mon pauvre garçon?

– Minotier... Il ouvrit les bras, presque en s'excusant. Oui, c'est minotier que je veux faire. C'est mieux, si j'ai bien compris.

Il n'avait pas voulu se priver de cette dernière morsure.

***

– Tunis? Tu veux aller à Tunis?

Le visage d'Oumi devint plus grave. Elle scrutait son fils avec un mélange d'appréhension et de fierté.

Bajou hocha la tête, un petit sourire rassurant aux lèvres. Il finit de s'habiller en silence. Les premières lueurs blafardes du matin pénétraient par la fenêtre de la chambre. Oumi assise sur le lit suivait avec attention les gestes quotidiens qu'accomplissait son fils. Elle pensa que depuis sa naissance elle n'avait jamais été séparée de lui, et que pour la première fois il lui faudrait apprendre à vivre sans lui, à respirer, bouger dans une sphère extérieure à la sienne. Elle avait toujours su que la vie de son enfant se passerait ailleurs, loin de son regard et de son amour, et que les yeux des femmes qui se poseraient sur Bajou ne le feraient jamais avec autant d'intensité que les siens. Elle le sentait fragile, inexpérimenté. Et son physique ingrat – sur lequel, elle le pressentait, il serait jugé sans pitié – lui apparaissait comme un obstacle majeur à son bonheur.

Oumi soupira, chassa une larme furtive. Mon Dieu, que c'est difficile pour une mère de voir partir son petit...

Mais comme toutes les mères du monde aveuglées par l'amour, elle se trompait. Elle ne s'était pas rendu compte qu'il avait grandi et que la carapace de son corps était, en réalité, une formidable protection contre le monde extérieur. Oumi ne voyait pas la réalité, elle dont la vie s'était figée une nuit d'inondation à Takrouna, il y avait si longtemps déjà.

Le temps ne semblait plus avoir de prise sur elle, la femme d'un seul homme et d'un seul enfant immuablement enveloppée, en tout temps et en toutes saisons, dans une grande djellaba noire qui ne livrait aux regards extérieurs que son visage aux traits sévères.

Bajou la saisit aux épaules et la serra tendrement contre lui. De la main, il caressa sa nuque et sentit sous l'étoffe la lourde chevelure d'Oumi. Il s'étonna à ce moment de n'avoir jamais vu les cheveux de sa mère. Il les imagina flamboyants... et aussitôt après, avec un pincement au cœur, peut-être blancs... Il se rendit compte qu'en ce jour où il la quittait, il ne savait même pas l'âge de sa mère : à sa naissance, à la fin du dix-neuvième siècle, le registre d'état civil n'existait pas dans le Sud tunisien.

Il savait simplement qu'en cet instant, serrée contre lui, elle retenait des larmes qui jailliraient lorsqu'il aurait franchi le seuil de la maison. De cela, il lui était infiniment reconnaissant.

Bajou descendit l'escalier raide et traversa la salle à manger encore plongée dans l'obscurité.

Dans un coin de la pièce, le craquement d'une allumette troua la nuit, puis une petite clarté orange vacilla un bref instant. Près de la cheminée, Elie, assis au bout de la grande table, tirait sur sa pipe. Bajou s'approcha et aperçut les deux bols de café fumant posés devant son oncle. Il s'assit, en prit un sans rien dire d'une main frémissante et le but à petites gorgées. En face de lui, Elie manifestement peiné s'était enfermé dans une attitude d'orgueil : ses yeux avaient du mal à cacher les regrets et la colère.

Bajou savait qu'Elie le considérait comme un ingrat. Quitte-t-on ses parents à l'heure de la vieillesse? Même si, dans l'esprit de Bajou, l'argent qu'il allait gagner à la ville serait consacré d'abord à sa mère et à ses proches, il n'en fit pas état. Il n'attendait rien d'autre de son oncle que cette attitude hostile. D'ailleurs à peine avait-il saisi son bol qu'Elie s'était levé pour disparaître dans l'obscurité de la maison. Bajou apprécia sa solitude. Il termina lentement le grand bol de café, puis saisit sa valise et franchit le seuil sans se retourner.

Ce matin-là, le temps semblait plus froid que d'habitude. Bajou s'éloignait sur le chemin qui faisait des méandres paresseux dans la campagne, ce chemin où il avait tant de fois couru avec les autres enfants, enivrés de leurs propres clameurs de joie. Dans l'aurore rougeoyante, Marcel et Marie, figés derrière les persiennes de leur chambre, observaient leur cousin. Il marchait vite en serrant d'une main crispée le col de sa veste, son éternel chapeau beige vissé sur la tête. Il disparut à leurs yeux au sommet du raidillon. La pente l'aspira vers la vallée. C'est là qu'il aperçut la fragile silhouette d'Habiba courir à travers champs, dans sa direction, en poussant des cris et en agitant les mains. Il s'arrêta pour l'attendre. Arrivée à sa hauteur elle se jeta contre lui, le souffle court.

– Bazou, tu pars? Ze vais être triste, moi, si tu pars!

– Moi aussi, tu vas me manquer, Habiba...

Bajou souleva tendrement la fillette dans ses bras pour déposer un gros baiser sur sa joue. Elle fut la seule devant qui il laissa percer une émotion. Malgré lui.

– Tiens, c'est moi que z'e l'ai fait...

Habiba lui tendait une feuille soigneusement pliée qu'elle avait extirpée de sa poche. Crayonné maladroitement, un portrait enfantin de Bajou occupait toute la page.

– C'est moi ? Comme je suis beau ! Je le garderai toute ma vie, je te promets !

Il déposa délicatement l'enfant à terre et lui caressa les cheveux.

– Fais attention aux garçons, d'accord ? Allez, rentre, maintenant.

Elle le fixa, les yeux embués de larmes, avant de faire volte-face et de filer vers la ferme. Il attendit quelques secondes. Il aurait voulu lui dire tout l'amour qu'il éprouvait pour elle. Mais à quoi bon ? se reprit-il. Plus jamais il ne reverrait cette enfant, et c'était aussi bien. Ses larmes sécheraient aussi vite que le linge au soleil.

Dans quelques jours, certainement même quelques heures, le souvenir de Bajou serait devenu aussi imprécis et irréel que les lignes du dessin qu'elle lui avait dédié. Il le rangea dans sa poche. Habiba s'était maintenant dissoute dans le soleil frisant.

Il reprit sa valise et s'éloigna vers le nord, au-delà des limites du domaine Scali, là où pour lui l'inconnu commençait...

9

Le soleil atteignait son zénith lorsqu'un car des « Transports Tunisiens » s'arrêta devant Bajou dans un soupir à rendre l'âme.

Il attendait depuis plusieurs heures et, malgré l'abri des oliviers qui longeaient la route (un chemin crevassé d'où émergeaient par intermittence des tranches de goudron dégoulinant sous la chaleur), il était en eau, et son mouchoir une vraie serpillière.

La borne kilométrique qui signifiait l'arrêt du car indiquait Tunis à plus de deux cents kilomètres.

La porte s'écarta en grinçant pendant que le chauffeur faisait signe à Bajou de grimper.

Une fois à bord, il en vint à regretter l'extérieur, tant régnait dans le car une chaleur de bain maure, mélangée à l'odeur forte de la foule qui emplissait le véhicule.

Sans distinction de race, de religion et encore moins de statut social, Juifs, Arabes et quelques rares Européens s'entassaient sur les vieilles banquettes de cuir éventrées. Bajou sourit d'aise, malgré la surprise. Enfin du nouveau. L'allée du milieu était encombrée par toutes sortes de colis, valise, cageots, bonbonnes, paniers, outres, ballots et baluchons d'où émergeaient les têtes accablées de coqs, de poules et même de moutons, qui rendaient le passage quasi inaccessible, le tout dans une cacophonie insupportable.

Il essayait tant bien que mal de se frayer un passage vers l'arrière lorsqu'un coup de frein brutal stoppa net sa progression et manqua le projeter à terre. Les passagers secoués commencèrent à protester, dans un arabe parsemé de quelques injures françaises approximatives, contre cet arrêt intempestif. Le conducteur, en guise d'excuse, désigna la silhouette hirsute plantée au milieu de la route juste au sortir d'un virage, les bras écartés, pareille à un sémaphore.

En reconnaissant son cousin Marcel, Bajou sentit son sang se glacer. Essoufflé mais heureux, son cousin grimpait déjà dans le bus, une valise à la main, sous les remarques acerbes des voyageurs pressés d'arriver.

Bajou se précipita au-devant de lui :

– Marcel, mais qu'est-ce que tu fais là? Il s'est passé quelque chose à la ferme?

– Mais non, tout va bien! Je viens juste avec toi, c'est tout!... Tu peux m'avancer l'argent pour le ticket? ajouta-t-il, son grand sourire ravageur aux lèvres.

Il tenta d'avancer, mais Bajou lui barrait le passage, incrédule.

– Attends, attends... Elie t'a laissé partir?... Tu lui as dit « Je pars », et il t'a dit « Oui », comme ça?

– ... Mon père, à la vérité, je lui ai rien dit!... Je lui ai laissé un mot, c'est mieux! Tu me passes l'argent, alors?...

– Il faut payer maintenant, Monsieur! cria le chauffeur à l'avant. Ou vous payez ou vous descendez, je sors pas de là.

Bajou trancha aussitôt.

– Il descend!

– Jamais! cria Marcel au chauffeur. Je pars! Il va payer mon ticket. C'est mon cousin! Sur ma vie!

Sur cette assurance familiale qui valait pour lui argent

comptant, le chauffeur relança le moteur dans un concert de vitesses martyrisées, mais Bajou se jeta sur lui sans ménagement.

Décontenancé, le chauffeur freina de nouveau, au grand dam des passagers furieux.

– Mais, qu'est-ce que tu veux encore, y'a ouled?

Bajou, en équilibre dans l'allée, lui désigna Marcel fermement.

– Lui, il reste là! Il s'est trompé de direction, le pauvre!

Le concert de protestations avait repris de plus belle, encouragé par Marcel au milieu du car, les mains rivées aux sièges, écartelé comme Jésus, geignant et jouant l'homme indigné devant les passagers qui prenaient fait et cause pour lui, heureux au fond de cette distraction inattendue.

– Bajou, je t'en prie, je t'en prie! Pourquoi cette honte? Comment tu oses? Non mais, vous avez vu comment il traite son cousin qui l'a élevé? Vous avez vu?

Bajou se précipita sur lui, l'agrippant par le col de la chemise.

– Ah non, Marcel, non! Pas cette fois! Pas ici! Tu ne m'as pas élevé! C'est pas vrai, je vous jure! C'est pas vrai ce qu'il dit!

Avec toute la force dont il était capable, il tira Marcel jusqu'à la porte.

– Ouvre la porte, le chauffeur, ouvre!

– Non, pas la porte! N'ouvre pas! Au secours! gémissait Marcel que Bajou était maintenant obligé de traîner par terre.

– Je paie pas pour lui! Alors, tu ouvres?

L'argument eut raison de la sympathie naissante que le chauffeur éprouvait pour Marcel.

– Vous m'attendez trente secondes, je reviens!

– Trente secondes pas plus, dit le chauffeur, en actionnant à nouveau le mécanisme. Déjà Bajou poussait de toutes ses forces Marcel vers l'extérieur. Celui-ci ne pouvait rien faire contre la poigne refermée qui le traînait littéralement sur la chaussée. Le nez collé à la vitre, les voyageurs suivaient cette nouvelle version de David contre Goliath s'éloignant du car dans une débauche de gestes et de cris.

– Laisse-moi, Bajou, tu es fou!

– ... Mais de quoi tu vas vivre à la ville, y'a ch'beb!

– Comme toi, y'a ch'ra! Je me débrouillerai!

– Moi j'ai un métier, mais toi, tu ne sais rien faire de tes dix doigts.

– Lâche-moi! Je veux vivre à Tunis, tu comprends? Il y a tout ce que je rêve, là-bas! Des gens, des femmes, des magasins!

Bajou s'arrêta pour respirer, le souffle coupé par l'effort. Mais comment dire à Marcel qu'il pensait aussi à Elie?

– Ecoute... dès que je serai installé, je te fais venir... maintenant, tu rentres, d'accord?

– Non Monsieur! Non Monsieur! Je ne veux pas mourir à la ferme!

Le chauffeur du car hurla une salve d'insultes à leur intention. En un clin d'œil, Bajou redevint souriant et dans le même temps se pencha vers Marcel pour l'embrasser sans lui laisser le temps de réagir.

– Bon... Tu fais comme tu veux, Marcel, mais tu restes... allez, au revoir...

Brusquement, il saisit la valise de Marcel qu'il catapulta le plus loin possible dans le champ d'oliviers et, les jambes à son cou, courant plus vite qu'il ne l'avait jamais fait, fonça vers le car. Marcel, cueilli par la manœuvre de son cousin, était resté cloué sur place. Il s'agitait, hurlait et pleurait comme un enfant en colère.

– Va mourir de honte, Bajou, oui, va mourir! Tu m'as jamais aimé! Tu m'en as toujours voulu que je sois mieux que toi, depuis qu'on est tout petits!... Va, cours en faisant le fier et le sourd! Jamais, tu entends, jamais je ne retournerai à la ferme, et s'il m'arrive malheur, ce sera de ta faute, oui Monsieur, de ta faute!

Tout en parlant, Marcel s'était assis, la tête entre les

mains, au milieu de la route, agité de longs sanglots rageurs.

Une main se posa sur son épaule : épuisé, vaincu, Bajou le regardait presque tendrement.

– Bourricot, tu veux vraiment venir à la ville? Alors viens...

Marcel faillit se faire prier. Mais il eut l'intuition que mieux valait ne pas soumettre à trop rude épreuve la résistance de son cousin, qu'il avait, à son grand étonnement, déjà mésestimée.

10

Le car pénétra dans la capitale en fin d'après-midi. La chaleur du soleil décroissait lentement en laissant des traînées d'ombre jaune sur les façades des immeubles. Bajou, impressionné, regardait le paysage défiler. De chaque côté de la route, son regard glissait sur des enfilades de larges avenues le long desquelles s'élevaient de hautes demeures, d'une éblouissante blancheur, dont il n'avait même jamais eu l'idée.

Ces habitations lui semblaient somptueuses, irréelles, sorties d'un rêve secret. A ses côtés, Marcel, le visage illuminé de bonheur, ne perdait pas une miette du spectacle. Au début, il avait poussé tant d'exclamations extasiées qu'il était littéralement à court d'onomatopées.

C'était donc ça, la ville! Quelle différence avec Nabeul! Les calèches, les voitures, les camions, et tous ces gens sur le trottoir le réjouissaient, de même que l'interminable remontée de l'avenue de France, séparée par un terre-plein majestueux, large, hérissé de tilleuls séculaires, d'où s'échappaient en permanence des milliers de moineaux.

Cette image et ce son constitueraient le plus fort souvenir de Bajou. Un mot lui vint à l'esprit qui le fit rire : Tunis gazouillait.

Des dizaines de cireurs de chaussures se pressaient sur les trottoirs à la recherche du client. Les étalages des marchands ambulants, regorgeant de fruits, pâtisseries ou légumes les plus divers, semblaient former une escorte joyeuse sur leur passage.

Les vêtements européens côtoyaient les djellabas de soie, des massifs de fleurs souriaient à chaque carrefour.

Oh, bien sûr, il devinait les rues perpendiculaires plus étroites, le linge qui pendait aux fenêtres, les fils tendus d'un balcon à l'autre, les mendiants rejetés dans l'encoignure des portes. Mais il ne voulait retenir que l'aspect clinquant du quartier européen, où un mot magique revenait sans cesse : la France.

La France qui avait créé dans chaque village une école, placé à chaque coin de rue des arbres verdoyants et... devant chaque arbre une patrouille de soldats en armes. La France qui avait donné son nom au moindre monument : l'avenue de France, la Résidence de France, la Porte de France. C'est à l'ombre de son arc que l'autocar les déposa. Erigée là, au bout de l'avenue, la statue imposante de La Vigerie marquait la frontière avec la ville arabe, la Medina, d'où émergeait la silhouette hautaine et finement ciselée de la mosquée « la Zitouna »

Les odeurs fortes et suaves qui se dégageaient des façades compactes des souks les saisirent dès leurs premiers pas. Ils devinaient à proximité l'agitation des ruelles étroites, la vie, l'inconnu.

Marcel frétillait comme un gardon. Jamais à court de comparaisons flatteuses, il multipliait les œillades aux femmes trop vite entr'aperçues. Se retournant avec ivresse sur leurs effluves, il se laissait emporter dans un délire poétique où les parfums capiteux des plantes et des épices les plus rares rivalisaient de subtilité.

Bajou se sentait léger, habité d'un optimisme nouveau et inébranlable. La sensation l'étourdissait presque, et il s'enivrait de la présence obsédante de cette ville si proche et mystérieuse à la fois. Une palette infinie d'arômes familiers et en même temps énigmatiques parcourait son corps et le laissait pantelant mais exalté, comme s'il s'était nourri d'une substance fortifiante. Un sentiment violent de puissance et de liberté le chavira soudain, submergeant tout son être d'un désir ravageur. On allait voir ce qu'on allait voir! Face à l'enchevêtrement des maisons et des rues, serrant les poings, il s'écria :

– A nous deux, Tunis!

Marcel lui jeta un regard faussement offusqué :

– Et moi, je compte pour du beurre?

***

C'est à peine s'ils remarquèrent les troupes en armes qui semblaient monter la garde, baïonnette au fusil, devant les étroites ruelles qui irriguaient la Medina et dans lesquelles, le pas conquérant, les deux cousins s'engagèrent.

Marcel portait les deux valises. Il jugeait qu'il devait bien ça à Bajou. Ce dernier avançait, en éclaireur, l'œil fixé sur les façades aux volets clos, entre les murs des maisons qui parfois semblaient se rejoindre au-dessus de leur tête. Aux larges avenues du quartier européen avaient succédé les boyaux étroits des souks, incroyablement torturés, aux ramifications infinies. Bajou s'éventait de la main qui tenait son chapeau; dans l'autre, un papier coincé entre ses doigts, qu'il consultait à la manière d'un plan. Il s'arrêta et attendit Marcel, que le poids des valises retardait. Depuis qu'ils s'étaient aventurés dans le dédale de la ville arabe, ils n'avaient croisé âme qui vive.

Le calme environnant finit cependant par leur sembler étrange. Bordées de commerces aux portes uniformément closes, les ruelles désertes donnaient une impression de totale désolation. Marcel, un peu fatigué, posa les valises à terre, les mains sur les hanches.

– Mais ils sont tous à la plage, ou quoi?

Marcel, évidemment, rêvait à une terrasse fleurie, une anisette légère à la main. Là, naturellement, il était déçu.

– Et d'abord, qu'est-ce qu'on fait ici? On va pas vivre aux souks, avec les Arabes, alors qu'à Tunis il y a un quartier rien que pour les Juifs! Tu veux me faire mourir, ou quoi?

– Un quartier pour les Juifs? Un quartier pour les pauvres, oui! se moqua Bajou.

– Ah bon, tu as honte, maintenant?

Bajou essaya de calmer la fièvre qui s'emparait de son cousin.

– Non Monsieur! Mais moi, je suis pas venu à Tunis pour être plus pauvre que les plus pauvres! Si tu crois que tous les Juifs de Tunis habitent La Hara, tu te trompes! Attends de voir...

Accablé, Marcel baissa la tête. Une anisette et des olives fraîches, c'était tout ce qu'il demandait. Même les femmes, il s'en passerait pour le moment.

Un silence de plomb semblait s'être abattu sur la ville. Bajou lui fit signe de le suivre. Il reniflait quelque chose qui ne lui semblait pas de bon augure. Leur démarche se fit moins légère, mais ils continuèrent d'avancer. De temps à autre, une silhouette fugitive se glissait derrière des moucharabiehs clos.

Ce ne fut d'abord qu'une rumeur un peu semblable à celle de la mer encore invisible quand on en approche. Rapidement, cependant, le murmure se précisa. Un roulis houleux et grossissant leur parvenait maintenant très distinctement. Les deux garçons interloqués s'étaient figés sur place et tendaient l'oreille, essayant de déterminer l'origine du bruit. Au carrefour de toute une série de venelles, la foule fut sur eux comme la vague qui déferle : une foule compacte de manifestants arabes, des centaines d'hommes et de femmes brandissant des pancartes et hurlant comme un seul être des slogans incompréhensibles aux oreilles des deux cousins, où il était question, leur semblait-il, de l'arrestation d'un dénommé Bourguiba. Ça faisait comme un chant guerrier où revenait sans cesse le même refrain : « Yah Ya Bourguiba, Yah Ya Bourguiba... »

Ils semblaient jaillir de chaque impasse, galerie ou ruelle, convergeant tous dans un même élan vers l'accès à la Porte de France.

Bajou et Marcel avaient à peine eu le temps de se jeter sous un porche pour éviter d'être piétinés. Devant leurs yeux ébahis, la manifestation déroulait son cortège, puis le grondement revendicatif commença enfin à décroître.

Encore abasourdis, soûlés de hurlements et de clameurs, les deux cousins tentèrent une sortie hésitante, abandonnant sans conviction leur abri de fortune. Mais à peine avaient-ils fait quelques pas qu'un second repli précipité s'imposa à eux. De l'autre côté de la rue, les premières cohortes de manifestants refluaient dans le désordre le plus complet, laissant tomber en hurlant leurs pancartes au sol.

A leurs trousses, des escadrons de gendarmes français chargeaient d'un pas résolu, la matraque à la main, avec une violence inouïe. Les coups désordonnés pleuvaient sur tous ceux, hommes, femmes et enfants, qui n'avaient pas eu le temps de s'écarter. Plaqués au mur, Bajou et Marcel avaient l'impression de vivre un véritable cauchemar. Pour une arrivée à Tunis, c'était réussi!

La cavalcade s'éloigna peu à peu et mourut dans le lointain. Abasourdis, rasant les murs, au hasard des rues jonchées de débris des récents désordres, chaussures, chéchias, pancartes piétinées, Bajou et Marcel reprirent leur marche pour atteindre enfin leur but tout au bout d'un long tunnel voûté qui s'ouvrait sur une place pavée, d'un charme et d'un calme tels que la violence du monde semblait en être exclue à jamais : une petite boulangerie dont la devanture ne payait pas de mine, au rideau de fer obstinément baissé comme tous les autres commerces alentour. Bajou se mit à tambouriner vivement à la porte. Marcel, quelque peu déboussolé par ce qu'il venait de vivre, ne cessait d'épier le voisinage, craignant sans doute de voir à nouveau surgir les hordes barbares.

La serrure joua enfin dans le pêne et le lourd battant s'entrouvrit comme à regret. Le large sourire confiant que Bajou avait affiché s'effaça presque aussitôt devant le regard de braise hostile d'une jeune femme arabe, emmitouflée dans son haïk.

– Que voulez-vous?

Le ton était incontestablement agressif, presque violent. Pris de court, Bajou balbutia un début d'explication :

– Je... je suis Bajou Benkahen... c'est Ahmed de Nabeul qui...

Découragé, il tendit le petit morceau de papier qu'il tenait à la main. Après un instant d'hésitation, la jeune femme s'effaça devant eux et referma la porte dès qu'ils l'eurent franchie.

Après avoir traversé, dans une quasi-obscurité, une enfilade d'étagères en bois sur lesquelles s'entassaient des monticules de pains ronds, ils débouchèrent à la suite de la jeune femme dans le puits de lumière douce d'une cour intérieure à partir de laquelle des chambres, des couloirs et un escalier s'ordonnaient harmonieusement. Le fournil, centre nerveux du lieu, entouré de pétrins au bois pénétré de farine, étalait sa volumineuse masse de briques dans le coin droit.

Le jeune femme fit pénétrer Bajou et Marcel dans un minuscule local, la pièce attenante au four qui avait été sommairement transformée en bureau. Un Arabe d'une quarantaine d'années, penché sur des livres de comptes, se frottait les yeux rouges de fatigue en jurant. L'homme venait de rayer d'un trait rageur une immense colonne de chiffres et refermait bruyamment un livre d'écritures.

– Et dire que c'est les Arabes qui ont inventé le calcul, nadin'!... jura-t-il avec emphase.

Il leva un regard distrait sur Bajou qui l'observait sans parler.

– Qu'est-ce que tu veux, toi, y'a ouled?

– Je viens de la part d'Ahmed, de Nabeul... je m'appelle Bajou Benkahen.

A ces mots, le visage du commerçant s'éclaira d'un bon sourire comme s'il ouvrait soudain les bras.

– Je suis Moktar, l'oncle d'Ahmed. Vous arrivez un jour de deuil pour le peuple tunisien, mais vous êtes ici chez vous.

Immédiatement, la jeune femme qui se tenait en retrait bondit devant les deux garçons.

– Bapa, le jour où on arrête Bourguiba, toi tu ouvres ta maison à des Juifs? Ils n'ont qu'à aller à La Hara, avec les leurs!

– Sur mon honneur, il n'en est pas question! répliqua Moktar. Ch'bik, Amina? Tout à l'heure, dans la rue, vous avez pas crié « les Juifs avec nous », non?...

– Oui!... Mais on n'a vu que les gendarmes et les matraques!...

Marcel eut juste le temps de faire un pas de côté pour éviter Amina, furieuse, qui disparut au fond de la boulangerie. Moktar, en se levant, esquissa un geste fataliste et apaisant, pour calmer l'inquiétude de ses deux visiteurs, surtout Marcel qui avait de plus en plus de mal à ne pas fuir sans demander son reste. Mais Bajou le tenait fermement par le bras...

– Si c'était pas ma fille, jamais je le croirais! Un vrai garçon manqué... Elle a que Bourguiba à la bouche...

Tout en parlant, Moktar était sorti de son bureau, suivi par les deux cousins. Ils traversèrent la cour intérieure avant de grimper un petit escalier exigu.

– C'est au lycée français qu'ils l'ont rendue comme ça... Tant pis pour eux! parce que tu sais...

Moktar ne put s'empêcher de laisser transparaître toute sa fierté...

– ... Elle a une bourse d'Etat! Oui! C'est une intellectuelle! La nuit elle fait le four, mais le jour elle suit ses études! Et plus tard, elle fera le droit, Inch Allah!

Sur le palier, le boulanger poussa une porte branlante et

se retourna vers Bajou et Marcel, un bon sourire aux lèvres.

– Voici la chambre. Je vous la laisse pas cher... Elle vous plaît?

Marcel, devant le désastre, ne doutait pas que Bajou déclinerait la proposition. Aussi, quand il entendit la réponse de son cousin, il crut que la terre s'ouvrait sous ses pieds.

– Oui, beaucoup! On la prend, dit Bajou, ravi.

Aussitôt, Moktar s'effaça et reprit l'escalier.

– Alors maintenant, je vous laisse. Avec toutes ces manifestations, la farine n'a pas été livrée depuis trois jours. Il faut se débrouiller, parce que les gens, leur pain, politique ou pas politique, ils le veulent! Quel malheur, quel malheur!

Le visage fermé, Marcel regardait la minuscule mansarde avec un dégoût non dissimulé. Il faut dire qu'elle n'était pas brillante. Murs lépreux, plancher disjoint, même pas de volets aux fenêtres. Quant aux lits, deux paillasses infâmes posées à même le sol. Sur l'une d'elles, Bajou avait déjà déposé sa valise.

– Une chambre! T'appelles ça une chambre? finit par éructer Marcel. Un placard à cafards, dis plutôt, oui!

Bajou lui fit signe de parler plus bas :

– Tais-toi, si Moktar t'entendait, le pauvre!

– Mais c'est dégueulasse, un vrai trou à rats!

Pour couper court aux jérémiades de Marcel, Bajou se mit à déballer ses affaires :

– Elle me plaît à moi, cette chambre, voilà! Et le boulanger, je l'aime bien! Il a une bonne tête!

– C'est ça! Et quand l'autre folle, sa fille, viendra t'égorger, tu la trouveras sympathique, aussi? C'est une maboule, ça se voit au premier coup d'œil.

– Mais qui c'est ce Bourguiba? T'as une idée?

– Un ch'ra comme elle, qu'est-ce que tu veux que ce soit? Alors, tu viens?

Bajou s'assit pesamment sur le lit, dont les ressorts grincèrent.

– Non, je reste. Tu as voulu venir à Tunis, alors maintenant tu fais comme tu veux, Marcel! Je te retiens pas!

– Encore heureux! Merci! Merci beaucoup!

Ulcéré, Marcel saisit ses affaires et sortit presque en courant de la chambre. Il déboula dans l'escalier, fila jusqu'à la porte de sortie et se retrouva, essoufflé, dans la rue. Essoufflé et sidéré. Bajou n'avait pas fait un geste pour le retenir. Il se retourna désemparé. Son cousin le regardait en souriant narquoisement derrière le fer forgé de la fenêtre.

Marcel manifesta son indignation, les bras ballants :

– Tu pourrais au moins m'accompagner, espèce d'ingrat!

Bajou haussa les épaules et attrapa son chapeau. Il savait bien que jamais Marcel ne pourrait se passer de lui et, au fond, ce n'était pas pour lui déplaire. Alors il l'accompagna là où il voulait aller, ce qu'il raconta dans sa première lettre à Oumi. Il la rédigea le soir même, à la lumière du fournil où s'agitaient les ouvriers.

Il savait que la lettre serait lue à sa famille par l'instituteur, là-bas, à Nabeul, aussi soigna-t-il le style... De son écriture fine et soignée – celle d'un titulaire du certificat d'études –, il rassura sa mère du mieux que son cœur le lui soufflait, en lui épargnant autant que possible tous les aspects désagréables de l'aventure :

« Un jour, Oumi, tu verras comme Tunis est belle. Tu feras le voyage aussi bien que je l'ai fait. Tous les gens ici sont aimables et hospitaliers, à l'image de la ville. Toi qui avais si peur pour moi, rassure-toi! A peine j'ai mis le pied dans Tunis, je me suis senti chez moi, tout de suite... »

Bajou revit la foule des manifestants déchaînés, les gendarmes qui les pourchassaient. Il étouffa un frisson et poursuivit :

« ... Tu verras les avenues, les maisons! Grandes, larges, belles, propres, presque autant que chez nous dans nos campagnes... Tu verrais, Oumi, les gens, les magasins, les voitures! Plein, plein, plein! Oumi, si tu doutais que le bon Dieu veille sur moi, rassure-toi! L'oncle de Ahmed de Nabeul, Moktar le boulanger, nous a magnifiquement reçus. Chez lui, ça sent presque aussi bon que dans ta cuisine à l'heure des beignets! Marcel a préféré aller à La Hara, mais rassurez-vous, je garde un œil sur lui. On a fini par lui trouver une vieille tante de la cousine germaine de Monsieur Marek, le coutelier de Nabeul. Elle a été heureuse de l'accueillir comme si c'était son fils, et elle n'a accepté le peu d'argent que j'ai pu lui donner que pour me faire plaisir, évidemment. Enfin, si vous entendez parler de manifestations à Tunis, rassurez-vous également : c'était déjà fini quand nous sommes arrivés. Et la ville est maintenant très calme... »

⁂

Ainsi se déroula l'arrivée de Bajou Benkahen en 1934, à Tunis, par une journée qui devait demeurer à jamais scellée dans la mémoire de millions d'hommes et de femmes. Habib Bourguiba, qui incarnait l'esprit de résistance à la présence française, venait en effet d'être arrêté.

Ce n'était pour lui que l'une des premières étapes sur le long chemin qui devait finalement conduire le Protectorat à l'indépendance tant souhaitée, au bout de vingt-cinq ans de luttes.

La France, elle, tout en se proclamant une république égalitaire ne faisait que perpétuer, de l'autre côté de la Méditerranée, les pires schémas du colonialisme. Bajou n'avait, pour l'instant, nulle conscience de ce qui se tramait réellement dans le jeu de l'action et de la répression. Il se sentait, ainsi que les autres membres de l'importante communauté juive, tunisien au même titre que tous ceux qui vivaient sur cette terre.

11

Planté au milieu de la cour, Bajou regardait, émerveillé, le ballet incessant et bruyant des camions comme des attelages qui chargeaient ou déchargeaient des sacs de grains et de farine. Il se trouvait précisément dans l'enceinte de la minoterie Costa et Chatel, du nom de ses propriétaires. Ceux-là même que Bajou avait croisés une fois, au sortir du bureau de Scali. Il les savait riches et puissants au point de faire trembler l'irascible propriétaire. C'est donc là que ses pas l'avaient porté dès le lendemain de son arrivée à la ville.

Son unique tenue sombre, soigneusement repassée le matin même grâce à l'obligeance d'Amina qui lui avait prêté un fer à charbon, tranchait sur l'omniprésente poussière blanchâtre. Après avoir manqué de se faire écraser par un cortège de charrettes, tant il était impressionné par les immenses murs des hauts silos qui encadraient la cour et par la puissance qui se dégageait de toute cette activité, il se dirigea avec appréhension vers les bureaux. Une secrétaire affairée le reçut sans ménagement. Elle était visiblement excédée pour des raisons qu'elle seule connaissait.

A la discrète sollicitation de Bajou, elle se mit littéralement à aboyer :

– Mes patrons sont en rendez-vous, jeune homme, ils ne reçoivent personne!...

– Vous dites ça à tout le monde, hasarda Bajou, mais moi c'est différent, ils me connaissent...

– Ça m'étonnerait beaucoup, ricana la vieille fille qui avait reniflé dans le costume usé et le maintien timide un garçon de la terre.

Pendant quelques secondes ils se défièrent du regard, puis Bajou baissa les yeux, comme convaincu :

– Je peux attendre là?

Elle leva un regard circonspect par-dessus ses lunettes.

– Si ça vous amuse de perdre votre temps...

En voilà une, se dit Bajou, qui ne devait pas avoir une vie heureuse...

Il prit place dans un vieux fauteuil de cuir usé qui s'effondra quelque peu sous son poids. La nuit sur la paillasse allouée par Moktar n'avait pas été des plus confortables... Pour un peu il se serait endormi, bercé par le doux ronronnement du ventilateur accroché au plafond, lorsque soudain la porte d'un bureau au fond du couloir s'ouvrit en coup de vent. Un homme en sortit d'un pas vif. C'était Costa, l'un des deux minotiers aperçus chez Scali. Il donna rapidement un courrier à sa secrétaire, sans même jeter un coup d'œil à Bajou qui, empêtré au fond de son fauteuil, tarda à réagir. Quand il réussit à se remettre sur pied, Costa avait déjà disparu dans son bureau.

– Si Monsieur Costa vous connaît, hein, il vous a oublié! glissa la secrétaire en jubilant.

Elle n'allait pas rater cette petite victoire...

Bajou piétinait, mais autant ne pas répondre et attendre avec attention sa prochaine chance. De toute façon, il l'avait décidé, Costa et Chatel étaient ses deux espoirs de travail à Tunis, et il était prêt à tout pour en obtenir. Minotier il voulait devenir, minotier il deviendrait. Il ne se voyait certainement pas retourner, la tête basse, chez son oncle Elie. Pour rien au monde!

– Alors, qu'est-ce que vous faites? Je me demande si j'ai le droit de vous laisser attendre ici, moi? Je sais pas qui vous êtes et...

La secrétaire n'avait pas le triomphe modeste. Bajou cherchait désespérément une réponse lorsque la porte du bureau se rouvrit. Costa apparut de nouveau. Bajou allait s'élancer dans sa direction, prêt à dire n'importe quoi, lorsque l'index du minotier pointa dans sa direction :

– Mais tu n'es pas de chez Scali, toi?

Bajou sourit avec assurance et saisit sa chance au vol.

– Oui, monsieur... c'est... c'est lui qui m'envoie!

Il ne sut jamais comment ce mensonge énorme lui était venu aux lèvres.

– Ah, bon... dit en s'approchant Costa, d'un œil très intéressé.

Il se tourna vers sa secrétaire :

– Pourquoi vous ne m'avez pas prévenu, Madame Sarfati? Faire attendre l'envoyé de Monsieur Scali! J'ai honte! Entre, mon garçon... Entre...

Bajou se précipita, sans pouvoir s'empêcher de lancer à la secrétaire, mortellement vexée, un discret et néanmoins triomphal sourire.

L'intérieur du bureau était cossu mais sans ostentation. Les minotiers n'étaient visiblement pas là pour épater le client. Costa et Chatel, qui étaient sans doute deux commerçants féroces, régnaient en maîtres dans leur corporation par toutes sortes de moyens, mais aussi par une vigilance acharnée et un labeur de tous les instants. Les fenêtres de leur bureau donnaient d'ailleurs sur la cour où ils pouvaient suivre la marche du travail. Costa poussa Bajou vers le centre de la pièce et le présenta à un homme moustachu, en bras de chemise, plongé dans la lecture d'épais documents contractuels.

– Assieds-toi, mon garçon... Tu te souviens de Monsieur Chatel, mon associé...

– Je me souviens très bien de vous deux, dit Bajou.

– Bravo, bravo... Et toi tu t'appelles comment, déjà?

Bajou apprécia la formule. Le “ déjà ” laissait entendre qu’ils avaient été présentés.

– Bajou... Bajou Benkahen... de la ferme Scali.

Chatel releva alors seulement ses yeux vers lui. Il garda le silence et Costa enchaîna :

– Alors, Bajou, le vieux Scali t’envoie, c’est ce que tu m’as dit... pour parler, j’imagine? C’est bien de lui, ça, ce renard, d’envoyer quelqu’un devant pour tâter l’eau!... J’espère seulement qu’elle ne sera pas trop froide.

Les deux minotiers se consultèrent d’un regard qui ne passa pas inaperçu de Bajou. Alors seulement, il commença à prendre la mesure du redoutable quiproquo qui était en train de s’installer. Les deux minotiers voyaient en lui l’envoyé spécial de Scali! Evidemment! Ils attendaient des nouvelles fraîches! Certainement même la réponse à une demande qu’ils avaient faite! Bajou se tassa sur son siège. Comment sortir de cette situation délicate qu’il ne maîtrisait pas et qui risquait de tourner à son désavantage? Les deux hommes respectaient son mutisme... Il fallait dire quelque chose! Vite!

– Parler, parler... avec Monsieur Scali, c’est pas évident, se tortilla-t-il sur son siège.

– C’est bien ce que je pense! explosa Chatel. Un jour il veut, un jour il veut pas. Qu’il meure avec son domaine! Nous, on a mieux à faire!

Les deux minotiers échangèrent un rapide clin d’œil à l’insu de Bajou. C’était leur manière de négocier. L’un faisait la brute, l’autre le tendre. Et aussitôt, Costa se mit à bouger les mains comme pour calmer le jeu :

– Attends, ne t’emballe pas!

Il se rapprocha de Bajou et l’air peiné poussa une longue plainte.

– Il a un de ces caractères, mon associé! Si je l’écoutais, jamais je parlerais avec Scali...

Il ponctua son exclamation d’un geste catégorique.

– Allons, dis-nous plutôt ce qu’il t’a dit. Mais nous on t’écoute, c’est tout! Et ensuite on verra.

Bajou se sentit envahi d’une véritable nausée. Dans quel

guêpier était-il encore allé se fourrer? Marcel lui manquait soudain cruellement. Si seulement il avait été là, il aurait su désamorcer la situation d'une pirouette. Il rêva aussi à la douceur des bras d'Oumi. Seulement là, il avait en face de lui les deux minotiers les plus rapaces de la place. Et ils le prenaient, lui, Bajou Benkahen, pour l'ambassadeur itinérant de Scali, ce dont il ne pouvait plus démordre, sauf à dévoiler le pot aux roses. Ce qu'il commença à faire d'une voix lugubre et à peine audible...

– Alors voilà, Monsieur Scali m'a dit de venir vous voir, ça c'est vrai... c'est absolument vrai... (Qu'ils aillent vérifier, pensa-t-il. Ça lui laissait du temps.) Mais pour le domaine, c'est avec lui qu'il faut parler... moi, je... je ne suis pas là pour ça.

Un nouveau coup d'œil fut échangé entre Chatel et Costa. Celui-ci reprit d'un ton de voix nettement moins aimable :

– Esma y'a ouled, si tu n'es pas là pour parler du domaine, tu veux quoi alors?

Bajou hésita un moment et se jeta à l'eau. A un moment ou à un autre il faut bien traverser la rivière, et il espérait flotter contre toute logique...

– Vous n'avez pas besoin d'un comptable? demanda-t-il dans un grand sourire.

Ce fut au tour de Chatel de se pencher vers lui, la main à l'oreille :

– Pardon? J'ai mal entendu...

– Vous n'avez pas besoin d'un comptable? répéta Bajou, tout en sentant monter en lui les prémices d'un malaise comateux, car il aurait pu décrire à l'avance l'éclat de rire qui secouait maintenant les deux minotiers.

Ce fut Chatel qui se reprit le premier.

– Alors tu n'étais pas du tout venu de la part de ce vieux crétin de Scali... Tu ne manques pas de culot, mon garçon. A ton âge, c'est une qualité. Mais on n'embauche pas, désolé!

La logique avait été respectée. Son poids l'entraînait au fond de la rivière.

Costa se leva, mettant fin à l'entretien.

– Allez, on a été content de te voir, Bajou, mais maintenant on a du travail.

Il lui indiquait de la main la porte, l'invitant à quitter les lieux. Bajou se leva tout en tripotant nerveusement son chapeau entre ses doigts. Congédié comme un commis de ferme! Et pourquoi? Simplement parce que ces deux-là attendaient autre chose de lui. Pour prendre, il faut donner. Mais donner quoi? Qu'avait-il entre les mains pour retourner la situation? Bajou sentit un flot de bile aigre remonter à toute vitesse de son œsophage. Ça ne pouvait pas finir comme ça! Pas question de sortir battu! Arrivé à la porte, il se retourna brusquement vers les deux hommes.

– Monsieur Scali dit qu'il ne veut pas vendre... mais c'est faux!

Chatel et Costa avaient déjà oublié la présence de Bajou et replongé leur attention sur des dossiers. Ils relevèrent leur visage comme un seul homme, subitement intéressés. Dans cette infime seconde tout basculait, et Bajou le sentait. Mais pour aller là où il le voulait, il fallait bien qu'il taille son chemin. A la serpe, si nécessaire. Il poursuivit plus fermement déjà :

– J'ai travaillé chez lui... je connais tous ses comptes...

– Et alors? reprit Chatel.

– Même s'il veut pas vendre, il doit! Ce n'est un secret pour personne, ce que je vous dis, tout Nabeul le sait... mais enfin, je parle, et vous savez tout ça forcément... mieux que moi... Il y a encore d'autres choses, mais vous n'avez sûrement pas besoin...

Il regarda autour de lui, jouant une comédie qui ne trompait personne :

– Mon chapeau, où il est?... Ah, le voilà! Je l'avais dessus!... Je ne sais plus où j'ai la tête! Bon, excusez-moi... oubliez ce que je vous ai dit, et pardon pour le dérangement. Quand même, si un jour vous avez besoin d'un comptable...

Il fit un nouveau demi-tour et sa main appuya sur la poignée de la porte.

Deux secondes s'écoulèrent, autant dire un siècle, puis, derrière lui, la voix de Costa lui fit :

– Mais où tu vas? Attends, Bajou, attends... Il faut voir... tu sais vraiment faire les comptes?

Que Bajou ait eu bonne conscience, c'est une autre histoire. La trahison qu'il se proposait de commettre, et dont il allait jouer la partition entière, ne lui avait pas été extorquée. Dans sa besace, il ne possédait que ce petit secret. Il l'avait jeté en pâture aux grands fauves qu'étaient les minotiers et ils avaient daigné s'y intéresser. C'était bien le but recherché.

Quant à Scali, Bajou entretenait suffisamment de souvenirs contradictoires à son égard pour qu'il ne puisse pas considérer son sacrifice comme un obstacle à son avancée. Il n'avait pas oublié le cri que Scali avait lancé quand il lui avait fait part de son intention de devenir minotier : « Jamais je ne te laisserai remettre les pieds à la ferme, jamais! » C'est pourquoi Bajou ne se sentait ni honteux, ni fautif. C'est pourquoi il répondit sans rien cacher à toutes les questions que ses nouveaux patrons lui posèrent sur l'état du domaine Scali. C'est pourquoi il accepta d'un cœur finalement léger l'emploi que lui proposa Costa... Ce n'était pour lui que le tout premier barreau de l'échelle. Qu'elle mène au paradis ou à l'enfer, ce n'était pas encore son problème.

*
**

Bajou passait ses journées à la minoterie dans un réduit qui lui servait de bureau, planté tout en haut du bâtiment qui abritait les broyeuses, dont le bruit était permanent. Il partageait même l'endroit déjà exigu avec les remiseurs de sacs, dont le travail consistait à ravauder, à l'aide de longues aiguilles, les toiles usagées. Pendant leurs temps morts, ils recousirent tous les boutons de la veste de Bajou, qui en général pendaient lamentablement (car il s'obstinait toujours à fermer sa veste sur son gros ventre, ce qui mettait à mal ses attaches). Très chaud quand il faisait chaud, très froid quand il faisait froid, le local n'avait vraiment aucun attrait. Mais le nouveau comptable de la minoterie n'en avait cure, car il faisait là ce qu'il aimait le plus au monde. Des heures durant, dans les odeurs de froment et de poussière de blé, il effectuait d'interminables additions sur d'énormes livres de comptes.

Au passage, devant son bureau, les autres employés n'en revenaient pas de le découvrir penché sur ses registres en train de chantonner sa petite mélopée arabe, inscrivant les totaux au bas des longues colonnes. Il travaillait parfois si tard, le soir, que lorsqu'il relevait la tête la nuit était tombée et le restant du personnel reparti depuis longtemps pour regagner ses pénates. Alors, en soupirant, Bajou refermait enfin ses gros livres et enfilait son veston.

Il quittait la minoterie provisoirement silencieuse. Sa deuxième vie pouvait commencer...

Elle se déroulait jusqu'aux dernières heures de la nuit dans la chaleur du fournil où Amina et les ouvriers s'activaient à pétrir, enfourner et cuire des miches de pain odorantes. De ces soirées passées à la boulangerie, Bajou garderait toujours en mémoire la chaleur douce et rassurante, presque maternelle, de l'étuve sans cesse en activité.

Jamais rassasié de chiffres, Bajou vérifiait les comptes de Moktar, infiniment moins compliqués à la vérité que ceux de la minoterie. De sa chaise, il voyait passer les brassées de pain doré et craquant. L'eau lui montait à la bouche. Comment résister à l'envie tenace de déguster une ou deux brioches tièdes et sucrées?...

A force de se goinfrer de beignets et de brioches, il prit carrément le virage vers l'obésité acceptée, assumée, et parfois même revendiquée, qui devait marquer son âge adulte. Il en était ainsi, pensait Bajou : certains sont trop gros, d'autres sont trop maigres, et d'autres enfin sont au milieu. Dieu décide, et l'homme subit. Certes, il eût mieux valu de temps en temps résister à l'appel de la table, mais si l'Eternel avait créé le couscous, les gâteaux et les sucreries, c'était bien pour qu'ils soient appréciés à leur juste valeur culinaire! Cette philosophie servait de justification à tous ses excès. Et même, après s'être empiffré d'une énorme assiette de gâteaux au miel, il ressentait parfois une étrange fierté d'avoir pu absorber à lui seul tant de nourriture! C'était une véritable performance!

Il sentait bien, quand il marchait dans les rues de Tunis, des regards intrigués se porter sur sa silhouette lourde et disgracieuse. Mais qu'y avait-il là de si étonnant? Un homme gros est un homme qui gagne bien sa vie, et en lequel on peut avoir confiance.

Il se souviendrait également d'Amina, sereine et décontractée, façonnant la pâte avec habileté et qui, pour travailler, découvrait son visage de dix-huit ans aux traits racés. Il n'oublierait pas qu'une fois passées les premières approches un peu agressives, la jeune fille était devenue avec entêtement son maître en sciences politiques. Pendant les pauses, en avalant goulûment une Blebi[1], elle lui expliqua enfin Bourguiba, le Néo-Destour, les enjeux auxquels elle croyait, son espoir de voir un jour prochain les Français quitter la Tunisie.

Bajou était impressionné par les connaissances d'Amina, mais aussi terrifié à l'idée des perspectives qu'elle lui décrivait. Pour Bajou, toucher à la France, c'était comme toucher à sa mère!

Amina, patiemment, lui promettait qu'un jour il changerait d'avis, même s'il lui faudrait attendre longtemps.

Parfois, ces discussions l'énervaient. Mais Bajou les supportait, car la présence de la jeune femme lui était agréable. Un corps énergique et exigeant se devinait sous sa blouse, et ses charmes féminins le laissaient souvent songeur. Mais pour rien au monde il n'aurait laissé transparaître son sentiment. Autant par respect pour Moktar que par crainte du ridicule. Le souvenir de Marie le marquait trop pesamment.

1. Mélange de pois chiches et de mie de pain épicés.

Il se taisait, mais il s'autorisait quelques accrocs à sa conduite courtoise. Quand les feux du fournil s'éteignaient et que chacun allait prendre un sommeil récupérateur, Bajou s'attardait alors à l'abri des claustras qui couraient le long de la galerie à l'étage, et son regard aux aguets perçait parfois l'intimité des fenêtres d'Amina, dans sa chambre, au rez-de-chaussée, où elle se livrait à une brève toilette. Dans les reflets de l'aube, les yeux avides de Bajou entr'apercevaient alors, dans l'interstice des volets, la vision fugace de la poitrine nue, lourde et ferme, qu'elle caressait longuement de savon et d'eau, devant la cuvette posée sur le rebord de l'ouverture, avant de souffler d'un geste délicat la bougie du sommeil. Un sommeil que Bajou trouvait plus facilement au souvenir de cette vision.

12

Il en avait perdu, de sa superbe, le père Scali!... Par la fenêtre de son minuscule cagibi, Bajou avait vu la voiture s'arrêter dans la cour de la minoterie. Scali en était descendu, voûté, l'air fatigué, suivi de Max, son fils aîné. Tapi derrière la vitre, il ne les avait pas quittés des yeux jusqu'au moment où la porte capitonnée du bureau de Costa s'était refermée sur eux. Il lui était facile d'imaginer ce qui se passait dans le bureau des minotiers. Scali l'orgueilleux jetait les armes. Il consentait à vendre après une résistance qui n'avait fait que l'affaiblir davantage. Sans émotion, Bajou l'imaginait se faisant dépecer par ses patrons grâce aux renseignements qu'il leur avait fournis.

Une mouche vint se poser sur son front. Il la chassa d'un revers de main. La roue tournait. Tant pis pour Scali, pensa-t-il.

Au bout d'une petite heure, Chatel et Costa rayonnants furent les premiers à sortir du bureau. Derrière eux, Scali et Max essayaient de garder une attitude digne. Mais manifestement, ils étaient encore plus abattus qu'en entrant. Tous se serrèrent la main sans chaleur, puis le père et le fils prirent place dans la vieille bétaillère qui les avait amenés. Au moment de s'asseoir, Scali marqua un temps d'arrêt, regardant tout autour de lui, comme s'il percevait dans l'air la réponse obsédante à toutes ses interrogations : comment les deux minotiers avaient-ils pu savoir tant de choses sur ses affaires? Comment, surtout, savaient-ils qu'il avait produit trois fois plus de blé que d'habitude, cette année justement où ils avaient décidé de le boycotter, le contraignant ainsi à vendre son domaine?

Bajou s'était reculé vivement à l'abri de son bureau. Il ne fallait surtout pas que Scali le voie. Il aurait eu la clé de l'énigme. De cela il n'était pas question, afin de protéger Elie et sa famille. Un beau prétexte qui soulageait la conscience de Bajou.

Lentement, Scali s'installa à côté de Max, le corps lourd, la tête basse. Le véhicule démarra et très vite s'échappa des hauts murs de la minoterie.

Bajou s'était précipité au rez-de-chaussée, au secrétariat, où il trouva ses patrons en train de se congratuler.

– Et voilà! Il nous a donné du fil à retordre, le vieux, mais c'est fini maintenant... et va savoir ce qu'il va faire de notre argent... un beau paquet quand même... regrettait presque Chatel.

– Bistrotier! Il parle d'acheter un café au bord de la mer! Zarma! L'air de la mer, ça fera du bien aux enfants! Autant qu'il le jette à la poubelle tout de suite, notre argent... ou mieux qu'il nous le rende! Je ne lui donne pas deux ans pour être ruiné, liquidé, ce vieux fou!

Bajou sentit son cœur se serrer. La vision fugace d'Habiba lui traversa l'esprit. Mais Costa lui posa la main sur l'épaule et l'entraîna, un brin mystérieux.

– Donnant-donnant, Bajou, sans toi Scali continuait à nous balader. Alors, comme promis, comptable titulaire, tu passes à 1 200 francs par mois, ça te va?

– Merci, Monsieur Costa, balbutia Bajou, c'est... c'est trop!

– Ne me remercie pas, travaille! Travaille d'arrache-pied, c'est la seule chose qu'on te demande. Attends, c'est pas fini.

Il ouvrit une porte près du secrétariat qui donnait sur une pièce propre et aménagée.

– Ton nouveau bureau! Juste à côté du nôtre! Tu mérites bien ça! Tu es quelqu'un, maintenant.

Il dut faire un effort terrible pour surmonter le malaise qui le gagnait. Il n'avait pas escompté tant d'honneurs en échange de sa trahison, et le prix dont Chatel et Costa la payaient lui en faisait encore plus ressentir la marque infamante. Ce n'est que de longues minutes après s'être retrouvé seul dans son nouveau bureau qu'il réussit à maîtriser la fièvre brutale qui s'était emparée de lui et avait inondé son corps de sueur en quelques secondes.

Il ferma les yeux, revit l'image de Scali, hagard, celle de Max qui comme d'habitude n'avait l'air de rien et, petit à petit, se convainquit que dans le fond, il n'avait fait que précipiter l'inéluctable.

Qui sait même si, en interdisant à son ex-patron, par ses révélations, de s'entêter dans l'attitude arrogante et butée dont il avait le secret, il ne lui avait pas permis de sauver les meubles malgré tout?

De toute façon, Bajou le savait, il aurait vendu un jour ou l'autre. Alors autant que ça lui profite aussi un peu, à lui. Qui n'aurait pas fait la même chose à sa place?

Apaisé, il ouvrit ses livres de comptes.

13

Comme tous les dimanches depuis le début de l'été, Bajou prit le TGM au carrefour de l'avenue de Paris et de l'avenue Jules-Ferry. Comme tous les dimanches, le trolley était bourré de monde, surtout de jeunes gens qui, en grappes serrées, s'entassaient jusqu'aux marchepieds du véhicule, prêts à tout supporter pour fuir la chaleur caniculaire de la capitale.

Le TGM, baptisé ainsi par les initiales des villes qu'il desservait – Tunis/La Goulette/La Marsa – était la fierté des habitants de Tunis, le nerf vivant qui serpentait de la ville jusqu'aux plages les plus proches, permettant ainsi à ceux qui n'avaient pas les moyens d'un transport individuel de profiter du littoral.

Avec ruse, Bajou jouait de son obésité pour obtenir une place assise. Il faisait mine d'être épuisé, et il se trouvait toujours une âme charitable pour lui céder un siège, comme on l'aurait fait à une femme enceinte.

Il prenait bien soin de ne pas accepter tout de suite, assurant qu'il ne voulait pas déranger, avant d'acquiescer aux sollicitations encore plus empressées de son bienfai teur. Il passait le reste du trajet à s'éponger le front avec son mouchoir, tout en s'éventant, le chapeau à la main, s'obligeant à paraître récupérer des fatigues causées par son poids. Bajou avait parfaitement intégré l'esprit tunisien, d'autant plus prompt à se mêler de tout qu'on ne lui demandait rien.

Aussi étrange que cela puisse paraître, il n'avait découvert la mer qu'en arrivant dans la capitale. Il avait été conquis par son spectacle de lumière, par sa couleur et les parfums qui s'en dégageaient. Il l'appréciait aussi bien dans ses jours de colère que dans ses moments de tendresse, goûtant avec appétit les rouleaux sombres et violents qu'elle charriait les jours d'orage ou les doux clapotis d'écume blanche qui venaient mourir sur le sable aux beaux jours.

Il se régalait de voir la grève déserte sous le vent frais comme d'y trouver des foules s'entassant sous le soleil. Dans les deux cas il se sentait protégé par la solitude ou l'anonymat, et aimait à réfléchir sur le caractère insaisissable de la Méditerranée, mer d'huile ou mer de feu, comme si elle recelait tous les secrets de l'âme humaine. Elle semblait à Bajou aussi imprévisible et familière que sa propre destinée.

Comme tous les dimanches, Bajou descendit à La Goulette et enfila une petite rue qui, au fur et à mesure qu'on s'approchait de la plage, se remplissait de jeunes gens en maillot, courant, hurlant et piaillant dans tous les sens; ceux-ci souriaient souvent au passage de l'étrange gros homme en costume noir que personne en ces lieux ne vit autrement habillé, même au plus fort de la chaleur.

Il parvint enfin sur l'avenue qui longeait la mer, non loin de l'endroit où s'élevait la buvette « Chez Moumou ». C'est Marcel qui tenait le petit établissement. Il avait décroché cet emploi par l'entremise d'une vieille tante d'Elie, dont le fils connaissait un employé de la mairie, lequel avait un ami dont le fils était un ami du concessionnaire, qui lui-même, etc., etc. Bref, une affaire strictement à « la tunisienne » qui avait fait de Marcel le plus heureux des hommes : il ne se posait pas de questions et profitait de la vie comme elle venait sans se créer d'inutiles problèmes.

Mais grâce à ce travail, il côtoyait les enfants des grandes familles tunisiennes. Celles qui tenaient les hautes fonctions et les commerces nobles. Bien loin du petit artisanat dévolu aux Juifs d'origine modeste.

Même si Marcel ne voyait pas les choses sous cet angle, simplement heureux de rendre service sans arrière-pensée, Bajou se disait au fond de lui-même que la fréquentation de ces jeunes gens arrogants, ambitieux, qui respiraient l'argent et la réussite pourrait un jour ou l'autre servir ses ambitions.

Depuis qu'il habitait La Hara, Marcel passait ses nuits à faire la fête et à courir les filles. Mais il ne manquait jamais d'informer son cousin de toutes ses bonnes fortunes, quitte à enjoliver les choses. En effet, Bajou demeurait pour lui le mètre étalon, impressionné qu'il était par sa rigueur de vie et par son obsession à « arriver ».

Bajou s'installa à sa place habituelle, dans un coin à l'écart de la petite terrasse qui mordait sur la plage, à l'abri d'une ombrelle. La chaleur était si forte qu'il dégrafa discrètement le premier bouton de sa chemise.

Marcel glissa rapidement devant lui une anisette et des olives fraîches puis retourna comme un furet derrière son bar. Il s'activait avec une maestria étonnante à préparer une montagne de sandwiches tunisiens. Un coup de couteau sec déchirait le pain, une louche de harissa, une poignée de thon, une autre de concombre, de câpres, de pommes de terre, une rondelle de citron macéré, un long piment, une olive à chaque extrémité, une cuillerée d'huile, et hop, le tout était emballé avec dextérité dans un papier qui prenait aussitôt l'aspect graisseux du sandwich dégoulinant de condiments. En la matière, Marcel était sans conteste champion de Tunisie toutes catégories : quarante secondes lui étaient à peine nécessaires pour confectionner la chose. Et il ne désespérait pas de descendre sous la barre des trente secondes.

Pour l'heure, il s'activait autant à son travail qu'à suivre les évolutions d'une vingtaine de jeunes garçons qui disputaient devant la buvette, sur le sable, une partie de football acharnée. Tous exhibaient des corps fermes et bronzés, mettant d'autant plus d'énergie à faire jouer leur musculature qu'une brochette de jolies filles les encourageait bruyamment.

Un but marqué souleva d'ailleurs immédiatement une clameur d'admiration féminine. Fasciné, Marcel prit aussitôt son cousin à témoin :

– Regarde-les, regarde-les, Bajou! L'UST... l'équipe des Juifs de Tunis... Tu te souviens comme Elie il en parlait? Un vrai mythe! Et maintenant ils sont là et ils me mangent les sandwiches dans la main! Je rêve!

Bajou, railleur, croisa les mains sous sa nuque.

– Pourquoi ils se priveraient? Les sandwiches, tu les leur offres! Ils mangent gratis! C'est sur ta paie que tu prends!... Dommage qu'ils gagnent pas beaucoup de matchs, la vérité...

– C'est vrai, admit Marcel, mais quel panache!... Pardon, quel panache! surenchérit-il en se tordant le cou pour ne pas perdre une miette du spectacle.

Soudain il bondit; l'un des joueurs venait de réaliser un spectaculaire retourné.

– Oh, tu as vu ce qu'il a fait là, Coco Zerbib, tu as vu? Magnifique!... Ouh, le ballon... où il est?

Le ballon, qui s'était élevé dans les airs comme un obus, sortait des limites de la plage et rebondissait sur la chaussée qui la longeait, au milieu des calèches, des voitures et du grouillement humain. Marcel en laissa tomber sa cuillère dans le bol d'huile et jaillit de son bar en direction de la route, hurlant à l'attention des sportifs :

– Ne bougez pas, ne bougez pas... j'y vais... je vais ramener le ballon...

Le torchon au bout du bras, il se fraya un passage au milieu de la foule, mais un petit groupe d'enfants arabes tapis derrière le parapet de la plage – et qui n'attendaient que cela – le devancèrent. Ils s'emparèrent du précieux objet et disparurent à toute vitesse sans demander leur reste, au premier carrefour venu, à la minute même où des militaires installaient les éléments d'un barrage.

La tête basse, humilié, Marcel s'en retourna à la buvette sous les quolibets des joueurs déchaînés contre lui. Chaque dimanche c'était la même chose, le même larcin commis par les mêmes enfants arabes, qui en avaient fait leur jeu favori.

Tout penaud, Marcel encaissa sans broncher le regard méprisant d'une plantureuse créature rousse qui sortit un nouveau ballon d'un sac et lança d'une voix criarde :

– C'est le dernier, je vous préviens... Après, vous jouez sans, sur ma vie!

*
**

Avec un intense soulagement, Amina reconnut la grosse silhouette de Bajou assis tout seul à l'écart dans la buvette.

A quelques dizaines de mètres, devant et derrière elle, la rue venait d'être bloquée par des gendarmes qui filtraient les passants, fouillant systématiquement les Arabes, hommes ou femmes. Elle était prise dans la nasse, de plus en plus angoissée, quand son regard était tombé sur Bajou. Elle hâta le pas vers lui, son couffin à la main, en réprimant un sourire.

Le petit espace du bar était maintenant envahi par la cohorte bruyante des joueurs entourés de jolies filles.

L'un d'entre eux, Marc Sfez, un jeune homme aux traits réguliers qui faisait penser à Errol Flynn, attrapa une bouteille de limonade. Roland Boccara, le fils du plus grand tapissier de Tunis, laissa libre cours à son humour vulgaire.

– La prochaine fois, Marcel, je te préviens, le ballon, tu le paies aussi!

Henri Hadjej, aussi discret et effacé que Roland était

expansif, s'étonna devant le spectacle insolite qu'il découvrait à la terrasse.

– Dis donc, Marcel, c'est ton cousin qui fait le joli cœur avec une fatma, ou je rêve?

Tous les regards convergèrent vers Bajou. La présence en ces lieux d'une « indigène » la tête couverte pouvait passer inaperçue si elle se présentait dans la condition d'une bonne à tout faire. Mais s'installer comme cliente à une table, c'était une affaire peu habituelle.

– C'est... c'est une amie de la famille... bafouilla Marcel. Elle fait des études de droit.

Bien sûr, rien n'interdisait à une Arabe de fréquenter un endroit où les Juifs se retrouvaient. A Tunis, toutes les communautés vivaient en bonne harmonie. Mais la règle non écrite était cependant que, si l'on vivait ou travaillait ensemble, on évitait de se mélanger dans les lieux de détente et de plaisir. Chacun se respectait, mais un Juif n'approchait pas une Arabe, et réciproquement. Rien ne terrifiait plus les familles que des amours mixtes. Si, pour l'heure, la vision d'Amina et de Bajou réunis ne permettait à personne de tirer la moindre conclusion équivoque, la beauté de la jeune fille mettait tout le monde mal à l'aise : une proie interdite est d'autant plus tentante.

– C'est une brave fille, je vous assure... insista Marcel.

Il n'osa pas avouer que Bajou logeait chez elle. Il se tut, car le regard de la jeune femme, un court instant, avait capté le sien. Il lui avait semblé si doux... Etait-ce bien la même jeune femme enragée qu'il avait aperçue lors de sa première et seule visite chez Moktar? Il sentit un trouble profond le gagner, baissa les yeux et saisit son shaker.

– Allez, allez... J'vais vous faire un « spécial La Goulette »... c'est ma tournée, je vous l'offre!

Comme d'habitude!

Chacun se désintéressa aussitôt du couple étrange. Marcel était le roi des sandwiches et du « spécial La Goulette », un tiers boukha, un tiers anisette, un tiers citron et jus d'orgeat. Mais s'ils avaient pu saisir la conversation que menaient Bajou et Amina, ils en auraient vite déduit que l'amour n'était pas près de les rapprocher.

Depuis qu'elle s'était invitée à sa table, Bajou cherchait en vain à comprendre les raisons qui avaient poussé la jeune fille à lui offrir sa compagnie. Ils n'avaient échangé que des propos de pure politesse et il se rendait bien compte que l'attention d'Amina était ailleurs, vers la chaussée où s'agitaient les gens, les soldats, les enfants. C'était la première fois qu'elle lui montrait un visage souriant, tellement différent de la froideur qui était généralement la sienne à la boulangerie. L'avoir ainsi en face de lui le culpabilisait davantage encore de son voyeurisme nocturne, et il n'osait même pas la regarder en face, tout en tentant d'entretenir une discussion dont l'inanité ne lui échappait pas vraiment.

– Alors, un jour, tu vas faire le droit... comme Bourguiba...

En parlant de celui-là, sûr, se dit-il, que je vais l'intéresser.

Mais la jeune fille haussa les épaules tout en jetant un regard discret vers la route et les mouvements militaires.

– Le droit, le rond, le carré... on verra... si les Français veulent bien...

– Et pourquoi non? Grâce à eux, on peut vivre ensemble... Ils nous ont donné nos droits... et l'instruction... à toi comme à moi! Pourquoi ça changerait?

– Tout ça, c'est des mots qui ne veulent rien dire et qu'on t'a appris à l'école française... juste pour que tu oublies qu'ils sont chez nous!

– Ouh... même à la plage, tu fais la politique...? Jamais tu t'arrêtes un peu? C'est dimanche, aujourd'hui... Marcel, alors, elle vient cette boukha...?

– Ça vient!

– C'est pas trop tôt! Ça fait une heure!

Marcel ignora l'humeur maussade de son cousin, d'autant qu'il prit de plein fouet le regard de braise d'Amina. Instantanément, il se sentit en proie à un sentiment inconnu, très différent du désir qu'il éprouvait d'habitude devant une belle femme. Il bredouilla bêtement :

– Oui... oui... Et pour Mademoiselle, ce sera...?

Mais Amina se levait déjà pour partir.

– Rien, je suis en retard... Merci beaucoup, Bajou...

Elle avait dit cela sur un ton de sincérité qui le surprit. Qu'avait-il fait de spécial pour elle?

Sans laisser aux deux hommes le temps de bouger, elle quitta la plage d'un pas rapide. Marcel la suivait des yeux, hypnotisé.

– Tu sens? Camoun et cannelle... C'est rare...

Bajou s'étonna :

– Les femmes, elles sont bizarres... un jour elles aboient, et un jour non... Va comprendre!

Il avalait sa boukha lorsque Marcel sursauta :

– Son panier! Elle l'a oublié!

Il venait d'apercevoir le couffin d'Amina sous la table.

– C'est pas grave, dit Bajou, je le rapporterai ce soir...

Mais Marcel se lançait déjà à la poursuite de la jeune femme.

– Je vais le lui rendre maintenant! C'est mieux... Elle en a peut-être besoin!

Sans laisser à Bajou le temps de réagir, il se mit à galoper comme un cheval fougueux en direction de la route.

***

Amina sursauta et se retourna, livide, quand la main de Marcel frôla gentiment son épaule. Le jeune homme essoufflé et joyeux brandissait bien haut le couffin.

– Vous avez oublié ça sur...

Sèche et dure, la voix d'Amina siffla comme un coup de fouet :

– Vous vous trompez, il n'est pas à moi!

Son regard froid transperçait Marcel qui, muet sous le choc, la vit reprendre précipitamment son chemin. Il eut envie d'esquisser un mouvement, mais se ravisa sans trop savoir pourquoi. Amina arriva au barrage militaire. Elle dut présenter ses papiers et écarter les larges pans de sa gandoura. Finalement, elle le franchit sans encombre. Alors seulement, elle se retourna d'un mouvement très naturel; et derrière le voile légèrement baissé, Marcel crut entrevoir un imperceptible sourire de remerciement se dessiner sur ses lèvres. Un souffle brûlant courut le long de sa moelle épinière. Avant même d'entrouvrir le couffin, il savait déjà ce qu'il y trouverait : dissimulée sous quelques vieilles affaires, une grosse pile de tracts rédigés en arabe et en français dénonçait avec virulence la présence coloniale sur le sol tunisien et appelait à la résistance. Largement de quoi avoir de très gros ennuis si d'aventure un gendarme un peu trop zélé venait fourrer son nez dans l'innocent couffin de la fille du boulanger...

Marcel sentit le soleil marquer une éclipse. Il eut soudain très froid. Convaincu d'être épié par la terre entière, il retourna vers la buvette, le couffin à la main. A petits pas d'abord (il ne faut pas que je me fasse remarquer, se répétait-il), il finit au pas de course, incapable de maîtriser la panique qui s'emparait de lui.

14

L'homme s'appelait Carminati. D'origine corse, il portait sur son visage sec et buriné une expression de méfiance qui le rendit immédiatement sympathique à Bajou. Le petit homme râblé, à l'accent rocailleux, était arrivé un peu en retard dans sa vieille camionnette au rendez-vous fixé par Costa et Chatel.

Les minotiers avaient insisté pour que Bajou les accompagne. Ils l'associaient de plus en plus à la marche de leurs affaires. Ce n'est pas tant la confiance qu'il leur inspirait qui en était la cause (quand on a trahi une fois...), mais l'assurance que leur donnait leur pouvoir, le tout mâtiné de mépris pour ses origines. Bajou n'était pour eux qu'un petit Juif malin, d'extraction modeste, dont ils tireraient tout le jus avant de le jeter. Et il les servait fort utilement dans l'étude de dossiers importants par l'esprit retors dont il faisait preuve.

La traction avant toute neuve des minotiers et la camionnette de Carminati étaient arrêtées sous un soleil de plomb au bord de la route d'El-Aouina, en surplomb d'un terrain vague et de vieux entrepôts. Bajou faisait mine de s'intéresser à l'état des bâtiments sans perdre un mot de l'âpre discussion qui s'était engagée entre Chatel, Costa et Carminati. Les minotiers s'attendaient à forte partie, mais le Corse allait au-delà de leurs pires espérances.

– Monsieur Carminati, s'exclama Chatel en marchant de long en large, vous nous vendrez le terrain, d'accord; en contrepartie on écoule votre blé en priorité, c'est entendu; mais qu'est-ce qu'on fera des entrepôts?

Chatel désignait les immenses bâtisses qui, dans un état peu glorieux, devaient coûter aussi cher à entretenir qu'à laisser pourrir sur place. On comprenait facilement pourquoi Carminati voulait s'en débarrasser au plus vite.

– Ah ça, constata le Corse, il faudra les détruire.

Les deux compères se regardèrent au bord du fou rire. Toute l'aviation française n'y suffirait pas. Selon leur vieille technique, Costa et Chatel prenaient successivement la parole sans laisser à l'interlocuteur le temps de retrouver son souffle. L'un soufflait le froid, l'autre le chaud, dans une répartition des rôles entendue d'avance. Mais le Corse était un coriace et résistait pied à pied. Visiblement, avec lui, le une-deux habituel ne donnerait rien... Costa soupira.

– De quoi on parle, là, Monsieur Carminati? Vous voulez notre ruine, ou quoi?... Pour le blé, discutons... mais le terrain, dans cet état, vous pouvez le mettre à la poubelle!

– Ah oui? s'énerva à son tour Carminati, sortant enfin de sa réserve. Je vous connais : tout ce que vous voulez, c'est racheter mes terres pour rien! Je ne suis pas le premier sur la liste! Jouez à ce jeu et j'y mets le feu demain, moi, à mes champs!

Ce fut à cet instant précis que le cerveau de Bajou enregistra l'onde de choc. Des années plus tard, il ne se lasserait pas de raconter l'histoire à qui voudrait l'entendre.

« Ils étaient là en train de s'engueuler, tous les trois, et moi je transpirais, je comptais pour du beurre. D'un seul coup, j'entends une voix qui me dit " Bajou, c'est maintenant ". Sur ma vie, j'entends cette voix à côté de moi! Presque je fais un bond! Je regarde partout pour voir qui avait parlé, mais on n'était rien que nous devant les entrepôts, Costa, Chatel et le vieux. Personne d'autre que nous! Pourtant, j'étais sûr d'avoir bien entendu. Alors vous savez pas? Je crois que c'est mon père qui m'a parlé. Ce qu'il m'a dit, j'ai pas bien compris sur le moment. Quelque chose comme " Bajou, c'est ta chance... aujourd'hui, tu as rendez-vous avec la fortune ". Et moi je regardais le ciel, tout autour de moi, et je comprenais pas. Elle était où, ma chance? Parole, j'ai cru que le soleil me jouait un tour et m'avait fait le coup de l'insolation. »

– Monsieur Carminati, nous on est des commerçants, concluait Costa, pas des philanthropes. Réfléchissez, rien n'est pressé... Allez, au revoir...

Il fit signe à son complice : il faut savoir arrêter une négociation quand elle est mal engagée... Costa et Chatel revenaient déjà vers la voiture quand Bajou se précipita vers eux :

– Monsieur Costa! Attendez, s'il vous plaît!

Costa s'installait au volant de la traction :

– Laisse tomber, Bajou, on rentre! Il ne veut rien savoir.

– Un mot, juste un mot! Laissez-moi un mot! Je crois que j'ai une idée!

Costa acquiesça d'un signe de tête en refermant la porte de la Citroën. Ça ne lui déplaisait pas que Bajou les relaie dans la petite pièce qu'ils jouaient.

– Après tout, si ça t'amuse...

Carminati était penché sur la manivelle de sa camionnette et s'apprêtait à lancer le moteur quand une ombre s'étendit sur lui. Il tourna la tête et reconnut le petit gros en costume noir qui s'était tenu à distance. Bajou hochait la tête d'un air ennuyé, offrant l'image même de la désolation humaine :

– Je suis Bajou Benkahen, le comptable de la minoterie.

– J'ai déjà tout dit! aboya le Corse en tentant un

premier tour de manivelle. Si ces forbans veulent jouer au yo-yo avec moi, ils se trompent!

– Je sais... c'est évident, approuva Bajou. Ah si je les écoute, jamais on négocie... c'est mes patrons, mais j'ai un mal de chien avec eux... Eh, tant qu'il y aura plus de blé que les minoteries peuvent en avaler, ils ont le beau rôle...

En même temps, Bajou glissait un regard en coin vers la voiture pour s'assurer que Costa et Chatel n'avaient pas bougé. Il ne manquerait plus qu'ils l'entendent tenir ces propos bien peu orthodoxes...

– Ça... il suffirait d'une autre minoterie... dit Carminati d'un ton de colère rentrée. On aurait enfin de la concurrence.

Un coup de klaxon impatient résonna.

– Oh, Monsieur Carminati, vous rêvez! rigola Bajou. C'est quand même plus difficile à faire pousser, une minoterie, qu'un champ de blé, non?

Sur une nouvelle sollicitation de la manivelle, le moteur de la camionnette consentit enfin à se réveiller, non sans cracher une épaisse fumée noire. Bajou prit congé en se dépêchant.

– Bon... Je vais essayer de les raisonner... Le terrain contre le blé, c'était une bonne idée, mais qu'est-ce qu'ils feraient de ces entrepôts, ils ont raison! Dommage, vraiment... enfin au revoir, Monsieur Carminati... On reste en contact, si vous voulez... Mieux... je vous appelle demain à votre ferme. Vous y serez? Bon... vous vous souviendrez... Bajou Benkahen... Je crois que j'ai une idée... une bonne idée, vous verrez!

Le vieux Corse suivit des yeux, assez perplexe, le comptable qui galopait vers la Citroën et y montait à l'arrière : qu'est-ce qu'il avait derrière la tête, ce gamin?... Il avait parlé de manière bien énigmatique. C'était même à se demander si les minotiers étaient au courant de ses intentions. Enfin, on verrait... En attendant, ses entrepôts n'étaient pas près de bouger.

*
**

Ce soir-là, le sommeil fut long à venir. Il suffisait d'ordinaire à Bajou de s'allonger et de fermer les yeux pour aussitôt s'endormir, mais les événements de la journée l'avaient excité. La voix qu'il avait entendue aux entrepôts lui revenait sans cesse aux oreilles : « Bajou, c'est maintenant... » Quelle étrange chose, et que signifiait-elle? Qui pouvait le lui expliquer? Le rabbin, peut-être? Il éclaterait certainement de rire, et Bajou ne tenait pas à être la victime de cet humour tunisien fait de raillerie et d'ironie. Sa voix, ce serait son secret! De toute manière, n'avait-il pas déjà parlé à Carminati?... Pourvu que le vieux Corse ait bien compris le message qu'il lui avait délivré... Il se promit de le rappeler sans faute dès qu'il en aurait la possibilité. Mais pour lui dire quoi, exactement? Il se serait tapé la tête contre les murs, tant il était incapable de résoudre cette énigme. Il en conclut qu'il lui fallait compter sur un prochain message divin et souhaiter qu'il serait, pour l'occasion, plus clair que le précédent.

Incapable de dormir, Bajou repoussa sa légère couverture et se leva. Dans la fraîcheur de l'aube, la cour de la boulangerie était plongée dans un silence absolu. Le regard de Bajou se fixa sur la fenêtre de la chambre d'Amina, faiblement éclairée. Il sentit son cœur battre plus vite. Il devina la silhouette gracile derrière les rideaux disjoints. Elle achevait sa toilette, le buste dénudé, penchée sur une bassine d'eau. Une nouvelle fois, Bajou se livra, le souffle figé, à son activité secrète. Voyeur honteux mais admiratif, il pensa que la poitrine d'Amina était la première qu'il avait le loisir de contempler. Lentement, presque voluptueusement, comme d'habitude, la main d'Amina enveloppait ses seins dans un geste caressant. Bajou rêva qu'il se métamorphosait en gant de crin...

Un bruit léger attira subitement son attention en provenance de la terrasse, au-dessus de lui. Quelqu'un venait! Il se réfugia dans l'ombre des claustras.

Courbée en deux, une ombre d'apparence féline avançait, collée au mur. Un voleur, un assassin! pensa Bajou, incapable du moindre mouvement, croyant sentir ses jambes fléchir sous son poids. Il était sur le point d'ameuter la maison quand, étrangement, la silhouette lui rappela quelqu'un. L'homme tenait à la main un objet volumineux. D'un bond souple il avait franchi l'espace qui séparait la terrasse de l'escalier, gagné en quelques pas légers le rez-de-chaussée dont il examinait les fenêtres, se rapprochant de celle d'Amina, devant laquelle il s'arrêta net.

Amina avait-elle un galant? La lumière diffuse de la chambre éclairait tant bien que mal l'inconnu. Tout à coup Bajou faillit pousser un cri : Marcel! Oui, c'était bien lui! Que faisait-il à cette heure-ci dans la maison de Moktar, sous la fenêtre d'Amina? Il fallait qu'il en sache plus, et résolut de rester discret.

Marcel avait déposé à ses pieds l'objet qu'il transportait. Puis il s'accroupit et lança une poignée de gravillons contre la vitre. Au bout de quelques secondes, Amina ouvrit le carreau, les épaules recouvertes d'un châle. Elle découvrit le couffin en même temps que Marcel, qui s'était redressé dans un mouvement théâtral. Il se mit à chuchoter avec force gestes.

Bajou les oberva froidement : ces deux-là étaient liés par un secret ou il n'y connaissait rien. Il s'était passé quelque chose entre eux qui était lié à l'étrange couffin.

Amina semblait supplier Marcel de disparaître. « Si mon père te voit... il te tue! » murmurait-elle.

Mais il insistait. Il l'assurait être capable de toutes les audaces. Il voulait lui remettre le couffin en mains propres. Elle finit par ouvrir la porte de sa chambre. L'intrus lui tendit l'objet et, au moment où elle voulut s'en saisir, l'attira à lui pour lui voler un baiser. Elle se débattit, mais il sembla à Bajou, qu'elle lui laissa goûter la saveur de ses lèvres plus longtemps que ne l'y contraignait la fragile étreinte de Marcel. Il fut même certain qu'avant de refermer la porte, elle lui avait souri... Mais l'obscurité pouvait l'avoir trompé.

Devant la chambre close, Marcel fit un saut de cabri, tant était grande sa joie. Puis, comme il était venu, il s'évapora dans l'aube blême. Troublé, Bajou retourna vers son lit en traînant les pieds. Il essaya pour s'endormir de retrouver la vision des seins d'Amina, ces beaux seins dont il avait la certitude que son cousin ne tarderait pas à les voir de beaucoup plus près que lui, et même à les toucher... Il allait se mettre dans des histoires, c'était sûr, mais c'était sa vie... Bajou ne pouvait pas s'empêcher d'être épaté par le culot de Marcel. Il ouvrit les yeux une dernière fois dans le noir : et lui, connaîtrait-il un jour la douceur d'une peau féminine?...

*
**

Quelques jours plus tard, Bajou revenait avec Costa d'une réunion chez leur banquier. Les perspectives n'avaient jamais été si florissantes. Tout à coup, le minotier tapa de la main sur le volant.

– Ah, j'ai oublié de te dire... On a décidé de mettre au pain sec Carminati, tu sais, le Corse... On lui achète plus de blé... pendant un an... Il faudra parler de ce problème avec les collègues...

Bajou acquiesça sans mot dire. Costa et Chatel réutilisaient la même tactique employée avec Scali. Comme s'il devinait ses pensées, Costa enchaîna :

– Tu verras qu'après, son domaine, il nous l'offrira pour une poignée de fèves!

– Pour une poignée de noyaux d'olives, oui! surenchérit Bajou. Qu'est-ce que vous voulez qu'il fasse d'autre, Monsieur Costa? Il a pas le choix!

– Et dans le lot, on récupérera son terrain en prime! Parce que c'est ça qui nous intéresse surtout!

Endormi par l'attitude courtisane de Bajou, Costa s'était laissé aller à la confidence. Bajou ne réagit pas. Il ne fallait surtout pas manifester la moindre curiosité ou laisser transpercer la plus petite émotion. Costa lui expliqua même pourquoi le terrain les motivait beaucoup plus qu'ils ne l'avaient laissé entendre à Carminati. Idéalement situé, il y avait là la place rêvée pour une autre fabrique qui leur permettrait de doubler leur capacité de production, et d'occuper une position stratégique dans leur profession. Des loups, rumina Bajou. Ce sont de vrais loups, ces deux-là... L'information de Costa valait de l'or. Bajou savait désormais le délai dont il bénéficiait pour mener à bien le dessein insensé qui, petit à petit, avait pris forme dans son esprit et occupait toute sa réflexion : un an. Un an, c'est énorme et c'est rien... Surtout, pensa-t-il un peu découragé, quand justement on n'a rien.

La voiture pénétra dans l'enceinte de la minoterie, sautillant sur les pavés de la cour. Perdu dans ses pensées, Bajou ne remarqua pas tout de suite le trouble de Madame Sarfati, la secrétaire, qui s'était précipitée au-devant de lui à peine le portail franchi.

– Bajou, hurla-t-elle, toute excitée, on a téléphoné pour toi. De Nabeul! C'est urgent!

Il resta pétrifié sur place.

15

Les multitudes de petites flammes qui brûlaient dans des soucoupes d'huile dégageaient une odeur forte et âcre qui prenait à la gorge dès le seuil de la porte. Dans la pièce étroite et obscure, uniquement éclairée par les minuscules faisceaux tremblants, quelques ombres humaines accroupies accompagnaient dans un murmure la prière du Rabbin.

Au centre de la pièce, allongé sur le grand lit, Elie allait bientôt mourir. Son visage calme et détendu avait pris une teinte pâle que la vie au grand air lui avait jusqu'alors toujours épargnée.

En passant l'encadrement de la porte, Marcel eut la sensation de manquer d'oxygène et dut s'appuyer au mur pour ne pas tomber. La chaleur le gênait et il oscillait entre nausée et vertiges. Il s'approcha du lit, embrassa tendrement son père, puis s'agenouilla en prenant sa main large et rugueuse contre son front. Il resta là un long moment, immobile, hermétique aux autres et au monde, le regard fixé sur le vieil homme. Les paupières d'Elie se soulevèrent lentement. Il eut un petit rire en reconnaissant Bajou et Marcel, puis articula avec difficulté :

– Vous êtes venus... C'est bien... C'est bien... La vieillesse m'a pris et maintenant elle ne me lâche plus, y'a Rabbi...

Le souffle court mais le visage serein, Elie pétrit longuement les mains de son fils dans les siennes comme pour mieux se convaincre de sa présence. Puis il les relâcha dans un long soupir. Le vieil homme fit alors signe à Bajou de s'approcher à son tour. Il l'attira à lui, se cramponnant à son bras et lui parla pendant plusieurs minutes à voix basse. Bajou n'éprouvait aucune émotion devant l'agonie de son oncle. Il était même gêné d'être ainsi gratifié par lui d'une attention dont il n'avait même pas honoré son propre fils. Il se contenta d'écouter sans mot dire les dernières volontés qu'Elie lui murmurait.

Il lui dit tout d'abord qu'il lui en avait voulu de les avoir quittés, surtout à cause du mauvais exemple qu'il avait été pour Marcel, mais que maintenant il fallait bien qu'il lui pardonne, parce qu'il avait peur pour ses enfants, Marcel et Marie, et qu'il voulait qu'il s'occupe d'eux... Il voulait aussi qu'il s'occupe de l'argent qu'il avait économisé « peu à peu, mais depuis longtemps », avait-il précisé. Avec, il voulait que Bajou achète une terre pour qu'ils y vivent tous ensemble... Puis il lui demanda de lui jurer qu'il en serait ainsi...

Bajou aurait dû être touché par les paroles de cet homme, cet oncle providentiel qui était venu les chercher après une nuit de fin du monde et dont les yeux, hier si rieurs, ne s'ouvriraient plus jamais.

Si Elie n'avait pas été là, Bajou savait qu'Oumi l'aurait élevé à la sueur de son front pour le lancer, poussée par la nécessité, dès son plus jeune âge dans un travail ingrat. Il serait devenu l'un de ces journaliers que l'on voyait gratter la terre des autres, comme des animaux, de l'aube à la nuit, pour un salaire de misère.

Même s'il n'oublierait jamais les accents orgueilleux d'Elie proclamant à la ronde : « Je vous montre le premier certificat d'un enfant de Takrouna », il ne pouvait voir en son oncle que celui qu'il refusait d'être de toutes ses forces, mettant ses bienfaits sur le compte de soucis égoïstes. Pourtant, il savait bien ce qu'il lui devait : une dette énorme, démesurée, dont le poids l'écrasait. Il baissa la tête et sentit une vague amère lui nouer la gorge, emportant avec elle les soleils de tant de mois d'août sous le ciel de Nabeul.

La voix d'Elie s'était éteinte en un murmure indistinct et il laissa retomber sa tête sur l'oreiller. Bajou leva son regard une dernière fois sur le vieil homme et lui jura qu'il s'occuperait de Marie et de Marcel comme de son frère et de sa sœur... Il lui jura ensuite qu'il s'occuperait aussi de l'argent... et il ne jura rien d'autre.

Dans ce pécule que l'oncle Elie lui confiait, Bajou ne voulait rien voir d'autre que la réponse à l'énigme qui, face aux entrepôts de Carminati, s'était insinuée dans son esprit. La réponse de Dieu.

***

Moktar enveloppa précipitamment une dizaine de beignets tout chauds dans un papier et se retourna vers Bajou, sur le pas de la boulangerie.

– Tiens, Bajou... pour ta famille!

Bajou ne put s'empêcher d'être ému. Le boulanger allait lui manquer. Ils tombèrent dans les bras l'un de l'autre et restèrent de longs moments à s'étreindre.

– Tu reviens quand tu veux, Bajou... Pour toi, Moktar il aura toujours une place. On sait jamais, dans la vie! Ça va, ça vient!

Un dernier geste et Bajou saisit sa valise. Lentement, il remonta le long passage voûté qui le ramenait vers la ville.

16

Un appartement comme celui que Bajou venait de louer en plein centre de Tunis, près de la cathédrale et de la Résidence de France, à deux pas de l'avenue Jules-Ferry, à un regard de balcon de la synagogue de la rue d'Alger, jamais Oumi n'aurait osé en rêver... mais elle attendit patiemment que Bajou eût fini de fixer sur le chambranle de la porte d'entrée la petite mesouza avant de franchir le seuil de l'appartement sous les acclamations.

C'était un vrai cortège qui attendait sur le palier du troisième étage. Marcel avait rameuté toute l'équipe de football pour aider à l'emménagement. Et ils avaient tous répondu présent à l'appel qu'il avait lancé, lui, le petit serveur de la buvette : ses amis, fils de bourgeois, les Sfez, les Boccara, les Hadjej.

Sans oublier leur compagnes ni les voisins qui, selon la tradition, honoraient les nouveaux arrivants. Dans l'appartement, ce fut un déferlement de rires et de cris. Chacun portait un paquet, une valise, un balluchon. Les plus forts s'occupaient des premiers meubles sous les directives de Marcel qui, coiffé pour l'occasion d'un magnifique panama blanc, jouait au maître de maison. Son cousin était vraiment un sacré bonhomme.

Marie, suivie comme son ombre par les plus beaux garçons de l'équipe, faisait le tour du propriétaire pour repérer la meilleure chambre alors qu'Oumi, immobile dans le couloir, s'inquiétait déjà auprès de son fils des conséquences de ce qui lui apparaissait évidemment comme une folie :

– C'est un palais que tu nous offres, mon fils! Mais dis-moi, on a l'argent pour payer, au moins?

Bajou, ravi d'étonner sa mère, leva les bras au ciel.

– Tu crois que sinon il me l'aurait loué, le propriétaire?... Un frangaoui[1], en plus?

– Que Dieu nous préserve, sourit Oumi.

La voix de Marie résonna soudain dans les pièces vides.

– ... Je prends la chambre près de la salle de bains... ça ne te dérange pas, Oumi?

Une salle de bains qui en fait était juste une salle d'eau, mais déjà un véritable luxe pour l'époque.

Oumi fit un signe évasif et se tourna vers son fils. Il sut immédiatement quel sujet elle allait évoquer.

– Pourquoi avec toute cette place tu n'as pas encore une femme, mon fils?

– Une femme, c'est pas seulement une question de place...

Oumi balaya aussitôt la réserve de son fils d'une moue hautaine.

– L'amour, ça s'arrange toujours, rétorqua-t-elle.

Comme toutes les femmes tunisiennes, juives ou arabes, elle ne croyait que dans les mariages « arrangés ». Bajou rompit l'échange. Il ne voulait surtout pas s'aventurer sur ce terrain. Oumi s'y sentait trop bien.

– Et même si j'en avais une maintenant, où je la mettrais? Sur le balcon? dit-il en déposant sa valise.

Car l'appartement, pour aussi spacieux qu'il fût, ne

1. Nom donné sous l'occupation coloniale aux Français de Métropole.

comportait que deux chambres, une pour Oumi et une pour Marie, Bajou et Marcel devant se partager un lit commun dans le salon.

Un bouchon de champagne y explosa justement, offrant à Bajou un motif rêvé pour s'esquiver.

– Allez viens, Oumi, on va boire le champagne. Il faut fêter ça! Le mariage, on y pensera plus tard.

Marcel, euphorique, parlait et se déplaçait sans cesse, laissant subrepticement traîner ses mains sur les épaules ou les cuisses des filles. Oumi, silencieuse mais néanmoins attentive, ne se gênait pas pour remonter une bretelle tombante ou rabaisser une jupe relevée un peu trop haut sur les genoux.

Quant à Marie, encore éblouie par son arrivée à Tunis, grisée par l'alcool et la présence insistante de tant de garçons, elle échangeait avec le beau Marc – le sosie d'Errol Flynn – des regards appuyés et langoureux qui ne passèrent pas inaperçus. Bajou observait, mi-figue, mi-raisin, ces œillades.

Elle avait encore embelli. Dans la rue, les hommes se retournaient sur elle sans pudeur et il était clair que cela ne lui déplaisait pas. Bajou était d'autant plus irrité de l'attirance évidente qui existait entre sa cousine et Marc que, de tous les joueurs, ce dernier était son préféré. Il le trouvait moins prétentieux que Roland Boccara, éternel aboyeur, ou Henri Hadjej, à l'argent trop voyant.

En trempant le bout des lèvres dans son verre de champagne, le regard toujours rivé sur le couple qui se formait aux yeux de tous, Bajou grimaça : veiller sur Marcel n'était déjà pas très réjouissant, mais s'il fallait en plus s'occuper de la vertu de Marie, là, la tâche s'annonçait carrément titanesque...

Il en eut la certitude en les voyant jaillir quelques mois plus tard des vagues, un dimanche d'été. C'est une main de propriétaire que Marc posait sur les formes ruisselantes de Marie. Il se comportait à n'en pas douter comme un amant officiel.

Quand ils sortirent de l'eau, Marc passa le bras sur les hanches rondes de la jeune femme dans un geste scandaleux qui révolta Bajou. Sur la plage, pour sa plus grande honte, les mères de famille échangeaient des regards entendus. Il n'avait pu s'empêcher, au fil des mois, de transformer sa sympathie première en une jalousie instinctive, laquelle se nourrissait à bon compte du prétexte de son rôle de père putatif. Bajou ne comprenait simplement pas que Marc et Marie s'aimaient profondément, comme on s'aime à vingt ans.

Ils se séparèrent enfin. Marc courut vers le bar où Marcel, ce niais qui ne voyait rien du tout, continuait d'offrir ses sandwiches au soupirant de sa sœur...

Marie revint vers Bajou. Elle était belle à damner douze rabbins et elle le savait! En marchant, elle releva ses longs cheveux noirs dans un geste qui fit onduler ses hanches. A vingt mètres de là, la partie de football connut un long moment de flottement, les joueurs n'ayant plus vraiment l'œil sur le ballon...

La gorge nouée de désir, Bajou regardait approcher sa cousine. Elle s'installa sur une chaise longue à ses côtés et entreprit de se sécher avec des mines de chatte. Derrière son bar, Marcel préparait pour son équipe de football chérie son célèbre cocktail, le « spécial La Hara »... La radio de la buvette diffusait *la Mer* de Charles Trenet. L'air était léger.

– Tu parais heureuse, glissa Bajou entre ses dents. J'espère que vous êtes sages, au moins... ajouta-t-il, le regard en coin.

Marie ne supportait pas le ton mielleux qu'il employait. S'il croyait qu'elle ne voyait pas où il voulait en venir! Elle savait bien qu'il était fou de rage de la voir s'exhiber avec Marc. Elle savait aussi qu'il n'oserait jamais lui parler franchement. De peur simplement d'apprendre la vérité. Toujours biaiser. Avancer à mots couverts. Elle se sentait trop bien avec Marc. Bajou méritait une petite leçon.

Elle le regarda un instant, volontairement provocante, puis éclata de rire.

– Si tu veux t'amuser marie-toi d'abord, ma fille! Eh bien moi je ferai le contraire, si tu veux savoir!

Bajou fut un peu estomaqué par ce langage qui n'était vraiment pas dans leur ordinaire.

Marie leva très haut une jambe fuselée pour la sécher d'une façon plutôt langoureuse. « Ces cuisses qu'elle a... » ne put-il s'empêcher de penser.

Il la contempla quelques secondes et reprit d'un ton faussement léger :

– On verra bien, Marie. C'est la vie, et tu la changeras pas...

Elle secoua ses cheveux perlés de gouttelettes brillantes et redressa la tête, ironique :

– De quoi tu parles? Qu'est-ce que tu connais de la vie? Tu as quitté la ferme mais tu es resté le même, au fond. Est-ce que tu sais simplement ce que c'est, une femme?

Bajou faillit recracher sa boukha. La violence de Marie le mortifiait et, dans sa question, le souvenir d'un après-midi brûlant dans la grange de Nabeul fouetta son orgueil. Il cherchait vainement quelque chose de définitif à répondre, mais Marie l'acheva. Elle se pencha vers lui, la poitrine généreusement découverte, et planta son regard clair dans ses yeux sombres pour lui assener :

– Marc, il m'aime et je l'aime... et il m'épousera même si sa mère ne peut pas étendre le drap de notre nuit de noces au balcon!

La gifle que Marie attendait avec certitude fut brisée dans son élan par la voix nasillarde d'un speaker officiel dont le débit précipité interrompit Trenet en plein large.

– Ta gueule, toi! protesta Marcel en cherchant un autre programme.

Mais sur toutes les stations, la même voix exaltée répandait le même discours. Marie venait de se lever, offrant du coup à Bajou un panorama imprenable sur son postérieur à l'étroit dans le maillot, lorsque Marcel poussa un véritable hurlement, jaillissant du bar, ameutant toute la plage :

– Ecoutez! C'est la guerre! La France et l'Angleterre ont

déclaré la guerre à l'Allemagne! C'est la guerre! Je vous jure, c'est la guerre!

Sur la plage, jeux et rires cessèrent instantanément. Chacun restait stupéfait devant la nouvelle. La chaleur et l'indolence d'une journée d'été ordinaire bascula subitement dans l'angoisse. Un silence inquiet s'était emparé de tous qui, dans un mouvement saccadé, affluèrent autour du poste. Une voix sévère et grave grésillait sous l'auvent de la buvette; c'était celle du grand Rabbin de Tunis :

– ... Aucun de nous ne peut ignorer l'importance du combat qui se livre... Prions dans la plus grande ferveur... Mais il faut aussi que chacun apporte son concours financier à la France et à ses alliés, pour la victoire sur l'ennemi commun... Je laisse la parole à Monsieur Paul Hadjej...

Marcel poussa du coude Henri, un des joueurs penchés sur le poste :

– Eh! c'est ton père qui va parler! souffla-t-il, impressionné.

– Chers coreligionnaires, commença Hadjej, président respecté de la communauté juive et banquier prospère, l'heure est grave, mais elle est aussi exaltante... La France qui nous a donné l'égalité, la France à l'ombre de laquelle nous avons grandi et prospéré, la France à qui nous devons une dette immense est aujourd'hui menacée dans son intégrité... En la défendant, nous défendrons notre religion et nos coutumes, notre liberté et notre culture. A tous nos jeunes, je le dis – quoi qu'il m'en coûte – allez combattre avec vos frères, les soldats français!... Un comité d'engagés volontaires a été constitué à La Résidence... Là-bas, comme en France, on y attend votre adhésion! Votre élan patriotique honorera toute notre communauté!

Un silence de mort retomba sur l'assemblée et un souffle d'indécision passa sur les visages tendus et juvéniles. Chacun s'observait, conscient de la gravité de la décision. Soudain la voix de Roland Boccara s'éleva, enthousiaste, entraînante :

– Tous à la Résidence! Engageons-nous!

Dans un élan généreux, une frénésie communicative s'empara de la plage, les acclamations fusèrent de tous côtés, les gens s'étreignirent. Toutes les voix se joignirent à celle du jeune homme : « A la Résidence, tous à la Résidence! » « Engageons-nous, pour la France! » « Allons combattre aux côtés des Français! » L'onde d'exaltation et de fraternité bouscula tout sur son passage, dans un mouvement désordonné qui laissa bientôt la grève déserte.

L'écho de la foule enthousiaste s'effaçait dans le lointain lorsque les visages de Bajou et Marcel émergèrent de la buvette. Le premier risqua un œil prudent sur l'avenue. Après s'être assuré que la voie était libre, il fit signe au second et tous deux s'éloignèrent, filant comme des voleurs dans la direction inverse de celle prise par les jeunes gens exaltés.

Malgré leur soif d'horizons nouveaux, les deux cousins n'éprouvaient nulle envie de traverser les mers pour affronter des périls dont ils ne se sentaient nullement responsables.

***

Lorsque le jour du grand départ arriva, une foule dense se pressait sur l'avenue Jules-Ferry, devant la Résidence, dans un va-et-vient continu de camions militaires. Beaucoup d'hommes jeunes, valides, s'étaient engagés pour défendre cette France mythique dont ils avaient appris, enfants, l'histoire glorieuse dans leurs livres d'école. « Il était temps, avait dit Hadjej dans son langage de financier, de rembourser la dette », et certains y étaient bien décidés.

C'est avec des sentiments mélangés que Bajou et Marcel s'en allèrent dire adieu à ceux qui partaient. La vérité oblige à dire que Bajou n'était pas du tout mécontent du mouvement général. Car, parmi tous les jeunes volontaires, se trouvait Marc... Et ça, c'était vraiment une bonne nouvelle! Dans une ambiance où l'assurance et l'enthousiasme cédaient progressivement le pas au désarroi et à l'angoisse, chacun faisait ses adieux à ses proches.

Les deux cousins déambulaient d'un groupe à l'autre, le regard bas.

– J'ai honte... nous on reste, et eux... balbutia Marcel, sa mauvaise conscience inscrite sur son visage.

– ... De toute façon, l'armée n'aurait pas voulu de moi, argumenta Bajou pour la millième fois... Et toi, tu te vois tout seul à la guerre, avec le casque et le fusil?

– Pourquoi pas? se rebiffa Marcel, les autres ils y vont bien, pourquoi je ne serais pas capable, moi aussi?

– Les autres! Mais de qui tu parles? Réfléchis un peu... Regarde, regarde... ton copain, Roland Boccara... il était le premier à crier « Tous à la Résidence! »... tu vois comment il est habillé? En civil! Oui, Monsieur! Il part pas! Il a les pieds plats, soi-disant... Ça l'empêchait pas de jouer au football, non? Et mieux encore... Regarde Henri, fit Bajou, en désignant l'un des groupes. Le fils de ce bon Monsieur Hadjej, le président de la communauté... Trop fragile, réformé... Le banquier il est malin, il envoie les autres faire la guerre, mais pour son fils, ne t'inquiète pas, il s'arrange.

Marcel se garda d'insister. Il ne tenait évidemment pas à partir. Mais il avait besoin d'être en paix avec sa conscience et Bajou n'avait pas son pareil pour lui fournir tous les arguments nécessaires.

Les deux cousins adressèrent un signe amical et crispé à Hadjej, qui leur répondit de la même manière.

En apercevant Marc et Marie serrés l'un contre l'autre, le regard de Bajou s'éclaira. Sa chère cousine allait bientôt revenir d'elle-même dans le droit chemin. Elle retenait visiblement ses sanglots. Marc étreignit Bajou qui se laissa faire avec une subtile mauvaise volonté. Il lui consentait cette familiarité en échange de son départ. Il ne comprenait pas comment il avait pu apprécier ce garçon. Un moment d'égarement, se disculpa-t-il.

– ... Tu veilles sur elle comme si c'était moi, hein, Bajou?

Il se prend déjà pour le mari, rumina ce dernier, qui se fendit malgré tout, vu l'état de futur guerrier du jeune homme, d'un acquiescement poli.

– Ne t'en fais pas... tu la retrouveras intacte à ton retour... finassa-t-il.

Marc, un peu gêné, posa sa main sur le ventre de Marie.

– Et sur lui aussi, tu veilles... (Il sourit.) Tu ne nous en veux pas, dis?

Il fallut quelques secondes à Bajou, littéralement foudroyé, pour comprendre la nouvelle. Et même lorsqu'il eut enfin compris, il demeura incapable de la moindre réaction. Le pire était donc arrivé! Ce salaud avait fait un gosse à Marie! Il avait amené le déshonneur sur la famille! La tête d'Oumi, quand elle apprendrait... Qu'allait-on faire de Marie, maintenant?... Si jeune, sa vie allait se refermer devant elle comme les portes d'une prison. Car qui, en Tunisie, pouvait vouloir d'une fille-mère? La seule mention de cet état éveillait la terreur dans tous les foyers. Mieux valait toutes les catastrophes du monde et les sept plaies d'Egypte réunies que de voir une fille rentrer à la maison avec le gros ventre! Ecrasé par la nouvelle, Bajou ne put que poser la main sur la tête de Marc, en bafouillant une vague bénédiction. Cinq minutes avant, il n'espérait qu'une chose, le voir au plus vite écrabouillé par un obus. Maintenant, il en était réduit à prier pour le voir revenir sain et sauf, car alors l'enfant de Marie aurait un père...

Dans un grand concert de commandements, de sifflets et de rappels à l'ordre, les militaires pressaient désormais sans ménagement tous les volontaires de gagner les camions, arrachant avec rudesse ceux qui essayaient jusqu'au dernier moment de conserver le contact avec l'être aimé. Marc, le visage grave, se sépara péniblement de Marie. Puis il marcha à reculons vers les véhicules pour conserver le plus longtemps possible le regard de la jeune femme dans le sien. Ils ne se parlaient pas, ne se faisaient aucun signe. Leurs yeux exprimaient tant d'amour et de désarroi, d'impuissance devant la bêtise aveugle du monde, que Bajou lui-même en fut bouleversé. En un instant, il oublia tous ses stupides griefs contre le jeune homme. Il aurait voulu le prendre dans ses bras comme le frère qu'il était, et implorer son pardon pour sa lâcheté et sa piètre rouerie.

Mais Marc s'était déjà engouffré à l'arrière d'un camion qui s'ébranla dans l'avenue. En passant devant lui, le jeune soldat lui adressa son sourire le plus pur. Qu'est-ce qu'il est beau, songea Bajou. Tellement plus beau qu'Errol Flynn! Il prit Marie par l'épaule et la serra contre lui. Tous deux restèrent immobiles, noyés dans la poussière du convoi.

Marie laissa aller son visage sur l'épaule de Bajou, désemparée. Mais son corps de femme perçut l'étreinte de son cousin comme leur premier geste d'affection vraie. Bajou le sentait aussi. C'était une enfant orpheline de l'amour qu'il tenait dans ses bras.

– Allez viens, Marie, dit-il en l'entraînant doucement. Dieu ne permettra pas que cette guerre dure longtemps...

*
**

Il se trompait car, comme cela est connu, Dieu le permit, ainsi que bien d'autres choses. En particulier, la mort de Marc quelque part dans les Vosges, aussitôt qu'il eut posé le pied sur la ligne Maginot, et les conséquences qui en découlèrent pour Marie.

Elle en avait versé, des larmes, la pauvre cousine. Bajou, assisté d'Oumi, avait trouvé la solution définitive du côté de Nabeul, le berceau des Benkahen. Un Joseph de cinquante-cinq ans au nom prédestiné qui, se sentant un peu seul, s'était déclaré ravi à l'idée d'hériter d'une femme très jeune, très belle et d'un bébé.

Contre sa volonté, Marie dut se plier à la solution familiale. C'était ça ou l'avortement. Elle choisit de donner à Marc la plus belle preuve d'amour qui soit en préservant la vie de leur enfant.

Le mariage avait été célébré à la sauvette, grâce aux bons offices d'un rabbin compréhensif et sensible à la générosité du vieux Joseph. Celui-ci jouissait en effet de gros revenus que lui procurait son commerce d'huiles.

Marie avait quitté Tunis et vivait auprès de lui pour cacher à tous l'amour qu'elle avait donné à Marc. A son grand soulagement, la vie avec Joseph se révéla tranquille. Le vieil homme était tellement heureux de rompre la solitude de ses vieux jours qu'il ne demanda que peu à Marie. Et pour ainsi dire rien. Très vite, il se considéra plus comme son protecteur que comme son époux et se contenta du plaisir de lui redonner goût à la vie. Fût-ce même en tolérant certaines incartades que la jeune femme eut la charité de rendre discrètes. Deux années s'écoulèrent ainsi, au bout desquelles elle s'ennuya et soupira après la vie mouvementée et colorée de la capitale. Elle usa auprès de Joseph de tous les arguments possibles, allant même jusqu'à évoquer le besoin de retrouver sa famille. Joseph posa comme seule condition de l'accompagner pour ce premier voyage. Marie accepta, folle de joie. Elle savait que Joseph ne pouvait délaisser trop longtemps son commerce. Elle trouverait bien, une fois sur place, les arguments qui convaincraient son mari de la laisser un peu profiter des joies de la ville.

C'est pour les accueillir qu'ils étaient tous là sur le quai de la gare de Tunis. Bajou, Oumi, Marcel, même Roland Boccara et Henri Hadjej. Sans doute leur présence était-elle moins due à l'amitié affichée envers Marcel qu'à l'excitation de revoir le beau brin de fille qu'était Marie. Quand Bajou aperçut, derrière la vitre du wagon, le visage de sa cousine, il éprouva un sentiment de honte : si elle souriait, plus rien n'était comme avant, et les rides amères qui creusaient ses joues encore enfantines le renvoyèrent au souvenir de la mort de Marc, souvenir d'autant plus douloureux que celui-ci avait perdu la vie pour rien. En effet, dès le lendemain de son départ, et sans la moindre explication, la France avait refusé tous les autres volontaires juifs des protectorats, au Maroc comme en Tunisie.

Marc avait été le dernier à partir, et le premier à mourir. La porte du wagon s'ouvrit et Marie apparut, tenant dans ses bras son enfant, un fils qu'elle avait prénommé Marco avec l'assentiment du bon Joseph.

Tout le monde se précipita vers elle, multipliant, pour exorciser la gêne, les gestes de bonne volonté.

Marcel aida Joseph à porter les valises, Oumi prit le petit Marco dans ses bras avec émotion, Roland et Henri assurèrent Marie de leur sympathie et échangèrent avec son mari des propos qui auraient pu laisser croire à une vieille amitié.

Seul Bajou était resté en dehors de ces effusions, « assassiné » dès le premier regard par sa cousine. Il n'avait jamais ressenti un tel mépris ni une telle haine à son égard. Pour son malheur futur, il ne lui accorda pas l'attention nécessaire. « Sans doute, se dit-il, ma belle cousine n'a-t-elle pas pardonné mon empressement à conclure son mariage... » Mais il était si certain d'avoir agi pour son bien qu'il se rassura vite, trop vite. Un jour Marie comprendrait et redeviendrait la jeune fille – certes provocante et agressive – qu'elle avait toujours été à son égard, mais respectueuse de son droit d'aînesse. Jamais au grand jamais Bajou ne pensa que Marie avait compris le rôle qu'il avait joué dans son mariage forcé, comme un apurement des comptes qui existaient entre eux depuis un certain après-midi d'été, dans une grange à Nabeul.

Le petit groupe avançait lentement vers la sortie, chacun cherchant à détendre l'atmosphère. Le passage d'un vendeur de journaux, hurlant la nouvelle qui hantait toutes les conversations depuis ce matin, leur en fournit le prétexte idéal :

– Quel nez tu as eu, dit Bajou à Marie. On va fêter ton retour en même temps que l'arrivée des Américains!

Marie haussa les épaules.

– Mais de quoi tu parles?

Les informations n'arrivaient pas vite à Nabeul. Roland sauta sur l'occasion pour saisir la jeune femme par la taille :

– Comment, tu connais pas la nouvelle? Les Américains ont débarqué au Maroc et en Algérie ce matin! Opération Torch! Ça y est! La guerre est finie...!

Effectivement, dans les premiers jours de novembre, en cette fin 42, l'armée américaine avait débarqué en Algérie, ne rencontrant sur son passage qu'une infime résistance de la part des soldats vichystes et des maigres troupes de l'Axe présents sur le sol algérien.

– A peine ils ont mis le pied sur la plage, y avait plus un seul Allemand en Algérie! surenchérit Marcel, histoire de montrer que lui aussi lisait les journaux.

– Mon Dieu, pourvu qu'ils viennent pas se réfugier chez nous!

La réflexion angoissée d'Oumi déclencha un rire général. Roland Boccara la rassura :

– Avant qu'on voie un Boche à Tunis, les poules elles auront des dents, croyez-moi!

Dans l'air frais de novembre, Marie imagina les corps superbes des marines américains. Elle se souvenait avoir lu un article sur eux, dans un vieux magazine. Bajou avait eu raison : « Elle avait eu du nez. » Allons, le retour à Tunis ne s'annonçait pas triste. La vie reprenait ses droits, les désirs aussi. Les doigts en trompette, Henri Hadjej chantonna l'hymne américain. Tous le reprirent en chœur alors qu'ils s'éloignaient, le cœur léger, vers la station de calèches.

17

A l'heure fraîche du petit matin, Bajou aimait rester quelques instants au balcon avant de commencer sa journée. En bas, la rue était déserte mais ne tarderait pas à vibrer de l'agitation des commerces et des marchands ambulants qui passaient avec leurs charrettes.

Les cloches de l'église toute proche sonnèrent six heures. Encore en pyjama, Bajou s'assit, plaçant sur une chaise qui lui faisait face l'invariable assiette de tartines d'huile et de harissa qu'il se préparait chaque jour dans le silence de la cuisine. Et à l'instant où il sentait fondre dans la gorge le voluptueux mélange, il était au moins sûr d'une chose : nulle part ailleurs on ne devait mieux vivre qu'à Tunis!

La guerre, qui partout en Europe avait provoqué des ravages terrifiants, n'avait engendré ici que quelques menues privations...

Il fredonnait encore imperceptiblement l'hymne américain, souvenir de la veille. Puis il se frotta les mains, les passa sur ses cuisses épaisses, en signe de l'intense jubilation qui était la sienne à la pensée de son petit déjeuner. Il saisit alors sa tartine et la croqua à pleines dents, lorsque son regard se figea sur les étranges silhouettes apparues au coin de la rue et qui avançaient lentement au milieu de la chaussée, en se précisant peu à peu dans la douceur de l'aube. Bajou recracha sa tartine, tant l'événement le sidérait. Il lui fallut encore quelques secondes avant d'admettre la terrible réalité : des soldats allemands en armes avançaient en toute liberté dans les rues de Tunis, juste en dessous de chez lui, l'arme en bandoulière.

Paniqué, il rentra précipitamment dans l'appartement, puis se ravisa. A pas de loup, le buste cassé de peur qu'on ne le voie, il revint sur le balcon et récupéra son petit déjeuner. En prévision des privations à venir, mieux valait ne rien gâcher.

Ils attendaient les Américains, ils eurent les Allemands. La crainte d'Oumi s'était réalisée. Le 8 novembre 1942, le général Rommel, le célèbre Renard du désert, chassé de Libye par les troupes de Montgomery, tenta une ultime manœuvre pour desserrer l'étau de l'avance alliée en concentrant ses troupes sur le territoire tunisien. L'armée française, basée à Bizerte, ne fit rien pour l'en empêcher.

Bajou hésitait à sortir, mais il lui fallait bien aller travailler. La vie s'arrêtait, mais pas la minoterie! Il fit promettre à Marie et Joseph, qui logeaient rue Saint-Jean, de ne pas quitter Oumi et surtout de n'ouvrir à personne. Puis, le cœur au fond de ses chaussures, il se risqua dehors.

Les Allemands à Tunis! S'il ne les avait pas vus, de ses yeux vus, jamais il n'y aurait cru. Cela ressemblait à une pluie de neige glaciale et la neige, à Tunis, personne ne savait à quoi elle ressemblait. Dans la ville muette, d'un coup, tout devenait gris. Un défilé incessant de véhicules camouflés, frappés de la croix gammée, sillonnait maintenant les avenues.

Des affichettes avaient déjà fleuri sur les murs. Elles portaient mention du statut des Juifs et annonçaient la réquisition de tous les travailleurs de la communauté.

Les quelques minutes du trajet furent un véritable supplice. Bajou avançait d'un pas rapide, le regard aux aguets. Quand il croisait une patrouille ou une voiture allemande, inconsciemment il baissait la tête et rasait les murs.

Il déboucha haletant dans la cour de la minoterie qui lui sembla un havre de paix et s'arrêta un instant, essayant de reprendre son souffle et de calmer les coups sourds qui faisaient exploser sa poitrine. A peine y était-il parvenu qu'un choc brutal lui glaça les veines : il venait de voir, appuyés aux docks, des camions militaires dans lesquels des ouvriers arabes chargeaient des sacs de farine sous les ordres de soldats allemands. Il était trop tard pour faire demi-tour. Il se précipita vers les bureaux. Il lui fallait parler à ses patrons sans attendre. Que signifiaient ces chargements?

Il traversa comme un obus le couloir qui le séparait du bureau patronal, s'arrêta devant la porte et chercha son mouchoir pour essuyer la sueur qui perlait sur son front. Ce court répit lui permit d'entendre la voix de Costa, furieux, qui s'acharnait au téléphone.

– Comment, le terrain n'est plus à vendre? Qu'est-ce que vous racontez là, Monsieur Carminati? Je vous préviens gentiment : j'aurai votre peau!

Il avait hurlé ces derniers mots et raccroché brutalement le récepteur. Bajou bondit sur place, fit demi-tour et se replia à l'autre bout du couloir. Pour une raison connue de lui seul, il jugea que ce n'était plus vraiment le moment de parler avec son patron. Il était habité par une excitation qui l'empêcha d'entendre les quelques mots que Madame Sarfati, la secrétaire, lui glissa d'un air navré. Quoi? Qu'est-ce qu'elle voulait? Lui parler des Allemands, sans doute? Elle était juive, elle aussi? Mais qu'est-ce qu'il pouvait y faire?

Il ouvrit la porte de son bureau et resta interloqué devant le spectacle de la place vidée de toutes ses affaires. Mêmes les armoires avaient disparu. Sur le moment il crut s'être trompé, mais non, c'était bien son bureau et tout avait été déménagé. A ce moment, Costa émergea du couloir en fulminant.

– Ce bouseux de Carminati, on va lui faire sa fête!

Il se radoucit en apercevant Bajou, livide. Le prenant par l'épaule, il lui dit :

– Ah, Bajou, j'ai pas eu le temps de t'en parler... Viens avec moi, viens!

Tout en parlant, il l'entraîna dans les escaliers qui menaient aux combles.

– Tu as vu... Les Allemands à Tunis, hein?... Quelle misère! soupira-t-il exagérément, feignant une douleur qu'il n'éprouvait manifestement pas. Enfin, la vie ne va pas s'arrêter pour ça... Ils sont comme tout le monde, ces Allemands, ils ont besoin de manger... Et où ils iront se servir, hein?

– ... Quoi? On va travailler avec les frisés? Bajou s'arrêta, incrédule.

– Tais-toi, malheureux! Ne les appelle jamais comme ça! S'ils t'entendaient...!

Costa regardait de tous côtés comme si Hitler en personne se cachait quelque part dans les parages.

– Comment veux-tu faire autrement? On est bien forcés, non? C'est ça ou la réquisition! Alors...

Ils étaient arrivés devant l'ancien bureau de Bajou, ou plutôt la niche dont il avait hérité au lendemain de son engagement. Ses dossiers avaient été transférés dans une telle précipitation que des quantités de factures et correspondances diverses jonchaient le sol. Costa, un peu gêné, balançait les bras le long de son corps.

– ... Avec Chatel, on a pensé que ce serait mieux si les Allemands ne te voyaient pas dans le bureau en bas... C'est pour ton bien, tu comprends? Tout ça va s'arranger. On verra dans quelques semaines. Et alors tu pourras redescendre...

En face de lui, Bajou demeurait indécis. Peut-être, après tout, que ses patrons avaient raison. Mieux valait que les Allemands ne le voient pas. Avec tout ce qui se racontait sur eux...

Prenant le silence de Bajou pour un accord, Costa classa l'affaire. Un autre problème bien plus important le taraudait. Il enchaîna :

– Au fait, tu connais la dernière de Carminati? Il refuse de nous vendre ses entrepôts...

Bajou émergea soudain de sa torpeur et se précipita dans l'escalier, bousculant au passage Costa, comme s'il ne l'avait pas entendu.

– Mais qu'est-ce qui te prend?

Il lui courut après le long d'un couloir situé près des machines, dont le bruit assourdissant couvrait partiellement leurs propos.

– Bajou, arrête! Attends-moi! hurla Costa.

Bajou ralentit enfin le pas :

– Pardonnez-moi, Monsieur Costa... mais je peux pas, vraiment je peux pas...

– Mais tu ne peux pas quoi?

– Les Allemands! je peux pas, voilà! Dans la ville, dans les rues, ici! Je peux pas!

– Qu'est-ce ça change? hurla Costa. Depuis deux ans, on a vécu tranquilles, non? Avec Pétain, c'est comme si on était leurs alliés...

– Pétain? fit Bajou. Ah non, Pétain c'est pas la même chose!

Comme beaucoup de ses contemporains, Bajou ne pouvait encore porter aucun regard critique sur le prestigieux maréchal. Sa propagande était si bien faite et son image si forte que personne ne lui attribuait alors la rédaction des lois anti-juives ou l'obligation de porter l'étoile jaune. L'histoire se chargerait d'y remédier, mais en attendant, pour Bajou et le plus grand nombre, « Pétain, c'est Pétain ».

Ils étaient redescendus au rez-de-chaussée et filaient l'un derrière l'autre vers la sortie lorsqu'ils croisèrent Chatel. Costa s'arrêta net et le prit à témoin d'un air moqueur.

– Monsieur Bajou ne supporte pas les Allemands, alors Monsieur Bajou nous quitte!

– Vraiment?... Chatel toisait Bajou de toute sa hauteur.

On t'a tout appris et c'est comme ça que tu nous remercies?

Chatel et Costa avançaient ensemble sur Bajou. Contraint de reculer, il agitait les mains de manière convulsive.

– Monsieur Chatel, comprenez-moi, ils me font peur, ce n'est pas que je...

Costa saisit Bajou au revers du costume :

– Il n'y a rien à comprendre. Si tu t'en vas maintenant, c'est pour toujours. C'est clair? Tu ne remettras plus jamais les pieds ici, voilà!

Bajou regardait les doigts accrochés à son revers. Il se dégagea sans brusquerie et c'est presque avec détachement qu'il s'entendit répondre :

– Tant pis... ou tant mieux... Oui, tant mieux... j'en ai marre de votre cynisme, voilà! ajouta-t-il pour faire bonne mesure.

Il le pensait vraiment, même s'il n'aurait pu jurer que les raisons de sa décision étaient aussi claires. L'attitude de ses patrons avec les Allemands jouait bien sûr un grand rôle, mais l'arrangement qu'il avait conclu avec Carminati pesait aussi de tout son poids.

Chatel haussa les épaules, incrédule.

– Tu n'as pas eu besoin de nous pour apprendre, en tout cas! Allez, barre-toi maintenant. Pour toi, la minoterie, c'est fini! Partout dans Tunis on va s'occuper de toi, parole d'honneur!

Bajou leur tourna le dos. Dans la cour où le vrombissement des camions allemands ne cessait de s'amplifier, il avança prudemment comme pour ne pas se faire repérer. Puis, incapable de se contrôler, il pressa le pas, et c'est en courant qu'il franchit le portail.

*
**

– Shinach'oulek[1], y'a Moktar? Tu as pas besoin d'un comptable?

Moktar, rayonnant, ouvrit grand ses bras à Bajou comme à l'enfant prodigue.

– Moktar, il a toujours une place pour toi!

Il l'entraîna à l'intérieur de la boulangerie, sincèrement ravi de revoir son ami.

Après son départ de la minoterie, Bajou n'était pas rentré rue Saint-Jean. Il s'était enfoncé, la tête perdue dans ses pensées, dans le dédale des ruelles arabes qu'il connaissait par cœur, et ne s'était arrêté que devant la porte de la boulangerie.

Le soir, il expliqua à tout le monde la nouvelle situation : il allait falloir se serrer la ceinture, et vivre d'espoir. Oumi, comme d'habitude, approuva sans une seule question. Plus dur fut de convaincre Marcel qui protesta violemment. On s'habitue si vite au luxe...

– Et l'argent de mon père, Bajou, qu'est-ce que tu en as fait? Pourquoi on n'en profite pas, au lieu de vivre comme des mendiants?

Il venait parfois à Bajou des envies de meurtre quand son cousin se montrait aussi stupide. Dans ces moments, ses yeux prenaient une couleur inhabituelle. Mais il était bien obligé de faire bonne figure, car en vérité, Marcel était l'héritier direct d'Elie.

– Ecoute-moi, Marcel, cet argent il n'est pas qu'à toi. Il y a aussi ta sœur. Sur son lit de mort, votre père me l'a confié. Je le garde pour un projet utile, voilà. Tu dois me faire confiance.

Il refusa d'en dire plus malgré les menaces criardes de Marcel, qui finalement se calma grâce à la promesse de Joseph de prendre à sa charge une partie du loyer, le temps que les choses s'arrangent.

1. Comment vas-tu?

Comme à son habitude, Bajou travaillait fort tard chez Moktar. Alors, à cause du couvre-feu, il lui arriva de dormir de temps en temps dans son ancienne chambre. Il y voyait aussi un bon moyen d'échapper aux récriminations de son cousin tout en évitant d'étaler devant lui l'angoisse qui le saisissait souvent en pensant au « projet utile » auquel il avait destiné l'argent d'Elie.

Parfois, son sommeil était agité de rêves désordonnés qui le réveillaient en sueur; alors il traînait jusqu'à l'aube, en savates et en pyjama, les yeux écarquillés de fatigue, sans parvenir à trouver le repos. Pour occuper le désœuvrement de ces longues nuits blanches, il feuilletait de vieux livres de comptes des heures durant. A l'aube, harassé de fatigue, il succombait finalement au sommeil et ronflait bruyamment. Moktar hochait tristement la tête devant ces débordements sonores : il n'était pas bien, Bajou. Il avait des soucis...

Le boulanger accueillait tous les événements de la vie avec la même philosophie : un jour tu gagnes, un jour tu perds, et à la fin c'est Dieu qui ramasse tout... Les tourments de Bajou s'inscrivaient dans ces aléas que l'homme doit subir.

L'une de ces nuits où Bajou, désespérant de trouver le sommeil, s'était calé dans le vieux fauteuil de Moktar et se balançait en équilibre sur deux pieds, le hurlement des sirènes d'alarme retentit de manière sinistre sur Tunis. Au loin s'élevait un grondement sourd qui prenait aux tripes et faisait vibrer tout alentour.

Il fallut un temps à Amina, occupée au fournil avec les ouvriers, pour en comprendre la raison : Tunis allait connaître son premier bombardement américain.

Le bourdonnement des avions grossissait à une vitesse impressionnante. Sous la conduite de Moktar, affolé, tous se replièrent dans les sous-sols de la boulangerie.

Dans un premier temps, Bajou avait eu le réflexe de les suivre; puis bizarrement, il se ravisa et gagna la terrasse qui dominait le patio intérieur de la boulangerie. Là, il se mit à scruter le ciel. Au fur et à mesure de l'approche des bombardiers montait en lui une excitation étrange. La tête vers les étoiles, les poings fermés comme des jumelles devant ses yeux, il suivait la progression des avions, hurlant comme un possédé :

– Plus vite, allez!... Non, pas la gare centrale... Pas la mosquée... Plus loin, oui, encore, allez, allez... Là!... Voilà, vous y êtes... Juste au-dessus! Là, oui! Feu, feu, feu! Lâchez les bombes! Lâchez les bombes, je vous dis!

Mais aucune explosion ne se produisit et les avions s'éloignèrent dans le ciel tandis que la sirène s'arrêtait.

Moktar, terrorisé, apparut dans l'entrebâillement de la porte. Il n'avait assisté qu'aux derniers trépignements de Bajou, mais il conservait le spectacle d'un fou hurlant après les bombardiers.

– Y'a Bajou, qu'est-ce que tu fais? C'est dangereux, si une bombe elle tombe!

– Quelles bombes, Moktar?... C'est sur Bizerte qu'ils vont taper...

– Les pauvres... dit Moktar qui avait bon cœur.

– Oui, répéta Bajou, les pauvres...

18

Marier Bajou... Pour Oumi, c'était devenu une véritable obsession. Elle ne ratait pas une occasion de lui présenter, sous les prétextes les plus divers, des jeunes filles qui, selon elle, « présentaient toutes les garanties ». Les fameuses garanties réunissaient tout un ensemble de conditions, de règles et d'obligations qu'Oumi ne manquait jamais d'énumérer. La femme (ou la très jeune fille) qui serait digne de son Bajou devrait :

1 - Etre une bonne Juive.

2 - Donc avoir encore son hymen là où il fallait.

3 - Provenir d'une bonne famille.

4 - Avoir des espoirs de dot conséquente.

5 - Etre d'accord pour faire un enfant dès la première année de mariage.

6 - Accepter que sa belle-mère réside avec le couple.

7 - Appliquer à la lettre toutes les recommandations domestiques de la même belle-mère...

8 - Admettre que de toute manière aucune femme au monde n'aimerait jamais Bajou comme elle.

Il semblait inconcevable à Oumi que son fils puisse

s'enticher d'une créature qui n'aurait pas accepté chaque point de ce singulier contrat. Et pour en être encore plus sûre, elle s'était mise en tête de sélectionner elle-même toutes les candidates possibles.

En se rendant en cette fin d'après-midi à La Marsa, Bajou savait déjà qu'un de ces pièges maternels soigneusement tendus l'attendait dans la belle villa du banquier, Monsieur Hadjej. Il aurait préféré se passer du voyage, mais c'était « Pessah » et il était impensable de célébrer la fête loin de sa famille...

Ce soir-là toute la famille était invitée, du moins le croyait-elle, chez le président de la communauté. Même s'il n'appréciait guère la présence des Benkahen sous son toit, des petits Juifs sans belle origine ni statut social, celui-ci se montra néanmoins fort courtois avec Oumi et Marie. En fait il avait voulu faire plaisir à son futur avocat de fils, Henri, qui s'était entiché du remuant Marcel.

Sans doute, se disait le père Hadjej, Henri utilise-t-il ce gringalet aux allures voyantes de parvenu pour se fournir en menus plaisirs. Quoi qu'il en soit, Marcel était venu avec toute sa famille.

Replié à l'écart du grand salon aux murs de faïence, Bajou se tenait volontairement en retrait, espérant échapper aux manigances de sa mère. Mais lorsque Oumi le tira par le bras avec une insistance suspecte, il ne put que pousser un soupir accablé. Il savait déjà ce qu'elle allait lui chuchoter à l'oreille. Elle avait beau être sa mère, elle exagérait parfois...

– Viens, mon fils... je voudrais te présenter mes amies...

Comme un bœuf qu'on entraîne vers l'abattoir, Bajou se laissa tirer, à travers les invités bruyants, vers un coin du salon. Là, affalées sur un divan, cinq grosses filles, dont deux à peine nubiles, tournèrent la tête en direction d'Oumi et de son fils.

– Viens, murmura sa mère à Bajou, qui s'était arrêté net. Tu vas voir, elles sont très gentilles... Il y a la petite Benmussa et la petite...

D'un geste, il l'arrêta :

– Oumi, ne te fatigue pas, je ne veux pas les connaître.

– Mon fils, il faudra bien que tu te maries un jour. Jamais je vais voir mes petits-enfants?

Une expression peinée s'était répandue sur le visage aimé que Bajou ne put s'empêcher de caresser.

– Mais si, tu les verras. Seulement un monstre plus un monstre, ça fait des monstres! C'est ça que tu veux comme petits-enfants?

Elle recula, indignée :

– Mais toi tu es beau! Tu es très beau! Tu ressembles à ton père!

Au même instant, Bajou captait son propre reflet dans une glace et frémit de se voir devenu si gros. Chez Moktar, il avait encore pris des kilos supplémentaires, confronté chaque jour au terrible supplice des brioches sortant toutes chaudes du four. Il embrassa sa mère dépitée, adressa un petit signe amical aux prétendantes et se détourna rapidement.

Cela faisait déjà cinq mois que les Allemands occupaient Tunis. Cinq mois que la communauté, recroquevillée sur elle-même, résistait bon gré mal gré et pratiquait la politique de l'autruche, comme l'avait dit Amina à Bajou, qui n'avait pas voulu comprendre le sens de ses paroles. Chacun savait que l'arrivée des troupes alliées n'était plus qu'une question de jours. Il fallait donc tenir et plier le temps nécessaire. C'était d'ailleurs le discours que leur hôte, Monsieur Hadjej, avait tenu à ses invités en ce soir de fête et de recueillement.

Si depuis longtemps Bajou ne croyait plus aux prières, il prit pourtant un plaisir nouveau à se recueillir avec tout le monde, comme s'il se sentait plus proche des siens... Debout autour de la table, hommes et femmes récitaient en chœur et avec fierté la prière rituelle.

Pendant ce temps, Monsieur Hadjej, en sa qualité de maître de maison, passait le plateau de pessah au-dessus de la tête de ses convives, chacun se courbant devant lui à son approche.

Dans l'attente des agapes les plus jeunes échangeaient sous cape des informations qui n'avaient rien à voir avec la religion.

– Les Américains sont tout près, pourquoi ils entrent pas?

Roland Boccara, tête basse, tordit la bouche en chuchotant :

– Ils attendent Montgomery! C'est lui qui a fait tout le travail en Libye, le pauvre, alors ils l'attendent...

– Entre les chars allemands et les bombardiers américains, comment on va faire pour éviter les bombes? se lamenta son voisin de droite.

Marcel roula des yeux en grimaçant.

– Tu gardes ta kippah et ça devient un casque!

Ils étouffèrent des rires sous le regard courroucé du père Hadjej. Marcel se pencha vers Bajou en le désignant, pendant qu'il continuait imperturbablement la bénédiction.

– Il est long, celui-là, avec sa prière... J'ai des trucs à faire, cette nuit, moi!

– Ah bon? ironisa Bajou. Elle sent l'harissa ou le jasmin, celle-là?

– Moque-toi de moi... Un jour, tu verras comment tu seras épaté, je te dis pas!

Depuis l'arrivée des Allemands, les deux cousins n'avaient pas eu souvent l'occasion de se voir. Marcel passait le plus clair de son temps à La Marsa dans l'ombre d'Henri, et Bajou à la boulangerie.

La distance entre ces deux points avait beau être minime, le quartier où se trouvait la maison de Moktar servait en fait de repoussoir aux nouvelles aspirations de Marcel.

Bajou savait son cousin affublé d'une réputation de séducteur impénitent qui lui avait déjà valu quelques beaux succès. Même si, à son approche, les mères nerveuses rassemblaient autour d'elles leur cheptel féminin, car le loup rôdait, Marcel était toléré pour son charme. Il était admis dans la communauté qu'il ne se marierait pas, ou fort tard. Aussi Bajou fut-il très évasif quand il le questionna sur Amina. Marcel brûlait de la revoir, cela sautait aux yeux.

– Tu n'as qu'à venir me rendre visite à la boulangerie! avança Bajou, qui savait trouver là un argument imparable.

Marcel haussa les épaules et n'insista pas.

Bajou ne put s'empêcher de remarquer sa mise impeccable :

– Il est beau, ton costume, dis...

Marcel souffla, les yeux au ciel :

– Pourtant, c'est pas facile de s'habiller avec ce que tu nous donnes...

Il faisait évidemment allusion à l'héritage d'Elie, véritable pomme de discorde entre eux.

– Alors, comment tu fais? questionna perfidement Bajou.

Marcel préféra éluder.

– Bajou, les Hadjej, guerre ou pas guerre... ils sont pleins aux as... Tu as vu ce qu'il y a sur la table, dis... Je dois faire honneur...

Une exclamation générale salua la fin de la prière et l'assemblée s'embrassa avec bonne humeur. Le défilé des plats commença, tous plus appétissants les uns que les autres, exhalant des fumets qui semblaient venir d'une autre époque. Progressivement, une certaine excitation s'empara des convives. Car tous savaient qu'après le repas, la grande partie de poker commencerait. Certains n'étaient venus que pour cela.

Roland Boccara relançait fort et même Henri Hadjej avait du mal à suivre. Marcel buvait. Trop au goût de Bajou qui tenta de l'alerter par quelques toussotements. Mais Marcel était ailleurs, dans un monde où seule comptait la présence d'une carte ou non dans une main... Quand son tour arriva, il défia le relanceur avec nervosité et avança un gros paquet d'argent sur la table.

– Ah, tu crois que j'ai pas des couilles, moi?

Roland Boccara, en habitué du bluff, conservait un calme qui inquiéta Bajou. Il avait sûrement du jeu! Le voyant surenchérir, le fils Hadjej se coucha. Il ne restait plus que Marcel. « Pourvu, pensa Bajou, pourvu qu'il fasse comme lui... » Marcel hésitait, réfléchissait, observait son adversaire dont le visage demeurait énigmatique. Encore une seconde et il plongea. Bajou sentit son estomac se contracter. Son cousin n'aurait pas dû suivre, il en était sûr! Mais les jeux étaient faits. De sa voix légèrement éraillée, Marcel défiait Boccara :

– Allez, tapis! Fais voir un peu ce que tu as dans le ventre, donne, donne!

Avec un tranquille sourire, Boccara étala trois cartes : un brelan de dix. En face, Marcel bondit de joie. Lui aussi avait un brelan, mais de rois... Il avait gagné! Alors il entendit la voix ricanante de Boccara compléter : « Un brelan et une paire, ça fait un full... » Une paire de sept rejoignit le brelan de dix. Marcel se décomposa un court instant. Il eut un petit sourire triste puis, immédiatement, se refit un visage : pas question de perdre la face devant les autres!

– Bravo, fils, tu m'as eu! Il faut savoir reconnaître... Bon, qui me fait crédit?

Bon prince, Roland Boccara poussa des billets vers Marcel, lorsqu'une main s'abattit sur la table, une main qui repoussait l'argent vers son propriétaire.

– Ça suffit maintenant, Marcel il arrête de jouer!

Marcel leva les yeux vers son cousin :

– Bajou, laisse-moi! Je vais me refaire! De quoi tu te mêles?

– De ce qui me regarde, Marcel. C'est de l'argent que tu perds, et tu n'en as pas...!

Pris à partie devant tout le monde, Marcel se cabra :

– Comment j'en ai pas, moi? Mais si, j'en ai!

– Ah bon? Et où ça?

Tous les invités détournaient le regard, gênés de l'esclandre. Mais Marcel, désormais, ne se contrôlait plus.

– Là où tu l'as mis! L'argent de mon père, hein, il est où? Ben, dis-le! Sa voix basculait dans les aigus. Pourquoi tu ne veux rien nous dire, à moi et à Marie? Tu veux le garder pour toi, ou quoi?

Les joues pourpres de confusion, Bajou, figé, vit Oumi apparaître à la porte du salon, attirée par les cris. Un scandale pareil, devant sa mère... et dans la maison des Hadjej! Les Benkahen n'étaient vraiment pas faits pour fréquenter les salons.

– L'argent de mon père, poursuivait Marcel, c'est mon argent aussi! Et si j'ai envie de le jouer, je peux tout perdre, voilà!

Subitement, Bajou l'empoigna par le bras. Son cousin leva un coude comme pour se protéger, mais Bajou l'entraînait simplement à travers la pièce.

– Bon, tu veux voir l'argent? Eh ben tu vas le voir! Allez, suis-moi!

– Pas maintenant, Bajou, je peux pas! J'ai... à faire...

Marcel lança à Roland Boccara un appel à l'aide, mais celui-ci ne put que lever les épaules en signe d'impuissance.

Bajou avait déjà ouvert la porte et se dirigeait, d'un pas décidé et furieux, vers l'extérieur.

– Bajou, attends, calme-toi... D'accord, j'arrête de jouer...

Mais il ne pouvait plus arrêter son cousin. Alors il saisit sa veste et s'élança derrière lui.

***

Devant la maison, parmi les vélos des invités, Bajou en choisit un et fit signe à Marcel de s'emparer d'un autre. Ce dernier regrettait maintenant d'avoir tenu tête à son cousin qui filait devant lui, ses grosses fesses posées sur la minuscule selle.

– Bajou, tu es fou, et le couvre-feu? murmura-t-il haletant.

Mais Bajou, mû par une force invisible, avançait comme

un automate. L'étrangeté de l'événement finit par avoir raison de Marcel qui décida que le plus simple était encore de suivre. La folie de Bajou finirait bien par lui passer. Tout ça pour une pauvre partie de poker...

Ils étaient parvenus aux limites de la ville, en bordure de ce qui paraissait un immense terrain vague. Au-dessus d'eux, une lune pleine et ronde étendait son halo inquiétant, irradiant la campagne de lueurs argentées. Une belle nuit carthaginoise... Ils abordèrent bientôt un escarpement qu'ils entreprirent d'escalader. Malgré son poids, Bajou, survolté, faisait preuve d'une souplesse surprenante. Marcel tâtonnait en trébuchant sur les pierres et ne cessait de pester à mi-voix.

– Où est-ce que tu m'emmènes, là? J'ai du travail sérieux à faire, moi... on m'attend!

Arrivé le premier au sommet de la butte, Bajou désigna le terrain d'un geste théâtral.

– Regarde!

La surprise de Marcel n'avait d'égal que son essoufflement. Il ne voyait qu'une étendue désolée au centre de laquelle s'élevaient d'énormes entrepôts visiblement abandonnés.

– J' comprends pas, là... Tu as enterré l'argent? murmura-t-il sans y croire.

– C'est pas en dessous qu'il est, l'argent, y'a bim! C'est au-dessus!

Marcel avoua son incompréhension :

– Je m'excuse, Bajou, mais je comprends pas. Je comprends pas ce que tu veux, je comprends pas ce qu'on fait là. Je comprends rien du tout!

– Eh ben regarde le terrain, bourricot! Tout ce que tu vois là, c'est à nous! A nous!

Marcel restait muet.

– ... Imagine à la place de ces entrepôts, s'enflamma Bajou, une minoterie, Marcel! La nôtre! avec « Benkahen et Benkahen », en énorme au-dessus!

Marcel voyait Bajou comme jamais auparavant. Enfiévré, enthousiaste, lyrique! Mais il ne pouvait pas y croire. Tout cela était obligatoirement faux!

– Tu supportes plus la boukha, ou quoi? Tout ce que je vois, moi, c'est un dépôt d'ordures...! Allez, tu plaisantes? C'est juste pour me faire peur? D'accord, j'ai compris. L'argent de papa, je n'en parle plus jamais!... Maintenant viens, il faut rentrer, parce que si les Boches se ramènent, je suis pas sûr qu'ils vont rire autant que moi! frissonna-t-il.

En poussant un long soupir, Bajou sortit de sa poche plusieurs feuilles de papier pliées en quatre qu'il tendit à son cousin.

– Tiens. Lis!

Marcel attrapa les documents apparus sous son nez comme par enchantement et, à la simple lueur de la lune, en parcourut rapidement les premières lignes tout en marquant bien d'un sourire que, pour lui, la plaisanterie continuait. Mais son sourire se figea au bout de quelques secondes :

– « Option de vente... A M. Bajou Benkahen, représentant légal de la famille »...! Mais c'est quoi, cette connerie? C'est vraiment sérieux? déglutit-il avec peine.

Son débit angoissé s'accéléra; il avalait maintenant les mots à toute vitesse, sautait des paragraphes entiers, en tournant les pages, de plus en plus incrédule, butant soudain sur une phrase :

– ... « L'acte de vente ne se réalisera qu'après cessation de l'activité des entrepôts »... Il se tourna, effondré, vers Bajou qui l'observait plein de patience : Tu as acheté les terrains, mais pas les entrepôts, c'est ça?

– J'avais le choix? Avec ce qu'a laissé Elie, tu crois peut-être qu'on peut s'acheter tout Tunis?

– Donc, poursuivit Marcel douloureusement, tant que les entrepôts sont là, c'est du papier que tu as acheté!

Un bon sourire ne quittait toujours pas les lèvres de Bajou.

– Exactement. Ce terrain, c'est comme un viager! Tu attends que les entrepôts meurent, c'est tout!

Marcel regardait Bajou de la même manière qu'il aurait regardé un aliéné mental.

– Et comment tu vas les faire tomber, les entrepôts, espèce de ch'beb?! En soufflant dessus, peut-être?

Bajou repoussa doucement son cousin qui avançait sur lui. Il avait prévu que l'explication serait pénible, mais pas à ce point...

– Le Bon Dieu, Marcel! Il va nous aider, aie confiance! Tu ne te rends pas compte de notre chance! Ce terrain de Carminati, ça fait des années que Costa et Chatel en rêvent toutes les nuits. Quand ils vont apprendre la nouvelle, ils vont mettre ma tête à prix et toi...

– ... Je vais la leur apporter, ta tête! hurla Marcel comme un hystérique. Tu es fou, Bajou, oui, fou! Ces entrepôts, ils seront encore debout que nous on sera depuis longtemps dans la tombe!

Dans sa fureur, Marcel s'étranglait en même temps qu'il secouait Bajou comme un prunier :

– Je refuse de mettre mon nom sur ce cimetière d'ordures! Sans ma signature, ton papier ne vaut rien, tu entends, rien! Jamais je le signerai! Tu vas aller le voir, ton propriétaire, tu vas lui rendre ce papier, et lui il te rendra mon argent! Ou bien sinon, aussi gros que tu es, je te tue de mes propres mains! Je le jure sur la tête de mon pauvre père! Je te tue!

Bajou n'eut pas le temps de répliquer que Marcel se rua sur lui. Au comble de la nervosité, il tapait à l'aveuglette, incapable d'ajuster ses coups.

Bajou essayait de contenir les assauts désordonnés de son cousin, mais il commençait à reculer, malgré leur différence de poids. La furie de Marcel le submergeait. Il le prit alors à bras-le-corps et s'apprêtait à le faire basculer de côté lorsqu'une incroyable lumière les éclaira soudain comme en plein jour. Ils se figèrent instantanément, paralysés de frayeur. Au même instant, le hurlement lugubre des sirènes d'alerte se déclencha sur Tunis pendant qu'on entendait au loin le grondement titanesque d'une vague de bombardiers. La masse invisible des Forteresses volantes envahit le ciel nocturne à grande vitesse.

En quelques secondes, elles étaient déjà à la verticale de l'agglomération. Marcel, terrorisé, dévala le talus pour se cacher dans le premier abri venu, implorant son cousin d'en faire de même. Devant le danger, toute agressivité à son égard avait disparu. C'est pourquoi il ne put en croire ses yeux lorsqu'il saisit, tout comme Moktar avant lui, l'incroyable spectacle de Bajou hurlant à la lune, vociférant vers le ciel en agitant les bras, la silhouette dressée en haut du talus.

– Feu! feu sur El-Aouina! Vive les Américains! Laissez tomber les bombes! Là, maintenant! Oui, là!

– Arrête, Bajou! cria Marcel qui crut son cousin définitivement fou avant de comprendre, en un éclair, son plan. Bajou espérait ni plus ni moins que les bombardements américains auraient raison des solides entrepôts de Carminati. C'est pourquoi il était probablement le seul être vivant dans toute la Tunisie à appeler de ses vœux, et de toutes ses cordes vocales, le déferlement de mitraille!...

Soudain, comme pour répondre à ses vœux, une cascade d'explosions sourdes commença à remuer le terrain, projetant éclats et débris en tout sens.

En même temps que l'apocalypse se déchaînait, les gesticulations grotesques de Bajou cessèrent. La réalité effrayante balayait toute son inconscience ludique. Une explosion encore plus violente que les précédentes le projeta à plusieurs mètres. Il s'effondra, tassé sur lui-même, ravagé par la peur en implorant le pardon...

*
**

La pluie incendiaire mit plusieurs minutes à s'apaiser. Au loin, le bourdonnement des bombardiers décroissait de seconde en seconde. Du côté de Tunis, on entendait les sirènes des pompiers filer vers des feux secondaires.

Dans la poussière qui retombait lentement, Bajou et Marcel, assis côte à côte, encore choqués, se tournèrent vers les entrepôts de Carminati. Les bombes avaient creusé d'énormes cratères fumants qui offraient une image de désolation. Mais au milieu de tout ce désastre, force était d'admettre que les entrepôts, eux, restaient... intacts. Les structures de ciment avaient bien pris çà et là quelques éclats. Le toit était crevé en plusieurs endroits, des portes avaient été soufflées. Mais dans l'ensemble, les entrepôts faisaient plutôt honneur, par leur solidité, aux maçons qui les avaient construits...

– Putains d'Américains, souffla Bajou plein d'amertume, même pas capables de viser correctement!...

Marcel lui posa gentiment la main sur l'épaule. Tout le monde sait bien que les fous, il faut leur parler d'une manière raisonnable...

– Allez, viens... Tes entrepôts, ils vont plus tomber maintenant... Pffu! Tu as vu à quoi je ressemble?...

Son beau costume n'était plus qu'un souvenir. Déchiré en plusieurs endroits, une manche était à demi décousue, et la plus habile lavandière ne parviendrait jamais à extirper la terre qui s'était incrustée dans l'étoffe. La mise de Bajou avait subi le même sort, mais il n'y prêtait aucune attention. Les deux cousins se considéraient sans mot dire. Avec leur visage défait, sali par la fumée, et leurs vêtements en lambeaux, ils avaient plutôt l'air de ramoneurs. Marcel haussa les épaules :

– Je m'en souviendrai, de ce Pessah... soupira-t-il en enfourchant son vélo.

Les bicyclettes abandonnées au bas du talus étaient miraculeusement intactes. Une chance, car La Marsa, ce n'était pas la porte à côté. Bajou pédalait tête baissée en remâchant sa rancune contre les Américains. En Europe, ils rasaient des villes entières chaque nuit. Il avait vu aux Actualités du Palmarium. Ici, trois entrepôts de bric et de broc, ils n'étaient pas fichus de mettre même une seule petite bombe dessus! C'est pas comme ça qu'ils allaient gagner la guerre, les US... Sans blague, c'est Dieu qui devait retenir leur bras. Une telle malchance, ça n'existait pas!

Les deux cousins fort silencieux n'avaient pas fait cent mètres que des petites lumières se mirent à clignoter au loin. Des aboiements rauques entrecoupés d'ordres non moins rauques leur donnèrent la chair de poule : les Allemands, maintenant! Il ne manquait plus que ça pour couronner la soirée!

– *Halt! Wer ist da? Halt!*

La patrouille s'avançait en bordure du terrain vague, lampes à la main. Marcel se tassa sur sa selle et accéléra l'allure en gémissant d'épouvante :

– Les Frisés, putain! On a les Frisés au cul, maintenant!

Ils se mirent à foncer dans la nuit claire tandis que, derrière eux, des voix de plus en plus menaçantes leur intimaient l'ordre de s'arrêter. Accroché au guidon, suant sang et eau, Bajou appuyait désespérément sur les pédales qui crissaient de manière plaintive. A tout instant, il s'attendait à prendre une balle dans les fesses. L'idée le traversa, s'il parvenait chez lui sain et sauf, de déchirer le fumeux contrat passé avec Carminati, et de trouver une bonne place de comptable à vie, bien au chaud. Après tout, pourquoi toujours courir après des chimères?

La panique qui les gagnait leur donnait des ailes. Ils devinaient que, derrière eux, leurs poursuivants à pied perdaient du terrain. Vite! Il fallait tourner au coin de cette longue ruelle et se perdre dans la nuit. Haletants, s'encourageant l'un l'autre, ils s'apprêtaient à prendre le virage sur les chapeaux de roues lorsqu'ils se dressèrent en catastrophe sur leurs freins : juste devant eux cette fois, tous phares allumés, apparut une voiture militaire!

– Zabour' Omok! jura Bajou en faisant demi-tour, c'est toute l'armée allemande qu'on a après nous, ou quoi?

Les rugissements du moteur indiquaient que le véhicule s'était lancé à leur poursuite.

Ils étaient encore loin des faubourgs de Tunis, dans le dédale des rues de la petite Sicile, un quartier qui venait de souffrir du passage des avions américains. L'agitation qui y régnait leur permettait de garder une légère avance. Mais à chaque seconde, la jeep allemande grignotait du terrain, dans un grand concert de klaxon.

Marcel vira soudain dans une petite ruelle qui coupait l'avenue, sauta à terre, chargea son vélo sur l'épaule et se glissa précipitamment dans un passage étroit entre deux immeubles. Que Bajou ait pu accomplir les mêmes gestes resterait toujours pour les deux cousins une énigme. De ce moment-là Bajou ne garderait aucun souvenir précis, sinon qu'une force surnaturelle nourrie d'une trouille intense avait fait voler en éclat les lois de l'apesanteur. Car c'était bien lui avec son énorme panse et ses jambes adipeuses qui avait réussi l'exploit de suivre le léger Marcel! Les bruits de bottes et les exclamations qui se rapprochaient l'avaient transcendé, l'urgence le rendant étranger à lui-même.

Arrivé dans une arrière-cour en impasse et plongée dans l'obscurité, Marcel se mit à tâter le sol couvert d'une végétation désordonnée, s'écorchant les mains.

– Mais qu'est-ce que tu fais? haletait Bajou penché sur son épaule, persuadé que la peur faisait perdre à son cousin son reste de raison.

Un léger grincement répondit à sa question.

A l'aide d'une clef jaillie de sa poche, Marcel fit jouer le pêne d'une serrure. Avec des gestes précis, devant son cousin ébahi, il souleva, en soufflant comme un âne, les deux battants d'une trappe apparue comme par magie sous les ronces enchevêtrées.

– Les vélos! Vite!

Bajou ne comprenait rien. Perdu pour perdu, il choisit d'exécuter ce que semblait lui dire Marcel et précipita les deux vélos dans la gueule noire de la trappe. Un bruit de métal brisé lui fit deviner la profondeur du trou.

– A ton tour, vas-y, y'a Bajou!

– Ah non!

Bajou résistait à la poussée de son cousin. Pas de doute : ce crétin était devenu fou et voulait le supprimer. Autant se rendre aux Allemands, dont les pas se rapprochaient inexorablement!

C'est alors qu'il aperçut l'échelle accrochée à la verticale du passage. Marcel n'était pas si fou que ça. Des ailes, à nouveau, poussèrent aux lourdes épaules de Bajou. Il dévala les barreaux, d'autant que les pieds de son cousin engagé au-dessus de lui, écrasaient sans ménagement ses doigts d'une semelle nerveuse. Marcel rabattit les volets de la trappe juste avant que les soldats allemands ne surgissent dans l'arrière-cour.

La végétation accumulée protégeait l'entrée de leur refuge, mais ils étaient encore à la merci de la moindre malchance.

Tapis dans l'obscurité, la respiration folle, les oreilles bourdonnantes, les deux cousins guettèrent longtemps les pas des soldats qui rôdaient dans l'impasse. Ceux-ci finirent par admettre que les fugitifs s'étaient évaporés dans la nuit tunisienne, à la faveur d'une de ces innombrables caches que recelait la ville hostile. Un ordre fut aboyé, et le véhicule militaire s'éloigna enfin.

Bajou s'était affaissé sur lui-même, au bas de l'échelle. Ses muscles, qui gardaient le souvenir des efforts consentis un moment auparavant, tremblaient de manière incontrôlée. Il sentait la présence de Marcel toute proche, mais ses yeux ne pouvaient distinguer sa silhouette, ni d'ailleurs aucune autre forme. Sous ses paumes, le sol avait la consistance de la terre battue : il pensa au lapin réfugié au plus profond de son terrier pour échapper aux chasseurs. L'image de sa propre personne affublée de grandes oreilles et d'une épaisse fourrure ne l'amusa pas un instant. A ses côtés, Marcel s'était relevé et époussetait ses vêtements.

– Ça va, Bajou?

– Ça va... répondit-il sobrement, abasourdi par un mystère qui le dépassait.

Car, dans ce lieu inconnu surgi des entrailles de la terre, Marcel semblait se mouvoir comme un poisson dans l'eau.

– C'est mieux que la mer Rouge, ce que j'ai fait, non? chuchota-t-il, incapable de maîtriser sa fierté.

Ces paroles un peu déplacées le rassurèrent. Finalement rien n'avait changé.

– Mais où on est, là? demanda Bajou, très intrigué...

Marcel tira alors sur un fil pendouillant du plafond et la lumière fut.

19

Depuis des mois, à l'insu de tous, Marcel, le petit Marcel, se livrait au marché noir... C'est ce que découvrit Bajou en même temps qu'un local sous voûte de vastes proportions, transformé en véritable caverne d'Ali Baba. La cave, faiblement éclairée, regorgeait d'objets hétéroclites, vêtements et victuailles. Tout était entassé en vrac, au fur et à mesure – on le devinait – des arrivages.

En s'avançant vers le centre de la salle, Bajou cligna des yeux plusieurs fois pour être sûr qu'il ne rêvait pas. Il s'approcha de Marcel en époussetant, faussement gentil, le revers de sa veste.

– Alors ici, c'est comme chez toi...?

Marcel perçut immédiatement la menace dans la phrase anodine et comprit qu'il lui fallait vite noyer le poisson.

– Heureusement! Sinon, là, on était bons pour la Kommandantur, pour ne pas dire le cimetière...

D'un geste large, il désigna les caisses :

– ... mais c'est pas à moi, tout ça, tu penses bien! J'aide un peu Roland Boccara et le fils Hadjej, rien d'autre! Je donne un coup de main! Ça sert à tout le monde, même aux rabbins, sur ma vie, on fait la charité!

Bajou, sans un mot, laissa traîner un regard lourd de reproches et de sous-entendus sur les étagères chargées à craquer. Son silence ne fit qu'exaspérer Marcel qui crut le moment venu de faire une petite concession. Il avait peut-être lancé le bouchon un peu trop loin...

– D'accord, d'accord, on fait aussi un peu de commerce... Mais pas pour nous, pour la Résistance! Oui, Monsieur! La Résistance! Hein, ça t'en bouche un coin!...

Au milieu des amoncellements de caisses marquées de sigles américains, il saisit des petites boîtes de fer blanc qu'il tendit à Bajou en guise de preuves irréfutables.

– Corned beef! Ham! Ça vient d'Amérique, de Boston! Les parachutages! Je risque ma vie tous les jours, moi!... Tout à l'heure, au moment des bombardements, où je devais aller, figure-toi? Récupérer des caisses de conserves! Qu'est-ce que tu crois? Bombardement égale parachutage!

Un temps infini parut s'écouler. Marcel à bout d'arguments s'était tu. Bajou, très calme, caressait d'une main rêveuse les rayonnages. Son cousin pressentait une menace terrible.

– Dis-moi une chose, dit enfin Bajou, très gentiment. Ta mère, si elle apprend que son fils il fait le marché noir, tu sais ce qui arrive? Elle meurt. Et tu sais qui l'aura tuée? Toi!

Marcel n'en revenait pas de la soudaine moralité dont faisait preuve Bajou. Il flairait un piège. Mais lequel? Dans le doute, il décida de fuir dans la surenchère indignée.

– Ma mère, je sais pas si elle meurt, mais toi en tout cas tu me tues! Jamais tu auras la moindre estime pour moi! Jamais un mot d'affection! Jamais un petit « je t'aime », jamais la moindre preuve de confiance! Jamais! A nous voir, qui c'est qui pourrait croire qu'on est cousins! Tu me fais honte, Bajou! Qu'est-ce que je suis pour toi? Un étr...

Le mot s'étrangla net dans sa gorge. Des bruits de pas se

firent très nettement entendre dans la cour, puis le choc d'une serrure qu'on force. Les battants de la trappe, au-dessus d'eux, grincèrent, tirés par des bras vigoureux.

– Les Allemands! murmura Marcel en se jetant sur l'interrupteur.

Il s'accroupit au sol, imité par Bajou, dans un mouvement impulsif de terreur.

Blottis l'un contre l'autre, grelottant de peur, ils guettaient les bruits qui s'amplifiaient. Cette fois-ci, Bajou en avait la conviction profonde, ils avaient trop joué avec la chance : les Allemands allaient s'emparer d'eux. Devant l'imminence de leur capture, voire de leur mort, il attira Marcel contre lui et, très tendrement, lui murmura à l'oreille :

– Tu sais, Marcel... jamais je l'aurais dit à ta mère... pour le marché noir...

Pour seule réponse, Bajou entendit claquer les dents de son cousin.

Le mécanisme d'accès à la cave venait de se déclencher et plusieurs silhouettes s'engagèrent dans l'étroit boyau qui conduisait à la salle voûtée. Mystérieusement rétabli, l'éclairage des faibles lampes parut à Bajou plus puissant que celui des projecteurs de la DCA qui veillaient sur Tunis. Mais sa stupéfaction ne s'arrêta pas là. Car loin de se recroqueviller davantage, Marcel se redressait, intensément soulagé, s'adressant à des interlocuteurs qui, dissimulés derrière une énorme caisse, demeuraient encore invisibles à ses yeux.

– Putain, la trouille que vous nous avez fait! On croyait que c'étaient les Chleuhs!

– Ah oui? Et nous on a dû forcer la serrure! C'est toi qui avais la clef! reprocha véhémentement une voix que Bajou reconnut aussitôt.

C'était celle de Roland Boccara. Marcel marmonna quelques excuses. De toute évidence, il était considéré comme la cinquième roue du carrosse.

*
**

Il fallut plusieurs minutes à Bajou pour se persuader qu'il ne rêvait pas. Roland Boccara, Henri Hadjej, son propre cousin Marcel Benkahen, tout le monde faisait du marché noir, et il n'était au courant de rien! Il comprenait mieux maintenant les costumes si bien taillés de Marcel. Et dire que lui tirait le diable par la queue, tout seul chez Moktar, pendant qu'il leur suffisait de venir ici faire leur choix, comme au marché! Boccara et Hadjej étaient accompagnés de trois hommes dont deux étaient dissimulés par d'amples vêtements arabes.

Hadjej observait Bajou, sérieux

– On compte sur toi pour ne rien dire.

– Evidemment...

– Ça s'est bien passé, sinon, le parachutage? demanda Marcel à ses amis, essayant de faire oublier la présence de son cousin.

Car il ne doutait pas que « ses associés » devaient être irrités qu'il eût ouvert la porte de la chambre aux trésors à non-initié. Même pour une question de vie ou de mort, Henri Hadjej et Roland Boccara avaient un portefeuille à la place du cœur.

Roland grimaça, contrarié. Ce n'était pas dans ses habitudes de faire un rapport à Marcel. Il balança au sol des sacs bourrés de conserves.

– Occupe-toi de ça... moi je dois parler avec...

Il désigna les trois hommes regroupés dans un coin. Marcel avait trop l'usage du caractère autoritaire de Boccara pour s'en offusquer. Il saisit aussitôt les sacs, faisant même, sans se forcer, bonne figure devant Bajou.

– Tu le crois, maintenant, que je travaille pour la Résistance?... Le grand, là-bas, c'est Krief... un des patrons du réseau... C'est un docteur... Il s'occupe que des affaires importantes... D'ailleurs, je sais pas pourquoi il est là ce soir, avoua-t-il ingénument.

– Peut-être qu'il avait besoin de quelques conserves, suggéra Bajou, ironique.

Il ressentait d'un seul coup la fatigue de cette longue soirée. Le bombardement raté, le jeu de cache-cache avec les Allemands, la découverte du marché noir, ça faisait beaucoup pour un seul homme, surtout en l'espace de quelques heures...! Il lui tardait de retrouver son lit. Demain viendrait le temps de réfléchir.

– Bon... on va dormir? maugréa-t-il.

– Marcel! Tu peux venir, s'il te plaît...

Marcel n'eut pas le temps de répondre à Bajou. Il n'en croyait pas ses oreilles : c'était bien le docteur Krief, à l'autre bout de la cave, qui l'appelait. Fier comme un paon, il fit signe à Bajou de lui accorder quelques secondes et se précipita, le cœur battant, vers le groupe des responsables – au sein duquel se tenaient les deux Arabes silencieux – en essayant de mettre de l'ordre dans sa tenue. Sous les yeux intrigués de Bajou, resté dans son coin, un étrange conciliabule commença.

Marcel écoutait avec un respect évident le docteur Krief. Il ressemblait de loin à un petit garçon très obéissant. Bajou pensa qu'il n'avait encore jamais vu son cousin aussi calme et attentif. Boccara intervenait maintenant dans la discussion qui, de seconde en seconde, devenait plus intense. A la surprise de Bajou, le groupe se tourna dans sa direction pour l'observer de manière dubitative. Il tenta de leur adresser un petit sourire de sympathie, mais il se heurta à des expressions tendues. C'est alors qu'une légère inquiétude s'empara de lui. Il était certain de constituer le sujet de la discussion. Et ce n'était pas la mine sombre qu'arborait Marcel en revenant vers lui, la tête basse, qui était faite pour le rassurer.

– Alors, voilà... commença Marcel en s'étranglant dans un pauvre sourire. On a un problème... Oh... un petit problème, juste! s'empressa-t-il de minimiser.

Ses yeux de chien battu cherchaient vainement un quelconque soutien auprès de Bajou, mais ce dernier, flairant le pire, resta muet.

– Bon... eh ben... avec le corned beef et les bombes, les Américains, ils nous ont envoyé aussi... deux Américains! Voilà le problème!

Marcel désigna d'un doigt agité les deux « Arabes » sous leur djellaba et leur burnous.

– C'est des Américains, ça?

La surprise avait rompu le silence tenace de Bajou. Marcel s'engouffra dans la brèche.

– Mais oui...! C'est des éclaireurs! Tu voulais pas qu'ils gardent leur uniformes, non?

– Moi je veux rien! grimaça Bajou d'un ton détaché. Mais pourquoi deux seulement? Ils en ont pas plus? A quoi ça sert, deux Américains?

Le ton franchement ironique de Bajou désespérait Marcel. Saisissant son cousin par les épaules, il se jeta à l'eau :

– Bajou! S'il te plaît... c'est sérieux. Sur ma vie... il faut les cacher un jour... Juste un petit jour!

– Ah? Et qu'est-ce que je viens faire là-dedans, moi? rétorqua Bajou, sincèrement étonné.

– Eh ben voilà... commença Marcel en avalant sa salive, un vieux tic d'enfant quand il allait proférer une énormité. Ici, on ne peut pas les garder. Partout dans Tunis, c'est surveillé. Il n'y a qu'un endroit vraiment tranquille où les Allemands ne mettent jamais les pieds : le souk.

– Et alors? demanda Bajou qui sentait monter en lui les signes prémonitoires d'une grande contrariété.

– Et alors... J'ai pensé que tu pourrais les cacher chez... chez Moktar!

– Quoi?! Mais pourquoi je les aiderais, tes Américains? explosa Bajou, sans crainte des regards qui pesaient sur lui. Pourquoi je les aiderais, moi, hein? Ils rasent toute la ville, et ils sont même pas fichus de démolir les entrepôts!... Non monsieur! Pas question!

– Bajou, tu ne peux pas faire ça! C'est la guerre...! trépigna Marcel.

– Va la faire, toi, si tu veux! Moi je préfère m'occuper

de ma mère, c'est mieux! trancha Bajou en s'asseyant sur une caisse, les bras croisés et le visage buté.

Il était bien décidé à ne pas se laisser fléchir, ou du moins à en convaincre Marcel, car une idée d'une grande perfidie se frayait depuis quelques secondes un chemin dans son esprit tortueux. Et lorsqu'il capta le regard de Marcel qui cherchait à sauver la face dans la mission que Krief lui avait confiée, lorsqu'il perçut qu'il était au bord des larmes, il sut qu'il allait gagner. Surtout, se dit-il en pinçant ses lèvres, ne pas bouger une ride... rester dans la position du bouddha et voir venir. Il n'eut que quelques secondes à attendre avant que Marcel trouve enfin la sortie de l'impasse.

– Ecoute, Bajou... souffla-t-il, vaincu... si tu veux toujours... pour le terrain de Carminati... je suis d'accord. Je signe.

Bajou se régala d'une dernière audace. Il ne montra aucun enthousiasme, mais presque de l'ennui devant cette proposition qu'il ne pouvait pas refuser et à laquelle il avait amené son cousin.

C'est d'une voix lasse qu'il laissa tomber :

– Bon. Mais c'est vraiment pour toi que je le fais!

Devant le soulagement bruyant que manifesta Marcel en l'entraînant derrière lui, il sentit confusément qu'il avait mis le doigt dans un engrenage fatal d'événements incontrôlables.

– Alors, voilà, je te présente... lui, c'est Franck Marcus... et l'autre, là, c'est Herbert Giacommo... Tu as vu les noms! Presque comme chez nous! Franck, Herbert... *I introduce you my...*

– Tu parles anglais, maintenant? releva Bajou de plus en plus angoissé.

– Je parle, je me débrouille... euh... comment on dit déjà mon cousin, putain!... *my...* Bajou! Voilà! C'est ça, Bajou! *He is very OK happy! Happy! to... to...* (il claqua des doigts pour chercher le mot)... C'est ça, *to keep you... for the night... he is happy, yes... very happy!*

*
**

Bajou avait décidé de ne rien dire à Moktar.

Profitant des dernières heures de la nuit et de la clef que le boulanger lui avait confiée, il s'était introduit sans bruit dans son ancienne chambre.

Les deux Américains, Herbert et Franck, y avaient à peine mis le pied qu'ils s'allongèrent sur le lit aux ressorts grinçants pour plonger aussitôt dans un profond sommeil. Heureusement, soupira Bajou, il me reste la chaise. Les entrepôts de Carminati valaient bien l'inconfort d'une nuit. Il s'installa devant la fenêtre, le regard tourné vers l'aube qui pointait. Il sourit en pensant à Marcel. Celui-ci les avait accompagnés et Bajou l'avait vu, en partant, déposer un bouquet de jasmin devant la fenêtre d'Amina. Il fallait avoir sa naïveté pour espérer qu'Amina le devinerait comme l'auteur de ce geste. Le jasmin, à Tunis, c'est l'eau dans la rivière.

Mais si, après tout, Amina et Marcel se voyaient en cachette? Bajou haussa les épaules. Il ne pouvait vraiment croire une seconde à une idylle entre la passionaria du Néo-Destour et son combinard de cousin. Puis le pressentiment obscur qui le harcelait depuis l'abdication de ce dernier, dans l'affaire des entrepôts, l'envahit à nouveau. Une telle chance lui faisait peur et il ne put trouver le sommeil.

*
**

Au matin, Bajou était allé voir Moktar. Il lui expliqua qu'il voulait se recueillir pour Pessah, et qu'une retraite dans son ancienne chambre lui était nécessaire. Moktar sourit à Bajou comme en toutes occasions, et ne lui posa aucune question. Il fut quand même surpris de le voir dérober, sur le chemin de sa chambre, quelques beignets qu'il camoufla dans un papier. Ce n'était pas la nourriture adéquate pour la fête juive. Moktar se dit que la retraite de Bajou devait être avant tout spirituelle.

Bajou se doutait bien que l'œil perçant de Moktar l'avait surpris. Il espérait que ce dernier mettrait son geste sur le compte de la gourmandise, ce en quoi il ne se tromperait qu'à moitié. Car si les beignets étaient avant tout pour les Américains (il fallait les nourrir, en plus!), Bajou ne pouvait jurer qu'il ne leur ferait pas, lui aussi, un petit sort, Pessah ou pas.

Il était davantage ennuyé du mensonge fait au boulanger. S'il ne doutait pas une seconde qu'il lui aurait de la même façon accordé l'hospitalité, il avait préféré, à tort ou à raison, ne pas faire vivre à Moktar la même angoisse qui serrait son cœur.

« Allons, se dit-il sans arriver à y croire vraiment, demain tout cela ne sera plus qu'un mauvais souvenir. »

***

Franck et Herbert s'étaient jetés sur les beignets.

Ils considéraient Bajou avec amusement. Tout en lui leur prêtait à sourire, à commencer par cette obésité qui en faisait le frère presque jumeau d'Oliver Hardy.

Forcés de se côtoyer dans la minuscule pièce, les trois compères avaient décidé de jouer l'entente cordiale, le plus dur étant évidemment de se comprendre : les deux éclaireurs américains ne parlaient en effet aucun mot de français. Mais à force de bonne volonté, de gestes et de mimiques, ils finirent par jeter les bases d'un début de compréhension. Et Bajou les trouvait de plus en plus sympathiques. Il avait compris que dans le civil, ils travaillaient tous deux dans une ferme, ceci grâce à Franck quand il avait imité le meuglement d'une vache. Mais surtout, son intérêt pour ses deux hôtes avait décuplé quand ils lui avaient placé sous le nez des plans de Tunis et de ses environs. Pas de doute, ils voulaient des renseignements sur les points stratégiques de la capitale. Et Bajou, qui n'en connaissait aucun, n'avait pas hésité : avec une conviction à renverser les montagnes, il leur avait indiqué, le doigt pointé sur la carte en un geste frénétique, l'emplacement des entrepôts d'El-Aouina. C'était là bien sûr et pas ailleurs qu'il fallait que toute l'aviation américaine concentre ses tirs. Bajou gonflait comiquement les joues en roulant les yeux :

– Vous cassez, tout, compris? Absolument tout! Il faut que plus rien il reste debout. Même un centimètre de haut, c'est trop. Compris?

Frank et Herbert hochaient la tête puis parlaient rapidement entre eux. Bajou doutait fort qu'ils aient compris, mais jamais découragé il reprenait inlassablement ses explications :

– El-Aouina, c'est pas loin de Tunis, alors vous faites attention à la ville. Moi, ce que je veux, c'est juste les entrepôts. Et cette fois vous les ratez pas, hein?

Il se dit que, finalement, ce n'était pas si désagréable que ça de faire un peu de résistance.

⁂

La nuit était maintenant tombée. La longue attente touchait à sa fin. Les Américains avaient revêtu leurs habits de camouflage. A la fenêtre, nerveux et oppressé, Bajou guettait l'apparition espérée des passeurs qui devaient prendre en charge Franck et Herbert, ainsi que le docteur Krief le lui avait assuré.

Les minutes s'écoulaient pourtant sans qu'aucune silhouette amie n'apparaisse dans l'ombre de la ruelle. Mais que faisaient-ils? L'avaient-ils trompé? Bajou se sentait gagné d'un doute irrépressible quand, soudain, il eut un haut-le-cœur. La lueur de phares violents jaillit au bout de la petite rue, accompagnée du grondement d'un moteur. Non. De plusieurs moteurs! Impossible de croire que le réseau agissait avec aussi peu de discrétion. Ce ne pouvait être que...

– Les Allemands! Sortez vite! Les Allemands fouillent les souks!

La porte de la chambre s'était ouverte à la volée, poussée par Amina, toute excitée.

Elle s'était tout autant adressée à Bajou qu'aux Américains, dont la présence ne semblait pas la surprendre. Elle déplaça le lit et descella quelques carreaux de couleur différente. Sous les carreaux, une planche de bois. Sous la planche de bois, deux revolvers et des munitions qu'elle saisit devant Bajou, éberlué.

– J'étais sûre que Moktar, il fouillerait pas ta chambre... Des armes, il en voulait pas dans sa boulangerie... Viens et tais-toi !

Déjà les cris allemands se faisaient entendre derrière les murs de la maison.

Pour la première fois depuis des mois, la Wehrmacht se décidait à fouiller le souk, quitte à se mettre à dos cette population arabe qu'elle courtisait assidûment, dans l'espoir de la voir basculer de son côté. A la suite d'Amina, les trois hommes avaient traversé la cour jusqu'au fournil devant lequel Moktar les attendait.

– Fissa, Bajou, fissa !

Moktar lui désignait l'intérieur du four. Sur le moment, Bajou crut à une plaisanterie, même si l'heure en était bien dépassée.

– Quoi... Le four...? Je comprends pas...

– Là-dedans, s'énerva Moktar, vous serez en sécurité !

Une idée pareille, le cerveau de Bajou se refusait à la comprendre. Même si les deux Américains s'y étaient engouffrés, lui piétinait sur place, submergé par la peur. Amina y jetait les armes alors que les Allemands tambourinaient déjà à la porte. Il n'y avait pour Bajou plus aucune autre issue. Finalement, poussé par Amina et Moktar, il parvint à se glisser dans l'espace étroit de la bouche du four.

Moktar allait en rabattre devant lui la trappe de fer lorsqu'il le saisit par l'épaule. Il fallait à tout prix qu'il s'excuse :

– Moktar, tu sais... si je t'ai rien dit, bafouilla-t-il.

Mais Moktar le coupa d'un sourire malgré la gravité de l'heure.

– C'est parce que je savais tout! Allez, courage Bajou!

Et il referma la trappe d'un coup sec.

Il était temps : les Allemands enfonçaient la porte de la boulangerie.

*
**

On peut penser à bien des choses, enfermé dans un four... On peut penser par exemple à quinze façons différentes de tuer Marcel... parce que c'était lui que, dans son aveuglement premier, Bajou rendait responsable de la situation:

Puis il dut bien admettre, retrouvant peu à peu sa lucidité, que sa ruse excessive était la seule cause de l'ahurissante impasse dans laquelle il se trouvait. C'était lui et lui seul qui avait poussé Marcel à lui proposer un échange que sa convoitise l'avait amené à accepter.

Ah, sans le terrain de Carminati, il n'en serait certainement pas là. Il serait auprès d'Oumi qui lui aurait préparé un de ces gâteaux dont elle avait le secret, au lieu de quoi il partageait, avec Herbert et Franck, l'un de ces moments qu'un homme n'oublie jamais. Car ce Pessah de 1943, il s'en souviendrait – il en avait la certitude – jusqu'à la fin de ses jours... Il ne manquait plus, comme lors d'un feu d'artifice, que le bouquet final.

Il fut obligeamment fourni par les soldats d'Adolf Hitler.

Ils devaient se tenir à un mètre à peine d'eux, juste de l'autre côté de la porte du four, sous laquelle se glissait un rai de lumière éblouissant. Eclairés de manière sépulcrale, Bajou et les deux Américains avaient des mines franchement sinistres.

Moktar bégayait des explications confuses à propos du fournil. Bajou ne captait pas exactement ce qui se disait mais sentait à l'inflexion des voix que le ton montait de seconde en seconde. Dans un mauvais français, les soldats teutons insistaient pour fouiller l'endroit. Moktar avait beau s'agiter, tempêter, insulter, à la fin il dut céder devant la menace physique. La porte du four s'ouvrit brusquement et le faisceau d'une grosse lampe militaire balaya l'intérieur. Bajou et ses deux compagnons s'étaient reculés autant que possible contre les parois : par miracle, la lumière de la lampe ne parvint pas à les dénicher.

Un Allemand brailla quelque chose et la porte métallique se referma dans un bruit fracassant. Sauvés! L'idée de Moktar se révélait géniale! Dans le noir, les Américains firent à Bajou le signe du pouce levé. Il leur répondit avec un faible sourire. Il n'était pas sûr que son cœur tiendrait jusqu'à la fin de la nuit. Et ce fut presque avec un certain détachement qu'il vécut les événements suivants, un peu comme s'il n'était pas réellement concerné.

Car doués d'un rare sens de l'acharnement, au demeurant très germanique, les Allemands s'étaient mis en tête de faire fonctionner le four! La trappe s'ouvrit à nouveau, violemment. Plusieurs fagots de bois atterrirent aux pieds de Bajou, coincé contre le mur, coupé de tout recul. Ils furent suivis d'une torche enflammée... Instantanément, le bois se mit à crépiter et à brûler joyeusement, jetant des lueurs effrayantes dans le minuscule espace.

Trente secondes plus tard, toussant et crachant, le visage noirci par la fumée, Bajou et les deux Américains tombaient entre les mains des soldats hilares. Au passage, ils fêtèrent leur capture par quelques coups de pieds et de poings qui, pour certains d'entre eux, trouvèrent leur cible. Soûl de fatigue, Bajou avançait, indifférent. Il vit au passage l'expression désolée de Moktar qui avait fort à faire pour retenir ses larmes. Bajou arrêté chez lui! Le boulanger ne s'en remettrait jamais...

*
**

A l'extérieur, le souk offrait le visage de la confusion et du désordre. L'air blême du petit matin était empli d'une effervescence inhabituelle, une population bruyante et disparate avait envahi les rues et s'agitait en tout sens. Manifestement débordés, quelques hommes en uniforme de la Wehrmacht tentaient d'imposer un semblant d'organisation, mais sans beaucoup de résultats.

Du pas de sa boutique, Moktar vit avec amertume les trois prisonniers bloqués par les soldats devant les vitres sombres d'une traction réquisitionnée par l'armée. A l'intérieur, sur le siège passager, le profil d'un homme tuméfié capta le regard de Bajou. Il hochait la tête devant chaque prisonnier qui lui était présenté, confirmant aux Allemands la valeur de leur prise. Bajou sentit la haine monter en lui. Malgré les vitres teintées, il l'avait bien reconnu. De toute évidence les Boches n'avaient pas fouillé les souks par hasard, cette nuit-là, et chez Moktar en particulier. Sans doute le traître avait-il craqué suite à un interrogatoire musclé. Mais quand on joue au résistant – même de marché noir – on tient son rang, pensa Bajou en se jurant bien de se venger si Dieu lui prêtait vie. Puis ils furent entraînés sans ménagement, Bajou vers un camion de l'armée française, les Américains vers un transport allemand. L'un et l'autre, dans des directions différentes, démarrèrent sans tarder.

Bajou se trouva mélangé à une dizaine d'hommes hagards, arabes, juifs, français, chacun menotté. Parmi eux Bajou distingua Krief, le chef du réseau. Celui-ci fit mine de ne pas l'avoir reconnu. Ainsi, ils l'avaient également arrêté! Mais alors, Boccara, Marcel, et les autres?... Un cahot plus fort que les précédents avait fait hurler les amortisseurs du véhicule. Dieu sait vers quelle destination ils allaient, pensa-t-il en se redressant péniblement.

La bâche qui claquait au vent permettait de suivre la progression à travers la ville. Celle-ci connaissait une activité inhabituelle pour une heure aussi matinale... Partout on pouvait lire les signes d'une effervescence et d'une désorganisation grandissantes. Mais que se passait-il? se demanda Bajou. Il pensa à Oumi et Marie : que devenaient-elles? Pourvu que rue Saint-Jean, tout fût resté calme...

Au bout du chemin, il n'y avait à espérer que les poteaux du peloton d'exécution... Bajou frissonna : pour son malheur, il avait été capturé en compagnie de deux soldats américains! L'auréole de résistant qu'il s'était plu à s'inventer dans la chambre de Moktar, il la piétinait maintenant avec rage. Encore un peu et les Boches verraient en lui un important chef de réseau! Ce serait vraiment la meilleure de l'année : mourir dans la peau d'un héros, lui qui n'avait jamais touché un lance-pierres de sa vie... Qui sait, un jour il y aurait peut-être à Tunis une rue Bajou-Benkahen, « Grand résistant mort pour la France »... Il réalisa que Krief s'était glissé à ses côtés et lui soufflait quelques mots :

– Courage! C'est la débâcle des Allemands... Montgomery n'est plus qu'à quelques kilomètres... Si Dieu veut, ce soir il dort à Tunis, et nous aussi...

Bajou n'osa exprimer la pensée qui lui vint aussitôt : « Oui, mais dans quel état on sera? »

Soudain, la longue plainte des sirènes d'alarme retentit de nouveau sur la ville, prévenant de l'imminence d'un bombardement. Au loin, de longues colonnes de fumée noire montaient déjà vers le ciel.

Par-dessus le ronflement du moteur, Bajou perçut aussitôt le bourdonnement des bombardiers, une sensation qui prend aux tripes. Tout le long de leur progression, des explosions sourdes éclataient aux quatre coins de la ville. Comme s'il pressentait le danger, le conducteur du camion fonçait rageusement, prenant tous les risques, se faufilant entre les étals abandonnés et les gens paniqués. Plusieurs fois, il évita de justesse des ambulances hurlantes et des groupes de soldats allemands à la dérive.

Il aborda bientôt la périphérie industrielle de la ville. Des amas de ruines fumantes encombraient les trottoirs et d'épais nuages de cendres s'échappaient de certaines habitations. L'un des prisonniers, un homme grand et maigre aux yeux fiévreux, commenta d'un air laconique la direction prise :

– Ils nous emmènent à Bizerte... dans les camps!

– ... A Bizerte? cria aussitôt un autre, agité par la peur. Mais on n'y arrivera jamais! C'est la route des combats! De la chair à pâté, on va devenir, oui!

Comme si tous ces hommes comprenaient au même instant que leur vie s'envolait, ils se mirent à hurler de terreur et de révolte. Malgré la présence et la menace des deux gendarmes français qui les surveillaient, l'air gêné, ils unirent leurs voix dans la colère et la rage. Parce qu'ils ne voulaient pas mourir ils se levèrent, malgré les fusils hésitants de leurs gardes et la vitesse folle du camion sur la route défoncée. Et en cet instant, Bajou était des leurs le plus déterminé.

Un vacarme assourdissant submergea leurs cris. A très faible altitude, un avion américain venait de les prendre en chasse! Les puissantes mitrailleuses déchiraient tout sur leur passage. Les oliviers secoués comme par la grêle s'affaissaient brutalement au passage de l'appareil.

Paniqué, le chauffeur du camion se mit à zigzaguer au milieu de la route, tentant d'échapper aux rafales meurtrières. Le chasseur passa comme un aigle géant au-dessus du véhicule. Même pas deux secondes de répit, et déjà un second représentant de l'US Air Force se présentait à la verticale de la route, mais cette fois face au camion. Ses mitrailleuses ne crachèrent qu'une fois. Ce fut suffisant pour que le chauffeur, visage éclaté, s'affaisse sur le volant. Le camion alla finir sa course sur le flanc, dans un fossé.

La bonne fortune fit que les tonneaux du camion se révélèrent fatals aux gardes sur lesquels, dans une rage aveugle, certains prisonniers s'acharnaient sans même s'apercevoir qu'ils étaient morts.

Pour Bajou et ses autres compagnons, ce fut le signal d'une fuite éperdue. Certains croyaient trouver le salut à travers champs, d'autres, paniqués, se contentaient de courir devant eux : ce fut le cas de Bajou. Bénéficiant d'une invraisemblable baraka, il voyait autour de lui éclater les obus, tandis que les rafales de mitrailleuses continuaient de creuser leurs sillons terrifiants dans la chaussée.

Pas très loin, un duel d'artillerie opposait les Allemands

aux forces alliées qui ne lésinaient pas sur les projectiles... Bajou avait oublié depuis longtemps tous ses kilos en trop et avançait, des ailes aux pieds... Les oreilles pleines du bruit des détonations, il n'était plus qu'un animal aveugle essayant d'échapper à une mort presque certaine. Aussi, lorsqu'il fut projeté au fond d'un fossé par le souffle d'un obus, il crut d'abord sa fin venue. Des monceaux de terre s'abattaient sur lui. A tel point qu'il se retrouva très vite enterré, et heureux de l'être...

Lentement, le calme revint... Un calme total, majestueux, incroyable après le déchaînement des secondes passées. Petit à petit, Bajou émergea de la gangue de terre qui l'emprisonnait. Il apparut le visage barbouillé, incrédule d'être encore, apparemment, en état d'exister. Non, décidément, il avait beau se tâter avec précaution, il n'avait ni bras, ni jambes cassés. Rien! Il était intact! Non loin de lui, le paysage s'empourprait des reflets violents d'un gigantesque incendie. Que resterait-il de la pauvre ville après tout ça? Mais l'essentiel, c'était d'être vivant! Pour Tunis, on s'inquiéterait plus tard!

Bajou commença à marcher avec précaution sur la route défoncée. Il était libre! Libre et vivant! Tous ceux, restés à bord des véhicules en flammes qui jonchaient le chemin, ne pouvaient en dire autant. Mais Bajou ne pouvait penser qu'à sa joie insolente d'en avoir réchappé. Il souriait et même riait, oublieux de l'horreur si proche, lorsqu'une formidable explosion le fit sursauter et le sortit de son hébétude.

Un craquement sinistre et de hautes colonnes de fumée noire montaient en contrebas du trou où il s'était enterré. Mais d'abord, où se trouvait-il? Les événements lui avaient fait perdre toute conscience. Ce paysage bouleversé et ravagé par les bombes rappelait pourtant à Bajou un lieu bien connu. Si seulement il arrivait à remettre ses idées en place...

Lentement d'abord, très lentement, il commença à escalader la pente. « Non, pensait-il en avançant, ce n'est pas possible! Mon Dieu, Tu n'as pas fait ça! Tu n'as pas entendu mes prières! Qui je suis, moi, pour que Tu T'occupes de moi? Un rat, un ver de terre, un rien du tout? Tu as tellement d'autres choses à faire!... »

Pourtant Bajou savait... Avant même d'être arrivé au sommet de la butte, il savait exactement quel spectacle il allait découvrir à ses pieds... Oui, c'était écrit, c'était comme ça, et l'homme ne peut que baisser la tête devant la volonté divine. Nul ne saura jamais pourquoi les entrepôts de Carminati à El-Aouina avaient été rasés avec un tel acharnement par l'aviation américaine. Il n'en subsistait plus que quelques pans de murs noircis, qui s'effondraient à grand fracas les uns sur les autres.

– Mon Dieu, murmura Bajou, les yeux emplis de larmes, c'est trop, vraiment trop... Maintenant, Tu peux t'arrêter...

Le hurlement hystérique de plusieurs moteurs poussés à leur paroxysme le fit tressaillir. Du fond de l'horizon, les chasseurs revenaient droits sur lui, menaçants. Alors Bajou, noir de fumée, de la terre plein les cheveux, ses vêtements en lambeaux, fit une chose qu'il n'avouerait à personne jusqu'à la fin de ses jours. Dérisoire, pathétique, magnifique, il joignit ses mains vers le Ciel en un geste de prière, puis d'une voix douce et assurée, il lui demanda :

– Ça suffit... C'est bien comme ça... Merci... Je suis très content... Merci, merci... Arrête-toi, s'il te plaît.

20

Il aurait fallu, ce jour-là, beaucoup d'imagination pour envisager quelques mois plus tard, à la place de ces entrepôts en ruines, une minoterie flambant neuve, sur le point d'être inaugurée ! Il faut dire que Bajou n'avait lésiné sur rien, jetant dans l'entreprise ce qui restait de l'héritage d'Elie. Cela n'avait pas été suffisant et il avait fallu racler les fonds de tiroir, emprunter des sommes considérables et, pour finir, utiliser toute une série de moyens parfois situés à l'extrême frontière de la légalité.

Mais désormais, paré de drapeaux tricolores et américains, l'établissement se dressait dans la banlieue d'El-Aouina, prêt à moudre le grain que les fermiers lui apporteraient de toute la Tunisie. Les lourdes grilles de l'entrée étaient surmontées d'un arrogant et gigantesque panneau sur lequel, de tous les environs, on pouvait lire l'inscription « BENKAHEN ET BENKAHEN, MINOTIERS », comme Bajou l'avait promis à Marcel, un certain soir.

Il n'était pas peu fier, en contemplant son œuvre, réalisation inespérée de sa première ambition. Dorénavant, grâce à lui, les Benkahen allaient entrer dans le camp des possédants et des bourgeois. Et ils étaient loin d'en avoir honte!... Il n'y avait qu'à voir Marcel et Marie, ou encore Oumi, pour être certains qu'ils s'habitueraient très vite à leur nouvel état. Car devenir propriétaire d'une minoterie, c'était dans la Tunisie coloniale accomplir un pas de géant, prendre place à la table où festoyaient les puissants, prétendre pour soi et pour sa descendance à cette part de pouvoir que le destin vous avait refusée jusqu'alors.

Tout cela, il suffisait à Bajou de lever les yeux sur les murs solides pour le mesurer avec une intense fierté. Mais il savait aussi que ce n'était que le début, le tout début d'un très long chemin et que, sur sa route, les difficultés ne lui seraient pas épargnées...

Dans la cour, des buffets pléthoriques avaient été disposés et l'inauguration battait son plein dans une joyeuse anarchie. Une foule animée se pressait devant les bouteilles de champagne et les petits fours. Une semaine avant la cérémonie, Bajou avait été saisi par la crainte que personne ne vienne jusqu'à El-Aouina, aussi avait-il doublé le nombre des invitations. Tout le monde s'étant finalement présenté, on était peut-être un peu serré, mais il faisait beau, les gens étaient contents, alors pourquoi se faire du souci?

Il s'approcha de deux officiers américains en grande tenue, dont l'un avait encore le bras en écharpe, souvenir d'une blessure qu'il avait subie un certain soir de Pessah... Il s'agissait évidemment de Franck et Herbert, les deux éclaireurs que Bajou avait bien involontairement hébergés. Tombés aux mains des Allemands en même temps que lui, ils avaient été sauvés par l'avance rapide de leurs compagnons d'armes. Aujourd'hui remis de leurs blessures, ils étaient accourus à la fête donnée par leur ami tunisien qu'ils appelaient entre eux « Fatso » [1]. Bajou leur ouvrit les bras :

– Heureusement que vous étiez là, vous autres, autre-

1. Le Gros.

ment comment j'aurai eu ma minoterie, moi? Remarquez, si vous aviez pas bombardé le terrain, on n'aurait eu besoin de rien!

Les deux Américains se mirent à rire. Ils avaient décidé depuis longtemps que chaque fois que Bajou disait quelque chose, il fallait obligatoirement s'esclaffer...

Bajou, pourtant, disait vrai. Grâce à eux, il avait bénéficié d'une foule d'avantages interdits aux civils ordinaires. La puissante US Army avait mis ses moyens à sa disposition pour la construction de la minoterie à une époque où tout, du ciment jusqu'au bois de charpente, faisait défaut. Grâce à Franck et Herbert, chaque chose s'arrangeait comme par miracle. Bien vu des Américains, Bajou avait pu mettre les bouchées doubles. Quant aux machines destinées à broyer le grain, là encore les Yankees n'y étaient pas allés de main morte. Devenues aujourd'hui la propriété de Bajou, elles ne lui avaient pas toujours appartenu, loin de là...

Bref, grâce à la sympathie qu'il leur inspirait, grâce aussi aux bons offices de Marcel qui n'avait pas ménagé sa peine et surtout celle de ses petites amies pour satisfaire les désirs des soldats américains, il avait abondamment commercé avec Franck et Herbert, moyennant, pour ces derniers, une petite commission sur ce qu'ils obtenaient. Et même si le total versé aurait pu servir à nourrir toute la Tunisie, l'important pour Bajou avait été le but à atteindre : sa minoterie... L'appétit de ses « amis » américains lui permettait d'ailleurs de sauver la face. Quand on verse une commission il s'agit de commerce, pas de marché noir.

De loin, Oumi avait repéré son fils. Elle se dépêcha de le rejoindre, armée d'une assiette pleine de briks[1] chauds.

– Mangez, mes enfants, mangez! Il y en a pour tout le monde.

Franck fit un geste pour indiquer qu'il était rassasié.

1. Hors-d'œuvre tunisien.

Bajou, qui venait lui-même d'avaler trois beignets, prit sa mère par le coude :

– Oumi, ils sont grands. S'ils ont faim, ils mangent.

– Mais ils parlent pas français, les pauvres! Comment tu veux qu'ils demandent?

Et s'éloignant, déçue, elle ajouta :

– Les Américains, on m'avait dit qu'ils mangeaient beaucoup, mais ceux-là, ils ont pas d'appétit...

Plusieurs coups de klaxon retentirent à l'entrée de la minoterie. Le cœur de Bajou se mit à battre plus vite pendant qu'il avançait vers le portail.

Les premiers camions chargés de grains arrivaient enfin! Il pressa le pas derrière eux. Au passage il entraîna Hadjej, le banquier :

– Monsieur Hadjej. Ah! si vous n'aviez pas été là, jamais je n'aurais pu y arriver, vous savez!

Là encore, Bajou disait vrai. L'appui du banquier s'était révélé décisif pour l'octroi de certains prêts. Tandis que les camions se frayaient un chemin jusqu'aux silos, sous les acclamations, Hadjej répondit d'une voix onctueuse :

– A quoi sert un banquier, sinon? Et puis, entre nous, il faut bien qu'on s'aide un peu, non?

Bajou ne put s'empêcher de regarder le banquier en coin et tout en se disant : “ tu parles, comme si toi et moi on savait pas pourquoi tu m'as fait tous ces crédits... ”

– Votre respect à part, les intérêts, ils sont pas gratuits, hein?...

Voyant le banquier se rembrunir, il ajouta aussitôt :

– Je plaisante! Je vous taquine, vous me connaissez, non?

De l'un des camions descendait l'homme qui, le premier, avait permis la marche vers le miracle. Bajou l'étreignit avec affection :

– Monsieur Carminati, dans un camion, par cette chaleur! Mais il fallait pas...

Carminati se dégagea, un peu gêné :

– Quoi? J'aurais raté ce moment?

Il se tourna vers les bâtiments et les observa d'un œil intéressé :

– Alors c'est ça que tu as fait de mes entrepôts?

Il hocha la tête plusieurs fois avant de laisser tomber son jugement :

– C'est très bien.

Quelques hommes s'étaient approchés d'eux, des agriculteurs vêtus de manière modeste et qui, manifestement, sortaient rarement de leur campagne. Carminati les présenta successivement à Bajou :

– Mes amis... de Gabès et de Sfax... Ils sont venus voir la nouvelle minoterie...

Bajou leur serra la main, conscient de l'importance du moment. Grâce à Carminati, il mettait le pied dans le cercle très fermé des colons. S'il parvenait à se faire accepter, la partie était presque gagnée.

– Alors c'est vrai, ce que dit Carminati? demanda abruptement l'un des hommes.

– Bien sûr que c'est vrai! rétorqua Bajou, sûr de son fait. Le système est clair. Vous apportez votre blé et vous avez des actions de la minoterie... Vous êtes un peu comme des propriétaires. Si la minoterie marche bien, ça marche bien pour vous aussi. C'est simple, non?

Les colons se regardaient, pas très sûrs. Tout ça, pour eux, c'étaient des idées neuves, des manières de la ville. Ce Benkahen, Carminati leur en avait dit le plus grand bien. Il leur permettrait peut-être d'échapper à la dictature des Costa, Chatel et autres. Le seul problème, c'est que Benkahen était un « petit » juif. Dans le courtage des grains ou des huiles il y en avait quelques-uns mais dans la minoterie pas un seul. Et les grandes familles qui détenaient les négoces les plus prestigieux, de la finance aux tissus, ne devaient pas voir d'un bon œil l'irruption de ce parvenu dans leur cercle. Certes, le soutien de l'éminent banquier Hadjej, l'ancien responsable de la communauté, plaidait en sa faveur, même si beaucoup s'interrogeaient sur les raisons réelles de cette surprenante sollicitude : il est vrai que depuis le passage des Allemands, il se disait tant de choses à Tunis...

Bajou savait toutes ces réticences. Mais elles nourrissaient, aujourd'hui comme elles l'avaient fait hier, sa rage de vaincre et de réussir.

– Ecoutez, dit Carminati aux agriculteurs, essayez avec Benkahen, qu'est-ce que ça vous coûte? Et si vous n'êtes pas satisfaits, vous retournerez avec les autres!

Bajou sentait qu'il ne fallait pas précipiter les choses. Les gens de la campagne, il les connaissait bien pour avoir passé toute sa jeunesse chez eux : ils sont lents et n'aiment pas décider sous la pression.

– Rien ne presse, déclara-t-il. Allez au buffet, il y a de l'excellent champagne et beaucoup à manger! Après, je vous ferai visiter!

Il regarda le groupe s'éloigner, certain de son affaire. Carminati était là pour mettre les paysans en confiance. Après ce serait à lui, Bajou, de jouer. Il se connaissait assez pour ne pas trop se faire de soucis. D'homme à homme, il n'avait jamais craint personne...

La minoterie, il saurait la faire marcher à cent pour cent, et même à mille pour cent. Jamais elle n'arrêterait de tourner, comme l'usine d'électricité! Il voyait déjà l'argent glisser dans ses comptes en banque comme une rivière dorée et voluptueuse... Mis de fort bonne humeur par cette vision, il promena un regard satisfait sur la foule des invités. Ils étaient tous là : même le Résident Général et le secrétaire beylical. Sans parler des galonnés français, américains ou anglais. Bajou sourit en se souvenant de la période qui avait suivi la « libération » de Tunis : les Américains, tout auréolés de leur statut de libérateurs, et désireux de profiter de la mauvaise impression que le régime de Vichy avait laissée dans les communautés arabes et juives, s'étaient mis en quatre pour obtenir leurs faveurs. Tout comme les Français, pour effacer justement les mauvais souvenirs de la brève occupation.

Bref, en un mot comme en cent, les habitants de Tunis avaient été traités en héros, et chacun avait eu droit à au moins une médaille. Tout le monde aimait tout le monde, sauf la communauté italienne que les plus lâches – et ils étaient nombreux – se plaisaient à désigner comme les brebis galeuses.

Tiens, pensa Bajou d'un cœur léger, Carminati a certainement des origines italiennes. Et pour lui, il savait qu'il se ferait couper la main. Son regard se rembrunit subitement en apercevant Marcel entouré d'un essaim de jolies filles, toutes de la meilleure société juive de Tunis. Marcel n'avait pas son pareil pour aller les dénicher au cinéma, au café, au collège, s'enhardissant parfois jusqu'à les poursuivre chez elles. Ce succès constant avec les femmes étonnait au plus haut degré Bajou, qui admirait et enviait sur ce seul point son cousin.

Lui ne savait plus où il en était dans ses rapports avec le sexe faible. Aux exhortations d'Oumi qui le poussait à prendre femme, Bajou avait pris coutume de répondre : « Bientôt, Oumi, bientôt ».

Mais, de fait, il commençait à envisager tranquillement de finir sa vie en célibataire. Quand la nature se montrait exigeante, il savait y répondre par les moyens que l'image fantasmatique de Marie lui avait fait découvrir dans son adolescence.

Et si quelquefois ses excès d'émotion l'avaient conduit jusqu'aux portes de certaines maisons très fermées de Tunis, la vérité oblige à dire qu'il n'avait jamais eu le courage d'en franchir le seuil.

« Finalement, se consolait-il – ironique à son égard –, je me conserve aussi bien qu'une jeune fille! » Pour le reste, il s'absorbait dans un travail incessant. La minoterie lui servait d'épouse à temps plein.

Tout de même, un jour comme celui-là, Marcel pouvait bien cesser de s'afficher! s'énerva tout à coup Bajou. Mais lorsqu'il chercha à nouveau son cousin du regard, ce dernier avait disparu.

*
**

Quand Marcel avait aperçu Amina parmi les invités, il n'en avait pas cru ses yeux. Certes il avait déjà croisé Moktar, qui s'extasiait devant la réussite de son protégé, mais il ne se serait jamais douté qu'Amina accepterait de participer à cette inauguration.

Il la savait si farouchement opposée à toute idée de compromis, tellement incapable de la moindre hypocrisie, qu'il l'imaginait mal dans pareille mondanité où le dérisoire rivalisait avec le futile. Peut-être, après tout, avait-elle décidé de faire un esclandre à un moment donné? Il riait à l'idée de la voir se lancer dans un discours sur l'indépendance de la Tunisie devant tous les représentants de l'establishment colonialiste. Il s'imaginait déjà la tête que ferait Bajou en pareil cas.

Amina... Jamais Marcel ne l'avait oubliée. Il ne l'avait pas revue depuis plus d'un an, mais elle n'avait cessé d'occuper ses pensées. Aussi espérait-il ne pas lui être indifférent. Dès leur première rencontre, il l'avait voulue. Et puis il y avait entre eux le secret du couffin, les tracts incendiaires qu'elle transportait sous les apparences d'une jeune fille innocente. Ce jour-là il lui avait sauvé la mise, elle ne pouvait l'avoir oublié.

Il était sûr qu'elle se révélerait ainsi dans l'amour, secrète aux yeux extérieurs mais brûlante au contact de la main aimante qui se poserait sur elle... Il rêvait d'être celui-là, malgré le change qu'il donnait avec toutes les Josette, Monique et autres Odette qui rêvaient de se faire épouser par l'associé principal de Bajou Benkahen. Par-dessus la foule, leurs regards se croisèrent. Et il sut immédiatement qu'elle venait de lui lancer un appel. Avec d'extrêmes précautions, pour échapper au périscope de son cousin qu'il avait vu tourner quelques instants plus tôt dans sa direction, Marcel fila vers le bâtiment dans lequel il avait vu Amina disparaître.

*
**

Dans l'immense salle obscure, il lui fallut quelques secondes pour repérer la jeune femme qui déambulait, le voile baissé, entre les machines colossales et vétustes. A l'approche de Marcel, elle se tourna vers lui sans marquer la moindre surprise, et il eut alors la certitude qu'elle était là pour lui. D'un geste négligent, il désigna les machines :

– Buller, 1920... inusables! Elles peuvent traiter deux cents kilos de grains à l'heure!

– Elles sont très jolies, sourit Amina. Laquelle vas-tu épouser?

Ainsi, dans la cour, Amina avait suivi tout son manège avec les jeunes filles. Sous son apparente indifférence perçait une ironie jalouse qui enflamma Marcel.

– Les épouser? sourit-il à son tour. Qu'est-ce que tu crois? Ce sont mes cousines!

Amina fit un pas vers lui. Marcel tendit une main dans laquelle elle plaça la sienne. Tout leur désir semblait concentré dans leurs doigts qui se cherchaient puis se croisèrent. Encore lucide pour un bref instant, il s'assura d'un rapide coup d'œil que la salle était vide, et l'attira à lui. Leur étreinte fut d'autant plus passionnée qu'ils la savaient dangereuse. Ce baiser, ils l'attendaient depuis si longtemps. Pour s'imposer à eux il avait dû traverser l'espace et le temps, ignorer les interdits et les tabous qui lui barraient la route, oublier qu'elle était musulmane et lui juif. Marcel épousait les formes de la femme blottie dans ses bras. Plus rien d'autre ne comptait. Elle pressait contre lui son bassin, l'assurant d'un désir qu'il partageait presque douloureusement. Soudain, il la repoussa comme piqué par un scorpion. Des pas montaient d'une allée, derrière eux. Un couple en surgit.

Amina, déroutée par l'attitude de Marcel, remonta rapidement son voile et s'éloigna vers le fond de la salle. Marcel reconnut Choukroun, un commerçant en tapis, intarissable concierge, qui s'arrêta à sa hauteur, l'œil assassin.

– Tu as du feu, s'il te plaît?

Marcel sortit son briquet. Pendant que l'autre allumait sa cigarette, il fixait sur lui des yeux narquois, puis se redressa en lâchant un long filet de fumée :

– Tu courtises les musulmanes, maintenant, Benkahen?

Marcel haussa les épaules, mimant l'indignation. Mais ce fut d'une voix basse et gênée qu'il s'entendit répondre :

– Et puis quoi? D'où je la connais, moi?

Il comprit en même temps que, sous l'apparence de Choukroun, l'ordre ancestral le reprenait dans sa main de fer. Cette aventure avec Amina, il ne la vivrait jamais d'un cœur léger, car quel est l'homme qui peut aimer en reniant constamment cet amour?...

Choukroun s'éclipsa sur une moue dubitative, satisfait à la pensée de tenir un ragot qui lui ferait bien quelques jours. Alors, honteux, Marcel se précipita dans la direction d'Amina. Il fallait qu'il la rattrape pour lui parler. Mais au détour du long couloir qui débouchait sur la salle des broyeuses, encore déserte pour le moment, un bruit insolite attira son attention. Il ralentit le pas et se pencha pour essayer d'en distinguer l'origine. Etait-ce Amina, vexée, qui avait trouvé refuge derrière les machines?

– Je m'excuse, dit Marcel, en s'avançant, j'ai cru que c'était...

Il s'arrêta net en reconnaissant Costa et Chatel. Accroupis au pied de l'une des machines, les deux minotiers étaient occupés à en gratter le socle à l'aide d'une petite clé métallique.

– Vous avez perdu quelque chose, Messieurs, que vous êtes tout pliés en quatre?

Les deux hommes sursautèrent, l'air congestionné et furieux. Chatel pointa son doigt vers Marcel en le menaçant :

– Et comment! Ces machines, elles sont à nous! Les Américains les avaient réquisitionnées pour les fondre!

Soi-disant participation à l'effort de guerre! On les retrouve ici! C'est du vol!

Marcel se drapa dans toute sa dignité. Si Choukroun ou l'un de ses frères repassait par là, c'en serait fini de la réputation des Benkahen avant même qu'elle ait existé!

– Oh, Monsieur Chatel, vous êtes énervé, là! C'est grave, ce que vous dites! On les a récupérées à la casse, ces machines! D'ailleurs, c'est facile, si c'est vraiment les vôtres, on doit reconnaître le numéro!

– Tu nous prends pour des imbéciles? intervint Costa. Les numéros ont été limés, c'est évident!

Marcel ouvrit de grands yeux candides :

– Comment voulez-vous savoir d'où elles viennent, alors?

Costa se précipita sur lui, les poings fermés.

– Petit salaud, tu vas voir si...

– Monsieur Chatel! Monsieur Costa! Quel honneur vous nous faites, vraiment!

Ce fut avec un immense soulagement que Marcel entendit la voix de son cousin s'élever. Il faisait les honneurs de la minoterie à tous ses amis, Carminati en tête. D'un regard il tenta de le prévenir de la gravité de la situation, mais Bajou ne doutait pas de l'objet du conflit. Il savait bien qu'un jour il lui faudrait affronter Costa sur l'épineuse question des machines...

L'attitude « compréhensive » des deux hommes à l'égard des Allemands leur avait valu quelques petits problèmes. La saisie de leur matériel en faisait partie. Ils ignoraient les bonnes relations que Bajou entretenait avec les Américains présents en Tunisie, qui lui avaient permis de recevoir d'une main une partie de ce que les forces alliées avaient saisie de l'autre... Bajou pouvait comprendre la fureur des minotiers. Mais ils avaient délibérément choisi le futur mauvais camp, celui des pétainistes, pendant l'occupation. Alors ils payaient la facture. Un prix au demeurant fort raisonnable, regretta Bajou.

S'il ne les avait pas réclamées aux Américains, ces machines auraient été réquisitionnées pour être réellement fondues, tant l'acier est une denrée rare en temps de guerre. Plutôt que d'en faire des canons, autant qu'elles me profitent, s'était comme d'habitude absous Bajou, et qu'elles permettent à la minoterie de passer tranquillement le premier cap.

Il se tenait maintenant en face d'eux, l'air jovial, les bras ouverts, prêt à leur rappeler leur attitude collaborationniste devant tout le gratin tunisois qui le suivait s'ils s'entêtaient à parler des machines.

– Vous avez dû passer par-derrière, parce que je ne vous ai pas aperçus à l'entrée? Ça va bien, au moins? Ça fait longtemps qu'on vous a plus vus...

Son œil goguenard était suffisamment explicite pour que les deux minotiers se calment comme par enchantement. Costa considéra avec un mépris évident l'obèse enjoué qui lui tendait une main amicale. Ce Bajou, il aurait dû l'écraser comme une mouche dès le premier jour! Mais il avait eu pitié, et maintenant le petit Juif avait pris de l'audace.

Dans sa rage silencieuse, il en oubliait même les vraies raisons qui l'avaient poussé à faire de Bajou son comptable. Un sourire figé le défigura. Pour le moment, il lui fallait s'incliner. Il y avait trop de monde.

– Bravo, Bajou, tu as bien travaillé! Ta minoterie est magnifique!

Bajou agita ses mains potelées. Il exagérait son côté cauteleux.

– Oh, vous savez, moi, je n'ai pas fait grand-chose, je n'ai aucun mérite... vraiment. Tout ça, c'est plutôt une sorte de miracle! Dieu m'a aidé, qu'est-ce que je peux dire d'autre?

– Dieu et le reste... marmonna Chatel avec un regard significatif.

Bajou jugea que la question était réglée. On ne parlerait plus des machines. Il secoua Marcel, auquel tout cet échange de non-dits avait amplement échappé.

– Qu'est-ce que tu attends, toi? Va mettre en marche.

Puis, se tournant vers sa suite, il ajouta avec emphase :

– Venez tous, vous allez voir, c'est très intéressant!

Le groupe des invités s'éloigna docilement derrière Marcel qui, toujours aussi volubile, se lança dans de longues explications sur le fonctionnement des machines. Alors qu'il s'apprêtait à suivre le mouvement, Bajou sentit une main se poser doucement sur son épaule. Il se tourna et vit Costa penché sur lui, protecteur, presque paternel. Cela lui fit la même impression qu'au petit Chaperon Rouge quand le loup prend la douce apparence de sa grand-mère...

– Tu es trop modeste, Bajou! La minoterie est superbe, vraiment...

Bajou s'était immobilisé. Il connaissait trop bien son ancien patron pour croire à son discours sirupeux. A Sirupeux, sirupeux et demi, se dit-il.

– C'est encore petit, je sais... mais plus tard, si Dieu veut, on construira l'usine de pâtes à côté, minauda-t-il.

– Il veut les pâtes également, tiens tiens, grimaça Costa, appréciant le message... « Où ne m'arrêterai-je pas? »... Tu vois, je connais mes classiques...

Cet accès d'érudition latine passa inaperçu de Bajou qui surveillait son interlocuteur avec une attention aiguë. Où voulait-il en venir?

– Ecoute, se décida le minotier. Avec toi on a été maladroit, et même plus! Si, si! D'ailleurs, tu nous l'as bien rendu et tu as bien fait. Maintenant, on est quittes! Alors tournons la page... Il faut que notre pays redevienne le paradis qu'il était... Voilà, on veut te faire une proposition très intéressante. Associons-nous! On travaille ensemble, mais sans le crier sur les toits, si tu vois ce que je veux dire... On bloque le marché, et tu prends ton bénéfice à la même hauteur que nous. Tu es des nôtres, maintenant!

– Vraiment? s'émerveilla Bajou d'un air réellement surpris.

– Si tu le veux, bien sûr...

Difficile pour Bajou de ne pas prendre le petit plaisir de paraître réfléchir quelques secondes à la proposition, sous le regard glacial des deux compères. Puis il se décida à tomber le masque.

– Monsieur Costa, je vous reconnais bien là, dit-il finalement. Vous êtes toujours aussi bon... Mais si la Tunisie est un paradis, comme vous le dites, je pense moi que chacun a droit à son morceau à lui, rien qu'à lui.

La voix de Costa se durcit instantanément :

– Tu n'y arriveras jamais... Ta minoterie, tu crois qu'il suffit de la construire? L'argent pour la rembourser et pour la faire tourner, où tu vas le prendre?

– Avec l'aide de Dieu, Monsieur Costa, là où il est...

Bajou désignait le banquier Hadjej qui, comme tous les invités, se pressait maintenant autour de l'une des puissantes machines broyeuses. Marcel, qui se tenait le doigt prêt à appuyer sur le bouton de mise en marche, interrogea son cousin du regard, lequel lui répondit en levant le pouce, tel Néron. Dans l'instant Marcel lança son premier ordre, d'une intonation vibrante :

– Envoyez le blé!

Des manœuvres arabes précipitèrent le grain dans l'entonnoir des broyeuses. Alors seulement Marcel appuya sur le bouton. On entendit aussitôt le souple et cadencé feulement des transmissions qui enclenchèrent l'assourdissante danse des trieuses métalliques séparant le bon grain de l'ivraie, avant que ne l'aspirent les longs conduits qui le transporteraient aux broyeuses. Encore quelques secondes, et la première farine allait apparaître...

Costa perdit alors ce qui lui restait de sang-froid. Il haussa la voix pour dépasser le tumulte et jeta tout son fiel.

– Ecoute-moi bien, petit Juif de merde... les affaires n'ont pas de religion et ton brave banquier, un jour, te laissera choir dans le ruisseau... Depuis toujours, la minoterie, c'est chasse gardée! On te cassera les reins, Bajou, et c'est toi qui l'auras cherché! Fais le fier pendant que tu peux, parce que demain tu repartiras une main devant, une main derrière, dans le bled où tu es né. Je te jure que c'est ce qui va t'arriver!

– Ça, Monsieur Costa, si vous le dites, je vous crois, susurra Bajou. C'est vrai, tout ce que vous dites, vous l'avez toujours fait...

Une clameur s'éleva du côté des invités : la minoterie venait de produire sa toute première farine. Elle jaillissait des conduits de la broyeuse, au bout desquels, dans l'excitation générale, les ouvriers avaient omis de fixer les sacs. Franck et Herbert donnèrent alors le signal de la fête, bientôt imités par Marcel. Chacun y plongea les mains et en aspergea son voisin. Très vite, ils furent rejoints par toute l'assistance. Comme dans une bataille de boules de neige, on échangea des poignées de poudre blanche. Les femmes hurlaient au spectacle de leurs belles robes maculées. Les hommes éméchés, de la farine plein les cheveux, prirent vite l'aspect des juges britanniques perruqués. L'assaut faisait monter des nuages de poussière impalpable.

Fut-ce la faute de Bajou si deux ou trois grosses poignées de poudre vinrent malicieusement blanchir Costa et Chatel, au moment où ils se dirigeaient vers la sortie? Ils les avaient bien méritées. N'était-ce pas le travail de leurs machines qui motivait l'allégresse chavirante d'une inauguration décidément pas comme les autres?

21

Marie... Elle avait toujours été un problème et le resterait probablement jusqu'à la fin de ses jours. Certes elle personnifiait la joie de vivre, la beauté, la tentation. Une tentation à laquelle Bajou adolescent n'avait su résister un certain après-midi d'été dans la grange de Scali. Mais depuis, la petite cousine délurée avait grandi. Un enfant lui était venu et on l'avait précipitamment mariée avec Joseph.

Si cela convenait pour l'état civil, il n'y avait en revanche pas de quoi satisfaire les besoins d'un tempérament sans cesse en éveil... Pour la plus grande honte de la famille, et en particulier d'Oumi, Marie courait donc les hommes avec une totale impudeur et continuait à s'offrir sans retenue à qui la voulait. Avec la guerre, les candidats en uniforme étaient nombreux.

Faisant fi des commentaires scandalisés de la communauté, elle passait de l'un à l'autre, souvent sans même connaître leur nom. Qu'ils s'appellent Bill, Jimmy, Henry, pour elle peu importait. Avec une certaine avance sur son époque, elle se considérait comme une femme libre de son corps et accordait ses faveurs à qui lui plaisait... Bajou avait appris à supporter avec philosophie les excès de sa cousine. Après tout, même si elle se conduisait comme une karba[1], il n'était pas son mari!

Aussi, le soir de l'inauguration, quand Oumi vint le réveiller, il comprit très vite ce qui se passait... Les derniers invités avaient quitté la minoterie vers les trois heures du matin, remerciant d'une voix pâteuse et mal assurée les cousins Benkahen de leur accueil. C'est en zigzaguant et en se soutenant mutuellement que les deux associés avaient regagné l'appartement de la rue Saint-Jean. Après avoir bataillé un bon quart d'heure avec la serrure, Marcel avait finalement réalisé qu'il n'utilisait pas la bonne clé. Ils avaient ri un long moment de leur méprise, appuyés contre le mur du couloir. Enfin, ils s'étaient effondrés de concert, tout habillés, sur le canapé du salon, et leurs ronflements n'avaient pas tardé à se faire entendre...

Bajou eut l'impression de n'avoir dormi que quelques secondes lorsqu'il découvrit le visage émacié et sévère d'Oumi penché sur lui :

– Réveille-toi, mon fils, réveille-toi!

– Qu'est-ce qu'il y a, Oumi?

– Marie, elle est pas rentrée. J'ai peur qu'il lui soit arrivé malheur...

Les paupières de Marcel commencèrent à se soulever et sa bouche se tordit dans une amère grimace.

– Et alors? marmonna Bajou. Elle doit s'amuser au Cercle... avec les Américains...

– A cette heure? s'exclama Oumi. C'est péché de laisser une femme mariée comme ça! Le pauvre Joseph, s'il savait... la honte!

– Joseph? releva Marcel tout à fait réveillé. Il est à Nabeul, et il s'en fout de ce que peut faire sa femme!

– En tout cas, rétorqua Oumi, Marie, c'est aussi ta sœur.

– Ma sœur? Je l'approche et elle me mord!

1. Karba : putain.

– Vous ne pouvez pas la laisser là-bas! Il faut aller la chercher!

Oumi exigeait rarement quelque chose, aussi était-il impensable de lui résister. Bajou se redressa à contrecœur et enfila machinalement sa veste d'un geste las et pesant, imité par Marcel. Il fit un signe rassurant à sa mère et ajouta :

– Bon, va dormir, on la ramène...

– Dormir? s'indigna-t-elle. Comment je peux dormir? Tant qu'elle est pas ici, dans cette maison, mes yeux ils resteront ouverts!

Dehors, il faisait encore nuit. Bajou scruta le ciel et ses milliers de petites lueurs scintillantes. Il respira goulûment l'air frais et vibrant du chœur crissant des insectes.

– Cette Marie, fit Marcel, c'est un abcès! Si seulement elle restait à Nabeul!

– Autant l'enterrer vivante.

– Mais pourquoi elle a le feu aux fesses comme ça?

– Les femmes, Marcel, qui peut les comprendre, hein?...

Ils marchèrent ensuite en silence, tels des automates, vers la bibliothèque municipale.

Depuis leur arrivée, les alliés l'avaient transformée en cercle militaire. Soldats américains et britanniques venaient s'y « recharger » en attendant le moment, imminent désormais, de repartir vers d'autres fronts. L'alcool coulait à flots. Les Lucky Strike distribuées par poignées, les produits nouveaux et attirants venus tout droit des mythiques Etats-Unis, disques, briquets Zippo, bas nylon, chewing-gum, exerçaient un attrait puissant sur la jeunesse de Tunis.

Au son d'un *big band* qui semblait ne jamais connaître de répit, les plus jolis minois de Tunis, auxquels se mêlaient quelques jeunes filles issues des meilleures familles et venues s'encanailler au désespoir de leurs parents, s'en donnaient à cœur joie. Les géants blonds et les colosses noirs se pressaient autour d'elles, qui ne résistaient pas longtemps à leurs charmes exotiques. C'était le moment ou jamais d'engranger des souvenirs qui les feraient rosir de plaisir quand elles se retrouveraient, le corps déformé par une nuée de mioches, en face d'un mari bedonnant.

Bousculés par l'incessant va-et-vient, les deux cousins se tordaient le cou dans la pénombre ambiante pour essayer de repérer Marie. Bajou fut choqué de constater le nombre de jeunes gens qui s'embrassaient dans les coins, sans la moindre retenue, sous les lumières tamisées à souhait.

Des couples étaient lancés dans un be-bop endiablé que l'orchestre – aligné sur une estrade de fortune et composé de militaires – martelait avec une vigueur toute guerrière. Les soldats américains s'entendaient à merveille pour entraîner leur partenaire dans un tourbillon de figures qui relevaient leur jupe jusqu'à la taille, révélant parfois des dessous quelque peu coquins... Pour certains, la guerre avait du bon!

Marcel déplia soudain son bras comme un ressort, désignant un point au centre de la piste.

– Elle est là-bas!

Bajou repéra Marie qui s'abandonnait sans la moindre pudeur à l'excitation de la danse, guidée par un GI aussi déchaîné qu'éméché. Il dut reconnaître que sa cousine était bien gracieuse et qu'elle levait la jambe plus haut que toutes les autres danseuses.

Mais Marcel était hors de lui.

– Regarde-la, non mais regarde-là!... Tu peux croire que c'est ma sœur, ça? La honte qu'elle me fait, je meurs!

Une dernière mesure et la musique s'arrêta. Soulevée comme une brindille par les bras puissants du GI, Marie se laissa entraîner jusqu'aux tables en bord de piste. L'Américain, impatient de plaisir, l'assit sur ses genoux et se lança dans un flirt sauvage que la jeune femme semblait accepter avec amusement.

Bajou poussa Marcel du coude.

– Va la chercher maintenant, sinon tu la retrouves enceinte!

– Ben, vas-y toi, c'est mieux, non?

– C'est pas ma sœur! trancha Bajou.

En fait, les deux cousins s'inquiétaient de la carrure du GI. Hélas pour eux, Marie en avait choisi un qui devait être, à n'en pas douter, le cousin germain de Superman.

A contrecœur, Marcel se fraya un chemin jusqu'à sa sœur. L'Américain l'embrassait maintenant à pleine bouche.

Les musiciens avaient repris leurs instruments. Quelques notes s'élevèrent qui ne ressemblaient en rien à un rythme américain. Mais, des quatre coins de la salle, les jeunes gens affluèrent dans un mouvement rapide autour de l'orchestre, comme si ces mesures contenaient le signal d'un rite.

C'est bien de cela qu'il s'agissait. Curieusement lancé par le chanteur, un Noir à la voix sourde, tous reprirent en chœur le refrain d'*Ava Naguila*, une chanson que chaque Tunisien connaissait. C'était ainsi que chaque nuit, le jazz-band annonçait la fin prochaine de sa prestation, un clin d'œil à la communauté juive pour en remercier les jeunes filles qui leur ouvraient si obligeamment les bras.

– Ils respectent vraiment rien, ces Américains. Non seulement ils prennent nos femmes, transforment la bibliothèque en tripot, mais en plus ils défigurent *Ava Naguila*, maugréa Bajou.

Il est vrai que l'orchestre avait tendance à jazzifier la mélodie, ce qui lui donnait une couleur assez inattendue. Cependant, cette version semblait du goût de la salle où tout le monde, main dans la main, reprenait les paroles avec ferveur, dans une grande farandole qui se déployait comme un joyeux serpentin.

C'est alors qu'il la vit.

***

Elle avait un corps superbe sous une robe légère, un sourire à peine sorti de l'adolescence et un regard noir, spontané, brillant comme un diamant sauvage, pétillant d'espoir et de plaisir. Déjà Bajou Benkahen n'avait plus d'yeux que pour cette jeune fille incroyablement belle, qui éclaboussait tout un chacun de sa jeunesse et de sa joie de vivre. Il la regardait avec une certitude tranquille. Peu lui importait que Marcel, un peu plus loin, soit en difficulté avec le GI et que Marie se mette à hurler des insultes. Ce qui comptait, c'était cette fille et elle seule. Qui était-elle? D'où sortait-elle? Quelque chose résonnait en lui d'une manière insistante, comme un ami qui vous tire par la manche...

Le rythme de la chanson allait crescendo et, dans une dernière envolée, s'arrêta, salué par un concert de sifflets et d'applaudissements. Les jeunes gens essoufflés tombaient dans les bras les uns des autres, enthousiastes.

Marcel revint, tirant derrière lui sa sœur furieuse :

– Et voilà le travail, on rentre à la maison!

– Je suis assez grande pour rentrer seule! cria Marie, s'arrachant d'un geste violent à l'étreinte de son frère avant de disparaître comme une biche effarouchée dans la foule.

Marcel se tourna vers Bajou :

– Je vais la tuer, je te jure, je vais la tuer!...

Il regarda son cousin, surpris. Ce dernier n'avait même pas tenté un geste pour l'aider. Il ne bougeait pas et regardait simplement droit devant lui, comme si le monde n'existait plus.

Bajou *la* suivait toujours des yeux. Elle n'était dans les bras d'aucun homme. Son visage aux traits fins rayonnait dans un magnifique sourire d'innocence. Elle reprenait son souffle, appuyée à l'une des colonnes de marbre qui encadraient la salle. Elle chassa d'un geste discret une fine buée de sueur qui perlait sur ses joues. A ses côtés, une femme excitée par la prestation de l'orchestre lui adressa la parole. Elles devaient vaguement se connaître et commencèrent à discuter.

La main de Marcel secoua Bajou par l'épaule.

– Bajou, qu'est-ce que tu as?

Il sursauta comme s'il revenait d'un long rêve, regarda

son cousin, hésita, puis lui demanda d'une voix basse, presque honteuse :

– La fille, là-bas... tu la connais?

Marcel sourit, ravi :

– Tu t'intéresses aux filles, maintenant?... Laquelle? Montre, montre!

Bajou la lui désigna discrètement. A cet instant, *juste à cet instant*, la femme qui discutait avec elle, une grande brune décolorée au henné, aussi athlétlique que la jeune fille était fine, fit un écran devant elle dans un mouvement de son corps. Le regard de Marcel vacilla et s'arrêta un peu surpris sur le profil pour le moins chevalin de la grande femme.

– Elle! Mais tout Tunis la connaît! C'est Huguette Haddad!... Une affaire, une vraie, si tu vois ce que je veux dire! Tu veux que je te la présente? Tu es sûr? Bon, je vais la chercher. Tu vas voir comment ton cousin parle aux femmes, tu vas voir!... Je te mâche le travail, et toi tu avales!

Marcel avait filé comme une flèche. Pour une fois qu'il pouvait en remontrer à Bajou, il voulait frapper un grand coup. Même si les goûts manifestés par son cousin, en matière d'attirance féminine, l'avaient quelque peu ébahi. Peut-être que, sous ses airs de père la pudeur, Bajou avait des tendances un peu compliquées... Après tout, pensa Marcel, c'était son problème. A chacun ses histoires. L'essentiel, c'était qu'on finisse un jour par le marier. Et il était vrai que les candidates ne se bousculaient pas au portillon.

Bajou ne réalisa le malentendu que lorsqu'il vit Marcel s'approcher de la grande femme aux cheveux colorés. Une fille sympathique, peut-être, mais dont l'aspect physique le terrifiait.

Comment Marcel avait-il pu s'imaginer qu'il lui avait désigné une horreur pareille? Décomposé, il le maudit entre ses dents. Evidemment, il n'aurait jamais pu venir à l'esprit de ce dandy à quatre sous que Bajou puisse jeter son dévolu sur une belle femme. Il en était d'autant plus ulcéré qu'il avait perdu de vue celle qui, depuis son apparition, lui avait fait battre le cœur à un rythme inconnu.

Il se figea dans une grimace de terreur. Marcel revenait en compagnie du monstre, tout sourire dehors, bras dessus dessous, accompagnant leur progression d'un discours prolixe et assuré, couvrant d'éloges son cousin dont il faisait l'homme le plus riche, le plus courtisé et le plus sexy de Tunis. De toute évidence, il mâchait menu le travail de Bajou.

Mais en arrivant à l'endroit où il avait laissé ce dernier, Marcel ne put que constater sa disparition. Il avait beau se tourner dans tous les sens, perplexe, Bajou s'était dissous dans la nature. Encore un miracle. Gentille et patiente, Huguette lui caressait la nuque :

– Alors il est où, ton fameux cousin?

– Il était là... il y est plus! Ecoute... ce sera pour une autre fois, d'accord?

– D'accord, mon Marcel... sans problème.

Bajou attendit patiemment que la très compréhensive Huguette se soit éloignée de quelques mètres pour surgir du recoin dans l'ombre duquel il s'était tapi, profitant par ailleurs de la protection involontaire d'un groupe de GI.

– Marcel, mais tu es un vrai bim, sur ma vie! Tu as vu le monstre que tu m'as amené? C'était pas elle! C'est... c'est...

Son regard fouillait la salle. En vain, comme si tous s'étaient donné le mot pour se liguer contre lui et kidnapper « son » apparition. Mon Dieu... Et si elle n'avait été que cela : une apparition, un mirage?

– Là-bas, là-bas, c'est elle!

Bajou avait bondi sur Marcel, le doigt pointé en avant, sans retenue. Oui, c'était bien elle qui surgissait derrière le pilier, la même, rêveuse, pensive, se faufilant d'un groupe à l'autre. Seule, étrangement seule, ne recherchant aucun contact, insouciante du regard que la plupart des hommes posaient sur elle dans la quête vaine du sien.

Les cousins la suivaient eux aussi des yeux, épaule contre épaule, comme si leurs deux corps allaient se fondre en un seul sous la chaleur de leur fascination. Marcel ouvrait maintenant des yeux ronds comme des soucoupes, impressionné.

– Elle...! Elle est belle comme un cœur... Tu as du goût, vraiment! Mais c'est presque une enfant...

– Tu la connais ou non? coupa Bajou, impatient.

– Non! Elle, non... Et si je la connaissais, franchement je la garderais pour moi.

Marcel posa la main sur le bras de son cousin. Il l'aimait et ne voulait pas le voir malheureux. Il se rendait compte aussi à quel point sa méprise avait été ridicule et blessante pour lui.

– Bajou, écoute-moi... Cette fille, oublie tout de suite, n'y pense plus. Avec tous les hommes qui lui tournent autour, on n'a aucune chance... même moi, j'y arriverais pas...

Bajou voulut protester mais les mots se figèrent dans sa gorge. Le regard de la belle venait de croiser le sien et s'y était arrêté! Le hasard ou la chance avaient fait se poser ses yeux magnifiques sur lui! Il se passa furtivement la main sur le visage pour mieux se convaincre de la réalité des secondes qui étaient en train de s'écouler. Quand il souleva à nouveau les paupières, la jeune fille tendait son cou de manière enfantine pour mieux le distinguer. Il se retourna, croyant découvrir derrière lui l'objet de son attention, mais non, il n'y avait personne. C'était bien lui, et lui seul, qu'elle regardait maintenant avec un léger sourire. La panique le gagna quand il réalisa qu'elle s'approchait de lui. Marcel, qui ne doutait jamais de rien, trouva immédiatement la clef de l'énigme.

– Je m'excuse, Bajou, mais je crois que j'ai le ticket... marmonna-t-il, sûr de lui.

Bajou ne l'entendait même pas. Gêné, il affecta de regarder ailleurs tout en arrangeant inconsciemment sa tenue.

Il aurait aimé se trouver à des années-lumière de là. A Takrouna, dans les flots impétueux, ou dans les bras d'Oumi, peu lui importait. Ailleurs. Il avait le sentiment, à chaque pas qui rapprochait la jeune fille, qu'un gouffre sans fin se creusait sous ses propres pieds. Il y était aspiré et ballotté sur une interminable pente savonneuse. Est-ce cela que l'on appelle l'ivresse, se demanda-t-il? Sinon, comment expliquer qu'en cet instant tout lui parût naturel et hors du temps à la fois?

– Putain, Bajou... quel coup, sur ma vie... quel coup!

A nouveau, Marcel avait murmuré sa certitude. La jeune fille était maintenant tout près d'eux. Si proche qu'en tendant le bras, Bajou aurait pu la toucher. Mais ses bras étaient dans son dos, les mains collées l'une à l'autre dans un énervement effréné. Bajou ferma les yeux. La fatigue de la journée lui avait fait perdre la tête. Marcel avait raison. Cette femme ne pouvait pas être pour lui. Comment avait-il pu être assez bête pour...

– Bajou?

Elle avait une voix calme et claire qui faisait dans l'air comme un souffle tiède.

Marcel en perdit le sourire et Bajou la fixa, incrédule. Il en était sûr, maintenant. Il vivait un rêve et allait bientôt se réveiller. Mais la voix douce et chaude reprit presque en chantant :

– Bajou Benkahen...?

– Oui, oui, c'est moi... balbutia enfin ce dernier, rouge comme un novice découvrant la chair d'une femme.

– Et moi je suis Marcel, son cousin...

– Bonjour...

Elle lui avait répondu gentiment, mais sans lui accorder le moindre intérêt. Puis elle éclata de rire, devant la mine médusée de Bajou.

– Mais, tu ne me reconnais pas? J'ai tellement changé?

– Non, là... je crois que vous... vous trompez... Si je vous connaissais, je...

Bajou confus et stupéfait en perdait ses mots.

– Habiba! Habiba Scali... Tu ne te souviens pas de moi?

Il fallut au moins cinq secondes à Bajou pour saisir le

sens de la phrase. Et pendant tout ce temps, la bouche ouverte sur le vide, dépassé par ce qu'il vivait, les images dans sa tête se bousculaient. Habiba... Habiba qu'il avait pratiquement vue naître... Qu'il avait tenue, bébé, dans ses bras... Qui aimait se coller à lui lorsqu'il faisait les comptes de son père... Sa petite complice qui lui avait témoigné tant de fois une affection spontanée... Habiba...

Il plongeait en apnée dans son passé. Quand il remonta et creva la surface de l'eau, à la recherche de son souffle, les poumons en feu, ce fut comme une éruption sur ses lèvres d'où jaillissait un liquide brûlant, incontrôlable, inextinguible.

– Habiba, mon Dieu, mon Dieu! Que tu es devenue belle...! C'est toi, oui, c'est toi bien sûr... Marcel, tu te souviens? La petite Habiba! Mais comment veux-tu que je te reconnaisse? Tu as tellement changé!

– Moi je t'ai bien reconnu!

– Oui, mais moi c'est facile, je n'ai pas changé... Tu te souviens, tu m'appelais Bazou, Bazou! Tu zozotes plus, maintenant! Comment voulais-tu que je te reconnaisse?

Marcel lança à son cousin un regard navré devant l'infantilisme de son argumentation. Mais Bajou était sur une autre planète.

Habiba lui ouvrit les bras.

– Tu ne m'embrasses pas?

Pleine de candeur, elle agrippa les énormes épaules de Bajou et l'embrassa avec fougue. Il crut que son cœur allait éclater. C'était plus qu'il ne pouvait en supporter. Habiba Scali... Il avait fallu qu'il ait le coup de foudre pour une petite fille qui voyait en lui une sorte de grand frère. Il sentit son corps aux formes hardies contre le sien, la douceur de ses lèvres sur sa joue et le parfum léger que ses mouvements soulevaient. Il n'eut même pas la présence d'esprit de lui rendre son baiser, plus pataud que jamais. Elle se décolla de lui aussi vivement qu'elle l'avait étreint. Et il ne trouvait rien à dire, sinon à battre l'air avec son chapeau tenu à deux mains. Il lui fallait vite reprendre contenance. Dire n'importe quoi. Il s'exécuta à merveille.

– Et... et toi, alors? Qu'est-ce que tu fais ici, la nuit?

Habiba manqua s'étouffer de rire devant ce ton presque paternel :

– Oh, Bajou! Tu vas pas me faire la morale, non? Mais puisque tu veux savoir, alors voilà : je travaille à la bibliothèque dans la journée, et ce soir les Américains nous ont invités pour fêter leur départ, c'est tout!... Mais toi? Tout Tunis parle de ta minoterie, tu sais?

Puis, lui tendant la main :

– Oh, viens avec moi, on va tout se raconter, tu veux?

***

Pas moyen de se dérober à la main offerte : elle lui avait saisi la sienne pour l'entraîner en courant et en riant derrière elle – au milieu des petits groupes qui se faisaient et se défaisaient au gré des caprices de chacun – jusqu'à la première table libre. Bajou suivait comme il pouvait, sautant d'un pied sur l'autre, avec la grâce d'un éléphant.

C'est bien à cet animal que Marcel le compara lorsqu'il les vit s'éloigner de lui sans plus se soucier de sa personne. Il ne s'était jamais senti à ce point transparent en face d'une femme. Transparent, sûr que Bajou il peut pas l'être, se consola-t-il médiocrement. Mais il n'était pas jaloux de son cousin. Vu de loin, tout cela le faisait plutôt rire. Que pouvait espérer Bajou avec cette enfant? Evoquer les souvenirs du temps jadis jusqu'à l'aube et revenir à la réalité avec le jour? Marcel jugea qu'il était grand temps de regagner son lit. Lui, au moins, demain il serait frais.

***

Depuis un quart d'heure, conscient d'être en compagnie de la plus jolie femme de la soirée, Bajou sirotait un Coca-Cola en écoutant l'intarissable jeune fille. Il était malgré tout gêné que Habiba, un peu éméchée par les verres de bourbon qu'elle avalait comme de l'orgeat, ait pris ses genoux pour siège. Certes, les regards envieux des hommes alentour l'honoraient, même s'il devinait une certaine dose d'ironie derrière la jalousie.

Habiba, ne s'apercevant de rien, se balançait sans retenue sur les genoux de Bajou, le bras passé autour de son épaule.

– Oh, j'ai bu! J'ai pas l'habitude, tu sais!... Tu te souviens, quand tu me faisais sauter sur tes genoux?

– Tu avais cinq ans... Maintenant, tu es une femme...

Il se tenait raide comme un piquet, se refusant fermement à ressentir la pression des cuisses rondes et chaudes sur ses jambes.

– Ah non, « Bazou », minauda-t-elle... pour toi, je serai toujours une petite fille...

Il réalisa avec un certain désespoir qu'avec lui, elle gommait inconsciemment tous ses attraits féminins. Les mouvements qu'elle imprimait à sa croupe ferme étaient toujours à ses yeux d'une parfaite innocence.

– Et ton père, comment il va?

Elle haussa les épaules, boudeuse :

– Il a vieilli. Il ne sort plus jamais de son café.

– Ça marche, au moins?

– Pas très bien, non... Il a beaucoup de soucis... A chaque fois, ça nous retombe dessus.

– Quand même, comment ça se fait qu'il te laisse sortir toute seule, le soir? Et tes frères? Ils s'occupent pas de toi?

Un sourire pétillant anima le visage de Habiba. Elle se pencha à l'oreille de Bajou comme pour lui confier un secret malicieux.

– Je lui ai menti... Il croit que je suis chez une cousine! Et mes frères ils se sont tous engagés, sauf les deux plus jeunes...

Puis elle ajouta, irrésistible :

– Mais eux, j'en fais ce que je veux!

Elle rit en avalant une nouvelle gorgée d'alcool.

– Max aussi, il s'est engagé? s'exclama Bajou.

– Oui! Tu es content?

Leur complicité passée reprenait le dessus. Bajou affecta quand même une petite moue : il ne voulait pas montrer trop clairement le peu de cas qu'il faisait des dangers encourus par Max.

– Ah, Bajou, si tu savais... je n'ai qu'un rêve : m'en aller.

Une soudaine mélancolie s'était glissée dans ses paroles. Certainement, la vie d'une jeune fille aussi belle que Habiba ne devait pas être simple tous les jours dans une famille déchue comme l'était la sienne.

Elle enroula un bras doux et parfumé autour du cou de Bajou :

– Je voudrais devenir danseuse! Voyager, connaître le monde entier!

– Et des enfants? Tu n'en veux pas? risqua Bajou.

Elle faillit s'étouffer de rire. Bajou la distrayait vraiment beaucoup.

– Des enfants? Dieu me préserve, je suis trop jeune! J'ai le temps! Je veux d'abord m'amuser, m'amuser, m'amuser!

Elle se leva soudain, les yeux joyeux, tourna autour de la table et se laissa tomber sur une chaise, face à lui.

– J'aime quand tu ris... sourit-il.

– Bajou, je t'adore! Tu aimes quand je ris, quand je danse, quand je chante! Tu aimes tout ce que je fais, alors?

Il baissa les yeux, hésitant avant de répondre. A quoi bon attendre, pensait-il. Depuis le début de leur discussion, il brûlait de lui faire un aveu, de lui raconter simplement l'émotion qu'il avait ressentie en la voyant. Peu de mots lui suffiraient pour cela. Bajou n'était pas un orateur et encore moins un galant. Et finalement, ce qu'il avait à lui dire tenait en un seul mot, le plus doux et le plus terrible : je t'aime. Mais il n'eut pas le temps de le prononcer qu'une main masculine venait de se poser sur l'épaule de Habiba, dans un geste totalement possessif. Le regard de Bajou remonta jusqu'au visage de l'homme qui portait un uniforme de l'armée française... Il devait avoir dans les vingt-cinq ans, et il était dans toute la force et la beauté de cet âge. Habiba à son tour leva la tête vers le nouveau venu, et sur ses traits Bajou vit une immense onde d'amour balayer tout le reste. Elle l'aimait, qui pouvait en douter une seconde? D'un bond, elle fut dans ses bras :

– Edmond... enfin!

Elle était collée à lui, l'embrassant tendrement, si heureuse que Bajou lui-même ne put s'empêcher, un court moment, d'être content pour elle... Ainsi donc, pensa-t-il aussitôt, voilà la vraie raison pour laquelle elle était en ces lieux, voilà ce qui expliquait son mensonge à son père et la solitude qu'elle avait entretenue toute la soirée... Elle attendait cet homme. Edmond finit par se dégager gentiment de son étreinte passionnée :

– Bien ma veine d'avoir été de garde ce soir! s'excusa-t-il gentiment. Tu me présentes?

Bajou se leva pour lui faire face. Il se sentait plus gros et plus flasque que jamais. Le garçon était grand et le dépassait d'au moins une tête. Habiba se pencha vers Bajou dans un geste de pure affection

– Mais oui, c'est Bajou! Bajou Benkahen... Le minotier... Tu te souviens, je t'ai parlé de lui...

– Alors, c'est vous! Enchanté de vous connaître, vraiment! C'est vrai, Habiba m'a beaucoup parlé de vous.

Edmond avait beau avoir l'assurance de sa jeunesse et de sa beauté, il ressentait un réel respect pour Bajou : le respect instinctif de celui qui n'a encore rien pour celui qui a réussi. Bajou serra la main tendue, sans rien marquer, et fière comme une amoureuse peut l'être Habiba désigna Edmond à Bajou.

– Bajou, je te présente Edmond, mon fiancé, enfin presque...

Elle avait chuchoté ces derniers mots comme un nouveau secret dont elle gratifiait Bajou.

– ... Dès qu'il sera démobilisé, il demandera ma main et on partira faire le tour du monde!

Le jeune militaire l'attira contre son épaule. Sur un ton qu'il essayait de rendre léger, il la rappela à la réalité :

– On gagnera plus facilement la guerre que ta famille... Vous les connaissez? demanda-t-il à Bajou. « Dis-moi combien tu gagnes, je te dirai si je t'aime! »

– Tu es méchant! sourit Habiba, mon père dira oui! Il ne pourra rien contre nous, hein, Bajou?

– Bien sûr, bien sûr, balbutia-t-il, contraint de sortir d'un mutisme qui l'arrangeait fort en l'occasion.

En cet instant, une vaste tempête s'était déclenchée sous son crâne. Passé le premier moment de surprise, où il s'était même laissé aller à un sourire sincère, son obsession reprenait le dessus. Une nouvelle fois, un obstacle imprévu entravait ses desseins. Son instinct de survie lui dictait une attitude froide. Ne rien laisser paraître, comme d'habitude. Même si, pour la première fois de sa vie, l'obstacle en question avait les traits d'un homme qui ne lui avait rien fait. C'est bien ce qui le déstabilisait. Comment, et pourquoi haïr cet homme? Ce qui sauva Bajou fut son sens de la démesure. Tout lui avait réussi. Il avait obtenu, jusqu'à présent, tout ce qu'il souhaitait. Comment un simple jeune homme de vingt-cinq ans, aussi beau qu'il fût, pouvait-il se poser en rival? Alors Bajou le détesta simplement parce qu'il était là, et que sa présence était une entrave à ses desseins. Impatient, Edmond mordit l'oreille d'Habiba.

– Je te raccompagne?

C'était formulé comme une question, mais sous les mots perçaient la promesse du plaisir amoureux qui brillait dans son regard. Habiba l'entendit avec autant de joie. Tout à coup, elle s'agita, profondément excitée à l'idée des instants qui les attendaient.

– Oui... je vais chercher mes affaires... J'en ai pour dix secondes...!

Elle fila, rouge du bonheur à venir, en direction du vestiaire. Un court silence s'installa entre les deux hommes, leur regard fixé sur les évolutions de Habiba. Il fut rompu le premier par Edmond.

– C'est vrai... Souvent elle m'a parlé de vous... Elle vous adore...

– Moi aussi, je l'adore, dit Bajou, sincère. Alors, comme

ça, vous allez à la guerre? ajouta-t-il apparemment détaché.

Le visage d'Edmond se rembrunit :

– Eh oui, bientôt... Mon unité part dans dix jours...

– Et vous n'avez pas peur... de la laisser toute seule...?

Bajou s'exprimait sur le ton d'une grande compréhension. Edmond le regarda avec confiance et fit une légère grimace : il y avait pensé des centaines de fois.

– De toute façon, aujourd'hui son père ne voudra pas de moi! Mais après la guerre, les choses changeront...

Il jeta un regard ardent vers Bajou et reprit :

– Je m'installerai à Paris et je ferai fortune, j'en suis sûr!

Bajou sourit, faussement épaté, définitivement sympathique.

– Tu es beau, tu es jeune, tu vas être un héros et tu veux être riche en plus, ça fait beaucoup, non?...

Derrière eux, la grande salle commençait à se vider en raison de l'heure avancée. Dehors, le ciel se colorait d'un rose léger.

– Monsieur Benkahen... Pendant que je ne serai pas là, vous voulez bien vous occuper de Habiba? Vous êtes son ami et ça me rassurerait de vous savoir auprès d'elle... Vous pourriez la sortir, l'emmener au cinéma. Elle s'ennuie tellement dans sa famille.

Bajou était presque déçu. Il avait trop vite gagné la confiance d'Edmond. Il en fut dépité et vexé. L'autre ne se comportait pas avec lui comme avec un rival parce qu'il ne pouvait le voir ainsi. Il sentit la colère l'envahir. Comme à son habitude, elle irriguait tout son être, sans troubler sa surface lisse. L'assurance confiante d'Edmond, son aveuglement même était le meilleur ferment à la haine que le minotier se devait d'éprouver. Pour qui le prenait-il, celui-là? Pour un curé?

Mais il sourit simplement et répondit à la supplique d'Edmond d'un ton léger :

– Eh! Qui te dit que moi aussi, je profiterai pas de ton absence pour courtiser Habiba, hein?

Sans s'en rendre compte, il était passé au tutoiement. Au moins, il l'aurait prévenu et jamais Edmond ne pourrait lui faire le moindre reproche. Et tant pis pour ce jeune inconscient si, dans ses mots, Bajou avait mis tout le miel possible. Il faut toujours aller voir en dessous. La leçon lui servirait pour le reste de sa vie. Il lut tant de gaieté dans le regard d'Edmond qu'il ajouta aussitôt, en ouvrant les mains de manière comique :

– Il n'y a pas de cause désespérée, tu sais!

Ils rirent tous les deux de cette dernière saillie comme les meilleurs amis du monde. A n'en pas douter, pensa Edmond, Bajou serait pour Habiba le compagnon le plus distrayant de Tunis.

*
**

En les regardant s'éloigner devant le cercle militaire, collés l'un à l'autre, et en devinant le corps de la jeune femme onduler sous la robe, Bajou ressentit pour la première fois le pincement de la jalousie. Les deux amants allaient faire l'amour dans les prochaines minutes, il en était sûr. Ils étaient jeunes, beaux, et tellement certains que le monde leur appartenait... Comment auraient-ils pu se douter des sentiments qui agitaient Bajou?

Un long frisson le parcourut, et il sut qu'il venait de prendre sa décision. Une décision grave qui l'emplissait d'une tranquille certitude, celle qui s'était imposée à lui dès sa première vision de Habiba : cette femme serait la sienne à jamais, quels que soient les obstacles qu'il lui faudrait surmonter.

Il n'était pas préoccupé par Edmond. En remontant d'un pas mesuré la rue pavée encombrée de fiacres et de voitures militaires, de jeunes gens alanguis et de mendiants hagards, les mains derrière le dos, le chapeau sur la tête et le corps penché en avant, Bajou pensait rêveusement à un certain Monsieur Scali.

*
**

Lorsqu'il franchit la porte de l'appartement, le rose léger de l'aube diffusait sa pâle lumière. Il marchait sur la pointe des pieds en passant devant la chambre d'Oumi quand il l'aperçut, les yeux grands ouverts, assise sur son vieux fauteuil d'osier. Bajou soupira. La vieille femme n'avait pas dû bouger de là depuis son départ. Il s'approcha d'elle.

– Oumi... mais pourquoi tu n'es pas dans ton lit?

– Comment je peux dormir, dis-moi? Où tu étais, jusqu'à maintenant? Tu veux que je devienne folle d'inquiétude?

Sa voix vibrait de reproche contenu. Bajou sourit, se pencha vers elle et lui prit la main.

– Oumi... cette nuit, j'ai trouvé ma femme, dit-il gravement.

Oumi sursauta et retira sa main brutalement.

– C'est pas la nuit qu'on trouve sa femme... ou alors, c'est une moins que rien! Tu veux me faire mourir de chagrin, aussi!

Bajou sourit d'aise. La réaction d'Oumi n'était évidemment pas pour le surprendre.

– Oumi, tu l'aimeras comme je l'aime parce que c'est un ange... et elle te donnera les plus beaux petits-enfants du monde... beaucoup, beaucoup, beaucoup!

Oumi restait boudeuse. Bajou savait bien qu'elle lui en voulait de ne pas l'avoir d'abord consultée, dans les règles. Mais comment aurait-il pu faire autrement? Et puis il l'avait suffisamment répété sur tous les tons : sa femme, c'était son affaire à lui.

Elle dut deviner ses pensées et sa détermination. L'essentiel était de sauver la face.

– Elle est juive, au moins? questionna-t-elle, le regard suppliant.

Bajou rit de bon cœur. Il força Oumi à s'étendre sous les draps. Lorsqu'elle fut allongée, il l'embrassa tendrement et lui murmura à l'oreille les mots qui berceraient son sommeil :

– Elle est juive, elle est belle et tu l'aimeras.

***

Dans le salon, Marcel dormait à poings fermés. Un léger sifflement s'exhalait de sa bouche ouverte. Bajou avait aperçu dans l'entrée les affaires de Marie. Tout le monde était donc rentré au bercail. Avec de grandes précautions, afin de ne pas réveiller son cousin, Bajou ouvrit le petit secrétaire près de la fenêtre. Il en sortit un épais dossier de carton usé, dans lequel un amoncellement de documents s'entassait, maintenus par une ficelle.

Lentement, Bajou les feuilleta... Il y avait là aussi bien son certificat d'études que les actes notariés de la minoterie. Il trouva finalement ce qu'il cherchait, enfoui presque au fond du dossier : une page jaunie, lézardée par le temps, qui représentait un dessin d'enfant. Celui-là même que Habiba lui avait remis quand elle avait neuf ans, le jour de son départ de la ferme Scali. Comment, songea Bajou, le représenterait-elle aujourd'hui?

22

Il était à peine dix heures du matin quand Marcel arrêta sa traction au bord du trottoir. Déjà, le soleil écrasait toutes les ombres de sa masse pesante. Une rude journée d'été se préparait.

Pendant tout le trajet depuis Tunis, il n'avait cessé de vitupérer contre le monde entier et en particulier contre son cousin. La peste soit du gros! Dès qu'il y avait une corvée à faire, elle était pour le petit cousin. Et Marcel, comme un bourricot, acceptait toujours d'y aller!...

Cette idée d'acheter un café à La Goulette! Le pauvre Scali réduit à servir les autres, quelle déchéance... La Goulette, c'était loin d'être La Marsa. La bonne bourgeoisie de Tunis évitait ce secteur un peu trop populaire à ses yeux.

Marcel regarda l'établissement. Le bistrot à la façade lépreuse avait grand besoin d'être repeint. Bien que la terrasse, tournée vers la mer, ne manquât pas de charme, l'endroit donnait une impression de négligence qui confinait à l'abandon. Les clients ne devaient pas être très nombreux à en franchir le seuil. Surtout, il était situé presque en dehors de la petite bourgade, pratiquement à l'écart de toute habitation et sans accès direct à la plage. Avec cette acquisition, Scali avait fait une nouvelle fois la preuve qu'il était un bien piètre homme d'affaires.

Marcel s'était garé à quelque distance du café, préférant reconnaître les lieux sans risquer de se faire repérer. Il marqua soudain un temps d'arrêt en voyant Habiba sortir de l'établissement. Ses cheveux flottaient au vent et elle portait une robe légère qui découvrait largement ses jambes galbées. A l'abri dans sa voiture, Marcel détailla en connaisseur ce corps épanoui et ferme. Comment Bajou pouvait-il espérer la faire sienne? Que Dieu la protège, la pauvre petite. Elle ignorait encore ce qui la menaçait.

Après s'être dirigée tout droit vers l'arrêt du trolley situé à quelque distance du café, Habiba opéra un demi-tour résolu. Passant à un mètre à peine de Marcel qui se recroquevilla précipitamment sur son siège, le chapeau sur le visage, elle gagna d'un pas rapide le coin de la première rue. Là, elle s'arrêta, tournant la tête en tout sens. Son attente fut très courte, quelques secondes à peine : presque aussitôt le moteur pétaradant d'une puissante moto se fit entendre et l'engin apparut au carrefour. Marcel se pencha sur son volant. La moto militaire était conduite par un jeune homme qu'il ne connaissait pas, sans doute cet Edmond dont Bajou lui avait parlé. Un rapide baiser entre les deux amoureux, et Habiba s'installa sur le siège arrière. Elle se colla au conducteur, frottant la joue contre son blouson de cuir dans un mouvement de pur plaisir physique. Edmond donna un rapide coup d'accélérateur et la moto s'élança le long du front de mer, le vent de la course relevant la robe de Habiba à mi-cuisses. En deux secondes, ils avaient disparu au loin... Marcel descendit alors de sa voiture.

– Eh ben, il est pas encore à la synagogue, le Bajou! Enfin...

Il soupira à l'idée de l'épreuve qui l'attendait, saisit son chapeau sur le siège puis, d'un pas lent et résigné, se dirigea vers le café.

*
**

– Bajou? Bajou Benkahen? Si je me souviens... murmura Scali. Quand je l'ai connu, il devait avoir dans les douze-treize ans, pas plus. Et toi, tu étais encore plus petit. Tu pleurais tout le temps. Eh oui, ça fait si longtemps... C'était une autre époque, y'a Rabbi...

Scali poussa un long soupir qui semblait contenir toute la nostalgie et la tristesse du monde. Puis il se mit machinalement à ranger son comptoir. Dès son entrée dans le bistrot, Marcel avait été frappé par l'aspect du cafetier. La stature puissante de l'homme de la terre semblait déplacée dans cet univers où les travaux les plus rudes se résumaient à l'éternelle manipulation de verres et de bouteilles. Il avait beaucoup vieilli, Monsieur Scali... beaucoup plus que le temps passé ne le justifiait. Ses cheveux étaient tout gris et ses épaules, autrefois si droites, se voûtaient comme sous le poids d'une charge insupportable. Dans la salle déserte, les volets encore à demi baissés luttaient contre l'éblouissante lumière extérieure.

Dans cette pénombre légèrement dorée, Scali s'activait mollement à des besognes pour lesquelles on lui devinait un secret mépris. Il portait dans le regard une amertume constante contre les injustices de la vie. En fait, sans trop savoir pourquoi, Marcel l'avait redouté dès la première seconde...

Scali s'essuya longuement les mains à un torchon avant de fixer de nouveau Marcel, assis face à lui, de l'autre côté du bar.

– Alors, comment il va, Bajou? Il est toujours aussi...?

De ses deux mains, il avait dessiné un ventre de femme enceinte, et Marcel abonda dans son sens, histoire de mettre Scali de bonne humeur :

– Oui... ça, il l'est... encore plus...!

– Je vois, dit Scali, sarcastique. De toute manière, avec sa minoterie, comment tu veux qu'il gonfle pas? Maintenant, il est comme les autres vautours... pareil! Au lieu de

Costa et Chatel, on a Benkahen et Benkahen. Quelle différence?

Une telle aigreur était perceptible dans le son de sa voix que Marcel se redressa alarmé : il ne pouvait pas laisser dire ça. Pas avec ce qui devait suivre.

– Non, Monsieur Scali, Bajou n'est pas comme les autre! Si vous le connaissiez...

– Je le connais, coupa Scali, tu permets? Je sais de quoi je parle, je l'ai élevé comme un fils!

Une lueur soupçonneuse s'alluma dans les yeux du cafetier :

– Et puis d'abord, qu'est-ce que tu viens faire ici à me parler de Bajou? J'ai pas que ça à faire, j'ai des clients!

La salle encore absolument déserte rendait ce propos rien moins qu'optimiste. Voyant le doute s'inscrire sur le visage de Marcel, Scali rectifia :

– J'attends mes habitués. Ils ne vont pas tarder.

Puis il regarda de nouveau Marcel, l'air interrogateur. Le cousin de Bajou sentit son cœur battre à se rompre : jamais, jamais il n'aurait dû accepter cette démarche! Il était trop gentil! « C'est un honneur que cette mission, lui avait dit Bajou. Une mission généralement dévolue au père. » Tu parles, regrettait maintenant Marcel, à chacun son rôle! « Je suis que son cousin, après tout. » Plus les minutes passaient, plus il était persuadé qu'une fois sa proposition faite, Scali serait parfaitement capable de l'étrangler de ses propres mains. Avec la tête de brute qu'il avait, celui-là, il ressemblait au boucher de La Goulette...

Mais en même temps, cette démarche amusait bien Marcel. D'abord parce que, malgré le danger, ça ne lui déplaisait pas que Bajou ait besoin de lui, et puis aussi parce qu'il s'entraînait à un nouveau mode de négociation, fondé sur une fausse improvisation. Il avait même répété certains arguments avec Bajou. Et si le passage de la théorie à la pratique s'avérait délicat, la curiosité de Marcel était tout aiguisée.

Scali pianotait des doigts sur le comptoir :

– Je te préviens, y'a ouled... Si tu as quelque chose à me vendre, j'ai tout ce qu'il me faut!

– Ah non, non! s'exclama Marcel. Moi j'ai rien à vendre! Rien du tout!

Puis il ajouta à voix basse :

– Enfin, si on veut...

Il décida soudain de se jeter à l'eau. C'est comme quand on apprend à plonger : à un moment, on se penche tellement qu'on finit par tomber...

– Alors voilà, Monsieur Scali, Bajou m'envoie comme ça pour vous parler au sujet de Habiba...

– Habiba? Habiba qui? dit Scali, surpris.

– Habiba, votre fille. Habiba Scali, bégaya Marcel dérouté.

Scali appuya ses deux poings serrés sur le comptoir :

– Ma fille? Et qu'est-ce qu'il lui veut à ma fille?

Marcel sentit qu'il commençait à barboter dans une eau de plus en plus agitée et de plus en plus froide; mais il se souvenait des recommandations : rester serein quoi qu'il arrive.

– Rien! Absolument rien! Ils se sont revus à la bibliothèque... Dix ans qu'ils s'étaient pas vus... depuis la ferme, vous vous rappelez?

Les prunelles de Scali n'étaient plus que deux fentes étroites desquelles semblaient s'échapper des rayons de la mort braqués sur Marcel.

– Et alors, il s'est passé quelque chose...?

Les paumes de Marcel étaient devenues humides. Il les essuya frénétiquement sur son pantalon :

– Mais non, il s'est rien passé, rien du tout! Bonjour-bonjour, bonsoir-bonsoir, c'est tout!

– Alors pourquoi tu es venu me voir chez moi, dans mon café? insista Scali, implacable.

– Ben, bredouilla Marcel, Bajou m'a dit : « Marcel, va voir Monsieur Scali et... et... et demande-lui si je peux... si je peux... fréquenter sa fille! » Voilà, c'est ce qu'il m'a dit!

Il regarda autour de lui, cherchant un verre d'eau, mais

Scali ne lui avait rien servi et n'était pas près de le faire... Sous le choc, le cafetier recula d'un pas, venant heurter les bouteilles derrière lui. Il cligna plusieurs fois des yeux, incrédule, comme s'il cherchait à faire disparaître une vision de cauchemar.

– Fréquenter? Bajou veut fréquenter ma fille, lui? Ce nabot, ce nain, ce Quasimodo?

Marcel sourit. La première phase se déroulait comme prévu. Il lui fallait tenir. C'est alors qu'il se sentit happé par la large main de Scali. Le cafetier lui parlait maintenant à dix centimètres du visage. Hypnotisé, Marcel l'écoutait avec un sourire de plus en plus niais.

– Dis-lui, à ton Bajou, que s'il s'approche même seulement avec les yeux ma petite fille, je le prends lui et tous ses kilos, je le mets avec son chapeau dans la broyeuse de sa minoterie, et j'en fais de la farine que même les rats ils voudront pas! Tu as compris?

Du revers de la main, Scali s'essuya la joue, en murmurant, accablé :

– Fréquenter ma fille... pfut!

Heureux d'échapper à cette main qui lui pesait, Marcel se tapa soudain sur le front : il n'avait pas délivré le bon message!

La deuxième phase commençait. Certainement pas la plus facile.

– Monsieur Scali, je me suis trompé! Bajou n'a pas dit « fréquenter »! Ecoutez-moi bien! Je m'en rappelle maintenant! Il m'a dit : « Va voir Monsieur Scali et demande-lui... la main de sa fille! » Il m'a pas dit « fréquenter »!

– La main de ma fille? répéta Scali très calme, trop calme.

– C'est ça... la main, répéta Marcel avec le plus grand naturel.

L'idée d'agir ainsi, par petites touches déstabilisantes, était de Bajou. « Evidemment, une idée aussi tordue, ça ne peut venir que de lui », maugréa Marcel. Et lorsqu'il vit pour la première fois de leur discussion le cafetier s'ébranler d'un pas lourd, le visage fermé, dans sa direction, il se rendit compte que le plus déstabilisé des deux n'était pas celui qu'ils avaient espéré.

Marcel dégringola de son haut tabouret alors que Scali se tenait devant lui, si proche qu'il le touchait du ventre. Il réalisa que le cafetier faisait au moins une bonne tête de plus que lui.

– Bajou Benkahen veut épouser ma fille? prononça Scali, penché sur Marcel, les yeux plongés dans les siens.

– Oui, dit Marcel, d'une voix étranglée.

– Mais pour qui il se prend, celui-là? hurla-t-il au visage de Marcel avec une telle violence que celui-ci considéra qu'il était temps d'évacuer le navire.

Peu lui importait le plan établi. Seule sa vie comptait face aux rugissements pachydermiques de Scali. Bajou réglerait ses affaires tout seul. Après tout « sa » demande en mariage, il pouvait aussi bien la faire lui-même!

– C'est un fou, Monsieur Scali, c'est un fou, je vous jure! Il m'a obligé à venir vous voir! Moi, je voulais pas. Mais lui, il m'a dit : « Va le voir et dis-lui que je lui donnerai de l'argent, beaucoup d'argent! »

Un hurlement rauque s'échappa des poumons de Scali :

– Parce qu'en plus, il croit qu'il peut m'acheter, cet avorton?

Marcel entama une retraite aussi digne que possible, mais une retraite tout de même, d'autant que Scali se montrait de plus en plus menaçant :

– C'est exactement ce que je lui ai dit! Qu'est-ce qu'il en a à faire, de ton argent, Monsieur Scali?

L'air mauvais, le cafetier continuait d'avancer sur Marcel qui reculait en proportion égale :

– Non mais tu le vois, ce gros parvenu, avec mon trésor? C'est un prince, qu'elle mérite!

– Evidemment! Dans un beau mariage, chacun doit apporter autant que l'autre... Ça aussi je le lui ai dit, je vous assure!

Il se cogna soudain à un obstacle qui se révéla être le mur. La porte était encore à cinq mètres : pas moyen d'échapper à Scali. Marcel, paniqué, se redressa de toute sa taille, sur la pointe des pieds. Il s'attendait à être désagrégé. Mais Scali le regardait, étonné :

– Comment il a pu croire que j'allais lui donner ma fille? A lui! Pourquoi tu lui as rien dit?

Marcel faillit suffoquer. Il trouva un ton de grande indignation pour répondre :

– Mais j' vous l' répète, j' lui ai tout dit, Monsieur Scali. Seulement quand les gens ils veulent pas entendre, pire qu'ils sont sourds!

Il tenta une sortie sur la gauche, mais la main de Scali s'abattit sur le mur, juste devant son visage. Toute retraite lui était coupée.

Scali, plus calme, promenait un regard pensif sur son établissement :

– Il croit que je suis ruiné, peut-être? C'est vrai que c'est difficile, mais on a tout ce qu'il faut, ici! Et même plus! On vit bien.

Marcel sentit le moment propice pour s'éclipser. C'était la dernière ruse répétée, mais il ne croyait plus guère à son succès. Il tendit la main à Scali :

– Bien sûr, Monsieur Scali... évidemment je lui dirai tout ça, promis... Et puis ne m'en veuillez pas, hein...

Ignorant la main tendue, Scali revenait vers son comptoir. Là Marcel le vit verser de l'apéritif dans deux verres et en glisser un dans sa direction. L'entretien n'était pas fini... Marcel comprit que la dernière phase commençait. Les deux hommes trinquèrent en silence. Scali fit un petit claquement de langue et reposa doucement son verre :

– Alors comme ça, il a beaucoup d'argent, le Bajou?

– De l'argent? dit Marcel, feignant de ne pas comprendre. Oui, il en a pas mal, il commence... Enfin, il faut d'abord rembourser les emprunts. Mais d'ici quelque temps, il sera riche, très riche... oui, oui...

Scali émit d'une voix placide :

– Eh bien, c'est très simple, dis-lui que son argent, je n'en ai pas besoin!

Le vieux Scali avait décidément le cuir solide. Marcel

s'attendait à autre chose. Autant ne pas insister, pensa-t-il alors.

– D'accord, Monsieur Scali, je vais lui dire tout ça exactement, mot pour mot. Mais moi je vous ai posé la question par curiosité, comme si je connaissais pas déjà la réponse!

– Tu comprends, dit Scali qui avait à nouveau saisi son torchon, ma fille elle n'est pas à vendre. Il faut la conquérir aussi...

– Comme toutes les femmes, sourit Marcel, servile.

– Tu lui diras ça aussi, à Bajou. Dis-lui que ce n'est pas de la mauvaise volonté de ma part. Il y réfléchit de son côté. On n'en parle à personne, et après, s'il veut...

Scali laissa passer une seconde pour porter l'estocade :

– Et après, si Dieu veut, on discute...

*
**

Bajou savoura longtemps, très longtemps cette dernière petite phrase. « Si Dieu veut, on discute... » Cela signifiait clairement que Scali ne refermait pas la porte; qu'il pouvait envisager de donner sa fille chérie au minotier; qu'il était prêt à se laisser acheter. Pendant des heures, Marcel dut subir les questions incessantes de son cousin, qui lui fit répéter la conversation dans ses plus infimes détails. Comme un film que l'on passe et que l'on se repasse, Bajou voulait tout savoir afin d'ajuster sa stratégie de la manière la plus fine.

– Et ensuite, qu'a-t-il dit?

– Ensuite, soupirait Marcel, il a fait le tour du bar, et il est venu vers moi... Mais écoute, j'en ai marre, ça fait dix fois que je te raconte! Tout ça, tu le sais par cœur!

– Et alors, vingt fois tu me le raconteras! C'est mon bonheur qui est en jeu! Tu veux me faire rater ce mariage? Tu veux vraiment avoir ça sur la conscience?

En soupirant, Marcel reprenait son récit, pendant que Bajou s'épongeait le cou avec son mouchoir : il faisait si chaud dans la minoterie, avec ces énormes machines qui tournaient en permanence à quelques mètres...

Il était temps de faire entrer Oumi dans la danse. Comme dans un ballet bien réglé, un mariage à la tunisienne devait respecter plusieurs règles de base. Après que le soupirant eut fait connaître ses désirs à la famille, la mère était chargée de jeter le premier pont en direction de la future mariée en prenant contact avec ses parents. Enfin, le terrain dûment aplani, le prétendant pouvait apparaître, sans redouter de subir l'humiliation d'une réponse négative.

C'était la coutume depuis des générations. Et il ne serait pas venu une seconde à l'esprit de Bajou d'agir autrement. Il s'en entretint un après-midi avec sa mère et la chargea d'acheter le cadeau le plus somptueux qui soit pour sa future fiancée. Ce ne pouvait être encore quelque chose de trop personnel tel qu'un bijou ou une pièce d'habillement. On n'en était qu'au tout premier stade de la négociation. Il s'agissait uniquement d'impressionner la famille en faisant comprendre que le prétendant avait du bien. Si les contacts étaient rompus, ce cadeau serait perdu, c'était la part du risque. Mais par sa qualité il devait créer une véritable dynamique dans le camp opposé, en indiquant que le prétendant était prêt à tous les sacrifices pour obtenir la main désirée. Oumi se rendit dans le centre de Tunis, sous les arcades de l'avenue de France, là où s'alignaient les magasins les plus luxueux. Elle choisit un magnifique service en cristal de Baccarat. Rendez-vous fut pris ensuite avec la famille Scali.

Oumi était agitée de sentiments contradictoires concernant l'union projetée. Si elle se félicitait de voir enfin Bajou se préparer à fonder le foyer qu'elle avait depuis si longtemps appelé de ses vœux, elle regrettait néanmoins de le voir choisir la fille de l'ancien fermier. Elle n'aimait pas Scali et ses manières de rustre. Elle l'avait vu trop souvent humilier son beau-frère, le pauvre Elie. Et même avec elle,

Scali ne s'était jamais privé de se comporter avec la dernière grossièreté.

Lorsque Oumi était arrivée avec son enfant, recueillie par Elie, elle avait dû affronter les regards et les réflexions équivoques du colon : une veuve sans défense, établie chez son métayer, il avait vu là une proie facile. Il avait fallu à la jeune femme beaucoup de dignité pour ignorer et parfois même repousser ses avances à peine déguisées. Elle se rendit donc à La Goulette avec un certain malaise...

Marcel et Marie lui avaient tracé un portrait agréable de Habiba, dont la réputation de grande beauté avait fait le tour de la communauté. Elle avait espéré apercevoir la jeune fille à la synagogue, mais c'était un lieu qu'elle fréquentait apparemment assez peu, ce qui aux yeux d'Oumi constituait un point très négatif.

Bajou aurait donc, si tout allait bien, une jeune et jolie femme. Mais dans son cœur de mère, Oumi savait qu'il s'apprêtait à commettre une terrible erreur. Son garçon, elle le voyait aussi avec les yeux d'une femme. Elle savait que son physique ne l'avantageait pas. D'elle, il avait reçu en héritage de magnifiques yeux noirs, mais perdus dans son visage bouffi, qui pouvait encore les distinguer?

Elle avait voulu ignorer les sarcasmes des autres, leurs gloussements et leurs ricanements. Mais en vérité, quelle femme pourrait supporter de voir s'allonger sur elle ce corps lourd et blanchâtre? Quelle femme pourrait prendre le moindre plaisir à le caresser, lui dont le ventre – même allongé – saillait comme celui d'une mère enceinte? En vérité, pensait Oumi, il faudrait bien du courage à cette petite...

Dès le premier regard posé sur Habiba, elle sut qu'elle rendrait son fils malheureux. Bajou, il lui fallait une gentille fille, élevée dans la religion, qui respecterait son mari et porterait sans murmurer les enfants qu'il lui ferait. Il lui fallait en quelque sorte une autre Oumi, capable de tout supporter, pour au bout du compte lui donner l'amour qu'il réclamait. Cette petite Habiba, aussi ravissante qu'elle soit, Oumi sentait qu'elle réclamerait haut et fort sa part de destin. Sa beauté pouvait exiger des autres les sacrifices les plus grands. Comment pourrait-elle elle-même se sacrifier?...

Habiba était entrée, haletante d'avoir couru, dans le salon des Scali où l'attendaient ses parents, ainsi qu'Oumi et naturellement Marcel. Sur une table basse, le service en baccarat était disposé. Habiba avait le visage rouge et les yeux gonflés, et Oumi pensa qu'elle venait de pleurer. Son regard sévère examinait la fille en détail : grande, excellentes proportions, jolies jambes, les seins bien gonflés, des hanches assez larges, de bon augure pour porter les enfants : Bajou n'avait pas fait un mauvais choix. Elle avait effectivement de quoi faire tourner bien des têtes.

Habiba, qui n'avait été prévenue de rien, observait les nouveaux venus avec intérêt. Ses parents avaient-ils l'intention de les inviter à dîner? Et ce service lourd et prétentieux qui trônait sur le comptoir, que pouvait-il bien signifier? Elle avait encore dans les yeux la vision du gros bateau militaire qui sortait du port dans un hurlement de sirène. Elle venait d'accompagner Edmond en partance pour la guerre. Pendant de longues minutes, les deux amants s'étaient étreints au pied de la passerelle pendant que s'embarquaient derrière eux des centaines de jeunes gens.

Voir Edmond partir vers une destinée incertaine constituait pour Habiba le pire des déchirements. Lorsqu'il s'était arraché à elle pour bondir à son tour sur la passerelle, elle avait senti son cœur se briser dans sa poitrine. Jamais encore elle n'avait éprouvé un tel chagrin. Elle aurait voulu qu'il l'emporte toute repliée dans son paquetage... Mais le bateau s'était lentement, inexorablement éloigné du quai. Longtemps, très longtemps, Edmond et Habiba s'étaient douloureusement fixés, ne parvenant pas à décrocher leurs regards, se disant mille choses avec une force terrible. Et même après que le bâtiment avait pivoté pour pointer sa proue vers le large, Habiba était restée immobile, comme si sa rigidité préservait le dernier lien avec l'homme qu'elle aimait.

– Habiba, ma fille, où étais-tu passée? s'exclama Scali en venant l'embrasser et lui caresser les cheveux.

Puis, prenant tout le monde à témoin :

– Ça, c'est ma fille, ma vie et mon orgueil... La seule que j'ai eue, sinon que des garçons! Sa mère ne voulait me faire que des hommes!

Ladite femme, assise aux côtés de ses deux plus jeunes fils, sourit modestement en se tournant vers Oumi. Celle-ci, le visage sévère, fixait Scali qui expliqua à Habiba :

– Tu te souviens d'Oumi, la mère de Bajou? Et de Marcel, son cousin?

Habiba s'arracha quelques secondes à son chagrin pour s'intéresser aux invités de ses parents. Elle se pencha vers Oumi qui lui offrit une joue ridée et sèche.

– Bien sûr, je m'en souviens. Ça fait longtemps, mais je m'en souviens...

Elle prenait peu à peu conscience de la bizarrerie de la situation et qu'elle en était probablement la cause, car ces gens semblaient venus pour elle.

– Il est arrivé quelque chose? demanda-t-elle gentiment.

– Regarde, dit Scali, le magnifique cadeau que Bajou te fait!

Habiba décida que c'étaient bien des mystères, et qu'elle n'avait ni le courage ni l'envie de les élucider. Elle n'aspirait qu'à monter dans sa chambre pour être le plus près possible d'Edmond par la pensée.

– Je suis fatiguée, dit-elle, si vous voulez m'excuser...

D'un geste, son père lui intima l'ordre de rester. Il avait brutalement changé de physionomie pour peindre sur son visage une expression presque officielle qu'elle lui avait rarement vue. D'ailleurs, tout le monde agissait ici comme si l'on donnait une représentation théâtrale. Sa mère n'avait pas eu le moindre petit geste de tendresse. Et cette Oumi restait droite et figée comme la justice...

– Ma fille, dit Scali, d'une voix blanche qu'il essayait péniblement de maîtriser... tu sais combien nous tous, ici, nous t'aimons... et comme ton bonheur m'est cher... Un père souhaite ne jamais perdre sa fille, mais il est dans la nature des choses que ses parents veillent à son bonheur... et choisissent le mieux pour elle, avec l'aide de Dieu... Voilà pourquoi, ma petite Habiba, ta mère et moi nous nous réjouissons que tu deviennes la femme d'un homme honorable, généreux, respecté dans la communauté et qui a demandé ta main... Habiba, embrasse Oumi... la mère de Bajou... ton futur mari.

Comme saisi d'une grande fatigue, Scali s'interrompit, les yeux baissés. Il avait honte, honte à mourir de ce qu'il était en train de faire. Mais ça faisait trop longtemps qu'il végétait dans cet endroit sordide. Le mariage de Habiba lui permettrait d'échapper à sa condition humiliante et à la faillite qui le guettait chaque jour un peu plus. Il lui donnerait les moyens de vivre sa vieillesse dignement, et qui sait même de gagner la France pour s'y installer, loin de tout ce que ses maladresses et ses entêtements en affaires avaient saccagé.

Certes, il y avait Habiba et son bonheur. Lui imposer un tel mari ce n'était pas glorieux, mais une fille doit obéir à la volonté de ses parents. C'était écrit ainsi depuis toujours. Jusqu'alors, il ne l'avait guère surveillée et elle avait pu gambader en liberté. Maintenant, le moment était venu pour elle de faire un beau mariage, voilà tout. Bajou était d'un aspect assez repoussant, mais on lui prêtait de grandes qualités de cœur. Scali avait rapidement su se convaincre que ce mariage était du plus haut intérêt, surtout lorsque Marcel lui avait glissé en douce le montant de la dot promise.

Habiba avait suivi d'une oreille lasse tout le laïus de son père. Au fur et à mesure que le sens des mots s'insinuait dans son esprit, il lui sembla qu'on la précipitait dans un piège tellement inattendu qu'il ne pouvait être qu'invraisemblable. Il était impensable que tout cela fût sérieux. Alors, d'un seul coup, elle éclata d'un rire innocent.

– Epouser Bajou? Moi, devenir sa femme? Mais vous plaisantez, hein, vous plaisantez?

Les yeux de Habiba se posaient tour à tour sur chacun,

espérant peut-être déceler un sourire, l'indication discrète qu'il s'agissait bien d'une plaisanterie. Mais rien ne venait. Tous l'observaient, graves comme la mort. Et toujours ce regard terrible, glacial d'Oumi posé sur elle. Marcel se tortillait, gagné par un profond malaise. Il sembla à Habiba que son père répétait :

– ... Embrasse ta belle-mère, ma fille... s'il te plaît...

Elle percevait maintenant l'extérieur comme du fond d'un tunnel. Les bruits et les paroles ne lui parvenaient qu'amortis. Sa propre voix lui parut totalement détachée d'elle lorsqu'elle prononça difficilement ces mots :

– Mais c'est Edmond, que j'aime! C'est avec lui, que je veux me marier! Pas avec Bajou!

Scali réagit comme si on l'avait giflé.

– Edmond? Mais qui c'est, ce vaurien?

– C'est lui que j'aime, papa! Je n'épouserai personne d'autre... vous comprenez? Personne!

Une bombe serait tombée au beau milieu du salon que l'effet eût sans doute été moindre que celui provoqué par Habiba. Celle-ci, totalement paniquée par la tournure que prenaient les événements, marcha à reculons, en répétant les mêmes mots, la voix suppliante, jusqu'à la porte qui donnait accès à l'habitation. Dans un silence de mort, elle s'enfuit, laissant les invités stupéfaits, et son père proche de l'apoplexie. Ainsi donc, elle avait un amoureux!

A en juger par le visage ravagé de sa femme, Scali se doutait qu'il n'avait plus prise sur les événements depuis beau temps. Mais il y avait la vieille Benkahen et ce terrible regard... Marcel eut soudain une espèce de gloussement nerveux :

– C'est l'émotion, c'est normal... il faut qu'elle se fasse à l'idée...

Scali le remercia en silence de cet effort, malheureusement inutile car déjà Oumi se levait :

– Allez, Marcel, on rentre.

Elle saisissait sac et gants d'une main nerveuse, ignorant le service de Baccarat qui resterait aux Scali.

– Madame Benkahen, attendez un peu! plaida le cafetier. Tout va s'arranger...

– Que ça s'arrange ou non, répondit Oumi, ce n'est pas la question.

Ses yeux étaient devenus deux icebergs :

– Je n'ai qu'un fils, Monsieur Scali, et ce n'est pas votre fille qui le rendra heureux. C'est tout ce que je peux dire.

***

Il y avait longtemps... il y avait très longtemps... Mais que Dieu lui en soit témoin, il allait le faire! Oui, il allait le faire! Cela lui déchirait le cœur, mais il le ferait! Car aux yeux de tous, devant la race de Bajou, elle l'avait insulté et déshonoré. Il imaginait déjà tous les commentaires qui alimenteraient les conversations sur son incapacité à diriger sa famille, à demeurer le maître chez lui. Un homme pouvait perdre tous ses biens, mais pas le respect des siens. En cela, Habiba l'avait trahi. Il lui fallait maintenant reprendre les choses en main. A sa façon. Et quel que soit le prix à payer. Qui plus est, devant des étrangers, elle avait révélé qu'elle était une fille légère qui vivait une aventure secrète avec un inconnu sans doute pauvre comme Job et qui devait courir la dot. Non, cette fois, elle était allée trop loin! Il lui avait passé tous ses caprices car elle se savait sa préférée. L'unique fille dans ce groupe de garçons, évidemment, il l'avait chouchoutée. Trop, pensa sombrement Scali. Trop...

Il enfonça plutôt qu'il n'ouvrit la porte de la chambre. A son entrée, Habiba allongée sur le lit se redressa. Elle avait beaucoup pleuré. Cela se voyait à son visage enflé, à ses joues encore humides. Elle avait le regard rouge de larmes, mais empli d'une détermination et d'une révolte profondes. D'un mouvement brusque, Scali fit glisser l'épaisse ceinture de cuir qui lui serrait la taille puis il s'approcha de Habiba.

Elle l'observait sans ciller et esquissa à peine un geste

pour se protéger du premier coup. Elle semblait même s'offrir dans une attitude de défi, pendant que Scali, empli d'une rage froide, la frappait au ventre, à la poitrine, aux jambes. Mais la douleur fut finalement la plus forte. Dans un hurlement terrifiant – ou peut-être était-ce un rire – Habiba se jeta au-devant de la ceinture qui s'abattait en sifflant :

– Tue-moi! Oui, tue-moi plutôt que d'épouser ce monstre! Jamais, tu m'entends, jamais! Jamais!

Scali s'immobilisa en face d'elle :

– Mais il le faut, tu comprends? Il le faut...

Il fixait intensément Habiba, avec une tendresse surprenante, comme pour lui faire comprendre que si l'heure était venue pour elle de rembourser une dette accumulée depuis des années, il savait le sacrifice demandé. Sa fille voyait bien ce qu'il voulait exprimer : le café, les années passées à servir pastis et boukha à des ivrognes, alors que son père avait possédé la terre et commandé aux hommes. L'union de Habiba avec Benkahen, minotier, lui permettrait de reprendre pied dans la société bourgeoise, de liquider le café, d'échapper à la déchéance. Il suffisait pour cela d'un « oui », d'un tout petit « oui »... Il attendait la réponse de sa fille avec une sorte d'espoir fou, tout en sachant de quel prix elle devrait payer cette réponse, mais Habiba ne pouvait accepter. Elle venait à peine de quitter Edmond... Elle murmura simplement :

– Non, papa...

Alors, autant pour se punir lui-même que pour épargner Habiba, qu'il aurait pu tuer de ses propres mains, autant pour se meurtrir au plus profond de sa chair et se donner le courage d'aller plus loin en s'aveuglant dans la douleur, Scali se cogna soudain la tête de toutes ses forces contre le mur, comme pour en finir. Un filet de sang apparut et glissa sur le front. Mais Scali ne ressentait et n'entendait plus rien... Ni sa propre respiration, précipitée, rauque, ni les hurlements de sa fille qu'il avait saisie par les cheveux pour lui faire dégringoler l'escalier à sa suite, en hurlant d'une voix de dément :

– Tu m'as déshonoré devant tout le monde! Je ne suis plus rien par ta faute!

A leur passage, la mère, les yeux agrandis de terreur, réclama la clémence pour sa fille. Mais Scali, sourd à toute voix humaine, enfonça d'un coup de pied la porte du café. La nuit s'ouvrit devant eux. Au-delà des maisons qui bordaient la digue sur plusieurs centaines de mètres, les rails du chemin de fer brillaient sous la lune comme des serpents d'argent.

A cet endroit, les trains qui se dirigeaient ou venaient de Tunis roulaient à une vitesse élevée. Madame Scali suivie de ses deux fils couraient derrière eux, meurtris par la honte que la scène jetterait sur leur famille. Car attirés par les cris de Habiba toujours traînée par son père, des voisins apparaissaient à leur fenêtre ou au balcon. Et bientôt, ce fut une sorte de cortège furtif qui emboîta le pas à la famille Scali.

– Non, papa, non! hurlait Habiba.

La robe qu'elle avait mise pour accompagner Edmond au bateau était déjà réduite en lambeaux. Ses bras et ses jambes nus étaient égratignés par les épineux et le gravier du chemin. Mais Scali continuait d'avancer vers un but connu de lui seul. Ni les cris de sa femme, ni les appels de ses deux fils ne pouvaient le détourner de ce qu'il s'apprêtait à faire. Il était allé jusqu'au bout de la honte et voulait désormais en finir. Quelques voisines apeurées se mirent à pousser des cris sinistres qui suaient le deuil et l'angoisse. Elles avaient déjà compris que la mort rôdait autour des Scali.

Après un dernier effort, le cafetier s'arrêta en haut du remblai de la voie ferrée. A ses pieds, Habiba sanglotait sur le ballast. Il la fixa avec une tendresse infinie, puis il baissa le regard vers ceux qui étaient accourus. Il les dominait de sa masse puissante, vaguement soulignée par l'éclairage jaunâtre d'un réverbère.

– Que personne n'essaie de m'empêcher de faire ce que je vais faire! hurla Scali.

Puis il se mit à avancer sur les rails. Il y eut derrière lui un cri déchirant :

– Papa, ne fais pas ça!

Scali n'avait plus dans la tête d'exercer un chantage sur sa fille. Il désirait sincèrement en finir avec une vie qui le contraignait à vendre la perle de ses yeux à un être qu'il méprisait. Il avait honte de lui-même et d'être tombé à ce niveau de déchéance. Il avait espéré que chacun ferait de cette situation un arrangement. Mais son espoir avait lamentablement échoué. Il s'en voulait maintenant d'avoir consenti à pareil marchandage. Il avait révélé les vraies limites de sa chute. Il ne pouvait plus reculer. On entendait déjà au loin le halètement caractéristique d'une locomotive à vapeur. Un train approchait. Dans quelques secondes, au bout de la longue ligne droite, le convoi sortirait à pleine vitesse de la grande courbe qui l'avait longtemps masqué.

Dans le quartier, tout le monde savait qu'il fallait compter une trentaine de secondes au plus entre le coup de sifflet de la locomotive et son apparition, là-bas, près du bouquet d'acacias.

Le sifflet déchirant ne tarda pas à retentir. Scali fixa les voies luisantes d'un regard vide. Il n'y en avait plus pour très longtemps, maintenant...

Habiba courut vers lui en se tordant les chevilles sur les traverses.

– Papa!

Il sembla émerger d'un rêve. Très doucement, il lui demanda encore :

– Tu épouseras Bajou?...

Elle le regarda, effarée par son orgueil et sa détermination. Mais elle était sa digne fille. Elle fit non de la tête. Il fixa de nouveau les acacias. La locomotive encore invisible faisait entendre comme le souffle profond d'un athlète à l'entraînement. C'était désormais l'affaire d'une poignée de secondes. Habiba se rua contre son père :

– S'il te plaît... ne fais pas ça...

Comme si elle n'avait été qu'un fétu de paille, il la projeta subitement au bas du talus avant de reprendre sa marche en avant. Maculée de terre et toute barbouillée de larmes, Habiba prit tous les curieux à témoin et leur lança :

– Mais vous ne voyez pas qu'il va vraiment le faire? Empêchez-le, je vous en prie! Empêchez-le!

Elle se releva et tenta de nouveau d'escalader le talus, suivie par ses deux frères. Mais Scali se tourna vers eux, le visage dément, en faisant siffler sa ceinture de façon si menaçante qu'ils furent contraints de s'arrêter. La locomotive lança un coup de sifflet prolongé, une manière de prévenir une dernière fois les enfants et les inconscients qu'elle allait déboucher du virage. Le rugissement du train commençait à couvrir l'espace. En contrebas, les cris féminins s'étaient faits plus stridents, alimentés par la conviction que l'horreur n'était plus qu'une question de secondes...

Bras croisés sur la poitrine, Scali ne bougeait plus. Il se sentait très calme, presque heureux de vivre ses derniers instants. La souffrance, il le savait, serait brève : tout juste un choc, puis le néant. Les hurlements désespérés de Habiba ne lui parvenaient plus qu'assourdis. Elle se débattait encore, hystérique, dans les bras de ses frères qui semblaient déjà avoir admis l'inéluctable.

Le projecteur de la locomotive apparut au bout de la ligne droite. Sa lueur blanche arrosa Scali, fermement planté au milieu de la voie, d'une lumière crue. L'onde de choc qui courait vers lui se transmettait tout le long des rubans d'acier qui se mirent à vibrer.

– Papa!

Scali eut un sourire lointain. Il allait mourir apaisé. Le vacarme de la locomotive l'empêcha d'entendre Habiba se déchirer la voix :

– Je t'obéirai, papa...! J'épouserai Bajou! Je le jure! J'épouserai Bajou! Ne meurs pas! J'épouserai Bajou!

Désespérée, écœurée d'elle-même et de la vie, elle était prête elle aussi à se jeter sous les roues du train si sa mère ne l'avait pas retenue.

Scali n'avait pas bougé. Il subissait la fascination du

monstre grondant et rugissant qui, dans dix secondes, allait le désintégrer dans une poussière de sang. Il ressentit une violente poussée, pensa que déjà le train l'avait touché, et bascula le long du talus. Un dernier coup de sifflet rageur, comme s'il regrettait de voir sa proie lui échapper, et le convoi passa.

Quand Scali rouvrit les yeux, il vit au-dessus de lui le visage heureux de ses deux fils qui venaient de lui sauver la vie :

– Elle l'a dit, papa, elle l'a dit! Elle épousera Bajou! Elle est d'accord!

Il se releva lentement, pas très sûr que c'était ce qu'il désirait entendre. A quelques mètres, réconfortée par sa mère et par les voisines, Habiba à genoux sur le talus, le buste incliné comme en prière, était recroquevillée sur sa douleur, psalmodiant interminablement les mêmes mots : « Ne meurs pas papa, j'épouserai Bajou... ne meurs pas. »

La locomotive s'éloignait rapidement, rendant à l'espace nocturne son silence et sa sérénité. Scali s'approcha de sa fille. Au regard qu'elle lui lança, il sut qu'elle le tiendrait désormais pour mort à jamais. Mort dans son cœur.

A quelques centaines de mètres de là, sur la route qui dominait la voie, Marcel, bouleversé par la scène à laquelle il venait d'assister, lança le moteur de la traction.

A ses côtés, Oumi regardait devant elle, le visage fermé.

23

Il le savait bien, qu'il était la risée de tout Tunis... Que dans son dos les gens parlaient, riaient, ricanaient... Que le rabbin lui-même s'était ému à mots couverts. Oumi le lui avait dit. Mais que faire? Il aimait! Tout le monde aurait le droit d'aimer sauf lui, Bajou Benkahen? Et pourquoi? Parce qu'il était un peu différent des autres? Il avait vu Habiba au cercle militaire et aussitôt son cœur s'était enflammé. Impossible de revenir sur cette évidence. Les gens riaient? Ils s'habitueraient!

La veille encore, sortant d'une boutique de l'avenue de Paris, accompagné de Marie, il était passé devant la terrasse du Grand Café, quartier général de la jeunesse dorée. A leur approche, les réflexions avaient fusé :

– La pauvre Habiba, une tonne de farine, il paraît qu'il l'a achetée. Elle risque pas de mourir de faim...

– Moi, je la roulerais bien dedans, mais pas pour faire des beignets...

– Une fille comme ça, il faut lui donner, et pas que de la farine...

– Qu'elle devienne sa femme... on s'en occupera après!

Il n'en avait pas fallu davantage à Bajou pour foncer droit vers la table et tomber à bras raccourcis sur les auteurs des lazzi, surpris de cet assaut brutal.

– Bajou, putain, on plaisantait!

– La prochaine fois plaisante sur ta femme, s'écria Bajou, parce que je la connais bien, et c'est pas les blagues qui manquent à son sujet!

Il fallut que les autres s'interposent pour éviter que la bagarre ne tourne au vinaigre...

– Moquez-vous de moi tant que vous voulez, mais pas un mot sur Habiba ou je vous tue! leur avait-il lancé avec une détermination qui impressionna chacun.

***

Ce matin, avant de se rendre à La Goulette pour son premier rendez-vous officiel avec sa fiancée, il était resté trois bonnes heures dans la salle de bains. A se pomponner, à se parfumer, à se laver avec une application presque maniaque. Il voulait que tout en lui soit parfait, que Habiba ne soit choquée par aucun détail physique, capillaire ou vestimentaire. Le résultat – il l'avait bien vu dans les yeux d'Oumi et de Marie – était loin d'être convaincant. D'un bourricot, on ne peut pas faire un cheval de course... Surtout d'un bourricot obèse...

Une fois de plus, Bajou espérait que les multiples et splendides cadeaux qu'il apportait à Habiba feraient oublier le reste. Il n'avait pas lésiné sur les foulards de soie et les colifichets portant les griffes les plus rares. La coquetterie étant, c'était bien connu, le point faible des femmes, il espérait que Habiba partageait elle aussi ce défaut. Marcel lui avait raconté de quelle façon Scali avait extorqué le consentement de la jeune fille. Et tout au fond de lui, Bajou n'avait pas été très fier. Si l'on avait fait ça à sa sœur, il aurait probablement réagi de la manière la plus violente. Les échos de la scène du train s'étaient répandus dans la ville. Et si Bajou était observé avec une horreur non feinte par certaines femmes, le plus grand nombre ne l'accablait pas. Quelle famille tunisienne, à l'époque, pouvait se vanter de s'être uniquement constituée par amour? Les mariages arrangés sinon forcés faisaient partie du mode de vie de toutes les communautés, arabe et juive. La décision du père avait valeur de loi, et une femme qui se dérobait à ce diktat était considérée comme une fille perdue, prouvant par là qu'elle ne méritait pas les sacrifices consentis pour son éducation.

Finalement, les commères s'attardaient davantage sur le moyen utilisé par Scali que sur la demande de Bajou. Celle-ci était après tout fort naturelle. On peut toujours demander, et bon nombre de familles auraient trouvé une fille à marier au minotier en contrepartie de ses largesses. N'est-ce pas la sécurité matérielle qui est à la base de toute union réussie? Quant à Scali, certains admiraient son courage et d'autres le plaignaient d'avoir pour unique fille une espèce aussi ingrate. Seule une infime minorité n'enviait pas le sort réservé à Habiba. Ceux-là, Bajou les entendait peu.

Habiba ne lui avait pourtant pas montré mauvaise figure, faisant simplement remarquer à l'apparition des cadeaux qu'elle avait déjà tout ce dont elle avait besoin. Sans attendre, elle lui avait proposé d'aller prendre l'air. Et Bajou avait été soulagé d'échapper au regard fixe, accusateur, de la mère Scali. Monsieur Scali lui-même s'était mystérieusement évaporé à son arrivée. En découvrant le café, il comprenait mieux qu'il lui eût cédé sa fille : il était vraiment pris à la gorge...

Sur la jetée, Habiba lui saisit le bras dans un geste familier qui emplit Bajou de tendresse. Ainsi, elle ne le rejetait pas tout à fait! Côte à côte, ils formaient un couple un peu spécial : lui, rendu encore plus énorme par son costume qui le transformait en pot à tabac, contraint de trotter en transpirant. Elle, belle, jeune, élancée, les cheveux libres, lançant loin la jambe. Une vision qui inspirait le désir chez chaque mâle croisé. Bajou le sentait, mais il n'en avait cure. Que lui importaient la vulgarité de ces hommes et les mines moqueuses des femmes! Et eux, quelle tache infamante marquait leur vie misérable? Lui, Bajou, avait au moins un grand dessein, et cela seul comptait à ses yeux. Le bras de Habiba sur le sien lui faisait chaud au cœur. Il se tourna vers elle avec reconnaissance. Si elle l'acceptait, il lui donnerait tant d'amour en retour!... Elle le regardait avec un sourire qui était aussi une invitation à parler, à se livrer.

– Bajou, c'est bien toi, n'est-ce pas?

Il pencha la tête, intrigué. Que voulait-elle dire?

– C'est avec toi que j'ai joué, enfant? Tu te souviens, je ne pouvais pas me détacher de toi? L'autre jour, quand je t'ai revu au cercle militaire, ce sont tous ces souvenirs de petite fille qui sont revenus.

Elle le fixa, subitement sérieuse et triste :

– Pourquoi tu me fais ça, Bajou? Pourquoi tu veux m'acheter? Tu sais bien que je ne t'aime pas, que je ne t'aimerai jamais.

Il haussa les épaules, ennuyé. C'était donc ça? Le bras sur le sien, ce n'était qu'une ruse. Elle voulait encore discuter, alors même que son père avait donné son consentement. Pourquoi refusait-elle d'admettre l'évidence? Elle n'allait faire que compliquer les choses...

– Comment sais-tu que tu ne m'aimes pas? demanda-t-il, cherchant à gagner du temps.

– Mais parce que je le sais, évidemment! Je ne t'aime pas, c'est sûr. J'ai de l'amitié pour toi, mais ce n'est pas de l'amour!

– L'amour, qu'est-ce que c'est? soupira Bajou que la discussion embêtait déjà. Il faut vivre longtemps avant d'être sûr. Moi, à ton âge, je croyais que j'étais amoureux de Marie... Marie, ma cousine... tu imagines! C'est le temps, Habiba, le temps qui donne la réponse sur les autres, et sur toi aussi...

Elle recula d'un pas, très pâle. Il était déjà loin, le moment où elle avait posé son bras sur le sien.

– Bajou, fit Habiba dents serrées, je ne t'aimerai jamais parce que j'aime un autre homme. Et tu sais parfaitement qui c'est. Tu l'as rencontré dès la première fois au cercle militaire.

Elle n'eut pas le temps d'en dire plus. Avec une vivacité surprenante, il avait bondi en avant pour plaquer sa main sur sa bouche :

– Tais-toi, Habiba, tais-toi! Où il est, cet homme? Pourquoi il n'est pas resté avec toi? Pourquoi il s'est pas d'abord occupé de toi?

– Tu sais très bien pourquoi! Lui il est parti se battre!

– Justement, qui te dit qu'il reviendra? Qui te dit qu'il n'aura pas changé? Et qu'il n'en aimera pas une autre? Tu ne peux pas connaître l'avenir!

Elle se détourna une seconde pour observer les bateaux de pêche qui revenaient de leur course matinale escortés d'un vol de mouettes bruyantes. Son regard glissa sur le spectacle familier. Au-delà de la jetée commençaient les plages de La Goulette, où elle s'était rendue si souvent, dans l'intimité de la nuit, avec Edmond. Bajou attendait, mains dans le dos comme à son habitude. Elle n'avait plus d'autre choix que de lui faire mal, et il le savait. Il s'était blindé du mieux qu'il pouvait contre ce qu'elle avait à lui dire et il se sentait totalement invulnérable.

Elle désigna un point à l'horizon :

– Bajou, tu vois cette cabane, là-bas? Nous y venions, Edmond et moi, et nous y faisions l'amour. La dernière fois c'était il y a une semaine, juste avant qu'il s'en aille. Tu comprends? Je ne suis plus vierge! Plus vierge, Bajou! Tu ne peux pas m'épouser!

Gêné, il regarda autour de lui pour s'assurer que personne n'avait saisi l'écho de la conversation. Habiba continuait à s'acharner, la tête rejetée en arrière, provocante :

– Si tu savais comme j'aimais qu'il me prenne et me caresse... Mon ventre est à lui. Et mes seins, et moi tout entière. Je lui appartiens, Bajou!

Elle le fixa droit dans les yeux et poursuivit, plus déterminée que jamais :

– Jamais, jamais tu entends, tu ne poseras les mains sur

mon corps! Jamais mon ventre ne te donnera d'enfants... parce que... parce que je ne veux pas que mes enfants te ressemblent!

Quand Bajou leva la main, tremblant de rage, elle faillit pousser un cri de joie. Elle l'avait blessé, elle en était sûre! Quel homme d'ailleurs aurait pu supporter toutes ces révélations? Qu'il la gifle donc, et qu'il aille expliquer à son père qu'il ne pouvait épouser une jeune fille qui s'était déjà donnée à un autre. Peu importait à Habiba la réputation qui désormais serait la sienne. Peu lui importait, puisque c'était la vérité et que seul son amour pour Edmond comptait.

Mais la main de Bajou ne s'approcha pas de son visage pour la frapper, seulement pour la forcer à le regarder :

– Ecoute-moi bien, dit-il d'un ton glacial, j'ai parlé avec ton père, nous avons fixé le mariage dans deux semaines. Tu entends? Dans deux semaines, Habiba, quoi que tu aies fait, tu seras devenue ma femme.

Le calme de Bajou la brisa mieux encore que la violence ne l'aurait fait. Elle se décomposa devant la terrible obstination dont il faisait preuve.

Elle voulut hurler, mais aucun son ne sortit de sa gorge.

Elle voulut s'enfuir, mais la main de Bajou serra son bras à le briser, avec une douceur apparente.

– Allez, viens, dit-il en l'entraînant, on va défaire les paquets. Après, tout va être froissé...

***

Dans son bureau de la minoterie, renversé dans son fauteuil à bascule, Bajou était plongé dans la lecture d'un magazine de mode. A sa façon un peu honteuse de le parcourir, il était évident qu'il n'était pas un habitué de ce genre de publication.

Lorsque sa secrétaire, la terrible Madame Smadja – terrible parce que la femme la plus curieuse de Tunis –, entra dans le bureau, il se redressa vivement, essayant de dissimuler le journal sous ses dossiers. En pure perte.

– Ah... vous savez pas quoi choisir, hein? dit Madame Smadja avec son inimitable accent traînant.

Tout en parlant, elle avait ouvert devant lui un parapheur qui contenait des chèques. Bajou eut une petite moue timide et se décida à demander conseil.

– J'hésite entre le smoking et le costume, vous comprenez...

– Bien sûr, je comprends! Tenez, signez... c'est le chèque pour le consistoire...

– Dites à Jojo de rajouter un zéro! Le Bon Dieu, il est trop gentil avec nous!

Il s'agissait là du meilleur moyen que Bajou avait trouvé pour donner un peu de sérénité à ses actes. Il n'avait en fait jamais oublié la vision du Rabbi de Nabeul, le jour du baptême de Habiba. Il soupira. Tout dans sa vie le ramenait à cette femme. Comment ne pas y voir la volonté divine?

Madame Smadja tournait une nouvelle page du parapheur quand Bajou explosa :

– Mais c'est quoi ce rendez-vous qu'il m'a pris, Marcel, avec le banquier Hadjej? Le 3, je me marie... Il a oublié, ou quoi?

– Il m'a juste dit qu'il l'avait invité à la fête... comme ça, il pourra rien que vous dire oui, conclut fine mouche la secrétaire.

– Il en fait qu'à sa tête, ce ch'ra! s'emporta Bajou en brandissant un télégramme long comme la main. Ça fait une semaine que je l'ai pas vu et j'ai les Américains sur le dos! Ils parlent rien que leur charabia, ces ch'beb! Donnez-moi leur dossier, dans son armoire, au fond...

Madame Smadja fit claquer ses talons sur le ciment du sol. Bajou parcouru les papiers d'un œil absent. Il ne comprenait pas pourquoi Marcel n'avait pas donné signe de vie depuis si longtemps. Cela lui ressemblait si peu. Certes, avec le mariage maintenant tout proche et l'arrivée imminente de Habiba rue Saint-Jean, il avait été contraint de déménager. Mais il n'était pas à plaindre. Les revenus de la minoterie lui avaient permis de s'installer dans une petite villa, dans le quartier très huppé du Belvédère.

Bajou sourit avec ironie en pensant à leurs premiers pas dans Tunis et à l'obsession qu'avait son cousin d'habiter La Hara. Aujourd'hui quand il lui en parlait, c'était tout juste si Marcel ne l'accusait pas de l'avoir obligé à y vivre...

Le cri de douleur de Madame Smadja, suivi d'un choc métallique, le tira de sa rêverie. En ouvrant l'armoire de Marcel, toute une pile de dossiers mal rangés avait chuté au sol, accompagnés d'un objet qui s'était écrasé sur le pied de la malheureuse femme. Et cet objet, elle le soulevait maintenant entre ses doigts, la mine effarée, pour le déposer sur le bureau de Bajou, tout aussi surpris qu'elle.

– Mais c'est quoi, ça? s'exclama-t-il, en détournant avec précaution le canon du revolver que Madame Smadja avait placé dans sa direction.

– Un cadeau de ses amis américains, j'imagine... répondit la secrétaire avec son sens habituel de la déduction.

Bajou agita ses mains devant lui comme pour chasser le mauvais œil.

– Mettez-le dans du papier et posez-le dans son tiroir... Dire qu'il aurait pu nous tuer en plus, ce bim! Bon, je vais aller lui rendre une petite visite.

Il s'était levé et avait déjà saisi son chapeau quand Madame Smadja pointa son doigt sur le magazine de mode.

– Pour le mariage, prenez le costume, c'est mieux... ça vous servira davantage...

Madame Smadja était décidément une femme qui ne perdait jamais le sud.

*
**

Qu'est-ce qui l'attirait chez cette femme que les autres ne pouvaient lui offrir? Il avait eu sa part de succès, souvent plutôt flatteurs. Les femmes mariées les plus rangées, les veuves les plus inconsolables, les vierges les plus innocentes, un jour ou l'autre, il les avait eues... Il avait attendu pendant des mois, puis finalement elles avaient cédé. Et à chaque fois ou presque la même petite déception, la même légère déconvenue : c'était bien, mais ce n'était pas *ça*... Ça étant cette fusion de l'âme et du corps, cette osmose totale de la chair et de l'esprit qui n'intervient que rarement entre deux êtres, mais que ceux qui l'ont connue ont ensuite de la peine à décrire.

Depuis huit jours maintenant qu'ils étaient cloîtrés dans sa villa du Belvédère, c'était pour les deux la même urgence partagée, celle de se caresser, lentement, sans prononcer un mot superflu, puis de s'abîmer subitement dans le plaisir d'une manière animale, presque bestiale. Ce plaisir qui soudain les foudroyait et les jetait presque à bas du lit, comme il venait encore de le faire quelques instants auparavant...

Marcel reprit lentement son souffle avant de se tourner vers Amina, allongée bras et jambes en croix en travers de la couche.

Deux heures ne s'étaient pas encore écoulées qu'ils avaient déjà fait trois fois l'amour. Elle l'avait rejoint dans la maison qui, ça tombait bien, était un peu isolée des autres. Elle était arrivée, voilée, en costume traditionnel, semblable à toutes les domestiques arabes qui venaient prendre leur service chez leur maître. Il la guettait derrière les rideaux tirés. A peine avait-elle franchi le seuil que les deux amants s'étaient étreints follement, comme angoissés par leur audace, par toutes les menaces qui pesaient sur leur liaison.

Car personne ne savait, évidemment... Ni Moktar, qui

eût sans doute immédiatement tué sa fille, ni même Bajou.

Or, c'était justement la silhouette de Bajou qui se découpait derrière la porte vitrée, le doigt sur la sonnette depuis de longues minutes. Il les avait surpris dans un moment de repos et ils étaient là, à retenir leur souffle en attendant qu'il renonce et disparaisse. Ce qui gênait le plus Marcel était le regard qu'Amina posait sur lui en ce moment. Il savait bien ce qu'il voulait dire : « Pourquoi n'ouvres-tu pas? As-tu tellement honte? » Marcel priait ardemment pour que Bajou se lasse au plus vite, car il savait Amina capable de gestes inconsidérés. Pour les prévenir, sous prétexte de l'enlacer, il maintenait pour l'instant la jeune femme sous son corps. Mais elle était assez avisée pour deviner son intention.

Enfin ils entendirent les pas de Bajou remonter l'allée de graviers et décroître. Le bruit de la voiture s'éleva puis se fondit dans le lointain.

Aussitôt Amina renversa sans ménagement Marcel et se redressa, le visage sombre. Elle saisit ses vêtements éparpillés aux quatre coins de la pièce. Marcel la rattrapa par le bras et la fit chuter sur le lit. Cette femme le rendait fou. La vision de son corps nu penché sur ses affaires lui avait suggéré à nouveau le désir de la prendre. Eperdu d'amour, il reniflait sa peau, sa poitrine, ses aisselles comme un chiot avec sa mère, alors qu'elle se débattait, augmentant encore l'acuité de son désir.

– Attends, Amina, attends... je ne suis bien que dans tes bras... Avant toi, les femmes, ça n'était que des parfums que j'inventais... Toi, c'est autre chose... c'est...

Amina réussit à le repousser violemment.

– Tu me désires, c'est tout!

– Non, tu sais bien que c'est pas que ça... Mais tu ne veux pas comprendre.

Le visage d'Amina se ferma :

– Et même si je comprenais? Est-ce que ça changerait quelque chose?

Elle courut jusqu'à la fenêtre, écartant les lourds

rideaux. La lumière du jour envahit la pièce. Instinctivement, Marcel avait tiré les draps à lui.

– Ferme! Tu es folle?

Pendant trois secondes, elle demeura plantée devant la vitre dans toute sa splendide nudité. Puis elle eut pitié de lui. A quoi bon faire un scandale? Qu'est-ce que ça changerait? Enroulé dans un drap comme dans une toge romaine, Marcel la rejoignit. Chaque fois qu'il était question d'eux et de leur avenir, le même voile de tristesse s'étendait sur elle. Elle savait que leur union était sans issue, vouée à disparaître un jour ou l'autre. En violant tous les tabous, en les piétinant, en les ignorant superbement, ils n'avaient oublié qu'un léger détail : homme et femme, comme tels ils étaient soumis aux sentiments humains les plus banals. Condamnés à garder leurs « je t'aime » dans le secret de leur liaison, tout en en ressentant les effets...

Marcel passa la main sur ses épaules rondes : bon Dieu qu'elle était belle! A en crever! Pourquoi fallait-il qu'elle soit arabe et lui juif? N'avaient-ils pas les mêmes origines, issus qu'ils étaient de vieilles tribus berbères, judaïsées dans un cas, islamisées beaucoup plus tard dans l'autre? Rien et tout les séparait. C'est-à-dire l'idée que chacun se faisait du Dieu unique...

– Mon amour, murmura-t-il, un jour je leur parlerai... Mais ce n'est pas encore le moment...

Il savait qu'il mentait et elle le savait aussi. D'ordinaire, elle ne relevait pas ce genre de propos. Cette fois, il croisa un regard ironique. Il essaya de l'attirer de nouveau à lui mais elle résistait sourdement.

– Ce n'est jamais le moment quand on veut changer, tu as remarqué?...

– Mais je le ferai! Un jour, je le ferai! On ira vivre ailleurs, tous les deux!

Elle lui caressa douchement la joue :

– Non, on restera ici. Tout simplement ici. Mais chacun de son côté. Car tu as peur, c'est tout. Tu as peur de toi, des autres, de ton cousin...

Marcel prit une mine d'enfant boudeur. Décidément, aujourd'hui, elle ne jouait pas le jeu.

– Moi, peur de Bajou? Tu plaisantes!

– Pourquoi tu ne lui dis rien sur son mariage, alors?

Que pouvait-il répondre, lui qui en avait été l'instrument? Il savait que toute sa vie serait marquée par le souvenir de la scène du train. La trace en était si profonde dans son esprit que, depuis cette nuit-là, il n'avait plus eu le courage de supporter Bajou, tant il savait que son cousin n'aurait pas accepté la moindre défaillance à son égard. C'était pour cette raison qu'il avait appelé Amina au secours et qu'il vivait terré dans sa villa, avec elle, depuis plus d'une semaine.

– Bajou, laissa-t-il tomber d'une voix plaintive, si tu n'es pas avec lui, tu es contre lui. C'est comme ça qu'il voit les choses...

– Ça lui donne le droit d'acheter une femme comme un sac de farine?

– On n'achète que ce qui est à vendre, au fond...

Amina le fixa, une peine immense au fond des yeux. Qu'il eût tort ou raison n'était pas important. Mais elle savait que sa sujétion les condamnait.

– Tu es trop lâche, petit homme, souffla-t-elle en arabe.

Marcel avait niché son visage entre ses seins lourds. Sans plus bouger, ils restèrent ainsi jusqu'à la nuit. Alors Amina s'habilla et quitta la villa, comme les domestiques rentrent chez eux, le soir tombé. Elle ne revit plus jamais Marcel.

***

Elle bougeait les jambes doucement l'une après l'autre, faisant frissonner l'eau claire dans laquelle la fleur sombre de son sexe était pleinement visible. Mais Habiba n'en avait cure. Que les autres voient son corps. C'était même le but de cette cérémonie. Elle se livrait au bain purificateur du mikvé[1] sous l'œil scrutateur de sa propre mère, flanquée de Marie et surtout d'Oumi.

Dans la pénombre de l'établissement semblable à un bain maure, celle-ci avait jaugé le joli corps féminin juste avant que Habiba ne s'enfonce dans l'eau jusqu'aux épaules. Elle était bien jolie, vraiment, sa future bru. Mais que cachait-elle derrière ce visage éternellement fermé, derrière ces paupières qui dérobaient cette porte ouverte sur l'âme qu'est le regard?... Oh, comme Oumi aurait souhaité que Bajou renonce à son funeste projet! Il y avait tant d'autres jolies filles à Tunis, pourquoi s'enticher de celle-là?

Elle avait encore en mémoire le scandale de son arrivée au café, son aveu d'aimer un autre homme... Mais le pauvre Bajou ne voulait rien comprendre. Bijoux, colliers, robes et bracelets, il n'avait de cesse de lui offrir des cadeaux. Pourquoi tout ça, mon Dieu? Pour rien! Jamais elle ne l'aimerait! Ce mariage qui aurait dû être une si belle fête s'annonçait d'une tristesse absolue. Oumi en voyait approcher la date avec appréhension.

Habiba sortit nue du bain, aussitôt entourée des habituelles commères, dont la fonction était de préparer le corps de la fiancée à son mariage prochain. Tout en la séchant, elles lui adressaient des souhaits de bonheur maquillés sous des métaphores agressives pour éloigner le mauvais œil.

Comme absente, la jeune femme se laissa entraîner vers la salle de repos où elle devait se délasser après le bain purificateur. Elle avait décidé depuis déjà quelques jours de vivre ce mariage comme s'il advenait à une autre qu'elle-même. D'ailleurs, pendant le temps de son union – car Habiba ne doutait pas qu'elle trouverait le moyen d'échapper un jour (le plus tôt, Seigneur) à ce Destin qu'on lui imposait –, c'est ce qu'elle offrirait à Bajou : une coquille vide, un être à l'âme désincarnée. Il l'avait achetée comme une marchandise, elle ne serait donc que cela, ni plus ni moins. La vieille sorcière, c'est ainsi qu'elle avait intérieu-

1. Bain rituel avant le mariage.

rement baptisé Oumi, ne serait pas dupe, mais tant pis. Elle aussi était responsable de son malheur... Seul la torturait le fait d'être sans nouvelles d'Edmond, parti pour l'Europe depuis plusieurs semaines. Surveillée en permanence soit par sa mère, soit par Oumi, elle ne pouvait lui écrire, et lui-même avait rapidement cessé de lui poster des lettres. Ainsi s'installent les malentendus entre amants... Pauvre Edmond qui n'était au courant de rien, qui ignorait la sinistre réalité... En pleins combats pour la libération de la France, il n'avait pas besoin de ce souci-là en plus. Mais Habiba aurait tant voulu lui dire qu'elle l'aimait, qu'elle pensait à lui, qu'il était présent à chaque minute dans ses pensées, et le prévenir de son malheureux sort!

Elle sursauta en voyant entrer Marie dans la salle de repos. Les deux jeunes femmes se connaissaient encore mal. Du temps de la ferme Scali, en raison de leur différence d'âge, elles n'avaient eu que peu de contacts. Mais Habiba ressentait pour elle une sympathie instinctive. Elle savait par la rumeur que Marie elle aussi avait aimé un homme qui était parti à la guerre. Il n'en était pas revenu, mais il lui avait laissé un enfant à son image. Elle s'était remariée avec un homme plus âgé qui lui offrait un minimum de respectabilité tout en ayant le bon goût de résider hors de Tunis. Marie avait donc des amants et s'en cachait à peine. Elle se donnait à qui lui plaisait sans crainte du qu'en-dira-t-on. Habiba admirait la beauté et la liberté de cette femme, à vrai dire presque unique en Tunisie... Elle lui sourit en prenant place à côté d'elle sur la table de bois. Sa main vint caresser ses longs cheveux qui coulaient en lourdes torsades sur son dos :

– Comment va ma future cousine? Tu permets que je t'appelle comme ça?

Habiba haussa les épaules, indifférente.

– Si tu veux...

Marie perçut toute la tristesse contenue dans cette réponse désabusée. Combien de fois n'avait-elle pas haï Bajou d'imposer cet horrible mariage à cette pauvre fille et à tout son entourage! Mais elle connaissait trop bien son cousin pour savoir qu'il ne renoncerait pas. Elle détestait cette société hypocrite qui permettait de tels crimes et même les couvrait, sous prétexte que la mariée finirait bien par s'y faire...

Aucune de celles qui proféraient ce genre de jugement n'aurait pu supporter de sentir Bajou s'allonger sur elle. Au fond Habiba tenait le rôle de la victime, et tant qu'elle n'en sortirait pas tout le monde lui en serait reconnaissant. Par son frère Marcel, Marie savait qu'il y avait eu un autre homme, Edmond, dans la vie de Habiba. Elle avait au moins connu cela. Mais quelle vie difficile se préparait pour elle... La jeune femme s'était retournée sur la table et la fixait avec un tel désarroi que Marie sentit son cœur déborder de compassion. Elle l'attira contre elle dans un élan :

– Comme tu es triste... ma pauvre, ma pauvre...

Les sanglots ne furent pas longs à venir. Marie ne fit rien pour interrompre la crise, bien au contraire. Elle sentit que Habiba avait besoin de se laisser aller et d'étouffer ses pleurs contre une épaule amie.

– Pleure, ma belle, pleure... Nous sommes si peu de choses pour les hommes de ce pays, soupira-t-elle, sincère.

Peu à peu Habiba se calma, reprit son souffle. Puis elle se dégagea et tenta un léger sourire pour indiquer qu'elle se sentait mieux. Elle détestait se laisser aller devant les étrangers. Son orgueil était d'assumer la situation sans faiblir. Mais Marie, c'était différent : elle devinait chez elle une compréhension qui ranimait sa confiance, qui lui rendait un peu d'espoir. Cette dernière sortit un mouchoir et entreprit délicatement de lui sécher les joues.

– Et Edmond? demanda-t-elle. Tu lui as écrit? Il sait...?

Aussitôt Habiba se raidit, de nouveau pleine de défiance, tandis que Marie rangeait tranquillement son mouchoir dans son sac.

– Ne t'inquiète pas, Habiba, je suis ton alliée.

Habiba, toujours muette, se tenait sur ses gardes. Marie comprit qu'elle débattait en elle-même sur la conduite à tenir. A ses yeux, tout ce qui était du côté de Bajou devait être aussi répugnant et odieux. Elle se pencha vers elle :

– Tu peux me faire confiance... Moi aussi, Bajou m'a fait du mal... beaucoup de mal... Si je l'avais écouté, j'aurais fini mes jours au fin fond du désert... Je ne me suis pas laissée faire, mais je ne lui ai jamais pardonné...

Habiba hésitait encore. Soudain elle se décida, saisit son sac posé sur une chaise et, avec mille précautions, comme si elle craignait d'être surprise à tout instant, en sortit une enveloppe. Elle la serra contre son cœur puis la tendit à Marie :

– Ils ne me laissent jamais sortir toute seule... Tu... tu voudrais bien l'envoyer?

Dans cette lettre, un appel au secours lancé à Edmond, elle avait mis tous ses espoirs. Il fallait absolument qu'il l'entende.

Mon amour,

Quand cette lettre t'arrivera, pourvu qu'il ne soit pas trop tard... Sans nouvelles de toi, je suis désespérée. Mon grand Amour, tout ce à quoi nous avions cru, tout ce à quoi nous avons rêvé ensemble, la volonté féroce d'un père et l'entêtement des traditions imbéciles peuvent-ils le gâcher? Est-ce la vie qu'on m'a apprise? L'amour de ma famille signifie-t-il l'abandon de moi-même? Mes désirs et mes espoirs ne comptent-ils pas? Pourquoi ne me laisse-t-on pas disposer de ma vie comme je l'entends?

Edmond mon amour, où que tu sois, je t'en supplie, viens me chercher. Enlève-moi à ce cauchemar atroce qui envahit chaque seconde ma vie. Quand tu seras à mes côtés, je serai la plus forte et rien ne nous séparera. Viens comme tu es. La réussite n'est rien sans l'amour de la femme ou de l'homme que le destin a désigné. Je ne serai jamais à un autre homme que toi. Je t'attendrai toute ma vie s'il le faut... mais je t'en supplie, je t'en supplie, ne tarde pas. Ne me laisse pas entre leurs griffes.

Ton Habiba désespérée qui n'aime que toi.

Marie lui sourit avec tendresse, touchée par son air d'innocence :

– Mais bien sûr, ma folle, bien sûr... Pourquoi tu ne m'en as pas parlé avant? Je vais la mettre à la poste tout de suite...

A bout de nerfs, Habiba revint dans ses bras pour y chercher un peu de chaleur, un peu de réconfort :

– Oh, Marie... Mon Dieu, qu'est-ce que je vais devenir?

Un tel désarroi... Que lui dire? Que sa vie était déjà finie? Qu'à vingt ans à peine elle allait entendre se refermer derrière elle les lourdes portes du destin? Qui supporterait d'entendre cela? Elle saisit les mains de la jeune femme entre les siennes :

– Ecoute-moi bien, Habiba : tant que ton ventre restera plat, il ne sera pas trop tard. Tu le sais, n'est-ce pas?

Ses mains s'étaient mises à trembler, mais Marie poursuivit :

– Ils voudront tous que tu fasses un enfant. Mais si tu tiens jusqu'au bout, Bajou en aura marre d'attendre, et il te rendra ta liberté.

Habiba baissa la tête, gênée par ce qu'impliquaient les propos de Marie. Mais elle ne pouvait nier ne pas y avoir déjà pensé :

– Je me dégoûte, j'ai tellement honte, si tu savais...

– Je comprends, dit Marie. Mais ce n'est pas de ta faute si Bajou est venu te chercher. Toi tu vivais heureuse comme quelqu'un de ton âge. Il a voulu t'acheter avec tout son argent, à toi maintenant de lui rendre la monnaie. Pas d'enfant, tu entends?

Elle eut un petit sourire ironique et reprit :

– Et puis tu sais, Bajou, je le connais bien : la bagatelle, ce n'est pas son fort... Peut-être même que ça ne fonctionne plus tellement, c'est rouillé...

Marie voulut se détourner. Elle avait trop peur que Habiba ne lui retire sa confiance si vite accordée. Mais du fond de son chagrin, cette dernière la retint auprès d'elle : sa conversation lui faisait un bien immense. Tout espoir n'était pas perdu, elle n'était plus toute seule, elle avait une alliée, une femme jeune et belle tout comme elle. Elle sentit l'espoir renaître. Tout n'était pas perdu.

24

Scali pouvait à peine lever les yeux. Contraint par l'étiquette de figurer au premier rang, il avait dû supporter de voir le rabbin unir sa fille unique, son enfant chérie, à Bajou Benkahen tout boudiné dans son costume. Comment avait-il pu en arriver là?...

Certes, Bajou avait su adoucir la douleur paternelle par des arguments matériels fort convaincants. Mais cela suffisait-il pour accepter de voir sa fille jetée en enfer?

Les mariés remontaient maintenant l'allée centrale. Bajou avait le visage grave, mais serein, tandis que Habiba avançait, morte de honte, le regard obstinément fixé vers le sol. Derrière eux, Scali obligé d'offrir son bras à Oumi buvait littéralement le calice jusqu'à la lie, captant au passage les échos de rires sarcastiques...

Chacun d'entre eux était comme un coup de poignard qu'on lui portait personnellement. Il regrettait de ne pas être allé jusqu'au bout de son projet, cette fameuse nuit. Combien il aurait préféré l'anéantissement sous les roues de la locomotive plutôt que de subir ce supplice mille fois pire... Il jeta un regard en biais vers Oumi : impossible de savoir ce qu'elle pensait. A se demander si elle savait offrir autre chose qu'un visage renfrogné et hostile. Pour elle, de toute manière, la cause était entendue : le mariage serait un échec. Elle l'avait dit les premiers instants de la manière la plus nette. Que ne l'avait-on écoutée? On n'en serait pas là aujourd'hui... car le cauchemar ne faisait que commencer. Il faudrait encore supporter la fête nocturne, rire, danser, s'amuser.

A la sortie de la synagogue, un photographe s'avança, le flash en bataille. Le mariage du minotier Benkahen allait avoir, en pages intérieures, les honneurs de *la Presse*, le principal journal de Tunis. Le groupe se figea pendant quelques secondes. En prenant ses clichés, le photographe se dit qu'à voir leurs têtes, il aurait pu s'agir tout aussi bien d'un enterrement...

UN BEAU MARIAGE

Nous apprenons avec plaisir le mariage de l'un de nos estimés concitoyens, Monsieur Bajou Benkahen, avec Mademoiselle Habiba Scali de La Goulette. M. Benkahen est le propriétaire de l'importante minoterie sise à El-Aouina. On prête à M. Benkahen l'intention de se lancer dans un avenir proche avec son associé et cousin, Monsieur Marcel Benkahen, dans le négoce avec une société américaine. Aux termes de cet accord, le blé tunisien se verrait ouvrir les portes de l'Europe, et de tous les pays qui ont vu leur agriculture ruinée par la guerre.

Monsieur Scali, le père de la jeune mariée, possède un établissement commercial à La Goulette, où il est installé depuis quelques années. Le couple résidera dans l'appartement de M. Benkahen au quartier Saint-Jean. Contrairement à la tradition, il n'est pas question pour l'instant d'un voyage de noces. M. Benkahen nous a précisé qu'un surcroît de travail lui interdisait pour le moment toute absence prolongée de Tunis. Nous sommes heureux de présenter nos félicitations au jeune couple et de nous associer par la pensée à un bonheur qui ne manquera pas d'être rapidement couronné par l'arrivée d'un premier enfant.

Notre photo ci-dessus : le cortège à la sortie de la synagogue, après la cérémonie. Au premier plan, M. et Mme Benkahen. Derrière eux, les heureux parents.

*
**

La main de Bajou plana pendant deux secondes au-dessus de la pièce montée, puis ses doigts se refermèrent comme des serres pour y saisir un chou à la crème. Moktar étouffa un soupir exaspéré : sa belle œuvre d'art qu'il avait mis des heures à confectionner, l'autre allait la mettre en charpie. Dieu sait dans quel état elle serait au moment d'être présentée aux invités... Bajou éleva le chou jusqu'à ses lèvres et l'enfourna sans plus de cérémonie. Il ferma les yeux pour mieux apprécier la finesse de la crème qui faisait, entre autres, la réputation de Moktar.

– Hou! non seulement elle est belle, mais en plus elle est bonne! jubila-t-il, la bouche pleine.

Moktar ravala sa rancœur pour faire bonne figure :

– Oui, je crois que je l'ai bien réussie.

– Tu es un génie, Moktar, assura Bajou en plongeant à nouveau sur la pièce montée.

Cette fois, il saisit trois choux à la fois et leur fit subir le même sort qu'au premier.

Derrière la vitre, la foule des invités accourus pour le festin se pressait sous les frondaisons. Pour l'occasion, Bajou avait loué une somptueuse villa du bord de mer. Par dizaines, les voitures stationnaient devant la propriété ceinturée d'un haut mur. Il n'avait lésiné sur rien, désirant éblouir, et surtout faire rentrer leurs lazzi dans la gorge de ceux pour qui ce mariage n'était qu'une gigantesque mascarade. Il avait même fait venir le célèbre orchestre de Raoul Journo au grand complet, lequel alternait tous les rythmes chers au cœur des Juifs et non-Juifs tunisiens.

Au centre de la piste, dans l'axe de la table de la famille, Habiba était précisément en train de démontrer que les rythmes judéo-arabes n'avaient aucun secret pour elle... Sous la « protection » de Marie qui ne la quittait pas d'une semelle et qui l'encourageait à s'enivrer pour oublier l'épreuve qu'elle subissait, elle donnait un spectacle que les mauvaises langues, entre une bouchée de minina[1] et un verre de champagne, se délectaient à commenter, se renvoyant les répliques en pipelettes inlassables.

– Hou... tu as vu comme elle a l'air heureuse, la mariée...?

– Pourquoi? Tu le serais, toi, à sa place?

– Il faut vraiment que les parents soient ruinés, les pauvres...

– Elle a un mari, elle au moins, mech'kin[2]...

– Il est aussi gros qu'elle est belle...

– Comment ils vont faire, dis-moi... dis-moi... Il va l'étouffer, sur ma vie!

Et l'écho des cancans courait ainsi tout autour des arcades qui ceinturaient la piste. Sans souci des autres couples qui évoluaient à ses côtés, Habiba passait d'un chevalier à l'autre, se collant parfois à eux dans les poses les plus provocantes avant de les abandonner, aussi soudainement qu'elle les avait entraînés, pour se précipiter vers le buffet et avaler une coupe de champagne. Puis elle se joignit aux danseuses orientales pour balancer ses hanches et sa croupe d'une manière qui donna chaud à tous les mâles présents... Scali ne savait plus où se mettre, quant à Oumi elle conservait son air impénétrable, comme si tout ce que pouvait faire sa belle-fille lui était suprêmement indifférent...

– Elle danse bien, ta femme, dit Moktar dans la cuisine en se tournant vers Bajou.

Celui-ci continuait de piocher dans la malheureuse pièce montée, dont le volume avait déjà nettement fondu... Il s'était tourné de manière à ne pas faire face à la fenêtre. Ainsi, l'honneur était sauf... Tout à l'heure quand il avait tenté d'entraîner Habiba, elle l'avait regardé d'un tel air de défi qu'il en était resté saisi. Elle avait filé en lui riant au nez :

1. Gâteau aux œufs et au poulet.
2. “ La pauvre ”.

– J'ai envie de m'amuser. On ne se marie pas tous les jours, non?

Du coup il s'était réfugié, impuissant, auprès de Moktar. Les choux à la crème qu'il dévorait nerveusement lui offraient un bon palliatif.

– Oui, soupira-t-il, elle danse bien. Elle aime ça.

Le boulanger comprit qu'il ne souhaitait pas en dire plus. Il connaissait assez bien Bajou pour le deviner profondément troublé, chagriné. Mais il savait également qu'il ne montrerait rien. Plus il était blessé, plus il rentrait en lui-même comme un escargot dans sa coquille. Un long silence s'installa entre les deux hommes. Bajou mâchait mécaniquement. Depuis longtemps, la merveilleuse crème de Moktar avait perdu tout sa saveur.

En fait, Bajou pensait à Marcel. Il l'avait à peine aperçu au début de la fête, dans un état d'ébriété déjà très avancé. Il avait été très agressif, se moquant ouvertement de lui, traitant son mariage de bouffonnerie tout en buvant du champagne à même la bouteille. Bajou ne lui avait rien répondu. Il connaissait trop Marcel pour ignorer que son cousin vivait quelque chose de grave pour la première fois de sa vie. Ce qui lui avait donné la force de le défier et de le narguer. Or la seule activité à laquelle Marcel se consacrait était la conquête des femmes. C'est pourquoi, en face de Moktar, Bajou eut la bonne intuition.

– Et Amina? demanda Bajou, tout en continuant à manger, où elle est, je ne l'ai pas vue?

– Ma fille... soupira Moktar.

Ce fut à son tour de saisir un chou à la crème pour tenter d'oublier sa détresse.

– Allah seul sait quand on la reverra... depuis deux mois, elle hésitait... je pars, je pars pas... elle avait eu la bourse pour aller à la faculté de droit à Paris, tu comprends, et la semaine dernière, ni une, ni deux, elle ferme sa valise... et elle file... à peine même si elle m'a dit un mot!... Va comprendre! Ne fais pas de fille, Bajou, je te conseille!

Sur ces mots, Moktar, accablé, saisit un second four à la crème. Bajou le regardait d'un œil malicieux :

– Eh, à Paris, elle sera à côté de son Bourguiba, comme ça!

– La pauvre, alors! s'exclama Moktar. Le matin ils lui font des interviews dans les journaux, et le soir ils le jettent en prison... avec lui c'est un jour à l'ombre, un jour au soleil...

Bajou venait de repérer un gros morceau de sucre filé, presque caramélisé, qu'il entreprit d'extraire avec énergie du flanc de la pièce montée :

– Bientôt les Français vont lui donner la place du Bey et tout le monde sera content...

Moktar sourit :

– Quoi, seulement la place du Bey? Bourguiba, lui, il veut tout, et il aura tout! Garde bien mes mots dans ton cerveau... *Fokalina larquetim*[1]... Ce qui compte aujourd'hui, Bajou, c'est ton mariage... Tu es heureux, mon fils?

Bajou se pencha vers Moktar. Malgré la retenue de son ton, une violence sourde perçait dans son propos.

– Comme ils peuvent pas savoir, laisse les chiens aboyer, laisse...

Puis il saisit le bras de Moktar dans un geste fraternel.

– Je la voulais, tu comprends? Je la voulais pour moi tout seul. Ils ont beau rire et se moquer, tout à l'heure, c'est dans mon lit qu'elle sera, et pas dans le leur...

– *Roud' bellek*[2], mon fils... Il faut se faire petit devant les plaisirs, sinon c'est l'indigestion... c'est comme avec le gâteau... Au début c'est du plaisir, à la fin il te rend malade...

Bajou sourit en se léchant voluptueusement les doigts.

– Alors je crois que je vais tout droit vers l'indigestion...

– Fais attention à toi, Bajou, et aux autres...

1. " Oublions ces choses. "
2. " Prends garde. "

– Avec le temps, Moktar, tout s'arrangera...

– Avec le temps, et avec l'aide de Dieu...

Moktar pensait en même temps que Celui-ci, qu'on l'appelle l'Eternel ou Allah, aurait bien du travail...

– Le voilà! Qu'est-ce que je vous avais dit? J'étais sûr qu'il serait là!

D'une voix moqueuse, Marcel venait de faire son entrée dans la cuisine, précédant Hadjej.

Le banquier regardait autour de lui, un peu gêné de se retrouver à l'office. C'était bien du Benkahen, pensa-t-il, de se réfugier auprès des domestiques arabes le jour de son mariage. Chassez le naturel... Depuis toujours, le banquier, en grand bourgeois, nourrissait un profond mépris pour Bajou et ses manières de rustre. Il l'avait vu s'élever comme un météore dans le ciel de l'économie tunisoise et ne souhaitait qu'une chose : le voir s'abattre d'aussi haut qu'il serait monté. Evidemment il n'en laissait rien paraître, et ce pour de multiples raisons qui confinaient au secret. Bajou vint vers lui et lui tendit une main encore poisseuse de crème pâtissière :

– Monsieur Hadjej! Je me demandais si vous alliez venir, parce que moi je n'attendais que vous!...

Hadjej afficha un air aimable :

– Je sais, mais notre comité s'est terminé fort tard...

– Bon, il est fini, maintenant?... le coupa Bajou sans autre forme de procès. Asseyez-vous, asseyez-vous!

Déjà il lui tendait une chaise, l'invitant à prendre place à ses côtés. De plus en plus gêné, le banquier s'installa en se demandant de qui on se moquait. Il ne comptait tout de même pas discuter affaires dans la cuisine? C'était pourtant tout à fait les intentions de Bajou.

– On sera mieux là que dehors, non, avec tout ce bruit? ronronna le marié, qui ne lisait que trop bien les pensées de Hadjej.

Marcel avait déjà fait demi-tour, un verre à la main. Bajou le retint vivement par l'épaule.

– Marcel, pourquoi tu restes pas? Qu'est-ce que je peux faire sans toi, moi?

Il avait dit cela comme on dit « je t'aime, je connais ta peine, je suis avec toi » et Marcel fixa son gros cousin les larmes aux yeux. Il devinait qu'il voyait en lui comme à livre ouvert, mais que jamais il n'aurait eu l'indélicatesse d'exprimer clairement ce qu'il savait. Bajou était peut-être un rustre, mais il lui arrivait d'être aussi d'une humanité profonde.

Les deux hommes restèrent en suspens l'un en face de l'autre à peine quelques secondes, mais ils eurent l'impression de s'être raconté pendant ce temps leurs secrets réciproques. Marcel sourit et s'empara d'une chaise, avec le plus grand naturel.

– Bien sûr... je suis ton associé, non?

La présence de Marcel sembla rendre toute sa force vitale à Bajou. En un clin d'œil des coupes de champagne apparurent devant les trois hommes, pendant que Moktar leur servait des parts de sa succulente pièce montée. Image incroyable pour le banquier qui avait pensé communiquer les résultats de sa réunion dans un petit salon en fumant force cigares... Mais Bajou était sur son terrain et le faisait clairement sentir :

– Goûtez ce gâteau, Monsieur Hadjej, goûtez! C'est un délice! Moktar, c'est le plus grand pâtissier de Tunis! Et encore, vous connaissez pas ses beignets, hein, Marcel?

Puis, sans transition, Bajou quitta le chapitre culinaire pour fixer un œil froid sur le banquier :

– Alors, ce crédit? Vous avez la réponse?

La bouche pleine, l'homme ne s'attendait pas à être pris si vite à partie. Avalant précipitamment, il articula avec quelque difficulté :

– Ça a été dur, très dur... Tu demandais beaucoup, Bajou... Mais c'est d'accord, on te suit...

– Ah... et pourquoi alors vous paraissez tout crispé?

Hadjej dut admettre que Bajou possédait tout de même un sacré flair pour précéder d'aussi loin ses interlocuteurs. Il ne lui laissait aucune échappatoire.

– Nous voulons des garanties, concéda le banquier.

– Ah... et lesquelles, par exemple?

– Une hypothèque sur la minoterie...

Bajou sembla d'abord n'avoir rien entendu, puis il se tourna vers Marcel :

– Tu entends, ils veulent une hypothèque...

Dehors, la musique orientale entamait une valse lente. Habiba était maintenant bien loin des préoccupations de Bajou. Il bougea lentement la tête de gauche à droite, comme Hadjej s'y attendait :

– Non, Monsieur, il en est pas question... Ce que je veux faire, c'est pour la Tunisie. Le blé que je veux exporter, ça sera notre ticket d'entrée sur le marché international, pourquoi est-ce que je devrais payer sur mes propres biens? Il faut que vous appreniez à prendre des risques, aussi!

– Justement, Bajou, certains membres du comité ont peur.

– Ils ont peur de leur ombre! J'apporte une affaire magnifique et ils se conduisent comme des fatmas!

Le banquier n'eut pas le temps d'ajuster une réponse. Déjà Bajou plongeait sur une caisse de champagne et saisissait une nouvelle bouteille, dont il fit sauter le bouchon avec une jovialité non feinte :

– C'est pas grave! Allez, on n'en parle plus!

Il versa lui-même le champagne dans la coupe de Hadjej, s'arrêtant soudain à mi-verre :

– Au fait, ce champagne, vous savez d'où il vient? Un cadeau de Chatel et Costa... ils n'ont pas pu venir, mais quelle générosité, hein?... En voilà deux qui doivent vous plaire : ils sont tout petits et étriqués comme vous aimez... Vous trinquez avec moi? C'est pas parce qu'on n'est pas d'accord qu'on est fâchés, hein?

Très perturbé par l'évolution des choses, Hadjej consentit à trinquer. Il s'était attendu à des cris, des protestations, des reproches, mais l'attitude de Bajou le désarçonnait totalement. Celui-ci but sa coupe d'un trait et fit vulgairement claquer sa langue.

– Délicieux! Goûte-le, Marcel, tu m'en diras des nouvelles!

Depuis le début, et contrairement à son habitude, le cousin de Bajou s'était tenu silencieux, réservé. Il posa sa coupe sur la table et Hadjej comprit que l'offensive allait venir de lui :

– En parlant de nouvelles, comment il va, votre fils Henri, Monsieur Hadjej? Je pensais à lui l'autre jour... Ça fait longtemps qu'on l'a plus vu à Tunis... Il va bien, au moins?

– Henri? rétorqua le banquier. Mais il est à Paris, tu ne savais pas...?

Ses yeux retrouvèrent enfin ceux d'Hadjej pour s'assurer que le message était bien passé :

– Ses affaires marchent bien, je crois, non?

Le secret qui liait Bajou à Hadjej tenait en cela : il avait été le seul témoin direct de l'attitude de son fils pendant l'Occupation. Dans le délateur au profil tuméfié qui identifiait les « terroristes » la nuit de son arrestation aux souks, Bajou avait reconnu Henri Hadjej. Jamais il ne s'en était ouvert à personne, sauf à Marcel et au père du rejeton, banquier de surcroît, ce qui pouvait toujours servir. Cela avait été amplement le cas. Et Bajou avait été suffisamment prévoyant pour s'assurer, de la part de ses amis américains, Herbert et Franck, un témoignage par écrit qui corroborait tous ses dires. Un témoin – comme dit la loi – pas de témoin. Mais trois, alors, c'est un régal. Même si Herbert et Franck n'avaient écrit leur déposition que sous la dictée de Bajou. Mais ça, même Marcel ne le savait pas. Comme de bien entendu, les correspondants de Benkahen, dans l'affaire de blé qu'ils contribuaient à mettre sur pied à l'export, n'étaient autres que Herbert et Franck. Ce dernier point, bien sûr, Hadjej l'ignorait.

Le comportement calamiteux de son fils pendant la guerre constituait le talon d'Achille du banquier, qui cherchait désespérément à occulter l'épisode. Et Bajou avait été trop impliqué dans cet événement pour pouvoir le chasser de sa mémoire sans contrepartie. A la place de

Henri, sans doute aurait-il lui aussi parlé. Mais voilà, il n'avait pas été à sa place! Là où d'autres auraient peut-être eu l'élégance de glisser, lui n'hésitait pas à exhumer le passé le plus douteux. Mais au fond, Hadjej lui laissait-il une autre possibilité?

Dans son monde, la notion d'élégance existait-elle? Si Bajou se battait comme les chiens des douars, en utilisant toutes les armes, même les plus basses, quelle morale était celle du banquier? La morale des affaires n'était-elle pas la pire? Pour Bajou il y avait sa famille, et en face d'elle un monde hostile qu'il fallait écraser avant qu'il vous écrase. Hadjej reposa lentement sa coupe. Il avait compris mais tenta une dernière défense.

– Bajou, j'ai déjà fait beaucoup pour toi... et il y a le comité...

– Moi je n'ai pas de comité, dit fermement le minotier, mais j'ai des souvenirs et des témoins... Je ne peux pas faire autrement, vous comprenez?

Il s'excusait presque et paraissait sincèrement ennuyé. Puis il planta ses coudes sur la table pour faire face au banquier. Son ton était toujours aussi doux et emprunté, mais l'éclat brûlant de ses yeux indiquait clairement sa détermination.

– Monsieur Hadjej, vous êtes un homme très honorable. Je sais que vous ne m'aimez pas beaucoup avec mes manières, mais jamais j'irais enlever à un père ce qu'il a de plus cher au monde... Ma minoterie, Monsieur Hadjej, ce n'est pas seulement mon fils, c'est toute ma famille... Aujourd'hui, c'est un jour de fête pour moi, alors si je peux vous le demander, demain matin, réunissez votre comité... Et avec votre intelligence et votre cœur, expliquez-leur la situation... Expliquez-leur bien! Et je suis sûr qu'aucun ne voudra me prendre ma famille...

Les yeux de Bajou s'abaissèrent sur l'assiette de Hadjej encore à moitié pleine. Il fit une moue compréhensive.

– Vous ne terminez pas le gâteau? Il y a un peu trop de crème, hein?

*
**

A peine Bajou venait-il d'abandonner Hadjej que Marie se planta devant lui. Elle était habillée d'une robe qui venait tout droit du meilleur couturier parisien. Elle était l'une des rares femmes de Tunis dont les mensurations pouvaient se plier aux oukases des Dior et autres Chanel. Les autres étaient condamnées à faire appel à l'éternelle couturière qui se chargeait de copier les « patrons » en les adaptant à leurs abondantes morphologies. Comme toujours, Bajou ressentit un certain trouble en présence de sa cousine. Il lui arrivait, lorsqu'elle passait à proximité, de la désirer comme il avait désiré peu de femmes. Elle jouait de cette équivoque en toute connaissance de cause.

– Je te cherche partout... On n'attend que toi pour le talilah[1] ! Mais dans quel état tu t'es mis? Viens, viens que je te rhabille!

Elle s'activait déjà pour remettre sa cravate en place, l'enveloppant dans un nuage de parfum qui le laissa frissonnant :

– Où est Habiba?

– Elle danse là-bas, dit Marie le plus naturellement du monde en ravalant son sourire.

Le regard de Bajou se porta vers la piste. Habiba évoluait sur un air de slow, serrée de près par Benhaïm – Dédé pour les intimes – un familier des Boccara. Dans l'axe du couple, Bajou rencontra les yeux de sa mère. Oumi ne perdait pas une miette du comportement de sa belle-fille. Quelque chose passa entre eux. Il comprit que s'il s'approchait maintenant de Habiba, elle le repousserait méchamment. Aussi décida-t-il de se montrer sans pour l'instant intervenir. Inutile de donner à chacun l'occasion de médire plus encore. Habiba ayant visiblement bu, la scène pouvait mal tourner...

Il n'eut pas longtemps à attendre. Dans les secondes qui

1. Chant en l'honneur des mariés.

suivirent, Habiba se sépara brutalement de son cavalier. Il avait dû tenter quelque contact audacieux, car elle se mit à hurler :

– Ah oui, qu'est-ce que tu veux que je sente, exactement? Que je te plais? Pourquoi tu ne m'épouses pas, alors? Oh, tu es déjà marié, c'est ça! Et elle est où, ta femme? Combien tu l'as payée, dis-moi... Parce que moi, je vaux cher, je vaux très très cher! Demande à mon mari! Demande-lui!

Devant ce torrent de paroles, le pauvre Benhaïm, blême, ne savait plus où se mettre. De table à table, tout le monde échangeait des regards consternés. L'orchestre faiblit comme si les musiciens eux-mêmes ne voulaient rien perdre de l'incident. Profitant d'une seconde d'inattention, Benhaïm s'éclipsa sans demander son reste. Il avait maintenant des comptes à rendre à sa femme.

Tournant sur elle-même, Habiba lançait à la cantonade :

– Où il est, mon mari qui m'a achetée très cher! Bajou, où tu es?

Une main se posa sur son épaule. Elle se tourna vivement et se retrouva face à son père.

– Ça suffit, Habiba... viens t'asseoir, tu as assez bu...

Elle jaugea l'homme qui l'avait faite et élevée, pour lequel elle n'avait éprouvé longtemps que pur amour. Un amour désormais disparu, envolé à jamais. Il lui avait délibérément volé sa jeunesse. Elle fit front, farouche, et trouva au fond d'elle-même les mots les plus durs.

– J'ai bu, c'est vrai, prononça-t-elle à mi-voix, mais pas encore assez pour coucher avec ce monstre auquel tu m'as vendue.

Subitement, une lueur de tendresse et de regrets mêlés passa dans le regard de Habiba. C'est presque tristement qu'elle ajouta comme un adieu :

– Il n'y a que mon mari qui me donne des ordres, maintenant...

Elle se détourna d'un mouvement gracieux, appelant de

nouveau, de sa voix éraillée par l'alcool, la fumée et les cris :

– Bajou! Où est mon mari? Où est mon mari? Bajou!

Scali resta impuissant au bord de la piste. Le dernier regard de sa fille l'avait assassiné encore plus sûrement que la violence de ses propos. C'est alors qu'il entendit un rire s'élever derrière lui. Un rire gras, ironique, abject. Il se retourna lentement, comme privé de vie. Bajou le regardait, les bras grands ouverts, défiguré par un sourire diabolique d'où montaient des hoquets moqueurs. Il semblait lui dire : « Amusez-vous! Quelle belle fête, hein? » mais ses gloussements renvoyaient Scali loin, très loin dans sa mémoire. Un prodigieux voyage dans le temps qui le déposa dans la ferme à Nabeul, dans la douce brise de l'été finissant... Le jour du baptême de Habiba... Et Scali entendit ce même rire, ces mêmes ricanements. Il s'agissait des siens, devant l'assiette d'Elie recouverte de terre, sous les yeux d'un enfant triste et gros, qui n'avait jamais oublié ce moment.

Bajou se détourna à l'instant même où il comprit que Scali avait fait le voyage. Il en avait désormais fini avec lui.

Les épaules plus voûtées que jamais, la démarche lente et lasse, à la limite du malaise, Scali quitta la fête et se fondit dans les frondaisons voraces du parc environnant, sous les applaudissements ironiques de tous les convives qui saluaient l'arrivée de Moktar et de sa pièce montée. Laquelle malgré un patient travail de ravalement, ressemblait davantage à la tour de Pise qu'à un gâteau digne d'un pareil mariage.

Habiba avait repris sa valse confuse au centre de la piste. L'orchestre s'arrêta soudain, la laissant titubante sur place. Elle avait du mal à fixer son regard : Bajou se tenait devant elle, détendu, souriant. Il lui ouvrit les bras au son des premières mesures du traditionnel talilah.

– Allez, Madame Benkahen... Pour celle-là, il faut qu'on soit ensemble.

Autour d'eux, tous les invités s'étaient réunis, les encerclant en plusieurs lignes concentriques qui interdisaient à Habiba toute échappatoire. Accrochés l'un à l'autre par les mains, Bajou et Habiba tournaient sur eux-mêmes, en crescendo, au rythme de la musique et des youyous qui semblaient élever autour d'eux des remparts dont ils ne pourraient plus jamais se libérer. Les visages défilaient si vite devant les yeux d'Habiba qu'elle dut fermer les siens pour ne pas défaillir. Alors, sous ses paupières closes, Edmond apparut! Edmond qui tournait avec elle et lui souriait... Apaisée et en sécurité, Habiba cessa de se battre et de résister. Assommée par l'alcool, emportée par le tourbillon de la musique, elle se laissa doucement tomber dans les bras de son amant, sous les applaudissements de toute l'assistance heureuse de son bonheur retrouvé.

*
**

Bajou avait déposé Habiba sur le lit. Il l'avait lui-même portée dans ses bras depuis le palier jusqu'à la chambre. Toujours inconsciente, la jeune femme murmurait des mots que Bajou ne voulait pas entendre. Puis il avait revêtu son pyjama avec des gestes lents, comme s'il retardait le moment de se retrouver dans la chambre. Dans la semi-obscurité qui y régnait, trouée seulement par la clarté de l'aube, il avait longuement contemplé la magnifique silhouette de sa femme enveloppée dans sa robe de satin blanc.

Puis, avec des gestes délicats, il avait entrepris de la déshabiller. Petit à petit, Bajou découvrit le corps de Habiba jusqu'à ce qu'il fût intégralement nu. Il s'était agenouillé devant lui, extasié par le spectacle qui s'offrait à ses yeux. Pour la première fois de sa vie il contemplait le corps d'une femme, et cette vision le bouleversait d'autant plus que celui-ci était magnifique, sans défaut. Du cou effilé aux pieds réguliers, sa poitrine, ses hanches, ses longues jambes, tout était parfait. Jusqu'à la couleur de sa peau, blanche, pure, qu'il devinait douce comme la plus fine étoffe. Mais ce qui le fascinait au-delà de tout était cette toison brune, fournie, soyeuse, fièrement bombée qui s'insinuait entre ses cuisses et dont montaient les effluves de parfums secrets qui enivraient Bajou. Pendant de longues minutes, ses yeux ne quittèrent pas ce triangle magique dans lequel il croyait deviner le mystère de la femme. Il avait le sentiment de s'adonner à un rite sacré et que toutes les circonstances de la soirée – l'inconscience de Habiba parmi d'autres – étaient ordonnées par la volonté divine pour qu'il en soit ainsi.

Parfois la jeune femme poussait des soupirs, semblant sur le point d'émerger de son inconscience, mais ses yeux restaient obstinément clos, donnant progressivement à Bajou une sensation de totale impunité. Demain elle se réveillerait, mais pour l'heure ce corps était à lui, sans défense, sans réaction. Il pouvait tout se permettre. Toucher sa peau, sentir pour la première fois de sa vie le grain tendre d'une femme sous sa main. Avec d'infinies précautions, le souffle retenu, il frôla des doigts le mamelon gracieux d'un sein. Puis il s'enhardit, et toute sa main s'ouvrit sur la poitrine douce et ferme.

... Edmond... C'est Edmond qui la caresse... Il passe la main sur son sein, le saisit et le pétrit légèrement, presque timidement. Elle gémit, se laisse aller. Ouvre les jambes. La main d'Edmond trouve son chemin entre ses cuisses. Qu'il vienne vite. « Viens, viens... » murmure-t-elle, fiévreuse, abandonnée. Elle le presse, s'impatiente, cherche sa peau, qu'il a si douce, ses épaules, son dos, sa taille mince, bien prise. Mais il y a ce tissu, ce vêtement...

Habiba ouvrit enfin les yeux et se trouva nez à nez avec le visage de Bajou déformé par le désir. Dans un cri elle réalisa sa nudité, se recroquevilla sur elle-même et, paniquée, glissa du lit pour se plaquer contre le mur, tremblante de terreur et de fureur, protégeant son corps de ses bras en une dérisoire défense.

Bajou, cramoisi, l'œil fou, revint sur elle, le pyjama défait sur son sexe grotesque. Alors, elle hurla :

– Non... je ne veux pas... je ne veux pas...

Le voyant tendre la main vers elle, elle commença à se débattre. Il n'avait pour but que de la rassurer, de lui dire qu'il ne voulait rien faire, qu'il saurait attendre. Il s'accroupit à ses pieds. La conjura de se taire. « Oumi est juste dans la chambre à côté... » Il essaya de la calmer, mais elle se méprit et se débattit, fouettant l'air de ses mains. Les coups plurent sur Bajou maintenant paniqué, les ongles griffèrent son visage. Il essaya de la maîtriser. Tête contre tête, furieusement, ils s'opposèrent. Cette soudaine défense enflamma subitement le désir de l'homme. Il la saisit avec force à la taille et la jeta sur le lit. Pour la réduire, il se plaqua à elle. Il ne désirait encore que la tranquilliser, mais ses lourdes cuisses plongèrent entre les jambes de Habiba. Plus elle se débattait, plus le désir de Bajou augmentait de la sentir nue sous lui, totalement accessible.

Pour arrêter ses cris, il colla sa bouche contre la sienne. Habiba le mordit férocement. Tous deux se paniquèrent et s'entêtèrent, alors que le plaisir de Bajou montait, inexorable. D'une main, il plaqua au-dessus de sa tête les bras de Habiba. De l'autre, il caressait frénétiquement son corps, ses seins, son ventre, s'insinuait dans l'entre-jambes et l'écartait brutalement, fouillant la toison du pubis, palpant et griffant ses cuisses et ses reins.

Habiba haletait, se débattait, s'épuisait, pleurait, tentait de repousser l'inéluctable, l'intolérable, jusqu'au moment où son cri se perdit dans des pleurs impuissants, quand Bajou, indifférent à ses suppliants « fais attention, fais attention, je t'en prie, fais attention », la pénétra enfin, déchirant violemment sa résistance.

Alors elle cessa de se battre et le laissa s'agiter en elle, récupérant ses forces et retrouvant toute sa lucidité : « Surtout garde ton ventre plat... ne lui donne pas d'enfants... »

Elle guetta attentivement le mouvement de ses reins dans une rigidité qu'il prit pour une soumission. Mais lorsqu'elle sentit le souffle de l'homme s'accélérer, au moment où Bajou, bouche à demi ouverte, allait se laisser déborder par le plaisir, dans un sursaut désespéré de tout son corps elle le rejeta hors d'elle. Surpris, il retomba lourdement sur le côté, éjaculant sous lui en se tortillant comme un gros poisson échoué sur la plage, pendant que Habiba recroquevillée, les mains contre son ventre, sanglotait de tout son être, ivre de rage et d'humiliation.

*
**

Au matin, elle se lava longtemps, très longtemps, sous la douche ouverte à fond. Elle ressentait encore l'étreinte de Bajou comme une souillure qui ne s'effacerait jamais, dans son sexe, sur ses seins, sur son ventre. Elle frottait, frottait presque à s'arracher la peau. Elle n'en finissait pas de laisser couler l'eau sur son corps, comme si, avec elle, allait également s'écouler la réalité de cette nuit atroce.

Elle avait attendu, feignant d'être plongée dans un profond sommeil, le départ de Bajou pour la minoterie. Elle ne se sentait pas la force de lui faire face après les événements de la nuit.

Elle avait guetté le claquement de la porte en sachant bien qu'il marquait le début de sa cohabitation avec Oumi. Oumi qui vivrait avec le jeune ménage aussi longtemps que Dieu la garderait en ce monde, car il était hors de question pour Bajou de voir sa mère évoluer sous un autre toit que le sien. Le matriarcat, sur ces terres, n'était pas un vain mot.

Le domaine d'Oumi était la cuisine où la vieille femme campait en permanence, poursuivant d'interminables et paresseuses conversations en arabe avec la bonne Aïssa, Installée près du fourneau dès le début de la journée, elle veillait avec un soin jaloux sur l'alimentation de son Bajou, un domaine dans lequel elle ne permettait à personne d'autre d'intervenir.

Mais, depuis le début de la matinée, Oumi remâchait sa rancune. Pendant que Habiba prenait sa douche, elle s'était précipitée dans la chambre à coucher du couple pour constater avec dépit que le lit ne recelait aucune des traces sanglantes qui caractérisaient à ses yeux une couche nuptiale. Habiba n'était donc plus vierge, comme elle le craignait depuis l'esclandre chez Scali. Elle s'était donnée à cet homme dont elle avait hurlé le nom. Honte sur la famille, et honte sur Bajou si quiconque l'apprenait. Cette découverte n'avait rien fait pour rehausser auprès de la vieille femme le prestige de sa bru...

Quand cette dernière sortit de sa chambre, vêtue d'un discret tailleur beige, l'atmosphère de la maison lui sembla irrespirable. Elle ne pouvait imaginer que sa vie allait désormais se réduire à ces murs, pareils pour elle à ceux d'une prison. Il lui fallait prendre l'air, s'évader, parler... peu importait avec qui... oublier.

Mais quand elle passa devant la cuisine, dernier lieu avant la porte d'entrée, la voix sèche de sa belle-mère la retint.

– Viens prendre un café, ma fille...

Sur un signe de la vieille femme, Aïssa s'empressa de remplir un verre. Oumi examina sa belle-fille sans aménité. Malgré la pâleur révélatrice de son visage, elle était mignonne à croquer.

Habiba hésita une seconde puis consentit à s'asseoir sur un tabouret face à Oumi, figée derrière la table de cuisine à écosser des haricots. Elle avala rapidement le liquide préparé par Aïssa. Un silence de mort régnait dans la pièce. Le grand calme avant la tempête, pensa Habiba. Très vite, le spectacle du visage ridé et hostile d'Oumi et de ses mains tavelées qui s'affairaient lui donna la nausée. Elle se leva d'un bond.

– Je vais prendre l'air, ça me fera du bien...

Sans attendre de réponse elle avait gagné la porte d'entrée, mais lorsqu'elle en actionna la clenche, elle fut surprise de constater que la serrure était verrouillée. D'un geste naturel, croyant à une chose sans importance, elle se tourna vers Oumi qui, depuis le début, n'avait attendu que cet instant.

– Une femme qui vient de se marier, elle sort pas toute seule, c'est honteux, prononça la vieille... Va sur le balcon si tu veux...

Habiba mit quelques secondes à réaliser. Ainsi sa belle-mère prétendait tout régenter, jusqu'à ses occupations. Profondément indignée, elle voulut se révolter mais se reprit presque aussitôt. « La vieille garce n'attendait que cela, certainement ! » Elle imaginait déjà avec quelle satisfaction elle lui ferait la leçon sur les devoirs d'une jeune mariée. Elle avait vu juste. Et Oumi fut bien déçue et frustrée de sa victoire en voyant Habiba regagner sa chambre sans se retourner.

Allongée sur son lit, Habiba ne fit que penser à Edmond. Elle l'imaginait dans ses moindres gestes et activités, là-bas, de l'autre côté de la mer. Au travers des persiennes, la lumière vive du soleil s'affaiblissait au fur et à mesure que l'après-midi avançait. Son regard ne quittait pas une petite tranche de ciel bleu qui se découpait tout en haut de la fenêtre.

Et maintenant, que ferait-elle de sa vie? Quelle différence y avait-il entre rester enfermée ici sous la garde vigilante d'Oumi et se retrouver à la maison d'arrêt de Tunis? Qu'avait-elle fait à Dieu? Quel crime avait-elle donc commis pour se retrouver incarcérée si jeune? Aucun. Elle avait simplement été vendue à un autre comme un objet. Ici personne ne viendrait jamais à son secours. Si elle se mettait à hurler, on la croirait devenue folle. Peut-être même d'autres femmes enviaient-elles son sort ! Devenir l'épouse d'un riche négociant, c'était le rêve de tant de filles de bonnes familles! Comme elle aurait souhaité échanger sa place avec elles. Elle n'aurait pas discuté une seconde : « Vous voulez Bajou Benkahen? Prenez-le, il est à vous, je vous le laisse ! »

« Oh, Edmond, mon amour, où es-tu? » pensa Habiba envahie de sanglots. Elle agrippa l'oreiller pour y déverser un torrent de larmes silencieuses. Elle ne voulait pas que « l'autre » puisse capter les échos de son chagrin et s'en réjouir.

C'est dans cette position que Bajou la surprit lorsqu'il rentra de la minoterie. Il était sept heures du soir, et la nuit tombait sur Tunis. En fait, il avait quitté son bureau bien plus tôt pour courir les magasins à la recherche de différents cadeaux, comme en attestaient les boîtes volumineuses qui encombraient ses bras. Ainsi chargé, il s'encadrait dans la porte, l'air perplexe. Habiba se redressa vivement, essuyant ses larmes de la paume de ses mains. Il hésita encore, puis s'avança vers elle, déposa au passage les paquets sur une chaise. Ils se dévisageaient comme deux étrangers. Pour elle, il avait fait un effort de présentation dans l'escalier, se repeignant et remettant sa cravate en place. Son nouveau statut d'homme marié lui imposait des soins supplémentaires.

– Tu n'as pas bougé de toute la journée? finit-il par dire, un peu gêné de son silence.

Ce fut au tour de Habiba d'être perplexe. Quel jeu jouait-il? Etait-il à ce point cynique? A moins que... A moins qu'il ignorât le petit manège d'Oumi. Elle se redressa et lui tourna le dos, face à la fenêtre. Dehors, la vie semblait paisible.

Bajou dansait d'un pied sur l'autre, embarrassé. Toute la journée, il n'avait fait que penser à sa « nuit de noces ». Il n'était pas arrivé à chasser le malaise qui depuis ce moment l'avait habité. Il lui fallait trouver le moyen d'améliorer ses rapports avec Habiba. Il prit son courage à deux mains. Le moment était venu de prononcer les mots qu'il avait préparés et répétés pendant toute la journée. Ce ne serait pas facile, mais il le fallait... :

– Cette nuit, Habiba... je n'aurais pas dû... j'ai perdu la tête... Je pensais que c'était normal... qu'on était... mari et femme, quand même... Mais je ne...

Baissant les yeux comme un enfant coupable, il ajouta :

– Enfin, voilà, la prochaine fois... si tu ne veux pas... on ne le fera pas... C'est ce que je voulais te dire...

Elle se tourna vers lui et le fixa longtemps sans répondre.

Cet aveu maladroit avait dû lui coûter cher, à lui qui suivait son chemin sans jamais s'occuper des sentiments des autres. Il avait voulu lui montrer qu'il avait une sensibilité, qu'il n'était pas indifférent à sa souffrance, même s'il en restait la raison première. Il avait touché quelque chose en elle, mais elle se crispa. Il ne fallait pas qu'elle se laisse aller. Aussi se contenta-t-elle de baisser les yeux sans un mot, signifiant par là que le marché lui convenait. Bajou le comprit ainsi, qui retrouva aussitôt toute sa jovialité. Il frappa dans ses mains et se précipita vers les paquets :

– Allez, sois plus triste, maintenant! Regarde un peu ce que je t'ai apporté!

Il avait extrait de l'un des paquets un superbe chemisier en dentelle.

– ... Je suis sûr qu'il t'ira très bien, celui-là!

Il souriait benoîtement en tenant le chemisier entre ses deux mains levées, comme s'il en faisait la réclame.

Habiba le regarda, surprise :

– Tu veux vraiment que je mette ça?

Il faillit hurler de joie : enfin elle avait parlé. Au lieu de cela il grimaça, penchant la tête de côté :

– Il est un peu transparent, c'est vrai. Dans le magasin, j'avais mal vu, mais c'est pas grave!

– Tu crois que c'est correct, pour une femme mariée?

Elle avait prononcé les mots de manière innocente. Sur le moment, Bajou en fut littéralement inondé de bonheur. Pour la première fois, son mariage lui semblait une réalité! Mais son sixième sens, le ton de Habiba, le regard qu'elle plongeait sur lui, l'amenèrent à une autre conclusion. Elle voulait lui dire quelque chose, mais quoi? Sur le moment, il ne put que répondre dans un demi-sourire.

– Ouh... mais tu parles déjà comme Oumi, toi...

Il s'arrêta net. Comme souvent chez Bajou, la parole précédait la pensée. Habiba le regardait toujours avec la même intensité. Il baissa la tête, furieux contre lui-même de n'y avoir pas pensé plus tôt.

– Ah, je comprends... elle t'a parlé...

Dans les yeux de Habiba, il perçut pour la première fois une lueur complice.

– Habiba! Viens aider à mettre la table, ma fille!

La voix âpre d'Oumi vint briser l'instant, les faisant sursauter. Elle s'encadrait, presque souriante, dans la porte. A les voir, on aurait pu croire à un couple normal. Habiba se dirigeait vers sa belle-mère quand Bajou la rattrapa subitement par le bras. Une expression joviale s'était peinte sur son visage :

– Quelle table? Mais non, on va dîner dehors, Habiba et moi! Pardon, Oumi j'ai oublié de te prévenir! On va fêter une excellente nouvelle que j'ai eue de Monsieur Hadjej, le banquier. Une très, très bonne nouvelle... Habiba, tu t'habilles, je veux que tu sois la plus belle! Mets ton nouveau chemisier, mets!

A mesure que Bajou parlait, Oumi semblait se décomposer. Elle qui avait préparé un si bon dîner pour son fils adoré!... Bajou savait qu'il ne fallait pas lui laisser le temps de se ressaisir. Le plus naturellement, il demanda en souriant :

– Oumi, tu m'en veux pas? Qu'est-ce que tu avais préparé?

– Des banatajes, dit-elle d'une voix pincée.

– Oh, des banatajes... mon plat préféré! Tu me gâtes trop, Oumi! Mais c'est pas grave, conclut-il en se dirigeant vers la salle de bains, on les mangera demain! Ça se garde, non?

Il continua à parler fort depuis l'autre pièce, pendant que Habiba et Oumi demeuraient plantées face à face dans un véritable duel silencieux.

– Il a fait une chaleur, aujourd'hui, à la minoterie! Ouh! poursuivait Bajou. Impossible de travailler! On ne pensait qu'à la plage! Tiens, il faudra qu'on y aille dimanche avec Marcel...

Il ouvrit la douche, et par-dessus le fracas de l'eau haussa la voix.

– Au fait, Habiba, j'aime pas que tu ne fasses rien toute la journée! Une belle fleur comme toi, il faut qu'elle soit arrosée par le soleil. Profite tant que tu es encore libre, va dans les magasins, va au cinéma, tu aimes le cinéma, non? Amuse-toi! Pourquoi tu ne sortirais pas avec Marie? Elle m'a dit qu'elle voulait s'occuper de toi... Hein, Oumi, tu es d'accord, non? Une jolie femme comme ça, il faut qu'on la voie, sinon c'est péché!...

A ces mots, le visage de Habiba s'éclaira de manière si évidente qu'Oumi ne put le supporter et partit se réfugier dans son repaire habituel, auprès de la fidèle Aïssa.

⁂

Lorsque Bajou émergea enfin de la salle de bains, rasé de frais, fleurant bon l'eau de Cologne abondamment répandue, il eut le souffle coupé par le spectacle qui l'attendait : Habiba était vraiment magnifique. A l'idée de sortir, de voir des gens, elle s'était sentie envahie malgré elle par une onde de gaieté. Légèrement maquillée, elle avait revêtu un ensemble ravissant sous lequel on devinait son nouveau chemisier de dentelle.

Bajou s'immobilisa au seuil de la chambre. Il avait vraiment épousé la plus belle femme de Tunis!

– Tu es très jolie, Madame Benkahen... Et puis ça te va bien, d'avoir l'air un peu moins triste...

Son regard descendit subrepticement jusqu'au corsage de dentelle.

– Mets la veste, quand même... Il fait un peu frais, ce soir!

Car le chemisier était vraiment très transparent. On devinait facilement la peau de Habiba dessous. Enfin, avec la veste par-dessus, ça irait...

Ça ne dérangeait pas trop Bajou que les autres hommes puissent regarder sa femme. Elle était la sienne. Tout au plus ne pourraient-ils que le jalouser... mais quand même, inutile d'exciter trop gratuitement les convoitises. Bajou ressentait désormais clairement, vis-à-vis de Habiba, l'instinct du propriétaire.

Au passage du couple dans le couloir, Oumi leva à peine

les yeux. Elle désirait faire sentir à Bajou tout le poids de son blâme muet, une vieille tactique qui avait toujours admirablement fonctionné. Mais décidément, ce mariage avait des conséquences bien inattendues... Elle ressentit en effet la dernière action de Bajou comme le coup de grâce que celui-ci portait à ses ultimes espoirs, quand elle l'entendit dire du même ton jovial et porté, afin que ses propos n'échappent à personne :

– Tiens, Habiba, mets mes clés dans ton sac. Moi, elles me déforment les poches. Et même garde-les, comme ça tu auras ton trousseau, je me ferai faire des doubles demain. C'est ta maison ici, non?

Bajou s'approcha de sa mère impassible, toujours assise dans la cuisine :

– Oumi, ne veille pas tard, hein? Tu es fatiguée. Il faut que tu dormes! D'accord?

Elle hocha la tête d'un air las. Mais quand la porte claqua sur eux, Oumi sut qu'une page de sa propre vie, la dernière, venait d'être tournée : il lui faudrait désormais partager son fils, ou le perdre à jamais.

Dans l'escalier, Bajou sentit le bras de Habiba venir se glisser sous le sien. Ils échangèrent un bref regard : elle lui était vraiment reconnaissante d'avoir réglé en si peu de temps et de cette façon le problème d'Oumi.

Cependant, dès qu'ils mirent le pied sur le trottoir, Habiba retira vivement sa main et marcha en retrait de Bajou qui ne s'en offusqua pas. Chaque chose en son temps, pensa-t-il en lui-même.

25

Edmond adoré,

Quinze jours maintenant que je suis mariée et toujours aucune nouvelle de toi... Comment as-tu pu me laisser ainsi et m'abandonner entre leurs mains sans rien tenter?... Parfois, Edmond, je crois devenir folle... Je me demande si les choses qui m'arrivent et celles qui me sont arrivées sont bien réelles... Même toi mon amour que j'appelle encore mon amour, as-tu seulement existé? Comment comprendre ton silence? Mon sort t'est-il à ce point indifférent? Chaque jour qui passe sans nouvelles de toi m'oblige à t'oublier, comme si tu n'avais été qu'un fantôme dans ma vie... un fantôme pour lequel je donnerais tout...

N'importe quelle autre femme se réjouirait des gentillesses et de la générosité dont fait preuve Bajou à mon égard. Il me ménage et prend le temps. Mais il souhaite tellement les enfants que je refuse de lui donner qu'un jour il n'acceptera plus d'attendre. L'idée même que mon ventre leur donne le jour me terrifie et me dégoûte. Pourquoi Dieu a-t-il fait que la plus grande joie d'une femme et son plus beau devoir soient pour moi le malheur le plus grand?

Mes souvenirs d'enfance qui sont rattachés à Bajou me paraissent désormais un cauchemar. J'ai honte de marcher avec lui dans les rues. J'ai honte quand les gens nous regardent avec leurs sous-entendus. J'ai honte de ne pas être morte, mais j'ai tellement espéré, Edmond, que tu viennes me chercher pour construire la vie dont on avait rêvé tous les deux...

Seule Marie me tient compagnie, je ne veux voir personne d'autre qu'elle... Elle me comprend et m'aide comme elle peut... Tous les autres m'ont tant déçue : mon père, ma mère, mes frères. Je les hais autant que je hais Bajou parce qu'aucun ne s'est demandé où était mon bonheur. Pour eux, je n'ai été qu'une marchandise dont ils ont tiré le meilleur prix. D'ailleurs, mon père va bientôt vendre le café de La Goulette, et avec cet argent plus celui de la dot ils vont partir en France ouvrir un commerce. Savoir qu'ils seront loin de moi est presque un soulagement. Ne plus les voir me permettra peut-être d'oublier leur trahison et ma lâcheté... Mais quel sens a désormais ma vie?

Ces lettres sans fin à Edmond, dans lequelles elle déversait pêle-mêle sentiments et frustrations, étaient son unique recours, son oasis intime, le seul moment où elle pouvait se retrouver, être enfin un peu elle-même, sortir de la peau de la ravissante Madame Benkahen pour solliciter le passé et le faire revivre. Elle en avait écrit, des messages d'amour, des cris désespérés. Mais le temps, comme toujours, faisait son œuvre. Edmond était loin. Il ne pouvait écrire. Ou bien il l'avait oubliée. Ou encore il en avait rencontré une autre en Europe : pourquoi pas, tout était possible...

Un amour, c'est tellement fragile que ça s'étiole bien vite si on ne l'arrose pas régulièrement. Ses lettres, s'il les recevait, les lisait-il encore? Peut-être allaient-elles directement au panier? Cependant, pour rien au monde elle n'aurait renoncé à ces moments où, installée sur le balcon dans un léger peignoir, loin des regards indiscrets, elle pouvait enfin communiquer avec l'homme de sa vie.

« *As-tu seulement existé? J'ai honte, oui, honte de ma lâcheté, honte de ne pas être digne de toi... Je t'ai tellement espéré, Edmond... Si seulement tu m'avais...* »

Habiba s'arrêta net d'écrire. Dans le couloir, des pas se rapprochaient. Elle se précipita pour dissimuler les feuillets sous les coussins du lit juste au moment où la porte s'ouvrait sur Marie. Habiba se détendit. Elle avait eu peur que ce soit cette vieille espionne d'Oumi. Elle rajusta sa tenue alors que Marie venait vers elle, le sourire aux lèvres. Marie... Que serait-elle devenue sans elle? Son exubérance, sa joie de vivre, son ironie acérée comme un couteau...

– Alors, ma belle, on fait la grasse matinée?

D'un geste rapide, elle caressa le doigt de Habiba imprégné d'encre.

– Ah, ah... encore une lettre à l'aimé? Toujours pas de nouvelles?

– Tais-toi! ordonna Habiba effrayée. Si Oumi t'entendait?

– Qu'elle entende, la vieille chèvre! sourit Marie. Ne t'inquiète pas, va, elle aurait trop peur de faire de la peine à son fils chéri... Quant à Edmond, patience, il reviendra...

Elle arracha Habiba à son fauteuil :

– Allez, enlève-moi ce peignoir, on sort!

– Où ça? demanda Habiba, parcourue d'un joyeux frisson.

Avec Marie, il arrivait toujours des aventures imprévisibles. Une balade avec elle dans les rues de Tunis, c'était la garantie de fous rires incessants, des heures volées à l'ennui, une complicité faite de mille petits riens très féminins...

– Je t'amène déjeuner à La Marsa, expliqua-t-elle pendant que Habiba s'habillait rapidement, et ensuite au cinéma. Un nouveau film vient de sortir. Ça s'appelle *la Femme du Boulanger...* Ne me demande pas les acteurs, mais il paraît que c'est très émouvant, d'après Madame Azoulay...

– Ça me dit quelque chose, observa Habiba, en hésitant entre un bibi à voilette et un simple foulard. Bajou a dû m'en parler...

Elle finit par choisir le foulard.

– Il a dû comprendre *la Femme du Minotier...* sourit Marie.

*
**

Si Habiba fut frappée par le célèbre film, ce ne fut pas pour les mêmes raisons que la majorité des spectateurs. Marie était sortie en larmes de la salle, tâchant d'effacer avec son mouchoir les ravages provoqués dans son maquillage par le jeu pathétique de Raimu.

Le visage dur, Habiba dévala le grand escalier du Palmarium, suivie de Marie qui peinait à la rattraper.

– Attends-moi, Habiba, tu marches trop vite!

Elle ralentit le pas pour lui permettre de la rejoindre. Marie fut alors étonnée de constater que Habiba paraissait très en colère.

– Mais, qu'est-ce que tu as? Tu n'as pas aimé le film?

– Aimé? Quelle importance! Mais tu trouves ça bien, franchement?

– Moi, oui, fit Marie, perplexe. C'est triste, mais c'est beau. Je le reverrais avec plaisir.

– Je ne parle pas du film, précisa nerveusement Habiba. Je parle de l'histoire.

Ses yeux se mirent à lancer des éclairs :

– Tu as entendu ce qu'il dit à la fin, au moment où elle revient? Il pourrait être son grand-père... il est laid, il est répugnant, et c'est elle la salope! et toi, ça te plaît?

Habitée par une colère qu'elle n'arrivait pas à dissiper, Habiba allongea de nouveau le pas :

– « C'est beau, c'est triste », tu me fais rire! Mais si tu vivais avec ce type, tu ne le tromperais pas avec la terre entière? Tu n'aurais pas envie d'un autre corps que le sien?... Un corps aussi beau que celui de la femme?

Marie comprit enfin le sens de cette révolte. Pour elle, Raimu n'était pas uniquement Raimu... Dans ces images de fiction, elle avait vu le reflet de sa propre histoire.

– Tu n'aurais pas envie d'entendre des mots d'amour tendres plutôt que des histoires de boulangerie? Mais qu'il arrête de faire son pain, celui-là, et qu'il la laisse tranquille! On peut vivre sans pain, pas sans amour! Et en plus, bien sûr, c'est elle la coupable...

Elle avait un air si malheureux en prononçant ces derniers mots que Marie posa la main sur son bras dans un élan de tendresse :

– Ce n'est qu'un film, mon bébé!

Habiba hochait la tête, obstinée :

– Non! Il n'y a pas de place pour nous, c'est tout... On n'est rien... Tout est fait pour les hommes et par eux...

La sortie des deux femmes fut ralentie par la foule qui se pressait aux guichets dans l'attente de la prochaine séance. A quelques mètres, les portes vitrées ouvraient sur l'avenue de Paris. Habiba préféra s'écarter que forcer le passage. Et c'est à ce moment-là qu'elle le vit. Il était là, dans la rue, devant le cinéma. Sa silhouette disparaissait et réapparaissait au gré des mouvements de la foule.

En une seconde le sang reflua de son visage. Elle sentit ses jambes céder sous elle et dut prendre appui sur Marie pour ne pas tomber. L'homme avait glissé d'un arbre à un autre. Il apparut enfin clairement au milieu des passants indifférents. Il fixait Habiba et elle le fixait sans prendre garde au flot humain qui s'écoulait entre eux.

– Mon Dieu, murmura Marie, Edmond...

Au moment précis où Habiba allait se précipiter sur lui, Marie se souvint qu'elle était une femme mariée, et que l'on était à Tunis. Elle la saisit fermement par le bras et lui ordonna :

– Pas ici! Il y a trop de monde! Viens, s'il te plaît!

Habiba se laissa entraîner. Elle avait déjà lu dans les yeux d'Edmond tout ce qu'il voulait qu'elle fasse.

*
**

Les ronflements de Bajou déchirent le silence de la nuit. Il a toujours eu un très bon sommeil et dort écrasé par le labeur quotidien à la minoterie. Heureusement...

Habiba a les yeux grands ouverts. Elle guette et attend. Ils ont tous mis si longtemps pour s'endormir. Plusieurs fois, elle a cru qu'elle allait hurler. Elle s'est déchirée les paumes à force d'y enfoncer ses ongles. « Sois calme, a prévenu Marie, ne fais pas de folies, tu pourrais tout perdre... » Mais la folie, qui pourrait l'empêcher maintenant de la commettre?... Une armée en bataille ne pourrait lui interdire de courir vers l'homme qu'elle aime...

Avec d'infinies précautions, elle quitte les draps et passe des vêtements préparés à l'avance, posés sur une chaise. Quelques pas dans le noir. Elle s'attend à chaque seconde à être transpercée dans le dos par la voix inquiète de Bajou : « Habiba, mais qu'est-ce que tu fais toute habillée? Où vas-tu à cette heure? » Elle aimerait voir sa tête si elle lui disait : « Je vais voir Edmond... Tu te souviens, Edmond! Il est revenu et il m'attend, là-bas, sur la plage »...

Le souffle court, elle ouvre la porte et la referme sur elle sans bruit. Puis c'est le couloir et le passage devant la chambre d'Oumi. Elle aussi dort en ronflant. Tel fils, telle mère...

Enfin la porte d'entrée. Les clés de Habiba lui servent bien. Pauvre Bajou, s'il savait... La serrure, malgré un luxe de précautions, claque dans la nuit. L'oreille collée à la porte, Habiba vérifie que rien ne bouge derrière elle. Si quelqu'un se réveillait, que dirait-elle? Que ferait-elle? Elle n'en sait rien, et peu importe.

Alors, glacée malgré la chaleur de la nuit, elle s'éloigne à pas prudents vers l'escalier. Lentement d'abord, ses sandales légères abordent une marche après l'autre, pour filer de plus en plus vite, gagnées par son impatience. Elle file, court, glisse, Habiba, tout le corps tendu de désir, le regard obsédé et presque joyeux.

Les trois étages dévalés dans une ronde folle. La lourde porte d'entrée repoussée comme un fétu. Et le vélo emprunté qu'elle enfourche allégrement, pour se précipiter – les cuisses au vent de la nuit, les cheveux défaits – dans les rues désertes de la ville et gagner les faubourgs, loin, très loin du lit conjugal, jusqu'à arriver hors d'haleine au bout de cette route qui longe la plage, le regard tendu vers la cabane appuyée à la digue.

Le vélo jeté sur le trottoir, elle court sur le sable, vers cette cabane animée d'un fol espoir.

Elle n'en croit pas ses yeux. L'endroit est désert. Si la déception lui soulève le cœur, elle ne s'y résout pas. Elle réalise s'être bêtement trompée de cabine. La leur se trouvait un peu plus loin. A quelques mètres. Elle y court et reçoit de plein fouet le coup de bonheur : Edmond est là, assis sur le sable. Il se lève à son approche. Elle le rejoint les bras ouverts.

Mais les mains d'Edmond, au lieu d'attirer vers lui la jeune femme ivre de joie, la rejettent avec force.

– Pourquoi m'as-tu fait ça? Pourquoi? Comment as-tu pu? Je t'aimais, moi!...

– Mais Edmond! Je... Je ne voulais pas! J'ai tout fait pour... que...

Habiba le regarde, déroutée. Le visage d'Edmond est dur, sombre. Il a changé pendant ces quelques mois.

– Mariée avec ce poussah! Mais qu'est-ce que tu peux attendre de moi, qu'est-ce que tu veux? Un mari riche et un amant membré, c'est ça qui t'intéresse? Mais tu me prends pour qui? Et tu oses venir ici! Tu as la bénédiction de ton mari, j'espère? Lui il se repose, pendant que je baise sa femme!

La violence d'Edmond est à la hauteur de son désespoir. Il repousse Habiba avec la volonté de lui faire mal, la jette à terre.

– Une putain de luxe, voilà ce que tu es devenue, Madame Benkahen... pendant que moi je me battais!

Humiliée, meurtrie, révoltée par tant d'injustice, elle réagit et le provoque du regard, hostile à son tour.

– Je m'en fous de ta guerre! Il ne fallait pas partir! Vous êtes tous pareils, les hommes, il n'y en a que pour vous! La fierté, l'orgueil! Et moi, tu ne te demandes pas comment je vis ce cauchemar? Tu ne peux pas comprendre que c'est parce que tu m'as abandonnée! Que seule une femme n'est rien dans nos familles, et qu'il lui faut obéir, obéir, obéir! Pourquoi tu es parti, toi? Et pourquoi tu n'es pas revenu plus vite, plus tôt? Avant mon mariage? C'est toi le coupable!

– Mais qu'est-ce que tu racontes? J'ai reçu la lettre il y a quelques jours à peine! Qu'est-ce que je pouvais faire, hein? Tu étais déjà mariée!

– Menteur, menteur, tu mens! Je te l'ai envoyée dès que j'ai pu! Je ne voulais pas...

A bout de nerfs, Edmond gifle Habiba et se précipite sur elle.

– Puisque tu es devenue une putain, montre-moi ce que tu sais faire! Allez, montre-moi!

Ils se battent, désespérés. Edmond la bouscule, dégrafe son corsage, soulève sa jupe. Habiba le frappe, essaie d'éviter qu'il n'aille trop loin. Car elle a compris... Elle a compris que sa colère n'est pas dirigée contre elle, mais simplement contre eux et contre tous les événements qui se sont joués de leur amour... Elle réussit soudain à saisir son visage dans ses mains et à le maintenir durement, par les cheveux, au-dessus d'elle. Alors, doucement, les larmes aux yeux, elle lui murmure :

– Arrête, mon amour... Arrête... on ne mérite pas ça...

Ils se fixent, hébétés. Puis la tête d'Edmond retombe sur la poitrine de Habiba. Comme vaincu, il roule sur le sable, à ses côtés. Ils s'ignorent un temps, essoufflés, muets. Puis Habiba se rapproche et se colle à lui. Elle déboutonne la chemise d'Edmond, glisse la main sur sa peau chaude, douce, nue. Tendrement elle le caresse, refuse qu'il lui rende ses baisers, effleurant son sexe durci, maîtrisant son désir. Elle veut dominer, décider, choisir pour une fois le moment et la manière de se donner et d'être prise. Alors, seulement quand elle le voudra, elle le laissera basculer sur elle et lui faire l'amour comme elle aurait aimé n'avoir jamais arrêté de le faire, en le retenant en elle jusqu'au bout, très longtemps.

La lune est montée à son zénith dans un ciel d'une pureté absolue. Les deux amants, serrés l'un contre l'autre, nus, leurs vêtements jetés sur le corps en de vagues couvertures, ne dorment pas. Comment dormir une nuit pareille? Ils ont épuisé momentanément leur rage d'amour. Apaisés, ils parlent à voix basse.

– Avec les combats, on se déplaçait sans arrêt...

Habiba se pelotonne contre lui :

– Tu vas rester avec moi, maintenant?...

Elle sent battre le cœur d'Edmond contre sa joue. Elle renifle avec volupté l'odeur grisante de sa peau.

Edmond la regarde avec tendresse dans la clarté blanche de la lune.

– Impossible, ma belle. Je repars dans deux jours... J'ai déserté pour venir te voir, mes camarades me couvrent. Mais si mes chefs s'en aperçoivent, je suis bon pour le poteau...

Le voir repartir après tout ce qu'elle a enduré, Habiba en rejette aussitôt l'idée. Elle ne veut pas d'un amant. C'est toute sa vie qui est en jeu. Alors elle n'hésite pas, bien que n'ayant pas prémédité sa décision.

– Je pars avec toi. De toute façon, Bajou ne voudra jamais divorcer... A Paris je me débrouillerai, ne crains rien... Je t'attendrai jusqu'à ce que tu reviennes... Tu veux bien?

Il lui sourit comme à une enfant :

– Oui, mon amour, oui...

Elle rampe le long de son corps jusqu'à venir prendre ses lèvres, si douces sous les siennes :

– Je me sens si forte, maintenant...

*
**

Des beignets chauds... Elle s'était soi-disant levée très tôt, et elle avait décidé de faire une surprise à Bajou : lui rapporter des beignets pour son petit déjeuner... Oumi considérait avec une méfiance évidente le paquet huileux que Habiba venait de déposer devant elle sur la table de la cuisine. Quelque chose ne tournait pas rond dans cette histoire. C'était la première fois depuis le mariage qu'elle voyait sa bru se lever avant elle. Dès l'aube, pour Oumi, été comme hiver, il était temps de quitter les draps, vieille habitude de la campagne qu'elle avait gardée à la ville. A peine avait-elle commencé à faire chauffer son café que sa belle-fille était apparue, hors d'haleine, les joues roses, fraîches comme un cœur, ses fameux beignets à la main :

– Oh, vous vous êtes réveillée tôt, maman! Moi aussi! Alors j'ai été acheté des beignets pour le petit déjeuner...

Elle souriait très à l'aise.

– Je suis allée les chercher chez Moktar... Bajou les aime bien, non? Ça va lui faire plaisir... Vous en voulez un?

« Une fable, pensa Oumi, elle me récite une fable. Elle ment, elle sait que je la crois pas, et ça la rend encore plus joyeuse... »

– S'il te plaît, ma fille... C'est bien quand tu souris... ça te réussit de te lever tôt...

La vieille femme entendit les exclamations de plaisir de son fils quand il vit les beignets de Moktar. Habiba ne pouvait mieux le toucher... Il en dévora deux sur-le-champ sans craindre de tacher sa chemise. Oumi coinça fermement le moulin à café entre ses cuisses et tourna la manivelle tout en ruminant ses pensées. La petite avait menti, c'était sûr. Elle avait passé toute la nuit dehors. Quoi que ce fût – et l'on pouvait redouter le pire – ce n'était peut-être pas une si mauvaise chose. En apprenant la ruse, c'est-à-dire en devenant une véritable épouse, Habiba apprendrait aussi à faire plaisir à son fils. Les beignets n'étaient que la première étape...

⁂

– Chatel, 6 voix... Marinelle, 4 voix...

Autour de la longue et imposante table de chêne, chacun suivait l'annonce des résultats officiels dans un silence tendu. Président du Syndicat des semouliers de Tunisie, ce n'était pas une mince affaire dans le protectorat à vocation agricole. La veille, le personnage le plus important du pays, le Résident de France, avait fait connaître discrètement son désir de voir un Tunisien reconnu par ses pairs. Il s'agissait pour la métropole d'encourager l'accession des élites locales aux responsabilités, dans un climat d'après-guerre marqué par l'émergence des indépendantistes. Pour la première fois également, au grand dam des gros exploitants, les agriculteurs plus modestes bénéficiaient d'autant de mandats qu'eux... Une véritable révolution! Ces gens de gauche à Paris, ils n'avaient que ce mot à la bouche : promotion des élites locales...

Les yeux mi-clos, Bajou surveillait étroitement le déroulement du vote. Il faisait face à ses vieux ennemis. Costa et Chatel ne tenaient littéralement plus en place, pressentant l'issue du scrutin... Car il faisait peu de doutes que le minotier d'El-Aouina serait le grand vainqueur de la consultation. D'ores et déjà, c'est un état de guerre larvé qui s'était instauré entre certains éléments présents dans la salle. L'élection de Bajou promettait de belles empoignades futures...

Lui-même n'en avait cure. Il voguait sur un petit nuage. Tout lui réussissait, dans son activité professionnelle comme dans sa vie personnelle. Il avait encore dans la bouche le goût des merveilleux beignets de Moktar, que Habiba lui avait ramenés de si bonne heure. Même s'il hésitait à y voir encore une preuve d'amour, le geste prouvait au moins l'attention grandissante que sa femme lui portait, attention suffisante pour lui faire oublier pendant quelques minutes l'imminence de l'élection. Il se demanda quel cadeau il lui ramènerait ce soir. Il se promit de demander conseil à Madame Smadja, sa secrétaire, qui n'était jamais en panne d'idées, sur ce plan-là du moins. Puis il se rengorgea. Les premiers temps difficiles de son mariage étaient passés. Il rêva au premier enfant qui marquerait leur union d'un ciment indestructible.

– Benkahen... 10 voix...

En entendant son nom, Bajou s'arracha difficilement à son heureuse rêverie. La voix impersonnelle poursuivait :

– Eh bien voici les résultats définitifs du vote : Monsieur Bajou Benkahen est élu président du syndicat des semouliers de Tunisie...

Il fut en un instant plongé dans un tourbillon de mains tendues et de visages souriants.

– Félicitations, Monsieur le président...

Etait-ce vraiment lui que l'on appelait ainsi? « Monsieur le président Benkahen... » Bajou souriait vaguement, incapable de reprendre ses esprits. Carminati fendit le groupe qui faisait cercle autour du minotier pour le serrer dans ses bras :

– Félicitations, Bajou!

Bajou sourit au vieil homme sans lequel rien n'aurait été possible. D'autres se précipitèrent pour faire acte d'allégeance auprès du nouveau président, bousculant Carminati. Parfait dans son rôle, Bajou serrait toutes les mains qui se présentaient, prodigue de promesses :

– Maintenant, on va pouvoir se battre pour des quotas plus justes... comptez sur moi!

Une main se posa sur son épaule. Il se retourna pour faire face à Costa et Chatel. En vieillissant, les deux minotiers prenaient de plus en plus l'apparence de vieux crocodiles de marigot, passant leur temps à guetter leur proie. Devant les autres, pourtant, ils étaient obligés de paraître beaux joueurs, et ils ressentaient finalement, pour celui qui avait été leur comptable à une époque pas si lointaine, une secrète estime.

– Félicitations, fit Costa... Tu avais très bien préparé ce vote... les promesses, ça paie toujours...

Bajou ne fut même pas contrarié par ce ton glacial. De ces deux-là, il n'attendait pas autre chose. Il jubilait trop de les voir ronger leur frein.

– Monsieur Costa, proposa Bajou du ton posé qu'il affectionnait particulièrement – tant il savait combien il agaçait ses interlocuteurs –, vous ne voulez pas qu'on arrête de se faire la guerre? Il y a de la place pour tout le monde, non?

Les deux compères échangèrent un rapide regard, et ce fut Chatel qui reprit :

– Ah, le beau discours, mon petit Bajou; seulement le contrat avec les Américains, tu l'as partagé avec quelqu'un?

– Eh! je suis pas là pour faire la charité, non plus! Les Américains, je les ai connus pendant la guerre. Ce sont mes amis. Ils sont dans les céréales, chez eux, aux Etats-Unis, et ils ne veulent travailler qu'avec moi. Qu'est-ce que j'y peux?

– Et après ça tu parles de faire la paix, grimaça Costa...

– Ecoutez, on s'entendra peut-être jamais, mais soyez gentils : même si vous m'avez connu il y a très longtemps, appelez-moi plutôt Monsieur Benkahen que mon petit Bajou... Je sais que vous avez pris des habitudes, mais ce serait bien que vous les perdiez... parce que, voyez-vous, ça vous plairait sûrement pas que je vous tutoie, hein? Maintenant, si ça ne vous dérange pas, je vais annoncer la bonne nouvelle à ma femme. A elle, peut-être, ça lui fera plaisir!

Bajou s'esquiva sur un dernier sourire, laissant Costa et Chatel plus haineux que jamais. Mais aujourd'hui, ce n'était vraiment pas sa principale préoccupation. Il se sentait intouchable.

Il retrouva Marcel qui l'attendait au secrétariat en fumant nerveusement. Ils s'étreignirent longuement. La victoire de Bajou, c'était celle de tous les Benkahen, passés, présents et à venir.

– Comment on leur a mis, maman! explosa Marcel en prenant Bajou aux épaules. Président du syndicat! Les licences d'exportation, je te dis pas comment on va se servir!... Benkahen & Benkahen sur l'Empire State Building, tu imagines?

– Calme-toi, dit Bajou en saisissant le téléphone. On pourrait t'entendre!

Il composa rapidement le numéro de l'appartement. Certainement, Habiba serait fière de lui.

– Mais Franck et Herbert nous attendent pour développer le deal, plaida Marcel.

– Qu'ils attendent... sourit Bajou. Allô, Oumi?... Habiba n'est pas là?... Ah, encore au cinéma avec Marie? Oui, oui, je me souviens... elles voulaient revoir le film... Je t'embrasse, Oumi, à ce soir.

Bajou reposa le récepteur, un peu déçu malgré tout. Il consulta sa montre. S'il se dépêchait, il pouvait arriver juste pour la fin de la séance.

Il attrapa son chapeau.

– Bon... je vais lui faire la surprise, alors!

Il se dirigeait déjà vers sa traction quand Marcel le héla très fort :

– Bajou, on ira à New York?

– On ira, Marcel, on ira...

***

Pauvre Marcel, il n'en dormait plus la nuit, à l'idée de se rendre aux Etats-Unis. L'accord avec Franck et Herbert était devenu chez lui une véritable idée fixe, l'occasion rêvée de sortir pour la première fois de Tunisie et de découvrir le vaste monde, en particulier cette Amérique qu'il avait tant vue dans les films.

Pour son cousin l'accord avec les Américains, même s'il représentait une réelle opportunité, prenait néanmoins rang parmi les utopies qu'il fallait considérer avec une extrême prudence. Bien qu'il fût son associé à part entière par l'investissement initial, Marcel c'était la fantaisie et le rêve. Mais c'était lui, Bajou, qui signait la paie des employés, qui rétrocédait en nature la confiance que les agriculteurs lui témoignaient en lui apportant leur blé plutôt qu'aux autres. C'était lui, Bajou, qui tenait les cordons de la bourse. Et solidement. Quelque chose en lui se refusait à prendre au sérieux de tout jouer avec les Yankees. Dans son esprit se profilait déjà la possibilité de charger totalement Marcel du dossier, pendant que pour sa part il continuerait à s'occuper de la minoterie, c'est-à-dire de choses sérieuses... Alors pour New York, on verrait plus tard...

Président du Syndicat des semouliers... La tête que ferait Habiba quand il le lui annoncerait! Bajou avait garé la traction en face du Palmarium, juste de l'autre côté de la rue. Ainsi, il pourrait surveiller la sortie du film et klaxonner quand les filles apparaîtraient en haut de l'escalier qui menait à la place ombragée. Ensuite, on pourrait prendre un Coca-Cola, et rentrer à la maison où Oumi était déjà en train de préparer une de ces mkeilas[1] dont elle avait le secret...

Elle avait tellement changé, depuis quelques jours, Habiba. Elle était tellement plus agréable qu'au début de leur mariage! Même Oumi en avait fait la remarque à plusieurs reprises, pour dire que la transformation était presque miraculeuse... Bajou n'avait pas jugé utile de s'interroger davantage sur le phénomène. Les femmes ont leurs humeurs : pourquoi perdre du temps à essayer de les comprendre? Elles-mêmes, le plus souvent, seraient bien en peine de donner la véritable raison de leurs agissements.

Quelques spectateurs commencèrent à sortir de la salle, précédant le gros des troupes. Assez vite, Bajou repéra Marie en conversation avec des connaissances : la femme du bâtonnier Attal et Madame Messica, de la grande bijouterie... Il sourit en reconnaissant aussi parmi elles la fameuse Huguette Haddad que Marcel lui avait présentée

1. Plat traditionnel à base d'épinards.

au cercle en lieu et place de Habiba. Tant de choses s'étaient passées depuis! Que la vie était belle! Habiba était un peu en retard. Comme d'habitude, elle devait se donner un coup de peigne ou rajuster son maquillage avant d'affronter l'extérieur. Marie, pourtant, ne semblait pas s'en soucier. Elle guettait la circulation et, au passage d'une calèche, fit un signe pour l'arrêter. Sans le moindre regard derrière elle, elle monta dans la carriole qui s'ébranla aussitôt.

Habiba n'était pas au cinéma, Marie allait la rejoindre : en démarrant à son tour pour suivre sa cousine, Bajou en eut l'absolue certitude. Comme celle que les jours tranquilles qu'il venait de vivre touchaient à leur fin, qu'il allait maintenant découvrir un secret hideux. Une seconde, l'idée lui vint de retourner directement rue Saint-Jean : quelle importance que Habiba ne se trouve pas au cinéma? Elle avait le droit de changer d'avis! De se promener un peu, seule, sans Marie à ses côtés. Mais non, il savait bien que c'était impossible. Tout était concerté. Il sentit une sueur glacée mouiller son dos, comme si la température était subitement tombée de plusieurs degrés...

Les minutes qui suivirent eurent toutes les apparences d'un cauchemar. Bajou avait l'impression de tomber dans un puits sans fond. Pourquoi la calèche s'arrêtait-elle devant cet hôtel discret, l'hôtel Malek, connu pour abriter bien des aventures illégitimes? Qui Marie attendait-elle? Dissimulé derrière son volant, à une vingtaine de mètres de là, Bajou se posait mille questions. Dans quel engrenage avait-il mis le doigt? Il était sur le point de descendre de voiture pour se diriger vers l'attelage toujours à l'arrêt – il trouverait bien un prétexte pour justifier cette rencontre fortuite – lorsqu'il se figea littéralement de stupeur : au même moment Habiba sortit de l'hôtel, joyeuse, enfilant ses légers gants. Avant de se hisser aux côtés de Marie, elle releva son visage rayonnant d'un bonheur que Bajou ne lui avait jamais vu, vers la façade de l'hôtel. Un bref signe de la main, un baiser envoyé à la volée, destiné à une silhouette qui apparut un instant derrière les voilages d'une fenêtre du deuxième étage, puis elle s'engouffra dans la calèche que le cocher propulsa aussitôt. Par la lunette arrière, Bajou la vit encore, le visage irradié, faire la bise à Marie, puis l'équipage tourna sur la droite et disparut à son regard.

Il resta une éternité la bouche ouverte, comme à la recherche de l'air, les yeux écarquillés, mains moites posées sur le volant de la traction. Sa vie venait de basculer. Il était en état de choc : Habiba, l'après-midi, dans un hôtel... Comment ne pas comprendre? Ainsi, tout avait été mensonge, illusion et faux-semblant... Soudain il se sentit sale, las, ridicule, épié par mille yeux moqueurs témoins de son infortune... L'évidence s'imposait, cruelle, incontournable. Il vit sa main se poser sur la poignée de la portière et l'actionner. Il se vit aussi descendre de la traction et avancer à petits pas incertains, comme ceux d'un homme sous l'emprise de l'alcool, vers l'hôtel Malek dont la façade dansait devant ses yeux. Le pire serait encore de ne pas savoir...

26

Le pire fut aussi, pour Bajou, de dissimuler pendant une interminable soirée. Car il fallait encore rentrer à la maison, jouer l'odieuse comédie, et raconter dix fois l'élection au syndicat avec mille détails. « Oh, alors, je suis une femme de président! » avait souri Habiba en l'embrassant. Oh oui, comme elle aussi jouait bien la comédie, et comme il voyait clair dans son jeu, subitement! Chaque seconde, il lui fallait se retenir pour ne pas lui envoyer une gifle qui la catapulterait à travers la pièce. Elle était ce soir-là ravissante de jeunesse et d'enthousiasme, et même Oumi souriait de ses mines et de ses imitations de telle ou telle de leurs amies. Oumi qui pourtant sentait bien que quelque chose n'allait pas, du côté de Bajou. Quand il était rentré, il avait l'air las, la cravate défaite. En réponse à la bonne humeur de Habiba il affichait une joie forcée, mais elle savait déceler dans son regard une petite lueur de tristesse. D'ailleurs, dès qu'il sentait ses yeux inquisiteurs se poser sur lui, il bougeait aussitôt la tête, comme pour camoufler ses vrais sentiments. Il n'avait même pas ouvert une bouteille de champagne, lui qui l'adorait, pour fêter son succès... Ça devait avoir un rapport avec Habiba, songea-t-elle. Mais après tout, c'était leur vie. On était arrivé à un équilibre, pourvu que rien ne vienne le perturber...

Au moment de s'endormir, Habiba se tourna, surprise, vers Bajou :

– Tu ne m'embrasses pas?

Ce soir, elle était décidée à se montrer agréable jusqu'au bout. Quelques heures encore, et il ne serait plus qu'un mauvais souvenir dans un coin de son cerveau... Demain matin, elle allait s'enfuir avec Edmond! « Partons ensemble sans attendre! » lui avait-il proposé, l'après-midi même. Et Habiba avait répondu oui, mille fois oui, en se jetant dans ses bras.

Elle alluma une cigarette en observant d'un œil froid Bajou qui, contrairement à son habitude, lisait tant il avait du mal à trouver le sommeil. L'excitation de son élection, se rassura Habiba.

Il avait simplement déposé un petit baiser assez sec sur sa joue avant de saisir son journal et de lui tourner le dos.

Habiba était heureuse qu'il ait été nommé maintenant, cela tempérerait le choc de son départ. Il souffrirait, bien sûr, mais il était encore jeune, lui aussi. Il rencontrerait une autre femme. Edmond était sûr qu'il finirait par consentir au divorce. Dans dix ans il aurait sans doute refait sa vie, tout comme elle...

Elle écrasa nerveusement sa cigarette dans le cendrier : comment dormir quand l'existence à laquelle on aspire vous attend? Elle avait caché sa valise, qui ne contenait que très peu d'affaires, dans un réduit du couloir. Demain matin, elle prétexterait un rendez-vous chez le médecin pour sortir de bonne heure sans éveiller la méfiance exacerbée d'Oumi. Dans l'escalier, elle récupérerait son bagage, puis ce serait l'hôtel Malek, et alors adieu cet épisode horrible de sa vie, adieu Bajou à jamais... Bonjour à une nouvelle vie en France, avec l'homme qu'elle aimait...

*
**

... Habiba monte rapidement les escaliers au tapis usé. Ses joues se colorent au fur et à mesure qu'elle se rapproche. Un sourire de femme-enfant à la pensée du plaisir auquel elle se prépare. Un couloir, qu'elle traverse à pas rapides jusqu'à courir pour l'avaler plus vite. La porte à laquelle elle frappe plusieurs coups, comme un code convenu. Pas de réponse. Un peu intriguée, mais sa bonne humeur toujours présente, elle appuie sur la poignée. A sa grande surprise, la porte ne résiste pas. Habiba la pousse, persuadée qu'il s'agit là d'un jeu de son amant.

– Edmond, tu n'es pas gen...

Le mot meurt sur ses lèvres. La chambre est déserte. Les couvertures pliées sur le lit, les armoires vides. Une enveloppe est posée sur la table de nuit.

Habiba chérie,

Je suis reparti et je ne reviendrai plus, il faut m'oublier... J'ai bien réfléchi et ne peux supporter l'idée que tu aies appartenu, et que tu appartiennes encore à un autre homme que moi... Cette pensée m'est intolérable. Je sais que je te rendrai malheureuse... Nous gâcherions notre vie ensemble... Tu es mariée à un homme riche et qui t'aime. Consacre-toi à lui et tu m'oublieras vite. Ils nous ont volé notre histoire... Ne la gâchons pas davantage... Je regrette de t'avoir fait croire à des rêves impossibles. Sois heureuse.

Edmond.

Le soir est tombé. Habiba est allongée sur le lit, les jambes repliées contre elle. Elle n'a pas bougé depuis des heures. Elle a lu mille fois la lettre et versé toutes les larmes de son corps, incapable d'en contrôler le flot. Maintenant que ses yeux sont secs, elle se recroqueville encore davantage, les mains serrées sur son ventre. Puis elle se redresse lentement au bord du lit. Son visage balayé par la clarté du soleil couchant est creusé d'une cruelle détermination. Elle se lève et traverse la petite chambre jusqu'au lavabo, sans précipitation, comme au ralenti.

Le petit miroir écaillé renvoie le reflet étrange de ses yeux barbouillés où brille une lueur sauvage. Toujours sur le même rythme mesuré, ses poings serrés descendent le long de son ventre et le pressent avec force, puis le martèlent, à petits coups d'abord, et progressivement de toute la force dont elle est capable.

Volontairement, elle martyrise son corps et son ventre, le visage déformé par la douleur. Elle s'oublie au point de se retrouver parfois le corps plié en deux sous la souffrance, mais elle se redresse aussitôt et recommence, malgré les larmes et la conscience de l'horreur qu'elle commet.

Elle se jette dos contre le mur. Recommence de nombreuses fois. De face, aussi, se cognant la nuque, le front, le visage, tout le corps et non plus seulement son ventre, comme si c'était après sa vie même qu'elle s'acharnait. Tant que sa volonté ne l'a pas quittée, une plus grande douleur lui est nécessaire. Alors elle s'accroche aux robinets du lavabo et propulse son bassin contre l'émail, une fois, deux fois, trois fois, avec une violence démente, pour s'écrouler à terre sous l'impact du dernier coup, secouée par un hoquet. Un souffle s'échappe de ses lèvres :

– Mon petit... mon pauvre petit...

Alors, comme si elle voulait arrêter l'inéluctable, au bord de l'évanouissement, elle se redresse, rassemblant ses dernières forces. Elle quitte la chambre, titubant d'un mur à l'autre du couloir, puis agrippée à la rampe d'escalier descend les marches une à une, chaque pas lui paraissant un gouffre de douleur sans fond... Quand elle se retrouve dehors, dans la rue, elle est à bout de forces. Quelques mètres encore, pour s'éloigner le plus possible de l'hôtel Malek, puis elle s'effondre sur la chaussée, évanouie. Un petit filet de sang coule entre ses jambes.

*
**

– Tu ne savais pas que Habiba était enceinte...?

Krief était ennuyé. Il aimait bien Bajou et ce qu'il avait à lui apprendre n'avait rien d'agréable. Le minotier était assis en face de lui dans un fauteuil, blême, la tête basse.

– Elle est venue me voir il y a deux semaines, expliqua le chirurgien... Elle m'a demandé de ne rien te dire parce qu'elle voulait te faire une grande surprise... Votre premier enfant...

Krief regarda longuement Bajou. Quel parcours depuis cette rencontre dans une cave, à l'époque du marché noir... Il se souvenait encore du visage terrifié du minotier lorsqu'on lui avait demandé de planquer les deux Américains. Pourtant Bajou avait obéi, et l'aventure avait même failli mal, très mal tourner pour lui. Le « résistant malgré lui », pensa Krief en lui souriant gentiment.

– Bajou, ça fait longtemps qu'on se connaît... A toi je ne veux pas te mentir. Tu es le mari de Habiba, alors tu dois savoir. Mais moi je ne juge pas, je soigne, c'est tout... alors voilà, l'hémorragie, elle n'était pas naturelle...

Bajou leva des yeux désemparés :

– Je comprends pas... qu'est-ce que tu veux dire?

Un peu irrité par sa lenteur, Krief se pencha sur son bureau :

– Votre vie de couple, je n'ai pas à m'en mêler. Mais j'ai cru comprendre que Habiba ne voulait pas d'enfant de toi, et qu'elle est prête à tout pour ça. Elle vient de le prouver.

Bajou se releva lentement, triturant les bords de son large chapeau entre ses mains. Il serra très fort Krief contre lui.

– Tu as raison, docteur... Il ne faut pas t'en mêler... Je vais la voir, maintenant. Elle est où?

Krief fit un signe de la main :

– L'infirmière va t'accompagner...

Marie attendait maintenant depuis plus de deux heures dans le salon de l'appartement désert. Un bref coup de téléphone de Bajou lui avait enjoint de venir le rejoindre toutes affaires cessantes. Marie s'était exécutée. Au ton de son cousin, elle avait senti qu'il ne lui autoriserait pas la moindre dérobade. Il lui avait interdit de rendre visite à Habiba, à la clinique, et il était clair que tout cela ne présageait rien de bon. Qu'est-ce que Bajou savait exactement de son rôle? Savait-il qu'elle avait encouragé et couvert la passion d'Edmond et Habiba? Elle frissonna. Si cela était, Bajou ne le lui pardonnerait jamais.

Quand il arriva enfin, l'appartement baignait dans une lumière crépusculaire. Bajou s'assit pesamment en face d'elle, la regarda longuement et soudain lui saisit les mains qu'il serra dans les siennes, comme s'il voulait les broyer. Il semblait habité d'une fureur glacée, même si aucune émotion ne perçait dans sa voix. Il en était d'autant plus effrayant. Il commença d'un ton égal, les yeux plantés dans ceux de sa cousine.

– Ecoute-moi bien, Marie... Tu as beau être ma cousine et Habiba ma femme adorée, si à l'avenir il lui arrive encore quoi que ce soit, c'est à la police que j'irai raconter ce qui s'est passé! L'avortement, chez nous, ça porte un nom! C'est pire que des criminelles, ce que vous êtes... Et si tu te retrouves en prison, tant pis pour toi. Tu as bien compris, Marie? Il doit plus rien lui arriver, à Habiba... Et c'est toi, avec Oumi, qui vas veiller sur elle...

L'ombre d'un sourire se dessina sur le visage de Bajou :

– Tu vois, Marie, si tu réfléchis bien, comme j'ai confiance en toi?

Il relâcha lentement ses mains en les caressant. Elles étaient meurtries de la pression qu'il y avait exercée, sans peut-être même s'en rendre compte. Marie avait retenu ses cris, les dents serrées. Elle baissa simplement la tête en signe de soumission. Vaincue.

*
**

Depuis sa fausse couche, Habiba n'avait pas prononcé un mot. Lorsque Bajou ou Oumi venaient lui rendre visite, elle se contentait de regarder par la fenêtre, comme si ces gens qui s'asseyaient à côté de son lit ne la concernaient pas. Elle évoluait dans un monde différent du leur, habité d'un nom, d'un visage, d'un corps qu'elle n'arrivait pas à oublier. « Pourquoi? Pourquoi? » Question torturante à laquelle elle ne trouvait pas de réponse. Pourquoi Edmond s'était-il subitement évaporé? Et pourquoi cette lettre horrible, sèche, presque impersonnelle, ne reflétant en rien ce qu'il éprouvait pour elle? Elle avait réagi de manière animale, pour se débarrasser de l'enfant, de cette graine de Bajou en train de pousser en elle, et qui ferait autant son malheur que l'avait fait son père. Elle avait voulu mourir, et maintenant Bajou venait la chercher pour la ramener à la maison. Il espérait sans doute que tout allait reprendre comme avant. Qu'elle deviendrait une petite femme obéissante à qui il offrirait des tas de foulards et de chemisiers de dentelle, jusqu'à ce que ses armoires en soient pleines... Il faudrait aussi affronter Oumi et ses regards haineux. Elle n'en pouvait plus, des Benkahen, elle les vomissait.

Elle se tourna soudain vers Bajou qui conduisait avec mille précautions, comme s'il craignait de lui infliger involontairement quelque souffrance : les organes des femmes sont si mystérieux... Il fit tout de même un énorme effort pour tenter d'être jovial :

– Tiens, regarde, on a reçu des nouvelles de ta famille. Ils ont l'air de se plaire à Paris.

Elle ne prêta aucune attention à la carte du Sacré-Cœur que Bajou agitait sous son nez, clignant brièvement des paupières pour indiquer que le sort de ses parents ne l'intéressait pas. Puis elle murmura quelques mots que Bajou n'entendit pas.

– Pardon?

Elle répéta :

– Prends à droite, s'il te plaît.

Il la regarda, surpris :

– Pour aller où?

– Bajou, je t'en prie... prends par là...

Heureux d'entendre enfin le son de sa voix, il s'exécuta. Habiba regardait autour d'elle, subitement attentive.

– Arrête-toi là, s'il te plaît... là, oui...

Bajou faillit en avaler sa langue. L'endroit devant lequel elle lui demandait d'immobiliser la voiture était l'hôtel Malek. Avec un désarroi qu'il tâcha de dissimuler, Bajou s'exécuta. Il tenta même de railler pour dissimuler son malaise :

– Tu veux qu'on dorme ici? On serait mieux à la maison, non?

Habiba avait posé sur lui des yeux très calmes, presque sereins.

– Bajou, je vais te dire quelque chose qui va te faire mal. J'ai revu Edmond dans cet hôtel. Plusieurs fois.

Il avala sa salive, dents serrées. Elle continuait :

– J'allais te quitter, partir avec lui pour la France, sans même te laisser un mot... Tu comprends?

Elle ne pouvait se douter à quel point il comprenait... Il vivait l'une des minutes les plus délicates de toute son existence. De sa réponse dans les secondes suivantes allait dépendre son destin d'homme pour de longues années. Mais sa décision était prise. Il y avait longuement réfléchi des nuits entières. Il était prêt à tout pour garder Habiba... Il l'aimait d'un amour démesuré, et il savait que pour reprendre Habiba, il lui faudrait tuer dans son esprit l'idée même d'Edmond. Son secret, elle ne devait pouvoir le partager avec personne, elle devait même en douter comme d'un mirage, meilleure manière de le faire se dissoudre dans le mouvement du temps. Elle ne devait pas savoir qu'il savait : jamais. Et pour qu'elle ne sache jamais, il devait nier, effacer, anéantir l'autre. Tactique sommaire mais radicale. De son point de vue, aucune autre solution ne s'offrait à lui. Aussi éclata-t-il d'un rire étonnamment léger :

– Edmond? Ton ancien fiancé? Mais qu'est-ce que tu racontes? Il fait la guerre en Europe, le pauvre! Dieu sait même s'il n'est pas mort!

– Mais c'est la vérité, protesta Habiba, décontenancée par sa réaction, car elle s'était attendue à beaucoup de choses, sauf à le voir rire... Demande à Marie!

– Demande quoi à Marie? la coupa vivement Bajou. Marie, ma cousine? Tu crois qu'elle sait quelque chose que je ne sais pas? Tu crois qu'elle m'aurait trahi?

Elle se sentit soudain oppressée, mal à l'aise dans l'étroit habitacle.

Elle lui avait dit et il refusait d'écouter. C'était comme si elle n'avait pas prononcé les mots. Il continuait à parler de sa voix monocorde :

– Allons, Habiba... Tu es fatiguée... Tu inventes des histoires pour m'éloigner de toi, parce que tu as toujours eu honte de moi, mais c'est des histoires d'enfant! Même un naïf comme moi, il peut pas le croire! Et en plus, tu salis la pauvre Marie... C'est pas bien, de dire du mal d'elle...

Tout se mélangeait dans son ton. La sincérité étonnée, la menace diffuse, l'incrédulité bafouée. Personne n'aurait été capable de démêler l'écheveau des intentions entremêlées dont Bajou avait émaillé son discours. Tout était volatile et palpable à la fois. Il sembla à Habiba que son cerveau était broyé par les mâchoires d'un étau invisible.

– Pourquoi t'acharner? Jamais je ne te donnerai d'enfant!

Elle avait presque crié, tout en appuyant sa main sur la poignée de la porte. Il lui fallait fuir, sortir de cette voiture, retrouver ses esprits! Mais plus vif qu'elle, tellement déterminé, Bajou avait lancé son bras et claqué la portière. Il resta la main sur le rebord de la vitre, le regard fixé avec obstination dans celui de Habiba. Il ne sut jamais comment ces paroles vinrent à ses lèvres, mais à ce moment-là, il n'était plus que pathétique.

– Ce qui t'est arrivé, c'était un accident... Tu es la vie, Habiba! Et tu auras des enfants parce que tu es faite pour la donner... Même si tu ne m'aimes pas, moi, tu les aimeras, eux... Parce qu'ils viendront de toi... de ton ventre... qu'ils auront des grands yeux comme toi, et des cheveux tout noirs... bouclés comme des moutons... Ils attendront tout de toi... que tu leur donnes le sein... que tu les berces... que tu leur fasses du bien... Et quand tu les tiendras dans tes bras, et que tu sentiras leur petit corps potelé contre toi, tu les aimeras... Tu ne pourras pas t'en empêcher... Moi, ça me suffira... Parce que si tu les aimes, ce sera comme si tu aimais une part de moi... Et j'attendrai pour ça tout le temps qu'il faudra...

Lentement la main de Bajou avait quitté la portière. Un grand silence s'installa, uniquement troublé par le souffle de l'homme et les sanglots légers de Habiba. Elle ne l'aurait jamais avoué, mais les paroles de Bajou l'avaient bouleversée. Son obstination à la vouloir, à gommer tous les obstacles, à façonner la réalité du monde qui l'entourait en fonction de ses objectifs l'avaient touchée. Elle sentait confusément que Bajou lui proposait un nouveau départ et de passer l'éponge sur le passé. Balayé, le souvenir odieux de l'avortement! Il n'avait jamais existé. Balayée, son infidélité conjugale! Balayé, Edmond...

Bajou ne lui proposait pas un idéal de jeune fille romantique mais une vie de femme adulte. Avait-elle le choix, elle dont tous les rêves adolescents s'étaient consumés dans une flaque de sang, une nuit, devant un hôtel sordide? Et qui aurait pu dire si, derrière son acceptation, ne se cachait pas un ultime pied de nez à celui qui l'avait abandonnée après lui avoir fait miroiter tant de rêves impossibles?

La grandeur, la beauté de sa vie, Habiba irait les chercher en construisant avec cet homme impensable à aimer la plus impossible des familles.

Bajou remit la voiture en marche. Elle s'ébranla doucement, tournant le dos à l'hôtel Malek, et pénétra lentement dans le long tunnel du temps.

⁂

Leur premier enfant naquit le même jour que l'Etat d'Israël. Une journée mémorable s'il en fût. L'accouchement avait eu lieu dans l'appartement de la rue Saint-Jean, transformé en clinique pour l'occasion. Il faisait tellement chaud que toutes les fenêtres étaient ouvertes. Les plaintes de Habiba se mêlaient au son des radios du voisinage, lesquelles retransmettaient en direct de l'ONU le vote en faveur de la partition de la Palestine.

Bajou, isolé dans le salon en compagnie de Marcel, tenait magistralement son rôle de père anxieux, et son cousin celui du soutien qui en a vu d'autres. Oumi et Marie suppléaient les sages-femmes et le docteur Krief officiait aux forceps. Le tableau était parfait. Il atteint au sublime lorsque le premier cri du nouveau-né, un magnifique garçon de trois kilos huit cents, salua aussi bien sa naissance que celle de l'Etat hébreu, dont l'annonce fut donnée au même moment. Alors des rues d'Alger et de Saint-Jean réunies monta la cacophonie assourdissante des youyous qui, de balcon en balcon, relayaient les bonnes nouvelles.

Dans un pareil contexte, le bambin fut prénommé David, c'était obligatoire! David comme le roi glorieux de la nation juive, mais aussi comme Ben Gourion, le père d'Israël ressuscitée.

Dès que Habiba l'avait tenu dans ses bras, émerveillée, souriante à travers ses larmes, elle avait tout oublié et était devenue une véritable tigresse, toujours prompte à s'interposer entre Bajou et sa progéniture...

Mais après cette première réussite le couple n'en resta pas là. Delphine, Natacha, Jacques et Sarah la toute dernière, à peine dix mois, qui ne quittait jamais les bras de sa mère, étaient venus tenir compagnie à David. Cinq enfants au total! Largement de quoi assurer la descendance des Benkahen : deux garçons et trois filles, pas plus de six ans de différence du premier à la dernière. « Un beau tir groupé », comme on disait avec respect à Tunis. « Et Habiba toujours aussi belle, toujours aussi gracieuse », pensait Bajou en la regardant avec tendresse.

Comme il l'avait prévu, tout l'amour qu'elle n'éprouvait pas pour lui, elle l'avait reporté sur ses enfants. Et aujourd'hui, quelle belle famille ils formaient, posant pour la photo des vacances d'été dans le parc de la villa de Carthage, en ce mois d'août finissant de l'été 1955.

Tous les cinq, portraits mélangés de leurs parents, des cheveux très bruns et bouclés avec des joues dodues et d'énormes yeux – ceux des Benkahen bien entendu – qui leur dévoraient le visage. Des gosses magnifiques, pleins de vie, qui se collaient pêle-mêle à leur obèse de père qu'ils adoraient... Une famille unie, heureuse... et dans le regard de Habiba, sereine, désormais et pour toujours cette légère mélancolie, une vague lueur d'amertume...

27

Ces vacances estivales avec l'obligation d'accueillir, pour la première fois depuis son mariage, toute sa belle-famille dans la villa louée à Carthage avaient représenté un véritable pensum pour Bajou. Il se sentait tellement mieux dans son bureau, à la minoterie. Passe encore le fait de subir ses propres enfants, qui représentaient déjà une source de fatigue non négligeable, mais à eux venaient s'ajouter ceux tout aussi nombreux des cinq frères de Habiba, tous mariés.

Les épouses de ces derniers ne cessaient de jacasser, de médire et de se plaindre. Quant à la mère de Habiba elle était venue heureusement seule, pensa Bajou, car Monsieur Scali avait préféré ne pas quitter son petit appartement de la rue Montmartre, à Paris. « Il ne sort plus beaucoup », avait expliqué Madame Scali. « Il attend la mort », avait compris tout le monde. Sans oublier Oumi qui tenait toute sa place, Marie et son vieux Joseph, qui continuait à élever l'enfant de Marc. Enfin Marcel, fidèle à lui-même, résolument vieux garçon, Dieu merci! Un après-midi au milieu de cette ruche et Bajou n'avait plus qu'une envie : aller se fracasser la tête contre les murs. Il lui arrivait de rêver au temps lointain où, célibataire forcé, il allait à la buvette de la plage s'isoler dans son coin, pour profiter en paix du bruit des vagues.

Il se consolait en pensant que les vacances tiraient à leur fin, et il se promit que l'année prochaine, il s'isolerait avec sa famille proche, sans aucun autre parent pour troubler sa quiétude. Les années passaient si vite, son travail l'accaparait tellement qu'il avait le sentiment de n'avoir pas vu ses enfants grandir.

Il vit approcher Marcel, l'air pressé, presque anxieux. L'Amérique, il allait encore lui parler de l'Amérique! C'était devenu la hantise, l'obsession de Bajou d'avoir encore à temporiser pour essayer d'échapper au fameux voyage. Du côté de New York, il est vrai que Franck et Herbert commençaient à s'impatienter, envoyant télégramme sur télégramme. Une chance unique pour Benkahen et Benkahen, une chance que Bajou pourtant n'était guère empressé de saisir parce qu'elle recelait pour lui une menace imprécise, inexplicable.

– Où étais-tu passé? demanda Bajou. On t'attendait pour manger!

Marcel s'essuyait le visage avec un grand mouchoir :

– Mais tu sais pas ce qui se passe à Tunis, ou quoi? C'est la bamboula, là-bas!

Il mima à lui seul la foule en délire. « Yah ya Bourguiba, yah ya Bourguiba »... Depuis qu'il est revenu, celui-là, y a pas un jour sans manifestation!

– Tu t'intéresses à la politique, maintenant? ricana Bajou.

– Non Monsieur, à la circulation! A cause de lui, toutes les rues sont bloquées!

– Maman c'est qui, Bourguiba? demanda David.

– Un monsieur qui est revenu chez lui, mon chéri, répondit Habiba. Papa vous expliquera mieux...

– Cette fois, dit Marcel, l'indépendance n'est pas loin.

Bajou le regarda, étonné :

– L'indépendance? Mais qu'est-ce que tu racontes, jamais les Français ne l'accorderont.

Marcel pensa fugitivement à Amina, qu'il n'avait pas vue depuis des années. Partie à Paris pour y faire son droit, mais aussi pour mener la lutte politique. Avec Bourguiba rentré au pays, peut-être l'imiterait-elle bientôt? Amina... Son corps doux et chaud qui réunissait toutes les senteurs : harissa et jasmin, poivre et cannelle... Une ombre de mélancolie passa dans son regard.

Les exclamations joyeuses des belles-sœurs le tirèrent de sa rêverie. Les cuisinières arabes apportaient d'énormes plats de spaghetti recouverts de sauce tomate fumante.

– Celles-là, plaisanta Marcel, pour manger elles sont les premières.

– Oui, mais pour débarrasser, elles ont toujours le temps! rétorqua Bajou.

Marcel avait bien essayé, au début du séjour, de courtiser l'une d'elles, la blonde aux seins un peu lourds qui se prenait pour Marilyn Monroe, malgré les mises en garde répétées de son cousin qui lisait dans son jeu comme le devin dans le marc. Très vite, il avait abandonné. Il aurait pu sans problème arriver à ses fins, mais cette femme avait un défaut rédhibitoire à ses yeux : elle ne sentait rien. Pas le moindre parfum, pas la moindre odeur! Rien! Et Marcel, qui avait humé discrètement chacune de ses belles cousines, en était abasourdi : les Françaises ne connaissaient pas les épices. Tout chez elles semblait aseptisé, hormis leur appétit et leur paresse.

Les servantes arabes ayant fini de mettre la table, chacun s'installa autour de la belle nappe, sous les pins. Un peu à l'écart, le jardinier, qui faisait aussi office de cuisinier, préparait un méchoui dont l'odeur suffisait à mettre l'eau à la bouche. En contrebas, la mer brillait sous le soleil, piquée de voiles blanches. Bajou remercia Dieu de lui avoir accordé tant de bienfaits : il vivait à l'aise, son affaire marchait bien, il avait une femme que bien des hommes lui enviaient et qui lui avait donné des enfants adorables : que demander de plus? C'était presque trop de bonheur pour un seul homme.

Subrepticement, il toucha le bois de la table puis poussa son assiette vers Oumi qui le servit en premier, comme c'était la coutume. Même les belles-sœurs françaises attendaient avant de se servir qu'on ait sacrifié à ce rite. L'une d'entre elles ayant un jour protesté contre cet usage qu'elle trouvait grossier, Habiba leur avait discrètement expliqué que c'était déjà un grand honneur pour des femmes d'être admises à la table des hommes. Elles avaient eu tellement peur de devoir se contenter des restes en cuisine qu'elles se le tenaient pour dit. Bajou le chef de famille méritait d'être servi le premier, c'était aussi simple que cela...

Une joyeuse ambiance s'installa progressivement autour de la table. Chacun s'empiffrait avec énergie, comme si la nourriture allait venir à manquer... La plupart des enfants, qui avaient déjeuné avant les adultes, avaient repris leurs chamailleries bruyantes dans le jardin, avec interdiction formelle de s'approcher de la mer tant que la digestion ne serait pas faite.

Bajou sentit que Marcel le regardait fréquemment de côté et, plutôt que d'attendre, il préféra vider tout de suite l'abcès...

– Tu as eu Franck au téléphone?

– Si je l'ai eu, répliqua Marcel tout heureux de l'ouverture, j'ai passé la matinée avec lui, oui!

– J'espère que c'est lui qui appelait, observa Bajou en tendant de nouveau son assiette à sa mère.

Il voulait un peu plus de sauce tomate. Oumi s'exécuta sans attendre.

– Evidemment, tu crois qu'ils comptent, eux? Les Américains, ils sont royaux!

Marcel saisit le bras de Bajou, l'empêchant d'élever sa fourchette jusqu'à ses lèvres :

– Bajou, ils veulent passer la vitesse supérieure... Ils veulent doubler la production! Mais il faut qu'on aille à New York!

Bajou libéra son bras pour enfourner une invraisemblable fourchette de pâtes.

– Qu'est-ce qui presse? Ça fait longtemps qu'on en parle! Ça peut attendre, non? Laisse-moi profiter un peu! supplia-t-il la bouche pleine.

Il espérait que Marcel allait en rester là, mais il en fallait plus pour le décourager. D'autant qu'il prit à témoin l'ensemble de la table :

– Voilà, j'en étais sûr! Toujours la même réponse! Comme d'habitude, tu penses qu'à toi! Mais moi je m'ennuie, Bajou! Je m'ennuie!

La voix de Marcel vibrait d'une profonde sincérité.

– Pourquoi tu te maries pas? se moqua Bajou.

– Tu connais une femme qui sente toutes les épices à la fois, toi? Dis-moi un peu? Et tu trouves ça drôle, le mariage, franchement? Moi, je préfère faire des affaires!

– A ton aise, mais les affaires, bougonna Bajou, moi je sais les faire en Tunisie, pas en Amérique...

– Mais Bajou, il faut nous développer! Qu'est-ce qu'on a? Une minoterie à crédit, c'est tout! Tu n'as pas envie qu'on devienne enfin riches, vraiment riches? Riches comme de vrais riches?

Il écarquillait les yeux comme un camelot qui promet l'Eldorado. Hélas pour lui, Bajou n'était pas le premier acheteur venu.

– On n'est pas vraiment pauvres, observa-t-il. Hein? qu'est-ce que vous en pensez, Monsieur Hadjej? claironna-t-il en souriant.

Coincé entre Oumi et Madame Scali, le banquier affectait de suivre la conversation entre les deux cousins d'un œil intéressé. C'était surtout pour lui une manière d'échapper aux cancans sans intérêt, le comble pour un banquier, des deux vieilles femmes.

Il s'était lui-même invité à déjeuner ce dimanche. Non pas qu'il appréciât particulièrement Bajou. Depuis longtemps son opinion était faite sur le minotier, et il attendait patiemment son heure qui – il n'en doutait pas – un jour viendrait. Mais Hadjej était un homme seul. Sa femme était morte quelques années auparavant d'une tumeur au cerveau, son fils ne remettait plus les pieds en Tunisie, et il avait été lui-même déchu de son mandat de président de la communauté, en raison d'une attitude un peu passive pendant la guerre. Bref, il ne régnait plus que dans son activité de banquier. Ce qui était une raison suffisante pour qu'il soit partout accueilli avec les honneurs, et chez les Benkahen plus qu'ailleurs. Même si en le voyant arriver au volant de sa 403 d'un gris discret, Marcel avait maugréé : « Même le dimanche, il faut qu'on l'ait sur le dos, lui! » Bajou, malgré les sentiments mitigés qu'il portait à Hadjej, l'avait excusé : « Il a senti l'odeur du méchoui... Il est seul, le pauvre! » Le mot de la fin était resté cependant à Marcel, ironique : « Seul, c'est sûr... Mais pauvre, ça l'est moins! »

Pour l'heure, comme le lui demandait Bajou, Hadjej apporta son grain de sel à la conversation.

– Effectivement, approuva-t-il de l'autre côté de la table. Cependant, comme banquier, je dois dire que Marcel n'a pas tout à fait tort. Il est toujours bon de développer une affaire plutôt que de s'endormir sur ses lauriers...

– Et comme ça, ironisa Bajou, on est obligé de s'endetter auprès des banquiers...

Hadjej en convint en souriant. Il s'amusait bien, dans ces repas de famille chez les Benkahen. Il ne manquait pas de s'y rendre chaque fois que l'occasion s'en présentait, car en plus de toutes les raisons objectives qui expliquaient sa présence en ces lieux, le banquier avait une obsession : depuis la mort de sa femme, il rêvait de Habiba! Loin d'entretenir des pensées d'ordre platonique, il n'aspirait au contraire qu'à la posséder de la manière la moins civilisée. Il ressentait en permanence pour elle un désir d'une extrême violence, entretenu par la conviction que le gros Bajou ne pouvait pas être physiquement à la hauteur. Au cours des années, des rumeurs avaient couru au sujet du couple. On disait que Habiba avait eu un amant, que l'histoire s'était mal terminée. Hadjej s'était depuis longtemps promis de tenter sa chance auprès de la belle

Madame Benkahen. Hélas, jusqu'à présent, elle était demeurée sourde à ses avances...

– Parce que si on réfléchit bien, plus on travaille, Monsieur Hadjej, et plus on vous donne à vous, à la banque... Vous vous y entendez, à faire suer le burnous...

Le banquier sentit une petite pointe d'énervement le gagner. C'est avec ce manque évident de tact que le minotier s'était déjà fait pas mal d'ennemis à Tunis.

– Vous savez, répliqua-t-il poliment, le crédit n'a pas que de mauvais aspects, heureusement! Tenez, avez-vous entendu parler de ce garçon... Ah, son nom m'échappe... Un gars de chez nous... Enfin, figurez-vous qu'après la guerre, grâce au crédit justement, il s'est acheté une petite boutique à Paris. Eh bien aujourd'hui il possède, m'a-t-on assuré, la moitié du boulevard Barbès!

Le banquier se tapa le front :

– Ça y est, ça me revient! C'est un certain Edmond, je crois... le nom va me revenir... Lui, croyez-moi, ça ne le gêne pas de travailler avec les banques! Mais comment s'appelle-t-il déjà... Vous ne voyez pas?... Edmond... Edmond quelque chose...

Bajou avait changé de visage. Il se mit à saucer mécaniquement son assiette en maugréant :

– Qu'il mette le billet de retour de côté, c'est le seul conseil que je peux lui donner...

Un vif malaise parcourut la table où chacun évitait de se regarder, tandis que Hadjej, ne s'apercevant de rien, cherchait toujours à se souvenir.

– Edmond... Oui, il s'appelle Edmond... reprit-il tout haut, à la consternation générale.

Voyant que Bajou était sur le point d'exploser, Marcel se tourna en souriant vers le banquier.

– Le nom, c'est pas grave! C'est l'exemple qui compte! Vous avez raison, Monsieur Hadjej...

– Mais attendez, ça va me revenir, promit-il malgré tout.

Habiba se leva alors, le visage décomposé.

– Je vais chercher le café! Qui en veut?

Plusieurs mains se tendirent. Aussitôt, Hadjej quitta sa chaise :

– Je vais vous aider, Habiba! Je fais le café à merveille!

Elle haussa les sourcils, surprise.

– Si vous voulez...

Ils s'éloignèrent à travers le jardin, en direction de la maison.

– Celui-là, soupira Marcel, un éléphant il est plus léger que lui... Alors, Bajou, je les retiens, les billets? Le Bréguet deux-ponts jusqu'à Paris, et après le Constellation d'Air France jusqu'à New York. En tout, depuis Tunis et avec les escales, vingt-quatre heures de voyage, j'ai tous les prospectus!

– Vingt-quatre heures! s'émerveilla Max, le frère aîné de Habiba, qui avait ouvert une pizzeria au quartier Latin. Putain de sa mère si c'est rapide!

– Le Constellation, quatre moteurs à hélices, il tape le cinq cents à l'heure, précisa Marcel.

– Bouh! fit Bajou impressionné. Et tu veux que je monte là-dedans? Jamais!

Ulcéré par tant de mauvaise foi, Marcel jeta sa serviette sur la table.

– Un jour tu regretteras! Je te dis pas comment tu regretteras, sur ma vie!

– Allons, vous allez pas vous disputer! Les vacances sont bientôt finies... supplia Marie. Marcel, aide à débarrasser, sois un peu galant.

– Cinq enfants, minauda Hadjej qui marchait derrière Habiba, et vous avez toujours une ligne de jeune fille : mais comment faites-vous?

Tout en parlant, il avait posé la main sur la taille de Habiba qui, sans méchanceté mais très fermement, la lui enleva.

– Vous êtes de bonne humeur, aujourd'hui, Monsieur Hadjej... fit-elle remarquer.

A plusieurs reprises, dans le passé, le banquier s'était

déjà montré extrêmement empressé à son égard. Elle avait toujours hésité à en parler à Bajou, craignant qu'il ne prenne la mouche, or il avait trop besoin de Hadjej pour ses affaires. De plus, si les choses tournaient mal entre eux, elle deviendrait immanquablement la responsable unique de leur brouille.

Il l'avait suivie jusqu'à la cuisine, où elle espérait la présence de sa mère, mais celle-ci venait de sortir pour apporter de magnifiques pastèques à table. Le banquier restait obstinément attaché à ses pas et, lorsqu'elle se haussa sur la pointe des pieds pour saisir les tasses dans le placard du haut, il n'y put plus tenir et lui déposa brusquement un baiser sur le cou. Comme piquée par un serpent, Habiba se retourna. Il était passé à un demi-doigt de la gifle...

– Mais qu'est-ce qui vous prend, Monsieur Hadjej? Vous n'avez pas honte, dans ma maison?

Il était devenu cramoisi et ses lèvres tremblaient. Elle nota avec dégoût que de grosses gouttes de sueur perlaient sur son nez. Il ne manquait plus qu'il bave! Déjà il revenait à la charge, les mains en avant, comme un homme qui n'a rien à perdre.

– Honte? Mais j'aurais honte de te laisser tranquille, oui! Tu ne vas pas me dire que tu es heureuse avec Bajou, non?

Il avait dit cela avec un tel mépris dans la voix que Habiba frissonna.

– Qu'est-ce que vous en savez? se cabra-t-elle. Et puis d'abord, taisez-vous! Mes fils sont...

Hadjej l'attira soudain à lui, la prenant par la taille.

– Tu sens? bredouillait-il, je bande pour toi, Habiba! Donne-moi un baiser en attendant le reste et...

Elle sentit ses lèvres humides effleurer les siennes. Folle de rage, elle le mordit alors de toutes ses forces...

– Tu l'as mordu? Non, je ne te crois pas! s'exclama Marie.

C'était l'heure de la sieste. Les deux jeunes femmes

marchaient pieds nus, au bord de l'eau, comme elles aimaient à le faire. Habiba venait de faire le récit de la grossière tentative du banquier.

Sur la terrasse, à l'ombre, certains s'étaient lancés dans une frénétique partie de chkoba, d'autres plus tranquillement dans un rami.

Pendant ce temps les enfants, insatiables, s'ébrouaient dans une Méditerranée d'huile sous l'œil vigilant des nounous arabes.

– Et alors, qu'est-ce qu'il a fait? insista Marie.

– Qu'est-ce que tu voulais qu'il fasse! Il m'a traitée de folle et il est parti vous rejoindre!

Marie éclata de rire et prit Habiba par les épaules.

– Sa lèvre qui saignait, c'était toi? Il nous a dit qu'il était tombé!

– Sur un os, oui... murmura la jeune femme encore tout indignée.

Elles se tournèrent en même temps vers la maison. Les silhouettes de Hadjej, de Bajou et de Marcel en train de discuter « affaires » se découpaient avec netteté.

– Les hommes, quand même, soupira Marie, il n'y en a pas un pour racheter l'autre... Tu te rends compte, un vieillard de soixante ans en train d'essayer d'embrasser une femme mariée à deux pas de son mari...

Puis haussant les épaules, philosophe :

– Le malheur, c'est qu'ils peuvent aussi nous servir...

Une vague plus audacieuse que les autres vint soudain leur lécher les mollets, les faisant sursauter. Habiba n'ayant pas l'air convaincu, Marie insista :

– Il faut bien que le corps vive un peu, non? Ne me dis pas que tu ne rêves pas, toi aussi, d'un beau corps d'homme entre tes mains, juste pour t'amuser!

Habiba la regarda, sérieuse :

– Non Marie... plus depuis Edmond... jamais...

– Tu veux dire que Bajou te suffit?

– Mais non!

Un silence et Habiba ajouta, avec une grande simplicité :

– Il ne m'a jamais rendue heureuse...
– Tu veux dire...?
– Jamais.

C'était la première fois qu'elle allait aussi loin dans la confidence. Marie baissa la tête, subitement gênée, mais comme si parler l'apaisait Habiba reprit :

– Ecoute, tu imagines quand il vient sur moi? J'ai honte de te dire ça, mais j'étouffe, tu comprends, je ne peux pas respirer, j'ai l'impression de mourir... Ma seule envie, c'est que ça se finisse le plus vite possible! Et lui aussi, d'ailleurs!

Incapable de se retenir davantage, Marie éclata de rire.

– Un vrai mari, quoi! Tout pour lui, rien pour la femme! Je vois, je vois très bien! Mais dis-moi... as-tu jamais essayé de...?

Elle fit de la main un mouvement rapide...

– D'inverser? Pas lui sur toi, mais toi sur lui? Tu sais, à califourchon, comme si tu montais à cheval. Moi, j'adore!... Tu as l'impression de tout diriger...

Ce fut au tour de Habiba de pouffer :

– Mais tu ne te rends pas compte! Avec Bajou, on ne parle pas de ces choses-là!

– Il ne s'agit pas de parler, corrigea fermement Marie, mais de faire. Essaie, tu m'en diras des nouvelles.

Elle lui prit le bras, malicieuse.

– Nos hommes, ce sont des enfants! Jamais ils ne te diront qu'ils ne savent pas... Mais si tu leur apprends, tout est encore possible, même les miracles...

Soudain émue, Habiba attira Marie à elle :

– Qu'est-ce que tu m'as manqué, si tu savais...

Marie ne répondit rien. Elle passa sa main autour de la taille de Habiba et lentement, dans le soleil frisant, elles reprirent leur promenade, perdues dans leurs souvenirs. Elles ne s'étaient pas revues depuis de longues années. Juste après la naissance de David, Marie avait prétexté un subit besoin de retrouver Joseph et s'était retirée à Nabeul. A un moment, la nouvelle avait couru qu'elle attendait un enfant, nouvelle démentie par les faits. Maintenant, Marie partageait son temps entre Nabeul et Nice, où Joseph allait soigner ses rhumatismes. Elle se contentait de brefs passages à Tunis qui ne lui laissaient même pas le temps de rendre visite à Habiba. Cette dernière se rendait bien compte que Marie avait changé, comme si petit à petit la vie avait émoussé sa force de révolte. Les hommes, elle en parlait encore, mais on ne lui prêtait plus guère d'aventures. Marie, en fait, avait vécu d'espoir avec Marc, de révolte avec Joseph, et maintenant, à l'approche de la quarantaine, ne trouvait plus de raison de s'élever contre l'apathie dont le temps imprègne ceux qui ont perdu trop tôt leurs illusions de jeunesse. Le plus grave était pour Marie qu'elle n'en entretenait plus sur elle-même, à cause d'une trahison, d'un combat perdu, toutes choses dont elle aurait eu grand-peine à s'ouvrir à Habiba.

28

Dans les vacances, ce que Bajou appréciait le plus, c'était le moment où elles se terminaient. Ce qui signifiait le retour à la rue Saint-Jean. Depuis le temps, il aurait pu changer vingt fois d'appartement et quitter ce quartier populeux et bruyant pour un autre plus calme et plus bourgeois. Mais il était viscéralement attaché à cet endroit. Bien sûr, cette inclination était liée à ses souvenirs, son « départ » dans la vie. Mais quoi, beaucoup d'autres dans ce cas n'avaient pas hésité à faire évoluer leur train de vie au même rythme que leurs affaires. En réalité, au fond de lui, Bajou était persuadé qu'il vivait un conte de fées et que son existence avait été une suite incroyable de miracles dont il ne s'attribuait nullement la paternité, contrairement à ce qu'il laissait généralement entendre. Il était convaincu qu'une force, Dieu pour ne pas le nommer, régentait tout au gré d'humeurs et de caprices imprévisibles. Alors, son obsession était de ne pas trop attirer le regard divin sur son cas par un étalage maladroit de ses richesses. S'il sacrifiait à la coutume des vacances en bord de mer, dans la villa somptueuse de Carthage qu'il louait depuis des années, c'est parce qu'il s'agissait d'une période courte et qu'il admettait l'idée que l'Eternel lui aussi se reposait pendant les vacances. Sinon il se méfiait de tout, l'œil aux aguets. Voilà pourquoi il opposait une résistance passive et continue aux projets américains de Marcel. Benkahen et Benkahen sur l'Empire State Building! Comment échapperaient-ils à l'œil de Dieu? Plus on monte, plus on se rapproche du Ciel et plus la fierté divine en prend ombrage. Mais l'expliquer à Marcel sans passer pour un fou était une autre paire de manches! Pour la même raison, il ne quittait pas la rue Saint-Jean. Bien sûr, cela les obligeait à se serrer un peu. Les filles dormaient dans la même chambre qu'Oumi et les garçons sur le divan du salon, que tous les soirs on dépliait dans un grincement de ferraille. Evidemment, Habiba et lui devaient observer la plus grande discrétion dans leurs ébats amoureux, sous peine d'alerter la maisonnée. Mais tout cela n'était finalement que de tout petits sacrifices comparé au risque de subir les foudres de la jalousie céleste. D'ailleurs, la sérénité et la réussite qui imprégnaient sa vie n'étaient-elles pas les meilleures preuves qu'il avait fait le bon choix?

En regardant justement Habiba border les enfants dans le salon, il éprouva une profonde reconnaissance à son égard. Elle s'était toujours accommodée, sans aucune récrimination, du style de vie que Bajou lui imposait.

Il embrassa à son tour les garçons, les filles étant déjà couchées, et il s'attarda quelques instants avec David.

– Alors, tu es prêt pour demain?

L'enfant hocha la tête gravement. Bajou caressa son front lisse.

– Dors maintenant. Il faut que tu sois en forme. C'est un grand jour.

Il se leva et rencontra le regard de Habiba qui le toisait avec irritation. Elle éteignit la lumière et d'un pas vif disparut dans leur chambre. Enveloppé dans son ample djellaba, Bajou soupira. Il savait qu'une scène l'attendait. Mais il était bien décidé à ne pas céder et à faire selon son idée.

Quand il entra dans sa chambre, Habiba l'attendait en faisant les cent pas. Sa chemise de nuit transparente dessinait sa silhouette à la lumière diffuse d'une lampe de chevet. Bajou eut envie d'elle aussitôt. Malgré ses cinq maternités, son corps n'avait pas changé. Elle avait même gagné une poitrine plus généreuse qu'il aimait caresser quand elle dormait. Encore un miracle de Dieu. Mais il se doutait que, ce soir, il n'arriverait pas à ses fins aussi facilement. Comme il s'y attendait, elle le repoussa sans attendre, la mine sévère.

– Tu as bien réfléchi pour David?

– Oui, affirma Bajou.

– Tu ne veux pas changer d'avis?

Il fallait qu'il coupe court à la discussion, sinon elle risquait de durer toute la nuit. Il s'assombrit et bougonna :

– Ne parle plus de ça! Je sais ce que je fais!

Alors Habiba se détourna, saisit un oreiller et sortit de la chambre. Estomaqué, Bajou lui courut après en chuchotant :

– Mais qu'est-ce qui te prend?

Habiba se glissa dans le lit aux côtés d'Oumi.

– Je dors avec ta mère... elle est pas bien, la pauvre!

Bajou faillit hurler. Habiba se moquait ouvertement de lui. Oumi se portait comme un charme. D'un coup, il comprit que les deux femmes s'étaient liguées contre lui et qu'Oumi devait faire semblant de dormir. L'idée du complot renforça encore sa détermination. Il ne leur ferait pas le plaisir de s'énerver. Haussant les épaules, dédaigneux, il jeta :

– Je préfère autant... je dors mieux tout seul.

Mais s'il avait été privé du plaisir de la chair, il entendait bien se rattraper sur les nourritures terrestres.

– Il y a quelque chose à manger, au moins? demanda-t-il.

La voix froide de Habiba l'anéantit.

– Un peu de pain, si tu veux...

– Du pain...?

– Avec des olives, dans le placard...

Nul doute, le complot était mené de main de maître.

Le lendemain, Marcel vint chercher Bajou à sept heures précises. Oumi, tragique, lui ouvrit la porte. En grande comédienne elle avait répété son rôle – celui de la grand-mère au cœur déchiré – pendant toute la nuit. Bajou sortit de la salle de bains, vêtu de son plus beau costume.

– J'arrive, Marcel... Il est prêt, David? demanda-t-il joyeusement.

Oumi s'effaça pour laisser entrer les deux hommes dans la cuisine où David, peigné et habillé comme un premier communiant, finissait de boire son chocolat. En face de lui, Habiba encore en peignoir l'observait d'un œil à la fois tendre et pensif. Lorsque son regard se leva vers les deux cousins, il se chargea d'une colère froide que Bajou négligea.

– Allez, mon fils, dit-il en affectant la légèreté, on y va!

Inconscient de la pièce qui se jouait, David quitta sa chaise après que sa mère lui eut soigneusement essuyé la bouche de sa serviette.

Puis les deux femmes l'étreignirent comme s'il partait à la guerre. Impatient, pressé de couper court à toutes ces effusions qui lui semblaient grotesques, Bajou lui tendit sa grosse main, dans laquelle il ficha la sienne toute menue. Marcel regardait la scène avec un sourire ironique qui énervait davantage Bajou que les airs tragiques des deux femmes.

– Mais enfin, c'est pour son bien que je le fais! Vous ne comprendrez jamais rien! Vous voulez qu'il reste illettré toute sa vie, mon fils? Arriérées, va! Allez Marcel, on y va! Tu as avalé ton peigne ou quoi?

Lorsque la porte se fut refermée, Oumi s'appuya à l'épaule de Habiba.

– Pauvre de nous, dit la vieille femme, jamais le Bon Dieu ne nous pardonnera, jamais! jamais!

Dans le hall de l'immeuble, Bajou s'arrêta une seconde devant la boîte à lettres pour consulter le courrier. Il ne garda qu'une seule enveloppe qu'il glissa dans sa poche, sans même l'ouvrir, sous le regard étonné de David. Puis ils rejoignirent Marcel qui les attendait au volant de la voiture.

Il les déposa devant l'institution Saint-Vincent-de-Paul, l'une des meilleures de Tunis. Elle était tenue par des religieuses unanimement respectées. De plus, elles avaient la réputation de dispenser un excellent enseignement. C'était donc la raison de la discorde qui divisait la famille Benkahen. David devait attendre un an encore avant de rentrer au petit lycée Carnot, et l'école israélite ne dispensait de cours que le mercredi. Aussi Bajou voulait-il inscrire son fils dans un établissement catholique. Grâce à cette manœuvre, Bajou lui permettrait de prendre de l'avance sur les autres. Et quand il rejoindrait le prestigieux lycée Carnot, la voie du bac s'ouvrirait tout naturellement à l'aîné de ses rejetons. Le bac... Sans s'en être ouvert à quiconque, c'était bien le secret espoir que caressait Bajou pour David. Si lui s'était arrêté au certificat, son fils serait le premier bachelier issu des Benkahen. Pas question de minoterie pour lui! Il deviendrait un grand professeur, un homme qui travaillerait avec sa tête, un homme de savoir, un sage! On dirait avec respect dans Tunis, « Monsieur le Professeur Benkahen », et non plus « Benkahen le minotier », avec une légère nuance de mépris. Cette ambition, Bajou la nourrissait de longue date. Et elle passait obligatoirement par la course à la meilleure éducation, une éducation d'abord dispensée par les religieuses de Saint-Vincent. Qui pouvait le comprendre? Les femmes, elles, ne voyaient que la religion, le blasphème : un Juif confiant la perle de ses yeux, son premier héritier mâle, aux ennemis jurés de son peuple...! Obscurité, quand tu nous tiens!

Il est vrai que les crucifix n'avaient pas de quoi vous mettre tellement à l'aise, songea Bajou en remontant un long couloir dallé. L'endroit était assez sinistre. Il y avait heureusement ces joyeux cris d'enfants qui montaient d'une cour de récréation toute proche.

– Tu verras, dit Bajou à David qui trottait sagement à ses côtés, tu vas te faire très vite des petits camarades. Il y a le petit Ghanassia, et aussi le fils du libraire Aknine, et puis le petit Sarde, celui qui joue si mal au tennis. Tu seras très bien...

– Alors c'est toi, le petit David?

Les yeux du garçon remontèrent lentement le long d'une lourde robe qui traînait jusqu'à terre, en passant par le chapelet accroché à la taille volumineuse, pour finir sur le visage souriant d'une religieuse en cornette et qui portait de fines lunettes cerclées d'or.

– Dis bonjour à Sœur Juliette, David, demanda Bajou.

Elle se pencha encore davantage vers l'enfant.

– Tu me dis bonjour, petit David?

– Il est assez timide, s'excusa Bajou, mais vous verrez, il va...

Ses explications furent soudain interrompues par un cri terrifiant. Un cri qui emplit tout l'espace du couloir, rebondissant jusqu'à la cour de récréation où les hurlements des autres enfants s'interrompirent instantanément. Incrédule, Bajou baissa les yeux vers David, car c'était lui, les yeux démesurément agrandis, la bouche ouverte en O, qui hurlait de tous ses poumons!

– Je veux pas devenir curé! Je veux pas devenir curé!

Sœur Juliette se redressa, sévère. Bajou tentait désespérément de décoller l'enfant agrippé à ses jambes :

– C'est l'émotion... je m'excuse... il va se calmer...

Jetant son petit cartable à terre, David s'arracha brusquement à son père pour prendre ses jambes à son cou et filer le long du couloir, se dirigeant tout droit vers la sortie. Sœur Juliette se baissa et ramassa le cartable qu'elle tendit à Bajou d'un air pincé. Celui-ci ne savait plus où se mettre et balbutiait quelques vagues prétextes :

– Il n'a pas l'habitude, il est encore très petit...

– Nous avons des enfants encore plus jeunes, Monsieur

Benkahen, qui se conduisent de manière parfaitement raisonnable. Enfin, ramenez-le-nous dès qu'il se sera calmé. Vous verrez, il sera très heureux chez nous...

– J'en suis sûr, ma Sœur, j'en suis sûr...

A l'extérieur, Bajou retrouva David qui s'était blotti auprès de son oncle dans la traction.

– Tu sais ce qu'il m'a fait, cet abruti? s'exclama le minotier en s'installant au volant pour se calmer les nerfs.

L'enfant le regardait avec crainte, redoutant une de ces gifles que son père lui administrait parfois sans prévenir.

– Le scandale en plein couvent! La honte il m'a fait! Je savais plus où me mettre!

– Ça fait rien, dit Marcel d'une voix douce, il attendra le lycée comme tout le monde, hein David? Et tu travailleras mieux que tous les autres pour faire plaisir à ton père?

David hocha silencieusement la tête. Ses grands yeux noirs mouillés de larmes auraient promis la lune si on la lui avait demandée.

Bajou fut ému par ce regard. David serait toujours son préféré, et de loin. Il se rengorgea, sourit au souvenir de la bonne sœur et se pencha vers David.

– Mais dis-moi, d'où tu sors cette histoire de curé, toi?

David pointa l'index vers Marcel :

– C'est lui qui me l'a dit.

– Qui, moi? protesta Marcel.

– Oui, insistait l'enfant, même que tu m'as dit que les curés ils faisaient jamais rien avec les filles et que leur zizi après il tombait en poussière!

– La putain de toi! commença Bajou, tu as vu ce que tu as fait? A cause de toi, mon fils il aura pas une bonne éducation!

– Mais Bajou, tu vois pas qu'il dit n'importe quoi? répliqua Marcel avec une mauvaise foi évidente, tant son sourire goguenard démentait ses dénégations.

Cette fois, Bajou leva la main pour de bon et Marcel ne

fut sauvé de la gifle que par la grâce des centaines de manifestants arabes qui brusquement avaient surgi en plein milieu de la chaussée. Bajou dut freiner en catastrophe, tant leur mouvement avait été rapide. Ils se trouvaient sur l'avenue Jules-Ferry et l'objectif de la foule était la Résidence de France, située juste en face de la cathédrale.

Des manifestations de ce type, Tunis en connaissait tous les jours depuis le retour de Bourguiba, quoique interdites et durement réprimées par la police française.

Elles étaient destinées à accélérer la marche du processus d'indépendance et témoignaient de l'impatience qui montait jour après jour dans la population. Les manifestants agissaient toujours de la même façon : ils se mêlaient à la foule des badauds et, au cri de ralliement de l'un d'entre eux – toujours le même : « Yah ya Bourguiba » – ils se précipitaient vers les grilles de la Résidence comme un seul homme, au mépris de la violence qu'utilisait l'armée française pour les disperser; une violence d'autant plus grande qu'elle était le fait d'un ordre ancien qui se savait condamné. Car les soldats ne se contentaient pas de nettoyer la place. Chaque manifestation était l'occasion d'une chasse au fellagha, laquelle pouvait se prolonger la journée entière dans les rues tortueuses de la capitale et donner lieu à des matraquages.

Pour le moment, les hurlements de la foule semaient la panique dans le camp des automobilistes figés dans leur habitacle. David sursauta, craintif. Bajou le prit contre lui, rassurant.

– N'aie pas peur... ils crient parce qu'ils sont joyeux... comme à la maison, papa et maman!...

Des militaires surgissaient maintenant de toutes parts, encerclant les manifestants. Une violence sourde transforma brutalement ce qui n'était qu'une démonstration pacifique et bruyante en une débandade générale dans la terreur la plus totale. On entendit même quelques coups de feu.

Quelques secondes Marcel resta figé, regardant droit devant lui. Il n'avait pas rêvé, c'était bien elle qui venait de filer, souple et légère au milieu de la foule. Il se tourna vers Bajou qui le regardait curieusement. Lui aussi l'avait vue, meneuse fière parmi les plus excités.

Puis elle disparut de leur champ de vision aussi vite qu'elle y avait fait irruption. Pourvu qu'il ne lui arrive rien, espéra Marcel.

– Tu as vu? dit Bajou. C'était Amina...

Marcel ne répondit rien et baissa la tête.

– Tu savais qu'elle était revenue? insista Bajou.

– Je l'ai appris avant-hier, oui. Elle est même mariée! Avec un type de Bizerte... Ils se sont rencontrés à Paris, à la Fac de droit... C'est drôle, non? fit-il avec un sourire triste.

– Pas tellement, dit Bajou.

Marcel baissa la tête. Bajou vit que son regard s'était brouillé. Pauvre Marcel... Au fond, il n'était qu'un grand romantique. Amina était certainement la seule femme qu'il avait vraiment aimée et qu'il aimerait toujours. Mais si leur amour avait été autorisé, leur vie aurait peut-être été autre. Ils avaient été les victimes d'une époque et d'un lieu. Tout de même, pensa Bajou, même ailleurs et en d'autres temps, ça n'aurait pas été plus facile pour eux. On ne transgresse pas si facilement les tabous.

En une seconde, devant la vérité qui émanait du regard de Marcel, Bajou bascula et oublia tout : sa crainte de Dieu, sa hantise de rêver au-dessus de ses moyens. Seuls comptaient Marcel et sa tristesse, son cousin qui aspirait à une autre vie où il pourrait peut-être de nouveau croire à l'amour.

Bajou lui posa une main sur l'épaule, dans un geste anodin. Et c'est le plus naturellement du monde qu'il s'entendit proposer :

– Les billets pour New York... pourquoi tu les prends pas? On va pas mourir à Tunis, non?

Marcel le regarda, bouleversé. Aucun mot ne sortit de sa

gorge tant il était touché par les paroles de Bajou, dont il percevait bien la raison. Il hocha la tête simplement.

Bajou s'empressa de rompre leur émotion.

– Je prends par là... sinon on y est encore cette nuit...

Il lança la traction dans la voie dégagée par les militaires puis, de très bonne humeur, changea subitement de sujet.

– On va faire une chose : à Oumi et surtout à maman, je vais dire que j'ai réfléchi et que c'est elles qui avaient raison. D'accord?

– Pourquoi tu leur dis pas la vérité? demanda Marcel, intrigué.

– Ça me regarde... répondit Bajou, mystérieux.

Marcel n'insista pas. Bajou lui avait assez donné en cette journée. Quant à David, il était trop heureux de repousser son entrée dans la vie scolaire pour ne pas se prêter aux désirs les plus incompréhensibles de son père.

Au beau milieu du hurlement des sirènes et des sifflets militaires, la traction prit la direction de la rue Saint-Jean.

Bajou semblait se lécher les babines à l'idée d'un plaisir qu'il était le seul à pouvoir imaginer.

29

Il ne se trompait pas. Marcel et David avaient été de parfaits complices, et le repas du soir admirable. Rien n'était assez beau aux yeux des deux femmes pour le remercier d'avoir renoncé à son funeste projet. Un couscous au poisson dont Oumi avait le secret. Habiba avait mis la main à la pâte en confectionnant pour le dessert des yoyos au miel dont Bajou avait encore le goût dans la bouche. Il se promit de rendre visite aux derniers restes, qui reposaient dans le buffet, une fois la nuit venue... et après le petit plaisir auquel il se préparait, l'esprit égrillard, il irait s'allonger en pyjama sur le lit de la chambre conjugale.

Habiba apparut en chemise de nuit sur le seuil de la salle de bains. A son insu, la lampe qui l'éclairait à contre-jour transperçait son fin vêtement et révélait son corps avec une troublante précision. Elle était habituellement d'une pudeur maladive et Bajou n'avait pu que fort rarement contempler sa nudité à loisir. Lui-même ne se déshabillait jamais en sa présence, ne se présentant à ses yeux qu'en pyjama, tel qu'il était en cet instant. Penchée en avant, elle commença à brosser soigneusement sa lourde chevelure, dans un rituel nocturne qu'elle n'oubliait jamais.

Dans l'entrebâillement de la chemise de nuit, ses seins bougeaient librement, et Bajou sentit immédiatement son désir s'affermir. Il aurait tant souhaité des étreintes un peu moins rapides entre eux, mais son corps énorme lui posait tellement de problèmes pour effectuer le moindre mouvement... A chaque fois c'était le même train-train : il se couchait sur elle, quelques mouvements rapides, et hop, terminé jusqu'à la prochaine fois... C'est comme ça qu'on fait les enfants, pensa-t-il, mais ça ne s'appelle pas faire l'amour... Comment agir autrement? Fort de ses multiples expériences féminines Marcel avait décrit à Bajou, dans le secret de leurs conversations d'hommes, des positions qui le faisaient rêver. L'une en particulier avait les faveurs de Marcel : celle qui consistait à prendre par-derrière la femme à genoux, « en levrette », comme paraît-il on disait en France... Pour Marcel, cette position comblait tous les désirs, celui de toucher la croupe féminine qui s'offrait à toutes les caresses, celui du spectacle des fesses épanouies, celui enfin, et pas le moindre, de la domination du mâle sur la femme soumise. Bajou enviait son cousin de pouvoir se livrer à de telles activités. Il ne pouvait s'imaginer demandant à Habiba de se placer devant lui à genoux : elle était la mère de ses enfants, tout de même!

Après le dernier de ses cent coups de brosse, Habiba se redressa, le visage animé :

– Et tu as changé d'opinion comme ça, d'un seul coup?

– Oui, pour te faire plaisir, confirma Bajou. J'ai vu que vous étiez tellement malheureuses avec Oumi. Je me suis dit tant pis, David attendra un an et il ira au petit lycée... Tu es contente?

– Oui, je suis très contente. Il aurait été perturbé, j'en suis sûre...

– Tu as raison, fit Bajou hypocritement, en glissant la main sous la chemise de nuit pour caresser les seins de Habiba. Elle se tourna vers lui. Il avait cet air légèrement idiot qu'il prenait lorsqu'il avait envie de faire l'amour. A chaque fois, on aurait dit qu'il s'excusait... D'un geste rapide, elle éteignit la lumière. Après tout, elle lui devait bien ça.

Elle le sentit s'allonger sur elle, puis ses mains remonter le long de ses cuisses entrouvertes pour relever sa chemise de nuit. Avec un peu de chance, ça irait très vite... Elle s'apprêtait comme d'habitude à retenir sa respiration, pour éviter d'être étouffée, lorsque brusquement elle le repoussa :

– Attends!

Bajou, interloqué, crut d'abord qu'elle refusait de faire l'amour, comme cela lui était arrivé plus d'une fois. Il ressentit le vent de l'injustice. Ses mensonges allaient-ils rester vains? Mais tout en l'empêchant d'entrer en elle, elle se redressa pour se retrouver assise en croupe sur lui! Pendant dix secondes, il en resta le souffle coupé.

– Mais qu'est-ce que tu fais...? questionna-t-il interloqué.

Il essayait de distinguer son visage dans le noir, mais elle était cambrée, le regard rejeté vers le plafond. Elle murmura simplement :

– Essayons comme ça... C'est mieux pour moi, tu comprends?...

Elle le guida en elle. Il ressentit immédiatement une chaude sensation l'envahir tout entier. Au-dessus de lui, Habiba se laissait aller à des mouvements réguliers. Elle chevauchait Bajou en inclinant son corps dans un mouvement régulier, le visage lancé en arrière. Marie avait raison, c'était très bon! Pour la première fois depuis des années, elle sentait son corps et usait de celui de son partenaire pour provoquer le plaisir qui petit à petit s'insinuait en elle. Elle commençait à le sentir monter. Les yeux fermés, le visage moite, elle redécouvrait des sensations oubliées : le souvenir du corps tendu d'Edmond dans l'amour s'installa soudain sous ses paupières. Elle se laissait de plus en plus aller... Soudain, dans le nuage cotonneux qui l'entourait, elle crut percevoir un rire, un rire moqueur. Elle rouvrit les yeux pour découvrir Bajou, hilare, les mains posées sur ses cuisses :

– Eh, mais qu'est-ce qui t'arrive...? Tu t'es pas aperçue que j'ai fini depuis longtemps?

Confuse, humiliée, elle resta quelques secondes en suspens, hagarde, puis se défit de lui et bascula sur le côté pour cacher sa terrible déception. Elle était si près, si près de retrouver la même extase qu'au premier jour... Bajou perçut le malaise de Habiba et lui flatta gentiment le flanc, avec un rire idiot :

– C'est la position... Tu devais pas bien me sentir...

Elle faillit le cingler d'une réponse meurtrière, mais à quoi bon? Que pouvait-il comprendre? Personne ne lui avait jamais appris que le plaisir de la femme nécessitait une attention particulière... savait-il seulement qu'il existait?

Elle se redressa soudain : la porte de la chambre venait de s'ouvrir. La petite voix de David retentit dans le noir :

– Papa... papa...

Surpris, Bajou et Habiba essayèrent de cacher leur nudité comme ils le purent.

– Mais qu'est-ce qu'il y a? s'inquiéta Bajou. On ne t'a pas appris à frapper?

– Mais j'ai frappé, pleurnicha l'enfant. Y a quelqu'un qui veut te voir... dans l'entrée... Vous l'avez pas entendu sonner...

– J'arrive, j'arrive... maugréa Bajou en se couvrant de sa djellaba. Il sortit de la chambre, laissant la porte entrouverte. Pendant quelques secondes, David eut l'image de sa mère allongée sur les draps, les épaules nues, une jambe découverte. Habiba se souleva et capta le regard troublé de son fils. Elle remonta le drap et se recroquevilla sur elle-même, honteuse, refermée.

– Qu'est-ce que tu fais là? Va te coucher! Et la prochaine fois, tant qu'on ne t'a pas dit d'entrer, tu restes dehors!

En pestant contre le visiteur nocturne, Bajou se dirigea vers le palier. Pourvu que ce ne soit pas la minoterie! Il redoutait toujours, par ces temps troublés, un incendie ou quelque catastrophe qui les laisseraient, lui et les siens, sur le pavé. Avec surprise, il reconnut dans l'homme qui l'attendait, tapi dans l'obscurité comme un conspirateur aux aguets ou une bête traquée, le docteur Krief, celui-là même qui avait mis au monde les cinq enfants de Habiba, le seul homme enfin à pouvoir convaincre Oumi d'ouvrir un peu son châle afin de l'ausculter.

– Qu'est-ce qui se passe, docteur? demanda aussitôt Bajou, inquiet.

– Excuse-moi, Bajou... mais...

Krief avait les traits tendus. Bajou comprit aussitôt. L'ancien grand résistant, le chef de réseau expérimenté avait remis ça! Il participait aux mouvements nationalistes tunisiens, comme d'autres de ses coreligionnaires d'ailleurs. Il n'y avait là pour lui rien de contradictoire. Membre influent de la Ligue des Droits de l'Homme, franc-maçon de haut rang, mendésiste convaincu, il croyait en la liberté et l'égalité des peuples. Il mettait avec beaucoup de simplicité ses idées en application, comme il l'avait déjà fait contre les Allemands pendant la guerre. Naturellement, il avait dû être de la manifestation devant la Résidence.

– Ils sont après toi? soupira Bajou.

Krief approuva de la tête.

– Le quartier est bouclé... Tu peux m'aider à en sortir?

Bajou n'hésita pas une seconde. Il ne partageait pas les idées de Krief parce qu'il ne les comprenait pas. Mais il l'aurait suivi les yeux fermés en enfer. Simplement parce qu'il avait confiance en lui.

– Où tu veux!

Il saisit son trousseau de clés sur le guéridon de l'entrée et le tendit au docteur :

– Tiens, la voiture est juste en bas, devant chez Omar... Je m'habille et je te rejoins...

– Merci, Bajou. Bajou...

Il voulut ajouter quelque chose, mais ce dernier ne lui en laissa pas le temps. Il n'allait pas le remercier en plus, non?

– C'est rien... c'est rien, murmura Bajou en refermant la porte, pensant que sa singulière nuit d'amour avec Habiba ne risquait pas de reprendre.

De jour en jour, dans les rues de Tunis, la présence militaire française se faisait de plus en plus lourde, de plus en plus insistante. Pour Bajou, c'était plutôt une garantie de sécurité. Manifestement, Krief ne le ressentait pas de la même façon. Il demeurait tendu, aux aguets dès qu'un casque militaire luisait sous les réverbères.

– A quoi ça rime, dit le minotier, de tout risquer comme ça? Tu as ta situation, tu es respecté... Si tu te fais prendre...

Krief le regarda brièvement dans l'obscurité :

– C'est des combats d'arrière-garde, tout ça... Demain ou après-demain, il faudra bien que les Français donnent l'indépendance, c'est inéluctable...

– L'indépendance? faillit s'étrangler Bajou. Qu'est-ce qu'on va devenir?

– Quelle différence pour nous? demanda le médecin. Et puis, s'il nous faut partir, on ira vivre en Israël, non?

– Israël? C'est ça! Pour que quand Nasser il éternue, nous on tombe à la mer! protesta Bajou. Il n'y a pas de place, là-bas! C'est trop petit! On ouvre la porte, on est sur le sable!

Krief tapota affectueusement l'épaule de Bajou.

– Quand même, prépare-toi... Prépare-toi...

– Mais je me prépare! souligna fièrement le minotier. Avec Marcel, on va partir à New York! Oui, Monsieur, en Amérique, avec le Constellation! Il me faut de l'espace, moi!

Bajou s'interrompit net : à cent mètres devant eux, un barrage militaire venait d'apparaître au moment où il s'apprêtait à remonter le boulevard Pasteur. On était pourtant loin de la Médina! Quel esprit pervers avait eu l'idée de contrôler cette avenue paisible, que plusieurs camions, disposés en travers de la rue, bloquaient de leur masse kaki?

– Tu as tes papiers? demanda-t-il craintivement à Krief.

Celui-ci hocha la tête en guise d'assentiment.

– Alors pas de problème, conclut Bajou de nouveau optimiste.

De jeunes appelés brandissant des lampes électriques intimaient aux véhicules l'ordre de ralentir puis de s'arrêter. Bajou obtempéra et baissa la vitre de la traction, affectant, comme toujours dans de telles occasions, une excessive bonne humeur.

– Qu'est-ce qui se passe? C'est la guerre?

Un gradé relaya le militaire et ouvrit la portière de la Citroën :

– Descendez tous les deux, s'il vous plaît.

En un instant, Krief et Bajou se retrouvèrent appuyés à la voiture, pieds écartés, palpés puis fouillés de manière experte. Bajou n'en revenait pas de ce traitement qu'il subissait pour la première fois depuis les troubles de l'Occupation. Ils devaient être sur les traces d'un gros gibier, mais en tout cas ce n'était pas lui! Krief et Benkahen, deux hommes respectables, traités comme des gangsters de Chicago, ça n'allait pas se passer comme ça! Il remarqua à peine que le professeur restait étrangement calme, absent.

– Mais qu'est-ce que vous faites? Vous me prenez pour un terroriste, ou quoi? Vous ne savez pas qui je suis, moi? Je suis Monsieur Bajou Benkahen! Lisez mes papiers, lisez! Président du Syndicat des semouliers, ça vous suffit?

Bajou tremblait d'une rage non simulée. Le barrage d'accord, mais la fouille, quand même! Dès demain, il téléphonerait au commissaire de police!

– Désolé, Monsieur, répondit l'officier en lui rendant sa carte d'identité... Nous recherchons un fel' haut placé et nous pensons qu'il est dans le secteur.

– Et alors? s'insurgea Bajou, j'ai une tête à cacher un fellagha, moi?

Un autre officier vérifiait les papiers de Krief. Il les brandit au nez de Bajou.

– Pourriez-vous m'expliquer ce que fait le docteur Krief avec vous? Le rebelle que nous recherchons avait justement besoin d'un docteur...

Bajou ne comprit pas la mimique de Krief lui signifiant de se calmer. Dans la question du militaire, le minotier avait perçu une insinuation qui lui paraissait monstrueuse. Il n'était pas du tout décidé à l'entendre de cette oreille.

– Mais le docteur Krief, il est pas docteur, ce soir! C'est un ami...

Bajou s'emporta subitement.

– Et puis là, maintenant, il y en a marre! Oui, je le cache, votre fellagha! Vous êtes content? Je vous le dis, je le cache! Dans la voiture! Qu'est-ce que vous attendez pour la fouiller, hein? Et même démontez-la! Des fois qu'on l'aurait caché dans le tuyau d'échappement, votre fel', malins comme on est!

Les militaires se tournaient vers l'origine des cris, se demandant qui était ce petit homme corpulent qui ouvrait et fermait bruyamment la porte de sa voiture, et qui flanquait des coups de pied rageurs dans la carrosserie.

– Ah, on va en parler dans tout Tunis, de cette affaire, croyez-moi!

Il se pencha sur le tableau de bord pour arracher le trousseau du contact.

– Tenez, le coffre! On va fouiller le coffre!

Il passait nerveusement les clés en revue.

– Ah, j'ai oublié la clé chez moi! Ça ne fait rien, forcez-le! Si, si! Je vous le demande! Allez-y, allez-y, vous pouvez! Le Résident Général sera ravi d'apprendre cette histoire! D'ailleurs il connaît très bien le docteur Krief, lui aussi : c'est son ami et son médecin!

L'officier fit un bref salut pour indiquer que l'incident était clos.

– C'est bon. Vous pouvez passer.

Il rendit ses papiers à Krief d'un geste sec.

– Non, non! se buta Bajou, le coffre, ouvrez-le, je veux que vous regardiez!

– Ça suffit, Bajou, on y va!

Krief avait à peine levé le ton, mais Bajou se tourna vers lui étonné. Il l'invitait à monter dans la voiture.

– On est pressés, sourit Krief en tapant sur sa montre. On va rater le poker...

Bajou s'exécuta tout en le prenant pour un fou et en regrettant de n'avoir pu aller jusqu'au bout du scandale. Arrêter les honnêtes gens comme ça, mais vraiment, dans quel pays on vivait?

Lorsque, vingt minutes plus tard, ils s'arrêtèrent en toute sécurité dans la cour de la villa du docteur, sur les hauteurs de Sidi-Bou-Saïd, Bajou ne put s'empêcher de grommeler ce qui l'avait tarabusté pendant tout le trajet.

– C'est bizarre, docteur... La clé du coffre, jamais je la détache du trousseau...

Aussi, lorsqu'il vit le large sourire de Krief illuminer son visage et sa main agiter devant ses yeux stupéfaits la fameuse clé du coffre, il comprit qu'à dix années d'intervalle, Krief lui avait refait le coup des Américains. Le rebelle si activement recherché par l'armée française se trouvait bien dans le coffre de sa traction avant 15CV six cylindres. Krief avait fait monter l'Arabe blessé dans la voiture pendant que Bajou s'habillait à la hâte chez lui... L'homme inconscient était recroquevillé dans le coffre étroit, une tache sombre au côté. Bajou le contemplait maintenant, immobile de stupeur, les yeux écarquillés, au bord de l'évanouissement.

– La blessure n'est pas très grave, heureusement, dit Krief... Je lui ai fait une piqûre... Tu comprends, si je te l'avais dit, expliqua-t-il amusé, tu n'aurais jamais été aussi brillant avec les militaires!

– Mais enfin, bégaya Bajou, vous vous rendez compte? Si jamais...

– C'est vrai, sourit le docteur : *si jamais...* mais tout s'est bien passé. Et un jour tu auras peut-être une autre décoration, remise celle-là par Habib Bourguiba comme héros de l'indépendance tunisienne!

***

Pour la énième fois, Bajou éclata de rire au souvenir de la plaisanterie de Krief. Il est vrai que personne autour de lui ne se lassait de l'histoire qu'il répétait complaisamment à qui voulait l'entendre. Son meilleur public lui était fourni par les enfants dont l'un ou l'autre lui réclamait sans cesse « l'histoire du fellagha, s'il te plaît, papa »...

Bien sûr, il avait légèrement enjolivé son rôle : il ne se décrivait pas comme un complice abusé, mais au contraire actif, qui avait compris avant même que Krief ne le lui révélât le fin mot de l'histoire. Bref, il s'octroyait le rôle du héros perspicace aux nerfs d'acier, en narrant l'aventure qu'il terminait immanquablement par la même exclamation : « Quel homme, purée, ce Krief! Quel homme! » Car il est vrai qu'il l'admirait profondément.

Il dut se pencher sur sa chaise pour laisser passer Oumi, qui avançait, grave, en portant une pile impressionnante de pull-overs. Elle les disposa près d'une énorme valise dont le couvercle bâillait.

– Oumi, s'enquit-il, les pulls, tu crois pas que je vais les emporter à New York! Là-bas c'est l'été, comme ici!

– Aïe, mon fils, soupira une fois de plus Oumi, mais qu'est-ce que tu vas faire là-bas, dans ce pays de gangsters...?

– Des affaires, Oumi, des affaires!

A la vue des billets d'avion, Marcel avait sauté au cou de Bajou pour l'embrasser comme du bon pain. Il était bien le seul à se réjouir du voyage. Pour tous les autres, il s'agissait d'une expédition totalement déraisonnable qui ne pouvait aboutir qu'à un désastre...

Même Bajou commençait à se mordre les doigts de sa coupable sensibilité. Il se demandait souvent s'il ne s'était pas simplement fait « avoir » par Marcel. La vision des femmes qui s'agitaient autour des valises le rendait nerveux, désagréable. C'était sa façon à lui de leur faire comprendre qu'elles allaient lui manquer.

Habiba entra dans la salle à manger; elle maniait avec précaution deux complets-vestons de laine fraîchement nettoyés et repassés. Bajou l'intercepta vivement :

– Habiba, je pars tout juste une semaine! Tu crois que je vais me changer toutes les demi-heures ou quoi?

Sans répondre, elle se mit à disposer très soigneusement vestes et pantalons dans la valise. Les enfants passèrent soudain en trombe sous le nez de Bajou pour se précipiter au balcon, joignant leurs voix à la rumeur d'une manifestation qui passait au loin, emplissant l'air de l'éternel même slogan : « Yah ya Bourguiba! » Leur mère eut vite fait de les ramener à l'intérieur de la pièce. Elle non plus n'était pas à prendre avec des pincettes.

– Tu te rends compte, la honte qu'ils nous font avec les voisins? reprocha-t-elle à son mari.

– Pourquoi la honte? intervint Bajou. Ils sont tunisiens, tes enfants.

– Moi, répondit Habiba en commençant à enfourner les pulls dans l'énorme valise, je suis française. Mon père a obtenu la nationalité, je te le rappelle...

Il leva les yeux au ciel :

– En 1918, je sais... Mais moi, je suis tunisien.. et c'est le père qui donne la nationalité...

– Tu m'énerves, Bajou, tu m'énerves... soupira Habiba.

Elle aussi l'énervait et il allait le lui dire sur un ton cassant. Mais juste à ce moment, Oumi apparut avec deux gros manteaux d'hiver qu'elle s'apprêtait à plier dans les valises. Alors la vieille femme prit pour tout le monde.

– Mais c'est quoi, ces manteaux, Oumi? Ils pèsent une tonne! C'est pas des valises que vous me faites, c'est des containers! Déjà que je vais mourir de chaud, que je meurs pas d'épuisement en plus! Enlève-les! Enlève-les!

Vexée, Oumi ne répondit rien. Elle se détourna et gagna son fauteuil sur le balcon. Bajou resta les bras ballants, l'air bête devant cette fuite qui coupa net sa colère. Habiba lui saisit le bras.

– Va lui parler, elle est contrariée, la pauvre... Sois gentil avec elle...

Avec les années, une véritable complicité s'était créée entre les deux femmes. Passé les affrontements du début, Oumi avait constaté que Habiba était une bonne épouse. Lorsque les enfants étaient arrivés, Habiba avait pour sa part réalisé que la vieille dame était la plus merveilleuse des grand-mères. Depuis, il régnait entre elles une entente et une complicité parfaites. Mieux, même, quelque chose qui ressemblait à de l'amour.

Bajou s'approcha d'Oumi et s'assit à ses côtés en lui prenant tendrement la main.

– Oumi... Ne te mets pas dans cet état... C'est juste un voyage comme un autre!...

Il mentait, et bien sûr elle savait qu'il mentait. L'Amérique, pour les Tunisiens d'alors, paraissait presque aussi lointaine que la planète Mars. Ceux qui s'y étaient installés se comptaient sur les doigts d'une main.

Elle tourna son beau visage fatigué vers lui :

– C'est si loin, ce pays, mon fils... Pourquoi vous avez besoin d'y aller?

Il essaya d'être jovial, pour la distraire un peu :

– C'est toi qui me demandes ça, Oumi? Mais c'est pas toi qui m'as toujours encouragé? A Takrouna, à Nabeul : c'est le plus beau mon fils, le plus intelligent! Alors voilà : le plus intelligent aujourd'hui, il va à New York!

Elle leva une main dans un geste de refus puis la laissa retomber d'un air las :

– Tu n'as pas tout ce qu'il te faut, ici?

– Oui, mais... va savoir ce qui va se passer bientôt... Tu as vu les manifestations? Un jour peut-être, il faudra partir...

– Pourquoi, répliqua-t-elle soudain tourmentée, c'est notre pays ici, à nous aussi! On était là avant tout le monde, nous!

D'un geste, Bajou la calma :

– Je sais, Oumi, je sais... Ne t'énerve pas... ce sont des mots, tout ça... Allez, dis-moi, quel cadeau tu veux que je te rapporte d'Amérique?

Elle leva alors son beau regard clair vers lui et il y lut un amour infini :

– Toi... C'est toi, mon cadeau. Reviens vite, c'est tout.

***

En poussant un énorme soupir, Bajou reposa le téléphone. Le constat était simple. Simple mais tragique : de New York, on n'arrivait pas à avoir Tunis. Accoudé à la fenêtre, Marcel respirait à pleins poumons l'air vicié de la grande métropole. Il lui semblait que la brise polluée charriait mille promesses plus excitantes les unes que les autres.

– Impossible d'avoir Tunis, soupira Bajou. C'est vraiment la fin du monde, ici!

Marcel se tourna vers lui pour le regarder d'un air plein de pitié. Qu'il faisait donc province, son cousin, engoncé dans ce costume étriqué! On venait à peine d'arriver dans la plus belle ville du monde et lui se précipitait sur le téléphone pour avoir des nouvelles de Tunis! Quel attardé, vraiment!

Marcel désigna le grandiose panorama nocturne, les mille et une lumières des gratte-ciel entassés les uns sur les autres, le grouillement insensé des voitures, des taxis jaunes :

– New York! cria Marcel. Tu es à New York et tu penses à Tunis! Rêve un peu, rêve!

– Mais elles vont s'inquiéter, répliqua Bajou d'un air misérable. Toujours j'appelle quand je pars!

– Y'a baba. Eh, y'a baba! s'esclaffa Marcel. A cette heure-ci les opératrices elles dorment, en Tunisie! Le décalage horaire, ça te dit rien? Remarque, ajouta-t-il après un temps de réflexion, ça les change pas...

Quelques heures plus tôt, après un interminable vol dans le fameux Constellation d'Air France, rendus à moitié sourds par le grondement incessant des quatre gros moteurs à pistons, les deux cousins avaient atterri à l'aéroport d'Idlewild. Dans un silence respectueux, ils avaient vu apparaître Manhattan à l'horizon. Marcel ne se tenait plus de joie, multipliant les exclamations d'émerveillement. Bajou pensait que d'accord, c'était très impressionnant, mais qu'il aurait été aussi bien à Tunis et que la baie de Sidi-Bou-Saïd, c'était non seulement impressionnant mais aussi très beau.

Quelque chose le rongeait depuis son départ. Il ne savait pas exactement quoi...

– C'est le plus beau jour de ma vie! Je me sens grand, ici, Bajou! Grand! hurlait Marcel.

Bajou faillit lui répliquer qu'il aurait préféré le voir grand en Tunisie, mais à quoi bon lui gâcher son plaisir! Il était si heureux, Marcel, qu'il ne tenait plus en place. Ce voyage, Bajou le sentait, constituait le sommet de sa vie. Marcel en parlerait ensuite pendant longtemps. Il aurait sur tous les autres cet avantage considérable de pouvoir dire, l'air de rien : « Moi qui connais bien l'Amérique, je peux vous dire que... »

Il fallait d'ailleurs convenir que New York lui réussissait fort bien. Ses activités de marché noir avec les Américains l'avaient familiarisé avec la langue, dont il possédait une bonne connaissance à défaut d'un accent parfait. Mais tout le monde semblait bien le comprendre. Il s'était entretenu avec facilité aussi bien avec le chauffeur de taxi qui les avait amenés de l'aéroport qu'avec les différents portiers, grooms et garçons qui s'étaient succédé pour les servir dès leur arrivée à l'hôtel. « Peut-être qu'après tout, s'était dit Bajou avec son inaltérable mauvaise foi, même les Américains ils parlent pas bien leur langue. »

Marcel savait distribuer des pourboires conséquents qui lui attirait des « *Thank you so much, sir* » déférents. Dans son coin, son cousin, incapable de se faire comprendre et encore moins de protester, ne pouvait qu'observer ces largesses d'un œil amer. Car les dollars qui filaient entre les mains de Marcel étaient aussi les siens...

Pendant que Bajou considérait d'un air morose le téléphone qui refusait obstinément de le relier aux êtres qu'il aimait, deux coups discrets furent frappés à la porte.

– *Come in!* cria Marcel qui ne perdait pas une occasion de faire sentir son avantage linguistique.

Un groom apparut dans la pièce étroite et longue. Pour le prix d'une nuit dans ce boyau, avait pensé Bajou, on pourrait louer un appartement confortable à Tunis pendant un an... Le jeune garçon déposa les bagages sur les lits. Bajou ne se gêna pas pour lui faire remarquer que « ça faisait une heure qu'il les attendait », mais l'employé, qui s'entendait en langue étrangère autant que lui, le gratifia d'un souriant « *You're welcome, Sir* » qui fit grimacer Bajou de dépit. Marcel le raccompagna jusqu'à la porte et le gratifia d'un de ces pourboires dont il avait le secret. Au même instant, juste en face de la chambre, de l'autre côté du couloir, une porte s'ouvrit sur une accorte blonde, une « véritable créature de rêve » pour un mâle tunisien fraîchement débarqué. Sentant le regard de Marcel posé sur elle avec une insistance toute tunisoise, la jeune fille amusée lui rendit son sourire, ce qui fit illico doubler le pourboire du groom, ravi et narquois devant cette générosité de touriste qu'il empocha sans demander son reste. Mais la belle blonde que Marcel voulait tant impressionner avait déjà disparu.

– Tu veux nous ruiner, ou quoi? grinça Bajou qui avait surpris le manège.

Marcel étouffa difficilement un soupir d'exaspération en refermant la porte.

– Bajou, je t'en prie! Arrête de râler! On n'est pas à La Marsa, ici... Les Américains, tu leur mets des dollars sous le nez et ils te brossent les dents! Il faut arroser! Tu as vu cette Marilyn, dans le couloir? Putain, elle me mangeait des yeux! Elles sont chaudes, ici, elles sont chaudes! Il va falloir être à la hauteur! Quand je vais raconter ça aux autres, la crise qu'ils vont faire, j' te dis pas! Allez... on descend faire un petit tour?

Très lentement, Bajou commença à se dévêtir. Marcel le regarda, surpris :

– Qu'est-ce que tu fais?

– Si je ne suis pas en train de me déshabiller, dit Bajou, c'est une très bonne imitation.

– Mais tu ne veux pas qu'on sorte?

– Pour quoi faire?

– Visiter New York!

D'un coup sec, Bajou fit valser son pantalon à travers la pièce :

– Non.

– Quoi, tu n'as pas envie de voir la statue de la Liberté?

– Je l'ai vue en arrivant.

– D'un taxi à cent à l'heure! Mais en vrai?

En caleçon, Bajou allait et venait à travers la pièce :

– En vrai comme en faux, non.

Marcel essaya un autre angle, une approche à laquelle, de sa vie, il n'avait encore pas vu son cousin résister.

– Bajou, il faut quand même manger, non? Tu n'as pas faim?

Bajou fit la moue. Il se massait les pieds après avoir enlevé ses chaussettes.

– Non, j'ai assez mangé dans l'avion... De toute manière, qu'est-ce que tu veux manger ici, à part des conserves?

– Mais moi, j'ai faim! dit Marcel révolté.

– Ben vas-y...

– Tout seul? Merci bien...

– Regarde-moi ces draps, fit Bajou dégoûté en ouvrant son lit. Ils sont de toutes les couleurs.

– Et alors, s'énerva Marcel, c'est comme ça! Ici on est en Amérique! Ils aiment les couleurs! tu n'as pas vu les voitures dans la rue? Rose-bonbon, fraise, mauve : c'est magnifique!

– Pour toi sûrement, laissa tomber Bajou, mais chez moi les draps ils ont toujours été blancs, et ils seront toujours blancs.

– Mais purée, finit par craquer Marcel, tu as fini de faire ta mauvaise tête de Tunisien? Pourvu que notre blé voyage mieux que toi, sinon ruinés on est, tu entends, ruinés!

Bajou se glissait sans entrain sous les draps, lui qui d'habitude considérait ce moment comme le meilleur de la journée. Il étouffa un bâillement :

– Je suis fatigué... Demain, je te promets, on ira visiter... d'accord? Mais ce soir, j'ai pas envie.

– Dors, alors! s'inclina Marcel en jetant un dernier regard vers les gratte-ciel illuminés, ce que je peux dire ou rien... Demain matin, je te rappelle : huit heures trente, on a meeting avec Franck et Herbert...

– Il faut vraiment que j'y aille? demanda Bajou, subitement épouvanté à cette idée qui était pourtant l'objet du voyage.

– Bajou, tu dis encore un truc comme ça, je te jure, je te passe par la fenêtre, pesta Marcel qui venait à son tour de s'allonger. Comment, on fait vingt mille kilomètres...

– Dix mille... rectifia paresseusement Bajou.

– ... Et tu viendrais pas à la réunion? Tu plaisantes, j'espère!

Marcel bourra son oreiller de coups de poing pour lui donner la forme adéquate, puis il tourna le dos à Bajou.

– C'est un plaisir, vraiment, de voyager avec toi! Un plaisir! Je suis à New York pour la première fois de ma vie et je me couche avec les poules! Putain, la fille du couloir, un signe je lui faisais, rien qu'un, et elle sautait dans mon lit! Evidemment, avec un rabat-joie comme toi dans la chambre, elle aurait été un peu gênée...

Une minute s'écoula. On entendait en bas les coups de klaxon qui, à New York, semblent ne jamais s'arrêter. La voix de Bajou s'éleva à nouveau dans la pièce.

– Marcel?

– Quoi?

– Tu dors?

– Si je te réponds, c'est que je dors pas, bourricot!

– Je voudrais te poser une question.

Il y avait quelque chose de singulier, dans le ton de Bajou, qui fit immédiatement ouvrir les yeux à son cousin.

– Les femmes, tu les connais bien, toi...?

Marcel se redressa sur son lit, en éveil. La voix timide de Bajou abordait un domaine où il n'avait pas de maître!

– Bien sûr que je connais les femmes! Je te fais pas la liste... mais tu t'en doutes, non?

Bajou hésita. Ce qu'il avait à dire ne s'exprimait pas aisément.

– Un jour, tu m'as dit que tu préférais la position de... la... levrette, osa-t-il finalement, à voix basse.

– De la quoi?

Marcel tendait l'oreille, amusé.

– De la levrette... répéta Bajou, gêné. Tu sais, avec la femme qui se...

– Oui, oui, bien sûr, je sais, je sais... Oui, j'aime bien le faire comme ça, et aussi autrement... Pourquoi?

Marcel était maintenant réellement intrigué. Il lui fallait même se pincer pour s'assurer qu'il était bien en train de parler de ce sujet avec son cousin d'ordinaire si pudibond. Peut-être que New York lui faisait davantage d'effet qu'il ne paraissait de prime abord, après tout...

– Alors, écoute, poursuivit Bajou, timide mais obstiné, est-ce que ça t'est déjà arrivé que la femme, elle se mette, tu sais, à cheval sur toi?...

Les derniers mots étaient passés vraiment très difficilement, mais ils y étaient tout de même arrivés. Dans le noir, Marcel essaya de distinguer ses traits. Il n'était pas près d'oublier cette discussion! Il faillit éclater de rire en imaginant Habiba dans cette position, mais il se retint à temps.

– Bien sûr que je l'ai fait! Et j'aime beaucoup! C'est bon pour la femme aussi... Pourquoi, dis-moi?

Bajou parut sur le point de parler mais en une seconde quelque chose en lui se referma brutalement.

– Pour rien, pour rien, dors, dors...
– Mais dis-moi...
– Rien, je te dis! Dors! C'était juste comme ça...

– Quoi! Qu'est-ce qu'il y a?
Un hurlement bestial réveilla Marcel. D'abord, il crut qu'il avait rêvé. Il regarda immédiatement sa montre : trois heures du matin! Alors seulement, il réalisa que Bajou s'était dressé le visage en sueur, hagard, et que le cri venait de lui. Terrorisé, il sortait d'un cauchemar qui le mettait en transes.

Marcel alluma la lampe de chevet. Il se sentait extrêmement fatigué. L'effet du décalage horaire se faisait sentir à plein. Il lutta pour décoller ses paupières. Bajou, assis sur le bord du lit, soufflait comme un phoque. « Il a faim! » pensa Marcel. C'était la seule explication possible.

– Tu as vu l'heure qu'il est? ronchonna-t-il en saisissant le téléphone. Ça ne va pas être facile de trouver à manger à cette heure-ci!

Soudain Bajou s'agita et se mit sur ses pieds. Il saisit ses affaires et enfila son pantalon par-dessus son pyjama, en fit autant avec la veste et le chapeau, jeta sur ses épaules son pardessus, attrapa sa valise qu'il n'avait même pas défaite et traversa la chambre comme un ouragan.

Eberlué, Marcel le regardait faire. Pas de doute, son cousin avait perdu la raison.

– Bajou, arrête, allons! Tu as faim et tu fais n'importe quoi! une assiette de viande froide, ça te va? Il vaut mieux manger léger parce que...

– Laisse tomber, Marcel. Je rentre à Tunis.

Bajou s'était retourné très calmement sur le seuil de la chambre. Marcel en laissa choir le combiné.

– A... à...

– Tunis, confirma Bajou, toujours aussi calme. Il faut que je rentre.

Et il tourna les talons puis sortit de la chambre.

Marcel, cette fois tout à fait réveillé, jeta les draps pour lui courir après. Il prit alors conscience qu'il était nu comme un ver. Evidemment, il dormait toujours nu! Il perdit de précieuses secondes à enfiler son pyjama et, lorsqu'il parvint devant les portes de l'ascenseur, celles-ci se refermèrent sous son nez en un miaulement feutré. Il ne lui restait plus qu'à descendre les vingt étages à pied. Parce que bien sûr, il avait choisi une chambre avec vue plongeante sur New York! Pendant tout le trajet, Marcel n'eut pas assez d'insultes pour maudire la folie de son cousin. Ne connaîtrait-il jamais de répit avec lui?

Le veilleur de nuit de l'hôtel Commodore sursauta quand il vit passer au milieu de l'immense lobby désert un petit homme très brun et très gros qui fonçait, l'air déterminé, vers la porte à tambour, emmailloté dans un pardessus qui recouvrait un costume sous lequel il crut bien discerner le bleu pétrole d'un pyjama. Une coutume exotique, estima le gardien qui était un sage. Ce type avait tout le moins l'air pressé. Où pouvait-il bien aller, à cette heure de la nuit? Même à New York City, les choses se calment, passé trois heures du matin... Il s'était replongé dans la lecture des aventures de Flash Gordon lorsqu'un second type apparut, essoufflé, éructant. Celui-là était encore plus folklorique que le premier. Il était vêtu d'un pyjama et d'une robe de chambre, ce qui ne pouvait plus choquer le veilleur de nuit, ses pieds nus lui donnant cependant une touche supplémentaire d'originalité. Il gueulait des mots dans une langue bizarre et se précipita à son tour vers la porte à tambour. Probablement une scène de ménage, conclut, philosophe, le veilleur de nuit. Dans ce business, moins on essayait de comprendre, mieux on se portait...

– La honte! Il me fait vivre la honte! marmonna Marcel en parcourant du regard l'avenue où la seule animation était créée par les feux de carrefour clignotants. Juste en face, Bajou était en train de s'installer à bord d'un taxi jaune. Il se précipita en hurlant son nom et atteignit la voiture au moment où le chauffeur démarrait. Un coup de freins violent permit à ce dernier d'éviter d'écraser l'inconscient en pyjama, qui en profita pour bondir à l'intérieur du véhicule :

– *No, wait*!

Assis à l'arrière, Bajou semblait ailleurs, pas vraiment concerné.

– Allez, Bajou, ça suffit... reviens!

– Aéroport, aéroport! Je rentre, je te dis, je rentre!

– *The airport is closed*, dit le chauffeur à Marcel, *I told him*[1]...

– *Airport, airport*! dit Bajou, heureux de repérer un mot qu'il connaissait.

– *Wait*! répéta Marcel qui se pencha vers son cousin : Bajou, viens te coucher, maintenant, tu as fait un cauchemar, demain ça sera passé!

– *Airport*! *Airport*! hurla à nouveau Bajou. Je rentre à la maison, je te dis que je rentre!

Il fouilla dans sa poche et en sortit un billet de cent dollars qu'il tendit au chauffeur, sous les yeux éberlués de Marcel.

– Mais tu veux nous ruiner!...

La main du chauffeur avait avalé la coupure et lancé la vitesse.

– *OK, man...*

– *No, no... stop*! cria Marcel, frénétique.

– *Man*, dit le chauffeur, *that's enough now*! *He paid me, I'll get him where he wants*[2].

En se retournant, Marcel vit disparaître dans la lunette arrière la grande enseigne lumineuse de l'hôtel : il était en robe de chambre, la nuit, dans un taxi new-yorkais, avec un cousin qui avait visiblement perdu la raison!...

Il se pencha vers Bajou qui regardait toujours droit devant lui. Comment parle-t-on à un fou? Que peut-on lui dire pour le convaincre? Pour commencer, être simple, très simple...

1. L'aéroport est fermé. Je le lui ai dit.
2. Ça suffit maintenant. Il a payé. Moi je l'emmène où il veut.

– Bajou, s'il te plaît, écoute-moi... Sois raisonnable...

– Ne me parle pas, Marcel... Je ne t'écoute pas... Il faut que je rentre par le premier avion, et...

– Mais des avions y a ch'ra, y en a pas la nuit! hurla Marcel, étroitement surveillé par le chauffeur dans son rétroviseur.

– Demain matin alors, répliqua Bajou... J'attendrai à l'aéroport... Ça ne fait rien... Toi tu rentres à l'hôtel, tu vois Franck et Herbert, tu discutes avec eux...

– Mais qu'est-ce que je vais leur dire, espèce de maboul? Que tu es venu, que tu es resté même pas vingt-quatre heures et que tu es reparti? Ils t'attendent depuis dix ans!

Le taxi était sorti de Manhattan et abordait des banlieues grises et oppressantes.

– Qu'est-ce que je leur dirai de plus, moi, que je parle même pas la langue? s'emporta Bajou avec sa parfaite mauvaise foi. Dis-leur ce que tu veux, ce que tu veux, Marcel!

La discussion avait pris un tour véhément. Ils s'agitaient comme des hystériques, se coupaient la parole, se menaçaient, le tout sous l'œil ébaubi du chauffeur qui se régalait du spectacle.

– Non, Monsieur, non! Trop facile! protesta Marcel. Tu nous mets dans la merde, à toi de nous en sortir! J'y suis pour rien, cette fois, moi! Trouve une excuse!

– Dis-leur que... que la banque m'a appelé, voilà!

– Bajou, s'il te plaît, sois sérieux! C'est pas une excuse, ça, ricana Marcel en remontant le col de sa robe de chambre.

En plus, il allait mourir de froid!

Bajou continuait désespérément à chercher une excuse valable :

– Bon, alors dis-leur que la minoterie a brûlé, si tu veux!

Marcel accentua son ricanement :

– Ils sont cons, les Américains, mais pas à ce point!

– *Gentlemen, this is the airport*! dit le chauffeur en souriant.

Ce duo d'étrangers braillards, il s'en souviendrait longtemps, surtout que le gros lui avait donné cent dollars pour une course à dix maximum... Il redémarra très vite en les abandonnant devant l'aérogare déserte. Dans son rétroviseur, il vit qu'ils continuaient leur « discussion ».

– Tu as gagné, dit Marcel en désignant les feux rouges du taxi déjà à plusieurs dizaines de mètres. Maintenant on est tout seuls, il n'y a pas d'avion, et on n'a plus de taxi, tu es content?

– Moi, dit Bajou en désignant un panneau indiquant les vols, demain matin je prends cet avion... Une escale à Paris, et mercredi je suis à Tunis, voilà!

– Pas si tu m'as pas donné une bonne excuse! s'insurgea à nouveau Marcel.

– Dis-leur que Nasser a envahi la Tunisie, si tu veux! proposa Bajou.

Marcel allait et venait de long en large sur le trottoir, les mains dans les poches de sa robe de chambre, marchant sur les talons de ses pieds nus. Il hocha la tête d'un air méprisant : il faudrait que Bajou trouve mieux, beaucoup mieux...

– Non Monsieur, c'est pas une bonne excuse, ça! Trouve autre chose!

– Je ne peux pas, Marcel. J'étouffe ici, j'ai peur, voilà! Cette ville, ces gens, ils sont trop grands pour moi! J'ai pas besoin de tout ça... Moi, c'est Tunis, c'est Habiba, les enfants, Oumi... Ça ne s'explique pas!...

– Eh ben fais un effort! trancha Marcel sans pitié.

A bout de forces, vidé, hagard, mais toujours aussi déterminé, Bajou sentit qu'il ne remporterait la partie qu'avec un argument qui confinait au sacré. Les mots brutalement jaillirent de sa bouche, imprévisibles, violents, indiscutables :

– Ecoute-moi bien, Marcel, tu vas leur dire que...

Il hésita une dernière fois mais les mots se bousculèrent :

– Tu vas leur dire que ma mère est morte, voilà! Oumi, c'est ça! Ils la connaisssent! Tu leur dis « la mère de Bajou est morte », et ça, fais-moi confiance, ils le croiront. C'est une bonne excuse ou il te faut autre chose?

Pendant quelques secondes, Marcel, silencieux, resta face à Bajou. Il semblait contempler un martien, un monstre venu d'une autre planète. Son silence n'était même pas accusateur, tant les mots de Bajou dépassaient son entendement.

– Alors je peux rentrer, maintenant? supplia-t-il, à bout de nerfs, pitoyable, pathétique.

– Bajou, murmura enfin Marcel, tu ne te rends pas compte... C'est péché de dire ce que tu as dit, même pour rire... Il passa le bras autour de son épaule : viens, tu es fatigué... viens sur le banc...

Bajou semblait cassé, sans ressort. Il se laissait conduire comme un vieillard. Marcel l'installa avec ménagement, puis il prit place à ses côtés.

– Calme-toi... Je reste avec toi... On est bien ici, non?... Compte sur moi... Je vais négocier avec Franck et Herbert... Tu as confiance en moi? C'est vrai... On n'a pas besoin d'être tous les deux, au fond... Rentre à Tunis, moi je reviendrai un peu plus tard, c'est tout. On va pas en faire une histoire... Allez, dors un peu... je suis là... dors.

***

L'air, les parfums, la chaleur, le gazouillement de Tunis! Comment avait-il pu être assez fou pour quitter tout ça, même quelques jours? C'était ici, son pays! Ici, et nulle part ailleurs! Ses racines, le sang et la chair de ses ancêtres, tout se trouvait ici! Il était un enfant de cette terre! Il n'était que cela, et il ne voulait rien d'autre.

Dans le taxi bébé[1] qui le menait vers la ville, Bajou sentait l'apaisement le gagner progressivement. L'angoisse qui ne l'avait pas lâché une seconde depuis New York

1. Nom donné par les Tunisois aux Taxis 4 CV.

commençait enfin à se dissiper. Les ruines romaines de Carthage défilaient dans le soleil levant. Il pensa aux buildings de Manhattan... Il sortit la tête par la fenêtre pour se fouetter le visage du vent léger et chaud. Si des larmes coulaient sur ses joues, personne ne les verrait.

Moktar, qui profitait des premiers rayons de soleil après la fournée du matin, penché studieusement sur un journal, faillit tomber de sa chaise en voyant Bajou descendre du taxi qui s'était arrêté juste en face de lui. Un Bajou tel qu'il ne l'avait plus vu depuis longtemps : hâve, débraillé, fourbu, une barbe de quarante-huit heures...

– Bajou...? s'inquiéta Moktar en l'embrassant avec effusion. Il est arrivé quelque chose?

Bajou sourit et lança un coup d'œil vers la boutique, salivant à l'avance :

– J'avais envie d'un beignet, dit-il comme un enfant.

Moktar rit, ravi : ça, c'était bien le Bajou qu'il connaissait! Depuis le mariage, les deux hommes s'étaient un peu perdus de vue. Mais Moktar n'en conservait pas moins une solide affection pour celui qu'il considérait toujours, dans son cœur, comme son protégé...

– Le meilleur beignet du monde je vais te faire, Bajou, ouala!

Il passa dans la boutique où toujours en riant il commença à pétrir la pâte avant de la lancer dans le grand bac à huile. Deux minutes plus tard, il déposait devant Bajou le beignet tout croustillant qui mijotait sur un lit de sucre fin. En deux bouchées, il ne fut plus qu'un souvenir. Moktar comprit qu'il en faudrait plusieurs et se mit sérieusement à la tâche. Il tendit le journal à Bajou.

– Tu as vu Bourguiba? dit-il en s'activant. Ça y est, il parle avec Mendès... Mendès, celui-là, on peut lui faire confiance!...

Il sursauta devant le sort que Bajou réservait au journal...

– Mais non, c'était pour le lire que je te l'ai donné, y'a Bajou!

Bajou s'était mépris. Le journal que lui avait tendu Moktar et qui contenait les nouvelles fraîches, il s'en était servi pour s'essuyer les doigts. Sans prêter attention à la mine contrariée de Moktar, il attaqua un autre beignet.

– Ah, Mendès! C'est bien, Mendès... admit-il, la bouche pleine, sans même savoir de qui il s'agissait. Mais il ne voulait pas faire de peine au boulanger. Fais-m'en dix... ça va faire plaisir aux enfants pour le réveil...

– Si toi tu les manges pas en route... s'esclaffa Moktar en projetant un cercle parfait de pâte dans l'huile bouillante.

– Ça, les Américains, ils sauront jamais faire, conclut Bajou en attaquant le troisième.

En arrivant au bas de l'immeuble, Bajou leva les yeux vers le balcon. Des fois qu'Oumi serait installée sur sa chaise habituelle à surveiller ce qui se passait dans le quartier, ça lui ferait une sacrée surprise! Mais le balcon était vide. Ni mère, ni enfants à l'horizon... Bajou monta les marches en soufflant : cette valise, elle devait peser une tonne! Dans l'avion, il avait même dû payer un supplément... La porte, la mesouza pieusement embrassée... Enfin il était chez lui...

Occupée à moudre du café dans la cuisine, Aïssa leva des yeux surpris vers Bajou. Il la regardait, interloqué. Que faisait-elle de si bonne heure à la maison? Elle l'observait, incertaine elle aussi.

– Ouh, tu t'es levée tôt, toi!

Elle allait répondre lorsque la voix de Habiba s'éleva derrière Bajou.

– Bajou!... Tu es déjà là?... Mais comment tu as fait?

Il se retourna d'une pièce et un frisson le parcourut aussitôt : Habiba était tout habillée de noir. Elle avait le visage marqué par les pleurs et le manque de sommeil.

– Je ne t'ai envoyé le télégramme qu'hier...

Elle hésitait, les yeux plongés dans les siens, cherchant à comprendre.

Lentement, Bajou posa le paquet contenant les beignets encore chauds sur la table. La sérénité de son retour s'effilochait progressivement en une angoisse sourde.

– Mais de quoi tu parles? Qu'est-ce qui se passe, ici? Qu'est-ce qui est arrivé?

Déjà, il savait dans le fond de son cœur qu'il ne pourrait pas entendre l'horrible réponse.

– Oh Bajou, sanglota soudain Habiba, tu ne sais rien?

Il commença à faire non de la tête. Il ne voulait pas savoir! Il ne voulait surtout pas savoir!... Il ne le savait déjà que trop.

Habiba s'avança vers lui et le serra très fort contre elle, comme elle le faisait avec ses enfants.

– C'est Oumi, Bajou... Elle nous a quittés hier... Son cœur... Elle n'a pas souffert...

Elle reposait, habillée de son plus beau costume traditionnel, le visage en repos sous les rides profondes. A la tête du lit, un rabbin psalmodiait, à voix basse, la prière des morts. Autour d'Oumi, Marie, des parents, quelques voisines et les plus âgés des enfants étaient rassemblés. Tous levèrent les yeux à l'entrée de Bajou. Mais Bajou ne voyait personne, avançant comme un somnambule vers le corps allongé. Il s'agenouilla et caressa lentement le visage aux traits paisibles encerclé par la masse de cheveux libérés pour l'occasion. Une magnifique crinière grise qui débordait jusqu'aux avant-bras comme une rivière de perles. Bajou pensa qu'il n'avait jamais vu sa mère autrement que coiffée du turban du veuvage. Qu'elle avait dû être belle, Madame Oumi Benkahen...

– Oumi, mère chérie, que t'est-il arrivé? Pourquoi me laisses-tu? Tu es partie, et je n'étais même pas là pour t'accompagner! J'étais à l'autre bout du monde. Je savais que tu n'étais pas bien, j'avais le cœur serré, je suis revenu aussi vite que j'ai pu, mais toi tu n'as pas pu m'attendre... Pourtant, jusqu'au bout, tu as dû espérer mon retour. Tu as dû tenir aussi longtemps que tu pouvais, et si tu as finalement lâché prise, c'est que vraiment tu ne pouvais pas faire autrement... Oumi, dis-moi, je t'en supplie, dis-moi que tu n'es pas morte par ma faute! Dis-moi que Dieu ne t'a pas punie à cause de ce mensonge idiot... Voulais-tu que ce soit un dernier signe entre nous... Es-tu morte pour que je ne mente pas en vain? Non, ne me dis pas ça... J'étais fatigué, je disais n'importe quoi... Tu devais déjà être morte, j'en suis sûr, tu étais déjà morte... Oumi, qu'est-ce que je vais faire sans toi? On en a fait du chemin, tous les deux, depuis Takrouna... Tu te souviens de la charrette de l'oncle Elie qui était venu nous chercher? Comment je pourrai vivre sans voir tous les jours ton cher visage, sans ressentir tous les jours ton amour?... Oumi, ma mère chérie, j'ai besoin de toi... Ne m'abandonne pas... Ne m'abandonne pas... Ne m'abandonne pas...

Quand Bajou s'effondra en sanglots déchirants, venus du plus profond de lui-même, Habiba d'un geste fit comprendre aux autres qu'il fallait désormais le laisser seul avec sa douleur... Personne ne l'avait encore jamais vu pleurer.

30

– Ça fait une heure que j'ai demandé New York, Mademoiselle! Il faut que j'y aille en avion, ou quoi? J'attends, oui, j'attends! Je ne fais que ça depuis ce matin! Attendre! L'herbe elle a commencé à me pousser entre les doigts de pieds, c'est vous dire si j'ai attendu longtemps!

Le téléphone à l'oreille, Marcel pianotait des doigts, impatient, sur son bureau. C'était bien beau de vouloir faire des affaires internationales, encore fallait-il que le téléphone fonctionne! Ici, il semblait dater de la préhistoire. Pour la majorité des gens c'était encore un appareil magique, alors que les Américains, avec quelle facilité ils pouvaient communiquer! Des cabines partout! On pouvait téléphoner à des milliers de kilomètres comme ça, d'un téléphone public en pleine rue! Difficile à croire, mais il l'avait vu de ses propres yeux!

– Mais Bon Dieu, Mademoiselle! éclata soudain Marcel. Vous n'avez toujours pas New York? J'en ai marre, moi, vous comprenez, j'en ai marre!

Bajou apparut sur le seuil de son bureau :

– Ne crie pas comme ça, Marcel, s'il te plaît. J'essaie de travailler et tu me casses les oreilles.

Exaspéré, Marcel reposa le combiné avec fracas.

– Des journées entières, je passe pour avoir Franck ou Herbert... Je n'en peux plus!

– Il fallait rester là-bas, sourit Bajou.

– Zek'ch, répliqua Marcel sincère. Plutôt deux fois qu'une! Je me suis bien débrouillé, non?

– Très bien, admit Bajou.

L'accord signé avec Franck et Herbert, qui signifiait concrètement l'apparition du blé de Tunisie sur le marché international, fonctionnait en effet fort bien, depuis plusieurs saisons et à la satisfaction des deux parties. Il avait même définitivement assis, semble-t-il, la situation des Benkahen. Marcel avait tiré toute la gloire de ce contrat juteux qui lui avait valu les honneurs de la presse locale. Dans la longue période de deuil de Bajou, il avait révélé une personnalité de dirigeant et d'organisateur que personne jusqu'alors, et lui-même le premier, n'avait soupçonnée. Peut-être aussi, quelque peu libéré de l'incessante surveillance exercée par Bajou, s'était-il senti beaucoup plus responsable. Pour la première fois, son cousin avait vu en lui un associé à part entière. Marcel avait habilement négocié avec Franck et Herbert, de rudes gaillards pourtant, qui ne faisaient pas de cadeaux! Mais le petit Tunisien leur avait tenu tête sans le moindre complexe. Et du coup, ils lui avaient accordé des clauses fort avantageuses qui avaient stupéfait Bajou.

Ce premier séjour aux Etats-Unis, déjà vieux de cinq ans désormais, et qui avait été suivi de beaucoup d'autres, semblait avoir permis à Marcel de prendre ses vraies mesures. Et c'est très naturellement que, à son retour, il avait assumé davantage de responsabilités.

En contrepartie, Marcel jouissait sans complexe de son argent. Il était réputé dans Tunis pour avoir un train de vie fastueux, et il ne s'en cachait pas.

La mort d'Oumi et l'immense chagrin qui s'en était suivi avaient en revanche freiné la soif de réussite de Bajou.

Avec les années qui passaient, il ne cessait d'en ressentir les effets. Il lui arrivait de plus en plus souvent de s'accorder de longues périodes de rupture. Ou bien il décidait de consacrer tout un après-midi aux enfants, sans se préoccuper de ses obligations professionnelles. Il avait physiquement peu changé. Pourtant Habiba le trouvait vieilli, et parfois même indifférent. En réalité, entre son voyage aux Etats-Unis et la disparition de sa mère, Bajou avait à la fois découvert ses propres limites sur terre et dans l'espace. Il se savait désormais vulnérable. Plus rien ne l'empêcherait d'entendre une petite voix lui murmurer à l'oreille : « A quoi bon tout ça, Bajou, laisse tomber... » La minoterie marchait très bien, Marcel le suppléait plus qu'efficacement. Les enfants grandissaient vite, trop vite... David venait d'entrer au grand lycée Carnot, et il se préoccupait activement de la préparation de sa bar-mitzvah[1] qui devait avoir lieu à la fin de l'année.

De nouveau le téléphone sonna sur le bureau de Marcel. Il arracha presque l'appareil de son socle.

– Enfin! C'est pas trop tôt! Allô, oui, oui, Mademoiselle... Evidemment que je suis toujours là, oui... Passez-les-moi, oui, passez...

Il se cala dans son fauteuil, se préparant à la conversation. Mais Bajou vit progressivement une moue perplexe se peindre sur son visage. Au bout de quelques secondes, Marcel regarda le combiné puis le raccrocha avant de renouveler l'appel.

– Mademoiselle, oui, c'est encore Monsieur Benkahen, Marcel... Vous êtes sûre que c'était le bon numéro à New York?... Il écouta attentivement pendant qu'elle le répétait au bout de la ligne : si, si, c'est bien ça, merci.

Il sentit sur lui le regard intrigué de Bajou et se recomposa rapidement une expression souriante :

– Idiot que je suis! Je me suis trompé d'un chiffre! Il faut tout refaire! Bon, je les rappelle demain, parce que là, j'en ai marre!

1. Communion solennelle juive.

Depuis quelques semaines, Bajou sentait chez son cousin monter une inquiétude diffuse. En apparence, pourtant, tout allait bien. Sans doute une nouvelle histoire de femme. Habiba et Marie déploraient que Marcel n'arrive pas à trouver chaussure à son pied. Mais une fois pour toutes il semblait avoir opté pour le célibat. Il avait eu de multiples maîtresses, mais au fond il n'avait été l'homme que d'une seule femme, Amina...

– Je vais en ville, dit-il en se levant. J'ai rendez-vous.

– C'est ça, ironisa Bajou. Dis plutôt que tu veux te montrer dans ta nouvelle DS!

Marcel sourit :

– Peut-être aussi un peu... Et alors, un homme n'a pas le droit de profiter de la vie?... J'ai rendez-vous avec Hadjej, y'a ch'beb! Quand il me voit dedans, il est impressionné...

– Oui, mais aux paysans, ça leur fait peur!

– Les paysans, c'est ton boulot!

Bajou avait accompagné Marcel jusqu'au seuil des bureaux. La dernière née des Citroën trônait dans la cour, rutilante, astiquée avec un soin jaloux, admirée de loin par les employés.

– Elle est belle, non? rayonna Marcel. Je te la ferai essayer... Un vrai tapis volant! Demande à Malika, elle est montée hier avec moi!

Malika était la réceptionniste tunisienne qui avait pris la succession de Madame Smadja, partie pour la France l'année précédente. Elle faisait partie de la nouvelle génération de femmes, toutes « bourguibiennes » convaincues, qui laissaient leurs voiles au vestiaire et s'habillaient résolument à l'occidentale. Elle inclina timidement la tête pour approuver les propos de Marcel.

Fier comme Artaban, celui-ci s'installa au volant de la DS qui en soupirant discrètement se souleva sur ses roues, un phénomène qui ne manquait jamais de laisser pantois les spectateurs, à commencer par Bajou.

Il s'apprêtait à regagner l'intérieur des locaux quand il

entendit le klaxon caractéristique du camion qui se présentait à l'entrée de la minoterie. Ponctuel comme une horloge, Carminati venait livrer son blé. Bajou attendit son vieil ami qui conduisait lui-même le gros véhicule. Un de ces jours, il finirait par succomber à une crise cardiaque, et il ne l'aurait pas volée... Avec une souplesse étonnante pour son âge, le cultivateur descendit de la cabine du véhicule, saluant Bajou d'un geste de la main.

– Monsieur Bajou!

Il se retourna. Malika lui désignait le téléphone.

– Un appel de Monsieur Hadjej pour Monsieur Marcel...

Elle colla l'appareil contre sa poitrine pour ne pas être entendue :

– Ça fait au moins la troisième fois qu'il appelle!

Bajou hésita. S'il prenait le banquier, ça risquait de durer des heures... Il fit signe d'ignorer l'appareil. C'était l'affaire de Marcel...

Près de son camion à la remorque inclinée, Carminati observait, attentif, la coulée de blé qui filait vers le silo. Bajou aimait ce moment où les paysans lui apportaient le meilleur de leur travail. Bien sûr tout cela n'était que du commerce, mais Bajou voulait y voir bien davantage. L'expression d'une générosité. Celle de la terre. « Je vieillis », se secoua-t-il... Il glissa sa main dans le flot blond et riche et recueillit quelques grains qu'il éleva jusqu'à ses narines. Le ciel, cette année encore, avait été clément.

– Le plus beau blé de Tunisie! dit Bajou en se tournant vers Carminati.

Loin de se détendre, celui-ci hocha la tête d'un air las :

– Profites-en! Qui sait si ce n'est pas le dernier!

Bajou se redressa, surpris du ton de Carminati.

– On n'est plus associés, alors? blagua-t-il.

– Nous oui, dit Carminati, mais j'ai l'impression que c'est la Tunisie qui ne voudra bientôt plus l'être...

C'était donc ça, pensa Bajou. L'annonce par Habib

Bourguiba de la création des coopératives nationales avait donné un frisson d'anxiété au petit monde des cultivateurs. Dans son for intérieur, Bajou savait que la mesure était lourde de menaces et qu'elle aurait probablement pour conséquence la redistribution des terres... C'est-à-dire la fin de la domination séculaire.

– Parce que ça ne s'arrêtera pas à nous, poursuivit Carminati. Ensuite ce sera l'industrie, et les minotiers vous y passerez comme les autres.

– Je sais, soupira Bajou sans pouvoir rien ajouter.

Il était né en Tunisie, ainsi que ses ancêtres. Pourtant, depuis quelque temps, il lui semblait que derrière lui, les ponts s'effondraient les uns après les autres. La Tunisie était devenue indépendante depuis maintenant quatre ans. Et dans le nouvel Etat en train de se constituer, il voyait mal la place qu'il pourrait occuper. Si on lui laissait le loisir d'en occuper encore une... D'ores et déjà, certains prédisaient que tout cela finirait par l'exode hors du pays. On se choisissait de nouvelles patries : France, Israël, Etats-Unis. Des départs de chirurgiens connus, d'avocats, d'industriels, encore peu nombreux et forts discrets, étaient annoncés, suscitant à chaque fois l'incrédulité puis l'angoisse...

– Au fond, dit Bajou... s'il faut partager un peu, pourquoi pas?

– Un peu? s'exclama Carminati pendant que son vieux visage devenait cramoisi. Mais c'est tout, qu'ils veulent! Tout! Il y a cinq ans, il y a même deux ans, qui aurait cru qu'on en serait là? Peu à peu ils grignotent, ils grignotent... C'est pas la faute de Bourguiba. Lui, il fait ce qu'il peut. Mais avec les conneries de la France en Algérie, il est coincé. Il faut qu'il donne des gages au monde arabe et à son peuple. Et son peuple à lui c'est pas les Juifs ou les Italiens. Il faut qu'il prenne! Chez nous! Et peu importe de savoir qui a le plus ou le moins.

Bajou retrouva soudain la vieille arme tunisienne contre la crainte ancestrale. L'arme de l'humour et du fatalisme.

– Et alors, qu'ils grignotent! On aura toujours suffisamment à manger, non? Ils ont eu l'indépendance, d'accord! Mais l'armée française est encore à Bizerte, non? C'est une garantie, quand même! On ne chasse pas les gens de chez eux comme ça, Monsieur Carminati! Dormez tranquille, votre blé n'a pas fini de pousser et vous de le récolter!

Apparemment peu convaincu, ce dernier fit basculer la remorque du camion. Il se tourna ensuite, l'air embarrassé, vers Bajou :

– Ah, au fait, je sais que tu n'aimes pas que je te parle de ton... associé, mais je l'ai croisé en arrivant... L'affaire avec les Américains, c'est la poule aux œufs d'or, d'accord! Mais il leur en faut de plus en plus. Et moi, on m'a dit que Marcel achetait de grosses quantités de blé à des paysans en garantissant les prix...

– Garantir les prix? s'étonna Bajou sincèrement. Comment il ferait, en ce moment? Le cours chute de 10% tous les mois!

– C'est justement pour ça que je m'étonnais...

Carminati fouillait Bajou du regard pour distinguer s'il disait vrai.

– Mais non, reprit le minotier. Les gens disent n'importe quoi... Nous on paie toujours *après* avoir vendu, jamais avant! Avec l'argent des Américains, les gens le savent quand même, depuis le temps! Enfin, si ça vous rassure, je vais regarder cette histoire de plus près...

– Je ne suis pas le seul à vouloir être rassuré, souligna le vieux paysan en remontant dans son camion.

– C'est des ragots tout ça! cria Bajou par-dessus le fracas du moteur. Ce sont les événements qui vous tracassent. Marcel, il y est pour rien! J'ai confiance en lui comme si c'était moi! Allez, bonne route, Monsieur Carminati!

Le vieil homme agita la main. Sur le visage de Bajou, l'expression joviale qu'il y avait peinte s'effaça rapidement.

31

Kippour... La journée la plus longue de l'année... Bajou était assis, exactement à la même place qu'il occupait depuis la première fête passée rue Saint-Jean, à l'extrémité gauche du balcon, le bras pendant mollement entre les anneaux du fer forgé qui soutenait la rambarde.

Il s'épongea le front. Malgré le store baissé, l'épaisse chaleur de ce mois de septembre finissant n'arrangeait pas les choses. Jeûner n'était déjà pas dans ses habitudes, mais sous cette moiteur orageuse c'était trop.

Un faible gémissement s'éleva sur sa droite. Il tourna la tête vers Marcel, assis à ses côtés sur un pliant, en tricot de corps et en caleçon, tout comme lui. Les deux hommes avaient la langue sèche et le visage rongé par la barbe, semblables aux rescapés d'un naufrage.

– C'est pas fini? murmura Marcel. J'ai faim, moi.

Bajou soupira et, pour la dixième fois de l'après-midi, toujours pour faire plaisir à son cousin, il jeta un coup d'œil en contrebas. De sa place, il disposait d'une vue imprenable sur la façade blanche de la petite synagogue, au bout de la rue d'Alger. Lui qui ne se sentait pas à l'aise dans les lieux de culte (la dernière fois qu'il y avait mis les pieds remontait à la mort d'Oumi), il trouvait plaisant de profiter de la situation plongeante de son balcon pour suivre de loin l'évolution des rites, et ce d'autant que beaucoup de fidèles devaient patienter devant la synagogue, trop exiguë pour tous les accueillir. D'ailleurs, le minotier avait coutume de répondre, à ceux qui lui reprochaient son absentéisme religieux, que « son balcon, c'était finalement l'annexe de la synagogue ». Pour l'heure, la petite foule, calotte sur la tête et taleth sur les épaules, formait un groupe compact qui, discutant de tout et de rien – pas forcément de religion –, bloquait même la circulation.

Bien qu'une petite partie de la communauté eût déjà quitté la Tunisie, on n'aurait pas trouvé une chaise libre dans une seule synagogue de Tunis. Même pour les « pratiquants du shabbat » – ces juifs du vendredi soir dont Bajou et Marcel étaient –, Kippour était une des rares fêtes à laquelle ils s'astreignaient, chacun pour les raisons les plus diverses : le traditionalisme, important dans l'esprit de tout juif tunisien; l'occasion de profiter d'une journée de repos et d'honorer Dieu tout en purifiant son organisme (ce qui était tout bénéfice...); le plaisir de se jeter sur les poules farcies et les biscuits frais, à la fin du jeûne, plaisir d'autant plus grand que l'on avait fait abstinence... Cependant, compte tenu de l'heure avancée, tous maintenant attendaient le son aigre du shoffar[1] qui annoncerait la fin de la pénitence.

– Arrête un peu cette comédie, tu veux? grogna Bajou.

– Mais j'ai faim! dit Marcel. J'y peux rien si j'ai faim!

– Tu veux un coing? proposa Habiba, le fruit en question à la main, allongée sur une chaise longue à l'autre extrémité du balcon, à la même place qu'occupait Oumi de son vivant.

Le parfum du coing était censé apaiser les tiraillements d'estomac.

1. Instrument rituel.

– Non, répliqua Marcel en bougeant nerveusement. J'aime pas ça!

Sous le regard attentif de Bajou, il ne tenait presque plus en place.

– Marcel, qu'est-ce qui ne va pas? demanda-t-il.

Il avait longuement attendu le moment propice pour sonder son cousin. L'heure était venue. En tricot de corps et l'estomac creux, on offre moins de résistance que le ventre plein dans une belle voiture.

– Rien! J'ai faim, c'est tout... répéta Marcel subitement sur ses gardes.

– Marcel, insista Bajou avec patience, si tu avais un problème, un vrai problème... Tu me le dirais?

Marcel comprit que son cousin n'avait pas lancé le sujet par hasard... Rester calme. Surtout rester calme. Bajou le connaissait trop pour se laisser abuser par de véhémentes protestations.

– Bien sûr que je te le dirais... fit-il en haussant les épaules.

Puis il sourit et tapa dans ses mains.

– Toi, je parie que tu as encore parlé avec un de ces paysans jaloux... Carminati, c'est ça?

– Pas jaloux, précisa Bajou. Inquiet, seulement... Avec tous les événements, il faut les comprendre...

Marcel esquissa une mimique compréhensive et rejeta sa tête en arrière, les yeux clos, comme à la recherche du sommeil. Bajou le regarda attentivement. Si Marcel était vraiment serein, il n'aurait pas hésiter à vouer devant lui Carminati aux gémonies. Ce qu'il n'avait pas fait. Qu'il affectât l'indifférence lui paraissait annonciateur des plus gros orages. Bien sûr, il pouvait se tromper. Marcel était peut-être réellement fatigué par le jeûne. Mais il fallait en avoir le cœur net. Aussi revint-il à la charge sur le même ton posé.

– Et avec la banque, tout est en ordre?

L'œil de Marcel cligna rapidement. La phrase lui échappa.

– Les banquiers, murmura-t-il, rageur. Quelle race d'enculés!...

Ce n'était pas une plaisanterie, mais un cri jailli de ses tourments. L'âpreté du ton surprit autant Bajou que Habiba, laquelle leva les yeux.

Bajou ne disait rien. Il attendait que Marcel craque, mais son cousin se reprit. Il se serait tapé la tête contre les murs d'être tombé dans le piège, aussi voulut-il se rattraper, le ton moqueur :

– On ne fait que travailler pour eux... Tu avais raison... Tu te souviens la discussion un jour avec Hadjej?

Bajou battit des paupières pour indiquer qu'il n'avait pas oublié. Mais il ne rentra pas dans le jeu de Marcel. Son visage conservait la même sévérité. Alors le naturel reprit le dessus : Marcel en avait marre de feindre et de finasser. Son truc à lui, c'était la fuite en avant. S'agiter dans tous les sens et laisser retomber les os, qui chacun prendrait la place qui lui convenait.

– Putain, cria-t-il soudain, pour les affaires, Bajou, je suis aussi bon que toi! Tu vas arrêter de me traiter comme ça, dis, une fois dans ta vie? Le meilleur, le premier, c'est Bajou, et les autres de la merde? Mais pour qui tu te prends, à la fin? Je suis ton cousin, pas ton esclave! Un jour comme ça, tu m'énerves, Bajou, tu m'énerves!

– Ne parlez pas affaires aujourd'hui, observa Habiba... C'est Kippour...

Même elle volait à son secours, emportée par son ton plaintif qu'elle assimilait à la souffrance devant la persécution. En avançant vers la maturité, elle n'était pas sans rappeler quelquefois Oumi à Bajou. Peut-être les années passées ensemble avaient-elles fini par déteindre... Bajou sourit, soulagé. Il préférait un Marcel de mauvaise foi, tel qu'en lui-même, plutôt que finaud aux grosses ficelles.

– Alors, en somme, tout est en ordre? conclut-il, apaisé.

D'un seul coup, Marcel redevint ce qu'il n'avait jamais cessé d'être : un grand enfant affectueux, capable de vous séduire d'un sourire :

– Nickel! Tu as confiance, non?

Il tendit la main vers Bajou qui la frappa de la sienne. Quelques secondes, leurs doigts restèrent solidement liés. Beaucoup de choses passaient entre eux en cet instant. Puis Bajou frotta son estomac qui commençait à réclamer. Il semblait tout penaud d'avoir autant cuisiné Marcel et ajouta, presque en s'excusant :

– Je demandais juste pour être au courant, tu comprends! Parce que demain, je dois voir Hadjej...

Il avait gardé cette flèche pour la fin. Si Marcel n'était pas net, il ne pourrait pas résister. Ou alors cela signifierait que quelque chose de grave, de très grave se préparait.

Bajou vit le visage de son cousin se décomposer. Puis, Marcel ouvrit la bouche bêtement, comme un poisson qu'on sort de l'eau. Enfin il se leva, si péniblement que Bajou crut qu'il allait défaillir. Il porta la main à son front. Un moment, les mots semblèrent se presser à ses lèvres, mais aucun son ne sortit. Simplement pitoyable, il dit :

– Bien sûr... je comprends. Je viens avec toi, tu veux?

Il ne s'avouait donc pas vaincu. Bajou frissonna. Quel terrible secret son cousin refoulait-il en lui? Il lui avait tendu toutes les perches du monde. Comment l'aider sans savoir? Mieux valait maintenant attendre, voir et rester attentif.

– Evidemment, je préfère! laissa-t-il tomber, faussement rassuré.

– Ouf, gémit Marcel en se levant, éventant son visage de ses mains. Je vais me passer un peu d'eau sur la figure.

Il se dirigea vers le couloir, suivi par le regard amusé de Habiba. Bajou aurait lui aussi apprécié cet intermède si un pressentiment maussade ne lui serrait désormais le cœur. Car chaque année, c'était la même chose : pour Marcel, impossible de tenir jusqu'à la fin des prières. Son « je vais me passer un peu d'eau sur la figure » était rentré dans le folklore familial. Tout le monde savait que, feignant de se diriger vers la salle de bains, il se précipitait en réalité vers la cuisine...

Il eût été infiniment plus simple pour lui de ne pas

prétendre faire Kippour, et de s'alimenter de manière normale. Mais l'habitude de tricher était tellement ancrée dans son cerveau qu'il ne voyait certainement nulle malice dans son comportement. Marcel était hautement persuadé de respecter les prescriptions divines. Simplement, il avait trouvé un accommodement secret avec l'Eternel qui lui permettait à lui, et à lui seul, de transgresser la Loi sacrée. Par autorisation spéciale du Ciel, il avait donc le droit de recommencer à manger une heure avant tous les autres Juifs de Tunisie...

Animé d'un culot infernal, il n'en soutenait pas moins avoir pratiqué le jeûne comme tout le monde! Oumi n'avait jamais admis cettc légèreté face à la plus universelle des prescriptions hébraïques. Pour elle, manger le jour de Kippour n'était pas seulement un péché, c'était un véritable crime que Dieu punissait de la manière la plus terrible qui soit. Mais en ce jour, précisément, Marcel aurait même mangé devant elle si elle avait toujours été vivante. Il était tellement ébranlé par les dernières paroles de Bajou qu'il en avait failli s'évanouir. Il lui fallait du sucre! Qu'est-ce que signifiait ce rendez-vous avec Hadjej? Il sentait les mâchoires d'un piège impitoyable se refermer sur lui. Les allusions de Bajou avaient été trop précises. Impossible qu'il ne soit pas au courant. Quel jeu jouait-il? Avait-il voulu lui signifier qu'il lui fallait se débrouiller seul, et que lui, Bajou, se lavait les mains de toute son histoire? Cela ne lui ressemblait pas, mais il avait tellement changé, ces dernières années... il ressemblait à un vieillard peureux, seulement soucieux d'éviter les vagues et de préserver son médiocre bien-être.

Marcel crut avoir compris le message. Il ne pouvait plus compter sur lui. Il se retrouvait seul en enfer.

Dans la cuisine silencieuse où il se glissait maintenant, il était au moins sûr d'une chose : Oumi n'était plus là pour poser son œil terrible sur lui. Comme un voleur, il ouvrit le placard où Habiba entreposait les pâtisseries qu'elle avait elle-même préparées la veille, et qui, le soir venu, feraient la joie des gourmands. Il y avait de tout et en abondance : des manicotes, des yoyos, des makrouds, des boulous! De la confiture de coings, toute rose. Et aussi de la boutargue fraîche, le *nec plus ultra*, le caviar tunisien! Marcel salivait de gourmandise et de rage. Il attribuait aux allusions de son cousin son imminente entorse au rituel. Il le détestait soudain, avec virulence. Mais comment allait-il en sortir? Avait-il seulement une issue? Il attrapa vivement un morceau de biscuit frais et s'apprêtait à l'enfourner d'une seule bouchée, quand il eut l'impression étrange qu'Oumi se trouvait là, dans la pièce, à sa place habituelle, c'est-à-dire derrière lui.

Il resta la bouche ouverte, abaissant la main qui agrippait le gâteau. Puis, lentement, très lentement, il se retourna, circonspect, à l'idée d'apercevoir un fantôme. Avec soulagement, il reconnut David, le fils aîné de Bajou, planté au milieu de la cuisine. David qui était entré comme une ombre et posait sur Marcel un regard encore plus accusateur que celui de la pauvre Oumi.

– Espion! attaqua aussitôt Marcel, surtout irrité par le ridicule d'être ainsi pris en flagrant délit, en tricot et caleçon qui plus est! Tu n'as pas honte de surveiller ton oncle? C'est péché d'espionner!

– Non, c'est manger qui est péché! répliqua David de sa voix claire.

A l'orée de sa bar-mitsvah, l'adolescent se prenait de plus en plus pour l'ange blanc du judaïsme. Marcel vit que la tactique de l'intimidation ne fonctionnait pas. Il haussa les épaules et sourit.

– Tu as raison, fils... Mais tu sais, c'est fini dans dix minutes... alors un peu plus, un peu moins... Tu crois que le Bon Dieu il a un chronomètre et qu'il est là à surveiller l'heure?

Il tendit à David une part de biscuit, l'œil complice.

– Tiens, on partage... ça restera entre nous...

Mais l'enfant refusa la proposition d'un geste sec.

– Toi, essaya encore de plaisanter Marcel, tu dois avoir plein de péchés à te faire pardonner!

Les grands yeux noirs de David ne quittaient pas son

oncle. Gêné, celui-ci attira une chaise à lui, renonçant à la friandise. David était son neveu préféré. Plus que les autres, il l'avait couvert de tous les cadeaux possibles. De chacun de ses voyages américains, il lui ramenait le dernier jouet en vogue. Il était le portrait craché de Habiba. Il n'avait pris de son père que la pétulance du regard. Ce qu'il avait de mieux. Marcel pensa que, s'il avait eu un fils, il aurait aimé qu'il lui ressemblât. Mais il sentait bien que l'enfant ne vivait pas son adolescence d'une manière insouciante. Souvent il avait surpris le regard de David posé sur ses parents dans une interrogation douloureuse. Marcel devinait que bientôt des questions impatientes jailliraient de ses lèvres. Il espérait que ce serait le plus tard possible, car il ne doutait pas que l'enfant les lui poserait d'abord à lui. Que pourrait-il y répondre? Comment lui expliquerait-il le secret de leur famille, et la rencontre entre ses parents? Faudrait-il lui mentir? Pris d'un brusque élan d'affection, il serra le jeune garçon contre lui.

– Tu te souviendras toujours de moi, hein David?

David haussa les épaules d'un geste naturel.

– Evidemment.

Marcel le serra encore plus fort dans ses bras pour cacher le trouble qui montait en lui. L'adolescent lui lança un regard curieux. Il n'avait jamais vu son oncle aussi tendre, aussi désemparé. On aurait dit qu'une puissante et mystérieuse émotion l'agitait.

– Et tu ne sais pas ce que je voudrais aussi? (Marcel s'animait de plus en plus.) Quand tu tiendras une femme dans tes bras, pense à moi, d'accord? Pense à tonton Marcel! Et n'oublie pas ce que je t'ai dit : les femmes, il y a celles qui ont un parfum et celles qui ont une odeur... Méfie-toi d'elles, surtout... parce qu'elles...

La voix de Marcel s'étrangla, relayée par la voix claire de David qui, dans un sourire, acheva la maxime tant de fois entendue de la bouche de son oncle :

– ... parce qu'elles te tordront le cœur, celles-là!

Marcel se dégagea lentement. Emu jusqu'aux larmes. Il ne savait plus quoi dire.

– Allez va, va te reposer dans ta chambre... murmura-t-il.

Marcel fut dérouté par l'étreinte violente de son neveu. Elle ne dura que quelques secondes avant que David ne le relâche et file. Il ne souriait plus. S'il n'avait pas vraiment compris pourquoi son oncle lui parlait ainsi, il avait senti qu'il n'oublierait jamais cette conversation, et qu'elle resterait imprimée dans son cerveau, mot pour mot, pour de longues années...

Marcel resta longtemps immobile sur sa chaise, apparemment épuisé. Le parfum de son neveu flottait encore dans la pièce. Pourquoi Dieu n'avait-il pas voulu qu'il ait d'enfant? Pourquoi lui-même n'avait-il pas eu le courage d'en faire? Mais comment avoir des enfants quand on en est un soi-même, quand on en restera un toute sa vie? Tellement de choses auraient pu changer... Il haussa les épaules. Tant mieux, après tout...

Un soudain mouvement le propulsa de sa chaise jusqu'au placard qu'il ouvrit à la volée. En quelques secondes, il saccagea tel un enfant rageur l'ordonnance de tous les plats idéalement préparés, comme les reflets d'un monde qu'il ne supportait plus.

Bajou avait enfin déployé son taleth[1], sous lequel chacun était venu se placer pour l'ultime prière des Cohen. Un œil braqué sur la synagogue, devant laquelle la foule pieuse procédait de même, Bajou et Marcel débitaient les psaumes à une vitesse astronomique, avalant les neuf dixièmes des mots. Serrés l'un contre l'autre, Jacques et David avaient du mal à endiguer un immense fou rire. Habiba elle-même ne pouvait retenir une expression amusée.

A regarder les deux hommes, ils donnaient l'apparence d'une complicité fraternelle que rien ne pourrait altérer. Ils étaient si différents, Marcel le fantaisiste, l'amoureux de la vie, et Bajou le pondéré, le sage, le réfléchi. Si différents et pourtant tellement complémentaires. Impossible de les

1. Châle de prière.

imaginer séparés : l'un sans l'autre, ils ne seraient que la moitié d'eux-mêmes.

Ils arrivèrent au bout de la prière au moment où retentissait au loin le son aigre du shoffar. Kippour était terminé! Tout le monde était lavé de ses péchés. Sur toute la surface de la Terre, la communauté poussait un grand soupir de soulagement... Jusqu'à l'année prochaine... Tous s'étreignirent dans la joie avec force « Mazel Tov! », d'autant plus excités que le repas récupérateur était imminent.

Habiba et les enfants filèrent pour préparer la table et Bajou se retrouva seul face à Marcel. Ce dernier affichait un étrange sourire qui revint bien souvent hanter son cousin par la suite. Il semblait quémander quelque chose, une assurance, un réconfort. Bajou hésitait, mal à l'aise. Les effusions n'étaient pas son fort :

– Ça va aller... ça va aller... balbutia-t-il, incapable de déchiffrer le sentiment qui l'agitait.

Marcel se reprit et lui sourit :

– On se voit demain d'accord?

– Mais... tu restes pas avec nous pour le dîner? s'étonna Bajou.

– J'aimerais, lui répondit Marcel d'un air sincèrement désolé, mais c'est maintenant que je peux avoir les Américains...

Il ne s'attarda pas à soutenir le regard interrogateur de son cousin. Juste un clin d'œil ferme pour l'assurer que tout allait bien et il enfila rapidement son pantalon et sa chemise posés sur une chaise. Depuis le balcon, Bajou l'observait pensivement. Dans les tréfonds de son subconscient, une sirène d'alarme résonnait de manière insistante. Marcel dut le sentir car il accéléra le mouvement. Les enfants lui firent un joyeux cortège jusqu'au palier. Ils aimaient tellement leur « tonton-gâteau » qui n'oubliait jamais un anniversaire ou une fête! Marcel était leur ami et leur confident, celui aussi que, dans quelques années, ils commenceraient à « taper » dans le dos de leurs parents, et qui mettrait la main à la poche sans rechigner.

La porte d'entrée claqua. Les enfants refluaient vers la salle à manger dans un mouvement désordonné et bruyant.

Le cœur de Bajou battait une chamade oppressante.

– Qui c'est le plus beau, le plus fort, le plus gentil?

La réapparition de Marcel les fit tous sursauter. Sa tête, hilare, avait surgi derrière la porte. Cabot accompli, il s'offrait le plaisir d'une fausse sortie pour profiter jusqu'au bout de la chaleur de son public. Un long cri joyeux retentit dans la maison.

– Tonton Marcel!

Alors, satisfait, il disparut pour de bon et fila dans l'escalier.

32

Un éclair zébra brusquement le ciel vers l'est. Le coup de tonnerre ne fut pas long à retentir sur Tunis, repliée sur elle-même. Bajou conduisait vite, à demi aveuglé par les torrents d'eau qui s'abattaient sur la voiture. L'orage qui avait menacé tout l'après-midi, faisant régner une chaleur accablante, avait éclaté en début de soirée. Juste au moment où la famille s'apprêtait à passer à table. C'est à cet instant précis que l'on avait sonné à la porte.

L'homme qui venait troubler le repas familial de Kippour n'était autre que le banquier Hadjej... Il s'était certes excusé de s'imposer à ce dîner de fête, mais il était vraiment bien ennuyé... du moins l'exprimait-il d'une moue de circonstance que chacun pouvait interpréter à sa guise. « Un cas de force majeure, avait-il susurré... J'espérais trouver Marcel que j'ai tenté de joindre sans succès ces derniers jours... Alors, j'ai pensé que... »

Bajou, le cœur serré, avait repoussé avec dépit son assiette de couscous... Il n'avait même pas goûté une boulette... Il s'était essuyé les lèvres avec sa serviette puis, pressentant que les nouvelles allaient être mauvaises, il avait invité le banquier à passer dans la pièce à côté : inutile d'inquiéter Habiba et les enfants.

Une seconde, la voiture se noya juqu'au moyeu des roues dans une énorme flaque puis repartit bravement, moteur fumant. D'abord retrouver Marcel. S'expliquer avec lui. Puis mesurer l'étendue des dégâts, colmater la brèche, et redémarrer en serrant les boulons. Bajou endossait toute la faute. Il lui avait trop laissé la bride sur le cou depuis des années, depuis la mort d'Oumi. Il fallait qu'il redevienne le patron et qu'il assume. Hadjej avait été si content de brandir le chèque impayé : il le lui ferait rentrer dans la gorge! Le pauvre Marcel, quel calvaire il avait dû vivre!... Jouer la comédie comme il l'avait fait tout l'après-midi, et même tous ces derniers mois... Cet idiot, au lieu de parler clairement, d'expliquer, il avait tout voulu prendre sur lui : encore l'orgueil des Benkahen.

Quel enfer avait dû être le sien à attendre jour après jour l'argent des Américains, l'argent qui devait tout couvrir... pour finalement apprendre que Franck et Herbert avaient fait faillite! Avec quelle délectation Hadjej l'avait annoncé à Bajou! Ils étaient même en fuite, leurs bureaux fermés... C'était un sale coup, un très sale coup, mais ils s'en relèveraient. Ils en avaient connu d'autres. Il suffisait de savoir improviser, de prendre ici pour remettre là, et de tenir, surtout de tenir et de se battre. Bajou était rompu à ce jeu, pas Marcel. Bajou était en fer, pas Marcel...

Une crainte informulée vint néanmoins pincer le cœur de Bajou : pourvu que la situation ne se fût pas trop dégradée. Le souvenir du sourire de Hadjej le hantait comme un pressentiment funeste. Il lui avait bien semblé léger, le banquier. Léger, presque heureux et pas concerné. Comme si ce n'était pas *aussi* son argent qui était en jeu. Bon Dieu, jura Bajou, faites que Marcel n'ait pas commis de fautes irrémédiables... Mais non, il s'en serait rendu compte. Les chiffres, il connaissait! Il n'aurait pas pu le tromper! Il se rassura en pensant que la minoterie avait, a priori, des finances saines et peu de dettes, en dehors bien sûr des agios importants qu'il fallait payer à la banque. Oui, mais si Marcel avait caché des choses graves, des choses vraiment très graves?... Mais quoi? Que pouvait-il y avoir d'autre?

Bajou essayait de se rassurer, refusant de verser dans le catastrophisme. Ce que lui avait appris Hadjej était suffisamment inquiétant pour ne pas en rajouter, pour espérer qu'il n'y ait pas autre chose. De toute manière, bientôt il serait fixé, pensa-t-il en accélérant encore.

Il évita de justesse une chèvre égarée qui déambulait au milieu de la chaussée. L'orage pliait furieusement les arbres, poussait devant lui des tourbillons de feuilles et de terre rouge. Le portail de la minoterie apparut soudain, grand ouvert, battant au vent.

La voiture glissa sur deux mètres avant de s'immobiliser derrière la DS de Marcel. Il était là! pensa Bajou, soulagé. Curieusement, les phares de la Citroën étaient allumés. Ils étaient braqués sur la porte des entrepôts dans lesquels Bajou pénétra, pensant y trouver son cousin. Il s'arrêta un instant devant les montagnes de blé qui dressaient leur masse imposante dans l'obscurité. Pas un bruit. Il frémit en pensant que toute cette marchandise aurait dû être livrée aux Américains. Qu'allait-il en faire, maintenant, dans un marché déprimé? La vendre au plus bas prix. Il songea à la tête des agriculteurs et les mots de Carminati lui revinrent en mémoire... « Garantir les prix aux paysans... » Bajou grimaça, l'esprit en déroute. Manifestement, Marcel n'était pas dans ces bâtiments. Il fit brutalement demi-tour et s'engouffra dans le couloir qui menait aux bureaux vitrés. De loin, il entendit la sonnerie obstinée d'un téléphone resté décroché. Plus tard il réaliserait que déjà, en cet instant, il avait compris...

Marcel était mort. D'une balle en pleine tête. Sur son bureau, le télégramme que Hadjej lui avait envoyé, faute de pouvoir le joindre, était parfaitement explicite. Les choses les plus terribles dans la vie sont toujours d'une grande simplicité...

« Le chèque de votre correspondant américain est revenu impayé. Leurs bureaux de New York ont été fermés. La situation est très grave. Nous ne pouvons plus attendre. Signé : Hadjej. »

Posé bien en évidence sous la lampe, un mot d'une écriture timide, éclaboussé de sang, expliquait tout aussi simplement le désarroi du jeune homme :

« Pardon, je n'ai pas pu faire autrement. Je vous aime ».

Marcel était parti avec une extrême élégance. Incrédule, les yeux exorbités, Bajou fixait le corps de son cousin tassé derrière le bureau. Que lui importait en ce moment toutes les entourloupes financières du monde! Tout cela n'était qu'un mauvais rêve! Non, ce n'était pas le visage du petit Marcel qui reposait sur le dossier de la chaise, ensanglanté, avec ce méchant trou noir à la tempe. Non, ce n'étaient pas ses yeux, ces yeux figés qui le fixaient sans l'ombre d'une expression. Les yeux de Marcel, Bajou les connaissait! Ils étaient vifs, rieurs, malins, amoureux de tout, compréhensifs, chauds! Et quand bien même, Marcel n'aurait jamais accompli un pareil geste. Il aimait trop la vie, les femmes, le plaisir!

Bajou secouait les épaules de son cousin comme un possédé. Il dormait, il en était sûr! Il suffisait de le réveiller et la vie reprendrait ses droits. C'était aussi simple que cela, aussi simple que toute cette affaire, l'histoire d'un petit homme qui s'était laissé broyer par des engrenages aveugles.

– Souviens-toi, Marcel... Takrouna, Nabeul, les champs de blé, le soleil à l'infini, Charlemagne dont la barbe sentait bon les fleurs... Oui, tu avais raison! Elle sentait des choses, sa barbe, bien sûr... C'est moi, Bajou, qui ne comprenais rien... la buvette, les joueurs de l'UST, et les filles... les après-midi d'été... Amina, Marcel! Amina que tu allais voir sous ses fenêtres pour lui voler un baiser... Je ne te l'ai jamais dit, j'étais là... j'ai tout vu... Je sais... Qu'est-ce qui t'empêche d'aller la retrouver et de vivre avec elle...? Vis ta vie, Marcel... aime-la! C'est la seule chose qui compte! Convertis-toi si tu veux, quelle importance? Epouse-la, je suis d'accord, et fais-lui des milliers d'enfants! Mais vis, Marcel... d'abord vis, s'il te plaît, s'il te plaît!

Le pied de Bajou heurta l'objet métallique. Il aperçut la forme épaisse du vieux revolver sur le sol. « Un cadeau de ses amis américains », fit en écho la voix de la bonne Madame Smadja, revenue habiter un court instant les sombres bureaux. « Un cadeau... »

Alors d'un coup, le corps et l'esprit de Bajou se révoltèrent contre l'évidence de la mort et le cynisme de la vie.

Il se jeta contre le mur, secoué de sanglots désespérés. Et il hurla, il hurla longtemps. Il hurla sa peine, sa douleur, son désespoir. Et puis, l'espoir fou lui revint : Krief, oui, le bon docteur Krief à qui il avait rendu tant de services, il ferait un miracle! Il lui devait bien ça!

D'un doigt tremblant, il composa le numéro du toubib, lui hurla la nouvelle, le supplia de venir. Puis, comme un automate, sans même attendre de réponse, parce qu'il ne pouvait pas rester les bras croisés, parce qu'il ne pouvait subir sans rien faire, il prit le pauvre Marcel dans ses bras, le souleva, le porta, certain qu'en le mettant sur ses jambes il remarcherait. La tête morte de Marcel dodelinait en tous sens. Et Bajou avançait en serrant les dents le long de ce foutu couloir. Enfin il arriva à l'air libre, s'adossa au mur, épuisé.

– Attends, Marcel, attends... aide-moi... reste-là... je vais rapprocher la voiture pour t'emmener... te soigner... aie confiance, je suis là... aide-moi...

Mais le corps de son cousin glissa lentement le long du mur. Incapable de le retenir, Bajou se laissa entraîner avec lui, serré contre lui pour ne plus jamais le quitter.

Les yeux vitreux de Marcel le fixaient, martelés par la pluie. Bajou prit le cher visage entre ses mains :

– Pourquoi tu as fait ça? Pourquoi? demanda-t-il les yeux baignés de larmes.

Alors, tout lui apparut évident. Ce n'était pas Hadjej, les Américains ou leur revolver qui avaient tué Marcel, mais lui, Bajou, simplement lui, qui depuis toutes ces longues années s'en était remis à Dieu et à sa compréhension pour leur épargner les tourments de la vie. Et il n'avait rien vu venir, n'avait rien compris, rien entendu. Dieu l'avait rendu sourd, aveugle et injuste à son image. Tout son corps se cabra dans une dernière révolte pour hurler à la face de la nuit noire, noyée sous l'orage :

– Pourquoi *Tu* as fait ça?

Lorsque Krief arriva, de longues minutes plus tard, précédant de peu l'ambulance, il découvrit Bajou à la même place, qui berçait dans ses bras – comme celui d'un enfant – le corps de son cousin mort.

*
**

– Il ne s'agit pas simplement d'un chèque impayé, mon pauvre Bajou, minauda Hadjej en se penchant vers lui par-dessus son bureau, comme en réponse au cri qu'il avait adressé au Ciel. Si ce n'était que ça...

On a les moments forts qu'on peut. Et celui que vivait Hadjej comptait parmi les plus délicieux de son existence. Des jours et des jours qu'il attendait de révéler à Bajou l'ampleur du désastre, non, du naufrage qui l'emporterait. Le pauvre Marcel enterré – celui-là, comment prévoir qu'il se suiciderait? Dieu ait son âme, mais tant pis pour lui s'il avait voulu jouer dans la cour des grands – il fallait passer aux choses sérieuses, c'est-à-dire la liquidation de la minoterie Benkahen. Le piège patiemment tendu allait maintenant se refermer. Et le gros Bajou n'avait pas une chance, pas une seule chance de s'en sortir. Le moment était venu de régler les comptes... On n'a pas tous les jours le plaisir de voir tomber un homme qu'on hait... Même si l'homme en question avait bien changé. Serré dans un strict costume, le visage creusé, une bande de tissu noir au revers de sa veste, Bajou observait le banquier d'un air tendu. Il ne redoutait pas ce que Hadjej avait à lui dire. Un rapide tour d'horizon avec le comptable de la minoterie avait déjà révélé de graves anomalies au calculateur prodige. Après le tremblement de terre de la mort de Marcel, les secousses secondaires continueraient longtemps à faire bouger le sol.

Le rendez-vous « proposé » par Hadjej juste au sortir du cimetière l'avait soulagé. Maintenant, il allait vraiment savoir la vérité pour mieux se battre, en son nom comme en celui de Marcel. Jamais, au grand jamais, il ne baisserait les bras.

– Il y aussi les traites... enchaîna suavement le banquier.

– Quelles traites? demanda Bajou, franchement surpris. Je n'ai jamais signé de traites, moi!

Sans un mot, Hadjej sortit d'un dossier une épaisse série d'effets que Bajou parcourut rapidement avant de les rejeter avec mépris :

– C'est des faux! Je n'ai jamais signé une seule de ces traites!

Hadjej hochait la tête, affectant avec superbe d'être scandalisé :

– Allons, Bajou, allons! Tu ne vas pas tout mettre sur le dos d'un mort qui ne peut plus se défendre, ce serait moche! Elles portent bien ta signature et celle de Marcel! Là, là, là!

Bajou se contint à grand-peine. La vérité était bien cruelle. Marcel avait imité son paraphe.

– L'affaire avec les Américains, elle était trop grosse pour vous, je l'ai souvent dit à Marcel!

Pendant quelques secondes, on entendit uniquement le bruit de la circulation extérieure amorti par les vitres épaisses. Bajou s'obligea à rester calme, presque glacial :

– Je ne renie rien de ce que Marcel a fait...

– A la bonne heure! sourit Hadjej qui n'avait pas douté une seconde de la réaction du minotier. A la bonne heure... Seulement, poursuivit-il aussitôt guilleret, il porte un nom, votre petit manège : spéculation! Vous avez garanti un prix aux paysans avec ces traites! Si les cours montaient, vous faisiez une très belle opération, je dis pas...

Hadjej se passa la langue sur les lèvres. Il se régalait vraiment!

– ... les cours ont chuté, pas de chance! Tant que les Américains payaient ça pouvait fonctionner, l'argent rentrait... Mais pour eux aussi, les cours ont chuté, normal! Alors, plus de nouvelles de Franck et Herbert... Hop, ils disparaissent dans la nature...! Résultat : plus d'argent... Seulement les traites, Bajou, il faut les payer! Et tout de suite!...

Le minotier faisait un effort immense pour se contrôler et réfléchir à toutc vitesse. Il y avait une faille... il y avait forcément une faille... Il crut l'avoir trouvée et lança d'une voix étonnée :

– Ces traites, vous en avez déjà réglé... et vous n'aviez pas de provisions, pourtant!

Oui, c'était évident. Hadjej aussi était mouillé. Un banquier qui honore les traites d'un client sans crédit devient aussitôt son complice. Mais, à peine eut-il prononcé ces paroles qu'un sourire fielleux se peignit sur les lèvres du banquier. Bajou en eut alors la certitude : le pire était encore à venir. Il ne fut pas déçu.

Hadjej partit en arrière dans son fauteuil et plissa la bouche avec délectation :

– J'ai payé, oui, mais parce que j'avais les garanties que Marcel m'a données...

Bajou sentit ses paumes devenir humides. Il n'avait pas besoin de questionner Hadjej pour qu'il continue :

– Sa part de la minoterie, fit Hadjej. Ses actions...

Avec un grand sens du spectacle, il agita sous le nez de Bajou le paquet d'actions que Marcel lui avait remis avant de les replacer, bien à l'abri, dans le tiroir de son bureau et d'enchaîner, l'air angélique :

– Il m'avait dit que c'était un arrangement entre vous...

– Et bien sûr, vous n'avez pas cherché à vérifier...

Hadjej porta la main à son cœur :

– Bajou, c'étaient ses actions! Je n'allais pas mettre sa parole en doute : vous étiez associés, non? Si j'avais su, bien sûr, je t'aurais prévenu, parce que j'ai l'impression qu'aujourd'hui, tu découvres beaucoup de choses...

– Trop, dit Bajou, grinçant.

– Eh oui, je comprends, soupira Hadjej. Enfin – il posait la main sur le dossier – rien n'est perdu, heureusement! Comme je dois couvrir mes pertes, je suis obligé de revendre ces actions, tu le comprends, n'est-ce pas? Alors je vais faire un geste : je te les offre en priorité! Ainsi la minoterie t'appartiendra à 100%, ce que tu aurais dû faire, entre parenthèses, depuis longtemps... Alors, si tu veux, tu rachètes sa part pour le montant des traites plus mes intérêts... soit...

Hadjej lui griffonna le chiffre sur un papier. Un temps, Bajou fixa, hébété, l'interminable colonne de zéro que le banquier agitait sous son nez. Une somme gigantesque! nul doute que, pour ce prix-là, Marcel avait dû garantir le prix de toutes les récoltes des cinq prochaines années. Enfin, Bajou baissa les yeux :

– Vous savez bien que je ne peux pas...

Il était en train de comprendre que, depuis le début, Hadjej se jouait de lui. La fin de la partie était proche. Il voyait maintenant clairement où le banquier voulait en venir. Lui faire comprendre qu'il devait céder. Hadjej savait bien que Bajou n'avait pas les moyens de racheter les actions de Marcel à un tel prix, et ce en toute connaissance de cause : son compte personnel était à la Banque Hadjej! Bajou n'était pas riche. Tout ce qu'il avait, il le réinvestissait dans sa minoterie, et pour le reste, il vivait bien. Il ne s'était évidemment jamais préparé à une pareille éventualité.

Ainsi, pensa Bajou avec dépit, pendant toutes ces années, le banquier avait joué la parfaite comédie. Même quand il venait profiter de son hospitalité, les dimanches d'été, ce n'était que pour mieux tisser les mailles du filet dans lequel un jour Bajou s'empêtrerait. Il ne put s'empêcher un court instant de l'admirer : quelle patience il lui avait fallu! Tout cela parce qu'il le détestait, lui et ses manières de parvenu, parce qu'il ne supportait pas de voir une famille comme les Benkahen prendre place dans la bonne société. Tout cela parce que...

Bajou baissa les yeux une seconde. Des années durant, il n'avait pas hésité à utiliser sans vergogne le passé du fils Hadjej pour obtenir de son père l'appui nécessaire. Avec le temps, l'argument s'était usé et il n'y avait plus eu recours. Souvent, il s'était jugé trop peu scrupuleux, gêné d'avoir à utiliser de pareils moyens. Paradoxalement, aujourd'hui, dans ce bureau, il n'en éprouvait plus aucune honte. Les méthodes de Hadjej lui faisaient prendre conscience de sa naïveté. Le banquier était un grand fauve et lui une ridicule peluche.

Les raisons qui avaient poussé Marcel à son geste désespéré devenaient elles aussi parfaitement lumineuses. Bajou décida de cesser de subir le jeu du banquier. Il préférait choisir sa sortie. En un sens, pensa-t-il réconforté, c'est aussi ce que Marcel avait fait, à sa manière.

Lentement, il se leva et regarda le banquier avec beaucoup de calme.

– Vous l'aviez menacé de vendre ses actions, c'est ça?

Hadjej ne broncha pas. Il cessa même de sourire. Le ton calme de Bajou le glaçait plus sûrement qu'un éclat l'aurait fait. Il imagina fugitivement que Bajou pouvait le tuer. Mais en tout et pour tout, le minotier se pencha davantage vers lui jusqu'à lui faire sentir son haleine. Il murmura alors comme une confidence :

– Sur la tête de ma mère et de Marcel, les pauvres, j'aurai votre peau, Hadjej, je vous aurai!

Puis, aussi serein qu'après un échange de banalités, il remit son chapeau sur la tête et se dirigea vers la porte. Il allait en franchir le seuil quand une idée sembla lui traverser l'esprit. Il se retourna vers le banquier et lui dit, presque en s'excusant :

– J'ai tout compris, maintenant... Votre fils c'était un traître, mais c'était pas sa faute... Il avait de qui tenir, forcément.

Le bourdonnement jacassant des secrétaires au travail qui s'infiltrait par la porte entrouverte redonna à Hadjej le courage qui l'avait fui face au regard de Bajou. Il se redressa dans son siège, sarcastique, furieux de s'être laissé voler le dernier mot de la pièce.

– Bajou, aujourd'hui, demain... d'autres traites vont arriver... il y en a encore beaucoup... avec ta signature... Avant de « m'avoir », comme tu dis si élégamment, pense à les couvrir, parce que sinon c'est la prison...

Bajou avait quitté le bureau avant même que Hadjej ne finisse sa phrase. Que lui importait, désormais? En passant devant une secrétaire, il entendit celle-ci transférer une communication à Hadjej en annonçant : « Monsieur Costa, pour vous... » Les affaires n'ont pas de religion, se souvint Bajou, les épaules plus voûtées que jamais.

Quiconque l'aurait vu quitter la Banque Hadjej aurait imaginé avoir affaire à un homme brisé, définitivement vaincu. Il se serait lourdement trompé. Certes, Bajou avait tout perdu. Il savait que ce qui lui restait de sa minoterie était en sursis. Seul un miracle... mais pour l'heure, il ne pensait pas aux biens matériels. Il avait simplement pris conscience de toutes ses erreurs et de l'orgueil immense, coupable, qui avait été le sien. Il découvrait que, durant toutes ces années, il n'avait été qu'une potiche outrageusement gonflée par le vent malin d'une réussite trompeuse. Il avait cru changer de statut, évoluer, prendre place dans un autre monde. Il s'apercevait que tout cela n'avait été qu'illusion et tromperie.

En sortant du bureau de Hadjej, ce n'est pas la détresse que Bajou rencontrait, mais lui-même qu'il retrouvait. Lui, et sa peau de rien du tout, celle qui lui convenait parfaitement. Et pour cause, c'était la sienne. Sa vraie écorce, son seul refuge. Celle contre laquelle tous les orages du monde pouvaient se briser sans l'entamer.

Quiconque l'aurait vu quitter la Banque Hadjej n'aurait certainement pas pu imaginer que pour la première fois, depuis un soir d'hiver à Takrouna, tout chez Bajou n'était qu'harmonie, lucidité et conscience.

C'est pourquoi il prit d'un pas tranquille le chemin du cimetière, comme tous les jours depuis le début de la semaine.

***

Sa tombe était l'une des plus fleuries, l'une des plus belles aussi. Il reposait désormais non loin d'Oumi qui lui avait toujours fait si peur. Il lui faudrait maintenant la supporter pour l'éternité. En tout cas, jusqu'à ce qu'un nouveau membre de la famille vienne les rejoindre. A moins – les événements politiques allaient si vite – qu'ils n'aient été les derniers Benkahen enterrés dans le sol tunisien...

Bajou, comme à son habitude, était assis sur la bordure de la pierre tombale, fixant la souriante photo du disparu :

– Tu sais à qui Hadjej va revendre tes actions? Je te fais pas un dessin : Costa, évidemment. Oh! ça sert à rien de hurler! Il fallait y penser avant. Tu fais les conneries, et après tu pleures... Donc, avec tes actions, ils ont déjà cinquante pour cent de l'affaire. Et ensuite ils espèrent que moi, je vais leur céder les miennes pour couvrir les traites. Comme ça la minoterie elle leur tombe toute chaude dans la poche, moitié prix! Pas mal, non? Mais je vais te dire une chose...

Bajou s'était pris au jeu et discutait réellement avec le mort :

– Mes actions, même pas en rêve ils les auront... Hadjej, il bluffe! Jamais il n'osera rejeter les traites, j'en suis sûr! Tu imagines le scandale, un peu? Parce qu'il est pas blanc-bleu, lui non plus... Comment il t'a manœuvré, ouh! Si, si... tu peux pas dire le contraire... tu n'as rien vu venir!

Bajou s'interrompit pour redresser un vase qui s'était renversé au pied du tombeau. Il caressa la pierre un long moment, serein. Il n'aurait pas pu expliquer pourquoi il se sentait si bien au cimetière. Puis il fixa la photo de Marcel en ajoutant :

– Mais toi, y'a ch'beb, pourquoi tu m'as rien dit?... Tu as voulu t'en sortir tout seul, c'est ça? Je te faisais tellement peur?... C'est qu'on ne se parlait pas assez...

Oui, pensa Bajou, il n'avait pas dû parler assez avec Marcel... D'ailleurs, que savait-il vraiment de lui? Il était si secret, en dépit des apparences. Replié dans sa villa des faubourgs de Tunis, qu'aucun meuble n'encombrait, Marcel était à tout le monde, et il n'était à personne. Il avait longtemps été le garçon à marier, puis les mères avaient renoncé. Quelque chose en lui ne se pliait pas au schéma habituel de la famille juive tunisienne. On croit connaître les gens, même les plus proches de nous, et en réalité ils ne présentent qu'une minuscule partie d'eux-mêmes. Le reste nous échappe. Dans le cas de Marcel, à jamais...

– C'est de ma faute, alors? marmonna Bajou. Tu étais si seul? Mais ma famille, c'était la tienne, non?... Je n'ai rien compris... Comment j'aurais pu savoir que tu étais capable de nous quitter comme ça? Qu'est-ce qui en vaut la peine, Marcel?... Allez, dors tranquille, maintenant... Je te promets, les coups, je vais les rendre... moitié pour toi, moitié pour moi... fifty-fifty comme d'habitude...

Il se recueillit encore quelques instants dans la douceur des premières heures de l'après-midi d'octobre. Une brise légère parfumait l'air de la senteur des eucalyptus environnants. Bajou se relevait pour partir quand une voix, derrière lui, le fit sursauter.

– Bonjour Bajou.

Il se retourna lentement. Mit quelques secondes à reconnaître la jeune femme qui se tenait à deux pas, l'air gêné. Puis réalisa avec surprise qu'il s'agissait d'Amina. Dans son tailleur strict, une serviette à la main, elle n'avait plus rien de la passionaria échevelée qui narguait les soldats français lors des manifestations pour l'indépendance. Tout cela paraissait si loin à l'esprit de Bajou. Et plus loin encore la jeune fille rebelle de la boulangerie. Combien de temps s'était donc écoulé, depuis son arrivée à Tunis? Un siècle? En la voyant, Bajou comprenait pourquoi Marcel l'avait aimée à en perdre le goût des autres femmes. Elle réunissait en elle le meilleur de l'Orient, avec sa lourde chevelure brune, son visage fin, légèrement hâlé, et ce regard dans lequel brûlait une braise inconsumable... Un corps harmonieux qui avait échappé à l'emprise du temps, et surtout, surtout, ce parfum indéfinissable qui montait par vagues vers Bajou. Même à six pieds sous terre, Marcel devait en avoir les narines qui frémissaient encore, le bougre!

Elle avait l'air extrêmement embarrassé et bien du mal – elle d'habitude si franche – à supporter le regard las de Bajou. En un éclair, il se rappela tous les articles de journaux qui avaient été consacrés, quatre ans à peine après l'indépendance, à la première femme tunisienne magistrat, et il devina confusément la raison de sa présence en ces lieux. Il se leva en époussetant son pantalon.

– Bonjour, Madame le juge d'instruction, dit-il doucement à son adresse.

Elle accusa légèrement le coup puis parut soulagée.

Elle le regardait maintenant avec une grande douceur et parla d'une voix qu'elle essaya de rendre neutre.

– Monsieur Hadjej a porté plainte contre toi. Il a rejeté toutes les traites qui se sont présentées... Le parquet de Tunis a ouvert une enquête. Je suis chargée du dossier... Je n'ai pas pu le refuser, tu comprends?

Bajou grattait le gravier de l'allée du bout de son soulier. S'il ressentait beaucoup plus de calme qu'il ne l'aurait cru possible, la nouvelle donnée par Amina avait déclenché un maelström sous son crâne. « La leçon continue », pensa-t-il. Ainsi, contrairement à ce qu'il avait cru, Hadjej préférait le scandale au compromis. Pour le punir il était prêt à tout, même à supporter des éclaboussures. Bajou percevait, de façon palpable, l'énorme haine que le banquier devait entretenir à son égard. Récupérer son argent n'était pas sa seule motivation. Il voulait se venger de la façon la plus violente possible. Se venger en le soumettant, en le démettant. Pour la deuxième fois de la journée, Bajou eut vraiment le sentiment d'être un ours en peluche face à un vrai carnassier.

– Il a eu la peau... il veut la carcasse aussi, marmonna-t-il comme pour lui-même.

Puis il fixa Amina avec un sourire incertain :

– Tu m'arrêtes?

Elle baissa la tête. Elle aurait préféré se trouver à des milliers de kilomètres de là, mais elle faisait finalement preuve d'un beau courage. Elle expliqua clairement :

– Je suis obligée de t'inculper, Bajou. Je ferai tout ce qui est en mon pouvoir pour t'adoucir les choses, mais ça ne va pas être facile, tu le sais.

Bajou haussa les épaules. Il lui semblait que les paroles d'Amina ne le concernaient pas directement. On verrait bien comment tourneraient les événements. Il imaginait déjà les commentaires aux terrasses à l'heure de l'apéritif : « Ces Benkahen, pas étonnant que ça se finisse comme ça... Ils auraient tué père et mère pour réussir... leur accord avec les Américains, c'était prévisible, mais ils ont toujours voulu péter plus haut que leur c... Dans un sens, ça veut bien dire qu'il y a une justice... » Lui-même n'avait-il jamais accablé un homme à terre? Si Marcel avait toujours gardé de la distance, c'est peut-être pour cela qu'il était aujourd'hui au tombeau...

– J'ai une faveur à te demander, Amina...

Il s'était approché d'elle pour lui parler et fut frappé de la douceur qu'il lisait dans ses yeux :

– Je voudrais l'annoncer moi-même à Habiba, ma femme.

Elle soupira d'aise. Elle désirait tellement l'aider.

– De toute manière, l'ordonnance ne sera délivrée que ce soir.

– Je t'attendrai à la maison... tu as confiance?

Elle lui sourit :

– Tu me poses vraiment la question?

Elle désigna le grand portail de fer du cimetière :

– Je te raccompagne?

– Non, je préfère marcher un peu... c'est mieux...

Bajou se dit qu'il avait de la chance d'être tombé sur elle comme juge.

Amina semblait hésiter :

– Alors, je te laisse... je... j'aimerais bien me recueillir un peu sur la tombe de Marcel.

Bajou commençait à s'éloigner dans l'allée quand il se retourna pour lui dire :

– Il t'aimait bien, tu sais. Tu es même la seule femme qu'il a jamais aimée, réellement aimée... la seule...

Il vit qu'elle avait les yeux qui brillaient.

33

Tout un après-midi à lui... Ça ne lui était pas arrivé depuis si longtemps qu'il en avait presque le vertige... Mais devait-il vraiment en remercier Amina? Au fond, il aurait préféré que l'on en finisse tout de suite et qu'on l'emprisonne séance tenante. Ces quelques heures de répit, comment les utiliser? Aller à la minoterie? Hors de question. Revoir les bâtiments, subir le regard lourd des ouvriers, de Malika, de tous ceux qui devaient avoir le sentiment qu'il les abandonnait lâchement, qu'il leur avait tout dissimulé, alors que jusqu'au bout, il avait tout ignoré? Non, il n'avait pas le courage de s'y rendre. Il avait laissé là-bas trop de lui-même, trop de souvenirs pour supporter d'y remettre les pieds, vaincu, humilié par Hadjej, Costa et Chatel. Il préférait ne même pas penser aux agriculteurs à qui Marcel avait distribué des traites qui ne seraient jamais honorées. Ces hommes de la terre avaient fait confiance à Bajou Benkahen, ils en étaient aujourd'hui cruellement récompensés.... Chaque fois qu'il pensait à Carminati, Bajou ressentait comme une véritable brûlure au fer rouge.

Comment pourrait-il jamais regarder à nouveau le vieil homme en face?...

Son désir premier, instinctif, avait été de retourner à la maison. Ses pas l'avaient naturellement conduit de la rue Lafayette à l'avenue Habib-Bourguiba... Mais une force incontrôlable l'obligeait, sans qu'il en eût conscience, à arpenter la longue avenue dans tous les sens, lui interdisant de bifurquer vers la rue Saint-Jean... Dans son esprit, tout était tellement flou... Comment affronter Habiba qui s'effondrerait certainement en sanglots? Comment trouver le courage de lui annoncer toute la vérité? La prison, la ruine, les épreuves à venir... Il lui sembla que son regard se brouillait... Les formes autour de lui devenaient indistinctes, recouvertes de buée. Mais, même ses larmes, Bajou ne les ressentait pas. D'un seul coup il se sentit en trop, inutile. Et les enfants qui comprenaient bien des choses sans rien laisser paraître... Eux aussi, comment leur parler? Comment leur expliquer? Agité de mille sentiments, il marchait au hasard, traversant l'avenue sans prendre garde aux voitures qui le frôlaient dangereusement. Chaque regard le brûlait. Il voulait y lire de la moquerie, de l'hostilité ou, pire, de la pitié. Il avait beau changer de trottoir, varier les directions, rien n'y faisait : c'est la ville tout entière qui semblait liguée contre lui.

David eut de la peine à reconnaître son père dans cet homme accablé qui venait de se laisser tomber sur un banc... L'enfant se dissimula derrière un arbre pour observer sans être vu. Oui, évidemment, c'était bien lui... mais que faisait-il en ville à cette heure-ci? Et tout seul? Si seul? Bajou jeta un regard autour de lui, et David vit qu'il avait les yeux embués de larmes. Il devait pleurer à cause de tonton Marcel...

Tonton Marcel était mort et on l'avait enterré. Il avait eu un accident à la minoterie : il avait touché un fil et s'était électrocuté. Ça voulait dire qu'il ne reviendrait plus jamais. Papa et maman avaient beaucoup pleuré. La famille était venue de loin pour l'enterrement. Même Joseph, le vieux mari de Tata Marie, s'était déplacé de

Nice. Mais il y avait eu autre chose... Un soir, après le dîner, papa et maman avaient longtemps discuté. Tout doucement, David s'était levé et était allé les espionner, comme il savait si bien le faire... Maman avait demandé : « Qu'est-ce qu'on va devenir? » Papa lui avait expliqué que ce n'était pas si grave, que ça allait s'arranger. David n'avait pas compris tout ce qu'il disait mais il avait parfaitement saisi que des méchants voulaient faire du mal aux Benkahen. Maman avait essayé de donner le change et de ne rien montrer, mais on la sentait nerveuse, irritée. Les claques avaient vite fait de partir, et il y avait encore eu des larmes et des cris.

David vit son père quitter le banc pour traverser la rue. Le feu passa au vert. A cet endroit, juste en face du Palmarium, la circulation était intense. Oscillant comme un homme ivre, en équilibre sur le bord du trottoir, Bajou, le regard fixe, semblait captivé par le déferlement des automobiles rugissantes.

Soudain il avança le pied et s'élança, tel un automate, au beau milieu de la circulation! Ce fut immédiatement un concert de klaxons, chacun essayant désespérément d'éviter le fou qui venait de se précipiter sur la chaussée. Bajou voulait-il mettre fin à ses jours? Il n'aurait su le dire. Il voulait juste voir. Il ne désirait simplement pas arriver de l'autre côté... mais la main qui vint à cet instant se loger dans la sienne, une main menue et chaude qui le tira énergiquement en arrière, l'arracha probablement à son suicide inconscient. Il se tourna, surpris, émergeant enfin de sa torpeur pour découvrir les grands yeux noirs de David qui lui criait, inquiet :

– Fais attention, papa... Tu vas te faire écraser!

Devant le regard interrogateur de son fils, Bajou ne savait pas quoi dire. Il ne put que balbutier :

– Je... je... je rêvais... j'ai pas vu les... voitures...

Sa main pétrissait celle de son enfant, comme pour y trouver la preuve de son existence. Peu à peu il se reprenait, revenait dans le monde des vivants, dont il avait été si près de s'échapper.

– Mais qu'est-ce que tu fais ici, toi? demanda-t-il bêtement, retrouvant ses automatismes paternels.

– Je vais au cinéma, dit David joyeux. Voir Fernandel! Du doigt, il désignait le Palmarium juste en face. On y donnait *la Vache et le Prisonnier*.

– Et... ta mère sait où tu es? demanda Bajou pour dire quelque chose.

– Non, admit David avec une grande franchise. Elle croit que je suis au solfège chez Mademoiselle Zarziz.

Bajou hocha la tête :

– Et avec l'argent du solfège, toi tu te paies le cinéma... C'est du propre! C'est pas comme ça que tu vas apprendre les notes.

– Mais je préfère le cinéma, protesta David. Et puis mademoiselle Zarziz elle a plus d'âge, papa!

– Là, évidemment, concéda Bajou sans très bien comprendre... Mais quand même, c'est pas bien de mentir à ta mère. Il faudra que tu lui dises.

– Et toi, éluda l'enfant, tu n'as pas bureau, aujourd'hui?

Son père haussa les épaules :

– Non, pas aujourd'hui... J'avais pas envie...

David le regardait le plus sérieusement du monde, comme un petit adulte. Bajou se demanda comment il vivait tous ces événements. Ils n'avaient pas parlé depuis si longtemps, tous les deux...

– Papa, fit alors David.

– Quoi?

– Rien... tu pensais à tonton Marcel, hein? Il te manque? A moi aussi...

Bajou sentit les larmes lui monter aux yeux et se pencha pour serrer l'enfant dans ses bras :

– Là où il est, il est bien... ne t'en fais pas.

Il se sentait de nouveau très fort et en pleine possession de lui-même, simplement par la grâce du contact avec son fils. Il retrouvait la même force qu'il avait éprouvée à sa naissance, quand il aurait troqué toute sa minoterie seulement pour tenir le petit corps informe et braillard dans ses bras.

L'enfant levait vers lui un visage ardent :

– Tu viens avec moi, papa?

– Où ça?

– Au cinéma!

Il commençait déjà à l'entraîner mais Bajou freina des quatre fers :

– Attends, David, attends! Tu sais bien que je ne peux pas... le deuil...

David se fit suppliant :

– S'il te plaît, papa! Rien que nous deux! C'est Fernandel, tu vas voir, on va rigoler! Viens!

Quelques minutes auparavant, rien n'était plus éloigné de l'esprit de Bajou que l'idée d'aller s'enfermer dans une salle obscure. Mais, sous la pression de son fils, il n'était maintenant pas mécontent de se laisser gagner par une douce incertitude.

Pas à pas, David le tirait. Il sentit sa résistance mollir, comprit qu'il ne demandait que cela à condition que lui soit fourni un argument massue. David eut l'illumination :

– Tonton Marcel m'avait dit qu'on irait ensemble. Il m'avait promis!

« Bravo, Marcel », soupira Bajou en lui-même, son indestructible mauvaise foi retrouvée, en se dirigeant vers le Palmarium précédé de David triomphant. « Jusqu'au bout tu m'auras pourri la vie... »

*
**

A la fin de la seconde séance Bajou décida qu'aussi captivant que soit le film d'Henri Verneuil, il en avait probablement épuisé toutes les subtilités. Il se tourna vers David mais réalisa aussitôt que l'enfant, bouche bée, ne faisait qu'aborder toutes les richesses de l'œuvre. Bajou se laissa donc aller à une agréable et réparatrice sieste, bercé par les trépignements de David et les hurlements de rire de la salle bon enfant.

En revenant lentement vers la maison, dans l'indolence d'un crépuscule tel que seule Tunis sait les faire ressentir, Bajou pensait qu'en définitive il n'avait pas passé une aussi bonne journée depuis bien longtemps. De même il y avait longtemps qu'il n'avait été si proche de son fils aîné. David serrait très fort la main de son père. Avec la fraîcheur de son âge, il allait magnifier jusqu'aux moindres instants de cet après-midi au cours duquel Bajou avait été à lui, totalement à lui.

Ce n'est qu'en voyant la mine inquiète de Habiba que Bajou reprit contact avec la réalité.

David et lui avaient bien eu du mal à avaler les dernières marches des trois étages, tellement ils riaient au souvenir des trois visions successives du film. Ils en connaissaient maintenant les répliques par cœur et se les échangeaient, émaillées de fous rires.

Devant la porte de l'appartement, entre deux bouffées de larmes, ils avaient convenu qu'ils remplaceraient l'épisode cinématographique par une promenade dans les jardins du Belvédère.

Lorsque Bajou réussit enfin à ouvrir la porte, malgré ses hoquets bruyants et saccadés, la vision de sa mère pâle comme la mort qui se précipitait vers lui terrorisa David et lui fit aussitôt oublier toutes ses promesses.

– Mais où étiez-vous? s'insurgea-t-elle.

– Maman, on a vu Fernandel! dit David, vendant aussitôt la mèche.

La gifle partit instantanément.

– Dans ta chambre!

L'enfant s'exécuta sans un mot. Il connaissait la fureur maternelle. Une fois réveillée, elle était longue à s'éteindre... A sa suite, Bajou pénétra dans l'appartement.

– Bajou, tu as été au cinéma?...

Elle le regardait, consternée.

– Et le deuil de Marcel?

– Ça ne l'aurait pas fait revenir, se défendit-il en enlevant sa veste.

Il se sentait minable et petit sous ce regard glacial.

– Mais j'aurais dû te prévenir, tu as raison, concéda-t-il. Ça m'a fait du bien de voir un film rigolo, qu'est-ce que tu veux!

Le pire était qu'il ne pouvait s'empêcher de s'esclaffer.

Il chercha une ombre de compréhension dans le regard de Habiba qui ne lui accorda rien :

– Parfois, je me demande si tu es normal...

Elle baissa la voix en désignant la porte vitrée du salon :

– Amina est là. Elle dit que vous aviez rendez-vous...

Bajou aperçut la jeune femme, assise dans un fauteuil, qui terminait la légère collation offerte par Habiba.

– Amina! Mon Dieu!... J'avais complètement oublié!

Son fou rire mourut dans un sanglot. Il sentit de nouveau l'étreinte glaciale d'un étau se refermer sur son cœur et ses nerfs usés par les événements récents. Il avait occulté la réalité, mais elle s'imposait de nouveau à lui, implacable, irrépressible... Il se laissa tomber sur une chaise, dans l'entrée, incapable de tenir sur ses jambes.

– Habiba, Habiba...

Il avait sur le visage un rictus qui le défigurait. Chaque pore de sa peau suintait la peur et l'angoisse. Un léger tremblement qu'il fut incapable de réprimer saisit son corps tout entier. Un tel gouffre s'ouvrait devant lui. Qu'allaient-ils devenir? Que leur réservait l'avenir? Quel espoir désormais s'offrait à eux? Comment annoncer le saccage de leur vie? Ses mains tâtonnaient devant lui, pareilles à celles d'un aveugle. Elles touchèrent le corps de Habiba. Ses mains saisirent les siennes pour les rassurer, les calmer, les maîtriser. La jeune femme ressentit si fort l'immensité de son désarroi qu'elle ne résista pas quand il l'attira à lui. Il avait besoin de son corps de femme, de sa chaleur à elle, la mère de ses enfants. Elle s'agenouilla devant lui et lui prit la tête entre les mains.

– Bajou, qu'est-ce qu'il y a?

Elle se tenait grave et fière devant lui. Confiante et rassurante. Forte, tellement forte. Alors, il laissa son visage aller contre son épaule et, sa bouche collée à son oreille, il lui raconta tout. A petits mots d'abord, comme un enfant confie une grosse bêtise à sa mère. Il lui avoua la prison, le déshonneur qui les attendait, la ruine, les efforts qu'il allait falloir consentir, l'incertitude de la bataille qui s'engageait. Il lui parla de la honte, du sentiment de désertion qui l'habitaient à l'idée de les laisser seuls, des maigres économies qu'il lui laissait et qui lui permettraient de tenir, avec beaucoup de sacrifices, quelque temps à peine. Et puis il confessa sa dernière angoisse.

– J'ai tellement peur de te perdre, Habiba chérie...

Elle tenait toujours son visage entre ses mains. Ils avaient tous les deux les yeux brillants de larmes.

Avec une infinie tendresse, une tendresse dont elle-même ne se savait pas capable à son égard, elle serra soudain contre elle ce gros homme qui lui avait infligé tant de malheurs dans le passé. A l'heure de sa détresse, elle ne pouvait plus voir en lui que le compagnon des années révolues, un être qui ignorait toute délicatesse mais qui disait son amour autrement, dans son langage à lui, qu'elle avait appris à connaître :

– Ne t'en fais pas... Ça va aller pour nous... Je suis avec toi...

Ils restèrent l'un contre l'autre, serrés, longtemps. Puis Bajou lui demanda comme une dernière faveur :

– Tu veux bien préparer mes affaires?...

*
**

UNE FAILLITE RETENTISSANTE

La faillite soudaine de M. Bajou Benkahen, Président du syndicat des semouliers, a surpris tous les milieux d'affaires à Tunis. M. Benkahen, propriétaire d'un important établissement à El-Aouina, a dû en effet déposer son bilan à la fin de la semaine dernière.

Depuis quelque temps, comme nous nous en étions ici faits l'écho, des rumeurs alarmantes circulaient sur l'état réel des finances de M. Benkahen. Avec son cousin, M. Marcel Benkahen, les deux hommes s'étaient lancés il y a quelques années, on s'en souvient, dans le négoce international avec des associés américains. La spéculation s'en étant mêlée, cet accord, on le sait maintenant, a brutalement capoté, entraînant, selon des sources bien informées, le suicide de M. Marcel Benkahen.

A ces événements déjà assez tragiques sont venus s'ajouter des malversations financières, et en particulier une impressionnante série de traites impayées dont plusieurs fermiers réclament aujourd'hui le remboursement immédiat. Dans cette atmosphère de scandale, M. Costa, qui a été désigné pour succéder à M. Benkahen à la tête du syndicat des semouliers, a bien voulu nous indiquer que la profession se montrerait extrêmement sévère à l'égard de celui qu'il présente comme « un mouton noir qui nous déshonore tous »...

M. Benkahen a été incarcéré hier, à la maison d'arrêt, aux fins d'instruction. Cette affaire lamentable devrait nous ouvrir les yeux sur les tristes habitudes d'un secteur que l'Etat tunisien devrait avoir à cœur de contrôler au plus vite. Il y va de notre moralité, « cette moralité qui, comme l'a indiqué à plusieurs reprises le président Bourguiba, est loin d'être l'apanage du monde capitaliste »...

Notre photo : MM. Marcel et Bajou Benkahen au temps de leur splendeur : nulle voiture n'était alors assez belle !...

*
**

Elle avait de bien jolies cuisses, Tata Marie. Avec un peu d'attention, on pouvait même distinguer jusqu'à sa culotte, là-bas, tout en haut, dans l'ombre de la robe... Evidemment, c'était péché de regarder sous les jupes des femmes, surtout à leur insu, mais il y a des âges où l'on ne résiste pas à ce genre de tentation... C'était exactement le cas de David et de son frère Jacques. Blottis sous le divan du salon, ils avaient un point de vue incomparable sur l'intimité de Marie assise au-dessus d'eux. Elle faisait face à Habiba qui, du pied, actionnait une machine à coudre sur laquelle elle terminait un ourlet.

Jacques donna un coup de coude à David, lui indiquant un nouvel angle d'observation, mais celui-ci posa l'index sur ses lèvres pour lui intimer le silence. Les visites de Tata Marie – qui faisait, depuis le départ de papa vers les Amériques, de fréquents aller-retour entre Nice et Tunis pour égayer maman – étaient l'occasion d'en savoir un peu plus sur les événements mystérieux qui secouaient la famille. Que son père soit en voyage d'affaires, David en avait douté dès le début. Il n'en avait parlé ni à ses frères, ni à ses sœurs. Il était l'aîné, et savait garder un secret. Maman prétendait qu'il était allé aux Etats-Unis et qu'il reviendrait bientôt. Mais même les petits commençaient à se poser des questions. Quelqu'un dans la cour de l'école avait dit à Jacques que son père était parti au bagne en Guyane parce qu'il avait volé des sous. Il s'était battu et il était revenu en pleurant.

David avait découvert que son père n'était pas si loin et qu'il était même juste à côté, à la prison de Tunis. Il passait souvent devant le bâtiment délabré, se demandant dans quelle cellule il se trouvait. Toutes les fenêtres avaient des barreaux. On ne les distinguait pas les unes des autres. Ensuite il rentrait le cœur lourd à la maison. Il l'avait su parce qu'un jour, au lieu d'aller au lycée, il avait simplement suivi sa mère. Oh pas très loin, jusqu'à l'arrêt du trolleybus. Celui-là même qui allait tout droit de l'avenue de France jusqu'à la grande prison. Un autre jour, il avait lui aussi pris le petit train. Au terminus, dissimulé derrières les arbres de l'avenue, il avait épié les voyageurs de toutes les rames. Sa mère était arrivée en début d'après-midi, et elle avait disparu derrière la lourde porte en fer de la maison d'arrêt. Le lycée avait prévenu Habiba des absences répétées de David ces derniers temps. L'enfant s'en était sorti en avouant avoir fait l'école buissonnière pour quelques séances de cinéma. Il avait raconté des films que son ami Illouz avait vus le dimanche en famille. Habiba avait beaucoup crié après lui. Comment David, l'aîné, celui qui devait montrer l'exemple en l'absence du père, pouvait-il dépenser de l'argent si bêtement, alors que sa mère l'avait imploré de faire attention? David avait demandé pardon et s'était enfui sur la terrasse de l'immeuble pleurer tout son soûl pour se dégager de son terrible secret, au milieu des draps qui volaient au vent dans les senteurs de lessive fraîche. Maman aussi avait le cœur lourd. Elle n'arrêtait pas de coudre. Elle était même obligée de porter des lunettes, tellement elle cousait. Dans la maison, c'était un défilé de femmes qui venaient essayer leurs affaires. Lorsqu'elles étaient jolies, ce qui n'était pas très souvent le cas, David et Jacques savaient s'embusquer derrière les portes pour profiter gratuitement d'un petit cours d'anatomie féminine... Ils étaient d'autant plus libres de le faire qu'Aïssa, la bonne, ne travaillait plus chez eux... Parfois, David se réveillait la nuit. Il entendait dans le salon le claquement à répétitions de la machine à coudre. Maman ne semblait jamais dormir. Elle faisait la chasse aux ampoules allumées. Un mot dominait toute sa conversation : « économies ».

De temps en temps, elle revenait avec une lettre d'Amérique. Elle disait qu'elle était arrivée au courrier et n'en montrait jamais le timbre. David savait pertinemment que c'était un mensonge, mais devant les autres il se taisait. Papa y racontait son séjour. Il parlait des grandes voitures, de la nourriture qui était mauvaise, et aussi des gangsters. Les petits s'exclamaient, battaient des mains... Maman les forçait à lui écrire régulièrement. Tout le monde s'y mettait. Ça faisait de très longues lettres.

Parfois, David en avait assez de tous ces mensonges. Maman le regardait. Elle se doutait qu'il savait. Avec les yeux, elle le suppliait de se taire. Alors, comme il étouffait, il descendait vite rejoindre le petit Illouz et, avec lui, filait au cinéma. Ils n'avaient pas leur pareil pour resquiller en se faufilant par l'entrée de secours. Ils allaient voir n'importe quoi, en vrac, goulûment, et dans le cas de David pour oublier. Surtout oublier...

Marie se leva brusquement, interrompant momentanément la séance de voyeurisme gourmand des deux enfants. Mais c'était pour leur offrir beaucoup mieux... Rompus aux séances d'essayage, ils savaient qu'à un moment les femmes étaient bien obligées d'ôter leurs vêtements. Ce que fit Marie en laissant glisser sa robe à ses pieds. Les deux garnements ravis ne la voyaient à vrai dire que jusqu'à la taille, mais c'était déjà largement suffisant pour les satisfaire. Car Tata Marie, toujours coquine, ne lésinait pas sur les dessous! En guêpière de dentelle, les bas bien tendus sur ses jambes par des jarretelles du plus bel effet, elle offrit en se retournant le spectacle de sa croupe enserrée dans une culotte de soie bleu pâle tendue à craquer. Sous leur divan, David et Jacques en restèrent bouche bée, les yeux écarquillés. Puis elle enfila sa nouvelle robe, et le charmant spectacle disparut provisoirement.

Habiba jaugeait d'un œil professionnel le fruit de son travail. C'était assez réussi.

– Elle te va très bien, dit-elle à Marie qui prenait avec complaisance des poses devant le miroir... Tu vas faire des ravages en France!

Marie fit la moue :

– Tu penses, je suis trop vieille...

– Plains-toi, sourit Habiba. Tu peux encore avoir tous les hommes...

– Mais je les ai eus, rectifia Marie. Tu me connais, moi, j'en ai profité!

Elle s'interrompit, voyant la tristesse et la pâleur de Habiba. Celle-ci ne pouvait se faire à l'idée de la voir quitter la Tunisie pour toujours. De plus en plus nombreux étaient les départs sans retour. Dans tout Tunis, les appartements se vidaient. On voyait en permanence stationner dans les rues des camions de déménagement.

– Oh, Habiba, comme tu vas me manquer, dit-elle soudain.

Un élan d'affection les poussa l'une vers l'autre.

Habiba fut la première à se dégager. Elle n'avait pas le droit de s'attendrir. Pas avec Bajou en prison. Pas quand il fallait jouer en permanence la comédie aux enfants... La moindre faiblesse et elle risquait de s'effondrer complètement. Tout ne tenait en permanence qu'à un fil. Le dossier de Bajou se traînait, et les choses n'étaient pas facilitées par son attitude intransigeante, laquelle mettait en rage les rares personnes qui désiraient encore l'aider.

Elle prit la main de Marie dans les siennes :

– Moi aussi, tu vas me manquer, ma chérie... Tu m'as tellement aidée... Mais c'est mieux pour toi de partir... Et puis on tardera pas à vous rejoindre, qui sait?...

Marie se dégagea et défit la robe :

– Je peux la prendre aujourd'hui?

– Elle est prête.

Elle se rhabilla rapidement. Il y avait brusquement une violence dans ses gestes que Habiba mit sur le compte de l'émotion.

– Habiba, il faut que je te parle.

Marie s'était tournée vers elle, le visage blême.

Sous le divan, David boucha aussitôt les oreilles de Jacques : pas question que son frère entende les secrets des grands, surtout si ça concernait son père...

Inquiète, Habiba prit Marie par les épaules :

– Qu'est-ce que tu as?

Quelque chose au plus profond d'elle-même semblait la tourmenter. Elle regardait Habiba, une grimace agressive aux lèvres :

– Tu es si parfaite...

– Mais qu'est-ce que tu dis? réagit Habiba, surprise.

Marie se dégagea un peu trop violemment :

– Tu ne sais pas qui je suis!

– Tu es Marie, ma meilleure amie, et ça me suffit.

Alors elle se décida à parler, à se libérer enfin du secret qui la torturait depuis si longtemps :

– Mais non! Je t'ai trahie!...

– C'est très grave... ne put s'empêcher de sourire Habiba, tant la légère Marie avait pris un air dramatique, comme dans les revues à trois sous qu'elle dévorait chez sa coiffeuse.

Mais Marie avait trop lutté pour se taire. Elle martela ses mots comme pour leur donner encore plus de poids et éviter que Habiba ne les prenne à la plaisanterie.

– Oui, je t'ai trahie comme les autres... Tu te souviens de cette lettre pour Edmond que tu m'avais confiée pendant tes fiançailles?

Instantanément, Habiba revit le bain rituel, son désarroi, et le premier geste de confiance vis-à-vis de Marie à qui elle avait remis ce jour-là toute son existence. Elle espérait alors que, apprenant le mariage projeté, Edmond ferait tout au monde pour l'empêcher. Quelques jours plus tard, elle prononçait le « oui » fatidique à la synagogue. Son destin était lié à celui de Bajou...

– Ta lettre, poursuivit Marie, je l'ai bien envoyée... mais seulement le jour de ton mariage...

Habiba, incrédule, fixait Marie.

– J'étais jalouse de tout, tu comprends! De toi... du bonheur que tu aurais pu avoir avec Edmond! Et je haïssais Bajou!... Je souhaitais que votre mariage soit un échec, qu'il souffre, qu'il souffre, comme moi il m'a fait souffrir en me forçant à épouser un vieux! Et puis tout lui réussissait tellement, tu comprends?

Marie, volubile, vidait sa conscience en vrac, soulagée de parler après tant d'années de mensonges. Des sanglots étaient apparus dans sa voix. D'un geste, Habiba l'apaisa :

– Merci de me l'avoir dit. Mais tu ne m'apprends rien...

– Ah...?

– Quand Edmond est revenu, on en a parlé : il avait gardé la lettre et son enveloppe, tu comprends...? A quoi bon remuer tout ce passé? Tu as fait une bêtise, tu étais jeune, inconsciente, et alors? Je ne crois pas que ça aurait changé quoi que ce soit. Le mariage aurait eu lieu de toute façon. Edmond n'aurait rien pu empêcher, tu le sais bien, il devait faire la guerre. Crois-moi, oublie tout ça... ce n'est plus important. Plus important du tout... Moi je veux que Bajou revienne, le reste, en ce moment...

Marie resta longtemps dans ses bras à se vider de pleurs trop longtemps contenus. Le lendemain elle prit le bateau pour la France et ne quitta plus jamais Nice, où Joseph vint la retrouver définitivement.

*
**

Faire sortir Bajou, c'était devenu le calvaire de Max. Le frère aîné de Habiba avait abandonné pour une semaine son affaire florissante de pizzas à Paris – ses autres frères s'en occupaient avec lui – pour soutenir sa sœur dans le combat qu'elle menait. Un combat qui commençait à le lasser, tant l'issue lui en paraissait incertaine et lointaine. Il avait déjà remué ciel et terre, mais sans parvenir à faire beaucoup bouger les choses. On aurait dit que Bajou mettait un malin plaisir à décourager les bonnes volontés.

Max attendait Habiba à la terrasse d'un agréable restaurant qui surplombait la baie de Sidi-Bou-Saïd. Ce retour forcé au pays l'ennuyait. Heureusement qu'il y avait le soleil et le poisson frais, tant il se sentait peu d'atomes crochus avec le pays étranger qu'était devenu sa terre natale. Lorsque sa sœur apparut, il fut frappé de son changement physique : elle si belle, elle avait maigri. Et son pauvre maquillage dissimulait bien mal sa lassitude. Lorsqu'elle s'assit à ses côtés, il vit briller quelques discrets filaments blancs dans sa chevelure ramassée en un strict chignon. Elle lui souriait avec tendresse. Il savait qu'elle avait lu son inquiétude dans son regard et qu'elle tenait à la rassurer.

– Je vais bien, dit-elle.

– Tu n'as pas l'air en forme, pourtant...

L'élégance n'avait jamais étouffé Max. Elle accusa le coup :

– Je suis fatiguée. J'en ai assez de cette histoire, si tu savais. Je ne sais plus où j'ai la tête...

Un serveur vint vers eux et déposa assiettes et couverts sur la table.

– J'ai commandé de la langouste, dit Max, comme au bon vieux temps... Ça te va?

Elle acquiesça sans un mot. Peu lui importait. Elle n'avait pas faim et se sentait déplacée à la terrasse de ce restaurant chic, où elle était pourtant comme chez elle quelques mois plus tôt. Elle devinait des regards curieux la traquer, pour la fuir dès qu'elle les affrontait. « Mais oui, c'est bien elle... la femme de ce type, vous savez, qui a fait faillite... » Elle en souffrait davantage à cause de Max. Elle savait qu'il n'aimait pas Bajou qui, au temps de sa splendeur, le lui avait bien rendu. S'il était là, c'était pour l'aider elle. Et elle n'était pas certaine qu'il ne voyait pas d'un bon œil la situation actuelle de son mari. Son frère n'avait jamais vraiment admis avoir bâti sa petite fortune parisienne grâce à la dot dont Bajou l'avait si généreusement gratifié. Souvent, Habiba regrettait même que Max ait « sacrifié » une semaine de son temps pour venir l'aider, et elle avait hâte qu'il reparte, quels que soient les résultats de son intervention.

Elle surprit le regard condescendant d'une élégante à la table voisine, posé sur elle comme une revanche. Elle haussa les épaules. Il était certain que parée d'une robe quelconque et dépourvue de tous ses bijoux, l'éclat de Habiba ne pouvait lui porter ombrage.

Elle avait été contrainte de vendre une bonne partie des bagues, bracelets et colliers de grand prix offerts par Bajou. Messica le bijoutier avait été horrifié de la voir liquider ses cadeaux les plus précieux. Mais il avait fini par accepter de racheter l'ensemble, bien entendu au prix le plus vil. Elle se dit qu'elle devait avoir l'air d'une pauvresse, et cette pensée la fit finalement sourire.

– Habiba, dit Max, mon avocat en a marre de Bajou! Il m'a appelé hier, il ne sait plus quoi faire. Si ce n'était pas pour moi, il aurait déjà laissé tomber. Il a un système de défense aberrant, ce maboul, comme s'il prétendait tenir tête à une banque! Tu imagines bien qu'ils ont des moyens dont il ne disposera jamais... C'est le pot de terre contre le pot de fer! En plus, son affaire arrive mal. Les nouvelles autorités ne seraient pas fâchées qu'éclate un gros scandale où les Français et les Juifs seraient impliqués. Ça leur donnerait les coudées encore plus franches pour accélérer la nationalisation des biens...

– Qu'est-ce qui va arriver? le coupa sèchement Habiba.

– A la banque, pas grand-chose. Au pire, ils seront condamnés à une très grosse amende. Ils paieront. Mais pour Bajou, ce sera la prison : trois ou quatre ans au moins... Je l'aime bien, ton mari, tu le sais, mais il est vraiment très con, je m'excuse!...

L'élégance, décidément... Habiba eut envie de lui envoyer son verre au visage. Mais elle s'en abstint et but une longue gorgée d'eau. Max n'avait sans doute pas tort, hormis la façon de le dire. Bajou et ses principes! Il préférait crever plutôt que de céder, face à Hadjej! C'était devenu leur petit duel à tous les deux, un règlement de comptes qui remontait à la nuit des temps, mais dans lequel le banquier avait maintenant la haute main, que cela plût ou non à Bajou... Pendant ce temps-là, elle s'usait les yeux jour et nuit sur sa machine à coudre, et les enfants réclamaient de plus en plus souvent leur père...

– Qu'est-ce qu'on peut faire, Max?

Il fit la grimace, mal à l'aise :

– Selon l'avocat, une seule chose : il faut que Bajou accepte un compromis! Il cède ses actions à Costa, et Hadjej retire sa plainte. C'est tout!

Il commença à broyer méthodiquement une langoustine. Habiba gardait le nez baissé, incapable de toucher à son assiette. Il porta la main à sa poche et en sortit soudain une enveloppe :

– J'allais oublier : les billets de bateau pour toi et les enfants... Tu viens nous retrouver à Paris... Comme ça, vous ne manquerez de rien... Dans un premier temps, vous irez chez papa et maman à Paris, le temps de vous retourner. Ils t'attendent quand tu veux.

A l'évocation de son père, Habiba se glaça aussitôt. Il devait espérer la revoir avant de mourir : autant crever. Elle ne lui pardonnerait jamais le saccage de sa vie...

– Je ne peux pas partir tant que Bajou est là où il est, répondit-elle simplement.

Max posa sa serviette sur la table, exaspéré :

– Mais Habiba, il est fini! Tu comprends? Fini! Terminé! On va lui payer un avocat mais ça ne servira à rien. Il a fait des conneries, il s'est mis tout le monde à dos, et en plus il ne veut écouter personne, comme d'habitude...

– ... Mais c'est le père de mes enfants!

Elle fut étonnée de ce cri qui était irrésistiblement monté en elle et n'avait pu être étouffé.

– Le problème n'est pas là : il est fini, c'est tout...

Max eut un geste large en direction de sa sœur :

– Regarde! Regarde ce qu'il a fait de toi! Tu crois qu'il te mérite, franchement? Tu lui as fait des enfants magnifiques, tu as toujours su tenir ton rang à côté de ce gros lard, et voilà la récompense...

Se penchant vers elle, il ajouta :

– Moi, je te le dis, tu es encore jeune, tu es belle... A Paris tu pourras refaire ta vie! Sinon quoi? Tu vas continuer à attendre pendant des années un homme que tu n'aimes pas?

Elle sentit une nausée monter du fond de tout son être. Tant de cynisme la révoltait. Il parlait comme s'il ne connaissait rien de leur passé. Comme s'il n'en avait pas profité abondamment, lui autant que les autres. Se rendait-il compte qu'il ne pourrait jamais rendre à Bajou ce que ce dernier leur avait donné, quelles qu'en soient les raisons?

Max alluma nerveusement une cigarette. Il sentait qu'il était allé un peu loin, mais il fallait la secouer, la petite sœur!

– C'est vrai que je ne l'aime pas, Bajou, commença Habiba d'un air songeur. C'est vrai aussi que je n'ai pas eu la vie dont je rêvais, et tu le sais bien! Mais ça a été ma vie, et maintenant j'y tiens! Vous ne m'aviez pas laissé le choix. Comment crois-tu que j'ai fait pour survivre, Max? J'ai dû aimer tout ce qui me détruisait... Et finalement, j'y suis arrivée... Tu vois, jamais je ne voudrais qu'un de mes enfants me regarde comme je vous ai vus, vous tous, papa, maman, toi et les autres. Alors Bajou je ne l'aime pas, non, mais il fait maintenant partie de ma vie... Et je ne vais pas l'abandonner!

– Dans le fond, maugréa Max, toi et lui, vous vous ressemblez un peu...

Elle se levait déjà, saisissant son sac. Les sanglots la débordaient. Elle se moquait des regards narquois qui la cernaient autant que de la mine défaite de Max. Il fallait qu'une fois, une seule fois, les masques tombent. Que l'hypocrisie cesse. Sa bonne conscience, Max pouvait la ramener avec lui au fond de son four à pizzas.

– Ce qui est sûr, reprit-elle d'un ton véhément, c'est que lui ne m'a jamais trahie comme vous l'avez fait!... Il m'a fait du mal parce qu'il me voulait! Au moins, il a eu ce courage!

Il essaya de la retenir, ennuyé du scandale.

– Petite sœur, ne prends pas mal ce que j'ai dit. La vérité est nécessaire entre nous...

Elle le fixa de haut en bas, glaciale :

– Je suis d'accord, Max. Dis-moi seulement que quand je serai à Paris, avec Bajou et les enfants, tu nous aideras?

Il acquiesça, de mauvaise grâce.

– Mais bien sûr... D'ailleurs...

Elle tentait de lui échapper car il la tenait par le poignet. Des regards se tournaient vers eux, se délectant par avance des gorges chaudes qu'ils feraient de la scène.

Max, définitivement grossier, plongea la main dans sa poche. Il en sortit une grosse liasse de billets qu'il fourra avec force dans le sac de Habiba, sans chercher le moins du monde à se montrer discret.

– Pour les enfants. Prends... prends...

Elle s'enfuit, honteuse de n'avoir pas eu la force de rejeter l'aumône qu'il lui faisait. Elle en avait tant besoin, malgré tout... Et lorsqu'elle la traversa, elle eut l'impression que la terrasse avait triplé en longueur, n'étant plus qu'un chemin de honte.

Max la regarda s'enfuir, mal à l'aise. Puis il se consola sur la langouste et le blanc, frais à point.

Sa petite sœur avait voulu le scandale, elle l'avait eu. Quant à lui, son avion partait dans quelques heures. Mais comment, comment cette gourde pouvait-elle être aveugle à ce point? Elle en faisait bien des histoires, de son mariage et du rôle de sa famille. Pourquoi ne s'était-elle pas enfuie avant ses fiançailles? N'y avait-elle pas vu son intérêt, elle aussi? Elle d'abord? En tout cas, elle n'avait pas à lui donner de leçon de morale. Qu'elle vienne donc à Paris avec son quintal de mari et toute sa couvée, puisque c'était ça qu'elle voulait! On leur trouverait bien une chambre sous les toits où ils pourraient s'entasser tous les sept. Pas avant quelques années, ricana Max. Et à condition que la justice tunisienne se montre clémente!

34

Si au début de sa détention quelqu'un avait annoncé à Bajou que Habiba viendrait lui rendre visite au moins deux fois par semaine, il ne l'aurait pas cru. Il pensait qu'elle viendrait, oui, mais en espaçant le plus possible ses visites. Elle avait déjoué ses pronostics, au point que la majorité des gardiens de la maison d'arrêt la saluaient maintenant presque familièrement.

Il n'imaginait cependant pas l'effort que cela représentait pour sa femme. Rien dans sa vie ne l'avait préparée à affronter une pareille épreuve. Les couloirs sombres et suintants d'humidité de la maison d'arrêt lui paraissaient l'antichambre d'un mouroir. Elle ne les traversait jamais sans ressentir une certaine nausée.

Le pire pour elle était de maîtriser son émotion avant de pénétrer dans le parloir où l'attendait son époux. Elle ne voulait à aucun prix qu'il puisse deviner le malaise qui l'habitait. Elle lui avait promis d'être à ses côtés, et pour rien au monde elle n'aurait manqué à son engagement. Même si certains matins, en se réveillant, elle priait Dieu que ce ne soit pas jour de visite. En outre, pour son malheur, Bajou bénéficiait d'un régime dérogatoire privilégié, en raison sans doute d'une intervention discrète d'Amina. En particulier, la fréquence des visites était la plus tolérante possible, en contravention formelle avec le règlement de la prison.

L'effort permanent que devait soutenir Habiba était finalement et paradoxalement le meilleur antidote à sa situation. L'incarcération de Bajou perdait son caractère exceptionnel, et les relations quasi quotidiennes qu'elle entretenait avec son mari avaient fait entrer l'état carcéral dans un ordre quotidien. Le combat qu'elle menait lui paraissait alors plus évident et naturel. Elle se battait pour préserver les choses de sa vie. Il ne s'agissait pas d'une lutte abstraite entre le bien et le mal, les puissants et les démunis, l'eau et le feu. Non, elle se battait simplement pour entendre à nouveau le rire de ses enfants sautillant autour de leur père à son retour du bureau. Elle réduisait volontairement l'enjeu de sa bataille, à la fois pour calmer l'angoisse étouffante qui l'habitait sans cesse et pour pouvoir mieux encore y consacrer ses forces. Agissait-elle par amour? Certainement pas. Elle avait dit la vérité à Max. Elle n'avait pour son mari qu'une affection profonde née au fil des ans. Mais derrière cette attitude volontariste, une autre raison, plus trouble, qu'elle ressentait confusément – sans pouvoir ou vouloir l'exprimer clairement – sous-tendait sa lutte : il lui semblait qu'à ce moment de sa vie, l'histoire de Bajou rejoignait la sienne. Comme elle l'avait été hier, il se retrouvait aujourd'hui abandonné de tous et abusé par ceux en qui il avait placé sa confiance. Peu importait à Habiba que certains y vissent une punition méritée. Le combat de Bajou, quelle qu'en soit l'issue, elle le ressentait comme une mise au point avec un passé imposé. Sommée par ses proches de trahir à son tour autant qu'elle l'avait été, le refus de se joindre à la curée exprimait aussi bien sa fidélité que la dénonciation de ce qu'elle avait été vingt ans auparavant, une bête traquée sacrifiée sur l'autel de la cupidité, du laxisme et de l'indifférence d'un monde qu'elle avait cru sien. Rejoindre son camp, redevenir à son image, lui donner raison et quitus des actes passés? Faire allégeance éternelle au monde qui l'avait rejetée et qui l'aurait reprise à son heure? Ne se serait-il donc rien passé dans sa vie, entre ces moments? Ne serait-elle à leurs yeux qu'une esclave perpétuellement soumise, décervelée, sans volonté? N'aurait-elle le choix qu'entre trahison et sujétion? Quitte à être esclave, autant choisir soi-même le lien dont on veut souffrir! Enchaîner son sort à celui de son mari, son maître déchu, constituait pour elle l'acte de rachat de sa soumission adolescente. Jamais elle ne s'était sentie aussi libre des chaînes dont la tradition l'avait enserrée. Son indépendance et son mépris à l'égard de tous ceux qui donnaient l'assaut étaient, sans qu'elle en eût encore conscience, le premier pas vers une émancipation dont elle avait occulté jusqu'à l'idée dans les ténèbres de sa servitude.

En pénétrant dans la petite pièce, simplement pourvue d'une table et de deux chaises de bois, Bajou lui aussi se dit que Habiba avait l'air fatigué. Il se promit, dès qu'il sortirait, de l'emmener en vacances. Tous les deux, tout seuls, loin des gosses, un mois à Cannes par exemple. Il louerait une magnifique maison... Mais non, il était ruiné, à quoi bon rêver?... La bonne vie, il n'en avait pas profité quand il le pouvait, ou si mal, et désormais elle lui paraîtrait toujours hors de portée...

Sa libération lui paraissait également, à vrai dire, un événement presque inconcevable. Il connaissait la réalité du dossier comme tout le monde. Trop de forces étaient liguées contre lui : il n'avait pas une chance... A priori. Pourtant, il était persuadé qu'il vaincrait. Nombreux étaient ceux qui, comme l'avocat de Max, voyaient dans ce comportement une dose d'aveuglement confinant à l'imbécillité, mais Bajou, lui, ne cherchait pas à raisonner.

Il ne jouait même pas la comédie! Pourquoi se nourrissait-il d'un si fol espoir? Il n'aurait su l'expliquer clairement... Il n'aurait surtout pas osé parler de cette voix qui le poussait à se rebiffer et à se battre alors qu'objectivement tout était perdu. Cette voix, la même voix que celle qui devant les entrepôts de Carminati l'avait engagé sur un chemin inconcevable, et pourtant victorieux! Cette voix dont Bajou n'aurait jamais osé avouer qu'elle était, évidemment, celle de son père...

Il ne se battait pas contre Hadjej, Costa ou Chatel. Ils n'étaient que des compères, des leurres. Son vrai rival était l'Eternel. Il avait la conviction d'avoir attendu toute sa vie le moment de ce face-à-face. De Lui, il voulait obtenir réparation. Il avait guetté sa vie durant la tourmente qui, comme Youssef Benkahen, devait l'emporter. Il n'avait jamais oublié son père mort stupidement plutôt quc de renoncer à la cassette qui contenait ses économies. Contre l'inondation géante qui ravageait Takrouna, quelle chance avait-il? aucune. Comme Bajou face à tous ceux qui, aujourd'hui, s'acharnaient à sa perte. Mais lui s'était juré que jamais il ne se laisserait entraîner par les flots aveugles d'un fleuve de boue. Que jamais il ne se soumettrait à une autre volonté que la sienne. Jamais. Lui surnagerait. Il remonterait le courant, éviterait l'arbre déraciné et déjouerait les pièges macabres d'un injuste destin!

Plus que jamais tassé sur lui-même, Bajou Benkahen n'était qu'une boule de nerfs habitée d'une force de survie inépuisable. Il embrassa rapidement Habiba sur les lèvres. Elle avait sous les yeux deux cernes perceptibles et sa peau était froide. Puis il posa la main sur le gros dossier qui ne le quittait jamais au cours de ses pérégrinations dans la prison.

– Tout est là... Je te dis pas la tête qu'ils vont faire, au procès... J'ai réuni toutes les pièces, tous les documents. D'abord, un, Marcel a imité ma signature! J'ai eu la réponse du cabinet de graphologie, ils sont formels!...

– Bajou... essaya d'intervenir Habiba.

– Deux : les traites non plus, je ne les avais jamais vues! continua-t-il imperturbable. Le comptable à la minoterie s'est souvenu qu'il y a deux ans, quand j'ai été malade... Tu te souviens, quand j'ai été malade? Eh bien figure-toi que Marcel...

– Bajou! le coupa cette fois Habiba fermement. Tu veux gagner, d'accord? Mais combien de temps ça va prendre, hein? Même si tu y arrivais, ils feront appel, je me suis renseignée. Ça peut durer dix ans ou plus! Eux, c'est une banque, ils sont là pour toujours, mais toi, du temps, tu n'en as plus tellement...

Dans la mauvaise lumière qui filtrait de la fenêtre grillagée, il pouvait voir qu'elle le regardait sans irritation. Ces paroles, elle avait dû les préparer longtemps. Peut-être avait-elle raison, mais il ne pouvait rien faire, surtout pas revenir en arrière... L'attitude de Habiba l'ennuyait même. Elle pouvait se révéler une entrave à sa détermination. Elle avait déjà tenté de le convaincre, à de multiples reprises, d'assouplir sa position (sans aucun doute sur les conseils de l'avocat)... Il avait beaucoup réfléchi ces derniers temps, et une solution difficile à exprimer s'était imposée à lui.

Il hésita un instant en se frottant la joue qui râpait sous ses doigts. En prison, il s'abandonnait à un plaisir que la vie en société l'avait obligé à refouler et ne se rasait désormais plus qu'une ou deux fois par semaine.

– Habiba, dit-il enfin, j'ai bien réfléchi : le mieux serait que tu partes en France avec les enfants... Là-bas, ta famille pourrait t'aider en attendant. Moi je n'ai plus rien, j'ai tout perdu...

Elle le fixa, atterrée par ce qu'elle venait d'entendre.

– Tu préfères nous perdre aussi?... Perdre ta propre famille? Bajou, est-ce que tu réalises?

Il posa les coudes sur la table, mal à l'aise. Il avait pourtant pensé que ces arguments, par leur simplicité et leur évidence, emporteraient facilement sa décision. Il prit ses mains dans les siennes. Il fallait qu'elle comprenne... si seulement il pouvait lui expliquer clairement ce qu'il ressentait...

– Ecoute, commença-t-il en se forçant... Je ne peux pas faire le premier pas avec Hadjej... C'est plus fort que moi...

Des mots se précipitèrent alors en un flux incontrôlable,

se bousculant les uns les autres sans même que Bajou parvienne à en maîtriser l'ordre :

– Il y a les vivants et les morts, tu comprends... Et les morts, si personne s'en occupe, ils ne peuvent rien... Marcel ne m'a jamais trompé... C'est moi qui n'ai pas su le retenir... Notre vie, elle était le jeu du miracle... C'était à celui qui aurait le plus beau pour épater l'autre! Mais les miracles, tu ne les gagnes pas en faisant le saint! Il en faut, des coups tordus, forcément... Comment tu veux? Ils avaient tout et nous rien... Enfin... Tant que le Bon Dieu voyait pas, ça allait... Un jour, Il s'est réveillé, et Marcel, le pauvre, il s'est fait prendre! Les autres, eux, ils ont appris à faire leurs coups sans se faire voir! Mais il faut tellement de temps pour apprendre, Habiba... Alors, maintenant, s'ils veulent, ils viennent... Sinon, ils m'accompagnent en enfer! Mais qu'ils ne comptent pas sur moi pour leur demander pardon... Tu comprends que ce n'est pas à moi de donner tort à Marcel?

D'aucuns l'auraient jugé primaire, inconscient de la vérité du monde. Projeté dans un univers sans nuance de lieux communs taillés à coups de serpe, déconnecté du réel, réduisant tous les événements de sa vie à une dimension infantile. « Qu'ils ne comptent pas sur moi pour leur demander pardon. » Pathétique autant que ridicule.

Mais Habiba perçut les mots de Bajou comme la preuve de sa dignité. Elle lui en voulait et l'admirait tout autant. Il préférait les perdre que de se sacrifier. Et pourtant il les aimait – elle le savait – plus que tout au monde. Sa révolte était plus forte que l'amour, tout simplement. Et tellement plus difficile à assumer. Habiba le savait aussi, qu'il est bon de s'arrêter de combattre et de rentrer dans le rang. Elle savait de quoi il parlait, elle qui n'avait pas eu la force de laisser le train déchiqueter son père pour sauver son amour. Cette force inqualifiable, Bajou l'avait. Il préférait les perdre plutôt que se soumettre et vivre sa vie durant dans l'enfer des remords. Habiba avait choisi les regrets. Une chose bien douce en vérité comparée à la culpabilité effrayante qu'elle aurait éprouvée devant la mort de son père.

Elle comprit à ce moment ce qui faisait la force de Bajou. Il ne cherchait à rien protéger. Il pouvait tout perdre au nom d'un but à atteindre. Il en assumerait le prix quel qu'il soit.

– Pars pour la France, Habiba! S'il te plaît!

Elle le regardait d'un œil neuf. Elle ressentait une tendresse profonde à laquelle venait se mêler une certitude qu'elle n'avait jamais ressentie auparavant : celle d'être son égale et de pouvoir aller aussi loin qu'il était, de son côté, capable d'aller. Bajou perçut le changement de Habiba et en fut soulagé autant que touché. Ils restèrent ensuite un long moment à parler des enfants. Jamais ils n'avaient été si proches. Leur instinct de survie les réunissait. Jamais pourtant le malentendu n'avait été aussi grand entre eux. Bajou se battait pour sauver son image et Habiba, elle, voulait préserver la photo entière.

35

– Vous avez bien fait, Habiba, vous avez vraiment bien fait! D'ailleurs, j'allais vous appeler pour vous demander de passer me voir. Nous devons sortir de cette impasse...

Hadjej tournait lentement autour du fauteuil où était assise la jeune femme, le même que celui qu'occupait Bajou quelques mois auparavant. Mains dans le dos, le banquier posait sur le corps de Habiba des regards gourmands. Il savait qu'elle venait monnayer la libération de Bajou, et elle savait qu'il le savait. Restait à s'entendre sur la manière... Il s'immobilisa devant elle.

– Franchement, Habiba, pourquoi devrais-je faire le premier pas! Qu'ai-je à y gagner?

Elle leva la tête vers lui. Elle pressentait qu'il lui faudrait jouer serré. Hadjej était redoutable...

– Permettez-lui de sauver la face... Ce n'est pas grand-chose...

Il émit un claquement de langue moqueur :

– En effet, ce n'est pas grand-chose...

– Il est ruiné, poursuivit-elle, consciente qu'il exultait de l'entendre abaisser Bajou. Il a tout perdu...

Il la coupa avec un sourire excessivement galant :

– Allons, allons, il lui reste la plus belle femme de Tunis!... Et ce n'est pas rien... Une femme, qui plus est dévouée et fidèle, ça compense bien des choses...

Les sous-entendus du banquier étaient, comme à leur habitude, sans nuance. Elle s'efforça de ne pas y prêter attention et continua de plaider sa cause :

– Monsieur Hadjej, vous aurez les actions de mon mari et vous retrouverez ainsi votre argent, mais consentez à faire un geste de bonne volonté, un simple petit geste. Bajou cédera sur tout le reste. Il ne demande que cette petite satisfaction.

– Ce qui signifie?... interrogea Hadjej, malgré tout intéressé.

– Retirez d'abord votre plainte.

La voix de Habiba était ferme et claire. Le banquier émit un sifflement admiratif.

– Une petite satisfaction?... Allons, Habiba... vous me demandez beaucoup, vous le savez... Voyez-vous, poursuivit-il du ton le plus amical possible, nous autres banquiers, nous sommes une race un peu particulière...

Il lui sourit comme si ses propos étaient l'évidence même.

– A quoi sert de prêter de l'argent, si nous n'en retirons pas... un petit intérêt?

Il avait repris sa danse du scalp et tournait autour d'elle. Habiba sentit son cœur battre plus vite. Elle savait que les événements allaient se précipiter. Mais le désir qu'elle lisait dans le regard du banquier ne prêtait pas à équivoque.

Elle sursauta malgré tout lorsque les doigts encore hésitants de Hadjej vinrent effleurer son cou dans une caresse grossière et ne put maîtriser le mouvement de son corps. Non! Impossible! C'était plus fort qu'elle! Elle ne pouvait se laisser faire par ce vieillard immonde. Ses jambes la portèrent jusqu'à la porte du bureau mais Hadjej, d'un geste vif, lui en barra le passage. Son sourire n'avait jamais été si ironique.

– Faites comme vous voulez, Habiba, mais réfléchissez

d'abord... Si Bajou voulait vous protéger, il serait déjà dehors, non? Admettons que les choses ne bougent pas : je paierai une amende, petite, grosse... on verra. Mon établissement a les moyens... Mais lui, il en prendra pour plusieurs années!... Vous imaginez votre vie, avec un mari en prison pour une aussi longue période?

Elle baissa la tête. Bien sûr, qu'elle y avait pensé... Il perçut son hésitation et reprit plus doucement :

– Mais oui, vous l'imaginez, sinon vous ne seriez pas venue me voir, n'est-ce pas, ma chère Habiba...

Elle pencha la tête et balbutia une dernière tentative :

– Je vous en prie... soyez généreux...

A ce mot inconnu de lui, Hadjej réprima un frisson d'aise et prit gentiment la main de la jeune femme pour la reconduire jusqu'au fauteuil. Elle se laissa faire, le regard rivé au sol.

– Mais oui, je vais être généreux... Très généreux... Je ne suis pas une brute...

Il sentait le but si proche qu'il ne prenait même pas garde de maîtriser le rictus qui déformait son visage. Habiba pensa que le cauchemar pourrait rapidement trouver un terme : ça ne dépendait que d'elle. « Oh Bajou, pensa-t-elle encore une fois, il faut tellement de force... tellement... »

D'une voix blanche, elle s'entendit prononcer la sentence :

– Et si je... si je... faisais... ce que... vous... (Elle n'arriva pas à exprimer l'inévitable.) Vous retireriez votre plainte?

– Immédiatement!

L'exclamation de Hadjej lui parut dérisoire. Comment les hommes pouvaient-ils se déchirer pour des victoires si futiles?

L'air illuminé, il avait saisi une feuille qu'il couvrit rapidement d'une écriture agitée avant de la tendre, d'un geste conquérant, à Habiba :

– Lisez, ça vous va?

Elle parcourut la lettre d'un regard de morte, puis la déposa sur la table. Tout y était : contre cession des actions de la minoterie, le principal plaignant se retirait. Bajou serait libre dans les prochains jours. Hadjej signa le pli d'un paraphe souverain, puis le glissa dans une enveloppe :

– Je la ferai porter au juge...

Habiba tendit la main et le regarda fixement.

– Je la lui remettrai moi-même...

Le banquier hésita un instant. Elle continuait de tendre la main, le regard aussi dur.

Il tenta une dernière manœuvre.

– Je vous la remettrai *après*, si vous le voulez bien...

Mais Habiba conservait sa main tendue. Elle entendait ne prendre aucun risque et se faire payer d'avance.

– Très bien... admit Hadjej.

Il pouvait bien l'honorer de cette petite soumission. Son plaisir n'en serait que plus exigeant.

Il lui remit la lettre qu'elle rangea aussitôt dans son sac et lui dit :

– Dépêchez-vous, maintenant. Mes enfants m'attendent.

Hadjej ricana. Elle pouvait arborer ses grands airs, Habiba Benkahen, elle ne le démonterait pas et il ne lui épargnerait aucune humiliation. Elle ne savait que trop bien ce qu'elle risquait en tentant cette démarche. L'appréhendait-elle vraiment, d'ailleurs, ce moment? N'en avait-elle pas envie autant que lui, sinon pourquoi se serait-elle jetée dans la gueule du loup? Certainement une belle petite salope elle devait être, Madame Benkahen! Et quoi qu'elle pense, quoi qu'elle fasse, c'étaient bien ses mains à lui, Hadjej, qui caressaient ses seins, son ventre, ses cuisses. C'était bien lui qui remontait cette jupe inutile sur sa taille, glissait les doigts sous la culotte de dentelle, écartait ses cuisses, pénétrait entre ses lèvres sèches un désir trop longtemps contenu. Elle avait beau rejeter son visage en arrière pour éviter ses baisers, rien ne l'empêcherait de la prendre comme il l'entendait, les jambes écartées sur le carrelage de son bureau, comme une esclave, avant de la briser d'une étreinte qu'elle ne pourrait soupçonner...

Pendant que le banquier s'acharnait sur elle avec des grognements grotesques, Habiba, insensible comme la mort, s'agrippait à son sac... « Seul compte le but à atteindre, n'est-ce pas, Bajou? »

C'est alors qu'elle tourna les yeux vers la porte.

⁂

L'eau coule sur Habiba... Tout à l'heure, quand elle est rentrée à la maison, les enfants se sont précipités vers elle, inquiets : elle était partie si longtemps, depuis le matin. Mais elle ne les a pas embrassés. Elle leur a à peine parlé. Elle s'est enfermée dans sa chambre et, presque tout de suite, ils ont entendu le bruit de la douche.

L'eau coule sur Habiba comme elle coulait sur elle le lendemain de sa nuit de noces. Le même sentiment d'une souillure irrémédiable... Elle ne peut chasser l'empreinte des griffes du banquier sur sa peau. Elle se revoit, cette chair étrangère en elle, clouée au sol, écartelée, sa main sur le sac... son regard qui se tourne... et la porte qui s'ouvre sur la secrétaire... Un dernier cadeau de Hadjej pour que sa honte soit connue de toute la ville... Sa fuite hagarde dans les couloirs, dans les rues!

Habiba se recroqueville sur elle-même, insensible à la chaleur tiède qui tombe en pluie. Ce moment-là, elle sait qu'aucune eau ne l'effacera jamais.

Elle n'entend pas les coups timides frappés à la porte.

Dans le couloir, David patiente. C'est lui qui vient de cogner. Tout à l'heure, il était sur le balcon quand Habiba est rentrée. Il a vu sa mère au bas de l'immeuble sécher ses joues, se repoudrer, remettre de l'ordre dans ses vêtements. Un sentiment étrange s'est éveillé en lui. Il est heureusement incapable de le définir davantage. Mais il a compris que quelque chose de terrible est arrivé à sa mère.

A ses frères et sœurs, désemparés par la retraite de Habiba, il a dit :

– Elle est fatiguée, maman... Ne faites pas de bruit. Je vais vous raconter une histoire d'Amérique...

Aussitôt, le silence s'est fait. David aime raconter des histoires.

– La semaine dernière, commence-t-il, papa était à Chicago...

– Où c'est? le coupe aussitôt Jocelyne.

– En plein milieu de l'Amérique.

David connaît par cœur la carte de l'immense pays. Il sait situer les principales villes : New York, Los Angeles, mais surtout Chicago... Il sait que là-bas se trouvent les plus grands abattoirs du monde. Son histoire dit qu'après avoir été minotier, papa a décidé de s'intéresser à l'élevage. D'ailleurs, il va peut-être acheter un ranch. Un ranch où courent d'énormes bisons...

Ce fut alors qu'un coup de sonnette retentit. Les enfants se regardèrent, inquiets. Depuis que leur père était parti, ils avaient appris à se méfier des coups de sonnette. Un jour, des messieurs étaient entrés. Ils avaient regardé partout, et ils prenaient des notes en même temps sur des carnets. Maman avait dit que c'étaient des huissiers... Heureusement elle avait déjà vendu tout ce qui avait de la valeur...

Après avoir caché frères et sœurs dans des placards – on ne sait jamais – David se décida à aller ouvrir. Sa frimousse s'encadra dans l'entrebâillement de la porte. Ses grands yeux noirs remontèrent le long d'un costume bleu jusqu'au visage de l'homme qui lui souriait gentiment.

– Je suis bien chez Monsieur Benkahen?

David aurait dû refermer la porte, mais l'étranger avait l'air sympathique et avenant. La curiosité fut la plus forte.

– Oui... c'est ici...

– Est-ce que je pourrais voir ta maman?

David hésita encore, mais l'étranger se pencha vers lui :

– Va la chercher, mon petit. J'attends sur le palier.

L'enfant lui accorda toute sa confiance. Cet homme-là, estima David, il n'y avait rien à en redouter, au contraire.

Dans son regard, il portait à la fois de la lassitude et de l'espoir...

Derrière la porte de la chambre toujours close, David insista en criant fort :

– Maman, il y a un monsieur pour toi!

Habiba se redressa sous la douche. Elle ne se sentait pas la force d'affronter qui que ce soit. Mais il lui fallait bien assumer.

Elle enfila un peignoir, puis s'essuya nerveusement les cheveux dans une serviette.

– Qui ça?

– Je sais pas. Il a pas dit son nom.

– Mais je t'ai dit cent fois de ne pas ouvrir aux étrangers, David! Bon j'arrive!

L'inquiétude prit le pas sur sa fatigue. Elle enfila une robe stricte. Elle redoutait tant qu'un grain de sable imprévu ne vienne troubler l'espoir qui la nourrissait. Elle tenait dans son sac la lettre de Hadjej. Bajou n'allait pas tarder à sortir de prison. La vie reprendrait son cours. Ils partiraient pour la France. Il ignorerait probablement toujours ce qu'elle avait fait. Peut-être l'oublierait-elle aussi, un jour? Même si elle savait déjà que non.

David regarda sa mère se diriger vers la porte et l'entrouvrir légèrement. L'homme apparut.

Il était très élégant, dans un superbe costume en soie bleue. Le temps ne paraissait avoir eu aucune prise sur lui. Seules de fines pattes d'oie aux commissures de ses yeux et quelques cheveux argentés trahissaient l'empreinte des années. Son regard était toujours aussi pétulant de malice et son sourire charmeur se découpait sur des lèvres bien dessinées.

David crut que sa mère allait défaillir. Dans un souffle à peine perceptible elle murmura le nom de l'inconnu comme une question, puis tira la porte derrière elle pour s'isoler dans les escaliers avec l'étrange visiteur.

David regagna le salon, plus intrigué que jamais. Le prénom, il l'avait entendu, mais il ne lui disait rien.

Il ne connaissait personne, dans l'entourage de ses parents, qui s'appelât Edmond.

⁂

A l'heure de sa victoire, il avait espéré que la seule personne à l'attendre serait Habiba, mais elle ne s'était pas déplacée! Bajou posa sa petite valise à terre et fixa un peu stupidement le vaste espace qui s'étendait devant la maison d'arrêt. Elle n'était pas venue le chercher! Il resta incrédule et triste devant cette évidence. Un mauvais vent d'automne chassait tous les passants, silhouettes filantes sur le pavé humide. Le ciel accordait sa parure au moral de Bajou. Sa solitude transformait l'euphorie de sa libération en débâcle. Certainement, il avait dû arriver quelque chose de grave. Jamais il ne s'était senti aussi inutile et déprimé. Deux cent soixante-dix jours de cellule pour rien. L'incompréhension qui l'avait assailli en apprenant la nouvelle de son élargissement revenait l'habiter. Quoi? Hadjej se rendait sans se battre? Bajou en avait ressenti une frustration immense... Il s'était tellement préparé à cette bataille, et le banquier n'avait aucune raison de se retirer : toutes les cartes étaient dans sa main. Cette victoire qu'on lui acordait, Bajou l'avait vécue comme une marque infamante. La botte secrète de l'Eternel qui se révélait être un fin bretteur. Quand retrouverait-il pareille occasion de se mesurer à lui?

Le klaxon caractéristique de la petite camionnette qui freina en catastrophe, à quelques mètres de lui, le sortit de sa torpeur. Il regarda, les larmes aux yeux, le vieil homme au volant, ses cheveux gris en bataille enfouis sous son éternelle casquette grise, qui se penchait pour ouvrir à son intention la portière côté passager.

– Ah... vous êtes venu, Monsieur Carminati? bafouilla-t-il, mal à l'aise.

– Eh oui, je suis venu...

Ils se regardèrent avec un léger embarras. Bajou s'installa pesamment à côté de lui. Carminati tapota gentiment son épaule. Ce n'était pas un homme de grande effusion.

– Je suis content de vous revoir, dit-il simplement.

– Moi aussi, admit Bajou bêtement.

– Vous n'attendez personne?

Bajou battit des mains, nerveusement.

– Non, non... Habiba s'occupe des enfants, vous comprenez...

Carminati eut la délicatesse d'approuver.

– C'est normal... alors, je vous raccompagne.

Sans rien ajouter, il remit le contact et démarra dans le craquement sinistre des vitesses.

*
**

– L'Etat tunisien rachète toutes les fermes, tous les domaines. Ils paient sur la base d'estimations complètement fantaisistes, mais que faire d'autre? Demain, ils pourront tout récupérer gratuitement, parce qu'à Bizerte, ça va barder, vous savez... Il paraît qu'ils concentrent des troupes, là-bas... les Français comme les Tunisiens...

Depuis leur départ, Bajou n'avait pas desserré les dents. Seul Carminati parlait. Il le faisait consciemment, pour redonner à son ami le sens des réalités, et s'accommodait fort bien de son silence. Bajou ne comprenait rien à ce que lui racontait le vieux paysan. Les événements qu'il décrivait, il aurait juré qu'ils se déroulaient sur une autre planète.

Après un furieux coup d'avertisseur destiné à éloigner une nuée d'enfants arabes qui essayaient de sauter sur la remorque, Carminati rangea sa pauvre camionnette devant la rue Saint-Jean. Maintenant mal à l'aise, il se taisait et regardait tristement l'ex-minotier. Il lui semblait tellement déconnecté de tout, lui qu'il avait connu si actif! Il n'avait même pas dû réaliser qu'ils étaient arrivés... Pourtant, subitement, comme s'il sortait d'un long rêve, Bajou sourit et s'exclama, la voix vibrante :

– Monsieur Carminati, vous savez, c'est eux qui ont

cédé les premiers! Je suis sorti parce que Hadjej a retiré sa plainte! Il a eu peur de moi! Il savait que je le tenais!

Carminati ressentit une immense tendresse à l'égard de Bajou. Bonne Mère qu'il devait souffrir, le bonhomme!

– Je le tenais! répéta-t-il.

Puis il se tut tout aussi brusquement et son sourire disparut. Lui-même n'y croyait pas. Alors Carminati le saisit par les épaules et le serra contre lui. Bajou voulut bredouiller quelque chose, mais Carminati lui fit signe de garder le silence. C'est lui qui avait quelque chose à dire et, de sa belle voix rocailleuse, il s'enflamma :

– Il y a un jour que je n'oublierai jamais, c'est celui où j'ai pu apporter mon blé chez vous, au lieu d'être obligé de le donner aux autres vautours. Oh oui, ça m'a fait plaisir! Pendant toutes ces années, chaque fois que j'allais moissonner, je me disais « tout ça va aller chez le petit Benkahen »... Et je dormais beaucoup mieux de savoir que vous étiez là... Alors ils vous ont brisé, d'accord, mais c'est bien, ce que vous avez fait, c'est très bien... C'est pour ça que je suis venu vous chercher aujourd'hui. Je ne voulais pas quitter la Tunisie sans vous rendre hommage.

Bajou se raidit pour résister aux larmes qu'il sentait venir. La prison l'avait blindé contre les attendrissements intempestifs. Il hocha la tête, profondément ému, et demanda simplement :

– Vous partez?

– Bien obligé, j'ai vendu! A la fin de la semaine, je charge le reste sur la carriole, et forza Bastia! Retour au pays!

– Vous allez me manquer, dit Bajou, sincère.

Ils se serrèrent la main une dernière fois, longuement, sans se soucier des regards ironiques que les passants jetaient sur eux, un vieux paysan en salopette et un gros homme mal rasé au col de chemise élimé.

Puis Carminati remonta dans sa camionnette et démarra dans un tonnerre d'explosions fumantes.

Bajou attendit qu'il ait disparu au coin de la rue pour s'engouffrer, sa valise à la main, dans la cage d'escalier sombre et silencieuse. Il se sentait l'âme sereine. Jamais il n'oublierait Carminati et sa fidélité de vieux chien râleur. Il lui était aussi reconnaissant de n'avoir pas eu un seul mot dur à l'égard de Marcel...

Les jours où régnerait sur Paris ou ailleurs – là où le destin le porterait – un ciel gris et bas, lorsque le moral ne serait pas au beau fixe, il penserait à lui avec gratitude en se disant que pour une personne au monde, au moins, le nom de Bajou Benkahen avait signifié quelque chose de bon et de positif...

Il avait atteint le palier du troisième étage.

Mais pourquoi n'était-elle pas venue l'attendre à sa sortie de prison?

Neuf mois de détention ne méritent-ils pas une petite attention?

Perplexe et contrarié, il embrassa la mesouza puis fit jouer la clé dans la serrure. Tout était désert. Il ne lui semblait rien reconnaîttre des lieux si familiers. Il resta sur le seuil, sa valise à la main, dérouté par le silence qui l'entourait. Où pouvaient-ils être? L'espace d'une poignée de secondes, une vraie panique le gagna. Il était donc vraiment arrivé quelque chose de grave... Il avança d'un pas hésitant et crut avoir rêvé en percevant l'écho d'un rire vite étouffé.

Soudain ce fut un tourbillon, un maelström de hurlements ravis et de faces hilares. Ses enfants se précipitaient contre lui, sur lui, jaillissant du salon où ils s'étaient tapis pour lui faire la surprise. Tous voulaient le toucher, l'embrasser, le renifler! Ils retrouvaient enfin leur père! Leur papa! Leur papa à eux! Il leur avait tant manqué!

– Mes enfants, mes enfants, comme c'est bon d'être avec vous, comme c'est bon!

Bouleversé d'émotion, Bajou bégayait, piétinait sur place, serrant dans une même étreinte sa nichée entière... et se retrouvait tel qu'en lui-même :

– Ah, les voyous, les voyous! J'étais sûr! Je vous avais vus!

Au hasard il déposait des baisers, embrassait une petite main, froissait des cheveux. Il les aimait! Oh, comme il les aimait! Il n'avait pas réalisé à quel point il avait besoin d'eux! Il les trouvait grandis, changés, presque des adultes. Avait-il été enfermé si longtemps?

Mais pourquoi Habiba demeurait-elle invisible?

– Papa, papa, dit Jacques, raconte-nous, comment c'était, alors?

Bajou bafouilla. Raconter quoi? La prison? Comment savaient-ils?

– L'Amérique, papa, intervint David. Alors... ça t'a plu? Tu m'emmèneras, la fois prochaine, dis?

Il jetait en même temps un regard significatif à son père. Ebranlé, celui-ci réalisa aussitôt que son fils était au courant. Au lycée, sans doute, quelqu'un avait parlé. Il imagina la peine et la honte qui avaient dû être les siennes en l'apprenant. Il imagina les quolibets de ses camarades. A cet âge, on est peu charitable. Heureusement pour David, Bajou se trompait.

– Maman nous a lu toutes tes lettres! cria Jocelyne.

Le lettres... Bien sûr, Habiba avait eu l'idée de la supercherie... Tant mieux... Habiba... Mais où était-elle à la fin?

Jacques tira, impatient, sur sa manche.

– Alors, papa! Tu nous racontes?

– Oui, plus tard, plus tard... Je suis fatigué, là... Où elle est maman?

– Sur le balcon... elle a mal au ventre... expliqua Jacques.

– A la tête, idiot! le coupa Jocelyne.

– A la tête et au ventre aussi, idiote toi-même! rectifia son frère.

– Allez, allez... ne vous chamaillez pas, juste un jour... Ma djellaba alors, où elle est? Et mes babouches? Qui s'en occupe?

– Moi... Moi... Moi...

Tous s'égaillèrent en hurlant vers les placards où les

précieuses affaires avaient été rangées dans l'attente du retour.

Elle était allongée sur la chaise longue qu'affectionnait Oumi.

La rue était anormalement calme. Habiba avait les yeux fixés sur les balcons d'en face. D'ordinaire animés, ils étaient comme abandonnés. De nombreux volets restaient désormais fermés, les occupants ayant quitté les lieux. Tunis l'européenne se vidait. Habiba portait sur le visage une expression de mélancolie qu'elle essaya de dissiper d'un sourire à l'approche de Bajou. Il s'agenouilla devant elle et posa une main sur son bras.

– Ça va...?

Elle hocha la tête. Il ressentit une gêne inexplicable. Elle paraissait sereine et tourmentée à la fois par un trouble dont il percevait les vibrations.

– Je voulais te dire merci...

Il fut surpris de l'expression inquiète qui glissa sur son visage. D'une voix blanche, elle demanda :

– De quoi?

– D'être là...

Elle le regarda sans répondre. Ses yeux dépassaient sa personne et son esprit évoluait dans un ailleurs dont les contours lui échappaient.

Les enfants revinrent en hurlant. Les plus jeunes se chamaillaient pour avoir l'honneur de délacer les chaussures de leur père. Seul David restait à l'écart, apparemment plongé dans la lecture d'un illustré. D'un seul coup, Bajou se sentit envahi par une profonde fatigue. Il se laissa tomber sur la chaise près de Habiba. Le plaisir de son retour se muait en une angoisse sourde. Envolée, la belle communion qu'il avait éprouvée à sa dernière visite. La distance presque palpable qui le séparait de sa femme l'étourdissait. Elle lui interdisait aussi de risquer la moindre question sur son absence à la sortie de prison.

– Laissez votre père un peu tranquille, les enfants, l'entendit-il ordonner d'une voix lasse.

Il n'avait même pas ressenti les gestes batailleurs de ses enfants autour de ses chaussures. Il ne percevait pas leurs cris. Une ouate de coton l'enveloppait, creusant entre lui et les autres un fossé profond, semblable à celui qui court autour des forteresses pour éloigner les dangers... Des dangers pareils à ceux que Bajou devinait maintenant, sans réussir à les définir. Il s'était aussitôt, comme à son habitude, renfermé dans sa coquille, toutes ses antennes dehors; et il choisit d'attendre l'assaut. C'est alors qu'il aperçut, posés bien en évidence sur un tabouret, les billets de la Compagnie Maritime. Il n'eut pas le temps de questionner.

– Mes frères me les ont envoyés... Il va falloir partir, tu sais...

Ainsi, toute sa belle-famille connaissait sa situation financière. Il n'avait même plus de quoi payer lui-même les billets de ses enfants. Quelle belle revanche pour les Scali! rumina-t-il.

– Papa, papa... c'est vrai? On va partir nous aussi?

– Ah oui... Bientôt... Pas encore... s'entendit-il répondre.

Il n'avait jamais aimé évoquer le départ de Tunisie. En prison, il y avait pensé le moins possible. Mais il lui était impossible d'échapper aux interrogations de ses enfants. Sarah, l'adorable Sarah, la plus jeune, se propulsa sur ses genoux.

– Où c'est qu'on va z'aller? demanda-t-elle toute câline.

Elle avait hérité de la beauté de sa mère et de son zézaiement d'enfance. Bajou soupira. Sarah le ferait toujours craquer.

– En France! dit-il se forçant à paraître ravi. A Paris! La plus belle ville du monde! Presque aussi belle que Tunis! Vous verrez, la vie sera agréable, les gens sont gentils... C'est chez nous, là-bas... Comme si on changeait d'appartement et qu'on traversait la rue.

Il se pencha vers la petite fille. Il n'en pouvait plus de jouer la comédie.

– Tu m'apportes un café, mon bébé, s'il te plaît...

Il étouffa un soupir pour lui-même.

– Pauvre en France ou ici... à tout prendre...

Habiba se tourna vivement vers lui :

– Pourquoi? On ne peut pas recommencer la vie?...

Il nota qu'elle n'avait pas employé le possessif. L'assaut se précisait, pensa-t-il. Mais comment savoir de quelles armes elle disposait?

– Je voudrais tellement... répondit-il du bout des lèvres.

Il lui prit la main, mais elle la retira d'un mouvement vif qui le blessa autant que sa réponse.

– Moi aussi, dit-elle froidement en se levant, les bras croisés sur sa poitrine.

S'il avait pensé triompher en arrivant chez lui et glorifier sa victoire sur Hadjej, il lui fallait vraiment déchanter.

Habiba marchait lentement sur le balcon, la tête baissée, ses bras toujours croisés, serrés même, comme si elle s'emplissait du souffle nécesssaire, pareille à un athlète avant l'effort final. Elle passa derrière lui. Puis, soudain, il sentit les mains de Habiba sur ses épaules.

– Bajou, commença-t-elle d'une voix rauque qu'il ne lui connaissait pas. Pendant toutes ces années, tu as été correct avec moi...

Surpris, il releva la tête vers elle, avant de répondre :

– Qu'est-ce que ça veut dire, Habiba, « correct »? Bien sûr que j'ai été correct... Tu dois le savoir, non?

Il laissa retomber son visage. Il scrutait à en devenir aveugle la façade fantomatique de l'immeuble d'en face. Les doigts de Habiba griffèrent nerveusement l'étoffe de sa djellaba.

– Si quelqu'un... m'avait écrit... tu me l'aurais dit?

La question résonnait comme une prière.

Jusqu'au bout des ongles, il fut parcouru par un froid glacial. Pas maintenant, mon Dieu, pas maintenant... Il se mordit les lèvres nerveusement. L'assaut avait été trop rude. Ce n'était pas d'une arme, dont elle disposait, mais d'un arsenal nucléaire! Il savait qu'il avait changé de couleur, irradié par le souffle de l'explosion.

– Bien sûr... oui... balbutia-t-il en se levant.

Il fit quelques pas vers la rambarde du balcon, lui tournant le dos. Il sentait la nécessité de s'éloigner d'elle, le corps tout entier envahi d'une peur purement physique. Il avait le sentiment qu'elle allait le désintégrer.

– Regarde-moi en face, Bajou... s'il te plaît...

Son ton était dur, cassant, sans appel, comme la morsure du harpon dans la chair du poisson. Il étouffait, pris dans les rets du filet patiemment tressé par sa Pénélope. Ainsi, elle savait... Mais comment? Peu importe, elle savait! Le sang cognait durement à ses tempes. Incapable de l'affronter, il baissa la tête, amer, violent, paniqué et, sans le vouloir, avoua tout :

– Tu crois que je n'ai pas assez de problèmes comme ça!

Les mains désespérément accrochées à la rambarde, il devina le visage de Habiba se figer, puis le mouvement brutal qui allait la jeter vers lui. Qu'elle me précipite dans le vide, espéra-t-il bêtement, et qu'on en finisse!

– Papa, cria Sarah, poursuivie par ses sœurs, en déboulant sur le balcon, combien ze te mets de sucre dans la taze...?

Habiba ne sut jamais comment elle empêcha sa main de s'abattre sur l'épaule de Bajou pour l'obliger à la regarder. Elle ne doutait pas qu'elle en aurait eu la force, tant elle était habitée d'une violence insubmersible. L'irruption des enfants l'avait arrêtée, d'autant que Bajou s'en faisait maintenant des remparts, les regroupant autour de lui pour se lancer dans la narration de son « voyage ». La tête basse, frissonnante de rage contenue, définitivement anéantie, Habiba quitta le balcon comme on quitte la vie. A son approche, David replongea le nez dans son illustré, *Kit Carson au pays des Comanches.*

*
**

Oui, il l'avait fait! Oui, et alors? Pendant des années, presque chaque semaine, une lettre était arrivée de Paris. L'enveloppe portait une écriture à l'encre violette, fine et penchée. Avec un nom derrière, celui d'Edmond. Et pendant des années, au lieu de la donner à Habiba, Bajou l'avait glissée dans sa poche. Froidement, sans se poser la moindre question. La première était parvenue trois mois avant la naissance de David. Bajou l'avait interceptée par le plus grand hasard. La concierge avait monté le courrier, contrairement à toutes ses habitudes, parce que ce jour-là le facteur avait eu beaucoup de retard. Et ce jour-là, par chance, Bajou s'était octroyé une grasse matinée fort inhabituelle. C'était lui qui avait ouvert la porte, et cela aurait aussi bien pu être Habiba. Elle se trouvait à quelques pas de lui, dans la cuisine. Heureusement, la grossesse de David lui procurait quelques soucis. Bajou avait grommelé : « Il n'y a rien que des factures dans le courrier, évidemment », et il s'était enfermé aux cabinets. Cette lettre, il l'avait lue et relue mille fois. Tout y était contenu. Tout. Bajou en avait frissonné d'effroi. Son bonheur n'avait été épargné que par miracle. En sortant de chez lui, ce jour-là, il s'était précipité à la synagogue et avait laissé un chèque conséquent au Rabbin éberlué, sans une explication. Qu'aurait-il pu lui dire? Que Dieu était décidément un merveilleux complice? L'autre l'aurait assurément pris pour un simple d'esprit. Dieu ne dispense-t-il pas ses bienfaits en toute égalité? Non, assurément non, aurait répondu Bajou, preuves à l'appui. Mais cette preuve ne pouvait que rester secrète.

Il vécut les jours suivants dans la terreur que cette lettre n'ait pas été la première. Puis il se raisonna : Habiba ne serait pas restée muette. Désormais, il ne quittait plus la rue Saint-Jean sans avoir prélevé le courrier, ce qui le mettait parfois très en retard dans son travail. Il se rattrapait en veillant tard. Heureusement, les plis n'étaient distribués qu'une fois dans la journée. La lettre suivante était parvenue une semaine après la première, et ensuite toutes s'étaient succédé à la même cadence ou presque. La dernière, ironie du sort, avait été remise le jour où il avait emmené David à l'institution religieuse. Il se souvenait avoir été gêné du regard que l'enfant avait porté sur son geste. Quand elles s'interrompirent, il en fut d'abord déstabilisé. Leur réception faisait partie d'un rite. Il craignit aussi qu'Edmond se fût douté de quelque chose et eût tenté de communiquer avec Habiba d'une autre manière. Mais non, ce fut le silence complet, apaisant. Jamais Habiba ne fit la moindre allusion à quoi que ce soit. Il en conclut qu'Edmond s'était lassé. Le temps, comme d'habitude, avait été son meilleur allié.

Il avait vite cessé de lire les lettres. Elles contenaient toutes les mêmes serments d'amour, les mêmes appels pathétiques à le rejoindre en France, Edmond était très fort pour ça.

Au début, Bajou avait pensé qu'en quelques mois sans réponse les lettres se feraient plus rares, puis s'arrêteraient. Mais non, année après année, le flux s'était poursuivi. L'autre « *ch'beb* »[1] réussissait magnifiquement, expliquait-il, en France, où il avait lancé une grande chaîne de magasins à prix réduits. Normalement, il aurait dû être trop occupé par ses affaires pour penser à autre chose; mais non, chaque semaine il fallait qu'il envoie sa grande déclaration d'amour à « *Madame Habiba Benkahen, 12 rue Saint-Jean, Tunis* ». C'en était presque maladif, cette fidélité, estimait Bajou.

Paris grouillait de jolies jeunes femmes célibataires qui ne demandaient qu'à trouver un mari beau, jeune lui aussi et riche, non, l'autre, c'est Habiba qu'il lui fallait... Il faisait une fixation sur elle. Une véritable folie finalement! Il avait pensé que si Habiba l'avait appris au début, c'en aurait été fini de leur mariage. Mais que si elle ne découvrait son secret qu'au bout de longues années, il

1. Rusé, dans le dialecte judéo-arabe.

aurait droit à une scène, des cris, des larmes, puis que tout cela se tasserait, assoupli par les habitudes et la vie qu'ils s'étaient créés. C'est pourquoi il comprenait comme un caprice un peu excessif l'insistance de Habiba sur le balcon. Excessif et injuste. Lui n'avait cherché qu'à laisser le passé dormir dans des eaux tranquilles pour tenter de préserver une harmonie à laquelle Dieu avait consenti. Une question l'obsédait : qui avait mis le doute dans la tête de sa femme? Qui lui avait parlé des lettres? Personne, en dehors d'Edmond, ne pouvait être au courant. Edmond de retour à Tunis? L'invraisemblable hypothèse n'effleurait même pas Bajou. Quel serpent rampant était venu le frapper dans son secret le plus intime? Qui?

L'addition qu'il pressentait maintenant devoir payer lui était présentée au pire moment de sa vie. Même si, au fond de lui-même, il ne pouvait s'empêcher de penser que tout cela était finalement logique. L'ordre des choses ne peut-il pas substituer, sans prévenir, sa propre raison aux raisons humaines? Ce que certains appellent fatalité?

Il réfléchissait presque à voix haute en marchant dans le souk. Enfin, il arriva devant la façade ravalée par le temps de la boulangerie. Il pouvait apercevoir derrière les vitres de son petit bureau, dos à la rue, Moktar penché sur ses livres de comptes. Il sourit avec tendresse. Moktar aussi avait changé. Les épaules voûtées, les cheveux grisonnants, le foyer des verres de ses lunettes avait doublé de volume. Le boulanger finit par sentir le regard posé sur lui et se retourna. En reconnaissant Bajou, il se leva vivement et son magnifique sourire, toujours aussi chaleureux, lui vint aux lèvres. Avant de lui ouvrir les bras, il fit disparaître sous un gros classeur un objet qu'heureusement Bajou n'avait pas vu. Une seconde après, ils s'étreignaient avec ferveur sur le pas de la porte. Moktar jeta un coup d'œil furtif dans la rue puis attira Bajou à l'intérieur de la boutique.

– Tu as traversé la ville? C'est dangereux, avec tous ces événements!

Moktar parlait des manifestations incessantes par lesquelles la population tunisoise manifestait son soutien à Bourguiba dans la querelle qui l'opposait à la France sur le problème de Bizerte.

Bajou haussa les épaules :

– Je te dérange?

Moktar leva les yeux au ciel :

– Toi, me déranger? Ouala, sur ma vie, jamais! Bajou, y'a Bajou, que ça me fait plaisir de te revoir!

Bajou avait longuement réfléchi avant d'accomplir sa démarche. Il n'avait le choix qu'entre deux attitudes : ou bien se laisser couler totalement et sangloter pendant des années sur la perte de sa minoterie, ou bien faire une croix dessus. C'est-à-dire, au fond, faire le choix de la vie... Repartir à zéro en espérant que demain, à force de travail, tout finirait par s'arranger... et ça, le petit paysan de Takrouna savait très bien le faire. L'orage qui vient détruire la récolte quelques jours avant les moissons, nul ne peut en prévoir l'arrivée. A la campagne, la chose n'était pas rare. Alors on apprend à serrer les dents, et à repartir en espérant que l'année suivante sera meilleure... Bajou savait que son bilan n'était guère brillant. En attendant de quitter son pays – pas encore, pas comme ça – où aurait-il pu aujourd'hui trouver du travail dans Tunis, avec le nom qu'il portait, ailleurs que chez Moktar?

– Tu as pas besoin de quelqu'un, pour t'aider à faire les comptes? demanda-t-il d'une voix faussement assurée au boulanger, à peine surpris.

La nouvelle de la déchéance de Bajou était bien sûr arrivée aux oreilles de Moktar. Tunis est un si petit village. Il était bouleversé que Bajou fasse appel à lui dans ce moment. Cela signifiait qu'il était encore plus bas que tout ce qui se racontait. Demander une pareille chose devait tellement lui coûter, à lui qui avait été si riche et puissant! Il aurait même été ravi de lui prêter de l'argent, dans la faible limite de ses possibilités, mais il savait que jamais Bajou ne l'aurait accepté. Il venait à lui rechercher sa dignité perdue, son innocence aussi, pensa confusément

Moktar. Il venait auprès de lui retrouver les bases de sa vie pour mieux la recommencer, comme il l'avait débutée en ce même lieu, à presque trente années d'écart.

Si Moktar, avant de répondre, marqua une infime hésitation – qu'Allah soit loué, Bajou ne la perçut pas – c'était pour une raison bien ironique, qu'il aurait le temps, pensait-il, de lui avouer plus tard. L'heure n'était pas à la futilité. Avec une infinie délicatesse, il lui ouvrit les bras comme s'il lui donnait son cœur :

– Moktar, il aura toujours une place pour toi.

– Alors je commence tout de suite! répondit aussitôt Bajou, jovial, tout en s'installant devant le bureau.

D'une main gourmande, il saisit le grand livre de comptes. C'est alors qu'il découvrit la petite machine à calculer que Moktar avait maladroitement tenté de camoufler dessous à son entrée. Il s'immobilisa, cueilli, un peu amer :

– Ah, bien sûr... le progrès...

Moktar bondit, agitant ses bras. Il se sentait coupable. Cette machine qui – pourquoi prétendre le contraire – le sortait de bien des situations difficiles, il aurait dû en parler tout de suite à Bajou sur le ton de la plaisanterie, mais il avait hésité... de peur de le froisser. Et maintenant il lui fallait réparer son geste trop délicat.

– Sah't! Elle me casse la tête avec son bruit, si tu savais!... accusa-t-il méprisant, saisi d'un absurde besoin de se justifier devant son ami qu'il sentait blessé. Et, en plus, jamais elle marche, c'est vrai!

Bajou, qui disposait de vingt machines semblables à la minoterie, posait sur celle de Moktar un regard lourd et accusateur. Il lui semblait qu'à elle seule, celle-là précisément représentait la somme de toutes ses récentes avanies. Jusqu'à ses plus intimes refuges, l'époque actuelle le traquait et lui volait la moindre de ses capacités. Il se tourna vers Moktar :

– Tu as eu raison d'en acheter une... Ça m'embête de la voir sur ton bureau, parce que, à cause d'elle, je te sers à rien...

Moktar leva les mains pour protester. Bajou voyait évidemment juste, mais que représente le progrès face à la détresse d'un ami?

– Bajou, jamais je pense ça! Tu es fou? Je sais même pas m'en servir, de cette machine!

Le boulanger dansait d'un pied sur l'autre, ne sachant comment ménager la susceptibilité de Bajou. Ce dernier aurait pu se contenter de ses affirmations, mais il lui fallait être accepté sans conditions. Bien sûr, il ne s'agissait là encore que d'une manifestation inutile de son orgueil blessé. Seulement un homme, ça ne change pas. Ou alors très difficilement. Il fallait qu'il retrouve son honneur. Il ne voulait ni pitié, ni charité. Il ne voulait surtout pas que ça y ressemblât. Alors, il provoqua le combat :

– Toi aussi, hein, tu crois que je suis fini...

Moktar allait de nouveau protester quand Bajou le coupa, désignant d'un doigt vindicatif la machine innocente.

– Tu penses que cette machine, elle est meilleure que moi, c'est ça?

– Bajou, tu es injuste!... j'ai jamais dit ça!

– Non mais tu le penses, je le vois dans tes yeux... assieds-toi... assieds-toi!...

Pris d'un mouvement frénétique, Bajou força Moktar à prendre place à ses côtés. D'une voix claire, forte, il claironna les règles du duel qu'il entendait livrer pour laver son honneur.

– Alors toi tu fais avec la machine, moi je fais avec la tête! Je vais te montrer, moi, que je suis pas fini... même avec leur progrès!

– Bajou, c'est pas la peine! gémit de nouveau le boulanger.

Sourd à ses prières, Bajou ouvrit le livre de comptes et le plaça entre eux deux.

– Fais, je te dis! ordonna-t-il péremptoire. On va voir qui est le plus fort, elle ou moi! Fais!

Avec fatalisme, Moktar comprit qu'il ne pourrait pas se

dérober. Il s'agissait d'une affaire d'honneur dont le déroulement ne devait pas être truqué, fût-ce par amitié. Il chaussa alors d'un geste grave, comme le preux chevalier enfile son heaume avant l'assaut, ses lunettes sur son nez. Puis, les poings serrés, il se tourna vers Bajou comme s'il attendait les ordres du starter.

– Quand tu veux, y'a khouya[1]...

– Oudha, tlin, tleta[2]!

Le drapeau rouge s'abaissa et les deux hommes se précipitèrent. Dans l'instant, comme si depuis des années elle attendait patiemment, dans un coin de son cerveau, qu'il fasse de nouveau appel à elle, la mélopée immémoriale enseignée par son père revint à l'esprit de Bajou. Un crayon à la main, il filait en chantonnant en arabe le long des interminables colonnes de chiffres, représentant autant de beignets, brioches, baguettes et autres croissants. En même temps, sur la calculatrice, les doigts de Moktar effectuaient une danse acrobatique, légère, vive comme les jambes d'une jeune fille. Le vieux rusé avait bien caché son jeu... Il savait s'en servir, de sa machine, et même très bien... tant mieux après tout, ragea Bajou. A vaincre sans péril...

Progressivement, ils se prirent au jeu. Une véritable frénésie s'empara d'eux. Moktar, les yeux exorbités, pianotait en cadence sur les touches; Bajou, le visage concentré, soupirait, grimaçait, gigotait, psalmodiant de plus en plus vite, tel un enfant de chœur pressé d'expédier la messe... L'un et l'autre, en sueur, juraient, pestaient, se poussaient du coude comme des sprinters éméchés qui empiètent sans vergogne sur le couloir de l'autre. Les yeux fixés, démesurément agrandis par l'effort, sur la ligne d'arrivée, tous les moyens étaient bons pour la franchir en tête. Et Moktar jurait pour déconcentrer Bajou, qui de la main cachait une colonne aux yeux du boulanger, qui tapait rageur sur les doigts du comptable qui...

1. Mon frère...
2. Un, deux, trois!

Nul doute qu'un client aurait franchi le seuil du bureau à ce moment-là, il aurait appelé sur-le-champ la Manouba[1] pour signaler la présence de deux mabouls éructant, bavant, gesticulant, ahanant, le tout dans un dialecte inconnu aux oreilles humaines. D'autres auraient pu y voir la régression subite de deux adultes vers le monde enfantin...

– 222 687! Je l'ai fait avant, je l'ai fait avant!

Bajou avait crié le chiffre qu'il inscrivait en bas d'une gigantesque colonne, en tapant sur la table en signe de victoire. Pour un peu, il aurait levé les bras en V au-dessus de lui.

Quelques secondes plus tard, ce fut au tour de Moktar, épuisé, de conclure l'addition.

– Total... deux cent vingt-deux mille six cent quatre-vingt... quatre!

Ils se regardèrent, surpris de la différence. La vérité se jouait fatalement entre les deux chiffres. Un moment de doute épais succédait à l'euphorie de Bajou. Il ne suffisait pas d'être le premier, encore fallait-il avoir le bon total! Comment savoir? Bajou restait muet. Il était le challenger, il ne pouvait être juge aussi. Alors Moktar vola à son secours. Il savait, le vieil Arabe, qu'un homme a toujours un point d'équilibre secret. Chacun de nous le porte en soi, invisible au regard des autres. C'est la clé de voûte dans l'arc de pierre tendu. Qu'on la retire et tout s'effondre. Toute sa vie, Bajou s'était cru protégé par son aptitude en calcul mental. Ce qu'il recherchait en provoquant la machine était la certitude que, au moins dans ce domaine-là, il était toujours imbattable. Impossible à Moktar d'infliger ce coup à son ami... En fermant les yeux sur cette petite entorse aux règles sévères de l'équité chevaleresque – qu'Allah lui pardonne –, il trancha sans la moindre hésitation, saisit la calculatrice et la jeta au sol dans un mouvement rude, le pouce baissé :

– Et en plus jamais elle marche bien, avec tout l'argent

1. Asile psychiatrique de la banlieue de Tunis.

qu'elle m'a coûté, s'indigna-t-il sous les apparences de la sincérité trahie.

Puis il se tourna vers Bajou qu'il serra contre lui.

– Heureusement que tu es revenu, Bajou! Heureusement!

Comment, dans ces conditions, Bajou aurait-il pu refuser à Moktar de lui faire les comptes?

36

Elle était allée le retrouver dans sa chambre à l'hôtel Majestic, un palace au bout de l'avenue de Paris. En remontant le long couloir feutré, elle avait ressenti un malaise grandissant. Quelle que soit l'époque, tous les couloirs d'hôtel se ressemblent. Elle avait légèrement frappé à la porte, de son poing fermé. Des coups brefs et rythmés, comme un code amoureux oublié depuis longtemps. Il lui avait ouvert aussitôt. Il devait l'attendre impatiemment, incertain de sa décision. Elle en avait été surprise, presque déçue. Avait-elle vraiment souhaité qu'il soit là? Elle n'aurait su le dire.

Il avait toujours la même allure altière. Un peu vieilli bien sûr, mais si proche encore de l'image de sa jeunesse. Ils se regardèrent un long moment sans bouger, tremblants, gênés. Partageaient-ils le même sentiment? A vingt ans d'écart, les mêmes acteurs peuvent-ils reprendre le fil interrompu d'une pièce inachevée... après l'avoir tant de fois, chacun de son côté, imaginée et répétée dans leur esprit...?

Il réprima l'élan qui le poussait vers elle et s'écarta. Elle pénétra sans un mot dans la chambre luxueuse. Les voilages, aux fenêtres, raidissaient sous la lourde chaleur de juillet.

Deux jours auparavant, quand ils s'étaient retrouvés sur le palier, ils n'avaient pu prononcer que quelques mots, l'âme bouleversée par une émotion incontrôlable. Edmond avait supplié Habiba de venir le retrouver à son hôtel. A son heure. Il l'attendrait, l'avait-il assuré, tout le temps nécessaire. Avant de disparaître dans l'escalier – Habiba ne tenait pas à exciter la curiosité des enfants en prolongeant son aparté avec Edmond – il avait juste demandé pourquoi elle n'avait jamais répondu à ses lettres.

Le lendemain, Bajou avait été libéré... Et l'emportement pitoyable dont il avait fait preuve sur le balcon, en réponse à la question de Habiba, avait résonné comme un aveu.

Au milieu de la chambre, elle ne bouge plus, désemparée. Que fait-elle là? Sa démarche lui apparaît ridicule, insensée. Elle veut repartir et disparaître. Fuir. Mais Edmond devance le mouvement de son corps. D'un geste tendre, il l'enlace. Il la sent se contracter, alors il ne la brusque pas. Elle supporte son étreinte, le souffle court. Puis sa respiration se calme. Ses muscles se détendent d'un seul coup. Elle enfouit sa tête dans le creux de son épaule. Elle ne peut rien faire contre les sanglots qui agitent sa poitrine. Elle ne les avait pas prévus. Elle croyait ne plus avoir de larmes en elle depuis si longtemps. La main d'Edmond caresse son épaule comme on console un enfant. Elle n'est plus une enfant, Habiba. Mais qu'il est bon et doux de se laisser aller. De cesser enfin de porter sur soi tout le fardeau du monde. De sentir contre elle le corps de cet homme, un peu plus lourd que dans son souvenir, mais tellement rassurant. Elle retrouve sa sérénité, ses larmes sèchent. Une grande bouffée d'air pur envahit ses poumons. Elle relève son visage face au sien, leurs lèvres s'effleurent.

– Oh Edmond, Edmond... pourquoi viens-tu si tard?

Ni plainte, ni reproche. Seulement la question qui l'a hantée pendant tant d'années obscures.

– Je suis désolé... J'ai appris tes ennuis par hasard, il y a quelques jours à peine, par un ami à Paris... Je suis là pour t'aider, maintenant...

Elle secoue la tête, déçue. Non, ce n'était pas ce qu'elle voulait dire. Elle voulait parler de... mais à quoi bon? Il s'est rendu compte trop tard de sa méprise. Il a voulu s'excuser. Elle eut soudain très froid. Ils ne jouaient pas la même pièce.

Ils sont restés ensemble tout l'après-midi, allongés côte à côte sur le lit, si proches et si loin à la fois.

Edmond a parlé de lui. De sa formidable réussite depuis la fin de la guerre. Ses débuts à Paris, sa première boutique sur le boulevard Barbès, son acharnement au travail comme une revanche sur le sort, et la fortune qui lui avait souri. A l'origine, une idée toute simple. Vendre tout au plus bas prix. Simple, mais il fallait la mettre en pratique. Il y était parvenu, et aujourd'hui, dans toute la France, une kyrielle de magasins portait son nom.

Il lui parla aussi de son mariage et des deux enfants qu'il en avait eu, deux garçons magnifiques... « C'est à ce moment-là, souviens-toi, que j'ai cessé de t'écrire. » Il lui raconta aussi le divorce qui avait suivi, peu de temps après la deuxième naissance...

Habiba hochait la tête, muette, ne laissant rien paraître. Il lui avait saisi les mains pour mieux la convaincre...

– Mais pour moi, une seule femme a existé.. Toi. Je n'ai jamais cessé de t'aimer...

Elle dit qu'elle le croyait mais se moqua quand même de son romantisme excessif. Puis ils restèrent silencieux. Alors il tenta de lui faire l'amour.

Elle eut beau interroger désespérément son corps, elle ne ressentait aucun désir. A chaque mouvement d'Edmond, son angoisse augmentait. Non, elle n'en avait pas envie, pas maintenant, pas comme ça, pas dans cet hôtel anonyme!

Il n'insista pas. Plus tard, peut-être...

– Je ne peux pas... je ne peux pas... avait-elle imploré. Tu comprends?

Il avait hoché la tête et lui avait souri tendrement.

– On a toute la vie pour s'aimer, maintenant... ne t'en fais pas...

– J'ai tellement changé, tu sais...

Il s'était montré rassurant. Avec lui, elle redeviendrait *son* Habiba... Il aurait toute la patience du monde... Il saurait attendre le temps nécessaire. Il lui promettait qu'ils revivraient tous leurs espoirs, tous leurs rêves imaginés... que les années n'avaient rien changé à sa passion... Comme il le lui avait écrit dans toutes ses lettres...

Elle se leva et marcha jusqu'à la fenêtre.

– Tes lettres, Edmond, je les ai brûlées. Toutes, sans même les lire. Je t'en voulais tellement!...

Il la regarda, blessé et terrifié. Ainsi, elle ne savait pas. Elle ne savait rien. Il murmura, abasourdi :

– Je te les réécrirai, mon amour...

– Elles ne seront plus jamais pareilles... raconte-les-moi, maintenant...

Elle l'y invitait tendrement, le regard aussi fébrile que celui du guetteur qui scrute l'horizon. Mais comment voir au loin, quand les premiers plans paraissent flous? Elle voulait l'entendre lui dire les mots dont elle avait été privée pour recomposer le paysage de sa vie. Au risque de ne rien reconnaître. Mais, depuis l'incarcération de Bajou, Habiba avait fait le choix de la lumière sur les ténèbres. Quels que fussent les contours du tableau qui se dessineraient.

En son for intérieur, elle admit n'être venue que pour cela. Savoir.

Edmond entendit sa prière comme un ordre impérieux. Il se rendit compte que Habiba se vivait comme un puzzle auquel il manquerait les pièces principales, et sans lesquelles elle n'existerait jamais. Dans son regard, il ne lisait pas de curiosité romantique, mais l'effroi vide de la mort. Elle attendait de lui que, par les mots qu'il lui soufflerait, elle renaquît à la vie. En avait-il le droit? N'était-il pas préférable de la laisser dans l'ignorance de faits qui – il n'en pouvait douter – la bouleverseraient et la précipiteraient plus loin encore dans la nuit où elle avait été maintenue? Ne la détruirait-il pas définitivement au lieu de la recomposer?

– Raconte-les-moi maintenant, s'il te plaît...

Elle s'était approchée de lui et avait tout compris des hésitations d'Edmond autant que lui percevait sa volonté. Pour la première fois depuis leurs retrouvailles s'était recréée entre eux la communauté d'esprit qui en avait fait, des années auparavant, les amants impossibles.

Elle exigeait maintenant de lui une ultime preuve d'amour. Sans doute, se dit Edmond, celle-là même qui le condamnerait. Il lui devait bien ça. Il l'attira à lui et commença son récit. Il ne lui raconta que l'essentiel. C'était suffisant.

Ce jour-là, vingt ans auparavant, à l'hôtel Malek, Habiba ne l'avait pas quitté depuis quelques minutes que des coups légers furent frappés à la porte de sa chambre. Il en fut surpris. Personne n'était au courant de son retour à Tunis. N'avait-il pas déserté pour venir la retrouver?

Il avait ouvert. Bajou se tenait sur le seuil de la porte, triturant son chapeau entre ses mains.

– Bajou? sursauta Habiba, pétrifiée.

– Oui, Bajou!

« Je suis resté comme ça, sur place, sans pouvoir dire un mot. Il était très calme. »

– Vous me reconnaissez? Je suis le mari de Habiba...

– Mais comment?... Comment?...

– Je ne sais pas! la coupe Edmond qui a deviné sa question. Je ne sais pas, mais il était là. Peut-être encore ta grande amie Marie, je n'en sais rien...

– Mais non!

– Peu importe! Il était venu, m'a-t-il dit, pour discuter... Il est entré et je l'ai laissé parler. Il a parlé longtemps... très longtemps. Il m'a dit qu'il savait tout, que tu voulais t'enfuir avec moi, que tu ne t'habituerais jamais à vivre en France, qu'avec lui tu avais tout le bonheur matériel, que je ne pourrais jamais t'assurer le même confort... J'en eus assez. J'allais le mettre à la porte quand, tout à coup, il s'est mis à pleurer. Comme ça, devant moi. Il a pleuré toutes les larmes de son corps.

Habiba suffoquait. Elle se souvenait n'avoir vu Bajou pleurer que devant la dépouille d'Oumi.

– Tout en pleurant, reprit Edmond, il m'a dit que...

– Oui?...

– Il m'a dit que tu portais son premier enfant...

– Quoi?

D'un bond, elle s'était levée.

– Mais c'est impossible! Je ne l'avais dit à personne! Il ne pouvait pas savoir que j'étais enceinte... il t'a menti...

Edmond haussa les épaules. Comment aurait-il pu le deviner? Il enchaîna.

Bajou s'était arrêté de pleurer. Il s'était même excusé et levé pour partir. Sur le pas de la porte, il s'était retourné et lui avait dit de son ton le plus gentil qu'il fallait qu'il le comprenne. Qu'il était normal qu'il défende sa famille par tous les moyens.

– Vous vous voyez élever mon enfant? Vous croyez que je peux laisser faire une chose comme ça?...

« Il semblait me poser la question et me laisser juge de la réponse, mais après un temps, il a continué toujours aussi gentiment. »

– Je pourrais pas, Edmond, tu le sais bien... si tu me crois pas, viens avec moi... jusqu'à la caserne... Un déserteur, combien d'années de prison il mérite, d'après toi?

« J'étais sans voix, Habiba. Je ne doutais pas qu'il mettrait sa menace à exécution. Il a d'ailleurs ajouté : " Tu crois que je vais laisser élever mon enfant par quelqu'un qui va croupir en prison, dis? A ma place, qu'est-ce que tu ferais? " »

Edmond avala sa salive. Il n'osait plus regarder Habiba. Mais il sentait qu'elle ne lui pardonnerait pas de ne pas aller au bout. Elle attendait sans un mot, pressentant la suite. Edmond respira un grand coup.

– Il avait quitté la chambre... je l'ai rattrapé dans le couloir... et je l'ai... supplié de ne rien faire... je lui ai dit que je le comprenais... qu'il avait raison, on est revenus dans la chambre...

Habiba l'acheva d'une voix blanche.

– ...et il t'a dicté la lettre que tu m'as laissée...

La tête entre ses mains, Edmond se tut. Peut-être pleurait-il. Habiba le regardait avec une pitié qu'elle aurait aimé refouler très loin en elle. Elle s'était imaginée que son destin avait été façonné, au moins en partie, par la volonté de son amant. Il n'en avait rien été. Il avait simplement choisi sa liberté. Elle ne pouvait pas lui en vouloir, mais elle ne pouvait s'empêcher de voir cet homme assis devant elle comme un étranger. Cet amant qu'elle avait tellement magnifié n'était qu'un homme comme tous les autres, aussi lâche, aussi « malin »... Elle avait tellement attendu de lui, tellement espéré dans la fougue amoureuse de ses vingt ans...

Elle lui avait donné une stature démesurée. Si cette image n'avait pas existé, sans doute n'aurait-elle pas pu tenir toutes ces années devant Bajou. Mais Edmond n'avait été qu'un jouet de plus entre les mains de son mari. Elle ravala son amertume. Tout dans sa vie n'avait été qu'illusion, trompe-l'œil, lâcheté. Il était temps pour elle de trouver la lumière.

Elle sortit seule de la chambre, après avoir tendrement embrassé Edmond dans un sourire paisible.

– On ne peut pas ressusciter le passé, Edmond... Ce qui a été a été. Je t'ai aimé follement, autant que tu m'as aimée, j'en suis sûre. Seulement, aujourd'hui, les choses ont changé.

Elle faillit dire « nous avons vieilli » mais, au dernier moment, les mots se sont arrêtés dans une dernière pudeur. Ce n'aurait été qu'un faux-fuyant de plus. Inutile.

– Habiba!...

Edmond tendit la main pour tenter de la retenir.

Mais elle referma la porte sur elle. Avec la certitude de tirer un trait sur sa vie passée. Elle n'aurait jamais pu dire si elle se sentait plus accablée que soulagée. Différente. Seulement différente... et tellement pareille.

*
**

La ville grondait depuis le début du mois de juillet. Les manifestations de rue allaient en s'amplifiant. La France et la Tunisie s'affrontaient pour les beaux yeux de Bizerte[1].

On était le 19. Depuis le temps qu'elles duraient, Bajou s'y était habitué et commençait à se désintéresser du conflit. Il avait bien d'autres soucis en tête.

Pourtant, ce jour-là, à l'agitation habituelle des rues se mêlaient une nervosité dans les regards et surtout, dcpuis qu'il était entré au souk, une hostilité palpable, une violence qu'il n'avait jamais rencontrée.

1. A l'indépendance, la France avait conservé, en accord avec le gouvernement tunisien, la base militaire qui y était installée. Elle constituait, sur la Méditerranée, un point stratégique dont l'armée française entendait jouir. La présence française dans ce lieu avait été aussi perçue par les membres non musulmans du peuple tunisien comme la garantie que la France continuait à veiller sur eux. Même si la Tunisie, collée à cette Algérie qui vivait des heures noires sur la voie de l'indépendance, représentait un îlot de paix dans une région agitée, elle n'en avait guère besoin. Bourguiba avait fait de son pays un état laïc où toutes les confessions étaient respectées et le tenait à l'écart des soubresauts qui agitaient le territoire voisin. Dans le conflit algérien Bourguiba observait une stricte neutralité, et il entretenait avec le Général de Gaulle lui-même les meilleures relations. Jusqu'au jour où un malentendu entre les deux hommes s'installa. Bourguiba avait espéré que dans les négociations en cours, qui préparaient l'émancipation algérienne, la France répartirait les richesses du Sahara d'une manière égale entre les trois Etats du Maghreb. Le gouvernement provisoire algérien s'opposa à cette idée. De Gaulle choisit de ne pas rompre la négociation sur ce point. Il aspirait trop à rétablir la paix civile dans son pays. Bourguiba eut alors le sentiment d'avoir été abusé et lui qui, depuis son accession à la tête de l'Etat tunisien, se comportait en ami de la France, voulut obtenir réparation. Puisqu'on le privait du pétrole saharien, il priverait la France de sa base militaire. Ne disposant pas d'une armée suffisante, il déclencha un grand mouvement populaire. Il espérait ainsi alerter l'opinion mondiale et contraindre la France à « rendre » Bizerte. Mais empêtré dans le drame algérien, convaincu de la nécessité stratégique de la base et calculant que, faute de moyens militaires, Bourguiba se soumettrait, de Gaulle faisait la sourde oreille. Le mécontentement populaire grandissait en Tunisie, dépassant même les espoirs de ceux qui l'avaient fait naître. Les escarmouches se multipliaient entre manifestants désarmés et parachutistes français. A tout moment, le pire pouvait arriver.

Des bandes de jeunes gens scandaient des slogans guerriers. Autour de lui semblait se développer une gangue de haine dont il ne percevait pas la raison. Plusieurs fois, il fit les frais d'insultes lancées comme des crachats.

Il pressa le pas sans chercher à approfondir. D'abord arriver chez Moktar. Il ne pouvait pas douter que quelque chose de grave s'était produit. Il fut même tenté de faire demi-tour pour retourner auprès des siens. Tout était à redouter, mais la boulangerie était en vue. Il se rappela le visage de Habiba quand il l'avait quittée ce matin. Elle semblait ne pas avoir dormi de la nuit. Depuis son retour de prison, elle refusait de lui adresser la parole. Les enfants leur servaient de messagers. Il espéra qu'elle se lasserait bientôt. A quoi bon continuer cette comédie? Mais ce matin, en partant travailler, il avait eu une appréhension. Inexplicable, comme toutes les appréhensions.

... Une pierre siffla soudain à ses oreilles, suivie d'une autre qui fracassa une vitre à un mètre de lui. Pas de doute, il était visé!

L'image de Habiba s'effaça dans sa crainte. Il courut pour atteindre la boutique de Moktar au bout du tunnel et s'y engouffra sans demander son reste... Il n'y trouva pas la bonne odeur du pain chaud et des brioches. Sur les étagères, aucune des baguettes délicieuses que Moktar savait faire craquantes à souhait. Le four, cette nuit, n'avait pas fonctionné.

– Bajou, mais tu es fou! Jamais tu aurais dû venir!

Le boulanger était sorti de son bureau, stupéfait de découvrir Bajou.

– Mais qu'est-ce qui se passe, Moktar?

– Qu'est-ce qui se passe? Tu n'as pas écouté la radio?

– La radio, tu sais, en ce moment...

Moktar baissa les yeux. Il avait l'air bouleversé. Sa voix tremblait d'indignation.

– L'armée française a tiré cette nuit, à Bizerte... Il y a eu plus de mille morts chez nous... des jeunes, des enfants et des femmes, surtout... ils ont attaqué les paras et la Légion avec des pierres, tu imagines...

Puis son ton changea. Il murmura à peine :

– Ils ont dit aussi à la radio que les Juifs tiraient avec les Français sur nous... Tu comprends pourquoi c'est mieux que tu restes chez toi, aujourd'hui...

Bajou était effondré. Les murs de son repaire s'écroulaient un à un. Mais il se révolta subitement. Une rage froide le saisit. Il agrippa le boulanger par les épaules avec toute la ferveur dont il était capable.

– Moktar, tu crois qu'on a fait une chose pareille? Tu crois qu'on est capables de tirer sur nos propres frères?

Il ne défendait pas sa personne. Il parlait au nom d'un monde, d'une communauté dont il faisait partie. Même s'il avait été parfois distant à son égard, voire méprisant. Même s'il avait aspiré à s'élever au-dessus d'elle pour revêtir les habits trompeurs d'un pays protecteur, même s'il avait été tenté, à un moment, d'échapper à ses origines, là, maintenant, devant cette accusation injuste, il revendiquait avec fierté d'en être membre à part entière. Ils pouvaient être bruyants, expansifs, dérangeants, déplacés, voyants, grossiers... il savait aussi leur tendresse, leur chaleur, leur appétit de vivre et de jouir, leur volonté d'exister... Il ne les voyait pas comme des anges, mais il connaissait leur sens de l'honneur et de la tolérance... Certains étaient des salauds, comme on en trouve partout... mais d'autres, combien plus nombreux, combien plus discrets, dans leurs actions et leur engagement, de Marc à Krief, s'élevaient plus haut que des dieux, en simples héros du quotidien... Eux ne cherchaient pas à imposer leur voix au-dessus de la mêlée, ils agissaient et réalisaient leur devoir dans l'intimité de leur conscience... Chacun était l'autre et son contraire, et Bajou l'un d'entre eux... parce que saints ou crapules, braillards ou discrets, tous partageaient un même amour, une même certitude... celle d'appartenir à un pays, une terre qui avait vu naître, des générations avant eux, la semence qui les avait créés... Contre ceux que cette même terre avait portés, le peuple de Moktar, leurs semblables, jamais, au grand jamais ils n'auraient levé la main, encore moins armée d'un fusil, et Bajou le savait.

La révolte qui l'habitait, la revendication qu'il éleva, Moktar la comprit comme ce qu'elle était : une déclaration d'amour.

– Je sais, Bajou... je sais que c'est faux... c'est pour nous déchirer qu'ils disent ça... je sais.

Oui, déchirer pour détruire ceux dont l'union faisait l'originalité d'un pays, déchirer pour détruire – et la suite le prouva – une communauté d'êtres où chacun acceptant la différence de l'autre renvoyait aux faiseurs de l'Histoire une image trop singulière pour que, en ces temps troublés, elle ne dérange pas leurs visions dogmatiques. Un peuple sacrifié à l'idéologie par la ruse et l'aveuglement d'un prétexte historique.

Moktar et Bajou ensemble ne formaient qu'un, mais déchirés deviendraient deux. L'un serait alors de trop.

Pour le moment, ils étaient bien loin de percevoir de si subtils calculs.

– Il faut que j'aille rejoindre ma famille, on sait jamais...

Bajou avait déjà saisi son chapeau et il était sur le point de faire demi-tour quand Moktar l'arrêta.

– Bajou, c'est dangereux de sortir maintenant... Tu as vu, les gens s'en prennent à tout ce qui ressemble à un Français, de près ou de loin...

Comment avait-on pu en arriver là? Des siècles d'histoire, de cohabitation pouvaient-ils s'effacer en une matinée d'émeute? Quelle tempête pourrait jamais laver la peau de Bajou de la terre ocre de Takrouna?

Malgré sa lassitude, un léger sourire apparut à ses lèvres :

– Et alors, à quoi je ressemble, moi, Moktar? A quoi, hein? A qui?

Moktar eut soudain l'intuition qu'il ne pourrait jamais empêcher Bajou de s'enfoncer dans la marée humaine qui dévalait maintenant de chaque rue des souks. Il savait que rien n'interdirait à son ami d'aller chercher la réponse à sa question, et qu'il n'avait pas d'autre manière de la trouver. Il comprit qu'il ne le reverrait plus.

– Ah... je voulais te dire quelque chose... (Bajou n'hésita qu'une seconde...) La machine, l'autre jour, elle s'était pas trompée. J'ai vérifié. Tu peux la sortir du tiroir...

Moktar pensa que c'était son premier pas sur un long chemin. Il savait aussi que, une fois franchi la porte de la boulangerie, la silhouette de Bajou se consumerait irrémédiablement dans les feux de l'Histoire.

Pour la première fois de sa vie, Moktar le fataliste, Moktar qui en toute chose se remettait à la sagesse d'Allah, Moktar douta du divin et exhorta l'homme à prendre en main son propre destin. De toute la force de ses poumons il hurla à Bajou, avant qu'il ne disparaisse :

– Bajou! N'oublie pas de dire à tes enfants et à tes petits-enfants qu'on a vécu ensemble, nous tous! Ici! Et qu'on était heureux! Dis-leur, sinon tout le monde va oublier!

La matinée était bien avancée et la nouvelle avait maintenant fait le tour de la ville. La rue n'était plus qu'hostile. Bajou était entraîné dans un tourbillon de visages vociférants, appelant à la vengeance. Les apprentis sorciers triomphaient. La haine se libérait contre toutes les différences.

Comment Bajou pouvait-il reconnaître la Tunis tendre, paisible et voluptueuse qu'il aimait tant dans cette cité frémissante de colère, refermée sur elle-même comme un poing menaçant?

Mais il n'en avait cure. Il avançait, chahuté par la foule, indifférent aux insultes comme aux menaces. Il ne les entendait pas pour lui. Il faisait viscéralement partie d'eux. Le danger ne pouvait pas être pour lui, Bajou, fils de Youssef Benkahen, né à Takrouna.

Dans une ruelle étroite, il sentit la pression se faire encore plus vive. Les manifestants ne le dépassaient plus, ivres de gesticulations, mais restaient à sa hauteur, l'encerclant progressivement, jusqu'à l'empêcher d'avancer. Autour de lui, un cercle de visages agressifs, tendus, s'était formé. On le prenait à partie. Des mains le bousculaient, des poings le martelaient.

Tout pouvait arriver, personne n'interviendrait. Bajou, pressé contre un mur, sentait le lynchage imminent. Une fois le premier coup parti, le reste ne serait qu'une affaire de secondes, et il ne serait plus qu'un corps brisé et sanglant, abandonné sur le trottoir, une victime parmi d'autres. Ils hurlaient sous son nez en arabe : « C'est un Juif, le complice des Français! Ils ont tué nos frères! Il faut le punir! » Mais chacun hésitait encore à porter l'assaut final. Bajou ne se protégeait pas, il ne cherchait pas à fuir. Il faisait face, conscient que sa vie basculait. Il voulait vivre ce moment les yeux grands ouverts.

Un homme fendit le cercle, avec autorité. Il était jeune et paraissait terriblement déterminé. Le meneur, pensa Bajou. L'homme le saisit par le col. La foule gronda de plaisir. La curée allait commencer. Bajou aurait pu supplier, pleurer, tenter de sauver sa vie. Mais non. Il supportait sans ciller le regard enflammé du jeune homme. *Garder les yeux ouverts.* L'autre était stupéfait. Aucune insulte ne venait à sa bouche. Cet homme ne le craignait pas, il ne le narguait pas non plus. Derrière, on s'impatientait. Qu'attendait-il pour donner le premier coup? Alors, sous la pression, il lui parla violemment, cherchant la réponse. « Qu'est-ce que tu fais ici? Qui es-tu? » Aux insultes Bajou n'avait rien à répondre, mais à cette question qu'il espérait de tout son être, il se redressa et retint la main qui le serrait, dans la sienne. Ses lèvres étaient à un souffle du jeune homme. Il lui hurla avec fierté, en arabe, sa langue maternelle :

– Qui je suis? Je suis tunisien, moi! An'a Tunisia! Est-ce que je ressemble à un Français? An'a Tunisia!

Bajou se sentait fort d'un droit immémorial qui le rendait invulnérable. Le meneur le fixait gravement, dérouté et touché par ses propos. Leurs visages proches à se toucher, aux traits si semblables, s'éloignèrent lentement. Bajou libéra la main du jeune homme et lui dit simplement :

– Laisse-moi passer!

Une seconde d'hésitation et il s'adressa à ses troupes.
– Laissez-le... allez, venez!
Un dernier regard à Bajou, comme un salut, et il entraîna les manifestants derrière lui.
Bajou se retrouva seul au milieu de la ruelle. Jamais il ne s'était senti aussi digne.

Il marcha longtemps dans les rues de Tunis, comme s'il voulait épuiser son amour pour la ville. Partout les commerces européens étaient pillés, les boutiques juives saccagées.
Pourquoi ces troubles? Pourquoi ces destructions? Etaient-ils tous devenus fous? Sous chaque décombre, il lisait les signes d'une Tunisie qui ne serait plus jamais la même, et où sa place, comme certains le prédisaient depuis longtemps, ne serait plus assurée.
Jusque-là, l'idée du départ vers la France n'était restée pour lui qu'une abstraction, malgré les appartements aux volets clos de plus en plus nombreux. Il avait toujours voulu croire que chacun retrouverait son sang-froid et que la vie reprendrait comme avant... Mais tout lui démontrait, alors qu'il traversait les faubourgs, que par son immense retentissement l'affaire de Bizerte était le coup fatal porté à l'ancienne Tunisie. Bourguiba voulait en finir avec la présence des Français.
Tous ceux qui s'étaient placés sous leur protection, qui avaient choisi leur culture et leur manière de vivre à une période où celles-ci furent les valeurs nécessaires à leur émancipation, tous ceux qui avaient fini par trop ressembler à leurs anciens maîtres, en oubliant leur identité séculaire, ceux-là auxquels personne n'entendait laisser le temps de rétablir leur harmonie étaient sacrifiés, à l'indifférence des deux camps. Ils avaient bien servi, ils étaient usés, on ne voulut pas leur laisser le moindre moyen de se reconstituer. Pour Bourguiba l'addition serait lourde, mais le coup politique réussi. Un peuple entier se soulevait derrière lui.
Essoufflé, en nage, épuisé, Bajou regagna la rue Saint-

Jean. Le quartier proche des ministères avait été épargné de la furia des manifestants. Il se sentait apaisé. Il avait définitivement tout perdu, jusqu'à la certitude de son pays. Aujourd'hui il n'avait et il n'était plus rien, et ça ne faisait pas l'ombre d'une différence. Il n'avait aucun regret. Il avait donné à sa terre tout l'amour possible. Il était allé au bout de ses limites, sans concession. Il lui restait à survivre et à renaître ailleurs pour ses enfants, pour Habiba. Pour eux, il lui fallait recommencer à vivre à cinquante ans, repartir de rien, réinventer l'avenir.

En pénétrant dans l'appartement il songea qu'elle serait ravie d'apprendre leur futur départ. Mais tout était sombre et désert. C'est alors qu'il vit la lourde enveloppe blanche posée sur le buffet du salon.

*
**

La température était tombée d'un seul coup. Sur la ville couraient de gros nuages blêmes. Tunis grelottait en cette fin juillet...! Les burnous les plus épais ne parvenaient pas à protéger la peau de ce froid vif et pénétrant qui s'insinuait jusqu'au fond des échoppes où brûlait le canoun[1]. Les portes du lycée Carnot s'ouvrirent pour laisser passer la maigre poignée d'élèves que les cours d'été retenaient dans son enceinte. Manteaux ou duffle-coats, ils étaient tous couverts de manière inhabituelle. Leur haleine montait en petits nuages. Ils marchaient pour une fois lentement, engourdis par le froid.

Blotti derrière un arbre, David guettait la sortie de l'établissement. Il attendait ses copains, la joyeuse petite bande qui faisait le désespoir des profs de Carnot, Illouz, Saada, Djaoui, Tarak, tous des durs, sur lesquels pleuvaient consignes et punitions. Tous unis par une solidarité sans faille... Il aperçut d'abord le gros Saada qui faisait plus ou moins office de chef de bande, au moins pour

1. Petit réchaud de pierre réfractaire.

dresser le catalogue des mauvais coups possibles. Celui-ci s'arrêta net en voyant surgir David :

– Qu'est-ce que tu fous? T'es pas malade? Si le prof te voit!...

– Le prof, dit David fièrement, je m'en fous : on part à Paris!

Les autres les avaient rejoints, accueillant la déclaration de Benkahen d'un silence respectueux. Si les départs se multipliaient, ils restaient encore un événement digne de considération. Mais partir à Paris, ça c'était la grande classe!

– C'est pas vrai! s'exclama Illouz.

– Si, insista David. On part demain!

– En avion?

– Non, en bateau.

En bateau, c'était un peu moins bien, mais c'était bien quand même. Seuls les gens très riches pouvaient se payer la Caravelle pour Orly. Et comme tout le monde le savait à Tunis, le père de Benkahen était lessivé...

– Quelle chance tu as! dit Djaoui, envieux.

Il lui tardait que ses propres parents se décident à suivre l'exemple général... Mais son père commerçant ne se décidait pas à fermer boutique.

Ils restaient face à face, battant la semelle à cause du froid, conscients que la vie allait bientôt les disperser.

– De toute manière, reprit Illouz, on va tous partir un jour ou l'autre. Mon père l'a dit hier.

– Alors comme ça on se retrouvera, fit observer David.

– Tu as ton adresse? s'inquiéta Saada.

– Non, pas encore. (David réfléchit rapidement.) Ben c'est facile, on se retrouvera au lycée!

– Ah, parce que tu crois qu'à Paris, ils ont un seul lycée, peut-être? ricana Djaoui. Mais ils en ont cent, minimum!

– T'es con, toi!

– Si, au moins cinquante!

Ils se regardèrent, impressionnés. Comment se faire l'idée d'une ville qui pouvait abriter cinquante lycées? Cela représentait probablement autant d'élèves que toute la population de Tunis...

– Dès que j'arrive, proposa David, je vous écris avec ma nouvelle adresse, comme ça vous saurez où je suis.

Saada souffla dans ses doigts pour les réchauffer. Un vent mauvais qui engourdissait les extrémités balayait la ville :

– Tu... Tu n'as pas peur?

David se dit qu'il n'y avait pas de honte à admettre un petit trac devant les copains. En France, il pourrait toujours dissimuler, mais ici il était chez lui...

– Si... un peu...

Tarak se pencha et saisit une poignée de terre glacée qu'il tendit à David :

– Tiens! Garde-la toujours avec toi!

C'était le seul Arabe du groupe, et il ne pouvait imaginer son existence quand tous ses copains juifs seraient partis.

– Eh, les gars!

Le hurlement provenait d'Illouz, incrédule. Il se mit à sauter en l'air, doigt pointé vers le ciel :

– La neige! La neige!...

Partout dans Tunis, c'était la même exclamation émerveillée. Un miracle! un mirage! la neige en juillet! Les enfants couraient, le nez levé, la langue dehors pour en déguster les flocons! Elle tombait drue et fondait à peine arrivée au sol, mais elle constituait un cadeau magique pour une ville qui ne la voyait qu'une ou deux fois par siècle. Saada bondit sur un banc :

– Eh, David, qu'est-ce que tu vas faire à Paris? Hein? Qu'est-ce qu'ils ont de plus là-bas? Même la neige on a, nous aussi!

37

Pour le jour du grand départ, élégance suprême, Tunis avait mis ses habits de deuil. Au lieu d'offrir à ses exilés une dernière et nostalgique vision de rêve, le ciel s'était paré de gris; des rafales d'un vent mauvais soufflaient sans répit; la mer qu'on devinait houleuse, au-delà de la longue digue qui ceinturait le port, clapotait furieusement contre les quais.

Tunis était triste comme le cœur de tous ceux qui se pressaient sur les docks. Tunis était triste et le montrait.

Bajou, le visage rongé par une barbe de plusieurs jours, le teint gris des nuits sans sommeil, leva les yeux sur la masse imposante du paquebot *Ville de Tunis*, dans lequel s'enfournaient sans discontinuer des cohortes de passagers. Les affrontements de Bizerte avaient déclenché une véritable psychose dans la population non musulmane qui prenait d'assaut tous les moyens de transport pour quitter au plus vite une terre devenue inhospitalière.

Pour certains, peu nombreux, cette fuite était un soulagement. Pour tous les autres, immense majorité, un cruel arrachement. Cortège habituel et pathétique de groupes de femmes, vieilles et jeunes, et d'enfants accablés de fatigue, assis sur des valises bourrées de pauvres affaires. Dans l'affolement du départ, chacun voulait sauver son bien le plus précieux. Qu'en feraient-ils, une fois arrivés à Marseille? Avaient-ils seulement l'idée de ce qui les attendait de l'autre côté?

D'autres essayaient en vain de sauver des meubles, à proprement parler, lancés dans de longues palabres avec les autorités portuaires ou l'équipage du bateau qui refusait de charger les objets encombrants. Des insultes s'échangeaient, les menaces jaillissaient, parfois même quelques coups partaient. Mais tout cela en pure perte. L'attitude butée des autorités n'avait pas de limite. Alors on finissait par se soumettre et tout abandonner sur le quai, au regard de tous, la rage au cœur, en sachant parfaitement que chaque chose trouverait dans quelques heures le chemin d'une autre maison.

Des femmes pleuraient en silence, des hommes serraient les poings, ivres de dépit, de violence rentrée : un dernier regard impuissant sur les objets abandonnés, le buffet, la table de la salle à manger, les fauteuils de Tante Myriam, et puis il fallait se résigner à monter la passerelle qui menait au bateau...

Dans un lent cheminement de nuques courbées et de dos baissés, un véritable convoi de tristesse en prenait peu à peu possession, loin, si loin de l'atmosphère joyeuse qui caractérisait en d'autres temps le départ du *Ville de Tunis* vers la France, à l'époque insouciante où l'on venait accompagner l'enfant, le parent ou l'ami qui s'en allait découvrir la mythique Europe. Lorsque le coup de sirène majestueux annonçait le départ, les cris aigus des dernières recommandations, inutilement hurlées car jamais entendues, fusaient dans les sourires heureux et les larmes d'amour.

Lentement, très lentement le bateau s'éloignait du quai, attiré par les remorqueurs obstinés, bouledogues des mers. Quand il pointait son étrave vers le large, révélant le profond remous creusé par son énorme hélice, l'être aimé était depuis longtemps devenu invisible, et l'on s'en retournait vers Tunis, le cœur gros, en espérant déjà la première carte postale... et le prochain retour.

Tout était si différent, aujourd'hui... Ceux qui étaient montés à bord s'appuyaient au bastingage et observaient d'un œil triste ceux qui restaient encore et qui les avaient accompagnés jusque-là. Ils ne tarderaient pas, sans doute, à les imiter... Tout juste, ici ou là, agitait-on fugitivement la main en tâchant de dissimuler ses larmes. On quittait contraint et forcé, sans espoir de retour, un pays si fort aimé que vivre hors de lui paraissait impossible. Quant à l'oublier, comment y penser?

L'inconnu qui les attendait, cette terre de France qu'ils avaient tant vénérée, ils l'imaginaient aujourd'hui froide et âpre. La vie y serait difficile, si éloignée de la douceur de vivre en Tunisie. S'étaient-ils seulement rendu compte, avant, du bonheur qu'ils fuyaient en ce jour?

Dans cette scène de la vie quotidienne d'une ville qui se vide, heureusement il y avait les enfants. Pour eux, un départ restait toujours une fête. Dieu fasse qu'ils ne grandissent pas vite.

– Papa, où elle est, maman?

– Elle va venir, ne t'inquiète pas...

Bajou essaya de sourire pour rassurer ses enfants. Ils étaient rassemblés à ses côtés, assis sur les bagages, épuisés à cause de l'heure tardive. Epuisés aussi parce que, depuis le départ de la rue Saint-Jean, ils s'occupaient de tout. Leur père semblait privé de toute vie. Il les suivait plus qu'il ne les dirigeait. C'est à peine s'il avait retrouvé les billets et leurs visas. Quant aux valises, à chaque halte devant les innombrables guichets de police et de douane, il en oubliait une ou plusieurs que David, qui avait pris les choses en main, se chargeait avec son frère et ses sœurs de récupérer. Elles étaient lourdes, ces valises, et papa ne s'apercevait de rien. Même Sarah en traînait une qui faisait le double de son poids! Papa, lui, passait son temps à scruter, hagard, la foule qui se pressait dans l'enceinte gigantesque du port. Que pouvait-il discerner dans ce mouvement perpétuel où une forme chassait l'autre...?

– Peut-être qu'elle va pas venir? hasarda Jacques.

– Mais si, souffla Bajou à bout de nerfs. Aie confiance, elle viendra!

– Mais quand est-ce qu'elle nous rejoindra en France?

Il n'en pouvait plus de ces questions pourtant fort naturelles.

– Après... Plus tard... Quand elle aura réglé toutes les affaires...

Bajou haïssait l'idée de quitter Tunis sans Habiba, mais il n'avait pas le choix. Depuis plusieurs jours, elle avait disparu. Depuis qu'il était rentré chez lui, après l'émeute, pour trouver la lettre sur le buffet du salon...

Le regard de Bajou rencontra celui de David : il frémit devant ce qu'il y lut.

Quand il était revenu à la maison pour annoncer la nouvelle de leur départ et retrouver les siens, il n'avait rencontré que le silence, les bagages déjà bouclés et posés dans l'entrée, les armoires soigneusement vidées... Cet ordre lugubre anonçait le pire bouleversement de sa vie. Il n'avait pas eu longtemps à attendre pour en avoir la confirmation.

Il avait saisi l'enveloppe posée en évidence, avec son nom dessus, rageusement souligné. Elle s'était ouverte trop facilement, il ne l'avait réalisé qu'après...

Devant le regard sombre et lourd de son fils, il se demanda alors si l'adolescent ne l'avait pas lue avant lui.

– Papa, et si maman elle vient pas? répéta Jacques, angoissé.

– Elle va venir... Elle va venir... répondit-il, usé à force de patience, pendant que résonnaient à ses oreilles, comme à chaque minute depuis quelques jours, les lignes écrites par Habiba, des mots qui le brûlaient pareille à une coulée d'acier en fusion, creusant le pire des cauchemars.

Pour la première fois, Habiba parlait...

Bajou,

Edmond est revenu. Il m'a tout raconté. Ses paroles m'ont tuée, et en même temps elles m'ont fait renaître. Il m'a dit comment tu l'avais obligé à fuir Tunis. Je t'ai cru fort et droit, tu n'es que lâche et menteur... Un monstre d'orgueil et d'égoïsme... Ton amour n'était qu'un prétexte pour posséder ce qui te manquait, et ton argent ton seul moyen... Avec tu m'as volé ma jeunesse, mon corps et mes entrailles... Tout ce que tu as voulu créer, une famille, une maison, ce n'était que pour narguer les autres... Pour nous exhiber, au lieu de nous protéger... les êtres que tu disais chérir, nous n'avons été que des bijoux de fantaisie chèrement payés, que tu agitais aux yeux des autres pour qu'ils t'admirent et t'envient... Tu as tout confondu et mélangé... Tu as fait de notre vie un jeu dont tu truquais les règles à ton unique profit... Un si long chemin pour en arriver là... c'est pitoyable.

A cet instant, Bajou avait pensé ne pas finir la lettre, la jeter et s'enfuir de l'appartement désert. Une seconde, la grande glace du salon lui avait renvoyé son reflet pathétique.

Je ne serai pas là quand tu rentreras... Evitons-nous une scène inutile... nous deux c'est fini... Je te rejoindrai à Paris, et quand tu le décideras, nous divorcerons... Bien sûr, tu vas penser que je te quitte parce que tu es ruiné... Mais si c'était pour ça, tu le sais bien, il y a longtemps que je l'aurais fait...

Je te quitte parce que tu as essayé de me tuer et que je n'ai jamais voulu mourir... Je te quitte parce qu'il faut que tu te regardes et que tu te montres comme tu es : juste un petit bonhomme qui a rêvé trop haut et qui s'est trompé sur tout! Mais tu n'oseras jamais... Il ne te suffit pas d'être né petit, gros et pauvre pour être excusé par avance de tout écraser devant toi...

Alors un cri avait déchiré sa poitrine : un cri animal, interminable, celui d'une bête fauve prise au piège et qui se sait soudain devinée, traquée jusqu'au bout de ses ruses, seule, surtout, face à elle-même... Un cri dont l'écho avait rebondi contre les façades aux volets clos de la rue Saint-Jean. Un cri qui était venu chercher David jusque dans ce coin de la terrasse où l'enfant s'était recroquevillé pour essayer d'oublier les mots qui lui avaient dévoré les yeux...

– Elle va venir, maman, ne vous inquiétez pas, dit Bajou en fuyant mal à l'aise le regard de son aîné. Elle va venir...

Autour d'eux, la foule canalisée par des barrières de bois s'ébranla en direction des passerelles menant aux différentes classes du navire. Les billets, envoyés par sa belle-famille, leur donnaient droit à une cabine en classe touriste, la classe intermédiaire. Elle n'offrait que deux couchettes, mais il suffirait de se serrer. Le voyage ne prendrait guère plus de vingt-quatre heures jusqu'à Marseille.

Mon avortement, c'est un enfant d'Edmond que j'attendais... et la chambre où l'on m'a trouvée était celle de nos amours... Tu le savais, bien sûr... L'avouer aurait été nous voir comme nous étions.

Tout en étant contraint d'avancer par la pesanteur de ceux qui se trouvaient derrière lui, Bajou ne cessait de regarder du côté de l'embarcadère. Habiba... Qu'attendait-elle? Impossible qu'elle les laisse partir ainsi! Une personne peut-elle changer à ce point?... Oui, c'est vrai, il était allé voir Edmond. Oui il lui avait menti, oui il l'avait menacé, mais il voulait sauver sa famille.

Tout ça n'était pas joli, mais c'était du passé, Bon Dieu! Quand cesserait-elle de se complaire dans de vieilles histoires? Une voix en Bajou lui souffla la réponse : jamais! Car elle avait raison, il lui avait volé sa vie. Il n'avait rien voulu entendre, il l'avait voulue, il l'avait eue.

Personne ne lui avait appris à agir autrement. Mais avait-il jamais écouté quiconque? Oh, il avait toujours été si plein de certitudes, aveugle et sourd à de lumineuses et criantes évidences! Que Hadjej renonce aussi vite aux poursuites judiciaires lui avait paru étrange, mais, à son habitude, il ne s'était pas interrogé davantage. Et comme le dernier des idiots, il s'était même vanté auprès de Carminati d'avoir fait plier le banquier...

Crois-tu que le brave banquier Hadjej a retiré sa plainte parce qu'il avait peur de toi? Connais-tu un banquier qui prête sans intérêt? Comprends-tu que c'est moi qu'il a pris comme intérêt, sur son bureau?

Habiba et Hadjej... L'image faisait trop mal, elle lui donnait envie de se lancer la tête la première contre les murs, de tout détruire, et de hurler... De hurler encore et toujours. Mais détruire l'image au fond de ses yeux, il ne le pouvait pas! Elle resterait imprimée sur ce sale écran de sa mémoire... C'était trop de chagrin et d'humiliation, à l'idée de ce que Habiba avait dû éprouver en se pliant aux volontés de l'autre salaud.

Bajou sentit une nausée monter dans sa gorge. Ne pas penser... ne plus penser... « Reviens, Habiba, reviens... On tâchera de recommencer doucement, comme deux convalescents. Avec les mois, et les années, on a une chance de guérir... Si tu ne le fais pas pour nous, fais-le au moins pour les gosses... Reviens... Pardonne-moi... je t'aime tant... »

Attention, attention, les voyageurs à destination de Marseille sont priés de s'embarquer sans tarder. Les accompagnateurs et les personnes n'ayant rien à faire sur le bateau sont maintenant priés de descendre.

A l'annonce éraillée des haut-parleurs Bajou avait à peine sursauté, tant il était à la dérive, égaré dans le grand mouvement de foule qui le pressait irrésistiblement vers le bateau.

Comment crois-tu que j'ai tenu toutes ces années? Pour survivre, j'ai fini par aimer même ce qui me détruisait. Je ne t'aurais pas quitté parce qu'on ne lutte pas à vingt ans contre des siècles de tradition... mais tu as essayé de me tuer, et moi je n'ai jamais voulu mourir!...

Je m'en veux d'avoir été faible et soumise, et je t'en veux de m'avoir autant désespérée des autres pour seulement me posséder... Les lettres d'Edmond, si tu me les avais données, elles m'auraient simplement permis de ne pas devenir un animal sans mémoire...

Depuis de longues minutes, Habiba n'avait pas quitté le petit groupe du regard, les yeux embués à la vision de ses enfants qui tous se comportaient magnifiquement. Elle avait tellement souffert de les quitter, ne serait-ce que quelques jours! Mais elle avait ressenti si fort la nécessité de s'éloigner de Bajou, à tout prix, sans attendre, au risque de périr. Méritait-il, avec la souffrance qu'il avait créée, un tel sacrifice?

Les enfants sont chez les voisins du cinquième... je te les confie... Dis-leur que je pars me reposer un peu... Ils comprendront.

J'ai besoin de réfléchir... La jeune fille que tu as achetée à son père n'existe plus... elle sait trop de choses désormais... elle voudrait tant refaire sa vie... Mais peut-on vivre à quarante ans ses rêves d'adolescente?

Et maintenant? Retourner vers eux, vers lui aussi fatalement. Après s'être abreuvée, pendant ces jours de solitude, des mots d'amour, de bonheur, d'espoir, de toutes ces lettres qu'elle avait recomposées, imaginées fiévreusement et qui ne seraient jamais plus que des mots volés au vent mauvais du temps, des mots qui n'avaient pas existé quand il le fallait. Accepter cela et se perdre pour toujours. Etait-ce son seul choix? Etait-ce un choix? Partir, disparaître, oublier... il le fallait. La vie était à ce prix.

– Papa, papa... vite! On va rater le bateau...

Elle n'entend pas la sirène qui déchire le brouhaha, elle ne voit pas Bajou, tiré de tous les pans de sa veste par ses enfants, saisir enfin ses valises, et avec tout le mal du monde se diriger vers le bateau, dos à elle; elle ne le voit pas se retourner sans cesse, le cœur chaviré à l'idée de partir, de la perdre, et puis se laisser faire, aidé par ses enfants, poussé par les marins, gravir la passerelle et gagner le pont supérieur, juste pour l'attendre, encore elle, espérer jusqu'au dernier moment. Elle veut aller plus loin, s'échapper, mais ses pas ne la portent plus. Par tous les moyens, encore, elle tente de lutter contre la force terrible qui l'oppresse...

Quand tu auras décidé de partir, je viendrai au bateau... non, pas moi... simplement une mère vers ses enfants...

David regardait son père, le cœur révolté par son laisser-aller. Puis ses yeux fixèrent un point, bien au-delà de lui. La tendresse éclaircit progressivement ses pupilles noires. Bajou surprit son regard et s'accrocha au reflet joyeux qu'il y lisait, comme un naufragé à l'esquif.

– Maman, c'est maman là-bas!

Delphine avait hurlé de sa petite voix aiguë. Le doigt tendu, elle désignait l'endroit où Habiba s'était découverte, cheveux au vent, les jambes légères et le cœur défait, sur le quai en face, pour remonter le couloir, dépasser les retardataires, retrouver maintenant les bras de ses enfants qui l'accueillaient comme une reine, blottis contre ses seins, sautant, hurlant, trépignant de joie.

Bajou, lentement, très lentement, s'est retourné vers elle, incapable de bouger sous le regard de David. Autour de Habiba, progressivement, les enfants se calment. Quelle chose étrange se passe entre leurs parents? Leurs yeux intrigués vont de l'un à l'autre, essayant de comprendre ces jeux compliqués d'adultes. Maman est là, pourquoi papa ne court-il pas vers elle?...

Bajou sait ce que Habiba exige de lui. Il ne réfléchit plus. Soudain, méprisant la cohue et les cris, Bajou l'orgueilleux, Bajou de tous les égoïsmes, Bajou le gâté, l'être unique, le soleil, l'astre solitaire et irremplaçable, Bajou le nombril du monde fait un premier pas, puis un second et un troisième. Comme un ours à l'agonie, il bascule sa course, accélère l'allure, pathétique. Il court vers elle, impassible et immobile. Elle attend et elle l'attend.

Pourras-tu alors me regarder dans les yeux, y voir ton reflet et l'accepter, sans plus rien autour, pour t'y dissimuler?

Bajou s'arrête enfin, haletant, devant elle, le cœur battant à se rompre.

– Reste avec nous!

Il l'a dit dans un murmure rauque, bouleversé. Puis il s'écarte devant elle, dans un geste de soumission.

Bajou le sourd, Bajou l'aveugle, en un instant rend les armes et cesse tout ses combats dérisoires. Contre lui, les autres et ses souvenirs. Il accepte sa condition, enfin vaincu, soulagé, apaisé. Plus rien ne pourra jamais effacer la lettre qu'elle lui a écrit. Il sait tout. Elle l'a forcé à regarder le soleil sans mettre ses éternelles lunettes noires. Tout en eux restera imprégné de cette évidence : Bajou sait... La souffrance sera sienne aussi. Ils vont continuer ensemble. Redonner un sens à leur union. Rentrer dans un ordre où la passion s'efface. Vivre pour les autres, ces petites graines si vite poussées, à l'appétit sans limites. Achever ce devoir. Faire que leur vie soit aussi lumineuse que la naïveté d'un dessin d'enfant. Habiba tourne la tête vers le grand paquebot bourdonnant d'activité. Allons, il est temps de partir. Les petites mains ne la quittent plus, comme pour prévenir un ultime revirement. Elle les entraîne à sa suite. Elle a choisi. Dans sa gorge monte un sanglot vite étouffé, le dernier.

*
**

David était resté à l'écart. Sa main s'ouvrit sur la terre que Tarak lui avait offerte. Il la laissa filer dans le vent puis courut rejoindre ses parents sur la passerelle du *Ville de Tunis* pendant qu'au-dessus d'eux, dans le ciel, filaient de lourds nuages gris...

*
**

Quinze longues années plus tard, Bajou revint à Tunis. Les nouvelles alarmantes sur l'état de Marcel l'avaient forcé au voyage.

Son angoisse était justifiée. Le cimetière ressemblait à un champ de ruines.

Bajou promit à son cousin de revenir plus souvent s'occuper de lui. Les choses allaient mieux maintenant. Il lui raconta tout ce qu'il n'avait pas eu l'occasion de lui dire. Il n'omit rien. A lui, au moins, il pouvait faire confiance. Oui, Habiba l'avait quitté, puis elle était revenue. Qu'est-ce qu'elle aurait pu faire d'autre, hein?

Décidément, gémit Marcel, ça ne change pas un homme, ou alors, très difficilement. Bajou sentit l'irritation de son cousin. Pour le calmer, il lui décrivit les parfums de la France. « Mélangés aux nôtres, tu peux pas savoir comme l'air sent bon! » Marcel haussa les épaules. Evidemment qu'il savait.

Il lui décrivit Paris, l'éducation des enfants. « Jamais, vraiment, j'aurais cru qu'ils aimeraient Paris à ce point. » Il fit le détail des difficultés du début. Mais maintenant, Dieu merci, ça allait. Puis il lui dessina la boulangerie Place

Clichy. La devanture surtout, « avec Benkahen et Benkahen au-dessus, en énorme! »

Enfin, il lui avoua avoir pensé le faire venir plus près de lui, à Paris, au Père-Lachaise, mais qu'il y avait finalement renoncé. Il lui promit que le moment venu, c'est lui qui le rejoindrait. Là où il était. Juste à côté d'Oumi.

« Le soleil de Tunis, Marcel, quand même, ils auront jamais ça à Paris! »

PARIS, rue des Plantes.

Zaccharie appuya sur le bouton « stop » du magnétoscope.

L'image de son grand-père disparut sous la neige de l'écran vide.

Il resta de longues secondes immobile, figé dans le souvenir. Pour la dixième fois de la soirée, il avait repassé la petite bande vidéo de sa Bar-mitsvah. Onze ans déjà, sourit-il.

Derrière la fenêtre de la chambre de service qui lui servait de refuge, il laissa son regard errer sur les arbres de l'avenue qu'un mauvais vent d'automne faisait plier sous sa charge.

Le matin même de ce lundi 26 septembre de l'an 2000, toute la famille s'était retrouvée au cimetière de Pantin pour accompagner son grand-père dans sa dernière demeure. Zaccharie grimaça à l'idée du malaise qui entourait la cérémonie, comme si flottait dans l'air le parfum d'une promesse violée.

La dernière fois qu'il l'avait vu, c'était au début de l'année quand, aussi fier que d'Artagnan arrivant de sa Gascogne natale, il lui avait agité sous le nez le courrier miraculeux qu'il venait de recevoir, le passeport pour le monde dont il rêvait : son admission à la Femis[1], dont il avait brillamment réussi le concours.

Incrédule devant l'enthousiasme de son petit-fils, le vieillard avait longuement fixé la feuille dactylographiée que le brouillard de ses yeux l'empêchait de lire. Puis, comme un enfant malicieux, il avait simplement demandé :

– Ah, c'est mieux que le certificat, alors...?

Zaccharie avait été indulgent. « Non... c'est autre chose... » Le vieil homme n'avait pu retenir un soupir de soulagement. Alors Zaccharie lui avait tout expliqué : sa passion pour le cinéma et son envie de raconter dans son premier film l'histoire que son grand-père lui avait confiée, s'en souvenait-il encore, l'année de ses treize ans. Une histoire qui contenait tous les éléments d'un bon film... Avec elle, il en épaterait plus d'un... et quels rôles formidables pour les comédiens les plus grands! Il lançait des noms prestigieux, agitait son projet en tout sens, argumentait, confiant, sûr de lui, mais derrière ses affirmations péremptoires, il n'y avait qu'une question : l'y autorisait-il?

Le visage du grand-père s'était reclus dans une absence profonde. Il ne semblait se souvenir de rien. Le langage de Zaccharie lui paraissait incompréhensible. Le jeune homme était sur le point de renoncer, dépité, quand il crut entendre le vieil homme rire en marmonnant entre ses dents gâtées :

– De toute façon... c'était juste une histoire... elle appartient à tout le monde... et moi, je ne t'ai raconté que ce que j'ai bien voulu... qu'est-ce que tu crois?

1. Ecole de cinéma à Paris (Fondation européenne aux métiers de l'image et du son).

Puis Zaccharie sentit la main de l'aïeul saisir la sienne et la serrer frénétiquement.

– Qu'est-ce que tu en as compris, Zaccharie? Comment parler de sa terre sans même la connaître...?

Une tristesse angoissée éraillait sa voix à l'accent chantant. Un instant encore, puis il relâcha la main de son petit-fils et se tut.

Zaccharie se détacha de la fenêtre, incapable de contrôler l'émotion qui rongeait son cœur. Il tourna en rond quelques instants, chercha une cigarette sur les étagères en désordre... n'en trouva pas... se souvint qu'il s'était promis d'arrêter de fumer pour la millième fois depuis sa première bouffée... s'assit sur l'unique fauteuil de la pièce... croisa et décroisa ses jambes, puis les allongea et les recroisa... enfin, d'un mouvement incontrôlé, sa main saisit le téléphone. Fébrilement ses doigts composent un numéro. Le temps de quelques sonneries... un déclic... une musique... attente... il est sur le point de raccrocher quand une voix féminine survient et l'attrape au vol.

– Air France, à votre service.

La respiration de Zaccharie suspend un instant son rythme régulier. Et puis...

– Allô, Mademoiselle? Le prochain vol pour Tunis... y a-t-il encore de la place, s'il vous plaît?

Impression réalisée sur CAMERON par
BRODARD ET TAUPIN
La Flèche

pour le compte des Éditions Ramsay
en juin 1993

Imprimé en France
Dépôt légal : juin 1993
N° d'édition : 0043 – N° d'impression : 6231H-5
ISBN : 2-908652-68-4
50-10-1067-01

50.1067.3